BASTEI LÜBBE

Von Julie Garwood erschienen bei BASTEI-LÜBBE:

11726 Auf Befehl des Königs
11755 Die Rache des Marquis
11785 Geliebte Feindin
11988 Geliebter Barbar
12019 Die Braut des Normannen
12195 Erwachende Leidenschaft

JULIE GARWOOD

Die standhafte Witwe

Aus dem Englischen von
Kerstin Winter

BASTEI
LÜBBE

BASTEI-LÜBBE-TASCHENBUCH
Band 12227

Deutsche Erstveröffentlichung

Titel der amerikanischen Originalausgabe:
Savin Grace

Printed in France Oktober 1994
Einbandgestaltung: Roland Winkler
Titelfoto: Thomas Schlück
Satz: Bosbach & Siebel, Print Media Concept, Lindlar
Druck und Bindung: Brodard & Taupin, La Fleche
ISBN 3-404-12227-5

Der Preis dieses Bandes versteht sich
einschließlich der gesetzlichen Mehrwertsteuer

PROLOG

Das Kloster von Barnslay, England 1200

»Heiliger Bischof Hallwick, könnt Ihr uns die Hierarchie im Himmel und auf Erden erklären? Wen achtet Gott am höchsten?« fragte einer der beiden Schüler.

»Stehen die Apostel nicht an erster Stelle in Gottes Gnaden?« warf der zweite Schüler ein.

»Nay«, antwortete der weise Bischof. »Der Erzengel Gabriel, der Beschützer der Frauen und Kinder, der Schutzpatron der Unschuldigen steht über allen anderen.«

»Und wer ist der nächste?« fragte der erste Schüler wieder.

»Natürlich all die anderen Engel«, gab der Bischof zurück. »Dann kommen die zwölf Apostel, von ihnen Petrus an erster Stelle, dann folgen die Propheten und die Wundertäter und all die guten Prediger von Gottes Werk auf Erden. Und schließlich kommen all die andern Heiligen im Himmel.«

»Aber wer ist der Wichtigste hier auf Erden, Bischof Hallwick? Wer steht hier in Gottes höchster Gunst?«

»Der Mann«, kam die Antwort sofort. »Und der höchste und wichtigste unter den Männern ist unser Heiliger Vater, der Papst.«

Die beiden Schüler nickten zustimmend. Sie saßen auf einer Steinmauer. Thomas, der ältere der beiden jungen Männer, beugte sich konzentriert vor. »Als nächstes folgen die Kardinäle und dann die anderen Würdenträger Gottes«, griff er vor.

»So ist es«, bestätigte der Bischof, zufrieden über die kluge Antwort seines Schülers.

»Und wer kommt an nächster Stelle?« wollte der zweite Schüler wissen.

»Nun, die herrschenden Häupter der Königreiche hier auf Erden«, erklärte der Bischof. Er setzte sich in die Mitte der hölzernen Bank, die vor der Mauer stand, breitete seine reichverzierte, schwarze Robe sorgfältig aus und fügte dann hinzu: »Solche Führer, die die Schätze der Kirche vergrößern, liebt Gott natürlich mehr als jene, die das Gold zu ihrem eigenen Nutzen horten.«

Drei weitere junge Männer kamen herzu, um der Lektion ihres heiligen Oberhauptes zu lauschen. Sie ließen sich im Halbkreis zu Füßen des Bischofs nieder.

»Kommen verheiratete und dann unverheiratete Männer an die Reihe?« fragte Thomas.

»Aye«, gab der Bischof zurück. »Und sie haben den gleichen Stellenwert wie die Kaufleute und die Sheriffs, doch sie stehen nur wenig über den Leibeigenen, die an das Land gekettet sind.«

»Wer folgt dann, Bischof?« fragte der zweite Schüler.

»Die Tiere, und das treueste, der Hund, ganz an der Spitze«, antwortete der Bischof, »während der dumme Ochse an letzter Stelle steht. So, ich glaube, nun habe ich euch die ganze Hierarchie erklärt, damit ihr sie eines Tages euren Schülern vermitteln könnt, wenn ihr die Gelübde abgelegt habt und Priester geworden seid.«

Thomas schüttelte den Kopf. »Ihr habt die Frauen vergessen, Bischof Hallwick. Wo stehen denn die Frauen in Gottes Liebe?«

Der Bischof rieb sich die Stirn, während er über die Frage nachdachte. »Ich habe die Frauen nicht vergessen«, sagte er schließlich. »Sie stehen zuallerletzt in Gottes Gnaden.«

»Hinter dem dummen Ochsen?« fragte der zweite Schüler.

»Aye, hinter dem Ochsen.«

Die drei jungen Männer, die auf dem Boden saßen, nickten zustimmend.

»Bischof?« fragte Thomas.

»Was ist, mein Sohn?«

»Habt Ihr uns Gottes Hierarchie oder die der Kirche erklärt?«

Der Bischof war entsetzt über diese Frage. Sie erschien ihm geradezu als Blasphemie. »Sie sind ein und dasselbe, oder etwa nicht?«

Ein großer Teil der Männer des Mittelalters glaubte, daß Gottes Sichtweise stets einwandfrei von der Kirche interpretiert wurde.

Einige Frauen wußten es besser. Dies ist die Geschichte einer solchen Frau.

KAPITEL 1

England, 1206

Die Nachricht würde sie umbringen.

Kelmet, ihrem treuen Haushofmeister und ältesten Bediensteten, seit Baron Raulf Williamson in persönlichem Auftrag des Königs England hastig verlassen hatte, oblag es, seiner Herrin diese schreckliche Neuigkeit beizubringen. Der Diener wollte die gefürchtete Pflicht nicht aufschieben, denn er nahm an, Lady Johanna würde die beiden Boten befragen wollen, bevor sie nach London zurückritten. *Falls* seine Herrin dazu noch in der Lage sein sollte, nachdem sie die Nachricht über ihren geliebten Gatten vernommen hatte.

Aye, er mußte es der edlen Lady sobald wie möglich sagen. Kelmet war sich dessen nur allzu bewußt. Doch obwohl er es hinter sich wissen wollte, wurden ihm die Schritte doch unendlich schwer und mühsam, als er zur gerade fertiggestellten Kapelle hinüberging, wo Lady Johanna ihre Nachmittagsandacht hielt. Es war, als würde er durch knietiefen Schlamm waten müssen. Vater Peter MacKechnie, der Kleriker, der vom Maclaurin-Besitztum in den Highlands zu Besuch gekommen war, kam gerade den steilen Aufstieg von der unteren Mauer hinauf, als Kelmet ihn entdeckte. Der Diener stieß einen kurzen Seufzer der Erleichterung aus und rief dann dem mürrisch wirkenden Priester einen Gruß zu.

»Ich brauche Euren Beistand, MacKechnie«, schrie Kelmet, um den sich erhebenden Wind zu übertönen.

Der Priester nickte, dann runzelte er finster die Stirn. Er

hatte dem Diener sein beleidigendes Benehmen zwei Tage zuvor noch nicht verziehen.

»Soll ich dir die Beichte abnehmen?« rief der Priester mit einem spottenden Unterton in seinem breiten Akzent zurück.

»Nay, Vater.«

MacKechnie schüttelte den Kopf. »Du hast eine schwarze Seele, Kelmet.«

Der Verwalter gab dem Mann keine Antwort, sondern wartete geduldig, bis der dunkelhaarige Schotte an seiner Seite war. Er konnte an dem belustigten Funkeln in den Augen des Priesters erkennen, daß dieser nur scherzte.

»Es gibt etwas, das wichtiger als meine Beichte ist«, begann Kelmet. »Ich habe gerade Nachricht erhalten …«

Der Priester ließ ihn nicht ausreden. »Heute ist Karfreitag«, warf er ein. »Nichts könnte wichtiger als das sein. Ich werde dir am Ostermorgen die heilige Kommunion verweigern, wenn du nicht heute deine Sünden gestehst und Gottes Vergebung erbittest. Du könntest mit der schrecklichen Sünde der Grobheit beginnen, Kelmet. Aye, das wäre ein guter Anfang.«

Kelmet ließ sich nicht beirren. »Ich bat Euch um Entschuldigung, Vater, aber ich sehe schon, Ihr habt mir immer noch nicht verziehen.«

»In der Tat habe ich das nicht.«

Der Haushofmeister runzelte die Stirn. »Wie ich Euch gestern und vorgestern schon erklärte, kann ich Euch nicht erlauben, das Haupthaus zu betreten, da mir Baron Rault präzise Anweisungen gegeben hat, niemanden einzulassen, solange er fort ist. Er hat mir sogar befohlen, Lady Johannas Bruder Nicholas den Zutritt zu verwehren, sollte er Einlaß begehren. Vater, versucht das zu verstehen. Ich bin der dritte Verwalter hier in weniger als einem Jahr, und ich versuche nur, meine Stellung hier länger zu behalten als meine Vorgänger.«

MacKechnie schnaubte. Er wollte dem Haushofmeister

noch keine Zugeständnisse machen. »Wenn Lady Johanna nicht eingegriffen hätte, würde ich immer noch außerhalb der Mauern lagern, ist das nicht so?«

Kelmet nickte. »Aye, das ist richtig«, gab er zu. »Es sei denn, Ihr hättet Euch wieder auf den Heimweg gemacht.«

»Ich werde nirgendwo hingehen, bis ich nicht mit Baron Raulf gesprochen und ihn darüber in Kenntnis gesetzt habe, was für ein Unwesen sein Vasall auf dem Maclaurin-Land treibt. Das Morden Unschuldiger geht weiter, Kelmet, doch ich bete, daß dein Baron noch keine Ahnung hat, zu welchem machthungrigen Mann Marshall sich entwickelt hat. Ich habe gehört, Baron Raulf sei ein ehrenwerter Mann. Ich kann nur hoffen, daß dies zutrifft, denn er muß diesen Abscheulichkeiten so schnell wie möglich einen Riegel vorschieben. Ja, es ist sogar so, daß sich einige Maclaurin-Soldaten schon an den Bastard MacBain um Hilfe werden. Wenn sie ihm erst einmal den Treueschwur geleistet und ihn zum Clansherrn ernannt haben, wird die Hölle losbrechen. MacBain wird gegen Marshall und jeden anderen Engländer, der sich auf Maclaurin-Land befindet, in den Krieg ziehen. Dem Highland-Krieger ist Wut und Rache nicht fremd, und ich verwette meine Seele darauf, daß selbst Baron Raulfs Haut in Gefahr sein wird, wenn MacBain sich selbst erst einmal von der Verwüstung des Maclaurin-Landes überzeugt hat. Eine Verwüstung, die die Ungetreuen zu verantworten haben, die euer Baron dort eingesetzt hat.«

Obwohl Kelmet nicht persönlich von den Problemen der Schotten betroffen war, ließ er sich doch gern durch den Bericht ablenken. Zudem gewährte ihm der Priester unbeabsichtigt die Möglichkeit, seine unangenehme Pflicht noch eine Weile aufzuschieben. Ein paar Augenblicke würden sicher niemandem wehtun, dachte Kelmet bei sich.

»Vermutet Ihr, daß dieser MacBain-Krieger nach England kommen könnte?«

»Ich vermute nicht«, entgegnete der Geistliche, »ich

stelle fest. Euer Baron wird nicht den leisesten Hinweis darauf bekommen, daß er hier ist, bis er die Klinge MacBains an seiner Kehle spürt. Dann wird es natürlich zu spät sein.«

Der Verwalter schüttelte den Kopf. »Baron Raulfs Soldaten hätten ihn getötet, bevor er noch die Zugbrücke erreicht.«

»Die Chance bekämen sie nicht«, verkündete MacKechnie mit überzeugter Stimme.

»Bei Euch hört es sich an, als wäre dieser Krieger unbesiegbar.«

»Das wäre nicht so abwegig. Tatsächlich habe ich noch nie jemanden wie ihn kennengelernt. Ich will dich nicht mit Geschichten erschrecken, die ich über MacBain gehört habe. Es genügt zu bemerkten, daß du ganz sicher nicht wünschen würdest, seinen Zorn über dieser Burg zu spüren.«

»Nichts davon ist im Augenblick wichtig«, flüsterte Kelmet nun, und seine Stimme klang müde.

»Oh, und ob es wichtig ist«, fauchte der Priester. »Ich werde hier so lange auf den Baron warten, wie es sein muß. Die Sache ist viel zu ernst, um ungeduldig werden zu können.«

Vater MacKechnie hielt inne, um sich wieder zu beruhigen. Er wußte, daß diese Angelegenheit den Haushofmeister nicht betraf, doch da er einmal angefangen hatte, zu erklären, war der ganze Zorn, den er sorgsam in seinem Inneren verschlossen hatte, wieder aufgekocht, und er war nicht in der Lage, die Wut aus seiner Stimme zu halten. Er zwang sich, einen ruhigeren Tonfall anzuschlagen und das Thema zu wechseln.

»Du bist zwar ein Sünder, Kelmet, aber du bist auch ein ehrenhafter Mann, der nur seine Pflicht erfüllen will. Gott wird sich daran erinnern, wenn du am Tag des Jüngsten Gerichts vor Ihm stehst. Wenn es also jetzt nicht um deine Beichte geht, was kannst du dann von mir wollen?«

»Ich brauche Eure Hilfe bei Lady Johanna, Vater. Ich habe soeben eine Nachricht von König John erhalten.«

»Und?« bohrte der Priester, als der Verwalter nicht sofort eine Erklärung hinterherschickte.

»Baron Raulf ist tot.«

»Gütiger Herr, das kannst du nicht ernst meinen.«

»Es ist wahr, Vater!«

MacKechnie stieß ein rauhes Röcheln aus, dann schlug er hastig das Zeichen des Kreuzes. Er senkte den Kopf, preßte die Hände gegeneinander und flüsterte ein Gebet für die Seele des Barons.

Der Wind ließ den Saum seiner Soutane heftig gegen seine Beine flattern, aber der Priester war zu versunken in sein Gebet, um dem Aufmerksamkeit zu schenken. Kelmet blickte zum Himmel. Schwarze, bauschige Wolken wurden durch den beständigen, heulenden Wind vorangetrieben. Das Jammern des Windes, das Geräusch des nahenden Sturmes war unheimlich, drohend ... passend.

Der Priester hatte sein Gebet beendet, schlug erneut das Zeichen des Kreuzes und wandte seine Aufmerksamkeit dann wieder dem Verwalter zu. »Warum hast du mir das denn nicht sofort gesagt? Warum hast du mich reden und reden lassen? Du hättest mich unterbrechen müssen. Gott schütze uns, was wird nun mit den Maclaurins geschehen?«

Kelmet schüttelte den Kopf. »Was die Ländereien des Barons in den Highlands betrifft, Vater, so kann ich Euch keine Antwort geben.«

»Du hättest es sofort sagen müssen«, wiederholte der Priester, noch ganz benommen von der schlechten Nachricht.

»Ein paar Minuten mehr oder weniger machen keinen Unterschied«, erwiderte Kelmet. »Und vielleicht wollte ich meine schwere Aufgabe durch ein Gespräch mit Euch noch ein wenig hinauszögern. Ihr müßt wissen, daß es meine Pflicht ist, Lady Johanna zu informieren, und ich könnte

Euren Beistand wirklich gebrauchen. Sie ist so jung, so unschuldig und ganz ohne Falsch. Das wird ihr bestimmt das Herz brechen.«

MacKechnie nickte. »Ich kenne deine Herrin erst seit zwei Tagen, aber auch ich habe schon festgestellt, wie sanftmütig und rein sie ist. Dennoch bin ich nicht sicher, ob ich wirklich helfen kann. Deine Herrin scheint Angst vor mir zu haben.«

»Sie fürchtet die meisten Priester, Vater. Und sie hat gute Gründe dafür.«

»Und was für Gründe sollten das sein?«

»Ihr Beichtvater ist Bischof Hallwick.«

Vater MacKechnie blickte finster drein. »Dann brauchst du kein Wort mehr zu sagen«, murmelte er angewidert. »Hallwicks übler Ruf ist bekannt, sogar in den Highlands. Kein Wunder, daß das Mädchen Angst hat, und es zeugt von großem Mut, daß sie mir Einlaß gewährt hat, Kelmet.« Er seufzte und setzte hinzu: »Armes Kind. Es ist unfair, in solch zartem Alter den Ehemann zu verlieren. Wie lange ist sie schon mit dem Baron verheiratet?«

»Seit über drei Jahren. Lady Johanna war kaum mehr als ein Kind, als sie verheiratet wurde. Vater, bitte kommt mit mir in die Kapelle.«

»Gewiß doch.«

Die zwei Männer gingen Seite an Seite weiter. Kelmets Stimme klang zögernd, als er wieder anfing zu sprechen: »Ich weiß, daß ich nicht die richtigen Worte finden kann. Ich bin nicht sicher, wie ich es ihr am besten sage …«

»Sag es frank und frei«, riet der Priester. »Sie wird das zu schätzen wissen. Mach keine Andeutungen, so daß sie es sich zusammenreimen muß. Vielleicht wäre es gut, wenn wir eine Frau als Beistand hinzuziehen. Gewiß kann Lady Johanna weibliches Mitgefühl gebrauchen.«

»Aber ich wüßte nicht, wen ich fragen soll«, gab Kelmet zu. »Noch einen Tag, bevor Baron Raulf die Burg verließ, hat er mal wieder den gesamten Haushalt neu besetzt.

Meine Lady kennt kaum die Namen der Diener, es hat einfach schon zu viele gegeben. Meine Herrin bleibt in letzter Zeit für sich.« Dann fügte er hinzu: »Sie ist sehr gütig, Vater, aber sie hält Abstand zu den Bediensteten, und sie hat gelernt, alles selbst in die Hand zu nehmen. Sie hat keinerlei Vertraute, die ich hinzubitten könnte. So ist es leider!«

»Wie lange ist Baron Raulf denn fort gewesen?«

»Fast sechs Monate.«

»Und in dieser ganzen Zeit hat Lady Johanna sich auf niemanden gestützt?«

»Nay, Vater. Lady Johanna vertraut sich niemandem an, nicht mal ihrem Haushofmeister«, sagte Kelmet. »Der Baron sagte, er würde nur ein oder zwei Wochen fort sein, und wir haben jeden Tag auf seine Rückkehr gehofft.«

»Wie ist er gestorben?«

»Er hat den Halt verloren und ist von einer Klippe gestürzt.« Kelmet schüttelte den Kopf. »Ich bin sicher, daß es dabei einiges zu erklären gibt, denn Baron Raulf war kein unbeholfener Trottel. Vielleicht kann der König Lady Johanna Einzelheiten mitteilen.«

»Ein schlimmer Unfall also«, entschied der Priester. »Gottes Wille geschehe«, fügte er schließlich fast pflichtbewußt hinzu.

»Es könnte gut Teufelswerk gewesen sein«, murmelte Kelmet.

MacKechnie gab auf diese Vermutung keine Antwort. »Sie wird sicher wieder heiraten«, bemerkte er mit einem Nicken. »Ihr Erbe kann ja nicht gerade gering sein, nicht wahr?«

»Sie wird ein Drittel der Ländereien ihres Mannes bekommen. Ich habe gehört, sie sind sehr ausgedehnt«, erklärte Kelmet.

»Könnte das Maclaurin-Land, daß euer König John Schottland gestohlen und Baron Raulf gegeben hat, dazugehören?«

»Möglich«, gab Kelmet zu.

MacKechnie speicherte diese Information sorgfältig für einen späteren Gebrauch. »Ich kann mir vorstellen, daß eure Lady mit dem goldfarbenen Haar und den hübschen blauen Augen von jedem unvermählten Baron in England heiß begehrt wird. Sie ist sehr schön, und obwohl es wahrscheinlich sündig ist, es einzugestehen, muß ich sagen, daß ich von ihrem Anblick recht entzückt bin. Mit ihrem Aussehen könnte sie einen Mann leicht verhexen, selbst wenn sie kein Vermögen hätte.«

Die beiden Männer hatten die schmale Treppe, die zur Kapelle hinaufführte, erreicht.

»Ja, sie ist sehr schön«, stimmte der Haushofmeister zu. »Ich habe schon Männer gesehen, die bei ihrem Anblick mit offenem Mund stehenblieben. Sicher werden die Barone sie begehren«, fügte er hinzu, »aber nicht für die Ehe.«

»Was ist das denn für ein Unsinn?«

»Sie ist unfruchtbar«, sagte Kelmet.

Die Augen des Priesters weiteten sich. »Lieber Gott«, flüsterte er. Er senkte den Kopf, schlug das Zeichen des Kreuzes und sprach ein Gebet für die Bürde, die die gute Lady zu tragen hatte.

Auch Lady Johanna betete. Sie stand hinter dem Altar und betete um Rat und Führung. Sie war entschlossen, das Richtige zu tun. Sie hielt eine Pergamentrolle in ihrer Hand, und als sie ihre Bitte an Gott beendet hatte, wickelte sie die Rolle in das Leinentuch, das sie stets auf der marmornen Oberfläche ausgebreitet hatte.

Wieder überlegte sie, ob sie den verdammten Beweis gegen ihren König vernichten sollte. Dann schüttelte sie jedoch den Kopf. Vielleicht würde eines Tages jemand die Rolle finden, und wenn nur ein einziger Mensch die Wahrheit über den bösen König erführe, der einst England regiert hatte, dann wäre vielleicht ein Hauch von Gerechtigkeit getan.

Johanna steckte das Pergament zwischen die Marmorplatten unter der Altaroberfläche. Sie vergewisserte sich, daß es vor Blicken und Beschädigung geschützt war, dann sprach sie ein weiteres kurzes Gebet, knickste und ging durch den Gang zur Tür. Sie öffnete sie und wollte gerade hinaustreten.

Augenblicklich verstummte die Unterhaltung zwischen Vater MacKechnie und Kelmet.

Der Anblicks Lady Johannas entzückte den Priester immer noch, und er akzeptierte die Wahrheit ohne eine Andeutung von Schuld. MacKechnie glaubte nicht, daß er von der Sünde der Wollust gepackt war, nur weil er den Glanz in ihrem Haar entdeckte oder ein bißchen länger als nötig auf ihr liebliches Gesicht starrte. Für ihn war Lady Johanna nichts weiter als eine Kreatur Gottes, ein wunderbares Exemplar allerdings, das einmal mehr die Fähigkeit des Herrn bewies, Perfektion zu schaffen.

Mit ihren hohen Wangenknochen und ihrem blonden Haar war sie durch und durch Sächsin. Sie war ein wenig kleiner als andere, doch der Priester fand, daß sie durch ihre königliche Haltung größer wirkte.

Aye, ihre Erscheinung gefiel dem Priester, und er war sicher, daß sie auch Gott gefiel, denn sie besaß ein freundliches Herz.

MacKechnie war ein mitfühlender Mann. Es tat ihm in der Seele weh, zu wissen, wie grausam das Schicksal dieser Lady bereits jetzt mitgespielt hatte. Eine unfruchtbare Frau brachte dem Königreich keinen Nutzen. Ihre ganze Daseinsberechtigung war von ihr genommen worden. Das Kreuz, das sie zu tragen hatte – das Wissen um ihre eigene Minderwertigkeit – war gewiß der Grund, warum er sie nie hatte lächeln sehen.

Und nun erhielt sie erneut einen Schicksalsschlag.

»Könnten wir einen Augenblick mit Euch sprechen, M'lady?« fragte Kelmet.

Die Worte des Haushofmeisters mußten sie gewarnt haben, daß etwas nicht stimmte. Ein wachsamer Ausdruck stahl sich in ihre Augen, und ihre Hände ballten sich zu

Fäusten. Sie nickte und wandte sich langsam um, um in die Kapelle zurückzugehen.

Die beiden Männer folgten ihr. Im Inneren blieb Lady Johanna in der Mitte des Ganges zwischen den hölzernen Bänken stehen und wandte sich ihnen zu. Der Altar befand sich direkt hinter ihr. Vier Kerzen erhellten die Kapelle nur spärlich. Ihre Flammen flackerten in den gläsernen Kugeln, die jeweils eine Handbreit voneinander entfernt auf der marmornen Oberfläche des langen Altars standen.

Lady Johanna straffte die Schultern, legte die Hände ineinander und sah den Verwalter fest an. Sie schien sich gegen die schlechten Nachrichten zu wappnen. Ihre Stimme war ein sanftes Flüstern, das frei von jeglicher Emotion war. »Ist mein Mann nach Hause zurückgekehrt?«

»Nay, M'lady«, antwortete Kelmet. Er warf dem Priester einen Blick zu, erhielt ein ermutigendes Nicken und platzte dann heraus: »Soeben sind zwei Boten aus London eingetroffen. Sie haben schreckliche Nachrichten mitgebracht. Euer Gatte ist tot.«

Eine lange Zeit des Schweigens folgte der Mitteilung. Kelmet rang die Hände, während er darauf wartete, daß sie die Botschaft begriff. Aber seine Herrin zeigte keine äußerliche Reaktion, und er begann anzunehmen, daß sie die Nachricht nicht verstanden hatte.

»Es ist wahr, M'lady. Baron Raulf ist tot«, wiederholte er mit einem rauhen Flüstern.

Und immer noch konnte er keine Reaktion bemerken. Der Priester und der Verwalter warfen sich einen betroffenen Blick zu und sahen dann wieder Lady Johanna an.

Plötzlich schimmerten Tränen in ihren Augen. Fast hätte Vater MacKechnie einen Seufzer der Erleichterung ausgestoßen. Sie hatte verstanden.

Nun wartete er auf die Verweigerung, denn in all den Jahren, und es waren viele, in denen er den Geschlagenen Trost spenden mußte, hatte er gelernt, daß die meisten Menschen sich zuerst weigerten, die Tatsachen zu akzeptieren.

Ihre Verweigerung kam schnell und heftig: »Nein!« schrie sie. Sie schüttelte so vehement den Kopf, daß ihr Zopf über ihre Schulter flog. »Ich will diese Lüge nicht hören. Niemals!«

»Kelmet hat die Wahrheit gesprochen«, sagte Vater MacKechnie mit tröstend tiefer Stimme.

Sie schüttelte wieder den Kopf. »Das muß eine üble Intrige sein. Kelmet, du mußt die Wahrheit herausfinden. Wer hat dir eine solche Lüge erzählt?«

Der Priester ging schnell einen Schritt auf die junge Frau zu und wollte einen Arm um sie legen. Der Kummer in ihrer Stimme rührte selbst ihn zu Tränen.

Doch sie wollte seinen Trost nicht. Sie wich zurück, verschränkte die Hände ineinander und fragte: »Ist das eine grausame Intrige?«

»Nay, M'lady«, erwiderte Kelmet. »König John selbst hat die Botschaft gesandt. Es gab einen Zeugen. Baron Raulf ist tot.«

»Gott sei seiner Seele gnädig«, intonierte der Priester.

Lady Johanna brach in Tränen aus. Beide Männer hasteten auf sie zu, doch sie wies ihr Mitgefühl erneut ab, indem sie weiter zurückwich. Die Männer hielten unsicher an und beobachteten, wie die Frau sich mit gebrochenem Herzen abwandte. Sie sank in die Knie, umschlang ihren Unterleib mit den Armen und knickte vornüber, als hätte man sie gerade in ihre Mitte getreten.

Ihre Schluchzer waren herzzerreißend. Die beiden Männer ließen sie lange Minuten sich ihrem Schmerz hingeben, und als sie endlich wieder ein wenig Beherrschung zurückerlangt hatte und ihre Schluchzer verebbten, legte ihr der Priester die Hand auf die Schulter und flüsterte Worte, die sie trösten sollten.

Sie schob seine Hand nicht fort. MacKechnie sah, wie sie langsam ihre Würde wiedererrang. Sie atmete tief ein, um sich zu beruhigen, und wischte sich die Tränen mit einem linnenen Tuch, das er ihr reichte, aus dem Gesicht. Dann erlaubte sie ihm, ihr auf die Füße zu helfen.

Mit gesenktem Kopf wandte sie sich an die Männer. »Ich möchte jetzt allein sein. Ich muß … beten.«

Sie wartete nicht auf die Zustimmung der beiden, sondern wandte sich ab und ging zur vordersten Bank. Sie kniete nieder und schlug das Kreuz als Zeichen, daß sie ihre Anrufung beginnen wollte.

Der Priester verließ als erster die Kapelle. Kelmet folgte ihm. Er wollte gerade die Tür hinter sich zuziehen, als seine Herrin ihn rief.

»Schwöre es, Kelmet. Schwöre es auf deines Vaters Grab, daß mein Mann tot ist.«

»Ich schwöre es, M'lady.«

Der Verwalter wartete noch einen Augenblick, ob seine Herrin noch etwas von ihm wollte, doch als das nicht der Fall war, zog er die Tür fest hinter sich ins Schloß.

Johanna starrte eine lange, lange Zeit auf den Altar. In ihrem Kopf herrschte ein einziges Durcheinander aus Gefühlen und Gedanken.

Sie war zu verwirrt, um vernünftig denken zu können.

»Ich muß beten«, flüsterte sie. »Mein Mann ist tot. Ich muß beten.«

Sie schloß die Augen, faltete die Hände und begann endlich ihr Gebet. Es kam als eine einfache, unverhüllte Litanei direkt aus ihrem Herzen.

»Ich danke dir, Gott. Ich danke dir.«

KAPITEL 2

Schottisches Hochland, 1207

Der Baron suchte offensichtlich den Tod. Der Clansherr schickte sich an, ihm dabei behilflich zu sein.

Die MacBains hatten über komplizierte Kanäle bereits vor vier Tagen erfahren, daß Baron Nicholas Sanders versuchte, sich durch die steilen, winterlich verschneiten Berge zum Anwesen der Maclaurins durchzuschlagen. Der Engländer war kein Fremder und hatte sogar auf Gabriel MacBains Seite gekämpft, als sie in einer verbissenen Schlacht englische Abtrünnige, die sich auf dem Maclaurin-Land festgesetzt hatten, zurückgeschlagen hatten. Danach war MacBain Clansherr sowohl über sein eigenes Gefolge als auch über den Maclaurin-Clan geworden. Als ihr neuer Anführer hatte er damals entschieden, daß Nicholas so lange bleiben durfte, bis er von seinen schweren Wunden genesen war. MacBain hielt das für verdammt entgegenkommend und großzügig, allerdings hatte er allen Grund dazu gehabt. Auch wenn er es nur ungern zugab, so hatte Baron Nicholas ihm in der Schlacht doch das Leben gerettet. Der Clansherr war ein stolzer Mann. Es war schwer für ihn, ja eigentlich unmöglich, Danke zu sagen, und als Gegenleistung dafür, daß Nicholas den Rücken des Clansherrn geschützt hatte, als ein englisches Schwert darauf zielte, hatte er es dem Baron erspart, zu verbluten. Da sie niemanden im Clan hatten, der sich auf die heilende Kunst verstand, hatte MacBain persönlich Nicholas' Wunden gesäubert und verbunden. Damit war seine Großzügigkeit jedoch noch nicht zu Ende, obwohl er fand, er habe seine Schuld ausreichend getilgt. Doch als Nicholas kräftig genug für die Rückreise gewesen war, hatte er ihm sein prachtvolles Pferd zurückgegeben und ihm sogar noch ein Plaid geschenkt, so daß er sicher nach England zurückkehren konnte. Kein anderer Clan würde es wagen, einen MacBain anzurühren, so daß das Plaid ein besserer Schutz war als ein Kettenhemd.

Aye, er war wirklich gastfreundlich gewesen, und nun schien der Baron offenbar von seiner Weichherzigkeit profitieren zu wollen.

Sie sollten alle verflucht sein – er würde den Mann tatsächlich töten müssen.

Nur ein einziger freundlicher Gedanke hielt ihn davon ab, sich seiner überaus schlechten Laune hinzugeben: Dieses Mal würde er Nicholas' Pferd behalten.

»Füttere einmal einen Wolf, MacBain, und er wird immer wiederkommen, um nach mehr Beute zu suchen.«

Der erste Befehlshaber des Clansherrn, ein blonder Krieger mit fleischigen Schultern namens Calum, zitierte diese Weisheit mit einem gezwungenen Schnauben in der Stimme. Das Funkeln in seinen Augen zeigte, daß ihn das Eintreffen des Barons in Wirklichkeit amüsierte.

»Werdet Ihr ihn töten?«

MacBain dachte eine Weile über die Frage nach, bevor er antwortete: »Wahrscheinlich.« Seine Stimme klang absichtlich überheblich.

Calum lachte. »Baron Nicholas ist wirklich mutig, hierherzukommen.«

»Nicht mutig«, stellte MacBain richtig. »Dumm.«

»Er ist in Eurem Plaid richtig hübsch anzusehen, wie er den letzten Hügel hinaufkommt, MacBain«, verkündete Keith, der älteste der Maclaurin-Krieger, soeben lautstart, als er eintrat.

»Soll ich ihn hereinholen?« fragte Calum.

»Rein?« schnaubte Keith. »Wir sind mehr draußen als drinnen, Calum. Das Dach ist vom Feuer weggebrannt, und nur noch drei von vier Mauern stehen. Ich würde sagen, wir sind schon draußen.«

»Das waren die Engländer«, erinnerte Calum seinen Clansherrn. »Nicholas ...«

»Er hat uns geholfen, das Maclaurin-Land von den Abtrünnigen zu befreien«, gab MacBain zurück. »Er hat keine Schuld an der Zerstörung.«

»Er ist immer noch Engländer.«

»Das habe ich nicht vergessen.« Er löste sich von der Feuerstelle, an der er gelehnt hatte, murmelte einen Fluch, als ein Holzscheit knisternd auf den Boden flog, und ging dann nach draußen. Calum und Keith schlossen sich sofort an. Am Fuß der Treppe nahmen sie ihre Position an beiden Seiten ihres Anführers ein.

MacBain überragte seine Soldaten. Er war ein Riese von einem Mann mit finsterem Aussehen und Temperament, schwarzbraunem Haar und grauen Augen. Er wirkte niederträchtig. Selbst seine Haltung, wie er dort mit gespreizten Beinen, über der Brust gekreuzten Armen und einer düsteren Miene stand, war kriegerisch.

Baron Nicholas entdeckte den Clansherrn, sobald er über den Kamm des Hügels gelangt war. MacBain sah ziemlich wütend aus. Nicholas mußte sich selbst daran erinnern, daß das seine übliche Haltung war. Dennoch war der finstere Gesichtsausdruck intensiv genug, daß Nicholas sein Ansinnen unwillkürlich überdachte. »Ich muß verrückt sein«, murmelte er vor sich hin. Er holte tief Atem, dann stieß er einen schrillen Begrüßungspfiff aus. Er setzte ein bemühtes Lächeln auf und reckte die Faust zum Gruß in die Höhe.

MacBain war wenig beeindruckt. Er wartete, bis Nicholas den rechteckigen Vorplatz erreicht hatte, dann hob er seine Hand als stummes Signal, anzuhalten.

»Ich dachte, ich habe mich verdammt klar ausgedrückt, Baron. Ich sagte, ich will Euch hier nicht mehr sehen.«

»Aye, das habt Ihr mir gesagt«, stimmte Nicholas zu. »Ich kann mich erinnern.«

»Erinnert Ihr Euch auch, daß ich drohte, Euch umzubringen, wenn Ihr noch einmal Euren Fuß auf mein Land setzt?«

Nicholas nickte. »Mein Gedächtnis speichert auch Einzelheiten, MacBain. Ich kann mich auch an diese Drohung erinnern.«

»Könnte man Euer Erscheinen dann als offene Herausforderung bezeichnen?«

»Das könnte man daraus schließen«, antwortete Nicholas mit einem lässigen Schulterzucken.

Das Lächeln auf dem Gesicht des Barons verwirrte

MacBain über alle Maßen. Glaubte Nicholas, sie würden eine Art Spielchen spielen? War er so naiv?

MacBain stieß einen langen Seufzer aus. »Legt mein Plaid ab, Nicholas.«

»Warum?«

»Ich möchte Euer Blut nicht darauf haben.«

Seine Stimme bebte vor Zorn. Nicholas hoffte inständig, daß es nur Getue war. Er hielt sich für mindestens genauso stark und ausdauernd wie der Clansherr, und er war bestimmt genauso groß wie MacBain. Dennoch wollte er nicht mit dem Mann kämpfen. Wenn er den Clansherrn tötete, wäre sein Plan hinfällig. Und wenn der Clansherr ihn tötete, würde dieser niemals von dem Plan erfahren. Im übrigen war MacBain im Kampf viel flinker und geschickter. Zumal er auch nicht fair kämpfte, ein Zug, den Nicholas entschieden beeindruckend fand.

»Aye, es ist Euer Plaid«, rief er dem Barbaren zu, »doch das Land, MacBain, das Land gehört nun meiner Schwester.«

MacBains Stirnfalten vertieften sich. Er hörte diese Tatsache überhaupt nicht gerne. Sein Schwert aus der Scheide ziehend, trat er einen Schritt nach vorn.

»Verdammt«, murmelte Nicholas, als er sein Bein über den Rücken seines Hengstes schwang und absaß. »Mit Euch ist nichts einfach, nicht wahr, MacBain?«

Er erwartete keine Antwort und bekam auch keine. Er zog das Plaid von seiner Schulter, wo es wie ein Banner drapiert gewesen war, und legte es über den Sattel seines Pferdes. Dann griff er nach seinem eigenen Schwert. Einer der Maclaurin-Krieger stürzte vor und führte das Pferd fort. Nicholas schenkte ihm wenig Beachtung und versuchte, die Menge, die sich nun im Hof sammelte, ebenfalls zu ignorieren. Er konzentrierte sich mit allen Sinnen auf sein Gegenüber.

»Es war Euer Schwager, der diesen Besitz hier und die Hälfte des Maclaurin-Clans vernichtete«, grollte Mac-

Bain. »Und ich habe unter Eurer Gegenwart lange genug gelitten.«

Die beiden Riesen maßen sich mit Blicken. Nicholas schüttelte den Kopf. »Bleibt bei den Tatsachen, MacBain. Es war Baron Raulf, der Mann meiner Schwester, der den untreuen Marshall und seine bedauernswerten Männer hier einsetzte. Doch als Raulf tot und meine Schwester aus seiner Gewalt befreit war, schickte sie mich, um das Land von den verräterischen Vasallen zu befreien. Ihr gehört das Land, MacBain. Euer König William der Löwe hat vergessen, es von Richard zurückzukaufen, als der brave Mann König von England war und das Geld dringend für seinen Kreuzzug benötigte, aber König John vergißt niemals, was ihm gehört. Er übergab das Land seinem getreuen Diener Raulf, und nun, da er tot ist, hat Johanna es geerbt. Es ist rechtmäßig ihr Land, ob es Euch gefällt oder nicht.«

Die Erinnerung an vergangene Übergriffe brachte beide Krieger in Wut. Sie gingen wie wilde Stiere aufeinander los. Ihre gewaltigen Schwerter klirrten funkensprühend gegeneinander, und der Klang von Stahl auf Stahl schmerzte in den Ohren. Das Geräusch hallte von den Hügeln wider und übertönte das Beifallsmurmeln der Menge.

Keiner der Krieger sagte ein Wort. Der Kampf beanspruchte jedes bißchen ihrer Kraft und Konzentration. MacBain war der Angreifer, Nicholas der Verteidiger, der jeden tödlichen Schwertschlag abblockte, ohne selbst vorzustoßen.

Sowohl die MacBain-Krieger als auch die Maclaurin-Soldaten waren höchst zufrieden mit der Darbietung. Einige kommentierten beifällig die flinken Bewegungen des Engländers, zumal Nicholas in ihren Köpfen bereits seine hohe Kampfqualität bewiesen hatte, weil er bisher am Leben geblieben war.

MacBain drehte sich plötzlich blitzschnell um und brachte mit einem Fuß Nicholas zu Fall. Dieser stürzte auf den Rücken, rollte sich herum und kam schnell wie eine Katze wieder auf die Füße, bevor der Clansherr die Gelegenheit ausnutzen konnte.

»Ihr seid nicht gerade gastfreundlich«, keuchte Nicholas.

MacBain lächelte. Er hätte den Kampf durchaus beenden können, als Nicholas auf dem Rücken lag, doch er hatte sich plötzlich eingestehen müssen, daß sein Herz nicht wirklich dabei war.

»Meine Neugier hält Euch am Leben, Nicholas«, gab MacBain mühsam atmend zurück. Seine Stirn glänzte vor Schweiß, als er nun sein Schwert in einem weiten Bogen nach unten herabsausen ließ.

Nicholas konterte von unten mit seinem Schwert und fing den kraftvollen Schlag ab. »Wir werden bald verwandt sein, so oder so.«

Es bedurfte einiger Sekunden, bis der Clansherr die Bemerkung richtig verstanden hatte! Er hörte nicht einmal mit seinen Attacken auf, als er fragte: »Wie das, Baron?«

»Ich werde Euer Schwager sein.«

MacBain versuchte nicht, sein Erstaunen über diese empörende und ganz sicher zu widerlegende Feststellung zu verbergen. Er trat einen Schritt zurück und ließ langsam sein Schwert sinken.

»Seid Ihr vollkommen blöd geworden, Nicholas?«

Der Baron lachte. Dann warf er seine Waffe zur Seite.

»Ihr seht aus, als hättet Ihr Euer Schwert verschluckt, MacBain.«

Nach dieser Bemerkung stürzte er sich mit dem Kopf gegen die Brust des Clansherrn. Es fühlte sich an, als würde er eine steinerne Mauer rammen. Obwohl es höllisch schmerzte, erwies sich der Stoß als höchst effektiv. MacBain stieß ein Grunzen aus, und die zwei Krieger fielen hintüber. MacBain ließ sein Schwert los, und schließlich lag Nicholas quer über der Brust des Schotten. Er war zu erschöpft, um sich noch zu bewegen, und jeder Knochen in seinem Leib schmerzte. MacBain schob ihn von sich, schaffte es bis auf die Knie und wollte gerade wieder nach seinem Schwert greifen, als er seine Absicht änderte. Langsam wandte er sich dem Engländer zu.

»Ich soll eine Engländerin heiraten?«

Seine Stimme klang entsetzt. Auch er war außer Atem. Diese letzte Beobachtung gefiel Nicholas ungemein. Und sobald er wieder in der Lage war, selbst normal zu atmen, würde er bestimmt damit prahlen, daß seine Ausdauer der des Clansherrn ebenbürtig war.

MacBain stand auf und zog Nicholas auf die Füße. Er stieß ihn von sich, damit der Baron nicht auf die Idee kam, es sei eine Geste der Freundlichkeit gewesen, dann kreuzte er die Arme vor der Brust und verlangte eine Erklärung.

»Und wen soll ich nach Eurem Dafürhalten heiraten?«

»Meine Schwester!«

»Ihr seid verrückt.«

Nicholas schüttelte den Kopf. »Wenn Ihr sie nicht heiratet, dann wird König John sie Baron Williams geben. Er ist ein hinterhältiger Hundesohn«, fügte er vergnügt hinzu. »Gott möge Euch dann noch helfen, MacBain. Wenn Williams seine Männer aussendet, dann wird Euch Marshall so gut und gerecht wie ein warmer Sommertag erscheinen.«

Der Clansherr zeigte keine sichtbare Reaktion auf diese Nachricht. Nicholas rieb sich seine Schläfe, um den Schmerz zu lindern, bevor er fortfuhr. »Ihr werdet wahrscheinlich jeden umbringen, den er herschickt«, bemerkte er.

»Verdammt richtig«, fauchte MacBain.

»Doch Williams wird darauf nur mit mehr Kriegern reagieren… immer mehr und mehr. Könnt Ihr Euch einen andauernden Krieg mit England leisten? Wie viele Maclaurins werden noch sterben müssen, bevor der Streit beigelegt ist? Seht Euch doch um, MacBain. Marshall und seine Männer haben fast jedes verdammte Gebäude hier zerstört. Die Maclaurins haben sich an Euch um Hilfe gewandt und Euch zum Clanschef gemacht. Sie verlassen sich auf Euch. Wenn Ihr Johanna heiratet, wird das Land rechtmäßig Euch gehören. König John wird Euch in Ruhe lassen.«

»Und Euer König billigt diese Vereinigung?«

»Das tut er«, sagte Nicholas im Brustton der Überzeugung.

»Warum?«

Nicholas zuckte die Schultern. »Ich bin mir nicht sicher. Er will Johanna aus England raushaben, soviel ich weiß. Er scheint begierig auf die Heirat und gibt Euch das Land am Tag Eurer Hochzeit. Ich werde ihre Besitztümer in England überschrieben bekommen.«

»Warum?« fragte MacBain noch einmal.

Nicholas seufzte. »Ich denke, meine Schwester weiß sehr gut, warum John sie so weit von sich entfernt wissen will – er nennt diesen Landstrich hier das Ende der Welt –, aber sie will mir nicht sagen, was der Grund dafür sein mag.«

»Also würdet auch Ihr von dieser Verbindung profitieren.«

»Ich will den Besitz in England nicht«, sagte Nicholas. »Das bedeutet nur jedes Jahr mehr Steuern, und ich habe schon genug damit zu tun, meine eigenen Ländereien wieder aufzubauen.«

»Warum habt Ihr dann um Eurer Schwester …«

Nicholas ließ ihn nicht ausreden. »John kann Habgier nachvollziehen«, unterbrach er. »Wenn er denken würde, ich wolle nur meine Schwester vor Baron Williams schützen, dann hätte er meinen Vorschlag, Ihr solltet sie heiraten, wahrscheinlich abgelehnt. Natürlich hat er auf einem gewaltigen Bußgeld bestanden, aber das habe ich schon bezahlt.«

»Ihr widersprecht Euch selbst, Baron. Wenn John Johanna möglichst weit von England fort sehen will, warum hat er dann eine Hochzeit mit Baron Williams in Erwägung gezogen?«

»Weil Williams dem König absolut ergeben ist. Williams ist sein Schoßhündchen. Er hätte Johanna fest im Griff gehabt.« Wieder schüttelte Nicholas den Kopf. Dann flüsterte er: »Meine Schwester hat Zugang zu irgendwelchen verhängnisvollen Informationen gehabt, und König John will nicht, daß die vergangenen Sünden ihn einholen. Oh, sie könnte natürlich niemals bei Hofe gegen einen Mann aussagen, nicht einmal gegen den König, denn sie ist schließlich eine Frau, und kein einziger Beamter würde ihr Gehör schenken. Dennoch gibt es Barone, die sich nur zu gerne gegen den König auflehnen würden. Und Johanna könnte ihren Zorn anfachen, wenn sie erzählen würde, was immer sie weiß. Es ist ziemlich rätselhaft, MacBain, aber je mehr ich darüber nachdenke, desto überzeugter bin ich, daß mein König Angst vor dem hat, was Johanna preisgeben könnte.«

»Wenn es stimmt, was Ihr vermutet, dann überrascht es mich, daß er sie noch nicht hat umbringen lassen. Euer König ist doch solcher Schandtaten fähig.«

Nicholas wußte, daß er niemals MacBains Unterstützung gewinnen konnte, wenn er nicht vollkommen offen mit ihm redete. Er nickte wieder. »Er ist einer solchen Tat fähig. Ich war bei Johanna, als sie den Befehl erhielt, nach London zu kommen. Ich habe ihre Reaktion gesehen. Sie sah aus, als würde sie zu ihrer Hinrichtung gehen.«

»Aber sie ist noch am Leben.«

»Der König läßt sie streng bewachen. Sie hat private Zimmer und darf keinen Besuch empfangen. Sie lebt von Tag zu Tag in wachsender Angst. Ich will sie aus England fortbringen, und die Ehe mit Euch ist die einzige Möglichkeit.«

Nicholas' Aufrichtigkeit gefiel dem Clansherrn. Er bedeutete ihm, ein Stück mit ihm zu gehen, und setzte sich in Richtung der Ruinen in Bewegung, die er sein Zuhause nannte. Nicholas paßte sich neben ihm seinem Schritt an.

MacBains Stimme kam leise und tief, als er bemerkte: »Also habt Ihr Euch diesen schlauen Plan einfallen lassen.«

»Ja«, antwortete Nicholas. »Und das in kürzester Zeit. John war schon vor sechs Monaten entschlossen, sie mit William zu verheiraten, aber sie konnte sich ihm widersetzen.«

»Wie das?«

Nicholas grinste. »Sie hat zuerst eine Annullierung der Ehe verlangt.«

MacBains Überraschung war nicht zu übersehen. »Warum wollte sie denn eine Annullierung? Ihr Mann ist tot!«

»Es war eine kluge Verzögerungstaktik«, erklärte Nicholas. »Es gab zwar einen Zeugen für den Tod des Barons, aber die Leiche wurde nie geborgen. Meine Schwester sagte dem König, sie würde niemanden heiraten, solange es eine winzige Hoffnung gab, daß Baron Raulf noch am Leben sei. Er ist nicht in England gestorben, müßt Ihr wissen. Er war in der Eigenschaft als Johns Gesandter in einer Stadt, die auf Wasser gebaut ist, als der Unfall sich ereignete. Natürlich widersetzt man sich dem König nicht, aber da John in letzter Zeit eine Menge Differenzen mit der Kirche hatte, beschloß er, sich an die Vorschriften zu halten. Johanna hat die Papiere vor kurzem erhalten. Die Annullierung ist bestätigt worden.«

»Wer war denn der Zeuge für den Tod ihres Gatten?«

»Warum fragt Ihr?«

»Reine Neugier«, gab MacBain zurück. »Wißt Ihr es?«

»Ja«, antwortete Nicholas. »Williams war der Zeuge.«

MacBain speicherte diese Information sorgfältig in einem Winkel seines Gehirns. »Warum zieht Ihr mich diesem englischen Baron vor?«

»Williams ist ein Ungeheuer, und ich kann nicht zusehen, wie er sie unter seine Gewalt zwingt. Ihr seid das geringere von zwei Übeln. Ich weiß, daß Ihr sie gut behandeln werdet... wenn sie Euch will.«

»Was ist denn das für ein Unsinn. Das ist nicht ihre Entscheidung!«

»Ich fürchte doch«, sagte Nicholas. »Erst muß Johanna Euch kennenlernen, dann soll sie entscheiden. Tatsache ist, daß sie niemanden heiraten würde, wenn sie den Preis weiterhin aufbringen könnte, den der König verlangt, daß sie unverheiratet bleibt. Zumindest glaubt sie das. Ich befürchte allerdings, daß der König sie so oder so irgendwann mit irgendwem vermählt.«

»Euer König ist ein habgieriger Mann«, sagte MacBain. »Oder ist dies eine besondere Strafe, um die Mitarbeit Eurer Schwester zu erzwingen?«

»Die Steuer?« fragte Nicholas.

MacBain nickte. »Nein«, antwortete Nicholas. »John kann die Witwen seiner wichtigsten Getreuen dazu zwingen, wieder zu heiraten. Wenn sie unbedingt frei bleiben wollen oder sich selbst einen neuen Gatten wählen, nun, dann müssen sie ihm jedes Jahr eine stattliche Buße bezahlen.«

»Ihr habt gesagt, Ihr hättet die Buße bereits bezahlt. Ihr vermutet also, daß Johanna mich annehmbar findet?«

Nicholas nickte. »Meine Schwester weiß noch nicht, daß ich die Buße bezahlt habe, und ich würde es wirklich zu schätzen wissen, daß Ihr es nicht erwähnt, wenn Ihr sie kennenlernt.«

MacBain verschränkte die Hände hinter dem Rücken und ging nach drinnen. Nicholas folgte ihm.

»Ich muß über Euren Vorschlag nachdenken«, verkündete der Clansherr schließlich. »Der Gedanke daran, eine Engländerin zu heiraten, ist schwer zu verdauen, und wenn man die Tatsache noch hinzurechnet, daß sie Eure Schwester ist, kommt es einem fast unvorstellbar vor.«

Nicholas war klar, daß er beleidigt worden war, aber es kümmerte ihn nicht. MacBain hatte seinen Charakter in der

Schlacht gegen Marshall und sein Gefolge bewiesen. Der Clansherr mochte etwas ungeschliffen und barbarisch sein, aber er war ebenso ein ehrbarer und mutiger Mann.

»Da ist noch etwas, das Ihr in Betracht ziehen müßt«, sagte Nicholas.

»Und was?«

»Johanna ist unfruchtbar.«

MacBain nickte, um Nicholas zu zeigen, daß er verstanden hatte, schwieg jedoch für eine ganze Weile.

Dann zuckte er die Schultern. »Ich habe bereits einen Sohn.«

»Meint Ihr Alex?«

»Ja.«

»Man hat mir gesagt, daß mindestens drei Männer der Vater sein könnten.«

»Das stimmt«, entgegnete MacBain. »Seine Mutter war eine Dirne. Sie konnte den Namen des Vaters nicht nennen. Sie glaubte, daß ich es bin. Bei der Geburt des Kindes ist sie gestorben. Ich kann ihn als meinen Sohn ausgeben.«

»Beansprucht einer der anderen Männer ebenfalls das Recht?«

»Nein.«

»Johanna kann Euch keine Kinder schenken. Wird die Tatsache, daß Alex illegitim ist, in Zukunft Bedeutung gewinnen?«

»Das wird es nicht«, gab MacBain mit harter, kalter Stimme zurück. »Auch ich bin illegitim.«

Nicholas lachte. »Wollt Ihr damit sagen, daß ich Euch gar nicht beleidigt habe, als ich Euch in der Hitze der Schlacht gegen Marshall Bastard genannt habe?«

MacBain nickte. »Ich habe schon andere dafür umgebracht, daß sie mich so betitelt haben, Nicholas. Ihr könnt Euch glücklich schätzen.«

»*Ihr* könnt Euch dafür glücklich schätzen, wenn Johanna Euch heiraten will.«

MacBain schüttelte den Kopf. »Ich will das, was mir

rechtmäßig zusteht. Wenn ich dieses zänkische Weibsstück heiraten muß, um mein Land zu kriegen, dann werde ich es tun.«

»Wie kommt Ihr darauf, daß sie ein zänkisches Weib ist?« Nicholas war verwirrt über MacBains Bemerkung.

»Ihr habt mir doch genügend Hinweise auf ihren Charakter gegeben«, entgegnete MacBain. »Sie ist offenbar eine starrköpfige Frau, denn sie weigert sich, ihrem Bruder die Informationen über ihren König anzuvertrauen. Sie braucht einen Mann, der sie im Griff hat – das waren *Eure* Worte, Nicholas, als seht mich nicht so verdattert an –, und zu guter Letzt ist sie auch noch zufällig unfruchtbar. Hört sich wirklich liebreizend an, nicht wahr?«

»Aye, sie ist sehr liebreizend.«

MacBain sah ihn spöttisch an. »Ich finde wenig Geschmack an der Vorstellung, ihr Mann zu sein, aber Ihr habt recht, ich werde sie gut behandeln. Ich denke, wir werden einen Weg finden, einander nicht in die Quere zu kommen.«

Der Clansherr schenkte Wein in zwei silberne Kelche und reichte Nicholas einen davon. Beide hoben den Trank zum gegenseitigen Wohl und kippten dann den Inhalt hinunter. Nicholas kannte die richtigen Manieren der Highlands und rülpste augenblicklich. MacBain nickte billigend.

»Ich vermute, das bedeutet, Ihr wollt immer herkommen, wann Ihr Lust dazu habt?«

Nicholas lachte. MacBain klang, als würde ihm diese Möglichkeit reichlich auf den Magen schlagen.

»Ich werde einige Plaids brauchen, wenn ich zurückreite«, sagte er dann. »Ihr wollt gewiß nicht, daß Eurer Braut etwas zustößt, nicht wahr?«

»Ich gebe Euch mehr als ein paar, Nicholas«, gab MacBain zurück. »Ich will mindestens dreißig Mann als Eskorte in Eurem Gefolge haben. Jeder wird zum Schutz meine Farben tragen. Ihr werdet sie entlassen, sobald Ihr Rush

Creek erreicht habt. Nur Ihr und Eure Schwester habt die Erlaubnis, mein Land zu betreten, ist das klar?«

»Ich habe nur einen Scherz gemacht, Clansherr. Ich kann meine Schwester allein beschützen.«

»Ihr tut, was ich sage!« befahl MacBain.

Nicholas gab nach. Dann wechselte der Clansherr das Thema. »Wie lange war Johanna verheiratet?«

»Etwas über drei Jahre. Johanna würde lieber unverheiratet bleiben«, sagte Nicholas. »Aber die Gefühle meiner Schwester interessieren John nicht. Er hält sie in London hinter Schloß und Riegel. Selbst mir wurde nur ein kurzer Besuch gestattet, und John war die ganze Zeit anwesend. Wie ich Euch schon gesagt habe, will John sie unbedingt loswerden, MacBain.«

MacBain runzelte die Stirn. Nicholas mußte plötzlich grinsen. »Wie schmeckt es Euch, die Antwort auf König Johns Gebete zu sein?«

Der Clansherr fand das nicht komisch. »Ich bekomme das Land«, sagte er. »Das ist alles, was zählt.«

Nicholas' Aufmerksamkeit wurde abgelenkt, als MacBains riesiger Wolfshund durch die Tür getrottet kam. Das Tier war ein wild aussehendes Ding mit grauem Fell und dunklen Augen. Nicholas schätzte, daß der Hund genausoviel wog wie er selbst. Das Tier warf Nicholas einen Blick zu, während es um die Ecke trabte und auf die Treppe zulief. Es stieß einen tiefes, drohendes Knurren aus, das Nicholas die Haare zu Berge stehen ließ.

MacBain bellte auf Gälisch einen Befehl, und das gewaltige Biest lief augenblicklich an seine Seite.

»Nur einen Rat, MacBain: Versteckt dieses häßliche Monster, wenn ich Johanna herbringe. Wenn sie Euch beide zusammensieht, macht sie auf dem Absatz kehrt und reitet nach England zurück.«

MacBain lachte. »Hört gut zu, Nicholas. Ich lasse mich nicht abweisen. Sie wird mich heiraten!«

KAPITEL 3

»Ich will ihn nicht, Nicholas. Du mußt nicht ganz bei Sinnen sein, wenn du je geglaubt hast, daß ich seine Frau werde.«

»Das Äußere täuscht, Johanna«, erwiderte ihr Bruder. »Warte, bis wir näher herangekommen sind. Dann wirst du bestimmt die Freundlichkeit in seinen Augen sehen. MacBain wird dich gut behandeln.«

Sie schüttelte den Kopf. Ihre Hände zitterten so heftig, daß ihr fast die Zügel ihres Pferdes entglitten. Sie packte die Lederriemen fester und versuchte, den riesigen Krieger nicht anzustarren … und das ungeheuerliche Hundetier, das an seiner Seite lehnte.

Sie näherten sich dem Vorplatz des verwüsteten Anwesens. Der Clansherr stand auf den Stufen, die zu dem zerstörten Gebäude führten. Er wirkte bei ihrem Anblick nicht gerade erfreut, während ihr regelrecht übel wurde. Sie holte tief Atem, um sich zu beruhigen, und flüsterte dann: »Welche Farben haben seine Augen, Nicholas?«

Ihr Bruder wußte es nicht.

»Du hast Freundlichkeit in seinen Augen entdeckt, aber weißt nicht mal die Farbe?« Jetzt hatte sie ihn erwischt, und beide wußten es. »Männer achten nicht auf solche unbedeutenden Dinge«, verteidigte er sich.

»Du hast erzählt, er sei ein sanftmütiger Mann mit freundlicher Stimme und immer zu einem Lächeln bereit. Jetzt lächelt er aber nicht, stimmt's, Nicholas?«

»Hör mal, Johanna …«

»Du hast mich angelogen.«

»Ich hab' dich nicht angelogen«, behauptete er. »MacBain hat mir während der Schlacht gegen Marshall nicht einmal, sondern zweimal das Leben gerettet, und er hat mich nicht einmal darauf angesprochen. Er ist ein stolzer und ehrenhafter Mann. Das mußt du mir einfach glauben.

Ich würde nicht vorschlagen, daß du ihn heiratest, wenn ich nicht davon überzeugt wäre, daß es funktionieren kann.«

Johanna gab ihm keine Antwort. Die Panik überwältigte sie. Ihr Blick huschte zwischen dem riesigen Krieger und dem häßlichen Hund hin und her.

Nicholas befürchtete, daß sie gleich ohnmächtig werden würde. Sein Geist arbeitete fieberhaft, auf der Suche nach irgend etwas, das sie beruhigen könnte.

»MacBain ist der linke von den beiden, Johanna.«

Ihr war nicht nach Scherzen zumute. »Er ist unglaublich groß, nicht wahr?«

Ihr Bruder streckte seinen Arm aus, um ihre Hand zu tätscheln. »Er ist nicht größer als ich«, antwortete er.

Sie schob seine Hand weg. Sie wollte seinen Trost nicht. Außerdem wollte sie auch nicht, daß er spürte, wie sie vor feiger Angst zitterte.

»Die meisten Frauen würden sich einen starken Mann wünschen, der sie beschützt. MacBains Größe sollte dich glücklich machen und für ihn sprechen.«

Johanna schüttelte den Kopf. »Es spricht gegen ihn«, verkündete sie.

Immer noch starrte sie den Clansherrn an. Er schien direkt vor ihren Augen zu wachsen. Je näher sie kam, desto riesiger schien er zu werden.

»Er sieht gut aus.«

Sie platzte mit ihrer Meinung in einem Ton heraus, daß es wie eine Anschuldigung klang.

»Wenn du meinst.« Nicholas entschied sich, ihr besser zuzustimmen.

»Auch das spricht gegen ihn. Ich will keinen gutaussehenden Mann heiraten.«

»Das macht doch keinen Sinn.«

»Das muß es auch nicht. Ich habe mich entschieden. Ich will ihn nicht. Bring mich nach Hause, Nicholas. Sofort.«

Nicholas zog an den Zügeln ihres Pferdes, um es anzuhalten, und zwang sie, ihn anzusehen.Die Angst, die er in ihren Augen sah, tat ihm im Herzen weh. Nur er wußte, was sie in ihrer Ehe mit Raulf durchgemacht hatte, und obwohl sie keinen Ton davon sagte, hatte er eine Ahnung davon, wovor ihr Entsetzen herrührte. Seine Stimme klang tief und inbrünstig, als er nun auf sie einsprach: »Hör mir zu, Johanna, MacBain wird dir niemals wehtun.«

Sie wußte nicht, ob sie ihm glauben konnte oder nicht. »Ich würde ihm niemals erlauben, mir wehzutun.«

Die Vehemenz ihrer Antwort brachte ihn zum Grinsen. Raulf hatte es nicht geschafft, den Mut aus ihr herauszuprügeln. Nicholas empfand das als einen Segen.

»Denk doch nur an all die Gründe, die für eine Heirat mit ihm sprechen«, sagte er. »Du bist weit fort von König John und seinen Männern, und sie werden dich auch nicht bis hierher verfolgen. Hier bist du sicher.«

»Das ist schon eine Überlegung wert.«

»MacBain haßt England und unseren König.«

Sie kaute an ihrer Unterlippe. »Ja, das ist ein weiterer Pluspunkt für ihn«, gab sie zu.

»Diese Gegend, so kahl sie jetzt auch aussieht, wird eines Tages ein Paradies sein, und das wird auch dir zu verdanken sein. Du wirst hier gebraucht.«

»Ja, ich kann helfen, es wieder aufzubauen«, sagte sie. »Und ich sehne mich nach warmem Wetter. Wirklich, ich habe nur zugestimmt, herzukommen, weil du mich davon überzeugt hast, daß dieses Land viel näher an der Sonne liegt. Ich weiß gar nicht, warum ich nicht selbst darauf gekommen bin. Ich gebe zu, daß der Gedanke, nicht länger als einen Monat einen schweren Umhang tragen zu müssen, sehr reizvoll ist. Du hast doch gesagt, daß die eisige Kälte dieses Jahr sehr ungewöhnlich ist.«

Guter Gott, er hatte diese kleine Lüge ganz vergessen! Johanna haßte Kälte und wußte absolut nichts über die Highlands. Also hatte er ein bißchen gemogelt, um sie sicher aus England herauszubekommen, und nun hatte er ein furchtbar schlechtes Gewissen. Zudem hatte er einen Mann der Kirche korrumpiert, indem er Vater MacKechnie gebeten hatte, sein Märchen zu unterstützen.

Der Priester hatte seine eigenen Gründe, sich die Ehe zwischen MacBain und Johanna zu wünschen, und hatte jedesmal den Mund gehalten, wenn Johanna von den Vorzügen eines warmen, sonnigen Klimas schwärmte. Allerdings hatte er auch jedesmal Nicholas einen seltsamen Blick zugeworfen, wenn das Thema aufkam.

Nicholas seufzte. Er nahm an, daß Johanna seine Lüge erkennen würde, wenn sie sich durch knietiefen Schnee mühen mußte. Immerhin könnte sie bis dahin ihre Meinung über MacBain geändert haben.

»Wird er mich in Ruhe lassen, Nicholas?«

»Ja.«

»Du hast ihm nichts von den Jahren mit Raulf erzählt?«

»Nein, natürlich nicht. Ich habe dir doch mein Wort gegeben.«

Sie nickte. »Und er weiß ganz bestimmt, daß ich keine Kinder gebären kann?«

Sie hatte das Thema schon mindestens ein dutzendmal während ihrer Reise in die Highlands angesprochen. Nicholas hatte keine Ahnung, was er noch dazu sagen sollte. »Er weiß es, Johanna.«

»Und warum hat es ihn nicht gestört?«

»Er will dieses Land. Er ist jetzt Clansherr und muß die Interessen der Clans über seine eigenen stellen. Die Ehe mit dir ist für ihn einfach eine Möglichkeit, sein Ziel zu erreichen.«

Es war eine kalte, ehrliche Antwort. Johanna nickte. »Ich werde ihn mir also ansehen«, lenkte sie schließlich ein. »Aber ich verspreche dir nicht, daß ich ihn heirate, also kannst du dein Dauergrinsen jetzt sein lassen, Nicholas.«

MacBain war es inzwischen leid, darauf zu warten, daß seine Braut zu ihm kam. Er begann gerade, die Treppen hinunterzusteigen, als sie ihr Pferd wieder vorantrieb. Er hatte sie immer noch nicht richtig mustern können, da ihre komplette Gestalt in einen schweren Umhang mit Kapuze gehüllt war. Auf jeden Fall überraschte ihn, daß sie so klein war. Er hatte eine weitaus größere Frau erwartet, da Nicholas ihr Bruder war.

Ihr Aussehen war für ihn nicht wichtig. Diese Ehe war eine geschäftliche Vereinbarung, nichts weiter. Dennoch überlegte er, daß sie wahrscheinlich dasselbe dunkle Haar und den dunklen Teint ihres Bruders besaß.

Er hatte sich getäuscht. Nicholas stieg als erster ab. Er warf einem der Soldaten die Zügel zu, dann trat er an Johannas Seite, um ihr zu helfen.

Sie war wirklich ein kleines Ding und reichte ihrem Bruder nur bis an die Schulter. Nicholas hatte seine Hände auf ihre Arme gelegt und lächelte auf sie hinab. Es war deutlich zu sehen, daß er seine Schwester sehr mochte. MacBain fand seine brüderliche Fürsorge ein bißchen übertrieben.

Während Johanna die Bänder löste, die ihre Kapuze zusammenhielten, reihten sich die Soldaten hinter ihrem Clansherrn auf. Dic Maclaurins sammelten sich auf der linken Seite der breiten Treppe, während die MacBain-Leute auf der rechten Seite ihre Position einnahmen. Innerhalb von Sekunden waren die sechs Stufen voller neugieriger Männer. Alle wollten die neue Braut des Clansherrn sehen.

MacBain hörte das zustimmende Gemurmel in dem Augenblick, als Johanna ihren Umhang abgestreift und ihrem Bruder gereicht hatte. MacBain glaubte nicht, daß er einen Laut von sich gegeben hatte, aber er konnte nicht sicher sein. Ihr Anblick verschlug ihm den Atem.

Nicholas hatte kein Wort über ihr Aussehen gesagt, und es hatte MacBain nicht genügend interessiert, um zu fragen. Nun warf er dem Baron einen Blick zu und sah das Lachen in seinen Augen. Er *weiß*, daß sie mich aus der Fassung bringt, dachte er bei sich. MacBain verbarg sein Erstaunen hinter einer reglosen Maske und wandte seine Aufmerksamkeit wieder der wunderschönen Frau zu, die ihm nun entgegenkam.

Himmel, sie war ein hübsches Kind. Ihre hüftlangen, blonden Locken wogten bei jedem Schritt, den sie ging. Diese Frau schien keinerlei Makel zu besitzen. Auf ihrem Nasenrücken schimmerten zarte Sommersprossen. Das gefiel ihm. Ihre Augen waren von lebhaftem Blau, ihr Teint schien rein, und ihr Mund, lieber Gott, ihr Mund konnte einen Heiligen zu unzüchtigen Gedanken treiben. Auch das gefiel ihm.

Einige der Maclaurin-Männer waren nicht so diszipliniert wie ihr Anführer. Die zwei Männer, die direkt hinter ihm standen, stießen bewundernde Pfiffe aus. Solch ein grobes Benehmen konnte MacBain nicht dulden. Er drehte sich halb um, packte beide Männer im Nacken und schickte sie im hohen Bogen neben die Stufen. Die anderen Männer hasteten schnell zur Seite.

Johanna blieb wie angewurzelt stehen, sah auf die Soldaten, die sich vom Boden aufrappelten, und warf dann dem Clansherrn einen Blick zu. Dieser schien nicht einmal außer Atem.

»Ein sanftmütiger Mann?« flüsterte sie Nicholas zu. »Du hast gelogen, nicht wahr?«

»Gib ihm eine Chance, Johanna. Soviel schuldest du ihm und mir.«

Sie bedachte ihn mit einem zornigen Blick, bevor sie sich wieder dem Clansherrn zuwandte.

MacBain trat einen Schritt vor. Der Wolfshund folgte und lehnte sich wieder an seine Seite.

Johanna betete still um ausreichend Mut, die Füße weiterhin bewegen zu können. Als sie nur noch wenige Zentimeter von dem Krieger entfernt war, hielt sie an und machte einen perfekten Knicks.

Ihre Knie bebten so stark, daß sie schon zufrieden war, nicht vornüber aufs Gesicht zu fallen.

Sie hörte ein lautes Schnauben und verschiedene

Grunzlaute, während ihr Kopf gesenkt war, und sie hatte keine Ahnung, ob es Geräusche der Zustimmung oder der Mißbilligung waren.

Der Clansherr trug ein Plaid. Er hatte extrem muskulöse Beine. Sie versuchte, nicht darauf zu starren.

»Guten Tag, Clansherr MacBain.«

Ihre Stimme zitterte. Sie hatte Angst vor ihm. Was MacBain nicht überraschte. Sein Anblick hatte schon manch eine junge Frau die Flucht zu ihrem sicheren Vater ergreifen lassen. Er hatte niemals überlegt, etwas gegen solche Reaktionen zu tun, da es ihn bisher nicht sonderlich gekümmert hatte.

Jetzt allerdings kümmerte es ihn sehr wohl. Er würde diese Frau niemals dazu bewegen, ihn zu heiraten, wenn er nicht etwas tat, das ihre Furcht milderte. Sie hielt ihren besorgten Blick auf den Hund gerichtet, und MacBain vermutete, daß auch das Tier ihr angst machte.

Nicholas war keine große Hilfe. Er stand bloß daneben und grinste wie ein Narr.

MacBain sah ihn finster an, um seinen Beistand zu erzwingen. Er stellte fest, daß das falsch gewesen war, denn Johanna trat einen hastigen Schritt zurück.

»Spricht sie Gälisch?«

MacBain hatte die Frage an Nicholas gestellt. Doch Johanna antwortete. »Ich habe Eure Sprache studiert.«

Sie hatte ihre Antwort nicht in Gälisch formuliert. Ihre Hände waren vor ihrem Körper gefaltet, und ihre Knöchel traten weiß hervor.

MacBain entschied, daß belangloses Geplauder ihre Angst mildern konnte. »Und wie lange hast du unsere Sprache studiert?«

Ihr Geist war leer. Das war natürlich seine Schuld. Sein Blick war so intensiv und so beunruhigend, daß sie keinen vernünftigen Gedanken fassen konnte. Lieber Himmel, sie konnte noch nicht einmal im Kopf behalten, worüber sie gerade sprachen.

Geduldig wiederholte er seine Frage. »Fast vier Wochen«, platzte sie heraus.

Er lachte nicht. Einer seiner Soldaten schnaubte belustigt, aber er wies ihn mit einem finsteren Blick zurecht.

Nicholas runzelte die Stirn, als er auf seine Schwester sah, während er sich fragte, warum sie nicht die Wahrheit sagte. Es waren eher vier Monate gewesen, die Vater MacKechnie sie unterrichtet hatte. Er fing ihren panischen Blick auf, als sie schnell zu ihm aufsah, und dann begriff er: Johanna war einfach zu nervös, um einen klaren Gedanken fassen zu können.

MacBain hatte sich inzwischen entschlossen, daß er bei diesem wichtigen Treffen nicht gestört werden wollte.

»Nicholas, wartet hier. Eure Schwester und ich gehen hinein, um zu reden.«

Dann wandte sich MacBain Johanna zu, um sie am Arm zu nehmen. Der Hund folgte ihm auf dem Fuß. Instinktiv wich sie zurück, erkannte, was sie tat und wie feige dieser Rückzug auf den Clansherrn wirken mußte, und trat schnell wieder einen Schritt vor.

Das gewaltige Tier knurrte. MacBain brüllte einen gälischen Befehl, und der Hund verstummte augenblicklich.

Johanna sah wieder aus, als würde sie gleich ohnmächtig werden. Nicholas wußte, daß sie ein wenig Zeit brauchte, um sich zu sammeln. Also trat er einen Schritt vor und fragte: »Warum durften meine Männer und Vater MacKechnie nicht weiter als Rush Creek mitkommen?«

»Eure Schwester und ich müssen uns erst einig werden, bevor der Priester hier erwünscht ist. Und Eure Männer werden niemals Zutritt zu diesem Land bekommen, Nicholas. Habt Ihr meine Bedingungen vergessen? Wir haben alle Einzelheiten besprochen, als Ihr das letzte Mal hier wart.«

Nicholas konnte nur nickend zustimmen. Nun fiel ihm auch nichts mehr ein.

»Vater MacKechnie war sehr verärgert, daß er zurückbleiben mußte«, sagte Johanna.

MacBain schien nicht besonders betroffen darüber, einen Priester vor den Kopf gestoßen zu haben, und er zuckte die Schultern. Johannas Augen weiteten sich. In den Jahren ihrer Ehe mit Raulf hatte sie gelernt, die Priester zu fürchten – die, die sie kennengelernt hatte, waren mächtige, unversöhnliche Männer. Vater MacKechnie jedoch war anders. Er war ein gutherziger Mann, der sein Leben riskiert hatte, um nach England zu kommen und für die Maclaurins zu bitten.

Sie konnte nicht zulassen, daß er nun beleidigt wurde. »Vater MacKechnie ist erschöpft von der Reise, M'lord, und würde sicher Essen und Trinken zu schätzen wissen. Bitte gewährt ihm Eure Gastfreundschaft.«

MacBain nickte. Er wandte sich zu Calum. »Kümmere dich darum«, befahl er.

Er hatte ihrer Bitte entsprochen, und nun mußte sie ihm doch gewiß ein wenig mehr vertrauen. Hatte er nicht eben gezeigt, wie umgänglich er sein konnte? Dennoch wirkte sie immer noch so, als würde sie gleich in die Knie gehen. Sie war aber auch ein verdammt zartbesaitetes Ding! Sein Haustier trug auch nichts zur Besserung bei. Immer wieder wanderte ihr furchtsamer Blick zu dem Hund, und jedesmal, wenn das Tier es spürte, entrang sich ein tiefes Knurren seiner Kehle.

MacBain überlegte, sie zu packen, über die Schulter zu werfen und hineinzuschleppen, besann sich dann aber. Der Gedanke amüsierte ihn, aber er lächelte nicht. Er faßte sich in Geduld, streckte die Hände nach ihr aus und wartete ab, was sie tun würde.

Aus dem Ausdruck in seinen Augen schloß sie, daß er ihre Furcht vor ihm spürte, und daß er es amüsant fand. Sie bemühte sich, tief Atem zu holen und legte dann ihre Hand in die seine.

Er war überall riesig. Seine Hand war mindestens doppelt so groß wie ihre, und bestimmt hatte er ihr Zittern gespürt. Dennoch: Er war Clansherr, und sie nahm an, er hätte diese Machtposition niemals erreicht, wenn er nicht zumindest ein paar Manieren eines Gentlemans besaß, die es ihm verboten, ihre schändliche Konstitution zu erwähnen.

»Warum zitterst du?«

Sie versuchte, die Hand wegzuziehen. Er ließ sie nicht los. Nun hatte er sie einmal an der Hand, und er dachte nicht daran, sie wieder loszulassen.

Bevor Johanna sich eine passende Erklärung einfallen lassen konnte, drehte er sich um und zog sie die Stufen hinauf und durch den Eingang hinter sich her.

»Wegen Eures untypischen Wetters«, platzte sie heraus.

»Unser was?« Er sah sie verwirrt an.

»Schon gut, Clansherr.«

»Erklär mir, was du meinst«, forderte er sie auf.

Sie seufzte. »Nicholas hat mir gesagt, daß es hier das ganze Jahr über warm ist… Ich dachte, er hätte Euch von seiner…« Sie wollte »Lüge« sagen, besann sich dann aber eines Besseren. Wahrscheinlich würde dieser Mann nicht verstehen, daß sie das Märchen über die Highlands, das Nicholas sich zusammengestrickt hatte, inzwischen amüsierte.

»Seiner was?« fragte MacBain, den ihr plötzliches Erröten neugierig gemacht hatte.

»Er meinte, es wäre untypisch, daß hier zu dieser Zeit so kalte Winde herrschen«, erklärte sie.

MacBain wäre fast in Gelächter ausgebrochen, aber er konnte sich noch rechtzeitig beherrschen. In Wirklichkeit war es momentan ungewöhnlich warm für diese Jahreszeit.

Er lächelte nicht einmal. Das Mädchen hatte schon bewiesen, wie zart ihre Gefühle waren, und er nahm an, daß es nicht zu ihrem Wohlbehagen beitragen würde, wenn er sie wegen ihrer Naivität auslachte.

»Und du glaubst alles, was dein Bruder dir sagt?« fragte er.

»Ja, natürlich«, antwortete sie, damit er wußte, daß sie ihrem Bruder durch und durch ergeben war.

»Aha.«

»Die Kälte ist der Grund dafür, warum ich zittere«, erklärte sie, weil ihr keine bessere Ausrede einfiel.

»Nein, ist es nicht.«

»Nicht?«

»Du hast Angst vor mir.«

Er wartete darauf, daß sie ihn wieder anlog. Aber sie überraschte ihn mit Ehrlichkeit. »Ja«, sagte sie. »Ich habe Angst vor Euch. Und ich habe auch Angst vor Eurem Hund.«

»Deine Antwort gefällt mir.«

Endlich ließ er sie los. Sie war so überrascht über seine Bemerkung, daß sie ihrerseits vergaß, seine Hand loszulassen.

»Es gefällt Euch, daß ich Angst vor Euch habe?«

Er lächelte. »Ich wußte bereits, daß du Angst vor mir hast, Johanna. Es gefällt mir, daß du es zugibst. Du hättest auch lügen können.«

»Ihr hättet gewußt, daß ich lüge.«

»Ja.«

Das klang entsetzlich arrogant, aber sie störte sich nicht weiter daran. Bei einem Mann, der so groß war und so düster wirkte, hatte sie Arroganz erwartet. Als sie bemerkte, daß sie ihn immer noch an der Hand hielt, ließ sie sofort los. Dann wandte sie sich um. Zu ihrer Rechten befand sich eine breite Treppe mit einem reichgeschnitzten Holzgeländer. Ein Flur führte hinter die Treppe, links vom Eingang lag die große Halle. Sie war vollkommen zerstört. Johanna stand am Kopf der Treppe und starrte auf die Verwüstung. Die Wände waren von Feuer geschwärzt und das Dach, oder besser das wenige, was davon noch vorhanden war, baumelte in einem Stück an der Mauer herab. Der Geruch abgestandenen Qualms hing immer noch in der Luft.

Johanna stieg die Treppe hinab und durchquerte den Raum. Der Anblick der Ruinen entmutigte sie dermaßen, daß sie am liebsten geweint hätte.

MacBain beobachtete die Veränderung in ihrer Miene, als sie sich umblickte.

»Die Leute meines Mannes haben dies getan, nicht wahr?«

»Ja.«

Sie wandte sich um und sah ihn an. Der Kummer in ihren Augen gefiel ihm wirklich. Sie war eine Frau mit Gewissen.

»Hier ist schreckliches Unrecht geschehen.«

»Das ist wahr«, stimmte er zu. »Aber schließlich bist du nicht dafür verantwortlich.«

»Ich hätte meinen Mann anflehen können...«

»Ich bezweifle, daß er dich angehört hätte«, unterbrach MacBain sie. »Sag mir eines, Johanna: Wußte er, daß sein Vasall diese Verwüstung anrichtete, oder hatte er keine Ahnung davon?«

»Er wußte, wozu Marshall fähig ist«, gab sie zurück.

MacBain nickte. Er verschränkte die Hände hinterm Rücken und betrachtete sie weiter. »Du hast versucht, das Unrecht auszugleichen«, bemerkte er. »Du hast deinen Bruder hergeschickt.«

»Der Vasall meines Mannes war zu einem Halbgott geworden. Er wollte die Nachricht, daß Raulf tot ist, nicht zur Kenntnis nehmen, und er wurde nicht länger hier gebraucht.«

»Er wurde niemals hier gebraucht.« MacBains Stimme nahm einen harten Klang an.

Sie nickte zustimmend. »Nein, er wurde niemals hier gebraucht.«

MacBain stieß einen Seufzer aus. »Marshall hatte Macht erlangt. Nur wenige Männer können dies wieder aufgeben.«

»Ihr denn?«

Er war überrascht von ihrer Frage. Er setzte an, um sie zu bejahen, er könnte es gewiß, doch er war neu in der Stellung als Clansherr, und wenn er ehrlich war, konnte er nicht mit Sicherheit sagen, daß er wieder einen Schritt zurücktreten könnte.

»Ich werde noch geprüft«, gab er zu. »Ich hoffe, daß ich tun kann, was immer das Wohl des Clans von mir verlangt, aber ich kann nichts sicher behaupten, bevor ich nicht einer solchen Herausforderung begegne.«

Seine Ehrlichkeit war beeindruckend, und sie lächelte. »Nicholas war wütend auf Euch, weil Marshall entwischt war, und Ihr ihm nicht erlaubt habt, ihn zu verfolgen. Er erzählte, Ihr hättet Euch heftig gestritten, bis Ihr ihn mit einem Schlag in einen tiefen Schlaf schicktet. Als er seine Augen wieder öffnete, lag Marshall zu seinen Füßen.«

MacBain grinste. Nicholas hatte offensichtlich die blutige Geschichte geschönt.

»Du wirst mich also heiraten, Johanna.«

Seine Stimme klang eindringlich. Er lächelte nicht mehr. Johanna wappnete sich gegen seinen Zorn, dann schüttelte sie langsam den Kopf.

»Dann erklär mir, warum du zögerst«, forderte er sie auf.

Sie schüttelte wieder den Kopf. MacBain war es nicht gewohnt, daß man ihm widersprach, doch er versuchte, seine Ungeduld nicht zu zeigen. Er wußte, daß er nicht besonders geschickt mit Frauen umgehen konnte. Ganz bestimmt hatte er keine Ahnung, wie man dem schönen Geschlecht den Hof machte, und vermutlich würde er sich lächerlich machen.

Warum in Gottes Namen hatte sie überhaupt die Wahl? Nicholas hätte ihr einfach mitteilen sollen, daß sie verheiratet werden würde – und fertig. Dieses Gespräch sollte einfach nicht stattfinden. Verdammt, sie sollten jetzt mitten in der Hochzeitszeremonie sein und ihre Gelübde sprechen.

»Ich mag keine ängstlichen Frauen.«

Johannas Gestalt straffte sich. »Ich bin nicht ängstlich«, verkündete sie. »Ich habe gelernt, vorsichtig zu sein, M'lord, aber ich bin noch nie ängstlich gewesen.«

»Aha.« Er glaubte ihr nicht.

»Ich mag keine großen Männer. selbst wenn sie gut aussehen.«

»Du findest mich gutaussehend?«

Wie war es ihm gelungen, ihre Worte zu einem Kompliment zu drehen? Allerdings schien er auch erstaunt, als wäre er sich seiner äußerlichen Anziehungskraft nicht bewußt. »Ihr mißversteht mich. Sir«, sagte sie. »Euer gutes Aussehen spricht gegen Euch.« Sie ignorierte seine ungläubige, verdutzte Miene und wiederholte: »Und große Männer mag ich überhaupt nicht.«

Sie wußte, wie albern sie sich anhörte. Aber es kümmerte sie nicht. Sie würde jetzt keinen Rückzug mehr antreten. Sie blickte ihm finster und mit gerunzelter Stirn direkt in die Augen, während sie die Arme trotzig vor ihrer Brust kreuzte. Ihr Hals wurde vom ewigen Aufschauen schon langsam steif.

»Was haltet Ihr von meiner Meinung, M'lord?«

Ihre herausfordernde Haltung und ihr Blick waren nicht zu übersehen. Sie hatte sich ihm tapfer entgegengestellt. Plötzlich hatte er erneut das Bedürfnis, laut aufzulachen.

Statt dessen seufzte er. »Deine Meinung ist dumm«, antwortete er und war absichtlich so direkt wie möglich.

»Vielleicht«, stimmte sie zu. »Aber das ändert nichts an meinen Gefühlen.«

MacBain fand, er hatte genug Zeit mit Geplauder verschwendet. Es war höchste Zeit, daß sie begriff, was geschehen würde.

»Es ist eine Tatsache, daß du hier nicht mehr weggehen wirst. Du bleibst bei mir, Johanna. Wir werden morgen getraut werden. Das ist übrigens keine Meinung. Das ist eine Feststellung!«

»Ihr würdet mich gegen meinen Willen heiraten?«

»Das würde ich.«

Hölle, nun war sie wieder entsetzt. Diese Reaktion gefiel ihm überhaupt nicht. Also versuchte er es wieder mit

Vernunft, um sie für diese Ehe zu gewinnen. Er war ja schließlich kein tumber Zyklop. Er konnte vernünftig argumentieren.

»Hast du denn in den vergangenen Minuten deine Meinung geändert und willst nach England zurückkehren? Nicholas hat mir gesagt, du würdest dein Land nur zu gerne verlassen.«

»Nein, nein, ich habe meine Meinung nicht geändert, aber ...«

»Kannst du denn das Bußgeld aufbringen, das der König verlangt, wenn du unverheiratet bleibst?«

»Nein.«

»Liegt es an Baron Williams? Nicholas erwähnte, daß der Engländer dich haben will.« Er ließ ihr keine Zeit für eine Antwort. »Aber das ändert auch nichts. Ich lasse dich nicht mehr fort. Kein anderer Mann wird dich bekommen.«

»Ich ziehe Baron Williams bestimmt nicht vor.«

»Ich schließe aus dem Ekel in deiner Stimme, daß dieser Baron ebenfalls ein gutaussehender Riese ist.«

»Er sieht nur dann gut aus, wenn man Schweine hübsch findet, M'lord, und er ist klein von Gestalt und noch kleiner im Geist. Für mich steht er vollkommen außer Frage.«

»Ich verstehe«, sagte MacBain gedehnt. »Also magst du weder kleine noch große Männer. Habe ich das richtig begriffen?«

»Ihr macht Euch über mich lustig.«

»Nein, ich mache mich nur über Eure dummen Bemerkungen lustig. Nicholas ist genauso groß wie ich«, rief er ihr in Erinnerung.

»Ja, aber mein Bruder würde mir niemals wehtun.«

Nun hatte sie es gesagt. Die Worte waren ihr herausgerutscht, bevor sie es verhindern konnte. MacBain hob eine Augenbraue, als er die vielsagende Feststellung aufnahm.

Johanna schlug die Augen nieder, doch er hatte schon gesehen, daß sie rot geworden war.

»Bitte versucht, mich zu verstehen, Clansherr. Wenn ein

Welpe mich beißt, kann ich mich wehren. Aber wenn mich ein Wolf beißt, habe ich überhaupt keine Chance mehr.«

Sie versuchte verdammt angestrengt, tapfer zu erscheinen, und scheiterte kläglich. Ihre Angst war echt und entstammte, wie MacBain annahm, der Erfahrung der vergangenen Jahre.

Lange Minuten verstrichen schweigend. MacBain starrte sie an. Sie starrte den Boden an.

»Hat dein Mann …«

»Ich will nicht über ihn reden.«

Jetzt hatte er seine Antwort. Er trat einen Schritt auf sie zu. Sie wich nicht zurück. MacBain legte ihr die Hände auf die Schultern und befahl ihr, ihn anzusehen. Sie ließ sich Zeit, zu gehorchen.

Seine Stimme war tief und rauh, als er wieder sprach. »Johanna?«

»Ja, M'lord?«

»Ich beiße nicht.«

KAPITEL 4

Sie wurden am folgenden Nachmittag getraut. MacBain hatte eingewilligt, so lange zu warten, so daß Vater MacKechnie die Zeremonie vorbereiten konnte.

Das allerdings war auch der einzige Punkt, bei dem er zum Nachgeben gewillt war. Johanna wollte zum Lager zurückkehren und die Nacht in ihrem eigenen Zelt in der Nähe ihres Bruders, des Priesters und ihrem Gefolge verbringen. Clansherr MacBain wollte davon nichts hören. Er wies sie an, in einer der neuerrichteten Hütten, die den Hügel säumten, zu übernachten. Die Hütte bestand aus einem Raum mit einer gemauerten Feuerstelle und einem einzigen Fenster.

Bis zur Zeremonie sah Johanna weder den Clansherrn

noch ihren Bruder, der schließlich kam, um sie abzuholen. MacBain hatte zwei Wachen vor ihrer Tür postiert. Sie traute sich nicht zu fragen, ob sie dort standen, um Eindringlinge fernzuhalten, oder um sie daran zu hindern, zu verschwinden.

Viel schlafen konnte sie nicht. Ihre Gedanken ließen sie nicht zur Ruhe kommen. Was, wenn sich herausstellte, daß MacBain wie Raulf war? Lieber Gott, würde sie so etwas noch einmal überleben? Die Möglichkeit, daß sie vielleicht wieder ein Ungeheuer heiratete, ließ sie Tränen des Selbstmitleids vergießen. Augenblicklich schämte sie sich. War sie denn wirklich so ein Feigling? Hatte Raulf recht gehabt, sie lächerlich zu machen?

Nein. Nein, sie war eine starke Frau! Sie konnte mit allem umgehen, was sich ihr in den Weg stellte. Sie würde sich nicht zugestehen, sich in Angst zu ergehen, oder sich selbst in Gedanken derart herunterzuputzen. Sie war etwas wert, verdammt ... oder nicht?

Johanna hatte geglaubt, daß ihr Selbstbewußtsein nach Raulfs Tod zurückgekehrt sei. Zum ersten Mal seit über drei Jahren konnte sie wieder angstfrei leben. Ihre Tage waren plötzlich wieder erfüllt mit segensreichem Frieden. Auch nachdem König John sie an seinen Hof gezwungen hatte, konnte sie allein in ihrem Quartier bleiben. Niemand hatte sie belästigt. Direkt vor ihrer Tür hatte es einen Garten gegeben, in dem sie die meiste Zeit verbracht hatte.

Doch die friedliche Periode war nun vorbei, und wieder wurde sie in eine Ehe gedrängt. Sie mußte den Clansherrn zwangsläufig enttäuschen. Und was würde er dann unternehmen? Würde er auch versuchen, sie als wertlos und dumm darzustellen? Bei Gott, das würde sie nicht zulassen! Raulfs Angriffe waren so gut getarnt und sie so jung und kindlich gewesen, daß sie nicht gemerkt hatte, was genau er tat, bis es fast zu spät gewesen war. Es war eine langwierige und hinterhältige Attacke auf ihre gesamte Persönlichkeit gewesen, die immer weiter und tiefer ging, bis sie glaubte, er hätte ihr jegliche Energie, jegliche Kraft ausgesaugt.

Schließlich hatte sie versucht, sich zu verteidigen. Und so hatten die Prügel angefangen.

Johanna zwang sich, die Erinnerungen abzuschirmen. Um ein Wunder betend, schlief sie schließlich ein.

Nicholas kam gegen Mittag zu ihr. Er warf einen Blick auf ihr bleiches Gesicht und schüttelte den Kopf.

»Hast du so wenig Vertrauen in das Urteil deines Bruders? Ich habe dir schon gesagt, daß MacBain ein ehrbarer Mann ist«, erinnerte er sie. »Du hast keinen Grund, dich vor ihm zu fürchten.«

Sie legte die Hand auf den Arm ihres Bruders und ließ sich von ihm führen. »Ich *habe* Vertrauen in dein Urteil«, flüsterte sie.

Ihrer Stimme fehlte es an Überzeugung, aber er fühlte sich nicht beleidigt. Er konnte ihre Angst verstehen. Die Erinnerung an ihr zerschlagenes Gesicht, als er einmal zufällig vorbeikam und sie besuchen wollte, wodurch Raulf keine Zeit mehr gehabt hatte, sie vor ihm zu verstecken, erfüllte ihn auch jetzt noch mit heilloser Wut.

»Bitte sieh nicht so finster drein, Nicholas. Ich werde meine Angst schon bezähmen. Alles wird gut werden.«

Nicholas lächelte. Tatsächlich versuchte seine Schwester gerade, *ihn* zu trösten.

»Aye, diese Verbindung wird gut werden«, sagte er. »Weißt du, wenn du dich nur einmal umsehen würdest, dann könntest du einen Blick auf den Charakter deines zukünftigen Ehemannes erhaschen. Wo hast du letzte Nacht geschlafen?«

»Das weißt du sehr gut.«

»In einer brandneuen Hütte, richtig?«

Er ließ ihr keine Zeit zu antworten. »Von hier aus kann ich noch drei andere sehen, alle ganz neu errichtet. Das Holz ist noch nicht verwittert.«

»Was willst du mir denn damit sagen?«

»Ein egoistischer Mann würde zunächst an seine eigene Bequemlichkeit denken, stimmt's?«

»Ja.«

»Siehst du eine neue Burg?«

»Nein.«

»Calum ist MacBains erster Befehlshaber, Johanna, und er hat mir erzählt, die Hütten seien für die Älteren im Clan. Sie kommen zuerst, weil sie am nötigsten warme Feuer und Dächer über ihren Köpfen brauchen. MacBain setzt sich selbst ans Ende der Reihe. Denk mal darüber nach, Johanna. Ich habe herausgefunden, daß im Haus an der Ostseite über der Treppe zwei erhaltene Schlafräume sind, die das Feuer verschont hat. MacBain hat keine einzige Nacht darin verbracht. Er schläft draußen bei seinen Soldaten. Sagt dir das nicht ein paar Dinge über den Charakter dieses Mannes?«

Ihr Lächeln war die Antwort, die er sehen wollte.

Die Farbe kehrte in ihr Gesicht zurück. Nicholas nickte zufrieden.

Sie hatten fast den Rand des Hofes erreicht, als sie anhielten, um die Männer und Frauen zu beobachten, die sich damit beschäftigten, alles für die Zeremonie vorzubereiten. Da die Kapelle vom Feuer zerstört worden war, würde die Hochzeit auf dem Platz stattfinden. Ein Holzbrett, das auf zwei leeren Alefässern lag, diente als provisorischer Altar. Eine Frau bereitete ein weißes Leintuch darüber, und Vater MacKechnie stellte einen wunderschönen, goldenen Kelch und einen Teller in die Mitte. Zwei weitere Frauen knieten vor den Fässern und arrangierten Blumensträuße vor dem Altar.

Johanna setzte sich wieder in Bewegung, aber Nicholas griff nach ihrer Hand, um sie aufzuhalten.

»Es gibt da noch etwas, das du wissen mußt«, begann er.

»Ja?«

»Siehst du das Kind da auf der obersten Stufe?«

Sie drehte sich um. Ein kleiner Junge, kaum mehr als

vier oder fünf Sommer alt, saß allein auf der Treppe. Seine Ellenbogen ruhten auf den Knien, und seine Hände stützten den Kopf. Er sah den Hochzeitsvorbereitungen zu. Und er wirkte schrecklich unglücklich.

»Ich sehe ihn«, sagte Johanna. »Er sieht ziemlich verloren aus, findest du nicht, Nicholas?«

Ihr Bruder lächelte. »Aye, das kann man sagen.«

»Wer ist er?«

»MacBains Sohn.«

Sie wäre fast gestolpert. »Sein *was*?«

»Nicht so laut, Johanna. Ich will nicht, daß irgend jemand zuhört. Der Junge gehört zu MacBain. Es gibt gewisse Spekulationen, daß er nicht sein Sohn ist, aber MacBain hat deutlich gemacht, daß er ihn annimmt.«

Sie war zu erstaunt, um etwas zu erwidern.

»Er heißt Alex«, bemerkte Nicholas, weil ihm nichts Besseres einfiel. »Du siehst aus, als hätte ich dich reichlich schockiert.«

»Warum hast du mir das nicht eher gesagt?« Sie ließ ihm keine Zeit zur Verteidigung. »Wie lange war MacBain verheiratet?«

»Gar nicht.«

»Ich verstehe nicht …«

»Oh, doch, du verstehst schon. Alex ist illegitim.«

»Oh.«

Sie wußte nicht recht, was sie davon halten sollte. »Die Mutter des Kindes starb bei seiner Geburt«, fügte Nicholas hinzu. »Du kannst genauso gut alles wissen, Schwester. Die Frau war eine Dirne. Es gibt mindestens drei andere Männer, die Vater sein könnten.«

Ihr Herz flog dem Kleinen zu. Sie wandte sich noch einmal zu ihm um. Er war ein hübsches Kind mit dunklem, lockigem Haar. Aus der Entfernung, die sie trennte, konnte sie die Farbe seiner Augen nicht erkennen, aber sie konnte sich gut vorstellen, daß sie grau waren wie die seines Vaters.

»Johanna, es ist wichtig für dich, daß MacBain den Sohn als seinen Nachkommen anerkannt hat.«

Sie wandte sich zu ihrem Bruder um. »Ich habe es verstanden, Nicholas. Du hast es jetzt zweimal erwähnt.«

»Und?«

Sie lächelte. »Und was, Nicholas?«

»Wirst du ihn anerkennen?«

»O Nicholas, wie kannst du so etwas fragen? Natürlich werde ich ihn anerkennen. Wie könnte ich nicht?«

Nicholas stieß einen Seufzer aus. Seine Schwester verstand einfach nicht, welche Mechanismen in dieser rauhen Welt regierten. »Das ist ein wunder Punkt bei den Maclaurins«, erklärte er. »MacBains Vater war der Clansherr der Maclaurins. Er verschied, ohne seinen Sohn jemals anerkannt zu haben.«

»Dann ist der Mann, den ich heirate, ebenfalls illegitim?«

»Ja.«

»Und dennoch haben die Maclaurins ihn zum Clansherrn gemacht?«

Nicholas nickte. »Es ist etwas kompliziert«, gab er zu. »Sie brauchten seine Stärke, seine Kraft. Schließlich fließt das Blut seines Vaters in seinen Adern, und so haben sie im passenden Moment vergessen, daß er als Bastard geboren wurde. Dieser Junge dagegen ...«

Er sagte kein weiteres Wort. Sie konnte sich die Schlußfolgerung selbst zusammenreimen. »Glaubst du, der Junge macht sich wegen der Hochzeit Sorgen?«

»Nun ja, über irgend etwas scheint er sich Sorgen zu machen.«

Vater MacKechnie lenkte die Aufmerksamkeit auf seine Person, indem er ihnen winkte. Nicholas ergriff Johannas Ellenbogen und setzte sich in Bewegung. Es fiel ihr schwer, den Blick von dem Kind zu lösen. Er sah so mitleiderregend und verloren aus.

»Sie sind soweit«, verkündete Nicholas. »Da kommt MacBain.«

Der Clansherr überquerte den Hof und nahm seinen Platz vor dem provisorischen Altar ein. Der Priester stellte sich neben ihn. Wieder winkte er Johanna.

»Ich kann nicht. Nicht ohne …«

»Es wird alles gut.«

»Du verstehst nicht, Nicholas«, flüsterte sie lächelnd. »Warte hier. Ich bin gleich zurück.«

Der Priester gestikulierte ihr, herüberzukommen. Sie winkte mit einem Lächeln zurück. Dann wandte sie sich um und ging fort.

»Johanna, bei der Liebe Gottes …«

Nicholas murmelte ins Blaue, während er zusah, wie seine Schwester die Menge umrundete. Als sie auf die Stufen zuging, begriff er endlich, was sie vorhatte.

Nicholas wandte seinen Blick MacBain zu. Dessen Miene verriet nichts von dem, was ihm im Kopf herumgehen mochte.

Der Priester reckte sich fast den Hals aus, um Johanna nachzusehen. Dann wandte er sich zu MacBain und stieß ihn an.

Johanna verlangsamte ihren Schritt, als sie sich der Treppe näherte, denn sie wollte nicht, daß der Kleine fortlief, bevor sie ihn erreichte.

Die Tatsache, daß MacBain einen Sohn hatte, erfüllte sie mit Freude und Erleichterung. Endlich hatte sie eine Antwort auf die Frage, die sie gequält hatte. MacBain kümmerte ihre Unfruchtbarkeit offenbar deswegen nicht, weil er bereits einen Erben hatte, illegitim oder nicht.

Das Schuldgefühl, das auf ihren Schultern gelastet hatte, glitt von ihr ab wie ein schwerer Umhang.

MacBain konnte seine finstere Miene nicht länger verbergen. Verdammt, er hatte ihr nichts über den Sohn sagen wollen, bis sie verheiratet waren und sie ihre Entscheidung nicht mehr rückgängig machen konnte. Frauen waren manchmal seltsam in ihren Ansichten, das wußte er, und er war sich sicher, daß er niemals ganz verstehen würde, was in ihren Köpfen vor sich ging. Sie schienen immer wegen komischer Dinge wütend zu werden. Die meisten Frauen akzeptierten keine Mätressen, wie er gehört hatte, und einige der Ehefrauen seiner Krieger erkannten keine Bastarde an. MacBain war wild entschlossen, Johanna dazu zu zwingen, Alex anzuerkennen, aber er hatte gehofft, sie wären vorher verheiratet worden.

Alex sah, daß die Frau auf ihn zukam, und verbarg augenblicklich sein Gesicht in den Händen. Er hatte knochige Knie, die mit Dreck beschmiert waren. Als er durch seine Finger lugte, sah sie seine Augen. Sie waren nicht grau wie die seines Vaters, sondern blau.

Johanna blieb auf der untersten Stufe stehen und sprach das Kind an. MacBain wollte zu seiner Braut hinübergehen, änderte dann jedoch seine Absicht. Er kreuzte die Arme vor der Brust und wartete einfach ab, was geschehen würde. Und er war nicht der einzige, der die Szene beobachtete. Stille senkte sich über den Hof, als jeder Maclaurin und jeder MacBain sich umdrehte und hinübersah.

»Versteht der Junge Englisch?« fragte Vater MacKechnie.

»Ein bißchen«, antwortete MacBain. »Sie hat mir erzählt, Ihr hättet ihr Gälisch beigebracht. Hat sie genug gelernt, um sich ein wenig mit Alex unterhalten zu können?«

Der Priester zuckte die Schultern. »Wahrscheinlich«, antwortete er.

Johanna redete einige Minuten auf das Kind ein. Dann streckte sie ihm die Hand entgegen. Alex sprang auf seine Füße und legte seine Hand in die ihre. Sie beugte sich zu ihm hinunter, strich ihm die Locken aus den Augen, schob das Plaid zurecht, das von seiner Schulter zu rutschen drohte, und zog ihn an ihrer Seite mit sich.

»Das versteht er«, flüsterte MacKechnie.

»Was versteht er?« fragte Calum.

Der Priester lächelte. »Anerkennung.«

MacBain nickte. Johanna erreichte Nicholas und nahm wieder seinen Arm. »Jetzt bin ich soweit«, sagte sie. »Alex, geh und stell dich neben deinen Vater«, wies sie den Jungen an. »Es ist meine Pflicht, zu euch beiden zu kommen.«

Der Junge nickte. Er rannte den ganzen Pfad hinunter und nahm seinen Platz zur Linken seines Vaters ein. MacBain sah auf seinen Sohn hinab. Sein Gesichtsausdruck war zurückhaltend, und sie konnte nicht sagen, ob er verärgert oder erfreut war. Sein Blick war auf sie gerichtet, aber als sie nun auf ihn zukam, löste er seine verschränkten Arme und berührte den Scheitel seines Sohnes.

Nicholas fungierte als Brautführer. Sie wehrte sich nicht, als er ihre Hand in die des Clansherrn legte, und er war verdammt stolz auf seine Schwester. Er wußte, wie nervös sie sein mußte, aber sie klammerte sich nicht an ihn. Sie stand zwischen den beiden Kriegern, ihr zukünftiger Gatte zu ihrer Rechten, ihr Bruder links von ihr. Johanna hielt sich aufrecht, hatte den Kopf hoch erhoben und sah geradeaus.

Sie trug ein knöchellanges *Chainse*, dazu ein passendes *Bliaut*, ein kostbares Oberteil in Knielänge. Auf den eckigen Halsausschnitt ihres Hochzeitsgewandes waren mit blaßrosa und grünen Fäden Rosenknospen gestickt.

Auch sie duftete nach Rosen. Der Geruch war schwach, kaum wahrnehmbar, aber für MacBain sehr anziehend. Vater MacKechnie nahm einen kleinen Blumenstrauß von einer Ecke des Altars und reichte ihn ihr, bevor er um das Holzbrett herumgehastet kam, um mit der Messe zu beginnen.

MacBain hielt den Blick auf seine Braut geheftet. Sie war ein ausgesprochen weibliches Geschöpf, und in Gottes Namen, er hatte keine Ahnung, was er mit ihr anstellen sollte. Seine Hauptsorge lag darin, daß sie nicht kräftig genug sein würde, um diesem rauhen Leben etwas entgegenzusetzen und darin zu überleben. Doch dann verdrängte er seine Befürchtungen aus seinem Kopf. Schließlich war es ab jetzt seine Pflicht, dafür zu sorgen, daß sie überlebte. Er würde sie vor Gefahren beschützen, und wenn sie ein wenig verhätschelt werden wollte, nun gut, dann würde er sie, bei Gott, eben verhätscheln. Er hatte nicht die leiseste Vorstellung, wie man das machte, aber er war ein intelligenter Mann. Er würde es schon herausfinden. Er würde nicht erlauben, daß sie ihre Hände schmutzig machte oder irgendwelche schwere Arbeit verrichtete, sondern würde verlangen, daß sie sich den lieben langen Tag ausruhte und entspannte. Für sie zu sorgen war das wenigste, was er für den Gegenwert des Landes tun konnte, und ganz gewiß war das auch der einzige Grund, warum er sich in diesem Moment Gedanken über ihre Bequemlichkeit machte.

Der Wind blies ihr eine Haarsträhne ins Gesicht. Sie ließ seine Hand los, um das Haar wieder über ihre Schulter zurückzustreichen – eine reizende, sehr weibliche Geste. Die lockige Masse von Gold schien über ihren Rücken zu fließen.

Sie nahm seine Hand nicht wieder. Das machte ihn so betroffen, daß er die ihre ergriff und Johanna fest an seine Seite zog. Nicholas sah die besitzergreifende Geste und lächelte still in sich hinein.

Die Zeremonie verlief recht glatt und freundlich, bis Vater MacKechnie von ihr das Versprechen hören wollte, ihren Ehemann zu lieben, zu ehren und ihm zu gehorchen. Sie grübelte eine lange Weile über sein Ansinnen nach. Dann schüttelte sie den Kopf und wandte sich an den Bräutigam.

»Ich werde versuchen, Euch zu lieben, M'lord, und ganz sicher will ich Euch ehren, denn Ihr werdet mein Mann sein, aber ich denke nicht, daß ich Euch sehr oft gehorchen werde. Ich finde, daß die totale Unterwerfung überhaupt nicht zu meinem Charakter paßt.«

Sie zupfte die Blättchen von den Stengeln der Blumen, während sie ihren Standpunkt darlegte. Sie mochte ihm auch nicht in die Augen sehen, sondern starrte sein Kinn an, während sie auf eine Reaktion wartete.

MacBain war viel zu verdutzt von ihrem Einwand, um zu bemerken, wie nervös sie war. Er mußte sich zwingen, nicht laut herauszulachen.

»Machst du Witze?«

Er hatte die Frage nicht gerade geflüstert. Aber da er sich um die Menge an Zuhörern nicht zu scheren schien, beschloß sie, es ihm gleichzutun. Ihre Stimme kam also genauso laut wie seine, als sie ihm eine Antwort gab.

»Während der Gelübde Witze machen? Wohl kaum, M'lord. Ich meine es sehr ernst. Das sind meine Bedingungen! Könnt Ihr sie akzeptieren?«

Nun lachte er doch. Er konnte sich einfach nicht beherrschen, und ihr Anflug von Tapferkeit war rasch gestorben. Sie fühlte sich gedemütigt und verlegen, aber die Sache war einfach zu wichtig, um darüber hinwegzugehen.

Sie hatte nur noch eine Möglichkeit. Sie straffte ihre Schultern, schüttelte seine Hand ab und drückte ihm den Blumenstrauß in die Hand. Dann knickste sie höflich vor dem Priester, drehte sich um und ging.

Die Botschaft war deutlich. Dennoch gab es ein paar Maclaurin-Soldaten, die nur langsam begriffen.

»Wohin geht das Kind denn?« flüsterte Keith, der Befehlshaber über die Maclaurin-Männer, laut genug, daß es niemand überhören konnte.

»Sie geht weg, MacBain«, rief ein anderer.

»Es scheint wirklich, daß sie fortgeht«, warf Vater MacKechnie ein. »Habe ich etwas Falsches gesagt?«

Nicholas machte Anstalten, seiner Schwester hinterherzulaufen, aber MacBain packte ihn am Arm und schüttelte den Kopf. Er drückte dem Baron den Blumenstrauß in die Hand, murmelte irgend etwas Unverständliches und ging dann seiner Braut nach.

Sie hatte fast schon den Rand der Lichtung erreicht, als MacBain sie einholte. Er packte sie an den Schultern und drehte sie zu sich um. Sie wollte ihn nicht ansehen, doch er hob ihr Kinn mit der Hand hoch.

Sie wappnete sich innerlich gegen seinen Zorn. Bestimmt würde er sie nun schlagen, aber dann sagte sie sich, daß sie eine starke Frau war. Sie würde ihm die Stirn bieten.

»Wirst du denn *versuchen*, zu gehorchen?«

Er klang erschöpft, was sie so erstaunte, daß sie lächeln mußte. Also war sie doch nicht ein solcher Schwächling. Sie hatte sich gegen den Clansherrn behauptet und immerhin erreicht, daß er zum Verhandeln bereit war. Sie war sich nicht sicher, ob sie viel gewonnen hatte, verloren hatte sie aber definitiv nichts.

»Ja, versuchen will ich es«, versprach sie. »Je nach Situation«, fügte sie hastig hinzu.

Er verdrehte seine Augen zum Himmel. Er fand, er hatte diesem Thema jetzt genug Zeit zugestanden, ergriff ihre Hand und zog sie zum Altar zurück. Sie mußte laufen, um mit ihm Schritt halten zu können.

Nicholas' Stirn glättete sich wieder, als er das Lächeln seiner Schwester sah. Er war natürlich überaus neugierig, was die beiden besprochen hatten, wußte aber, daß er wohl oder übel bis nach der Zeremonie würde warten müssen, um herauszufinden, was geschehen war.

Er mußte keinesfalls warten. Johanna nahm den Strauß von ihrem Bruder zurück und wandte sich wieder dem Priester zu.

»Bitte vergebt mir die Unterbrechung, Vater«, flüsterte sie.

Der Geistliche nickte. Wieder verlangte er von ihr das Versprechen, ihren Mann zu lieben und zu ehren und ihm zu gehorchen. Dieses Mal fügte er das Wort *bitte* hinzu.

»Ich werde meinen Mann lieben und ehren und versuchen, ihm je nach Situation zu gehorchen«, antwortete sie.

Nicholas begann zu lachen. Jetzt verstand er, worüber die beiden gesprochen hatten. Die Maclaurins und die

MacBains keuchten kollektiv auf. Sie waren schlichtweg entsetzt.

Ihr Clansherr blickte über die Menge und brachte sie mit einem wilden Funkeln der Augen zum Schweigen. Dann wandte er sich mit finsterer Miene wieder an seine Braut. »Gehorsam und Unterwerfung müssen nicht zwingend dasselbe sein«, fauchte er.

»Man hat es mir aber so beigebracht«, verteidigte sie sich.

»Dann hat man dich etwas Falsches gelehrt!«

Seine Miene war so furchterregend, daß sie schon wieder zu zittern begann. Lieber Gott, sie konnte das wirklich nicht durchstehen. Sie hatte nicht die Kraft dazu.

Sie streckte MacBain wieder den Strauß entgegen und wandte sich erneut zum Gehen. Der Clansherr knallte die Blumen in Nicholas' bereits ausgestreckte Hand und packte Johanna, bevor sie zwei Schritte entfernt war.

»O nein, nicht schon wieder«, murmelte er. »Wir werden das nicht noch einmal durchexerzieren.«

Um zu beweisen, wie ernst er es meinte, schlang er seinen Arm um sie herum und preßte sie an seine Seite. »Wir werden die Zeremonie vor Einbruch der Nacht hinter uns bringen, Johanna.«

Sie kam sich reichlich lächerlich vor. Der Priester sah sie mit einer Miene an, die besagte, daß sie vermutlich den Verstand verloren haben müsse. Sie atmete tief ein, nahm die Blumen wieder von ihrem Bruder entgegen und sagte dann: »Bitte vergebt mir, daß ich schon wieder unterbrochen habe, Vater.«

Der Priester wischte sich die Stirn mit einem Leintuch, dann wandte er sich an den Bräutigam. Johanna hörte kaum zu, als Vater MacKechnie ihren Zukünftigen über die Pflichten eines guten Ehemannes belehrte. Sie hatte genug damit zu tun, ihre Verlegenheit zu überwinden. Und außerdem hatte sie es satt, sich über alles Sorgen zu machen. Sie hatte eine Entscheidung getroffen, jawohl. Also sprach sie ein kurzes Gebet, um ihre Ängste in Gottes Hände zu legen. Sollte Er sich den Kopf zerbrechen.

Sie fand, daß das eine gute Idee war. Dennoch wünschte sie, Er würde ihr ein Zeichen geben, um ihr zu versichern, daß wirklich alles gut werden würde. Dieser Gedanke ließ sie lächeln. Sie hatte wirklich alberne Gedanken. Sie war eine Frau und stand deswegen ganz hinten in Gottes Gunst, das hatte ihr Bischof Hallwick schließlich oft genug gepredigt. Gott hatte gewiß keine Zeit, sich ihre lächerlichen Sorgen anzuhören, und wahrscheinlich beging sie gerade die Sünde der Eitelkeit, allein weil sie auf irgendein Zeichen von ihm hoffte.

Sie stieß einen Seufzer aus. MacBain hörte es und sah auf sie hinab. Da lächelte sie ihm schwach zu.

Nun war es an MacBain, die Fragen des Priesters zu beantworten. Er begann mit seinem Namen und dem Titel.

Er hieß Gabriel.

Gott hatte ihr ein Zeichen gegeben! Johannas Augen weiteten sich, und sie fürchtete, daß ihr der Mund offen stehengeblieben war.

Schnell errang sie ihre Beherrschung wieder. Ihre Gedanken jedoch rasten weiter. Hatte seine Mutter ihn absichtlich nach dem höchsten aller Engel genannt, dem Engel, der in Gottes Gunst an erster Stelle kam? Johanna konnte sich aus ihren Religionsstunden sehr gut an den Erzengel erinnern. Er war der Beschützer der Frauen und Kinder, und sie erinnerte sich an die wundervollen Geschichten, die von Generation zu Generation von Mutter zu Kind weitergegeben wurden, Geschichten über den strahlendsten aller Engel. Ihre eigene Mutter hatte ihr erzählt, daß Gabriel immer über sie wachen würde. Er war ihr eigener, ganz persönlicher Erzengel, und sie rief ihn stets an, wenn die Ängste sie mitten in der Nacht mit Alpträumen heimsuchten. Der Erzengel war der Patron der Unschuldigen und der Rächer des Bösen.

Sie schüttelte den Kopf. Sie fing an, alles zu verklären,

das war alles. Der Name ihres zukünftigen Ehemannes hatte nichts Symbolisches. Seine Mutter hatte sich vermutlich nur in einer schwärmerischen Stimmung befunden, als ihr Sohn geboren wurde. Zudem gab es die Möglichkeit, daß er nach einem Verwandten genannt worden war.

Sie konnte sich selbst nicht überzeugen. Der Mangel an Schlaf machte sie vermutlich zur leichten Beute für solche albernen Gedanken. Nun, immerhin hatte sie gestern nacht um ein Wunder gebetet und nur eine Minute zuvor auf ein Zeichen gehofft, das ihr sagte, wie gut alles werden würde.

Johanna hatte einmal ein Bild gesehen, das ein heiliger Mann mit Kohle vom Erzengel Gabriel gezeichnet hatte. Sie konnte sich auch jetzt noch an jede Einzelheit des Bildes erinnern. Gabriel war als riesiger Krieger mit einem leuchtenden Schwert in der Hand dargestellt. Und er hatte Flügel gehabt.

Der Mann, der nun neben ihr stand, hatte keine Flügel, aber er war ganz sicher ein riesiger Krieger mit einem gewaltigen Schwert an seiner Seite.

Und sein Name war Gabriel. Hatte Gott ihre Gebete vielleicht doch erhört?

KAPITEL 5

Seine Mama hätte ihn Luzifer nennen sollen. Johanna kam gegen Ende des Tages zu diesem Schluß, wobei sie auch die Auswahlmöglichkeiten »Barbar« oder »Wilder« hätte gelten lassen. Die Arroganz und die hochmütigen Befehle ihres Mannes zeugten von dem Teufel, der in ihm stecken mußte. Zudem mangelte es dem Mann vollkommen an zivilisierten Manieren.

Wußte er denn nicht, daß es sehr unhöflich war, an seinem Hochzeitstag zu kämpfen?

Oh, Gabriel hatte sich anfangs sehr manierlich benommen. Sobald Vater MacKechnie den letzten Segen gesprochen hatte und die Messe vorbei war, reichte man MacBain ein wunderschönes, buntes Plaid. Es paßte zu dem, das er trug. Er drapierte das lange, schmale Stück Stoff über ihre rechte Schulter, und ein zweites, andersfarbiges Plaid über ihre linke. Das erste, so erklärte ihr Mann ihr, war das der MacBains, das zweite das Maclaurin-Plaid. Er wartete auf ihr verstehendes Nicken, dann zog er sie an sich und küßte sie, daß es ihr den Atem verschlug.

Sie hatte einen flüchtigen Kuß erwartet. Statt dessen erlebte sie einen Sturm. MacBains Mund war hart und heiß. Und die Leidenschaft, die sie spürte, ließ ihr das Blut in die Wangen steigen. Sie überlegte kurz, sich von ihm zu lösen, gab die Idee aber schnell wieder auf. Der Kuß wurde so allesverzehrend, daß sie weder die Kraft noch ein echtes Bedürfnis hatte, ihn wegzustoßen.

Gelächter im Hintergrund lenkte Gabriel schließlich ab. Er ließ sie abrupt los, nickte zufrieden, als er das verwirrte Lächeln seiner Braut sah und wandte seine Aufmerksamkeit dann wieder dem Priester zu.

Sie schaffte es nicht so schnell, sich zu erholen, sondern sank gegen die Seite ihres Mannes.

Vater MacKechnie huschte um den Altar herum, um ihr zu gratulieren. »Also ja, das war eine nette Zeremonie«, verkündete er.

Alex quetschte sich zwischen seinen Vater und Johanna. Sie spürte, wie er an ihrem Rock zupfte und lächelte zu ihm hinunter.

Der Priester machte mit einem schnaubenden Lachen wieder auf sich aufmerksam. »Bis vor einer Minute dachte ich nicht, daß wir es hinter uns bringen.«

Sowohl er als auch MacBain sahen sie an. Sie schenkte ihnen ein Lächeln. »Ich hatte überhaupt keine Zweifel«, bemerkte sie. »Wenn ich mich einmal entschieden habe, dann tue ich es auch.«

Keiner der Männer sah so aus, als würde er ihr glauben. Der Priester zog Alex von Johannas Röcken fort und schob ihn an Gabriels Linke. »Sollen wir jetzt die Glückwünsche entgegennehmen?« schlug er vor. »Der Clan will doch sicher gratulieren.«

Gabriel starrte immer noch auf seine Frau. Er wirkte, als wollte er ihr etwas sagen, würde aber die Worte nicht herausbekommen.

»Möchtest du mir etwas mitteilen, Gabriel?« Sie fand, sie konnte ihn ab jetzt auch weniger steif anreden und ihn duzen.

»Nenn mich nicht so. Ich mag den Namen nicht.«

»Aber es ist ein schöner Name.«

Er grunzte. Sie versuchte, an diesem ziemlich barbarischen Laut keinen Anstoß zu nehmen. »Du solltest stolz darauf sein, solch einen großartigen Namen zu tragen.«

Er grunzte wieder. Sie gab es auf. »Wie soll ich dich denn nennen?«

»Clansherr«, schlug er vor.

Er sah nicht aus, als würde er einen Witz machen. Aber sie würde keinesfalls auf seinen Vorschlag eingehen. Es war lächerlich für Mann und Frau, formelle Titel zu verwenden. Sie beschloß dennoch, diplomatisch zu sein, denn sie glaubte nicht, daß sie im Augenblick mit Trotz weiterkommen würde.

»Aber wenn wir allein sind?« fragte sie. »Kann ich dich dann Gabriel nennen?«

»Nein.«

»Wie dann?«

»Wenn du mich ansprechen mußt, nenn mich … nenn mich MacBain. Aye, der Name wird es tun.«

»Wenn ich dich ansprechen muß? Hast du eine Ahnung, wie arrogant du dich anhörst?«

Er zuckte die Achseln. »Nein. Aber so soll es ja auch sein.«

»Nein, soll es nicht.«

Er hatte keine Lust mehr, das Thema zu verfolgen. »Du hast gut daran getan, den Jungen mit einzubeziehen.«

Weil er sich so ruppig anhörte und weil sie immer noch über den albernen Vorschlag, ihn MacBain zu nennen, nachdachte, dauerte es eine volle Minute, bis sie begriff, daß er ihr tatsächlich soeben gedankt hatte.

Sie war nicht sicher, wie sie reagieren sollte. Also nickte sie und sagte dann: »Er hätte vor der Zeremonie ein anständiges Bad nehmen sollen.«

MacBain versuchte, nicht zu lächeln. Er sollte sie wirklich nicht mit derart offenen Tadeln davonkommen lassen, aber bei Gott, er war so froh über ihren gesunden Menschenverstand, daß er sie deswegen nicht strafte.

»Das nächste Mal sorge ich dafür.«

Sie hatte den Seitenhieb sofort begriffen. Die Andeutung, daß er vielleicht noch einmal heiraten würde, war ihr nicht entgangen.

»Ihr habt gerne das letzte Wort, nicht wahr, Clansherr MacBain?«

»Aye, das stimmt«, gab er grinsend zu.

Alex starrte, wie sein Vater feststellte, Johanna entzückt an. Obwohl der Priester den Jungen eben noch an die Seite gezogen hatte, drängelte sich das Kind schon wieder an Johanna heran.

Seine Braut hatte das Herz des Jungen in nur wenigen Minuten gewonnen. MacBain fragte sich, wie lange er wohl brauchen würde, bis er ihre Zuneigung besaß. Was für ein lächerlicher Gedanke! Was kümmerte es ihn, was sie für ihn empfand? Die Ehe hatte ihm das Land gesichert, und das war alles, was zählte.

Die Männer beider Clans kamen nun einer nach dem anderen nach vorne, um sich Johanna bekannt zu machen und ihrem Clansherrn die besten Wünsche auszusprechen. Als nächstes kamen die Frauen. Eine junge rothaarige Lady, die sich als Leila vom Maclaurin-Clan vorstellte, überreichte Johanna einen wunderschönen Strauß von violetten und weißen Blumen. Sie dankte der Frau und legte das Geschenk mit den Blumen zusammen, die ihr vor der Zeremonie gegeben worden waren. Als sie sah, was sie mit dem ersten Strauß angestellt hatte, brach sie in lautes Lachen aus. Die Blüten und Blätter waren fort. Hatte sie die ganze Zeremonie über einen Strauß von nackten Stengeln in der Hand gehalten?

Als die Vorstellung und die Glückwünsche dem Ende zugingen, war Alex bereits ziemlich zappelig. Die Frauen eilten hierhin und dorthin, um Tabletts mit Essen auf die Tische zu verteilen, an dem die Männer sich versammelten. Gabriel war in eine Unterhaltung mit zwei Soldaten versunken.

Johanna wandte sich an Calum und Keith. »Auf der Wiese unten stehen sechs Pferde«, begann sie.

»Und eins davon soll mir ganz allein gehören«, platzte Alex heraus.

MacBain, der das gehört hatte, drehte sich um und warf Johanna einen Blick zu. Er grinste teuflisch. »So hast du ihn also auf deine Seite gezogen«, bemerkte er.

Sie ignorierte ihren Mann und hielt den Blick auf die Soldaten gerichtet. »Sie sind mein Hochzeitsgeschenk an meinen Mann … und Alex«, fügte sie hastig hinzu. »Würdet Ihr vielleicht jemanden schicken, der sie holt?«

Die beiden verbeugten sich und gingen, um ihren Befehl auszuführen. Alex zupfte am Saum ihres Umhangs. »Hat Papa dir auch ein Geschenk gemacht?«

Sein Vater antwortete auf die Frage. »Nay, Alex.«

Sie widersprach. »Doch, hat er doch, Alex.«

»Was hat er dir denn geschenkt?« fragte der Junge.

MacBain war ebenso neugierig darauf, was sie zu sagen hatte. Johanna lächelte Alex an.

»Er gab mir einen Sohn.«

MacBain sah sie betroffen an. Sein Sohn schien nicht ganz zu begreifen, was sie meinte.

»Aber ich bin sein Sohn«, erklärte er, wobei er sich selbst auf die Brust tippte, damit sie auch richtig verstand.

»Ja, ich weiß«, antwortete Johanna.

Der Junge lächelte. »Ist ein Sohn denn besser als sechs Pferde?«

»Natürlich.«

»Auch besser als hundert?«

»O ja.«

Jetzt war Alex von seiner eigenen Wichtigkeit überzeugt. Stolz streckte er die Brust heraus.

»Wie alt bist du?«

Er öffnete den Mund, um zu antworten, dann schloß er ihn wieder. Aus seinem verwirrten Gesichtsausdruck schloß Johanna, daß er es nicht wußte. Sie wandte sich zu ihrem Ehemann um und sah ihn fragend an. Er zuckte nur die Schultern. Offenbar wußte er es genauso wenig.

Johanna war vollkommen entsetzt. »Du kennst das Alter deines Sohns nicht?«

»Er ist jung«, antwortete MacBain.

Augenblicklich nickte Alex seinem Vater zustimmend zu. »Ich bin jung«, wiederholte er. »Papa, darf ich nach den Pferden sehen?«

Gabriel nickte. Sein Sohn ließ Johannas Umhang los und rannte hinter Calum und Keith her.

Vater MacKechnie hatte die Szene zwischen Johanna und Alex beobachtet. »Der Bursche ist ganz verliebt in sie, nicht wahr?« bemerkte er zum Clansherrn, während er Alex hinterhersah.

»Sie hat ihn bestochen«, sagte er gedehnt.

»Ja, das stimmt«, gab Johanna zu.

»Erwachsene Männer lassen sich nicht so leicht betören«, sagte ihr Mann.

»Ich bin nicht daran interessiert, irgendeinen erwachsenen Mann zu betören, Clansherr. Bitte entschuldige mich jetzt. Ich möchte mit meinem Bruder sprechen.«

Das wäre ein eleganter Abgang gewesen, wenn Gabriel ihn nicht verdorben hätte, indem er einfach seinen Arm ausstreckte, sie packte und zu sich zurückzog.

Also mußte Nicholas zu ihr kommen. Hübsch und gesegnet mit einem unwiderstehlichen Charme, war Nicholas mal wieder von Frauen umringt, und Johanna mußte einige Zeit warten, bis ihr Bruder endlich ihr Winken bemerkte und sich von seinen weiblichen Bewunderern losmachte.

Nicholas wandte sich zuerst an MacBain. »Ich werde in ein oder zwei Monaten Männer schicken, die beim Aufbau helfen können.«

MacBain schüttelte den Kopf. »Ihr werdet niemanden schicken. Sobald einer seinen Fuß auf das Land setzt, bringen wir ihn um.«

»Ihr seid ein Sturkopf, MacBain.«

»Wie hoch war die Buße, die Ihr dem König gezahlt habt?«

»Welche Buße?« fragte Johanna.

Sowohl Nicholas als auch MacBain ignorierten ihre Frage. Ihr Bruder nannte MacBain die Summe. Gabriel kündigte an, daß er dem Baron die Auslagen erstatten würde.

Johanna schaffte es endlich, sich einzumischen. Sie wandte sich an ihren Bruder. »Willst du damit sagen, daß der König dich eine Buße hat zahlen lassen? Warum denn, Nicholas?«

»Weil wir deinen neuen Gatten ausgesucht haben, Johanna. Er hat eingewilligt … zu seinem Preis.«

»Und wenn ich seiner Wahl entsprochen hätte?« bohrte sie.

»Williams?« fragte Nicholas.

Sie nickte nur.

»Dann hätte es natürlich kein Bußgeld gegeben.«

»Du hast mich angelogen. Du hast mir gesagt, du hättest nicht genug Geld, um die Steuer zu bezahlen, damit ich ein weiteres Jahr frei sein könnte.«

Nicholas stieß einen Seufzer aus. »Ja, ich habe gelogen«, gab er zu. »Aber du wolltest das Unvermeidliche bloß rausschieben, und ich machte mir Sorgen um deine Sicherheit. Verdammt nochmal, du bist in London gefangengehalten worden. Ich wußte nicht, wie lange du dort sicher warst, und ich habe ebenso befürchtet, John könnte das Land jemand anderem geben.«

Sie wußte, daß er recht hatte. Sie wußte auch, daß er sie liebte und wirklich nur ihr Bestes wollte. »Also gut. Ich vergebe dir, Nicholas.«

»Kehrt nach Hause zurück, Baron. Und kommt nicht wieder. Ihr habt Eure Pflicht getan. Johanna untersteht jetzt meinem Schutz.«

Johanna war über die Grobheit ihres Mannes entsetzt. »Jetzt?« platzte sie heraus. »Er soll jetzt nach Hause gehen?«

»Jetzt«, wiederholte MacBain.

»Mein Bruder …«

»Er ist nicht dein Bruder.«

Sie war so empört von seinem Benehmen, daß sie am liebsten laut geschrien hätte. Doch er schenkte ihr keinerlei Beachtung. Sein Blick war auf Nicholas geheftet.

»Ich hätte es wissen müssen«, sagte er nun. »Ihr seht nicht aus wie Bruder und Schwester, und als Johanna dem Priester ihren vollen Namen genannt hat, begriff ich, daß sie nicht mit Euch verwandt ist. Ihre Gefühle für sie –«

Nicholas ließ MacBain nicht fortfahren. »Ihr seid sehr scharfsinnig«, unterbrach er. »Johanna hat nicht die leiseste Ahnung davon. Also belaßt es dabei.«

»Clansherr …«

»Nein, Johanna. Diese Diskussion betrifft dich nicht.«

Sein Tonfall ließ keinen Widerspruch zu. So zerdrückte sie die Blumen in ihrer Hand, während sie von einer grimmigen Miene zur anderen blickte.

Sie brauchte sich nicht zu entschließen, ob sie gehen oder bleiben sollte.

Vater MacKechnie hatte genug mitbekommen, um zu wissen, daß ein Streit in der Luft lag. Mit falscher, übertriebener Begeisterung nahm er Johannas Arm und sagte: »Die Frauen wären sehr verletzt, wenn Ihr ihre köstlichen Gerichte nicht probieren würdet. Kommt mit. Sie warten bestimmt schon nervös darauf, einen Hauch von Lob von ihrer neuen Herrin zu empfangen. Wißt ihr noch, wie man ›danke‹ auf Gälisch sagt?«

Sie halb ziehend, halb vorwärts schubsend, entfernte der Geistliche sie von den beiden Männern. Johanna drehte den Kopf und blickte über die Schultern, um zu sehen, was geschah. Nicholas wirkte wütend, MacBain desgleichen. Es war ihr Mann, der die meiste Zeit sprach. Nicholas warf zufällig einen Blick in ihre Richtung, sah, daß sie sie anstarrte, und machte eine Bemerkung zu MacBain. MacBain nickte, und sie wandten sich um und gingen den Pfad hinunter.

Sie sah beide erst wieder, als sich der Tag bereits dem Ende neigte. Johanna stieß einen Seufzer der Erleichterung aus, als sie die Männer endlich den Hügel heraufkommen sah. Die untergehende Sonne tauchte den Himmel in orangefarbenes Licht. Die Entfernung und das Spiel des letzten Sonnenlichts ließ ihre Gestalten vor dem Himmel hinter ihnen fast schwarz und unwirklich wirken. Sie schienen sich wie zwei gottgleiche, unbesiegbare Krieger aus der Erde zu erheben, als sie sich mit unglaublicher Anmut auf die Menge zubewegten.

Sie waren die prächtigsten Krieger, die Johanna je gesehen hatte. Der Erzengel Gabriel lächelte bestimmt auf die beiden herab. Und ganz sicher hatte man sie nach seinem Ebenbild geformt.

Johanna mußte über ihren kindischen Gedanken lächeln. Doch dann erhaschte sie den ersten Blick auf ihre Gesichter und stieß ein entsetztes Keuchen aus. Nicholas' Nase blutete, sein rechtes Auge war zugeschwollen. MacBain war kaum in besserer Verfassung. Blut rann ihm von einem Riß auf seiner Stirn ins Gesicht, in seinem Mundwinkel leuchtete eine weitere Wunde.

Johanna konnte sich nicht entscheiden, welchen von beiden sie zuerst anbrüllen sollte. Im ersten Moment wollte sie instinktiv zu Nicholas rennen und ihm die Hölle heiß machen, während sie seine Wunden untersuchte, und sie hatte schon ihre Röcke gerafft, als ihr einfiel, daß sie sich vermutlich erst um Gabriel kümmern sollte. Er war schließlich jetzt ihr Mann, und ihm sollte ihre erste Sorge gelten. Zudem bestand die Möglichkeit, daß sie vielleicht seine Zorn mildern und ihn überreden konnte, Nicholas noch ein paar Tage bleiben zu lassen.

»Ihr habt euch geprügelt.«

Sie schrie ihnen die Anschuldigung entgegen, als sie ihrem Mann gegenüberstand. Gabriel hielt es nicht für nötig, zu antworten. Es war nicht zu übersehen, daß sie sich tatsächlich geprügelt hatten, und die Wut in ihrer Stimme kümmerte ihn nicht sonderlich.

Johanna zog ein kleines Leinentuch aus ihrem Ärmel und stellte sich auf die Zehenspitzen, um das Blut auf seiner Stirn abzutupfen und feststellen zu können, wie tief der Riß war. Sanft strich sie seine Haare zurück, damit sie besser sehen konnte.

Er riß den Kopf zurück. Er war es nicht gewohnt, daß sich jemand um ihn kümmerte, und hatte keine Ahnung, wie er reagieren sollte.

»Halt still, M'lord«, befahl sie. »Ich werde dir nicht wehtun.«

MacBain hielt also still und erlaubte ihr, sich ihm zu widmen. Verdammt, er war entzückt, nicht gerade, weil sie sich so besorgt um ihn gab, wohl aber, weil sie zuerst zu ihm gekommen war.

»Habt ihr geklärt, was zwischen euch stand?« fragte sie.

»Ich schon«, gab er zurück, und es hörte sich ehrlich an.

Sie sah zu ihrem Bruder. »Und du, Nicholas?«

»Ja.« Seine Stimme klang genauso wütend wie die ihres Mannes.

Sie wandte sich wieder MacBain zu. »Warum hast du

Nicholas absichtlich provoziert? Du weißt, daß er mein Bruder ist«, fügte sie mit einem Nicken hinzu. »Meine Eltern nahmen ihn auf, als er acht Jahre alt war. Er war schon da, als ich geboren wurde, und ich habe ihn stets als Bruder bezeichnet, seit ich das erste Wort sprechen konnte. Du schuldest ihm eine Entschuldigung, Gemahl.«

MacBain ignorierte ihren Tadel und packte ihr Handgelenk, so daß sie mit ihrer Betreuung aufhören mußte. Dann drehte er sich zu Nicholas.

»Ihr könnt Euch jetzt verabschieden«, befahl er. »Ihr werdet sie nicht wiedersehen.«

»Nein!« schrie Johanna. Sie machte sich von ihrem Mann los und hastete in die Arme ihres Bruders.

»Du hast mir nicht die Wahrheit gesagt«, flüsterte sie. »Er ist kein sanftmütiger Mann. Er ist hart und grausam. Ich kann den Gedanken nicht ertragen, dich niemals wiederzusehen. Ich liebe dich. Du hast mich immer beschützt und dich um mich gekümmert. Du hast an mich geglaubt. Nicholas, bitte nimm mich mit nach Hause. Hier will ich nicht bleiben.«

»Scht, Johanna, alles wird gut werden. MacBain hat gute Gründe, warum er mich und meine Männer nicht hier haben will. Du mußt lernen, ihm zu vertrauen.«

Nicholas hielt MacBains Blick fest, während er seine Schwester ermahnte.

»Warum will er denn nicht, daß du wiederkommst?«

Nicholas schüttelte den Kopf. Sein Schweigen sagte ihr, daß er ihr keine Antwort geben würde. »Soll ich deiner Mutter eine Nachricht übermitteln? Ich werde sie im nächsten Monat besuchen.«

»Ich komme mit dir nach Hause.«

Das Lächeln ihres Bruders war voller Zärtlichkeit. »Du bist jetzt verheiratet. *Hier* ist dein Zuhause. Du mußt bei deinem Ehemann bleiben, Johanna.«

Sie ließ ihn nicht los. Nicholas beugte sich herab, küßte

sie auf die Stirn und machte ihre Hände von sich los. Sanft schubste er sie auf ihren Mann zu.

»Behandelt sie gut, MacBain, oder ich komme zurück und töte Euch, bei allem, was mir heilig ist.«

»Das ist Euer gutes Recht«, antwortete MacBain. Er ging an Johanna vorbei auf Nicholas zu, um seine Handfläche auf Nicholas' Handfläche zu schlagen. »Wir beide haben eine Abmachung getroffen. Mein Wort ist bindend, Baron.«

»So wie es meines ist, Clansherr.«

Die zwei Männer nickten. Johanna stand mit tränenüberströmtem Gesicht da und sah ihren Bruder davongehen. Man hatte sein Pferd schon bereitgehalten, und Nicholas saß auf und ritt den Hügel hinunter, ohne sich noch ein einziges Mal umzusehen.

Johanna wandte sich um, um festzustellen, daß ihr Mann ebenfalls verschwunden war. Plötzlich war sie allein. Sie stand dort auf der Lichtung und fühlte sich so leer und verwüstet wie ihre Umgebung. Sie bewegte sich erst wieder, als die Sonne vom Himmel verschwunden war. Sie schauderte in der kalten Luft und rieb sich zitternd die Arme, als sie sich umwandte und langsam zum Vorplatz zurückging. Sie sah keinen einzigen der Schotten, bis sie die Mitte der Lichtung erreicht hatte. Dann entdeckte sie ihren Mann. Er lehnte am Eingang zum Haus und beobachtete sie.

Johanna wischte sich die Tränen aus dem Gesicht, straffte die Schultern und ging einen Schritt schneller. Als sie die Treppen hinaufeilte, war sie von nur einem Gedanken beherrscht: So kindisch es auch sein mochte, sie war entschlossen, ihm mitzuteilen, daß sie ihn nicht ausstehen konnte.

Sie bekam keine Chance. MacBain wartete, bis sie nah genug herangekommen war, dann zog er sie in seine Arme. Er hielt sie fest, ließ sein Kinn auf ihrem Scheitel ruhen und drückte sie zärtlich an sich.

Der Mann versuchte tatsächlich, sie zu trösten! Sein

Benehmen verwirrte sie gehörig. Schließlich war er derjenige gewesen, der all ihren Kummer verursacht hatte. Und nun gab er sich Mühe, ihr Beistand zu leisten.

Und verdammt, es funktionierte. Sie wußte, daß der lange, schwierige Tag sie ausgezehrt hatte, und gewiß war das der einzige Grund, warum sie sich nicht augenblicklich von ihm löste. Er war so wundervoll warm – sie redete sich ein, sie brauchte die Wärme, um ihr Frieren zu vertreiben. Sie würde ihm dennoch die Leviten lesen, aber später, später, wenn sie nicht mehr fror.

Gabriel hielt sie einige Minuten fest und wartete geduldig, daß sie ihre Fassung wiedererlangte.

Schließlich machte sie sich von ihm los. »Dein grobes Benehmen meinem Bruder gegenüber hat mich sehr traurig gemacht, M'lord.«

Sie hoffte auf eine Entschuldigung, mußte aber nach einer guten Zeit des Wartens erkennen, daß sie keine bekommen würde.

»Ich würde jetzt gern zu Bett gehen«, verkündete sie. »Ich bin sehr müde. Würdest du mir bitte den Weg zu meiner Hütte zeigen? Ich bin nicht sicher, ob ich sie in der Dunkelheit finden werde.«

»Die Hütte, in der du letzte Nacht geschlafen hast, gehört einem der MacBains. Du kannst dort nicht mehr übernachten.«

»Und wo soll ich dann schlafen?«

»Da drin«, antwortete er. »Oberhalb der Treppe gibt es zwei Schlafzimmer. Die Maclaurins konnten das Feuer eindämmen, bevor es die Treppe erreichte.«

Er zog die Tür weit auf und bedeutete ihr, einzutreten. Sie bewegte sich keinen Zentimeter.

»Darf ich dich etwas fragen, M'lord?«

Sie wartete, bis er zustimmend nickte, dann sagte sie: »Wirst du mir eines Tages erklären, warum du meinen Bruder fortgeschickt und ihm befohlen hast, niemals wiederzukehren?«

»Bald wirst du es verstehen«, antwortete er. »Und wenn nicht, dann werde ich es dir gerne erklären.«

»Danke.«

»Ich kann gelegentlich umgänglich sein, Johanna.«

Sie schnaubte nur deswegen nicht, weil es nicht sehr damenhaft gewesen wäre. Aber der Ausdruck in ihren Augen machte ihm klar, daß sie ihm kein Wort glaubte.

»Ich habe deinen Bruder von einer Last befreit, Frau.«

»Und die war ich?«

Gabriel schüttelte den Kopf. »Nein, du warst es nicht«, gab er zurück. »Geh jetzt hinein.«

Sie beschloß, ihm zu gehorchen. Die Frau, die ihr nach der Hochzeitszeremonie den Blumenstrauß gegeben hatte, stand am Fuß der Treppe.

»Johanna, dies ist …«

Sie ließ ihren Mann nicht ausreden. »Leila«, sagte sie. »Noch einmal danke für die schönen Blumen. Das war sehr aufmerksam von dir.«

»Ihr seid uns sehr willkommen, M'lady«, gab die Frau zurück. Sie hatte eine weiche, melodische Stimme und ein freundliches Lächeln. Ihr Haar war rot wie Feuer und von einem faszinierenden Schimmer. Sie mußte etwa so alt sein wie Johanna.

»War es schwierig für Euch, Eure Familie und Freunde zu verlassen und hierher zu kommen?« fragte Leila.

»Es gab keine nahen Freunde«, antwortete Johanna.

»Was ist mit Euren Dienern? Unser Clansherr hätte Euch sicher die Erlaubnis erteilt, Eure Zofe mitzunehmen.«

Johanna wußte nicht, was sie darauf antworten sollte. Sie hatte ihre Diener kaum gekannt. Raulf hatte den gesamten Stab fast jeden Monat erneuert. Zuerst hatte sie geglaubt, er wäre bloß zu anspruchsvoll gewesen. Erst später hatte sie begriffen. Er wollte sie isoliert halten, damit sie niemanden hatte, dem sie sich anvertrauen konnte. Sie sollte allein von ihm abhängig sein. Nach seinem Tod war sie gezwungen worden, nach London zu gehen, und auch dort hatte sie als Gefangene keine freundschaftlichen Bindungen aufbauen können.

»Ich hätte keine zweite englische Frau hier sehen wollten«, sagte MacBain, als Johanna mit ihrer Antwort zögerte.

»Sie wollten lieber in England bleiben«, warf Johanna ein.

Leila nickte, wandte sich um und begann, die Treppe hinaufzusteigen. Johanna folgte ihr.

»Glaubt Ihr, Ihr könnt hier glücklich werden?« fragte sie über ihre Schulter hinweg.

»O ja«, erwiderte Johanna und betete, daß es stimmen mochte. »Hier werde ich sicher sein.«

MacBain runzelte die Stirn. Johanna hatte keine Ahnung, wieviel diese Bemerkung über ihre Vergangenheit aussagte. Er blieb unten an den Stufen stehen und musterte seine Frau.

Leila war nicht so scharfsinnig wie ihr Clansherr. »Ich habe Euch aber gefragt, ob Ihr glücklich sein werdet«, sagte sie mit einem Lachen in der Stimme. »Natürlich werdet Ihr sicher sein. Unser Clansherr wird Euch beschützen.«

Ich kann für mich selbst sorgen, dachte Johanna, hütete sich jedoch, der Frau ihre Gedanken mitzuteilen. Sie wollte nicht, daß Leila dachte, sie wäre nicht dankbar für den Schutz des Clansherrn. Sie wandte sich um und warf ihrem Mann einen Blick zu.

»Gute Nacht, M'lord.«

»Gute Nacht, Johanna.«

Johanna folgte Leila die restlichen Stufen hinauf. Der Absatz oben war zum Teil durch einen Stapel Holzkisten abgegrenzt, so daß niemand in die große Halle oder den Flur stürzen konnte. Auf der anderen Seite befand sich ein schmaler Flur. Kerzen steckten in bronzenen Haltern, die an den Wänden befestigt waren, um den Weg auszuleuchten. Leila begann, Johanna von der Burg zu erzählen und bat sie, alle Fragen zu stellen, die ihr in den Sinn kommen mochten. Eine andere Frau namens Megan wartete im ersten Zimmer, wo sie Johanna ein Bad bereitet hatte. Sie hatte dunkelbraunes Haar und nußbraune Augen und trug ebenfalls die Maclaurin-Farben. Ihr Lächeln war genauso einladend wie das von Leila.

Ihre Freundlichkeit half Johanna, sich zu entspannen. Das Bad war wundervoll. Sie dankte den Frauen für ihre Aufmerksamkeit und sagte ihnen, wie sie diesen Luxus genoß.

»Unser Clansherr hat das angeordnet«, erklärte Megan. »Da ein MacBain gestern nacht Euch das Bett überließ, ist es heute die Sache der Maclaurins, etwas für Euch zu tun.«

»Das ist nur gerecht«, setzte Leila hinzu.

Bevor Johanna fragen konnte, was sie mit dieser Bemerkung meinten, wechselte Megan das Thema. Sie wollte über die Hochzeit sprechen. »Ihr saht so wunderschön aus. Habt Ihr die Stickerei auf Eurem Kleid selbst gefertigt? Es sieht sehr edel aus.«

»Natürlich hat sie das nicht selbst gemacht«, warf Leila ein. »Ihre Zofe ...«

»Doch, ich habe es selbst genäht«, unterbrach Johanna.

Die Unterhaltung ging weiter, während Johanna badete. Schließlich wünschte sie den beiden Frauen gute Nacht und ging den Flur hinunter zu dem anderen Raum.

Das Zimmer war gemütlich warm und sehr behaglich. An der Außenwand befand sich eine Feuerstelle, an der gegenüberliegenden Wand ein riesiges Bett, auf dem ein MacBain-Plaid ausgebreitet war. Ein Fenster ging zur Wiese hinaus. Ein dicker Fellvorhang hielt die kalten Nachtwinde draußen, und dies verbunden mit dem flackernden Feuer machte die Schlafkammer ausgesprochen gemütlich und anheimelnd.

Das Bett verschluckte sie fast, so groß war es. Sie konnte sich durchaus vorstellen, daß vier Leute Seite an Seite unter den Decken schlafen konnten, ohne sich auch nur einmal zu berühren. Sie hatte kalte Füße, aber das war das einzige Unbehagen, das sie verspürte. Sie überlegte kurz, ob sie aufstehen und nach einem Paar wollenen Strümpfen suchen sollte, beschloß aber, daß das zuviel Aufwand war. Wahrscheinlich hätte ich mir die Zeit nehmen sollen, mein Haar zu flechten, dachte sie, während sie laut gähnte. Am Morgen würde es voller Knoten sein. Dann fand sie aber, daß sie zu müde war, um sich darum zu kümmern. Sie schloß die Augen, sprach ihr Gebet und schlief ein.

Die Tür öffnete sich im selben Augenblick, als sie in den Traum hinübergleiten wollte. Ihr Geist registrierte nicht, was geschah, bis sie spürte, wie eine Seite des Bettes niedergedrückt wurde. Langsam öffnete sie ihre Augen. Es war alles in Ordnung, sagte sie sich. Es war Gabriel und kein Eindringling, der auf dem Bett saß.

Er zog nun seine Stiefel aus. Johanna versuchte, nicht in Panik zu geraten. »Was macht Ihr da, M'lord?«

Ihre Stimme war ein schlaftrunkenes Flüstern. Er warf ihr über die Schulter einen Blick zu. »Ich gehe ins Bett.«

Sie schloß erneut die Augen, und Gabriel dachte, daß sie wohl wieder eingeschlafen war. So saß er da und starrte sie einige Minuten nur an. Johanna lag auf der Seite, ihr Gesicht ihm zugewandt, und ihr Haar, golden wie ein Sonnenuntergang, bedeckte ihre Schulter. Sie wirkte unglaublich zerbrechlich auf ihn. Unschuldig und zart. Sie war so viel jünger, als er es sich vorgestellt hatte. Nachdem Nicholas und er ihre Differenzen beigelegt hatten und der Baron sich weise entschieden hatte, seinen Befehlen zu folgen, hatte MacBain ihn nach dem Alter seiner Schwester gefragt. Nicholas konnte sich nicht an das genaue Geburtsdatum erinnern, sagte aber, sie wäre kaum mehr als ein Kind gewesen, als ihre Eltern von König John den Befehl erhielten, sich mit seinem begünstigten Baron zu verheiraten.

Johanna schoß plötzlich im Bett hoch. »Hier? Du meinst, du willst hier schlafen?«

Sie hatte die Frage förmlich herausgewürgt. Er nickte und überlegte, warum sie plötzlich so entsetzt aussah.

Sie öffnete den Mund, war aber zu betäubt, um zu sprechen. Gabriel stand auf, knotete den Lederstreifen auf, der sein Plaid hielt und warf es dann auf einen Stuhl. Das Plaid rutschte zu Boden.

Darunter war er splitternackt. Johanna schloß ganz fest die Augen. »Gabriel …« Sie flüsterte den Namen kaum hörbar.

Bevor sie die Lider geschlossen hatte, war sie noch in der Lage gewesen, einen gründlichen Blick auf seine Kehrseite zu erhaschen. Es war genug, um ihr Herz aussetzen zu lassen. Der Mann war vom Scheitel bis zur Sohle braungebrannt, und wie, in Gottes Namen, war das nur möglich? Wanderte er ohne einen Fetzen am Leib in der Sonne umher?

Sie würde ihn gewiß nicht danach fragen. Sie spürte, wie die Decken zur Seite gezogen wurden, dann fühlte sie, wie das Bett wieder niedergedrückt wurde, als er sich neben ihr ausstreckte. Dann griff er nach ihr.

Johanna war im Handumdrehen auf den Knien und sah ihn an. Er lag auf dem Rücken und hatte sich nicht zugedeckt. Sofort griff sie nach der Decke und warf sie über seine Mitte. Ihr Gesicht glühte vor Verlegenheit.

»Du bist getäuscht worden, M'lord. Aye, so ist es!« platzte sie heraus. Es war fast ein Schrei.

Gabriel hatte keine Ahnung, was in Gottes Namen in sie gefahren war. Sie wirkte absolut entsetzt. Ihre Augen füllten sich mit Tränen, und es hätte ihn kaum überrascht, wenn sie angefangen hätte zu weinen.

»Wie bin ich getäuscht worden?« Er sprach absichtlich ruhig und langsam. Er faltete die Hände hinterm Kopf und tat, als hätte er alle Zeit der Welt, auf eine Antwort zu warten.

Seine lässige Haltung beruhigte sie. Sie atmete tief ein, dann sagte sie: »Mein Bruder hat dir nichts gesagt. Dabei hat er behauptet, er hätte es erklärt ... O Gott, es tut mir so leid. Ich hätte mich vergewissern müssen, daß du es weißt. Als ich herausfand, daß du bereits einen Sohn hast, dachte ich, du wüßtest Bescheid, und es würde dir nichts ausmachen. Du hast ja einen Erben. Du ...«

Gabriel streckte den Arm aus und legte ihr die Hand auf den Mund. Tränen strömten ihre Wangen hinab. Mit beruhigender Stimme sagte er: »Dein Bruder ist ein ehrbarer Mann.«

Sie nickte. Er ließ die Hand fallen und zog sie dann sanft an seine Seite. »Ja, Nicholas ist ein ehrbarer Mann«, flüsterte sie.

Sie legte die Wange an seine Schulter, und er spürte die Tränen auf seine Haut purzeln.

»Nicholas würde mich nicht täuschen.«

»Das hätte ich auch nicht gedacht.« Sie klang verwirrt.

Ein langer Augenblick verstrich, währenddessen er darauf wartete, daß sie erklärte, was sie meinte.

»Vielleicht hat er bloß vergessen, es zu erwähnen ... oder geglaubt, es getan zu haben.«

»Was soll er vergessen haben?«

»Ich kann keine Kinder bekommen.«

Er wartete, daß sie fortfuhr. »Und?« hakte er nach, als sie schwieg.

Sie hatte den Atem angehalten, während sie auf seine Reaktion wartete. Sie hatte mit Wut gerechnet, aber er zeigte nichts dergleichen. Wie zufällig streichelte er ihren Arm. Ein wütender Mann liebkoste nicht. Er schlug.

Johanna entschied, daß er vermutlich nicht begriffen hatte. »Ich bin unfruchtbar«, flüsterte sie. »Ich dachte, Nicholas hätte es dir gesagt. Wenn du die Ehe annullieren lassen willst, wird Vater MacKechnie deiner Bitte sicher entsprechen.«

»Nicholas hat es mir gesagt, Johanna.«

Wieder schoß sie in den Decken hoch. »Er hat es gesagt?« Nun sah sie noch verwirrter als vorher aus. »Warum bist du dann hier?«

»Weil ich dein Ehemann bin und dies unsere Hochzeitsnacht ist. Gewöhnlich teilt man zu diesem Zeitpunkt das Bett miteinander.«

»Du meinst also, du willst heute nacht hier schlafen?«

»Verdammt richtig, das will ich«, gab er zurück.

Nun starrte sie ihn ungläubig an. »Und jede folgende Nacht«, setzte er hinzu.

»Warum?«

»Weil ich dein Mann bin«, erklärte er.

Wieder zog er sie neben sich, rollte sich auf die Seite und beugte sich über sie. Zärtlich strich er ihr die Haare von den Wangen.

Seine Berührung war weich und beruhigend. »Bist du nur hier, um zu schlafen, M'lord?«

»Nein.«

»Dann willst du also ...«

»Ja«, sagte er, überrascht, daß sie nun noch entsetzter wirkte.

»Warum?«

Sie begriff offenbar wirklich nicht. Diese Erkenntnis linderte zwar seinen verletzten Stolz, aber er verlor trotzdem langsam die Geduld mit ihr. »Johanna, warst du nicht bereits drei Jahre verheiratet?«

Sie versuchte, ihm nicht in die Augen zu sehen. Was eine schwierige Aufgabe war, weil seine Augen wirklich schön waren. Die Farbe war ein reines, klares Grau. Er hatte zudem hohe Wangenknochen und eine gerade, schmale Nase. Er war wirklich ein gutaussehender Mann, und obwohl sie versuchte, es zu ignorieren, hatte ihr Herzschlag sich durch seine Nähe bereits beschleunigt. Sein Duft zog sie an. Er roch sauber und männlich. Sein Haar war feucht. Offenbar hatte auch er ein Bad genommen, bevor er ins Bett kam.

Sie ärgerte sich, daß sie das begrüßte. Wieso konnte sie ihre undisziplinierten Gedanken nur nicht im Griff haben? Wie er aussah oder roch, sollte sie nun wirklich nicht interessieren.

»Meinst du, du kannst mir die Frage noch vor Sonnenaufgang beantworten?«

Erst jetzt fiel ihr die Frage wieder ein. »Ja, ich war drei Jahre verheiratet.«

»Wieso kannst du mich dann fragen, ob ich mit dir schlafen will?«

Sie verstand seine Verwirrung nicht. »Zu welchem Zweck kannst du es denn wollen? Ich kann dir keine Kinder gebären.«

»Das sagtest du bereits«, fauchte er. »Es gibt noch andere Gründe, warum ich mit dir schlafen will.«

»Was für Gründe?« fragte sie mißtrauisch.

»Man kann auch Spaß am ehelichen Vollzug haben. Hast du das denn noch nie erlebt?«

»Von Spaß weiß ich nichts, M'lord, aber mit Enttäuschung kenne ich mich sehr gut aus.«

»Glaubst du, ich könnte enttäuscht sein, oder fürchtest du, du wärst es?«

»Wir beide werden es sein«, sagte sie. »Und du wirst dann nur wütend werden. Also ist es besser, wenn du mich in Ruhe läßt!«

Er dachte nicht daran, diesem Vorschlag zu entsprechen. Sie benahm sich, als hätte sie dies alles schon oft genug durchdacht, und er brauchte nicht zu fragen, wie sie zu solchen Ansichten gekommen war. Es war offensichtlich, daß sie von ihrem ersten Mann furchtbar behandelt worden war. Sie war so verdammt unschuldig und verletzlich. Wie schade, dachte er, daß Baron Raulf tot ist. Er hätte ihn mit Vergnügen selbst umgebracht.

Er konnte ihr die Vergangenheit aber nicht nehmen. Alles, was er tun konnte, war, sich auf ihre gemeinsame Zukunft und auf das Jetzt zu konzentrieren. Er beugte sich zu ihr und küßte ihre Stirn. Wenigstens zuckte sie nicht zusammen und wandte sich auch nicht ab.

»Heute nacht wirst du zum ersten Mal –«

Er hatte sagen wollen, daß sie zum ersten Mal zusammen sein würden, und daß es ein neuer Anfang für beide sein würde, aber Johanna unterbrach ihn. »Ich bin keine Jungfrau mehr, M'lord. Baron Raulf kam im ersten Jahr unserer Ehe oft in mein Bett.«

Diese Bemerkung machte ihn neugierig. Er lehnte sich zurück, um sie anzusehen. »Und nach dem ersten Jahr?«

»Da ging er zu anderen Frauen. Ich hatte ihn im höchsten Maße enttäuscht. Hast du nicht auch andere Frauen, zu denen du gehen kannst?«

Sie schien ganz begeistert von dieser Möglichkeit. Er wußte nicht, ob er beleidigt oder amüsiert sein sollte. Die meisten Frauen wünschten sich nicht, ihren Ehemann teilen zu müssen. Johanna dagegen sah so aus, als würde sie losrennen und eine Geliebte für ihn rekrutieren wollen.

»Ich will keine andere Frau.«

»Warum nicht?«

Sie schaffte es, ihn entrüstet anzusehen. Gabriel hatte enorme Schwierigkeiten zu glauben, daß diese seltsame Unterhaltung wirklich stattfand. Er grinste und schüttelte den Kopf. »Ich will dich«, sagte er beharrlich.

Sie stieß einen Seufzer aus. »Ich nehme an, das ist dein Recht.«

»Genau.«

Er zog die Decken fort. Sie zerrte sie wieder an die richtigen Stellen. »Nur einen Moment noch, bitte«, bat sie. »Ich möchte dir noch eine wichtige Frage stellen, bevor du beginnst.«

Er runzelte die Stirn, doch sie heftete den Blick an sein Kinn, damit er in ihren Augen nicht lesen konnte, wie nervös sie wurde, während sie auf seine Zustimmung oder Ablehnung wartete.

»Stell deine Frage.«

»Was passiert, wenn du doch enttäuscht bist?« Sie wagte einen kurzen Blick in seine Augen und fügte dann hastig hinzu: »Ich würde mich gerne darauf vorbereiten.«

»Ich werde nicht enttäuscht sein.«

Sie sah ihn an, als würde sie ihm nicht glauben.

»Und was, wenn doch?« bohrte sie.

Er versuchte, die Geduld zu bewahren. »Dann werde ich niemand anderem außer mir selbst die Schuld geben müssen.«

Sie starrte ihn eine lange Minute an, bevor sie ihren eisernen Griff um die Decke löste. Er sah zu, wie sie die Hände auf ihrem Bauch faltete und die Augen schloß. Der Ausdruck der ergebenen Resignation auf ihrem Gesicht ließ ihn entnervt den Kopf schütteln.

Er nahm an, sie hielt es für unausweichlich. Gabriel würde bekommen, was er wollte, und sie war klug genug, um es zu wissen.

Sie war nicht vollkommen in Panik. Sie konnte sich sehr wohl an den Schmerz erinnern, den sie bei so etwas empfinden würde, und obwohl sie sich nicht gerade auf diese Unannehmlichkeit freute, würde es nicht unerträglich werden. Es würde sie nicht umbringen. Sie hatte dies schon vorher durchgestanden, sagte sie sich. Sie würde es auch noch mal schaffen. Sie würde es überleben.

»Also gut, M'lord. Ich bin bereit.«

Himmel, diese Frau war zum Verzweifeln. »Nay, Johanna«, entgegnete er in einem tiefen, rauhen Flüstern.

Er griff nach dem Band, das ihr Nachtkleid zusammenhielt, und löste es. »Du bist noch nicht bereit, aber du wirst es bald sein. Es ist meine Pflicht, dich dazu zu bringen, daß du mich willst, und bis es so ist, werde ich dich nicht nehmen.«

Sie zeigte keinerlei äußerliche Reaktion auf sein Versprechen. Im Gegenteil, sie sah aus, als hätte man sie gerade in einen Sarg gelegt. Das einzige, was das Bild komplettiert hätte, wären die Blumen, die man ihr zwischen die steifen Finger schob. Dann hätte er wenigstens bestätigt, daß sie tot war und in die Erde gehörte.

Er beschloß, daß er es anders angehen mußte. Seine Braut war alarmierend blaß und verspannt. Sie war auf der

Hut. Diese Tatsache kümmerte ihn wenig, denn er kannte ihre Gründe dafür, selbst wenn sie sie nicht kannte. Er würde warten, bis sie sich ein wenig beruhigt hatte, dann erst seinen zärtlichen Angriff starten. Seine Strategie war nicht kompliziert. Er würde sie einfach gefühlsmäßig überwältigen, und wenn er Glück hatte, würde sie nicht merken, was mit ihr geschah, bis es zu spät war. Ihre Schutzmauer wäre eingerissen – und wenn die Leidenschaft erst einmal entfacht war, bliebe in ihrem Kopf nicht mehr viel Raum für Ängste.

Er hatte bereits begriffen, daß seine junge Braut eine sanftmütige Frau war. Ihr Gesichtsausdruck, als sie sich mit Alex unterhielt, hatte ihm gezeigt, daß sie sehr einfühlsam und besorgt um andere war. Er wußte nicht, ob sie Leidenschaft besaß, aber er war verdammt entschlossen, das herauszufinden, bevor einer von beiden aus dem Bett kroch.

MacBain beugte sich über sie, küßte sie nochmals auf die Stirn, rollte sich dann wieder auf den Rücken und schloß die Augen.

Einige Zeit verstrich, bevor sie bemerkte, daß er tatsächlich einfach so einschlafen würde. Sie wandte sich um und starrte ihn an. Warum hatte er ihr diese Gnadenfrist gewährt?

»Habe ich dich schon enttäuscht, M'lord?«

»Nein.«

Sie wandte ihren Blick nicht von ihm, während sie auf eine nähere Erklärung wartete. Doch er dachte nicht daran, ihre Neugier zu befriedigen.

Sie begriff gar nichts, und das verstärkte ihre Sorge. »Was soll ich tun?«

»Zieh dein Hemd aus.«

»Und dann?«

»Leg dich schlafen. Ich werde dich heute nacht nicht anfassen.«

Seine Augen waren geschlossen, und so sah er die Veränderung in ihrer Miene nicht. Er hörte sie seufzen, nahm an, daß es aus Erleichterung geschah, und konnte trotz allem, was er wußte, nicht verhindern, daß er sich über die Frau ärgerte. Hölle, es würde lange dauern, bis er seine Befriedigung bekam.

Sie konnte sich keinen Reim aus seinen Wünschen machen. Wenn er sie in Ruhe lassen wollte, warum kümmerte es ihn dann, ob sie ein Nachtkleid trug oder nicht? Sie überlegte einen Moment, ob sein Befehl nur eine Möglichkeit war, sein Gesicht zu wahren. Aber sie wollte nicht mit ihm darüber streiten, bestimmt nicht jetzt, wo er ihr gerade ein so wunderbares Geschenk gemacht hatte.

Da seine Augen immer noch geschlossen waren, mußte sie sich nicht um ihr Schamgefühl kümmern. Sie stieg aus dem Bett, zog ihr Hemd aus, faltete es säuberlich zusammen und ging dann um das Bett herum, um das Stück auf den Stuhl zu legen, neben dem sein Plaid immer noch auf dem Boden lag. Sie hob es auf, faltete es ebenfalls und legte es auf ihr Nachtkleid.

Die Luft im Schlafzimmer war kühl geworden, und die Bodenbretter ließen ihre Füße eiskalt werden. Schnell huschte sie wieder unter die Decken, bevor ihre Füße erfroren.

Seine Wärme war sehr anziehend, aber sie wollte ihn möglichst nicht berühren. Sie wandte ihm also den Rücken zu und schob sich langsam, ganz langsam immer näher an ihn heran.

Sie brauchte lange, bis sie sich etwas entspannen konnte. Sie hatte Angst, ihm zu vertrauen, aber auch Angst, es nicht zu tun. Denn schließlich war er ja jetzt ihr Mann und verdiente ihr Vertrauen, bis sich herausgestellt hatte, daß er es vielleicht doch nicht wert war. Nicholas hatte ihm ja auch vertraut. Ihr Bruder war der ehrbarste Mensch, den sie je kennengelernt hatte, vielleicht mit Ausnahme ihres Vaters. Zudem besaß Nicholas eine exzellente Menschenkenntnis und hätte ihr niemals geraten, Gabriel zu heiraten, wenn dieser nicht ein guter, anständiger Mann wäre. Dazu kam die vielsagende Tatsache, daß ihr Mann sich ihr nicht aufgedrängt hatte. Tatsächlich benahm er sich doch recht umgänglich und zuvorkommend.

Die Hitze seines Körpers strahlte gegen ihren Rücken, es war ein wunderbares Gefühl. Sie rutschte noch ein wenig näher an ihn heran, bis ihre Schenkel die seinen berührten. Minuten später sank sie in tiefen Schlaf.

Gabriel fand, daß er sich durch seine Behutsamkeit seiner Frau gegenüber mindestens einen Logenplatz im Himmel verdient hatte, egal wie schlimm seine vergangenen Sünden gewesen sein mochten. Die Erwartung dessen, was kommen würde, trieb ihm den kalten Schweiß auf die Stirn. Sich in heißen Kohlen zu wälzen konnte nicht so schmerzvoll sein, wie diese Warterei. Er hielt sich für fähig, die schlimmsten körperlichen Qualen zu ertragen, aber hier mit lustvollen Gedanken neben ihr zu liegen, machte diese Nacht zu einer Hölle, die fast über das Erträgliche hinausging. Sie trug nicht gerade dazu bei, dem abzuhelfen, sondern preßte ihr Hinterteil gegen seine Lenden. Es war die süßeste Folter, die er je erlebt hatte, und er mußte die Zähne zusammenbeißen, um sich zu beherrschen.

Das Feuer im Kamin war zu roter Glut heruntergebrannt und Mitternacht lange verstrichen, als er beschloß, daß er lange genug gewartet hatte. Er legte Johanna einen Arm um die Taille und beugte sich vor, um ihren Hals zu küssen. Sie wachte schlagartig auf. Ihr Körper erstarrte, doch nur für eine kurze Weile, dann legte sie ihre Hand auf seine, die unter ihren Brüsten ruhte, und versuchte, sie wegzudrücken. Er rührte sich nicht. Sie war noch ganz schlaftrunken, und die feuchten Küsse auf ihrem Hals ließen sie eher vor Wärme schaudern als vor Furcht. Es fühlte sich zu schön an, um sich ernsthafte Sorgen zu machen. Doch um sicherzugehen, daß er sich keine weiteren Freiheiten herausnehmen würde, schlang sie ihre Finger um seine, um seine Hand davon abzuhalten, zu wandern.

Er erkannte ihre Absicht, ließ sich aber nicht ermutigen. Er liebkoste ihr Ohrläppchen mit den Zähnen, dann mit der Zunge, während er zart seine Hand aus ihrem Griff löste und mit den Fingerknöcheln über die Unterseite ihrer prallen Brüste strich.

Das Gefühl, das durch ihren Körper drang, war ausgesprochen angenehm und überraschend. Seltsam genug, aber seine Berührung machte sie begierig auf immer ein kleines bißchen mehr. Sein Atem war süß und heiß auf ihrer Haut. Instinktiv versuchte sie, von ihm abzurücken und doch näher an ihn heranzukommen. Ihr Körper widersprach heftig ihrer Vernunft. Bis sie die harte Gewißheit seiner Begierde verspürte. Ein Schauder der Angst lief über ihr Rückgrat. Sie wandte sich ihm zu. Er mußte sein Wort doch halten. Hatte er ihr nicht versprochen, sie diese Nacht nicht anzurühren? Das konnte er doch nicht vergessen haben!

»Du hast versprochen, mich nicht anzufassen.«

Er küßte ihr den finsteren Ausdruck von der Stirn. »Ich kann mich erinnern.«

»Aber ...«

Er küßte ihren Nasenrücken. Johanna fand sich plötzlich in seine Hitze eingehüllt. Er preßte sie auf die Laken und bedeckte ihren Körper vom Hals bis zu den Füßen mit seinem. Seine festen Schenkel ruhten zwischen ihren, und sein hartes Glied drückte gegen die weichen Locken, die ihre Weiblichkeit schützten. Das Gefühl seines harten Körpers ließ sie vor Angst und Verlangen aufkeuchen.

»Gabriel ...«

Er ließ seine Finger durch ihr Haar gleiten und legte die Hände auf ihre Wangen. Dann kam er näher, bis sein Blick nur noch Zentimeter von ihrem entfernt war. Sein Blick war auf ihren Mund geheftet.

»Mitternacht ist lange vorbei, Johanna. Ich habe mein Wort gehalten.«

Er ließ ihr keine Zeit, zu protestieren oder in Panik zu

geraten. Mit einem Kuß verschloß er ihren Mund. Seine Lippen waren hart und warm, und seine Zunge flutete in ihren Mund, um ihr jedes Argument zu nehmen, das sie eventuell hätte vorbringen können.

Gabriel wollte sie von ihren Ängsten befreien, bevor ihr Verstand sich von ihnen beherrschen ließ. Wenn er sie auch noch so begehrte, wollte er sie keinesfalls gegen ihren Willen nehmen. Wenn Johanna in dieser Nacht ihre Hemmungen nicht fallen lassen konnte, dann würde er warten und es morgen noch einmal versuchen. Und übermorgen. Und die Nacht danach. Mit der Zeit würde sie bestimmt lernen, ihm zu vertrauen und aus sich herauszugehen.

Der Kuß war nicht zärtlich, sondern sehr fleischlich und lüstern. Sie wehrte sich nicht, sondern erwiderte sein Spiel statt dessen mindestens ebenso heftig. Ein tiefes Knurren der Lust ertönte in seiner Kehle, als er spürte, wie ihre Zunge schüchtern seine berührte.

Dieser erotisierende Laut machte sie ein wenig forscher. Sie war so überwältigt von der Reaktion ihres Körpers, daß sie kaum noch denken konnte. Sie rieb ihre Füße in rastlosen Bewegungen an seinen Waden und versuchte, das Atmen nicht zu vergessen.

Sie schmeckte so gut, wie er es sich vorgestellt hatte. Seine Zunge drang wieder und wieder in ihren Mund ein, und er ließ ihr eine lange Zeit keine Chance, sich gegen seine Attacken zu wehren, wobei er sie neckte und drängte, sein Liebesspiel zu erwidern.

Er hatte vorgehabt, sie mit ihrer eigenen Reaktion zu überwältigen, und das hatte er in der Tat geschafft. Innerhalb von wenigen Minuten bebte sie vor Begierde. Als seine Hände zu ihren Brüsten glitten und seine Daumen über die sensiblen Spitzen strichen, stieß sie tiefes Stöhnen der Lust aus. Sie konnte nicht anders, als sich seinen Händen entgegenzubiegen und nach mehr zu verlangen.

Nun mußte er sie dazu bringen, ihn zu umarmen. Doch ihre Arme blieben, die Hände zu Fäusten geballt, unbeweglich neben ihrem Körper liegen, so daß er von ihrem Mund abließ und ihr sagte, was er von ihr wollte.

Dennoch tat sie es nicht. Er hob den Kopf, um sie anzusehen, und mußte in purer männlicher Befriedigung lächeln. Johanna wirkte wie betäubt, ihre Augen waren vor Leidenschaft verschleiert. Er senkte wieder den Kopf, küßte sie erneut, um sie wissen zu lassen, wie zufrieden er mit ihr war, und legte sich dann ihre Arme um seinen Hals.

»Halt mich fest«, flüsterte er rauh. »Zieh mich zu dir.«

Sie hatte den Griff eines Kriegers. Gabriel zog mit den Lippen langsam eine Spur bis zu ihren Brüsten. Er umfaßte sie mit den Händen und nahm eine Brustwarze in den Mund, um daran zu saugen. Als ihre Nägel sich augenblicklich in seine Schultern gruben, stieß er ein Knurren purer Lust aus.

Gabriel war bisher absoluter Herr des Liebesspiels gewesen. Aber als seine Hand nun über ihren flachen, weichen, seidigen Bauch glitt und tiefer rutschte, um sie intimer zu berühren, verlor er ebenfalls die Kontrolle über seine Reaktion. Die Hautfalten, die unter ihren weichen Löckchen verborgen waren, fühlten sich naß und unglaublich heiß an. Sein Daumen rieb über die empfindliche Knospe, als seine Finger in sie eindrangen.

Sie schrie vor Angst auf. Die Intensität der Lust, die er in ihr erzeugte, war neu für sie und zu beängstigend, als daß sie sie hätte begreifen können. Sie versuchte, seine Hand wegzudrücken, obwohl ihr Körper sich rastlos an ihn drängte.

Lieber Gott, sie verstand nichts mehr. »Gabriel, was geschieht mit mir?«

Ihre Nägel bohrten sich in seine Schulterblätter, und ihr Kopf rollte unruhig hin und her, als er sein Liebesspiel fortsetzte. Er verlagerte seinen Körper, damit er sie mit Küssen beruhigen konnte.

»Es ist alles gut«, flüsterte er mit einer Stimme, die atemlos klang. »Du magst das Gefühl, nicht wahr?«

Er ließ ihr keine Zeit zu antworten. Wieder nahm er ihren Mund in Besitz, und seine Zunge drang im selben Moment ein, als seine Finger tief in die enge Pforte glitten.

Sie glaubte, sie müßte verrückt werden. Leidenschaft, die sie nie zuvor erlebt hatte, entzündete sich in den Tiefen ihres Bauches und breitete sich wie Feuer in ihrem ganzen Körper aus. Sie klammerte sich nun wimmernd an ihren Mann und versuchte, ihn mit langsamen erotischen Bewegungen dazu zu bringen, sie von dem überwältigenden Verlangen zu erlösen.

Er hielt sich noch immer zurück. Der Druck, der sich in seinem Inneren aufbaute, wurde fast unerträglich. Am liebsten hätte er sich nur noch in sie versenkt, doch er bezwang sich und liebkoste sie weiter mit Zunge und Fingern. Als sie sich plötzlich noch fester an ihn klammerte und ihr Körper sich versteifte, wußte er, daß sie kurz davor stand, ihre Erlösung zu finden. Sofort schob er sich so auf sie, daß sein Glied sich gegen ihre Spalte drückte, stützte sich auf einen Ellenbogen und nahm ihr Kinn in die Hand, so daß sie ihn ansehen mußte.

»Sag meinen Namen, Johanna.«

Seine Stimme klang rauh und wütend. Die Intensität seines Blickes verriet die fast unmenschliche Zurückhaltung, die er sich aufzwang.

»Gabriel«, flüsterte sie.

Er küßte sie schnell und heiß. Dann zog er seinen Mund von ihr und befahl: »Jetzt und für immer. Sag es, Frau. Sag die Wortc.«

»Jetzt und für immer, Gabriel.«

Er ließ den Kopf an ihre Schulter fallen, drang mit einem kraftvollen Stoß ganz in sie ein und war umgeben von flüssiger Hitze. Lieber Himmel, sie war so eng und so heiß, daß er die süße Qual fast nicht mehr ertragen konnte.

Es war ihm unmöglich, noch länger stillzuhalten, damit sie sich an das Gefühl gewöhnte. Obwohl irgendwo in seinem Kopf die Befürchtung nistete, daß er ihr wehtun könnte, brachte er es nicht mehr fertig, gegen seine eigene verzehrende Leidenschaft anzukämpfen. Seine Stöße waren hart und drängend. Sie hob ihre Knie, um ihn tiefer in sich aufzunehmen. Sie drückte ihn, berührte ihn überall. Er knurrte vor wilder, animalischer Lust. Es war eine exquisite Folter. Johanna wurde immer wilder. Sie klammerte sich an ihn, schlang ihre Beine um seine Schenkel und bog sich ihm entgegen, um seinen Stößen zu begegnen. Ihre wimmernden Laute, so weich und so unglaublich sexy, machten ihn halb wahnsinnig. Nie zuvor hatte er eine solche Leidenschaft erlebt. Sie hielt nichts zurück, und ihre vollkommene Hingabe machte ihn nur noch wilder. Aber er wollte noch nicht aufhören. Langsam zog er sich von ihr zurück, dann stieß er wieder zu.

Gabriel konnte an nichts anderes mehr denken, als ihr volle Befriedigung zu verschaffen und sich ebenfalls. Sein Atem kam rauh und stoßweise. Als er spürte, wie sie in ihrem Höhepunkt zu beben begann und seinen Namen mit einer Mischung aus Staunen und Angst rief, konnte er sich nicht länger zurückhalten. Mit einem lauten, lustvollen Stöhnen schoß sein Samen in sie hinein.

Johannas Körper schien sich in ihrem Orgasmus aufzulösen. Sie glaubte, sterben zu müssen. Niemals in ihren wildesten Träumen hatte sie geglaubt, daß so etwas Wundervolles möglich war. Es war ein erschütterndes und ganz und gar wundersames Erlebnis.

Sie hatte sich erlaubt, sich Gabriel vollständig hinzugeben, und, lieber Gott, ihre Belohnung dafür war höchst überraschend gewesen. Ihr Mann hatte sie fest und sicher in den Armen gehalten, während der Sturm in ihr wütete, und die pure Schönheit ihres Liebesspiels ließ ihr die Tränen in die Augen schießen.

Doch sie war zu erschöpft, um zu weinen. Er hatte ihr offenbar alle Kraft genommen. Und als er über ihr zusammenbrach, dachte sie, daß es wohl auch all *seine* Kraft gekostet hatte. Aber sein Gewicht belastete sie nicht, denn er stützte sich immer noch an ihren Seiten mit den Armen ab. So erledigt, wie er körperlich zu sein schien, dachte er immer noch daran, ihr nicht wehzutun.

Der Duft ihres Liebesspiels erfüllte die Luft um sie herum. Ihre Herzen schlugen in wildem Takt.

Gabriel war der erste, der sich etwas erholte. Sein erster Gedanke galt seiner Frau. Gott, hatte er ihr wehgetan?

»Johanna?« Er zwang sich wieder auf, so daß er sie ansehen konnte. Die Sorge in seinem Gesicht war deutlich erkennbar. »Hab' ich…«

Ihr Lachen ließ ihn mitten im Satz abbrechen. Es lag soviel Freude darin, daß er sie einfach anlächeln mußte.

»Aye, das hast du«, flüsterte sie.

Diese Frau war ein stetiges Rätsel für ihn. »Wie kannst du gleichzeitig lachen und weinen?«

»Ich weine nicht.«

Er strich mit einem Finger über ihre Wangenknochen, um die Tränen wegzuwischen. »Doch, du weinst. Hab' ich dir wehgetan?«

Sie schüttelte langsam den Kopf. »Ich wußte nicht, daß es zwischen Mann und Frau so sein kann. Es war sehr schön.«

Ihre Worte ließen ihn in arroganter Zufriedenheit nicken. »Du bist sehr leidenschaftlich, Johanna.«

»Das habe ich nicht gewußt… bis jetzt. Gabriel, es war herrlich. Du hast mich…«

Sie konnte das richtige Wort nicht finden. Er half ihr nur zu gerne aus. »Entflammt?«

Sie nickte. »Ich wußte auch nicht, daß manche Ehemänner gerne vorher küssen und streicheln«, sagte sie.

Er beugte sich nieder, kußte sie und rollte sich dann auf den Rücken von ihr weg. »Das nennt man Vorspiel, Frau.«

»Es ist nett«, flüsterte sie seufzend. Raulfs Vorstellung von Vorspiel war es gewesen, die Decken von ihr zu zerren. Johanna blockierte augenblicklich diese Erinnerung. Sie wollte die Freude des Augenblicks nicht mit der üblen Vergangenheit verderben.

Und sie wollte auch nicht, daß Gabriel einschlief. Im Gegenteil: Er sollte sie noch einmal lieben. Sie konnte nicht fassen, wie forsch sie plötzlich war, und schüttelte den Kopf über ihre erstaunliche, plötzlich erwachte Lüsternheit.

Also zog sie lieber die Decken über sich und schloß die Augen. Doch plötzlich begann ein beunruhigender Gedanke an ihr zu nagen. Jetzt, da sie miteinander geschlafen hatten, sollte nicht einer von den beiden gehen? Raulf hatte sie immer sofort verlassen, wenn er fertig gewesen war. Da Gabriel sich offenbar zum Schlafen eingenistet hatte, entschied sie, daß es ihre Pflicht war, zu gehen.

Sie wollte lieber bleiben, aber der Gedanke daran, daß er ihr befehlen könnte zu gehen, verletzte ihren Stolz. Sie fand, daß es besser war, ihm gar nicht erst die Chance dazu zu geben. Einige Minuten lang kämpfte sie unentschlossen mit sich.

Auch Gabriel war beunruhigt. Sein schlauer Plan, seine Frau mit Gefühlen zu überwältigen, hatte sich gegen ihn selbst gekehrt. Hölle, sie hatte *ihn* überwältigt. Er hatte seine Selbstbeherrschung noch nie so vollkommen verloren, hatte sich bei keiner Frau je zuvor so verletzlich gefühlt, und er überlegte, was sie wohl anstellen würde, wenn sie wüßte, welche Macht sie über ihn hatte. Er runzelte allein bei diesem Gedanken finster die Stirn.

Johanna rutschte an die Bettkante. Sie griff nach ihrem Nachtkleid, bevor sie aufstand. Dann wandte sie ihm den Rücken zu, während sie sich das Kleidungsstück anzog. Ihre Schuhe mußten irgendwo bei der Tür stehen.

Und immer noch zögerte sie. Sie konnte sich selbst nicht begreifen. Sie fühlte sich elend und einsam und hätte am liebsten geweint. Ihre Liebesnacht war wunderbar gewesen, doch nun war sie mit einer neuen, unbekannten Unsicherheit erfüllt. Nein, sie begriff nichts von der Veränderung in ihrem Inneren, aber sie würde wahrscheinlich den Rest der Nacht Zeit haben, sich darüber klarzuwerden. Sie bezweifelte, daß sie würde schlafen können, und am

Morgen würde sie wahrscheinlich entsetzlich erschöpft und deprimiert sein.

Gabriel schien eingeschlafen zu sein. Sie versuchte, so leise wie möglich zur Tür zu gelangen. Gerade griff sie nach dem Riegel, als er sie rief.

»Wo willst du denn hingehen?«

Sie wandte sich zu ihm um. »In die andere Kammer, M'lord. Ich habe angenommen, ich soll da schlafen.«

»Komm zurück zu mir, Johanna.«

Sie ging langsam zu seiner Bettseite hinüber. »Ich wollte dich nicht aufwecken.«

»Ich habe nicht geschlafen.«

Er griff nach dem Gürtel ihres Nachtkleides, um es zu öffnen. Mit nur milder Neugier fragte er: »Warum willst du denn allein schlafen?«

»Das will ich ja gar nicht«, platzte sie heraus.

Er zog an den Ärmeln ihres Kleides, um es ihr abzustreifen. Sie erbebte in der kalten Luft. Dieser Anblick amüsierte ihn, denn er fand es verdammt heiß in der Kammer. Er schlug die Decke auf und wartete, daß sie zu ihm kam.

Sie zögerte keine Sekunde und kletterte über ihren Mann hinweg ins Bett. Gabriel legte die Arme um sie und drückte sie an sich, bis ihre Wange an seiner Schulter ruhte. Dann zog er die Decke über sie, gähnte herzhaft und sagte: »Du wirst jede Nacht mit mir in diesem Bett schlafen, verstehst du, Johanna?«

Sie stieß an sein Kinn, als sie nickte. »Ist es in den Highlands so üblich, daß Mann und Frau zusammen schlafen?«

Er gab ihr eine ausweichende Antwort. »Für uns wird es so üblich sein.«

»Ja, M'lord.«

Die augenblicklich geflüsterte Antwort freute ihn. Er drückte seine Frau an sich und schloß die Augen.

»Gabriel?«

Er grunzte zur Antwort.

»Bist du froh, daß du mich geheiratet hast?«

In dem Moment, als sie die Worte ausgesprochen hatte, tat ihr die Frage schon leid. Nun würde er wissen, wie verletzlich sie sich fühlte und wie entsetzlich unsicher sie in Wirklichkeit war.

»Das Land gehört jetzt mir. Das macht mich froh.«

Er war ein brutal ehrlicher Mann. Wahrscheinlich sollte sie diesen Charakterzug bewundern. Doch nicht ausgerechnet heute nacht, fand sie. Darüber hinaus fand sie, daß er sie anlügen und ihr sagen sollte, wie froh und glücklich er war, sie als Frau zu haben. Lieber Himmel, jetzt benahm sie sich aber wirklich albern. Schließlich wollte sie doch nicht mit einem Mann verheiratet sein, der sie anlog. Nein, bestimmt nicht.

Sie wußte, daß sie keinen klaren Gedanken mehr fassen konnte. Bestimmt war es die Erschöpfung, die ihr solche närrischen, unwichtigen Dinge eingab. Was sollte es sie schon kümmern, ob er sie wollte oder nicht. Sie hatte doch genau das bekommen, weswegen sie in die Highlands gereist war, um zu heiraten. Sie war aus König Johns Klauen entkommen. Sie war frei ... und in Sicherheit.

Sie hatte genau das bekommen, was sie haben wollte, und er ebenso. Das Land gehörte nun ihm.

»Du bist zu weich. Ich hätte eine starke Frau mit fester Haut bevorzugt.«

Sie war fast eingeschlafen, als sie seine Bemerkung hörte. Da ihr darauf keine Erwiderung einfiel, schwieg sie.

Eine weitere Minute verstrich, bis er wieder sprach. »Du bist zu zart für das Leben hier. Ich bezweifle, daß du ein Jahr überlebst. Wahrscheinlich hätte ich besser eine robustere, weniger gefühlsbetonte Frau geheiratet. Aye, du schaffst kein ganzes Jahr hier draußen.«

Er klang nicht besonders erschüttert über diese Möglichkeit. Sie gab sich Mühe, sich nicht beleidigt zu fühlen. Zudem würde sie nicht versuchen, ihm seine Meinung auszureden. Was würde es schon nützen, ihm klarzumachen, daß sie sehr wohl so stark und leidensfähig war wie jede Frau aus den Highlands? Gabriel schien seine Meinung ja schon gefaßt zu haben, und nur die Zeit, die sie gemeinsam verbrachten, würde beweisen, daß sie keine zarte Sommerblume war. Sie hatte Widerstandsfähigkeit. Sie hatte sich schon selbst bewiesen, daß sie eine Frau war, die zu überleben verstand.

»Du bist so schüchtern. Ich hätte wohl besser eine Frau genommen, die einen starken Willen besitzt.«

Es kostete sie gewaltige Kraft, den Mund zu halten. Sie hatte ihm eine kleine, simple Frage gestellt. Ein schnelles Ja oder Nein hätten als Antwort genügt. Er schien nun stattdessen Gefallen daran gefunden zu haben, ihre Schwächen aufzuzählen, und sie konnte das Lachen in seiner Stimme hören. Ihr Mann schien, wie sie langsam begriff, ein wenig rüde zu sein.

»Du hast alberne Ansichten. Ich hätte wahrscheinlich besser eine Frau geheiratet, die stets mit mir übereinstimmt.«

Sie begann wütend mit den Fingerspitzen auf seiner Brust herumzutrommeln. Er legte seine Hand über ihre, um die vielsagende Geste zu unterbrechen.

Johanna gähnte laut. Es sollte ein Wink mit dem Zaunpfahl sein, sie endlich schlafen zu lassen. Ein rücksichtsvoller Ehemann würde spätestens jetzt seine Litanei an Beleidigungen abbrechen.

Gabriel war nicht besonders rücksichtsvoll. »Du hast vor jeder Winzigkeit Angst«, bemerkte er, als ihm wieder einfiel, was für ein Gesicht sie beim Anblick seines Wolfshundes gemacht hatte. »Ich hätte eine Frau bevorzugt, die meinen Hund das Fürchten lehrt.«

Die Wärme, die sein Körper ausstrahlte, machte sie immer benommener. Sie legte ein Bein über seine Schenkel und rückte näher.

»Im übrigen bist du zu dünn«, sagte Gabriel. »Der erste Nordwind wird dich umpusten. Ich hätte besser eine große, kraftstrotzende Frau geheiratet.«

Nun war sie wirklich viel zu schläfrig, um mit ihrem Mann zu streiten. Empörung benötigte zuviel Konzentration. Johanna dämmerte dahin, während ihr Mann die Liste ihrer zahllosen Fehler fortsetzte.

»Du bist schrecklich naiv, Frau«, sagte er, als er daran dachte, daß sie geglaubt hatte, das Klima in den Highlands wäre das ganze Jahr über mild. Sie hatte die hinterhältige Lüge ihres Bruders akzeptiert.

Lange Minuten verstrichen, bevor Gabriel sich endlich entschloß, ihre Frage zu beantworten.

»Johanna?«

Sie gab ihm auch jetzt keine Antwort. Er beugte sich über sie, küßte ihre Stirn und flüsterte: »Und ich bin sehr, sehr froh, dich geheiratet zu haben.«

KAPITEL 6

Johanna erwachte von einem hämmernden Geräusch, dem ein Krachen folgte, das sich anhörte, als wäre das Dach eingestürzt. Sie schoß im Bett hoch. Im gleichen Moment öffnete sich die Tür, und Gabriel trat ein. Instinktiv griff sie nach der Decke und zog sie vor die Brust.

Sie wußte, daß sie einen fürchterlichen Anblick bot. Ihr Haar hing ihr wüst ins Gesicht und behinderte ihre Sicht. Sie hielt die Decke mit einer Hand fest, während sie sich mit der anderen die wilden Strähnen aus dem Gesicht schob.

»Guten Morgen, Clansherr MacBain.«

Er registrierte amüsiert ihre plötzliche Schamhaftigkeit, die so ganz im Gegensatz zu der Tatsache stand, daß er sie gestern nacht überall gestreichelt hatte. Außerdem errötete sie.

»Nach dieser Nacht glaube ich nicht, daß du in meiner Gegenwart verlegen sein mußt, Johanna.«

Sie nickte. »Ich werde es versuchen«, versprach sie.

Gabriel kam zum Fußende herüber. Er verschränkte die Hände hinter dem Rücken und sah sie finster an.

Sie lächelte zurück.

»Es ist nicht mehr Morgen«, sagte er. »Es ist Mittag.«

Johanna riß die Augen überrascht auf. »Ich war erschöpft«, brachte sie als Verteidigung hervor, daß sie die Hälfte des Tages verschlafen hatte. »Normalerweise bin ich bei Tagesanbruch auf, M'lord, aber die Reise hierher war sehr anstrengend. Was ist das für ein hämmerndes Geräusch?« fügte sie in dem Versuch hinzu, das Thema von ihrer Faulheit abzulenken.

»Die Männer arbeiten an dem neuen Dach über der großen Halle.«

Er bemerkte die dunklen Ringe unter ihren Augen. Sie war sehr blaß. Es tat ihm leid, daß er sie geweckt hatte. Aber als das Hämmern wieder einsetzte, erkannte er, daß sie in jedem Fall wach geworden wäre. Gabriel fand plötzlich, daß er den Beginn der Arbeiten nicht für heute hätte ansetzen sollen. Seine Braut brauchte Ruhe, nicht Aufregung.

»Wolltest du etwas von mir, M'lord?«

»Ich wollte dir deine Anweisungen geben.«

Sie lächelte wieder, um ihm, wie sie hoffte, deutlich zu machen, daß sie jede Aufgabe übernehmen würde, die er ihr übertragen wollte.

»Heute wirst du das MacBain-Plaid tragen. Morgen nimmst du die Farben der Maclaurin.«

»Werde ich das?«

»Das wirst du.«

»Warum?«

»Weil du jetzt Herrin über beide Clans bist und keine Partei vor den Kopf stoßen darfst. Es wäre eine Beleidigung, wenn du meine Farben zwei Tage hintereinander tragen würdest. Hast du verstanden?«

Er dachte eigentlich, daß er sehr deutlich gewesen war.

»Nay«, antwortete sie. »Das verstehe ich nicht. Bist du nicht Clansherr über beide Clans?«

»Das bin ich.«

»Also bist du auch von beiden Clans als Anführer akzeptiert?«

»So ist es.«

Er klang wieder so schrecklich arrogant und sah auch so aus. Seine Gegenwart war… beherrschend. Er gab ihr so distanziert Befehle, und doch war er in der letzten Nacht zärtlich und sanft gewesen. Die Erinnerung an ihr Liebesspiel ließ sie aufseufzen.

»Hast du mich jetzt verstanden?« fragte er, durch ihren plötzlich abwesenden Blick aus dem Konzept gebracht.

Sie schüttelte den Kopf, womit sie versuchte, wieder einen klaren Gedanken zu fassen. »Nein, ich begreife immer noch nicht«, gab sie zu. »Wenn du ein …«

»Es ist auch nicht deine Aufgabe, zu verstehen«, verkündete er.

Sie verbarg ihre Verzweiflung so gut es ging. Er schien unbedingt eine Zustimmung von ihr zu wollen, aber die würde er nicht bekommen. So starrte sie ihn einfach weiter an und wartete auf die nächste empörende Bemerkung.

»Ich habe noch eine Anweisung für dich«, sagte Gabriel. »Ich will nicht, daß du dich mit irgendeiner Arbeit beschäftigst. Ich will, daß du dich ausruhst.«

Sie war nicht sicher, ob sie ihn richtig verstanden hatte. »Ausruhen?«

»Ja.«

»Um Himmels willen, warum?«

Er runzelte die Stirn, als sie ihn verständnislos ansah. Für ihn war es nur zu klar, warum sie sich ausruhen sollte. Nun gut, wenn sie dennoch eine Begründung brauchte, dann würde sie eben eine bekommen.

»Du wirst Zeit brauchen, dich zu erholen.«

»Erholen wovon?«

»Von der Reise hierher.«

»Aber ich habe mich schon erholt, M'lord. Ich habe den halben Tag verschlafen. Ich bin absolut ausgeruht.«

Er wandte sich zum Gehen. »Gabriel?« rief sie.

»Ich habe gesagt, du sollst mich nicht so nennen.«

»Gestern nacht hast du es aber von mir verlangt«, brachte sie ihm in Erinnerung.

»Wann?«

Sie wurde augenblicklich rot. »Als wir... als wir uns küßten.«

Nun erinnerte er sich. »Das war etwas anderes«, sagte er bestimmt.

»Was war anders? Das Küssen oder deinen Namen auszusprechen?«

Er gab keine Antwort.

»Gabriel ist ein schöner Name.«

»Ich hab' keine Lust mehr, darüber zu diskutieren.«

Sie hatte keine Ahnung, was sie von seinem seltsamen Benehmen halten sollte. Dann beschloß sie, das Thema Name für den Augenblick beiseite zu lassen. Er griff bereits nach dem Riegel an der Tür, und sie wollte ihn noch etwas fragen, bevor er ging. »Kann ich heute nachmittag jagen gehen?«

»Ich habe dir doch gerade gesagt, daß du dich ausruhen sollst. Ich will mich nicht wiederholen müssen.«

»Aber das ergibt doch überhaupt keinen Sinn, M'lord.«

Er drehte sich um und kam zurück zum Bett. Er sah verärgert aus, allerdings nicht sehr.

Er schüchterte sie nicht ein. Diese Erkenntnis drang ganz plötzlich in ihre Gedanken, und sie mußte unwillkürlich lächeln. Sie begriff selbst nicht, warum sie so empfand, aber es war so. Zudem sprach sie tatsächlich aus, was sie dachte, und es war das erste Mal seit einer langen, langen Zeit, daß sie das konnte. Es war irgendwie... befreiend.

»Ich habe dir schon erklärt, daß ich mich bereits völlig erholt habe«, sagte sie ihm.

Er packte ihr Kinn und hob es hoch, so daß sie ihm direkt in die Augen sehen mußte. Fast hätte er gelächelt, als er sah, wie trotzig sie ihn anblickte.

»Es gibt noch einen Grund, warum du dich ausruhen sollst«, verkündete er.

Sie schob seine Hand sanft fort, weil ihr Nacken langsam steif wurde. »Und was ist das für ein Grund, M'lord?«

»Du bist schwach.«

Sie schüttelte den Kopf. »Das hast du gestern nacht bereits behauptet, mein Ehemann. Es stimmte gestern nicht, und es stimmt heute nicht.«

»Du bist schwach, Johanna«, wiederholte er, ihren Protest ignorierend. »Du wirst eine gewisse Zeit brauchen, um Kraft zu sammeln. Auch wenn du selbst es nicht tust, ich erkenne deine Grenzen sehr wohl.«

Er ließ ihr keine Zeit, ihm noch einmal zu widersprechen, sondern beugte sich zu ihr hinunter, küßte sie und verließ die Schlafkammer.

Sobald die Tür hinter ihm zugefallen war, stieß sie die Decke weg und sprang aus dem Bett.

Wie konnte ihr Mann sich so schnell eine derartige aus der Luft gegriffene Meinung über sie bilden? Woher wollte er denn wissen, wo ihre Grenzen lagen? Er kannte sie doch kaum. Es war absolut unsinnig, sich bereits jetzt Schlußfolgerungen über ihre Person hinzugeben.

Johanna dachte weiter über ihren Mann nach, während sie sich wusch und anzog. Vater MacKechnie hatte ihr erklärt, was sie unter dem Plaid zu tragen hatte, und so zog sie die Highland-Kleidung, eine weiße, langärmelige Bluse und den Rock an, dann drapierte sie das MacBain-Plaid. Sie legte das Tuch in perfekten Falten um ihre Taille, warf ein Ende über die linke Schulter, damit es ihr Herz bedeckte, und befestigte den Stoff dann mit einem schmalen, braunen Ledergürtel.

Sie überlegte kurz, ob sie ihren Bogen und ihre Pfeile auspacken und Gabriels Befehle einfach ignorieren sollte, besann sich dann aber anders. Offener Widerstand schien ihm gar nicht zu gefallen. Sie hatte bereits festgestellt, daß er ein stolzer Mann war, und sie konnte sich nicht vorstellen, daß sie etwas erreichen würde, wenn sie dauernd seine Entscheidungen mißachtete.

Aber es führten ja schließlich immer noch andere Wege in die Burg. Das hatte ihre Mutter ihr immer zugeflüstert, wenn sie mit ihrem Mann gestritten hatte. Johannas Mutter war eine weise Frau. Sie war ihrem Mann treu ergeben, doch in den langen Jahren mit ihm hatte sie herausgefunden, wie sie seine Sturköpfigkeit umgehen konnte. Und Johanna hatte von ihr gelernt, denn die gute Frau hatte jede Menge kluger Ratschläge an ihre Tochter weitergegeben. Sie hatte ihr erklärt, daß sie niemals versuchen sollte, ihren Mann zu manipulieren, denn das wäre entehrend, und der Zweck heiligte schließlich nicht immer die Mittel. Dennoch war sie so geschickt, daß sie meistens jedem in ihrem Haushalt ihren Willen aufdrängen konnte.

Ohne daß ihre Mutter es wußte, hatte Johannas Vater seine Tochter oft zur Seite genommen, wenn sie sich mit seiner Frau gezankt hatte. Auch er hatte Ratschläge parat, wie am besten mit den seltsamen Launen seiner Frau umzugehen war. Johanna dachte oft, daß die Vorschläge ihrer Mutter weitaus sinnvoller waren als die ihres Vaters. Doch wie auch immer, sie erfuhr dadurch etwas viel Wichtigeres über ihren Vater: Er liebte seine Frau und würde alles tun, damit sie glücklich war. Er wollte einfach nur nicht, daß seine Frau es wußte. Die beiden spielten ein Spiel, bei dem beide als Sieger hervorgehen konnten. Johanna empfand die Ehe ihrer Eltern stets als etwas merkwürdig, aber ihre Mutter und ihr Vater waren sehr glücklich miteinander, und im Endeffekt war das doch alles, was zählte.

Johanna selbst wollte nur ein ruhiges, friedliches Leben führen. Und um dieses Ziel zu erreichen, würde sie sich einfach bemühen, ihrem Mann aus dem Weg zu gehen. Sie würde sich nicht in seine Angelegenheiten mischen und sich anstrengen, mit ihm auszukommen. Nach den Jahren mit Raulf glaubte Johanna aus tiefstem Herzen, daß es sie glücklich machen würde, wenn man sie in Ruhe ließ.

Sie beschloß, als erstes die Schlafkammer aufzuräumen. Sie machte das Bett, wischte den Boden und packte ihre Sachen aus, die sie in der Truhe verstaute, dann schob sie die drei Taschen unter das Bett. Sie war begierig darauf, hinauszukommen, denn es war ein herrlicher Tag. Als sie das Fell vor dem Fenster zurückband, strömte helles Sonnenlicht in die Kammer. Der Duft der Highlands erfüllte die Luft, und der Ausblick war atemberaubend. Die Wiese unten leuchtete grün wie ein Smaragd, die Hügel darum waren dicht mit Pinien und Eichen bewachsen. Die Landschaft war mit Farbflecken gesprenkelt: rote, rosafarbene und purpurne Wildblumen wuchsen in dicken Büscheln und säumten einen Pfad, der sich direkt in den Himmel hinaufzuwinden schien.

Nach einer kleinen Mahlzeit beschloß Johanna, Alex zu einem Spaziergang über die Wiese und den Pfad hinauf mitzunehmen. Sie wollte Blumen pflücken, die sich auf dem Kaminsims gut machen würden.

Den Jungen zu finden, war allerdings keine leichte Aufgabe. Sie ging die Treppe hinunter und blieb im Eingang zur großen Halle stehen, wo sie darauf wartete, daß einer der Soldaten sie bemerkte. Vier Männer arbeiteten an der gegenüberliegenden Wand, drei andere befanden sich oben auf den Balken im Dach.

Jeder schien sie sofort gesehen zu haben, denn das Hämmern hörte schlagartig auf. Da alle sie anstarrten, machte sie einen Knicks zur Begrüßung und fragte dann, wo sie Alex finden konnte.

Keiner gab eine Antwort. Sie wiederholte die Frage, heftete ihren Blick jedoch auf den Soldaten, der vor der Feuerstelle stand. Er grinste, kratzte sich den Bart und zuckte dann mit den Schultern.

Schließlich erklärte ihr Gabriels erster Befehlshaber: »Sie verstehen Euch nicht, M'lady.«

Sie wandte sich zu ihm um und lächelte. »Sie sprechen nur Gälisch, M'lord?«

»Aye«, gab er zurück. »Sie sprechen nur Gälisch. Bitte, Ihr braucht mich nicht M'lord zu nennen. Ich bin bloß Soldat, Calum wird es auch tun.«

»Wie Ihr wünscht, Calum.«

»Ihr seht sehr *bonny* aus in dem Plaid.«

Er wirkte sehr verlegen, als er ihr das Kompliment machte. »Vielen Dank«, gab sie zurück, während sie überlegte, was er mit *bonny* meinte.

Sie wandte sich wieder den anderen Männern zu und stellte ihre Frage auf Gälisch, wobei sie vor lauter Konzentration die Stirn in Falten legte, denn diese Sprache war so unglaublich schwer und schien ihr die Zunge zu verdrehen. Zudem war sie schrecklich nervös. Doch als sie den Satz ausgesprochen hatte, wagte es nur einer der älteren Männer, zu lachen. Die anderen grinsten nur.

Dennoch antwortete keiner. Statt dessen starrten sie stumm auf den Saum ihres Kleides. Johanna sah an sich hinunter, ob ihr irgend etwas fehlte, dann wandte sie sich fragend zu Calum um. Dessen Augen funkelten vor Vergnügen.

»Ihr habt sie gefragt, ob sie Eure Füße gesehen haben, M'lady.«

»Ich wollte sie aber fragen, ob sie Gabriels Sohn gesehen haben«, erklärte sie. Calum half ihr mit der richtigen Aussprache aus, und sie stellte erneut ihre Frage. Diesmal schüttelten die Männer den Kopf.

Johanna dankte ihnen für ihre Aufmerksamkeit und wandte sich zum Gehen. Calum eilte ihr voraus, um die Tür für sie zu öffnen.

»Ich muß etwas gegen meinen Akzent tun«, kündigte sie an. »Nach der Miene des einen Gentleman muß ich mich ziemlich albern anhören.«

Aye, sie hört sich ziemlich albern an, dachte Calum bei sich. Er würde es ihr jedoch ganz gewiß nicht bestätigen, denn schließlich wollte er ihre Gefühle nicht verletzen.

»Die Männer wissen es zu schätzen, daß Ihr es versucht, M'lady.«

»Es ist dieses Gutturale«, befand Johanna. »Ich habe es einfach noch nicht raus. Es ist eine sehr schwierige Sprache«, fügte sie hinzu. »Ihr könntet mir helfen, wenn Ihr mögt.«

»Wie denn?« fragte er.

»Sprecht einfach von jetzt an nur noch Gälisch mit mir. Bestimmt lerne ich es viel besser, wenn ich es oft höre.«

»Bestimmt«, sagte Calum auf Gälisch.

»Wie bitte?«

»Ich sagte bestimmt, M'lady.«

Sie lächelte. »Habt Ihr Alex gesehen?«

Er schüttelte den Kopf. »Er könnte unten bei den Ställen sein«, antwortete er. Er sprach wieder Gälisch, wies aber in die Richtung der Ställe, damit sie sich zusammenreimen konnte, was er gesagt hatte.

Johanna konzentrierte sich so sehr darauf, zu hören und zu verstehen, daß sie kaum darauf achtete, was auf dem Vorplatz geschah. Überall waren Soldaten, aber sie sah nicht, was sie taten.

Endlich hatte sie begriffen, was Calum gemeint hatte, dankte ihm hastig und rannte über den Platz.

Plötzlich fand sie sich inmitten von Kampfübungen wieder. Calum packte sie an der Schulter und riß sie gerade noch rechtzeitig zurück. Eine Lanze, die haarscharf an ihr vorbeiflog, hätte sie mitten in den Bauch getroffen.

Einer der Maclaurin-Soldaten stieß einen lauten Fluch aus. Gabriel, der die Übungen auf der anderen Seite des Hofes beobachtet hatte, sah, wie seine Frau nur knapp verfehlt worden war. Er brüllte sofort einen Befehl zum Aufhören.

Johanna war entsetzt über sich selbst. Wie konnte sie

nur so schändlich unaufmerksam sein? Sie nahm die Lanze auf und reichte sie dem Mann. Sein Gesicht war dunkelrot. Sie wußte nicht, ob es sich aus Verlegenheit oder aus Wut färbte.

»Bitte vergebt mir, Sir. Ich habe nicht darauf geachtet, wo ich hinlief.«

Der dunkelhaarige Krieger nickte kurz. Calum, dessen Hände immer noch auf ihren Schultern lagen, zog sie leicht zurück.

Sie wandte sich um und wollte ihm danken, daß er so schnell zur Stelle gewesen war. Dann sah sie ihren Mann in ihre Richtung kommen. Ihr Lächeln erstarb, als sie seine Miene erkennen konnte.

Alle Männer starrten sie nur an. Die MacBain-Krieger grinsten, die Maclaurins blickten finster.

Diese unterschiedliche Reaktion verwirrte sie. Aber dann stand schon Gabriel vor ihr und versperrte ihr die Sicht. Er richtete seine ganze Aufmerksamkeit auf Calum. Er sagte kein Wort, sondern runzelte nur die Stirn. Erst jetzt merkte Johanna, daß Calum sie immer noch festhielt. In dem Augenblick, als er sie losließ, wandte sich Gabriels düsterer Blick ihr zu.

Ihr Herz begann vor Furcht zu hämmern, doch sie versuchte verzweifelt, die Fassung zu bewahren. Sie wollte ihn bestimmt nicht wissen lassen, wieviel Angst sie hatte.

Schnell entschied sie, daß sie ihm keine Zeit lassen durfte. »Ich war sehr unaufmerksam, M'lord, sündhaft unaufmerksam. Ich hätte getötet werden können.«

Er schüttelte den Kopf. »Du hättest nicht getötet werden können. Es ist eine Beleidigung für Calum, wenn du andeutest, er hätte zugelassen, daß dir etwas zustößt.«

Sie würde keinen Streit mit ihm anfangen. »Ich wollte ihn nicht beleidigen«, sagte sie. Dann wandte sie sich zu Calum um. »Bitte vergebt mir. Ich wollte nur meinen Mann milde stimmen, indem ich meine Dummheit sofort zugab.«

»Hast du Probleme mit deinen Augen?« fragte Gabriel.

»Nein«, antwortete sie.

»Warum in Gottes Namen siehst du dann nicht, daß meine Männer hier mit Waffen kämpfen?«

Sie mißverstand seine entnervte Stimme als Zorn. »Wie ich schon sagte, M'lord. Ich habe nicht aufgepaßt.«

Ihr Ehemann zeigte keinerlei Reaktion, sondern starrte sie nur weiter an. Er mußte erst innerlich wieder zur Ruhe kommen. Als er gesehen hatte, wie seine junge Frau so knapp dem Tod entronnen war, war ihm ein furchtbarer Schreck durch die Glieder gefahren. Er würde eine Weile brauchen, bis er sich davon erholt hatte.

Eine lange Zeit verstrich in Schweigen. Johanna befürchtete, daß Gabriel gerade über ihre Strafe nachdachte.

»Ich möchte mich dafür entschuldigen, daß ich so eine wichtige Sache unterbrochen habe«, sagte sie. »Wenn du mich schlagen willst, dann tu es bitte jetzt. Das Warten wird langsam unerträglich.«

Calum konnte nicht glauben, was er gerade gehört hatte. »M'lady ...«

Gabriel hob die Hand, um ihn zum Schweigen zu bringen.

Im selben Augenblick, als sich seine Hand bewegte, zuckte sie zurück. Es war ein Schutzmechanismus, der sie die Erfahrung gelehrt hatte. Doch dann bemerkte sie, was sie tat, und trat schnell wieder vor.

Ihr Mann hatte doch bestimmt begriffen, daß sie es nicht zulassen würde, daß die Vergangenheit sich wiederholte. »Ich möchte dich warnen, M'lord. Ich kann dich nicht davon abhalten, mich zu schlagen, aber wenn du es tust, verlasse ich dieses Haus.«

»Ihr glaubt doch nicht wirklich, daß unser Clansherr M'lady ...«

»Halt dich da raus, Calum.«

Gabriels Befehl kam mit harter Stimme. Die Beleidigung, die seine Frau ihm da gerade verpaßt hatte, machte ihn unglaublich wütend. Aber verdammt, ihre Angst war echt. Er mußte sich wieder in Erinnerung rufen, daß sie ihn kaum kannte und daher sehr schnell Fehlschlüsse ziehen konnte.

Er nahm Johannas Hand, wandte sich den Stufen zu, hörte dann jedoch das Hämmern und änderte die Richtung. Er brauchte Ruhe und Zweisamkeit für die folgende Unterhaltung.

Sie stolperte, als ihr Mann kehrtmachte, richtete sich wieder auf und beeilte sich, mit Gabriel Schritt zu halten. Calum mußte unwillkürlich den Kopf schütteln, jedoch nicht über die Ungeschicklichkeit seiner neuen Herrin, sondern über ihre erschreckende Blässe. Glaubte sie möglicherweise, der Clansherr würde sie an einen stillen Ort zerren, wo er sie ohne Publikum schlagen konnte?

Keith, der rothaarige Anführer der Maclaurin-Soldaten, kam an Calums Seite. »Was schaust du so düster drein?« fragte er.

»Lady Johanna«, antwortete Calum. »Irgend jemand hat ihr offenbar wüste Geschichten über unseren Clansherr erzählt. Sie hat tatsächlich Angst vor ihm.«

Keith schnaubte. »Einige der Frauen meinen schon, sie hat Angst vor ihrem eigenen Schatten. Sie haben ihr einen Spitznamen gegeben«, fügte er hinzu. »Nach nur einem kurzen Blick auf sie haben sie sie die ›Mutige‹ genannt. Ziemlich unfair, denn schließlich kennen sie sie ja gar nicht.«

Calum war wütend, denn natürlich meinten die Frauen genau das Gegenteil. Sie nannten sie die »Mutige« und meinten »Feigling«. »MacBain sollte möglichst nichts davon hören«, warnte er. »Wer hat mit dieser Gemeinheit angefangen?«

Keith dachte nicht daran, es ihm zu verraten. Die Frau war eine Maclaurin. »Das spielt doch keine Rolle«, argumentierte er. »Jedenfalls hat sich der Name festgesetzt. Die Art, wie Lady Johanna gezittert hat, als sie den großen Hund des Clansherrn sah, hat einige Frauen hämische

Bemerkungen machen lassen. Dann ihre Angst, jedesmal wenn MacBain sich an sie wandte…«

»Sie ist vielleicht ein bißchen schüchtern, aber bestimmt nicht feige. Du solltest deine Frauen besser Gottesfurcht lehren, Keith. Sie halten sich für verdammt gerissen. Wenn ich jemals einen Maclaurin die Lady so nennen höre, dann gibt es Ärger.«

Keith nickte. »Für dich ist es ja einfach, sie zu akzeptieren«, sagte er. »Aber die Maclaurins verzeihen nicht so leicht. Es war ihr erster Mann, der das alles hier, wofür wir so hart gearbeitet hatten, zerstörte. Sie werden Zeit brauchen, um zu vergessen.«

Calum schüttelte den Kopf. »Ein Highlander vergißt niemals. Das weißt du auch.«

»Dann zu verzeihen«, schlug Keith vor.

»Sie hatte nichts mit den Scheußlichkeiten zu tun, die hier geschehen sind. Sie muß niemanden um Verzeihung bitten. Erinnere deine Frauen an diese wichtige Tatsache.«

Keith nickte zustimmend. Er glaubte allerdings nicht, daß es viel nützen würde. Die Frauen hatten etwas gegen die Lady, und ihm fiel nichts ein, was er sagen konnte, um ihre Meinung zu ändern.

Die beiden Krieger sahen dem Clansherrn und seiner Frau hinterher, wie sie den Hügel hinab verschwanden.

Gabriel und Johanna hatten sich schon ein gutes Stück weit entfernt, aber er hielt immer noch nicht an. Er ging weiter, bis sie die Wiese erreicht hatten. Er mußte seinen Zorn loswerden, bevor er mit ihr sprach.

Endlich blieb er stehen. Er wandte sie ihr zu und sah sie an. Sie wagte nicht, aufzublicken, sondern versuchte, ihre Hand aus der seinen zu lösen, aber er ließ sie nicht los.

»Du hast mich ernsthaft beleidigt, als du den Eindruck erwecktest, ich könnte dir etwas tun.«

Johanna riß die Augen überrascht auf. Er hörte sich so zornig an, als könnte er jemanden umbringen, und dennoch fühlte er sich beleidigt, daß sie dachte, er könnte sie schlagen wollen.

»Hast du mir nichts zu sagen, Frau?«

»Ich habe eure Waffenübung unterbrochen.«

»Ja, das hast du!«

»Ich hätte mich fast von einem Soldaten treffen lassen!«

»Auch das!«

»Und du schienst sehr wütend zu sein.«

»Ich war wütend!«

»Gabriel? Warum schreist du?«

Er seufzte. »Weil es mir Spaß macht.«

»Aha.«

»Ich dachte, du würdest mit der Zeit lernen, mir zu vertrauen. Ich habe meine Meinung geändert. Du *wirst* mir vertrauen«, befahl er. »Und fang genau jetzt damit an.«

So wie er es sagte, klang es sehr einfach. »Ich weiß nicht, ob das möglich ist, M'lord. Vertrauen muß erworben werden.«

»Dann entscheide jetzt, daß ich es erworben habe!« fauchte er. »Sag mir, daß du mir vertraust, und meine es so, verdammt noch mal!«

Er wußte, daß er etwas Unmögliches verlangte. Er seufzte wieder. »Kein Mann hat bei uns das Recht, seine Frau zu schlagen. Nur ein Feigling würde eine Frau mißhandeln, Johanna. Keiner von meinen Männern ist ein Feigling. Du hast nichts zu befürchten, weder von mir noch von sonst einem Mann hier. Ich verzeihe dir deine Beleidigung, denn du hast es nicht gewußt. In Zukunft bin ich nicht mehr so tolerant, und es wäre gut, wenn du das in Erinnerung behalten würdest!«

Sie starrte in seine Augen. »Aber wenn ich dich noch mal beleidige? Was wirst du dann tun?«

Er hatte nicht die geringste Ahnung, aber er würde den Teufel tun, ihr das einzugestehen. »Es wird nicht wieder geschehen.«

Johanna nickte. Sie drehte sich um und wollte zurückgehen, dann besann sie sich jedoch.

Ihr Mann verdiente eine Entschuldigung. »Manchmal reagiere ich, ohne daß ich Zeit habe, darüber nachzudenken. Verstehst du? Es scheint instinktiv zu geschehen. Ich will ganz bestimmt versuchen, dir zu vertrauen, und ich danke dir für deine Geduld.«

Aus ihrem Händeringen und dem gesenkten Kopf konnte er ersehen, wie schwer es ihr fiel, ihm das zu gestehen. Ihre Stimme klang schrecklich verlegen, als sie fortfuhr: »Ich begreife selbst nicht, warum ich das Schlimmste erwarte. Ich hätte dich nie geheiratet, wenn ich geglaubt hätte, du könntest mich mißhandeln, aber ein kleiner Teil von mir hat irgendwie Schwierigkeiten, das zu glauben.«

»Es freut mich, was du da sagst, Johanna.«

»Wirklich?«

Er lächelte über das Erstaunen in ihrer Stimme. »Ja, wirklich«, wiederholte er. »Ich weiß, wie schwer dieses Geständnis für dich war. Wo wolltest du übrigens hin, als du versucht hast, durch eine Lanze zu laufen?« Er fügte die Frage in dem Versuch an, das Thema zu wechseln. Seine Frau sah aus, als würde sie jeden Moment in Tränen ausbrechen, und er wollte ihr helfen, sich ein wenig zu beruhigen.

»Ich habe Alex gesucht. Ich dachte, wir könnten ein bißchen über das Land spazieren.«

»Ich habe dir befohlen, dich auszuruhen.«

»Ich wollte doch nur einen geruhsamen Spaziergang machen. Gabriel, hinter dir kriecht ein Mann auf allen vieren heran.«

Die letzten Worte waren geflüstert, und Johanna rückte näher zu ihrem Mann.

MacBain brauchte sich nicht umzudrehen. »Das ist Auggie«, erklärte er.

Johanna stellte sich neben ihren Mann, damit sie die Gestalt näher betrachten konnte. »Was tut er denn da?«

»Er gräbt Löcher.«

»Und warum?«

»Er benutzt seinen Stecken, um Steine in den Löchern zu verstecken. Er mag das Spiel.«

»Ist er verrückt?« flüsterte sie, damit der alte Mann sie nicht hörte.

»Er tut dir nichts. Laß ihn in Ruhe. Er hat sich seinen Frieden verdient.«

Ihr Mann ergriff sie bei der Hand und zog sie den Hügel hinauf. Johanna drehte sich aber dauernd um und beobachtete den Mann, der über die Wiese kroch. »Er ist ein MacBain«, platzte sie heraus. »Er trägt dein Plaid!«

»Unser Plaid«, korrigierte er. »Auggie ist einer von uns«, fügte er hinzu. »Johanna, Alex ist nicht hier. Er wurde heute früh zur Familie seines Onkels gebracht.«

»Wie lange bleibt er fort?«

»Bis die Mauer fertig ist. Wenn die Burg sicher ist, wird Alex nach Hause kommen.«

»Und wie lange wird das dauern?« fragte sie. »Ein Kind braucht seinen Vater.«

»Ich kenne meine Pflichten, Frau. Du brauchst mich nicht zu belehren.«

»Aber ich kann ja wohl meine Meinung sagen«, erwiderte sie.

Er zuckte mit den Schultern.

»Habt ihr mit dem Bau der Mauer schon angefangen?«

»Sie ist halb fertig.«

»Und wie lange vorher ...«

»Noch ein paar Monate«, antwortete er. »Ich möchte nicht, daß du ohne eine anständige Eskorte in den Hügeln herumspazierst«, fügte er stirnrunzelnd hinzu. »Das ist zu gefährlich.«

»Für Frauen oder nur für mich?«

Er schwieg. Das war Antwort genug. Sie versuchte, sich zu beherrschen. »Erklär mir, was so gefährlich ist.«

»Nein.«

»Warum nicht?«

»Ich hab' keine Zeit dazu. Gehorch einfach meinen Befehlen, und wir kommen ganz gut miteinander aus.«

»Natürlich werden wir das, wenn ich jeden deiner Befehle befolge«, murmelte sie. »Ehrlich, Gabriel, ich glaube nicht…«

»Die Pferde sind gesund.«

Seine Bemerkung verwirrte sie einen Moment. »Was hast du gesagt?«

»Die sechs Pferde, die du mitgebracht hast, sind gesund.«

Sie seufzte. »Die Diskussion über Gehorsam ist beendet, richtig?«

»Richtig.«

Sie lachte.

MacBain grinste. »Das sollten wir öfter tun.«

»Was?«

»Lachen.«

Sie hatten den Rand des Vorplatzes erreicht, und Gabriels Benehmen veränderte sich radikal. Seine Miene wurde härter. Johanna entschied, daß sein ernster Gesichtsausdruck für das Publikum gedacht war: Jeder einzelne Soldat sah zu ihnen herüber.

»Gabriel?«

»Ja?« Er klang ungeduldig.

»Darf ich einmal meine Meinung loswerden?«

»Um was geht es?«

»Es ist dumm, den Hof für die Kriegsübungen zu benutzen, und gefährlich ist es außerdem!«

Er schüttelte den Kopf. »Bis heute morgen war es überhaupt nicht gefährlich. Ich will, daß du mir etwas versprichst!«

»Ja?«

»Droh niemals damit, mich zu verlassen!«

Die Intensität seiner Bitte überraschte sie. »Das verspreche ich«, sagte sie.

Gabriel nickte, dann wandte er sich zum Gehen. »Ich würde dich niemals gehen lassen. Du verstehst, was ich meine, nicht wahr?«

Er erwartete keine Antwort. Johanna stand da und sah ihrem Mann nach, der sich nun wieder zu seinen Soldaten gesellte. Gabriel erwies sich wirklich langsam als komplizierter Charakter. Nicholas hatte ihr erzählt, er wollte sie heiraten, um das Land zu bekommen. Doch er benahm sich, als würde auch sie ihm etwas bedeuten.

Plötzlich stellte sie fest, daß sie hoffte, es wäre wahr. Sie würden viel besser miteinander auskommen, wenn er sie mochte.

Nun sah sie, wie Gabriel mit Calum sprach. Der Soldat warf einen Blick zu ihr herüber, nickte und setzte sich dann in ihre Richtung in Bewegung. Johanna dachte nicht daran zu warten, bis Calum ihr erklärte, welchen Befehl ihr Mann ihm gegeben hatte. Sie machte kehrt und rannte den Hügel zur Wiese hinunter. Dieser alte MacBain-Krieger Auggie ging ihr nicht aus dem Kopf. Sie wollte herausfinden, welches Spiel es erforderte, Löcher in den Boden zu graben.

Der ältere Mann mit seinem wirren, weißen Haar stand auf, als sie ihn anrief. Die tiefen Linien um seinen Mund und seine Augen herum ließen vermuten, daß er mindestens fünfzig Jahre sein mußte, vielleicht sogar noch älter. Er hatte herrliche weiße Zähne, hübsche braune Augen und ein warmes, freundliches Lächeln.

Bis sie ihn ansprach. Johanna machte einen kleinen Knicks und stellte sich dann auf Gälisch vor.

Er kniff die Augen zusammen und zog eine Grimasse, als hätte er starke Schmerzen. »Ihr vergewaltigt unsere schöne Sprache, Mädchen«, sagte er.

Er sprach so schnell, so nuschelnd und sein Akzent war so dick wie der Eintopf ihrer Mutter, daß Johanna kein einziges Wort verstand. Er mußte seine Beleidigung gleich dreimal wiederholen, bis sie die Bedeutung begriffen hatte.

»Bitte sagt mir, Sir, welche Worte ich falsch ausspreche.«

»Ihr gebt Euch redliche Mühe, alle zu zerhacken.«

»Ich möchte diese Sprache gerne richtig lernen«, sagte sie, ohne sich von seinem komisch gequälten Gesichtsausdruck beirren zu lassen.

»Es bedarf starker Disziplin, um flüssig zu sprechen«, bemerkte er. »Ihr würdet Euch konzentrieren müssen. Ich glaube nicht, daß Engländer diese Fähigkeit besitzen.«

Wieder hatte Johanna nicht allzu viel von dem verstanden, was er gesagt hatte. Auggie patschte sich dramatisch auf die Stirn. »Bei allem, was mir heilig ist, Ihr verderbt mir den ganzen Spaß, Mädchen. Ihr begreift ja nicht ein Wort von dem, was ich sage.«

Er räusperte sich und wiederholte seine Worte, diesmal in Französisch. Seine Kenntnisse dieser Sprache waren enorm, seine Aussprache fast perfekt. Johanna war beeindruckt. Auggie war ein höchst gebildeter Mann.

»Ich sehe schon, daß ich Euch überrascht habe. Ihr dachtet, ich wäre geistig zurückgeblieben, nicht wahr?«

Sie wollte den Kopf schütteln, besann sich dann aber anders. »Ihr seid auf dem Boden herumgekrochen und habt Löcher gegraben. Da bin ich zu dem Schluß gekommen, Ihr wäret ein wenig ...«

»Verrückt?«

Sie nickte. »Bitte verzeiht mir, Sir. Wann habt Ihr gelernt, so gut ...«

Er unterbrach sie. »Das ist viele, viele Jahre her«, erklärte er. »Also, was wolltet Ihr denn so dringend, daß Ihr mich mitten in meinem Spiel unterbrochen habt?«

»Ich wollte wissen, was das für ein Spiel ist«, antwortete sie. »Warum grabt Ihr Löcher?«

»Weil sie sonst keiner für mich buddelt.«

Er lachte schnaubend über seinen eigenen Witz.

»Aber wozu?« wiederholte sie beharrlich.

»Das Spiel benötigt Löcher, die die Steine auffangen,

wenn ich genau ziele. Ich benutze meinen Stecken als Schläger und runde Kiesel, die ich vorwärtsstoße. Möchtet Ihr es vielleicht versuchen, Kind? Ich liebe dieses Spiel. Vielleicht geht das Fieber auch auf Euch über!«

Auggie nahm ihren Arm und zog sie zu der Stelle, wo er seinen Stab liegengelassen hatte. Er zeigte ihr, wie sie den Schläger greifen sollte, und als sie ihre Schultern und ihre Beine so ausgerichtet hatte, wie er sie angewiesen hatte, trat er zurück, um ihr weitere Instruktionen zu geben.

»Nun gebt ihm einen kräftigen Schlag. Zielt auf das Loch geradeaus vor Euch.«

Sie kam sich ziemlich albern vor. Auggie war wirklich etwas seltsam. Aber er schien auch sehr empfindlich zu sein, und ihr Interesse an diesem »Spiel« machte ihm offenbar Spaß. Sie wollte seine Gefühle bestimmt nicht verletzen.

Also schlug sie gegen den runden Kiesel. Er rollte zum Rand des Loches, wackelte dort ein bißchen und plumpste schließlich hinein.

Sofort wollte sie es noch einmal probieren. Auggie strahlte vor Vergnügen. »Ihr habt Euch angesteckt«, verkündete er mit einem Nicken.

»Wie nennt man dieses Spiel?« fragte sie, als sie sich niederkniete, um ihren Kiesel wieder zu holen. Dann ging sie zu ihrer Ursprungsposition zurück, versuchte sich an die richtige Haltung zu erinnern und wartete dann auf Auggies Antwort.

»Das Spiel hat keinen Namen, aber man kann es weit zurückverfolgen. Wenn Ihr erst mal die kurzen Strecken meistern könnt, Kind, dann nehme ich Euch mit zu den Hügeln, und Ihr könnt die großen Entfernungen ausprobieren. Allerdings solltet Ihr Euch Eure eigenen Steine suchen. Je runder, desto besser natürlich.«

Johanna verfehlte den zweiten Schlag. Auggie tadelte sie, sie würde nicht richtig aufpassen. Sie mußte es natürlich noch einmal versuchen. Sie war so darauf konzentriert, es ihm recht zu machen und das Loch zu treffen, daß sie gar nicht bemerkte, daß sie sich auf Gälisch unterhielten.

Johanna verbrachte einen großen Teil des Nachmittags mit Auggie. Calum hatte offenbar den Befehl erhalten, auf sie aufzupassen, denn er erschien gelegentlich auf dem Hügel, um nachzusehen, ob sie noch da war. Nach ein paar Stunden erklärte Auggie das Spiel für beendet und winkte sie über die Wiese an den Platz, wo er seine Verpflegung liegen gelassen hatte. Er hielt sich an ihrem Arm fest und ließ sich grunzend auf den Boden nieder. Dann wies er sie an, sich neben ihn zu setzen, und reichte ihr eine lederne Tasche.

»Jetzt kommt ein besonderer Genuß, Mädchen«, kündigte er an. »Es ist *uisgebreatha.*«

»Atem des Lebens«, übersetzte sie.

»Nay, Wasser des Lebens, Kind. Ich habe einen eigenen Braukessel, den ich nach dem einen gefertigt habe, den ich in der MacKay-Burg gesehen habe. Unser Clansherr erlaubte mir, ihn mitzubringen, als wir zu den Maclaurins kamen. Wir sind alle Ausgestoßene, müßt Ihr wissen, jeder einzelne. Ich war ein Maclead, bevor ich mich MacBain unterordnete.«

Johanna war entsetzt. »Ausgestoßene? Ich verstehe nicht, was Ihr meint, Sir.«

»Jeder von uns wurde von seinem Clan aus dem einen oder anderen Grund verstoßen. Das Schicksal Eures Gatten ist seit dem Tag, an dem er als Bastard geboren wurde, entschieden gewesen. Als er zum Mann herangewachsen war, sammelte er uns um sich und zog die Jüngeren zu guten, tapferen Kriegern heran. Natürlich hat jeder von uns besondere Talente. Ihr könnt meines probieren, wenn Ihr aufhört, so mißtrauisch zu sein. Ich werde selbst einen ordentlichen Schluck nehmen.«

Es wäre sehr unhöflich gewesen, diese Einladung zurückzuweisen. Johanna nahm den Schlauch, zog den Korken ab und nippte an der Flüssigkeit.

Es war wie flüssiges Feuer. Johanna keuchte auf, dann begann sie zu husten. Auggie freute sich offenbar darüber. Erst schlug er sich auf die Schenkel, dann ihr auf den Rücken, damit sie wieder vernünftig atmen konnte.

»Es hat ordentlich Biß, nicht wahr?«

Johanna konnte nur zustimmend nicken. »Ihr solltet jetzt nach Hause gehen, Mädchen«, befahl er. »Clansherr MacBain wird sich sicher schon Sorgen machen, wo Ihr bleibt.«

Johanna stand auf und reichte dem Alten die Hand, um ihm aufzuhelfen. »Vielen Dank für diesen netten Nachmittag, Auggie.«

Der alte Mann lächelte. »Ihr habt meine Aussprache übernommen, Kind, das gefällt mir. Ihr seid keine Dumme, wißt Ihr das? Ihr müßt einen Tropfen Hochlandblut in Euren Adern haben.«

Sie wußte, daß er sie necken wollte. Sie verbeugte sich und wandte sich zum Gehen. »Geht Ihr vielleicht morgen zu den Hügeln, Auggie?« rief sie über die Schulter zurück.

»Kann schon sein«, erwiderte er.

»Nehmt Ihr mich dann mit?«

Johanna konnte das Lächeln nicht unterdrücken. Der Tag war wundervoll gewesen. Nun ja, anfangs hatte sie ihren Mann ein wenig in Rage gebracht, aber diese kleine Begebenheit war nicht weiter schlimm geworden. Und der Rest des Nachmittags hatte ihr viel Spaß gemacht. Zudem hatte sie etwas sehr Wichtiges über ihren Mann erfahren. Er konnte sich beherrschen. Zorn hatte keine Macht über ihn.

Und das war eine wichtige Erkenntnis. Johanna dachte darüber nach, während sie den Hügel hinaufging. Calum wartete auf sie. Er neigte den Kopf zum Gruß, und sie gingen Seite an Seite zurück zum Haus.

»Ich habe gesehen, daß Ihr Auggies Spiel gespielt habt«, bemerkte der Soldat.

»Es war wirklich lustig«, erwiderte Johanna. »Wißt Ihr

was, Calum? Ich finde, Auggie ist einer der bemerkenswertesten Männer, die ich je in meinem Leben kennengelernt habe. Mit Ausnahme meines Vaters, versteht sich.«

Calum grinste über ihre Begeisterung. »Auch mich erinnert Auggie an meinen Vater. Er erzählt deftige Geschichten über die Vergangenheit und spickt die Wahrheit mit Legenden, wie mein Vater es immer getan hat.« Um ihr ein Kompliment zu machen, setzte Calum hinzu: »Auggie wäre sicher sehr geschmeichelt, mit Eurem Vater verglichen zu werden.«

Sie lachte. »Er wäre beleidigt«, erwiderte sie. »Mein Vater war Engländer, Calum. Das könnte Auggie nicht verkraften.« Dann wandte sie sich einem anderen Thema zu. »Ich denke, Ihr habt wichtigere Aufgaben, als mich im Auge zu behalten. Erwartet mein Mann, daß Ihr jeden Tag in meiner Nähe bleibt?«

»Es gibt keine wichtigere Aufgabe, als eine Herrin zu beschützen, M'lady«, antwortete der Krieger. »Wie auch immer – morgen wird Keith damit betraut sein, auf Euch aufzupassen.«

»Keith ist der erste Befehlshaber der Maclaurin-Soldaten, richtig?«

»Richtig. Er ist nur unserem Clansherrn verpflichtet.«

»Und Ihr seid der oberste Befehlshaber der MacBain-Krieger?«

»Ja.«

»Warum?«

»Warum, was, M'lady?«

»Warum gibt es nicht nur einen obersten Befehlshaber für sowohl MacBains als auch Maclaurins?«

»Vielleicht solltet Ihr lieber Euren Mann danach fragen«, schlug Calum vor. »Er hat gute Gründe, den Maclaurins ihren eigenen Führer zuzugestehen.«

»Ja, ich werde ihn bestimmt fragen«, sagte sie. »Ich möchte möglichst alles über dieses Land und die Leute lernen. Wo ist mein Mann denn?«

»Auf der Jagd«, antwortete Calum. »Er müßte jeden Moment zurückkommen. Habt Ihr bemerkt, M'lady, daß wir die ganze Zeit Gälisch sprechen? Wirklich, Ihr begreift sehr schnell, wenn man bedenkt, daß Ihr vorher bloß wenige Wochen zum Lernen gehabt habt.«

Sie schüttelte den Kopf. »Nay, Calum, es waren fast vier Monate, die ich unter Vater MacKechnies Anleitung intensiv studiert habe. Ich war ein wenig nervös, als ich zum ersten Mal Euren Clansherrn treffen sollte, obwohl Ihr es wahrscheinlich nicht bemerkt habt, denn ich kann meine Gefühlsregungen sehr gut verstecken. Als er mich also gefragt hat, wie lange ich Gälisch gelernt hatte, habe ich aus Unsicherheit falsch geantwortet. Aus dem gelegentlichen Zucken in Eurer Miene entnehme ich, daß ich die Aussprache immer noch nicht hinbekomme.«

Seltsam genug, aber sobald Calum erwähnte, daß sie Gälisch sprachen, begann sie wieder, über die Worte zu stolpern und die Aussprache zu verdrehen.

Sie hatten schon den Vorplatz erreicht, als Calum den Clansherr ausmachte.

»Da kommt Ihr Gatte, M'lady.«

Johanna wandte sich um, um ihrem Mann entgegenzutreten. Sie straffte ihre Haltung, strich sich ihr Haar aus dem Gesicht, kniff sich in die Wangen, um Farbe hineinzubekommen und richtete die Falten ihres Plaids. In diesem Augenblick sah sie ihre Hände. Sie waren vom Löcherbuddeln voller Erde. Nun, sie hatte keine Zeit mehr, sich zu waschen, also versteckte sie ihre Hände hinter dem Rücken.

Der Boden erzitterte, als die Gruppe Reiter die letzte Biegung heraufkam. Gabriel führte die Männer an. Er ritt eines der Pferde, die sie ihm als Hochzeitsgabe mitgebracht hatte. Die Stute, die er sich ausgesucht hatte, war das temperamentvollste der Tiere und nach Johannas Meinung auch das schönste. Seine Decke war weiß wie frischer Schnee und ohne den kleinsten Makel. Die Stute war viel größer und kräftiger als die anderen Pferde und trug Gabriels Gewicht bestimmt mit Leichtigkeit.

»Er reitet mein Lieblingspferd«, sagte Johanna zu Calum.

»Eine Schönheit.«

»Das weiß sie aber auch«, bemerkte Johanna. »Rachel ist entsetzlich eitel. Sie steigt gerne. Das ist ihre Art, sich in den Mittelpunkt zu rücken.«

»Sie rückt sich in den Mittelpunkt, weil sie stolz darauf ist, unseren Clansherrn tragen zu dürfen.«

Johanna war sicher, daß Calum einen Scherz machen wollte, und brach in Lachen aus. Doch dann bemerkte sie, daß Calum noch nicht einmal grinste. Es war ihm wirklich und wahrhaftig ernst.

Calum begriff überhaupt nicht, was seine Herrin so komisch fand. Er drehte sich zu ihr, sah den Schmutz, den sie auf ihren Wangen verschmiert hatte, und mußte lächeln.

Gabriels Hund kam um die Ecke des Hauses geschossen und jagte auf seinen Herrn zu. Das große Tier erschreckte die Stute, so daß sie gleichzeitig bockte und zu steigen versuchte. Gabriel zwang sie wieder auf die Hufe und unter seine Kontrolle, dann stieg er ab. Einer der Soldaten führte das Tier weg.

Der Hund war mit einem Satz bei Gabriel, stellte sich auf die Hinterbeine und legte die Vorderpfoten auf die Schultern seines Herrn. Nun war der Hund fast so groß wie ein Mensch und wirkte mindestens genauso wild und finster. Johannas Knie gaben nach, während sie die beiden betrachtete. Wenigstens schien der Hund sehr an seinem Herrn zu hängen. Er versuchte eifrig, Gabriels Gesicht zu lecken. Ihr Mann wandte den Kopf ab, bevor sein Hund ihn abschlecken konnte und tätschelte ihm voller Zuneigung den Rücken. Eine Staubwolke stieg aus dem Fell des Hundes auf. Schließlich schob Gabriel ihn von sich und wandte sich seiner Frau zu.

Er winkte sie heran. Johanna fragte sich kurz, ob er

wohl erwartete, daß sie ihm die Hände auf die Schultern legte und ihn zur Begrüßung küßte, und der Gedanke ließ sie grinsen. Sie trat einen Schritt vorwärts und hielt dann wie angenagelt inne, als der Hund zu knurren begann.

Gabriel würde schon zu ihr kommen müssen. Sie wandte ihre Augen nicht von dem Tier, als ihr Mann sich auf sie zu bewegte. Und der Hund klebte an Gabriels Fersen und folgte ihr.

Gabriel amüsierte sich über ihre Furcht. Der Hund schien ihr offensichtlich angst zu machen, obwohl er sich nicht vorstellen konnte, weshalb. Wieder ertönte das tiefe Knurren – Johanna trat wieder einen Schritt zurück. Nun befahl Gabriel dem Tier, sich zu benehmen.

Einige der Maclaurin-Soldaten saßen immer noch auf ihren Pferden und beobachteten die Szene zwischen dem Clansherrn und seiner Frau. Ein paar grinsten, als sie ihre Angst vor dem Hund sahen. Andere schüttelten den Kopf.

»War die Jagd erfolgreich, M'lord?« fragte Johanna.

»Das war sie.«

»Habt Ihr genug Getreide gefunden?« fragte Calum.

»Mehr als genug«, erwiderte Gabriel.

»Ihr habt Getreide gejagt?« Johanna verstand gar nichts.

»Das und ein paar andere wichtige Dinge«, erklärte ihr Mann. »Du hast Dreck im Gesicht, Frau. Was hast du gemacht?«

Sie versuchte, sich das Gesicht zu reiben, aber Gabriel packte ihre Hände und betrachtete sie.

»Ich habe Auggie geholfen, seine Löcher zu graben.«

»Ich will nicht, daß meine Frau sich die Hände schmutzig macht.«

Es hörte sich an, als hätte er ihr einen wichtigen Befehl gegeben. Ihr Mann war offenbar mehr als zornig über ihr Aussehen.

»Aber wie ich schon sagte …«

»Meine Frau erledigt keine gewöhnlichen Aufgaben.«

Sie war der Verzweiflung nah. »Hast du mehr als eine, M'lord?«

»Mehr als eine was?«

»Frau.«

»Natürlich nicht.«

»Dann sieht es so aus, als würde sich deine Frau wohl doch die Hände schmutzig machen«, sagte sie. »Es tut mir leid, wenn dir das mißfällt, obwohl ich wirklich nicht begreife, wieso. Aber ich kann dir versichern, ich werde mir die Hände sehr wohl wieder schmutzig machen.«

Sie versuchte, ihn mit logischen Argumenten zu beruhigen, aber er war nicht in der Stimmung, auf Vernunft zu reagieren. Er schüttelte den Kopf und sah sie finster an. »Du bist jetzt die Herrin hier, Johanna. Du wirst dich nicht erniedrigen und solche Dinge tun.«

Sie konnte sich nicht entscheiden, ob sie lachen oder brüllen sollte. Sie begnügte sich statt dessen mit einem Seufzen. Dieser Mann hatte wirklich die seltsamsten Ansichten.

Er schien noch eine Antwort zu erwarten, also beschloß sie, ihm zu gefallen. »Wie du wünschst, M'lord«, flüsterte sie und versuchte, ihren plötzlichen Zorn nicht zu zeigen.

Gabriel bemerkte, daß sie versuchte, ergeben zu sein. Dem mörderischen Blick nach zu urteilen, den sie ihm zuwarf, schien es sie halb umzubringen, aber sie hielt tapfer an ihrem heiteren Lächeln fest und gab ihrer Stimme einen demütigen Tonfall.

Johanna wandte sich zu Calum und ignorierte das Grinsen auf seinem Gesicht. »Wo waschen sich die Frauen?«

»Es gibt einen Brunnen hinter dem Haus, aber die meisten gehen zum Rush Creek hinunter.«

Gerade als Calum sich anschickte, sie zu eskortieren, packte Gabriel sie bei der Hand und zog sie mit sich.

»In Zukunft wird man das Wasser zu dir bringen«, bestimmte er.

»In Zukunft wäre ich froh, wenn du mich nicht wie ein Kind behandeln würdest.«

Gabriel war überrascht von der Wut in ihrer Stimme. Seine Frau war doch nicht ganz so schüchtern wie er dachte.

»Ich würde es ebenso zu schätzen wissen, wenn du mich nicht vor deinen Männern runterputzen würdest.«

Er nickte, und seine schnelle Zustimmung besänftigte sie etwas.

Gabriel besaß einen weiten, ausgreifenden Schritt. Sie umrundeten den Hügel und gingen den Pfad hinunter. Hütten säumten den Weg, noch mehr davon standen in einem weiten Kreis am Fuß des Hügels. Der Brunnen befand sich in der Mitte. Einige Maclaurin-Frauen standen mit ihren Eimern in einer Schlange und warteten darauf, daß sie an die Reihe kamen, Wasser zu holen. Ein paar Frauen riefen ihrem Clansherrn Grüße zu. Gabriel nickte und zog seine Frau weiter.

Direkt hinter der letzten Reihe der Hütten erhob sich die Mauer. Johanna hätte gern angehalten und sie sich angesehen, aber Gabriel ließ sie nicht. Er zog sie durch eine Öffnung in der gewaltigen Konstruktion, und sie gingen weiter.

Johanna mußte laufen, um mit ihrem Mann Schritt halten zu können. Als sie die zweite Biegung erreichten, war sie ganz außer Atem. »Geh doch langsamer, Gabriel. Meine Beine sind nicht so lang wie deine.«

Augenblicklich gab er ihrer Bitte nach, ließ jedoch ihre Hand nicht los. Sie wollte sich auch nicht von ihm freimachen. Als sie das Gelächter der Frauen hinter sich hörte, fragte sie sich, was sie wohl so spaßig finden konnten.

Rush Creek war ein breiter, tiefer Strom. Gabriel erklärte ihr, daß er sich vom Gipfel bis zu einem Teich hinzog, der zwischen ihrem und dem Gillevrey-Territorium lag. Bäume säumten die Ufer des Flusses, und die Wildblumen wuchsen so verschwenderisch, daß sie nicht nur an den Seiten, sondern ebenso aus dem Wasser zu ragen schienen. Die Landschaft war atemberaubend schön.

Johanna kniete sich ans Ufer, beugte sich vor und wusch sich die Hände. Das Wasser war so klar, daß sie bis auf den Grund sehen konnte. Gabriel hockte sich neben sie, nahm eine Handvoll des eisigen Wassers und ließ es über seinen Nacken laufen. Der Hund ihres Mannes tauchte aus dem Gehölz auf, kam zu ihnen, knurrte sie einmal an und begann dann, aus dem Fluß zu trinken.

Johanna befeuchtete ihr Leintuch und wusch sich das Gesicht, während Gabriel sich zurücklehnte, um sie zu beobachten. Jede ihrer Gesten war anmutig. Sie war ein unergründliches Rätsel für ihn, und er nahm an, daß seine Neugier und seine Faszination in der Tatsache begründet lagen, daß er zuvor niemals längere Zeit mit einer Frau verbracht hatte.

Johanna achtete nicht auf ihren Mann. Sie hatte am Grund des Flusses etwas gesehen, das wie ein perfekter runder Stein aussah, beschloß, daß dieser für Auggies Spiel geeignet war und griff danach.

Der Fluß war weitaus tiefer, als sie gedacht hatte. Sie wäre kopfüber hineingestürzt, wenn Gabriel sie nicht im letzten Moment festgehalten hätte.

»Normalerweise zieht man die Kleider aus, wenn man badet«, bemerkte er trocken.

Sie lachte. »Ich habe mein Gleichgewicht verloren. Ich wollte nur einen Stein vom Grund holen. Kannst du es für mich machen?«

Er beugte sich vor und blickte auf den Grund. »Da sind mindestens hundert Steine, Frau. Welchen willst du denn unbedingt haben?«

Sie zeigte darauf. »Den ganz runden«, antwortete sie.

Gabriel tauchte die Hand ins Wasser, holte den Stein heraus und reichte ihn ihr. Sie lächelte dankbar. »Der wird Auggie gefallen«, bemerkte sie.

Johanna rückte ein Stückchen weiter in die Wiese hinein, zog die Füße unter ihr Plaid und ließ den Stein in ihren Schoß fallen. Eine leichte Brise strich durch die Bäume.

Der Duft von Pinien und frühem Heidekraut erfüllte die Luft. Das Fleckchen war abgeschieden und friedlich.

»Schottland ist ein schönes Land«, sagte sie.

Er schüttelte den Kopf. »Nicht Schottland«, korrigierte er sie. »Das Hochland ist schön.«

Gabriel schien nicht wild darauf, zu seinen Aufgaben zurückzukehren. Er lehnte sich an einen Baumstamm, kreuzte die Fußknöchel lässig übereinander und richtete sein Schwert an seiner Hüfte, so daß es nicht beschädigt werden konnte. Sein Hund kam an seine Seite und streckte sich neben ihm aus.

Johanna starrte ihren Mann einige Minuten an, bevor sie wieder sprach. Dieser Mann hatte das Talent, sie zu hypnotisieren. Vielleicht lag es an der Tatsache, daß er so *viel* Mann war. Er war bestimmt so groß wie Nicholas, aber viel muskulöser. Zumindest nahm sie das an.

»Sag mir, was du gerade denkst.«

Der Befehl ihres Mannes brachte sie aus dem Konzept. »Ich habe Nicholas noch nie ohne Hemd gesehen, daran habe ich gerade gedacht. Ich überlegte eben, daß du muskulöser bist als Nicholas, aber da ich ihn noch nicht … Na ja, es war ein ziemlich dummer Gedanke.«

»Aye, das war es allerdings.«

Sie fühlte sich nicht beleidigt. Sein genüßliches Grinsen verriet ihr, daß er sie bloß necken wollte. Mit dem Lächeln und den geschlossenen Augen wirkte Gabriel auf sie höchst zufrieden. Er war wirklich ein faszinierender Mann.

Johanna sah, wie sein Hund sanft mit der Schnauze seine Hand anstieß und sofort mit einem Tätscheln belohnt wurde.

Ihr Mann bereitete ihr längst nicht mehr soviel Sorge wie vorher. Nicht nur, daß er seine Launen im Griff hatte, er besaß außerdem noch einen zärtlichen Zug in seinem Charakter. Die Tatsache, wie sein Hund auf ihn reagierte, war vielsagend.

Gabriel erwischte sie, wie sie ihn anstarrte. Verlegen

errötete sie und senkte ihren Blick auf ihren Schoß. Sie wollte noch nicht gehen, denn sie genoß dieses friedliche Zwischenspiel mit ihrem Mann. Also beschloß sie, ihn in eine Unterhaltung zu verwickeln, bevor er vorschlagen konnte, zurückzukehren.

»Sind Schottland und die Highlands nicht dasselbe, M'lord?«

»Sie sind es, und dann auch wieder nicht«, antwortete er. »Wir bezeichnen uns nicht als Schotten, wie ihr Engländer uns so gerne nennt. Wir sind entweder Hochländer oder Tiefländer.«

»Dem Klang deiner Stimme bei dem Wort ›Tiefländer‹ entnehme ich, daß du diese Leute nicht besonders magst.«

»Nay, ich mag sie nicht besonders.«

»Warum nicht?«

»Sie haben vergessen, wer sie sind«, erklärte er. »Sie sind englisch geworden.«

»Ich bin auch Engländerin«, platzte sie heraus, bevor sie sich bremsen konnte.

Sie hörte sich so entrüstet an, daß er lächeln mußte. »Das ist mir klar.«

»Ja, natürlich«, sagte sie. »Vielleicht kannst du es mit der Zeit vergessen.«

»Das ist allerdings zweifelhaft.«

Sie wußte nicht, ob er sie necken wollte oder nicht. Sie beschloß, das Gespräch auf etwas weniger Verfängliches zu lenken.

»Auggie ist nicht verrückt.«

»Nein, bestimmt nicht. Die Maclaurins glauben das, die MacBains sicher nicht.«

»Tatsächlich ist er sehr klug. Das Spiel, das er sich ausgedacht hat, macht viel Spaß. Und es erfordert Geschick. Du mußt es einmal ausprobieren.«

Er nickte, nur um ihr zu gefallen. Er fand es bewundernswert, wie sie den alten Mann verteidigte. »Auggie hat das Spiel nicht erfunden. Es existiert schon lange. Früher wurden Steine dafür benutzt, später schnitzte man aber auch Bälle aus Holzblöcken. Manche nähten sogar Lederhüllen, die sie mit nassen Federn füllten.«

Johanna speicherte das neue Wissen für zukünftige Verwendung. Vielleicht konnte sie für Auggie ein paar Lederbälle anfertigen.

»Er meint, ich hätte mich anstecken lassen.«

»Gott steh uns bei«, seufzte er. »Auggie spielt das Spiel jeden Tag, ob es nun regnet oder stürmt.«

»Warum warst du so böse über das bißchen Schmutz in meinem Gesicht und auf den Händen?«

»Das habe ich dir doch schon erklärt. Du bist jetzt meine Frau, und du sollst dich entsprechend benehmen. Es gibt einige Rivalität zwischen den MacBains und den Maclaurins, und solange sich beide Clans noch nicht daran gewöhnt haben, in Frieden miteinander zu leben, müssen wir Stärke zeigen, nicht Verletzbarkeit.«

»Mache ich dich verletzbar?«

»Aye, das tust du.«

»Warum? Ich möchte dich wirklich gerne verstehen«, sagte sie. »War es der Schmutz oder eher die Tatsache, daß ich den Nachmittag mit Auggie verbracht habe?«

»Ich will nicht, daß du auf den Knien herumrutschst, Johanna. Du mußt jederzeit mit angemessener Würde auftreten. Meine Frau soll keine gewöhnlichen Aufgaben verrichten.«

»Diese Ansicht hast du bereits erwähnt.«

»Das ist keine Ansicht«, entgegnete er. »Das ist ein Befehl!«

Sie versuchte zu verbergen, wie sehr sie das verstimmte. »Ich bin ziemlich erstaunt darüber, welchen Wert du auf mein Auftreten legst. Du scheinst dich doch sonst nicht darum zu kümmern, was andere Leute denken.«

»Ich gebe keinen Deut auf die Meinung anderer«, fauchte er, zornig über ihre Schlußfolgerung. »Wohl aber auf deine Sicherheit.«

»Was hat meine Sicherheit mit meinem Auftreten zu tun?«

Gabriel gab keine Antwort.

»Du hättest eine Maclaurin heiraten sollen. Das hätte die Aufgabe, beide Clans zu einen, mächtig erleichtert, nicht wahr?«

»Das hätte es«, stimmte er zu. »Aber ich habe es nicht getan. Ich habe dich geheiratet, Johanna. Und wir beide müssen nun das Beste daraus machen.«

Er wirkte plötzlich resigniert. Doch er war immer noch in einer milden Laune, und sie beschloß, das Gespräch auf ein Thema zu lenken, das seinen Ärger nicht erregte.

»Warum mag dein Wolfshund mich nicht?«

»Er spürt, daß du Angst vor ihm hast.«

Das konnte sie nicht abstreiten. »Wie heißt er denn?«

»Dumfries.«

Als der Hund seinen Namen hörte, stellte er die Ohren auf. Johanna mußte lächeln. »Ein seltsamer Name«, bemerkte sie. »Wie bist du darauf gekommen?«

»Ich fand den Hund in der Nähe der Dumfries-Burg. Er war in einen Sumpf gerutscht. Ich zog ihn heraus«, fügte er hinzu. »Und seitdem weicht er mir nicht von der Seite.«

Johanna rückte näher an Gabriel heran. Langsam streckte sie den Arm aus, um das Tier zu streicheln. Der Hund beobachtete sie aus dem Augenwinkel heraus, und als sie ihn fast berührte, erklang ein tiefes, unheimliches Grollen in seiner Kehle. Rasch zog Johanna ihre Hand zurück. Gabriel nahm ihren Arm und zwang sie, den Hund anzufassen. Dumfries knurrte weiter, biß ihr aber zumindest die Hand nicht gleich ab.

»Habe ich dir gestern nacht wehgetan?«

Der abrupte Themawechsel ließ sie zusammenzucken. Sie senkte ihren Kopf, daß er die Röte nicht sehen konnte, die plötzlich ihr Gesicht überzog, dann flüsterte sie: »Du hast mir nicht wehgetan. Du hast mich das schon gefragt, nachdem wir…«

Gabriel drückte sanft ihr Kinn hoch und mußte über den Ausdruck in ihren Augen lächeln. Ihre Verlegenheit amüsierte ihn.

Sein Blick ließ ihren Herzschlag schneller werden. Wollte er sie küssen? Sie hoffte es, wie sie sich eingestehen mußte.

»Würdest du mich noch einmal lieben wollen, M'lord?«

»Würdest du mich denn auch wollen?« fragte er zurück.

Sie starrte ihm eine lange Weile in die Augen, bevor sie sich zu einer Antwort entschloß. Es hatte keinen Zweck, kokett sein zu wollen. Sie würde niemals die Kunst des Flirtens erlernen, wie die jungen Ladies es getan hatten, die sie bei ihrem Aufenthalt am Hof in London immer wieder beobachten konnte.

»Ja«, flüsterte sie und wand sich innerlich über das Beben in ihrer Stimme. »Ich würde gerne wieder mit dir Liebe machen. Es war nicht übel, M'lord.«

Gabriel lachte laut auf. Ihre Wangen waren jetzt glühend rot. Dennoch hatte sie auch durch ihre Verlegenheit die Wahrheit gesprochen. Er löste sich von dem Baumstamm und beugte sich zu ihr, um sie zu küssen. Seine Lippen strichen zärtlich über ihre, und sie seufzte und legte ihre Hände auf seine Schultern.

Mehr Ermunterung brauchte er nicht. Bevor er selbst noch wußte, was er tat, hatte er sie bereits auf seinen Schoß gehoben, hatte seine Arme um ihre Taille geschlungen und küßte sie wieder. Sein Mund legte sich über ihren, und seine Zunge drang in sie ein, um sie zu schmecken, zu necken und sie wild zu machen. Johanna wurde im Handumdrehen schwach. Sie klammerte sich an ihn und erwiderte seinen Kuß. Sie war etwas überrascht, wie schnell ihr ganzer Körper auf ihren Mann reagierte: Ihr Herzschlag raste, ihre Arme und Beine bewegten sich rastlos, und immer wieder vergaß sie, zu atmen.

Gabriel war erschüttert über die Art, in der er auf seine Frau reagierte. Sie war nicht in der Lage, irgend etwas zurückzuhalten. Sie vertraute ihm offenbar grenzenlos, ansonsten hätte sie sich sicher nicht zugestanden, sich derart gehenzulassen. Ihre leidenschaftliche Reaktion entzündete seine eigene Lust, und Gott mochte ihm beistehen, er schien es nicht zu schaffen, genug Beherrschung aufzubringen, um sich zurückzuhalten.

Hölle, er würde sie jetzt und hier nehmen, wenn er dieser süßen Qual nicht augenblicklich ein Ende machen konnte. Abrupt zog er sich von ihr zurück. Aber er hätte ihr nicht in die Augen sehen dürfen. Sie waren durch Leidenschaft verschleiert. Verdammt, er *mußte* sie einfach noch einmal küssen.

Beide waren ziemlich mitgenommen, als es ihm endlich gelang, ihr Liebesspiel aufzuhalten. Sein Atem ging mühsam, und auch der ihre war nicht leichter.

»Du schaffst es, daß ich mich vergesse, M'lord.«

Er nahm es als Kompliment, hob sie von seinem Schoß und stand schließlich auf. Johanna war immer noch nicht ganz wieder da. Ihre Wagen waren gerötet und ihre Hände bebten, als sie sich das Haar zurückstrich. Er beobachtete mit ausgesprochenem Vergnügen, wie sie versuchte, ihre äußere Erscheinung in Ordnung zu bringen.

Frauen lassen sich schnell verwirren, dachte er. Und diese hier ganz besonders.

»Mein Haar sieht schrecklich aus«, stammelte sie, als sie seinen lächelnden Blick auffing. »Ich möchte es schneiden lassen … Wenn du es erlaubst, natürlich.«

»Was du mit deinem Haar tust, geht mich nichts an. Du brauchst meine Erlaubnis nicht. Ich habe wichtigere Dinge, worüber ich mir Gedanken machen muß.«

Er milderte seine harsche Antwort mit einem schnellen Kuß ab. Dann bückte er sich, nahm den Stein, den sie Auggie geben wollte, und reichte ihn ihr. Er mußte ihn ihr in die Handfläche legen. Aye, sie war verflixt verwirrt, und verdammt, diese Tatsache gefiel ihm.

Gabriel winkte ihr und wandte sich dann zum Gehen.

Johanna glättete die Falten ihres Plaids und beeilte sich, an seine Seite zu gelangen.

Sie konnte sich das Lächeln nicht verkneifen. Wahrscheinlich wußte er sehr gut, daß seine Küsse sie vollkommen aus der Bahn geworfen hatten, denn sein Gesichtsausdruck verriet reine arrogante Zufriedenheit. Dennoch kümmerte sie es nicht.

Alles würde gut werden, das wußte sie jetzt. Sie seufzte mehrere Male, während sie den Hügel hinaufgingen. Ja, dachte sie bei sich, ich habe die richtige Entscheidung getroffen, als ich zugestimmt habe, Gabriel zu heiraten.

Johanna war so gut gelaunt, daß sie kaum Dumfries' Grollen zur Kenntnis nahm, der offenbar etwas dagegen hatte, daß sie zu nah an Gabriel heranrückte. Sie würde sich ihre himmelhochjauchzende Stimmung auch nicht von einem Hund verderben lassen.

Sie ließ ihre Hand wie zufällig über die ihres Mannes streichen. Er begriff den Hinweis nicht. Sie stieß ihn leicht, aber er verstand immer noch nicht. Also gab sie es auf, dezent zu sein und ergriff seine Hand.

Er benahm sich, als wäre sie nicht da. Sein Blick war starr auf die Hügelkuppe gerichtet, und sie nahm an, daß seine Gedanken bereits wieder bei den vor ihm liegenden Pflichten waren. Seine Unaufmerksamkeit machte ihr aber nichts aus, und als sie die ersten Hütten erreichten, zog sie ihre Hand fort. Bestimmt wollte er seine Zuneigung zu ihr nicht vor dem ganzen Clan offen zeigen. Doch Gabriel überraschte sie damit, daß er ihre Hand wieder packte. Er drückte ihre Finger kurz und sanft, dann beschleunigte er seinen Schritt, bis sie schließlich fast wieder laufen mußte, um an seiner Seite zu bleiben.

Lieber Gott, sie war so glücklich. Aye, sie hatte das Richtige getan. Sie hatte einen gutherzigen Mann geheiratet.

KAPITEL 7

In Wirklichkeit war sie mit einem Ungeheuer verheiratet.

Zu diesem deprimierenden Schluß kam Johanna, nachdem sie drei Monate mit ihrem Ehemann verbracht hatte. Gabriel war durch und durch gemein. Er war empörend sturköpfig, entsetzlich festgelegt in seinen Ansichten und absolut unlogisch in seinen Anordnungen. Und das waren noch seine besseren Eigenschaften. Er behandelte sie wie eine Kranke. Sie durfte nicht einmal einen Finger heben, wurde von vorn bis hinten umsorgt und hatte ständig einen Aufpasser um sich herum. Sie nahm diesen Unsinn etwa zwei Monate hin, bis sie es einfach nicht mehr aushielt. Sie protestierte, aber es nützte nichts. Gabriel hörte ihr nicht zu. Seine Vorstellungen von der Ehe waren höchst seltsam. Er wollte sie hinter Schloß und Riegel beschützt wissen, und jedesmal, wenn sie nach draußen ging, um frische Luft zu schnappen, versuchte er, sie wieder hineinzuscheuchen.

Die Mahlzeiten waren kaum zu ertragen. Von ihr wurde erwartet, daß sie eine würdevolle Haltung beibehielt, während um sie herum das Chaos herrschte. Keiner der Männer, mit denen sie aß, besaß Manieren. Sie waren laut, unhöflich und machten widerwärtige, schreckliche Geräusche.

Und das waren noch ihre besseren Eigenschaften. Johanna kritisierte die Soldaten nicht. Lieber hielt sie sich, wann immer es möglich war, von dem Clan fern. Für sie bedeutete es Frieden, wenn sie in Ruhe gelassen wurde, und dieses Ziel war es, das sie anstrebte.

Da Gabriel sie immer noch nicht jagen lassen wollte, verbrachte sie die meisten Stunden des Tages allein. Ihr Mann schien zu glauben, sie wäre zu schwach und zerbrechlich, Pfeil und Bogen zu heben, und wie zum Teufel sollte sie ihm diesen Unsinn bloß ausreden. Damit ihre Fähigkeiten nicht einrosteten, befestigte sie eine Zielscheibe an einem Baumstamm am Fuß des Berges und übte dort mit ihren Waffen. Sie war ziemlich gut mit Pfeil und Bogen und konnte sich sogar rühmen, ein- oder zweimal Nicholas beim Zielschießen geschlagen zu haben.

Niemand störte sie, wenn sie übte. Die Frauen ignorierten sie die meiste Zeit. Die Maclaurins machten keinen Hehl aus ihrer feindlichen Haltung. Einige junge Frauen folgten dem Beispiel ihrer ungekrönten Anführerin, einer großen, robusten Frau mit roten Wangen und weißblondem Haar, die Glynis hieß. Sie schnaubte meistens reichlich undamenhaft, wenn Johanna vorbeiging, doch Johanna konnte sich dennoch nicht vorstellen, daß Glynis wirklich bösartig war. Wahrscheinlich konnte sie nur nichts mit ihrer neuen Herrin anfangen, und das konnte Johanna ihr nicht übelnehmen. Denn während Glynis mit den anderen Frauen von morgens bis abends auf den Feldern hinter der Baumlinie arbeitete, die fruchtbaren Äcker bestellte und die Saat düngte, strolchte Johanna ziellos um die Burg und gab wahrscheinlich das Bild einer faulen, nichtsnutzigen Prinzessin ab.

Nein, Johanna machte den Frauen keinen Vorwurf für ihre Abneigung. Zum Teil war Gabriel schuld an dieser Einstellung der Clansfrauen zu ihr, da er ihr nicht erlaubte, sich mit ihnen näher zu beschäftigen, aber Johanna war ehrlich genug, einzusehen, daß sie es selbst zugelassen hatte und nicht viel tat, die Meinung dieser Frauen über sie zu ändern. Sie hatte nicht einmal versucht, ihnen Freundlichkeit entgegenzubringen, sondern war den alten Gewohnheiten gefolgt, ohne ihre eigenen Beweggründe in Frage zu stellen.

Sie hatte in England keine engen Freunde gehabt, weil ihr Mann es ihr nicht gestattet hatte. Doch hier war nun alles anders. Sie mußte sich daran erinnern, daß der Clan nicht einfach verschwinden oder ausgewechselt werden würde.

Nach drei Monaten der Einsamkeit mußte sie sich eingestehen, daß ihr Leben zwar friedlich war, aber auch langweilig und eintönig. Sie wollte dazugehören. Und genauso wichtig: Sie wollte helfen, aufzubauen, was ihr erster Mann zerstört hatte. Gabriel war zu sehr mit der Neugestaltung beschäftigt, um sich um ihre Belange zu kümmern, darüber hinaus wollte sie sich ohnehin nicht bei ihm beschweren. Sie würde ihre Probleme schon selbst lösen müssen.

Nachdem sie die Zwickmühle, in der sie steckte, erst einmal erkannt hatte, machte sie sich daran, sich daraus zu befreien. Sie wollte sich nicht länger von den Clansmitgliedern fernhalten, sondern versuchen, sich unter sie zu mischen, wann immer es möglich war. Sie war von Natur aus schrecklich scheu, zwang sich aber nun zu einem Gruß, wann immer eine der Frauen vorbeieilte. Die MacBains antworteten stets mit einem Lächeln oder einem freundlichen Wort, die meisten Maclaurins dagegen taten so, als hätten sie sie nicht bemerkt. Natürlich gab es ein paar Ausnahmen. Leila und Megan, die beiden Maclaurin-Frauen, die ihr in der Hochzeitsnacht das Bad bereitet hatten, schienen sie zu mögen. Die anderen jedoch lehnten jedes Freundschaftsangebot von ihrer Seite ab.

Dieses Verhalten verwirrte sie. Bald wußte Johanna nicht mehr, was sie tun sollte, um die Frauen für sich zu gewinnen. Am Dienstag, als Keith die Aufgabe hatte, auf sie aufzupassen, fragte sie ihn danach.

»Ich hätte gerne Eure Meinung zu einer Sache gehört, die mich bekümmert, Keith. Ich finde einfach keinen Weg, von den Maclaurin-Frauen akzeptiert zu werden. Habt Ihr vielleicht eine Idee?«

Keith kratzte sich am Kinn, während er ihr zuhörte. Er wußte genau, daß das Verhalten der Frauen seines Clans sie belastete, aber er zögerte, ihr die Gründe dafür zu nennen, denn er würde sie damit sicherlich verletzen. Durch die Zeit, in der er ein Auge auf sie gehabt hatte, hatte sich seine Meinung über sie geändert. Sie war immer noch recht schüchtern, aber sie war bestimmt nicht schwächlich und feige, wie einige Maclaurin-Frauen glaubten.

Johanna bemerkte sein Zögern, sah den Grund aber in der Tatsache, daß sie sich in Hörweite zu ein paar anderen Clansmännern befanden.

»Habt Ihr Lust, mit mir den Hügel hinauf zu spazieren?«

»Gern, M'lady.«

Keiner von beiden sagte ein Wort, bis sie ein gutes Stück vom Hof entfernt waren. Endlich brach Keith das Schweigen. »Die Highlander haben ein langandauerndes Gedächtnis, Lady Johanna. Wenn ein Krieger in den Tod geht, ohne eine offene Rechnung beglichen zu haben, so kann er dennoch in Frieden ruhen, weil er weiß, daß sein Sohn oder sein Enkel eines Tages das Unrecht wieder gutmachen wird. Fehden werden niemals vergessen, Sünden niemals vergeben.«

Sie hatte nicht die leiseste Ahnung, was er ihr sagen wollte. Auf jeden Fall sah er sie sehr ernst an. »Und es ist wichtig, nicht zu vergessen, Keith?«

»Aye, M'lady.«

Offenbar glaubte er, das wäre Erklärung genug. Sie schüttelte den Kopf. »Ich verstehe immer noch nicht, was Ihr mir damit sagen wollt. Bitte, versucht es noch einmal.«

»Also gut«, antwortete der Soldat. »Die Maclaurins haben nicht vergessen, was Euer erster Mann hier angerichtet hat.«

»Und sie geben mir die Schuld dafür, ist es das?«

»Ein paar der Leute tun es tatsächlich«, gab er zu. »Ihr braucht Euch aber über Wiedergutmachung keine Gedanken zu machen«, fügte er hastig hinzu. »Rache ist ein Spiel für Männer. Die Highlander lassen Frauen und Kinder in Ruhe. Zudem würde Euer Mann jeden umbringen, der es wagt, Euch ein Haar zu krümmen.«

»Ich mache mir keine Sorgen um meine Sicherheit«, antwortete sie. »Ich kann auf mich selbst aufpassen. Gegen

Erinnerungen allerdings kann ich nicht kämpfen. Ich kann nicht ändern, was hier geschehen ist. Keith, Ihr braucht nicht so resigniert zu schauen. Ich glaube, ich habe ein paar Frauen auf meiner Seite. Ich habe gehört, wie eine mich die ›Mutige‹ nannte. Sie hätte mir doch nicht ein solches Lob zugesprochen, wenn sie mich hassen würde.«

»Das ist kein Lob«, sagte Keith, und der Zorn färbte seine Aussprache. »Ich kann nicht zulassen, daß Ihr so getäuscht werdet.«

»Aber was wollt Ihr mir damit sagen?« fragte sie frustriert.

Es schien keine leichte Aufgabe zu sein, aus dem Maclaurin-Soldaten eine einfache Antwort herauszubekommen. Johanna faßte sich also in Geduld, während sie darauf wartete, daß er sich verständlich ausdrückte.

Keith stieß einen Seufzer aus. »Sie bezeichnen Auggie als klug.«

Sie nickte. »Auggie ist sogar sehr klug«, stimmte sie zu.

Er schüttelte den Kopf. »Sie halten ihn aber für beschränkt.«

»Warum in Gottes Namen bezeichnen sie ihn dann als klug?«

»Eben weil er es nicht ist.«

Die Miene in ihrem Gesicht sagte ihm, daß sie immer noch nicht begriffen hatte. »Euer Gatte wird auch ›der Gnädige‹ genannt.«

»Der Clansherr würde sich freuen, ein solches Lob zu hören.«

»Nay, M'lady, er würde sich bestimmt nicht freuen.«

Und sie begriff immer noch nicht. Keith hielt es für einen schlechten Dienst, sie in ihrer Unwissenheit zu lassen. »Euer Gatte würde wütend werden, wenn er glauben müßte, die Maclaurin hielten ihn wirklich für einen barmherzigen Mann. Versteht doch, die Frauen geben einem immer den Namen, der am wenigsten paßt. Es ist ein albernes Spiel, aber sie glauben in Wirklichkeit, ihr Clansherr ist gnadenlos. Deswegen bewundern sie ihn«, fügte er mit einem Nicken hinzu. »Ein Anführer möchte nicht als barmherzig oder freundlich bezeichnet werden. Man würde es als Schwäche auslegen.«

Johanna straffte langsam ihren Körper. Offenbar begriff sie jetzt nach und nach die Bedeutung seiner Worte.

»Und wenn das wahr ist, was Ihr mir sagt, dann halten sie Auggie tatsächlich für …«

»Dumm.«

Jetzt hatte sie es. Keith sah die Tränen in ihren Augen aufsteigen, bevor sie sich hastig von ihm wegdrehte. »Dann bin ich für sie nicht mutig, sondern tatsächlich feige. Ich verstehe. Vielen Dank, daß Ihr es mir erklärt habt, Keith. Ich weiß, daß es nicht leicht für Euch war.«

»M'lady, bitte nennt mir den Namen der Frau, die dies gesagt hat …«

»Bestimmt nicht«, sagte sie und schüttelte den Kopf. Sie konnte ihn nicht ansehen. Es war zu peinlich … und beschämend. »Wenn Ihr mich jetzt bitte entschuldigt, ich möchte hineingehen.«

Sie wartete nicht auf seine Erlaubnis, sondern wandte sich um und lief den Hügel hinunter. Doch dann hielt sie plötzlich an und wandte sich noch einmal zu ihm um. »Ich würde es zu schätzen wissen, wenn Ihr meinem Mann nichts von dieser Unterhaltung sagt. Er braucht nichts von diesen unwichtigen Dingen wie den albernen Frauenspielen zu erfahren.«

»Ich werde nichts sagen«, versprach Keith. Er war ziemlich erleichtert, daß sie nicht von ihm verlangte, MacBain alles zu wiederholen, denn er wußte, dieser würde über die Beleidigung rasend werden. Die Tatsache, daß das unmögliche Benehmen von den Maclaurins kam, ärgerte ihn. Als ihr Anführer konnte er sich der Last der widerstreitenden Pflichten nicht entziehen. Natürlich hatte er seinem Clansherrn Loyalität geschworen, und er würde sein Leben dafür geben, MacBain zu beschützen. Und dieser

Eid bezog sich auch auf seine Frau. Er würde tun, was immer nötig war, um Lady Johanna vor Schaden zu bewahren.

Doch er war auch der Anführer seiner Clansangehörigen und hielt es in dieser Eigenschaft für richtig, daß die Probleme der Maclaurins auch von den Maclaurins gelöst wurden und nicht von den MacBains. Würde er seinem Clansherrn von der Grausamkeit der Maclaurin-Frauen berichten, wäre das eine Art Verrat. Keith wußte genau, daß es Glynis und ihr Gefolge waren, die sich diese Unbotmäßigkeit erlaubten. Und so beschloß er, sich die Zeit zu einem ernsthaften Gespräch mit den Frauen zu nehmen. Er würde ihnen befehlen, ihrer Herrin den Respekt zu erweisen, den ihre Position verlangte.

Johanna ging hinauf in ihr Schlafzimmer und blieb den Rest des Nachmittags dort. Ihre Stimmung wechselte ständig zwischen Wut und Selbstmitleid. Natürlich litt sie unter der Beleidigung durch diese Frauen, aber das war nicht der wirkliche Grund, der ihr die Tränen in die Augen trieb. Nay, was Johanna wirklich Sorgen machte, war die Möglichkeit, daß jene Frauen recht haben konnten. War sie wirklich so schwächlich und feige?

Sie fand keine Antwort darauf. Am liebsten wäre sie in ihrer Kammer geblieben, zwang sich dann aber doch, zum Essen hinunterzugehen. Gabriel würde von der Jagd heimgekehrt sein, und Keith wäre ebenfalls da, und sie wollte keinesfalls, daß einer der beiden auf die Idee käme, sie hätte Schwierigkeiten.

Die Halle war voller Soldaten. Die meisten hatten sich bereits an die beiden langen Tische gesetzt, die rechts im Raum aneinanderstießen. Der Duft frischen Holzes und der saubere Binsen auf dem Boden vermischte sich mit den herzhaften Aromen der Mahlzeit, die nun auf gewaltigen Scheiben von zwei Tage altem schwarzem Brot in die Halle getragen wurde.

Niemand stand auf, als sie eintrat. Diese Unachtsamkeit

war ärgerlich, aber sie glaubte nicht, daß die Männer absichtlich unhöflich sein wollten, denn einige winkten ihr zu, als sie ihrer ansichtig wurden. Die Männer wußten vermutlich gar nicht, daß sie aufzustehen hatten, sobald eine Lady einen Raum betrat.

Sie überlegte, wie es möglich werden sollte, daß diese beiden Gruppen von stolzen, braven Männern sich wirklich wie ein einziger Clan fühlen würden. Sie waren so bemüht, sich voneinander fernzuhalten! Wenn einer der Maclaurin-Soldaten einen Witz machte, lachten nur seine Clansbrüder. Von den MacBains kam nicht einmal ein Lächeln.

Und natürlich saßen sie an verschiedenen Tischen. Gabriels Platz war am Kopf des einen Tisches, an dem ausschließlich MacBain-Soldaten und sie saßen. Die Maclaurins belegten den anderen Tisch.

An diesem Abend schien Gabriel sie kaum zu bemerkten. Er hielt eine Pergamentrolle in der Hand und las mit gerunzelter Stirn.

Johanna wollte ihn dabei nicht stören, die Männer allerdings waren nicht so rücksichtsvoll.

»Was will Gillevrey denn?« fragte Calum seinen Clansherrn.

»M'lady, er ist der Herr des Clans, der südlich von uns lebt«, brüllte Keith zur Erklärung vom anderen Tisch herüber. »Er hat diese Botschaft geschickt«, setzte er hinzu und wandte sich an den Clansherrn. »Was will der alte Mann?«

Gabriel las die Botschaft zu Ende und rollte das Pergament wieder zusammen. »Die Botschaft ist für Johanna.«

Sie riß die Augen erstaunt auf. »Für mich?« fragte sie, während sie die Hand nach dem Pergament ausstreckte.

»Kannst du lesen?« fragte Gabriel.

»Ja«, antwortete sie. »Ich habe darauf bestanden, es zu lernen.«

»Warum das?« fragte ihr Mann.

Sie zuckte die Schultern. »Weil es verboten war«, flüsterte sie. Sie fügte nicht hinzu, daß Raulf ihr ständig eingebleut hatte, sie sei zu dumm, um irgend etwas zu lernen, und sie sich und ihm unbedingt damit das Gegenteil hatte beweisen wollen. Dennoch war es ein stummer Trotz von ihrer Seite gewesen, denn Raulf hatte nie erfahren, daß sie bald die schwierige Aufgabe des Lesens und Schreibens beherrschte. Ihr Lehrer hatte zuviel Angst vor dem Baron gehabt, um es ihm zu erzählen.

Gabriel hielt die Pergamentrolle aus ihrer Reichweite. Sein Gesicht wurde noch eine Spur düsterer, als er sie fragte: »Kennst du einen gewissen Baron Randolph Goode?«

Johanna erstarrte mitten in der Bewegung. Innerhalb eines Herzschlags wich ihr alle Farbe aus dem Gesicht. Sie glaubte, in die Knie gehen zu müssen und atmete tief ein, um ihre Beherrschung zurückzuerlangen.

»Johanna?« hakte er nach, als sie nicht sofort antwortete.

»Ich kenne ihn.«

»Diese Nachricht kommt von Goode«, sagte Gabriel. »Gillevrey läßt ihn nicht über seine Grenzen, bis ich nicht die Erlaubnis gegeben habe, daß er herkommen darf. Wer ist dieser Mann, und was will er?«

Johanna konnte ihre Erregung kaum verbergen. Mehr als alles andere wünschte sie sich, aufzuspringen und wegzulaufen, aber sie widerstand dem Drang nach feiger Flucht.

»Ich will nicht mit ihm sprechen.«

Gabriel lehnte sich in seinem Stuhl zurück. Er konnte ihre Angst sehen und spüren. Ihre seltsame Reaktion verärgerte ihn etwas. Begriff sie denn nicht, daß sie hier sicher war? Verdammt, er würde bestimmt nicht zulassen, daß ihr etwas geschah.

Gabriel stieß einen Seufzer aus. Nein, offensichtlich begriff sie nicht. Erst mit der Zeit würde sie verstehen, daß er und seine Männer sie gegen alles und jeden beschützen würden. Sie würde lernen, ihm zu vertrauen, und dann konnten ihr Nachrichten aus England keine Angst mehr einjagen.

Gabriel wußte, wie arrogant er dachte, aber es kümmerte ihn nicht. In diesem Augenblick wollte er nur seine Frau beruhigen. Er mochte nicht, wenn sie so verschreckt war, aber natürlich hatte er noch einen anderen Grund. Er war neugierig, was es mit jenem Baron auf sich hatte.

»Hat dieser Mann dich in irgendeiner Hinsicht angegriffen?«

»Nein.«

»Wer ist er, Johanna?«

»Ich werde nicht mit ihm sprechen«, wiederholte sie. Ihre Stimme zitterte.

»Ich will aber wissen ...«

Er unterbrach sich, als sie den Kopf schüttelte. Er streckte den Arm aus und hielt ihr Kinn sanft fest, um sie daran zu hindern, alles von vornherein zu verneinen.

»Hör mir zu«, befahl er. »Du wirst ihn weder sehen noch mit ihm sprechen müssen.«

Seine Stimme klang tief und dringlich.

Johanna sah ihn mißtrauisch und unsicher an. »Meinst du das wirklich so? Du erlaubst ihm nicht, herzukommen?«

»Ich meine es so.«

Sie entspannte sich sichtlich. »Danke.«

Gabriel ließ sie los und lehnte sich wieder in seinem Stuhl zurück. »Und jetzt beantworte mir meine Frage«, befahl er erneut. »Wer, zum Donnerwetter, ist Baron Goode?«

Inzwischen sprach keiner der Männer in der Halle mehr ein Wort. Alle starrten zu ihr und lauschten. Es war nicht zu übersehen, daß ihre Herrin Angst hatte, und alle waren neugierig, aus welchem Grund.

»Baron Goode ist ein mächtiger Mann in England«, flüsterte sie. »Manche behaupten, er ist so mächtig wie König John selbst.«

Gabriel wartete darauf, daß sie fortfuhr. Eine lange Zeit verstrich, bevor er erkannte, daß sie nichts mehr sagen wollte.

»Ist er ein Favorit des Königs?« fragte er.

»Nein«, gab Johanna zurück. »Er haßt John. Es gibt viele Barone, die der gleichen Meinung über den König sind, und sie haben sich zusammengetan. Man sagt, Goode sei ihr Anführer.«

»Du sprichst von einem Aufstand, Johanna.«

Sie schüttelte den Kopf und senkte ihren Blick. »Es ist eine stille Rebellion, M'lord. England ist ein einziges Chaos, und es gibt viele Barone, die Arthur für den besseren König halten. Er ist Johns Neffe. Sein Vater, Geoffrey, war Johns älterer Bruder. Er starb ein paar Monate vor der Geburt seines Sohnes.«

Calum hatte versucht, ihrer Erklärung zu folgen, runzelte aber verwirrt die Stirn. »M'lady, wollt Ihr damit sagen, daß Geoffrey hätte König werden sollen, als Richard starb?«

»Geoffrey war älter als John«, wiederholte sie. »Er wäre der nächste in der Folge gewesen, denn Richard hatte keine Söhne. Nun war Geoffrey bereits tot, doch einige meinen, sein Sohn hätte der rechtmäßige Erbe sein sollen. Sie scharten sich regelrecht um Arthur.«

»Also kämpfen die Barone um die Krone?« folgerte Gabriel.

Johanna nickte. »Die Barone opponieren gegen den König, wann immer sie eine Chance bekommen. John hat sich in den letzten Jahren viele Feinde gemacht. Nicholas glaubt, daß es eines Tages einen wirklichen Aufstand geben wird. Goode und seine Anhänger suchen nur noch einen triftigen Grund, das Land von John zu befreien. Sie wollen nicht länger warten. John übt eine Schreckensherrschaft aus«, setzte sie flüsternd hinzu. »Er besitzt kein Gewissen, nicht einmal den Mitgliedern seiner eigenen Familie gegenüber. Habt ihr gewußt, daß er sich gegen seinen eigenen Vater gewandt und sich während ihrer Streitigkeiten mit dem französischen König verbündet hat? Henry starb mit gebrochenem Herzen, denn er hatte immer geglaubt, von all seinen Kindern wäre John der treueste gewesen.«

»Woher wißt Ihr das alles?« fragte Calum.

»Von meinem Bruder Nicholas.«

»Du hast mir immer noch nicht erklärt, warum Goode dich sprechen will«, rief ihr Gabriel in Erinnerung.

»Vielleicht glaubt er, ich könnte ihm gegen König John helfen. Aber selbst wenn ich es könnte, täte ich es nicht. Es hätte im Augenblick keinen Zweck. Ich werde meine Familie nicht mit in diesen Streit hineinziehen. Nicholas und meine Mutter würden beide darunter leiden müssen, wenn ich ihm sage ...«

»Was sagst?« hakte ihr Mann schnell nach.

Sie gab keine Antwort.

Calum stieß sie leicht mit dem Ellenbogen an. »Will Arthur die Krone denn?« fragte er.

»Allerdings«, gab sie zurück. »Aber ich bin nur eine Frau, Calum. Ich beschäftige mich nicht mit den politischen Spielchen Englands. Ich kann mir nicht vorstellen, warum Baron Goode mit mir reden will. Ich weiß nichts, was ihn unterstützen könnte, König John vom Thron zu stoßen.«

Sie log, Gabriel hatte keinerlei Zweifel. Und ganz offensichtlich hatte sie schreckliche Angst.

»Goode will dich irgend etwas fragen«, bemerkte er.

»Was denn?« fragte Calum, als seine Herrin weiterhin schwieg.

Gabriel heftete den Blick auf seine Frau, als er zur Antwort ansetzte. »Über Arthur«, sagte er. »Er ist inzwischen überzeugt, daß der Neffe des Königs ermordet worden ist.«

Johanna schickte sich an, aufzustehen. Gabriel griff nach ihrer Hand und drückte sie auf den Stuhl zurück. Er konnte spüren, wie sie zitterte.

»Ich will nicht mit Goode sprechen«, schrie sie. »Arthur ist vor über vier Jahren verschwunden. Ich begreife nicht, warum der Baron sich plötzlich wieder dafür interessiert, wo Arthur sein könnte. Ich habe ihm nichts zu sagen!«

Sie hatte Gabriel schon mehr verraten, als sie beabsichtigt haben konnte. Als sie von Arthur gesprochen hatte, hatte sie die vielsagende Vergangenheitsform benutzt.

Johanna wußte bereits, daß der Neffe des Königs tot war. Wahrscheinlich wußte sie auch, wie er gestorben war und wer die schreckliche Tat begangen hatte. Gabriel durchdachte kurz die möglichen Folgen, wenn seine Vermutung sich bestätigte, dann schüttelte er den Kopf. »England ist Welten von uns entfernt«, verkündete er. »Ich werde keinem Baron erlauben, mein Land zu betreten. Ich werde niemals mein Wort brechen, Johanna. Du mußt nicht mit ihm reden.«

Sie nickte. Calum setzte zu einer weiteren Frage an, aber sein Clansherr ließ ihn mit einem Blick verstummen.

»Das reicht jetzt zu diesem Thema«, ordnete er an. »Ich will den Bericht über die Fortschritte am Mauerbau hören, Calum.«

Johanna war zu durcheinander, um der Unterhaltung weiter folgen zu können. Ihr war flau im Magen, und sie brachte kaum einen Bissen Käse hinunter.

Sie starrte auf das Eberfleisch und den gesalzenen Lachs und fragte sich, wie lange sie noch sitzen bleiben mußte, bevor sie sich zurückziehen konnte.

»Du solltest etwas essen«, sagte Gabriel.

»Ich hab' keinen Hunger«, antwortete sie. »Ich bin es nicht gewohnt, kurz vor dem Schlafengehen solch gewaltige Mahlzeiten zu mir zu nehmen, M'lord«, erklärte sie als Ausrede. »In England gab es die Hauptmahlzeiten meistens zwischen zehn und zwölf und später am Tag nur noch ein leichteres Essen. Es dauert einige Zeit, bis ich mich an diese Veränderung gewöhnt habe. Würdest du mich jetzt entschuldigen? Ich möchte hinaufgehen.«

Gabriel nickte zur Erlaubnis. Da Calum sie anstarrte, wünschte sie ihm gute Nacht, stand auf und ging auf den Eingang zu. Als sie Dumfries sah, der sich links von der Treppe wälzte, machte sie einen großen Bogen um den Hund, ohne ihn aus den Augen zu lassen. Als sie an ihm vorbei war, eilte sie hinaus.

Sie nahm sich Zeit, um sich für das Bett fertig zu machen. Der Ablauf solcher einfachen, unkomplizierten und gewohnten Rituale beruhigte sie und gab ihr die Möglichkeit, ihre Angst in den Griff zu bekommen, indem sie sich zwang, sich auf jeden Handgriff zu konzentrieren. Sie legte zwei weitere Holzscheite ins Feuer, wusch sich und setzte sich dann, um ihr Haar zu bürsten. Eigentlich haßte sie diese Tätigkeit. Es schien immer eine Ewigkeit zu dauern, bis sie es entwirrt hatte. Ihre Kopfhaut schmerzte vom Gewicht der schweren Haarmassen, und als sie es endlich geschafft hatte, war sie zu müde, um sie zu flechten.

Schließlich hatte Johanna nichts mehr zu erledigen, und so versuchte sie, an banale Dinge zu denken. Wenn sie ihre Angst beherrschen könnte, wäre es vielleicht möglich, sie zu vergessen.

»Gabriel hat recht«, flüsterte sie. »England ist Welten fort von hier.«

Hier bin ich sicher, dachte sie, *und Nicholas und Mama werden es in England auch sein, wenn ich meinen Mund halte.*

Johanna legte die Bürste zur Seite und schlug das Zeichen des Kreuzes. Sie betete zuerst um Tapferkeit, dann um göttliche Führung und als letztes für den Mann, der König hätte sein sollen. Sie betete für Arthur.

Gabriel trat ein, als sie ihr Gebet gerade beendete. Er fand seine Frau auf der Bettkante sitzend vor, von wo aus sie in die Flammen der Feuerstelle starrte. Er verriegelte die Tür, streifte seine Stiefel ab und trat dann an die andere Bettseite. Sie stand auf und drehte sich zu ihm um.

Sie sah so verdammt traurig aus.

»Nicholas hat mir erzählt, König John habe Angst vor dir.«

Sie senkte ihren Blick zu Boden. »Wie kommt er auf diese Idee?«

»Johanna?«

Sie sah zu ihm auf. »Ja?«

»Irgendwann wirst du mir sagen, was du weißt. Ich werde es dir nicht befehlen. Ich warte. Wenn du bereit bist, mir ganz zu vertrauen, tust du es von allein.«

»Was denn sagen, M'lord?«

Er seufzte. »Du wirst mir sagen, was dich so zu Tode erschreckt.«

Sie wollte schon protestieren, besann sich dann aber. Sie wollte Gabriel nicht belügen.

»Wir sind jetzt verheiratet«, sagte sie. »Und es ist nicht nur deine Pflicht, mich zu beschützen. Auch ich muß dafür sorgen, daß du nicht in Gefahr gerätst.«

Er wußte nicht, was sie mit dieser albernen Bemerkung sagen wollte. Sie wollte auf ihn aufpassen? Hölle, sie verdrehte offenbar alles. Er mußte sie schützen und seinen eigenen Rücken freihalten. Er sorgte selbst dafür, daß er möglichst viele Jahre leben würde, um für sie und Alex zu sorgen.

»Frauen beschützen ihre Ehemänner nicht«, sagte er laut.

»Diese Frau hier schon«, widersprach sie.

Er wollte gerade anfangen mit ihr zu streiten, als sie seine Aufmerksamkeit in anderer Weise auf sich zog. Sie sagte kein Wort, band nur den Gürtel auf und ließ ihr Nachtkleid von den Schultern gleiten. Sie trug nichts darunter.

Für einen Moment verschlug es ihm die Sprache. Bei

Gott, sie war wunderschön. Das Licht des Feuers hinter ihr ließ ihre Haut golden schimmern. Es gab keinen einzigen Makel, der ihre Erscheinung beeinträchtigt hätte. Ihre Brüste waren voll, die Taille schmal, ihre Beine lang.

Er konnte sich nicht daran erinnern, daß er seine Kleidung ausgezogen hatte. Er hielt ihren Blick lange, schweigende Sekunden fest, bis sein Herz wild hämmerte und sein Atem vor Begierde rauh wurde.

Johanna kämpfte gegen ihre Verlegenheit. Sie wußte, daß ihr Gesicht glühte, denn sie konnte die Hitze auf ihren Wangen spüren.

Beide griffen gleichzeitig nach den Laken. Dann griffen sie nacheinander. Johanna lag noch auf den Knien, als Gabriel sie in seine Arme zog. Er drehte sie auf den Rücken, schob seinen Körper über ihren und küßte sie.

Sie schlang ihre Arme um seinen Nacken und hielt ihn fest und suchte begierig seine Berührung. Sie brauchte ihn und wollte ihn heute nacht. Sie brauchte seinen Trost und seine Anerkennung.

Er brauchte Befriedigung. Seine Hände liebkosten rastlos ihre Schultern, ihren Rücken, ihre Schenkel. Das Gefühl, das ihre seidige Haut bei ihm auslöste, stachelte ihn weiter an.

Johanna mußte nicht erst gebeten werden, sie konnte es nicht lassen, ihn zu streicheln. Sein Körper war so hart, seine Haut so wunderbar heiß, und seine Art, sie mit seinem Mund und seinen Händen zu liebkosen, steigerte ihre Erregung in wenigen Minuten zu brennender Glut.

Es war nicht möglich, bei Gabriel gehemmt zu sein. Er war ein anspruchsvoller, verlangender Liebhaber, der gleichzeitig rauh und zärtlich sein konnte. Er fachte das Feuer in ihr mit seinen intimen Liebkosungen an, und als seine Finger in sie eindrangen und sein Daumen die empfindliche Knospe rieb, wurde sie geradezu wild.

Er nahm ihre Hand und legte sie auf sein hartes Glied. Als sie es drückte, stieß er ein tiefes Knurren aus. Dann lobte er sie flüsternd und gab ihr erregt Anweisungen, wie sie ihn anfassen sollte.

Gabriel konnte die süße Qual nicht lange aushalten. Grob zog er ihre Hände fort, hob ihre Schenkel und stieß in sie hinein. Sie schrie vor Verlangen auf. Ihre Nägel kratzten über seine Schultern, und sie bog sich ihm entgegen, um ihn so tief wie möglich aufzunehmen. Fast hätte er seinen Samen schon jetzt vergossen, und es kostete ihn jedes bißchen Disziplin, sich zurückzuhalten. Seine Hand wanderte nach unten zwischen ihre vereinten Körper, und er liebkoste sie mit den Fingern, bis sie ihre Erfüllung gefunden hatte. Erst dann gestand er sich seine zu.

Der Orgasmus schien ihn zu verzehren. Er stöhnte in wilder Lust, als sich sein Samen in sie ergoß. Sie rief unablässig seinen Namen, er rief Gott an.

Gabriel brach mit einem lauten befriedigten Stöhnen über seiner Frau zusammen. Er blieb in ihr, um die Wonnen, die er eben genossen hatte, voll und ganz auszukosten.

Johanna wollte ihrerseits noch nicht von ihrem Mann lassen. Sie fühlte sich so wundervoll, wenn er sie in den Armen hielt. Sie fühlte sich geschätzt, sicher … und fast geliebt.

Sein Gewicht wurde ihr jedoch bald zu schwer. Schließlich mußte sie ihn bitten, zur Seite zu rücken, damit sie richtig atmen konnte.

Gabriel bezweifelte, daß er genug Kraft dazu hatte, und der Gedanke amüsierte ihn. Endlich rollte er sich auf die Seite, zog sie mit sich, deckte die Laken über ihre beiden Körper und schloß die Augen.

»Gabriel?«

Er gab keine Antwort. Sie stupste ihn gegen die Brust, um seine Aufmerksamkeit zu erlangen. Er grunzte als Antwort.

»Du hattest recht. Ich bin schwach.«

Sie wartete auf seine Zustimmung, aber er sagte nichts.

»Ein Nordwind kann mich wahrscheinlich umpusten«, wiederholte sie die Worte, die er in ihrer Hochzeitsnacht gesagt hatte.

Er blieb immer noch still. »Vermutlich bin ich sogar ein bißchen schüchtern.«

Einige Minuten verstrichen, bevor sie wieder sprach. »Aber die anderen Dinge, die stimmen nicht. Das werde ich nicht zulassen.«

Sie schloß die Augen und sagte ihre Gebete auf. Gabriel glaubte schon, sie wäre eingeschlafen und wollte endlich dasselbe tun. Dann erreichte ihn ihre geflüsterte Stimme wie ein Hauch, doch voller Überzeugung.

»Ich bin kein Feigling.«

KAPITEL 8

»Wer hat es gewagt, dich einen Feigling zu nennen?«

Die dröhnende Stimme ihres Mannes riß Johanna aus dem tiefen Schlaf. Sie öffnete die Augen und sah ihn an. Gabriel stand an der Seite des Bettes und starrte auf sie herunter. Er war bereits voll bekleidet und wütend.

Er muß beruhigt werden, entschied sie mit einem Gähnen. Sie setzte sich also im Bett auf und schüttelte bedächtig den Kopf. »Niemand hat mich einen Feigling genannt«, sagte sie schläfrig.

»Warum hast du dann gesagt…«

»Ich dachte, du solltest es wissen«, erklärte sie. »Und ich hatte das Bedürfnis, es dir zu sagen.«

Seine Wut milderte sich zusehends. Sie schob die Laken zur Seite und machte sich daran, aufzustehen. Gabriel hielt sie auf, indem er die Laken wieder über sie zog und ihr befahl, sich wieder hinzulegen.

»Du wirst dich heute ausruhen!«

»Ich habe mich lange genug ausgeruht, M'lord. Es wird

Zeit, daß ich mich auf meine Pflichten als deine Frau besinne.«

»Ruh dich aus!«

Herrgott, war er stur. Sein trotzig vorgeschobener Kiefer sagte ihr, daß es sinnlos gewesen wäre, mit ihm zu streiten. Sie hatte nicht die Absicht, den ganzen Tag im Bett zu verplempern, aber sie würde mit ihrem Mann eben nicht darüber debattieren.

Er wandte sich zum Gehen, aber sie hatte noch eine Frage. »Was hast du an diesem schönen Tag vor?«

»Ich werde auf die Jagd nach Proviant gehen.«

»Wieder Getreide?« fragte sie. Sie stand auf und griff nach ihrem Nachtkleid.

»Wieder Getreide«, bejahte Gabriel.

Johanna zog sich an und verknotete den Gürtel in ihrer Taille. Er sah zu, wie sie ihr Haar aus dem Kragen zog und über die Schulter warf. Es war eine sehr weibliche und anmutige Geste.

»Wie kann man denn Korn jagen?«

»Wir stehlen es.«

Johanna schnappte nach Luft. »Aber das ist eine Sünde«, platzte sie heraus.

Gabriel musterte belustigt ihren entsetzten Gesichtsausdruck. Stehlen schien sie aufzuregen. Warum, konnte er sich allerdings nicht vorstellen.

»Wenn Vater MacKechnie Wind davon bekommt, gerbt er dir das Fell.«

»MacKechnie ist noch nicht zurück. Und bis er kommt, habe ich all meine Sünden bereits begangen.«

»Das kannst du nicht ernst meinen.«

»Aber absolut, Johanna.«

»Gabriel, du begehst doch nicht nur die Sünde des Diebstahls«, belehrte sie ihn. »Du planst sie auch noch.«

Sie sah ihn an, als erwarte sie eine Antwort darauf. Er zuckte nur die Schultern. Johanna schüttelte ungläubig den Kopf.

»Es steht dir nicht an, mich zu kritisieren, Frau.«

Doch statt einer Entschuldigung hörte er Widerspruch. »O doch, es steht mir durchaus zu, dich zu kritisieren, M'lord, wenn es um deine Seele geht. Es steht mir ebenso zu, dich zu belehren, Sir, denn ich bin deine Frau und habe daher ein Mitspracherecht, was dein Seelenheil angeht.«

»Das ist lächerlich«, entgegnete er.

Er hätte fast gelacht, konnte sich aber gerade noch zurückhalten. »Du findest es lächerlich, daß ich mir Sorgen um dich mache?«

»Tust du das?«

»Aber ja, natürlich.«

»Dann fängst du an, mir Zuneigung entgegenzubringen?«

»Das hab' ich nicht gesagt. Du drehst mir die Worte im Mund um. Ich mache mir über deine Seele Sorgen.«

»Ich brauche weder deine Sorge noch deine Lektionen.«

»Eine Frau hat das Recht, ihre Meinung zu sagen, oder etwa nicht?«

»Ja«, stimmte er zu. »Wenn sie danach gefragt wird, natürlich.«

Sie ignorierte seine Präzisierung. »Und meiner Meinung nach solltest du das, was du brauchst, erwerben.«

Er konnte seine Ungeduld kaum noch verbergen. »Wir haben nichts, was für den Handel taugen würde«, sagte er. »Und im übrigen – wenn die anderen Clans nicht in der Lage sind, das zu schützen, was ihnen gehört, dann verdienen sie, daß man es ihnen wegnimmt. So geht es bei uns, Frau. Du wirst dich daran gewöhnen.«

Für ihn war das Thema abgeschlossen, aber nicht für sie. »Eine derartige Rechtfertigung ...«

»Ruh dich aus«, befahl Gabriel, als er die Tür hinter sich zuzog.

Sie war mit einem sturen Esel verheiratet. Johanna

beschloß, ihren Mann nicht mehr auf das Thema Stehlen anzusprechen. Gabriel hatte recht. Es stand ihr nicht zu, ihn oder einen anderen der Clansmänner zu belehren. Wenn sie alle bis in die Ewigkeit in der Hölle schmoren wollten – bitte! Was kümmerte es sie!

Johanna verbrachte den Morgen damit, mit Pfeil und Bogen zu trainieren, und den Nachmittag, Auggies sinnloses, aber höchst vergnügliches Spiel zu spielen.

Auggie war zu ihrem einzigen Freund geworden. Er sprach nur Gälisch mit ihr, und sie stellte fest, daß ihr die Sprache viel leichter fiel, je entspannter sie war. Der alte Mann war geduldig und verständnisvoll und beantwortete ihr jede Frage, die sie stellte.

Diesmal sagte sie ihm, wie schrecklich sie Gabriels Diebstähle fand. Auggie war jedoch nicht ihrer Ansicht, er fand das Verhalten seines Clansherrn sehr gerissen.

Sie standen oben auf dem Hügelkamm und schlugen ihre Steine, während sie über Johannas Sorgen sprachen. Die meisten Steine zersprangen unter der Kraft ihrer Schläge.

»Die Engländer haben unsere Reserven vernichtet. Unser Clansherr wird dafür sorgen, daß der Clan diesen Winter nicht zu hungern braucht«, sagte Auggie. »Wie kannst du das als Sünde bezeichnen?«

»Er stiehlt!« entgegnete sie empört.

Auggie schüttelte den Kopf. »Gott wird das verstehen.«

»Es gibt immer mehrere Wege in die Burg, Auggie. Gabriel sollte eine andere Möglichkeit finden, die Leute zu ernähren.«

Der alte Mann brachte seinen Stecken an dem runden Stein in die richtige Position, stellte die Beine etwas auseinander und schwang dann seinen Schläger. Er blinzelte in die Sonne, um zu sehen, wie weit der Stein flog, und nickte dann zufrieden. Schließlich wandte er sich wieder seiner Herrin zu.

»Mein Stein ist dreimal so weit wie ein Pfeil geflogen.

Es gilt ihn zu schlagen, kleine Grüblerin. Sieh zu, daß du deinen Stein direkt neben meinem landest.«

Johanna konzentrierte sich auf das Spiel. Als sie ihren Stein tatsächlich neben dem Auggies plazierte, johlte er überrascht und lachend auf.

»Du hast ein Händchen für das Spiel, Kind«, lobte er sie. »Aber wir sollten jetzt langsam zurückkehren. Ich habe dich viel länger von deinen Pflichten abgehalten, als ich das Recht dazu habe.«

»Ich habe keine Aufgaben«, platzte sie heraus. Sie klemmte sich den Stecken unter den Arm und wandte sich an ihren Freund. »Ich habe versucht, die Leitung des Haushalts zu übernehmen, aber niemand hört auf mich. Die MacBains sind natürlich etwas höflicher. Sie lächeln freundlich zu meinen Anweisungen, dann machen sie sich wieder an ihre Arbeit, ohne sich einen Deut um das zu kümmern, was ich gesagt habe. Die Maclaurins sind schon beschämend unhöflich. Sie ignorieren mich vollkommen.«

»Was sagt unser Clansherr denn zu solchem Verhalten?«

»Ich habe ihm nichts gesagt. Und das werde ich auch nicht, Auggie. Das ist mein Problem, nicht seins.«

Auggie ergriff Johannas Arm und führte sie den steilen Hügel hinunter. »Wie lange bist du nun hier?«

»Fast zwölf Wochen.«

»Die erste Zeit warst du zufrieden, nicht wahr?«

Sie nickte. »Ich war zufrieden, ja.«

»Warum?«

Die Frage überraschte sie. Sie zuckte die Schultern. »Hierherzukommen machte mich … frei. Und ich war auf einmal sicher«, fügte sie hastig hinzu.

»Du warst wie eine Taube mit einem gebrochenen Flügel«, sagte Auggie und tätschelte ihre Hand. »Und so verschüchtert, wie man nur sein kann.«

»Das bin ich aber jetzt nicht mehr«, entgegnete sie. »Jedenfalls nicht mit dir zusammen.«

»Ich sehe die Veränderung in dir. Die anderen aber nicht. Mit der Zeit werden auch sie begreifen, daß du ein bißchen Köpfchen hast.«

Sie wußte nicht, ob das als Lob oder als Dämpfer gedacht war. »Aber der Diebstahl, Auggie. Was soll ich dagegen tun?«

»Laß es im Augenblick auf sich beruhen«, schlug er vor. »Tatsächlich kann ich mich nicht über ein bißchen Klauerei aufregen. Mein Clansherr hat mir versprochen, Gerste mitzubringen, und Sünde oder nicht – ich hoffe, ich kriege sie. Ich brauche sie für mein Gebräu«, fügte er mit einem Nicken hinzu. »Die Engländer haben meine Vorräte weggesoffen, Kind.« Er lachte schnaubend, beugte sich näher zu ihr und flüsterte: »Die Fässer mit dem flüssigen Gold haben sie aber nicht bekommen.«

»Was ist flüssiges Gold?«

»Erinnerst du dich an die Lücke zwischen den Pinien jenseits des Hügelkamms?«

»Ja.«

»Direkt dahinter befindet sich eine Höhle«, sagte er. »Und die ist voll mit Eichenfässern.«

»Aber was ist denn in den Fässern?«

»Das Wasser des Lebens«, antwortete er. »Gebräu, das zehn, ja sogar fünfzehn Jahre lagert. Es muß inzwischen schmecken wie Gold. Demnächst werde ich dich einmal dort mit hinnehmen, daß du es dir ansehen kannst. Der einzige Grund, warum das Zeug noch unberührt ist, ist der, daß die Engländer nicht wußten, daß es vorhanden war.«

»Weiß mein Mann von der Höhle?«

Auggie dachte eine lange Weile über die Frage nach. »Ich kann mich nicht erinnern, es ihm gesagt zu haben«, gab er zu. »Und ich bin bestimmt der einzige, der noch weiß, daß die alten Maclaurin-Häuptlinge ihre Fässer dort gelagert haben. Natürlich haben sie es mir nicht erzählt, aber ich bin ihnen eines Nachmittags gefolgt, ohne daß sie es wußten. Ich kann sehr leise sein, wenn ich mich darauf konzentriere«, setzte er mit einem Nicken hinzu.

»Wann bist du das letzte Mal in der Höhle gewesen?«

»Das ist ein paar Jahre her«, antwortete Auggie. »Hast du schon bemerkt, Johanna, daß du vernünftig spielst, sobald du das MacBain-Plaid trägst, aber kaum einen Stein triffst, sobald du die Maclaurin-Farben anhast?«

Natürlich redete er Unsinn. Er wollte sie nur necken, wie er es so gerne tat. Wahrscheinlich war das seine Art, seine Zuneigung zu äußern.

Sobald sie den Rand des Vorplatzes erreicht hatten, machte Auggie kehrt und ging den Hügel hinunter. Sie entdeckte Keith, neigte kurz ihren Kopf und hastete dann schnell vorbei. Sie fühlte sich in der Nähe des Maclaurin-Soldaten unbehaglich, seitdem er ihr die wahre Bedeutung des Spitznamens gesagt hatte, den die Frauen ihr verpaßt hatten.

Zudem wollte sie sich die Hände waschen, bevor ihr Mann nach Hause kam und den Dreck sehen würde. Er konnte sehr empfindlich reagieren, wenn es um ihre äußere Erscheinung ging, aber da er wenig genug von ihr verlangte, wollte sie es ihm wenigstens recht machen, wann immer sie konnte.

Johanna hatte gerade den Fuß auf die Stufen gesetzt, als ein lauter Ruf hinter ihr ertönte. Sie drehte sich um und sah Soldaten auf sie zurennen. Einige hatten ihre Schwerter gezogen.

Sie hatte keine Ahnung, was der ganze Aufruhr plötzlich bedeuten sollte. »Geht hinein, M'lady! Zieht die Tür fest hinter Euch zu«, rief Keith ihr zu. Johanna hatte nicht die Absicht, mit ihm zu streiten oder seine Anweisung in Frage zu stellen. Sie nahm an, daß irgendwelche Eindringlinge angriffen, und beeilte sich nun, Keiths Befehlen zu folgen.

Dann hörte sie ein tiefes, drohendes Knurren. Wieder drehte sie sich um und sah den Hund ihres Mannes, der langsam über den Platz trottete. Johanna schrie auf: Dumfries war blutüberströmt. Selbst aus der Entfernung konnte sie sehen, daß seine linke Hinterhand in Fetzen gerissen war.

Der Hund wollte nach Hause kommen, um zu sterben. Johannas Augen füllten sich mit Tränen, als sie das Tier mit seiner Verletzung kämpfen sah.

Die Männer zogen einen weiten Kreis um den Hund. »Geht rein, Lady Johanna!« bellte Keith sie an. Und plötzlich begriff sie, was die Soldaten vorhatten: Sie wollten den Wolfshund töten, um ihn von seinen Qualen zu erlösen. Die Art, wie sie sich vorsichtig dem Hund näherten, verriet ihr, daß sie befürchteten, das gequälte Tier könnte sich gegen einen von ihnen wenden.

Johanna konnte nicht zulassen, daß sie dem Hund etwas antaten. Ein Soldat setzte mit erhobenem Schwert an, um dem Hund ein Ende zu bereiten.

»Laßt ihn in Ruhe!«

Die Vehemenz ihrer Worte ließ alle Soldaten aufblicken. Die Überraschung in ihren Mienen war nicht zu übersehen.

Ein paar der Maclaurins traten tatsächlich von dem Hund zurück, die MacBains regten sich allerdings nicht.

Keith kam die Treppen hinaufgehastet. Er packte Johannas Arm. »Ihr sollt das nicht sehen«, verkündete er. »Bitte geht hinein.«

Sie riß ihren Arm los. »Dumfries will hinein. Er schläft immer beim Feuer – und da soll er jetzt auch hin. Haltet die Türen auf, Keith. Tut es!«

Sie hatte die letzten Worte laut genug gebrüllt, nun wandte sie sich wieder an die anderen Soldaten. Sie konnte sich nicht vorstellen, daß Dumfries irgend jemanden an sich heranlassen würde. Der Hund mußte furchtbare Schmerzen haben. Immer wieder knickte er mit den Hinterbeinen ein, während er sich über den Platz auf die Stufen zu mühte.

»M'lady, dann geht wenigstens aus dem Weg.«

»Sagt den Männer, sie sollen ihn reinkommen lassen.«

»Aber M'lady ...«

»Tut, was ich befehle«, fauchte sie scharf. »Wenn irgend jemand Dumfries berührt, ziehe ich ihn zur Rechenschaft!«

Der Klang ihrer Stimme verriet Keith, daß es keinen Sinn hatte, mit ihr zu streiten. Er gab den Befehl weiter, dann packte er wieder den Arm seiner Herrin und versuchte, sie ins Haus zu zerren.

»Die Türen, Keith! Haltet sie weit auf!«

Johanna wandte ihren Blick keinen Augenblick von dem Hund. Megan und Leila, die zwei Maclaurin-Frauen, die gerade dabei gewesen waren, die große Halle und die oberen Kammern zu reinigen, kamen zur Tür geeilt.

»Lieber Gott«, flüsterte Megan. »Was ist denn passiert?«

»Geht zurück, M'lady«, schrie Leila. »Der arme Dumfries. Er kommt die Stufen nicht hoch. Sie werden ihn töten müssen.«

»Niemand wird ihn anfassen«, fauchte Johanna. »Megan, hol meine Nadeln und Garn. Leila, unter meinem Bett liegt ein Säckchen mit Medizin und Kräutern. Hol es her.«

Dumfries brach auf der dritten Stufe zusammen. Er winselte und versuchte, sich wieder aufzurichten. Nun knurrte und jaulte er abwechselnd. Johanna konnte den Anblick seiner Qualen nicht einen Augenblick länger ertragen. Sie hatte gehofft, sich dem Hund erst beim Feuer nähern zu müssen, aber sie erkannte, daß er es ohne sie bis dahin nicht schaffen würde.

Sie machte sich von Keith los und rannte auf den Hund zu. Der Hund knurrte sie drohend an. Sie verlangsamte ihren Schritt, streckte die Hand aus und begann, beruhigende Worte zu flüstern.

Keith versuchte noch einmal, sie zurückzuziehen, und der Hund knurrte noch lauter, als der Soldat sie berührte.

Sie wies ihn an, zurückzutreten. Als sie aufsah, entdeckte sie zwei MacBain-Soldaten, die ihre Pfeile in die Bogen gelegt hatten. Sie würden sie beschützten, ob sie es wollte oder nicht. Wenn der Hund nach ihr schnappen würde, hätten sie ihn erschossen, bevor er sie ernsthaft verletzen konnte.

Johannas Mitgefühl für den Hund lagen in heftigem Streit mit ihrer Angst. Aye, sie fürchtete sich schrecklich, und als sie sich bückte, um ihre Arme um den Hund zu schlingen, konnte sie ihr eigenes Wimmern nicht unterdrücken.

Der Hund knurrte weiter, ließ sich aber helfen, aufzustehen.

Johanna hatte gar nicht gewußt, wieviel Kraft sie besaß. Der Hund lehnte sich schwer gegen sie, und sie wäre fast vornüber gestürzt. Dann richtete sie sich wieder auf und schlang erneut die Arme um ihn. So stand sie gebückt da, hielt ihn hinter den Vorderbeinen fest, während ihr Gesicht sich in seinen Nacken preßte. Während sie ständig beruhigend auf ihn einredete, zog sie ihn fast die restlichen Stufen hinauf. Ihr Rücken schien brechen zu wollen, aber als sie die letzte Stufe geschafft hatten, fand der Hund neue Kraft und wand sich aus ihren Armen. Er knurrte sie wieder an und taumelte durch die Türöffnung.

Dumfries hielt am Kopf der Treppe an, die in die große Halle hinunterführte. Johanna kam ihm wieder zur Hilfe, und halb tragend, halb ziehend schleppte sie ihn hinunter.

Die Männer, die die letzten Arbeiten an der Feuerstelle erledigten, zogen sich hastig zurück, als Dumfries auf sie zustolperte. Der Hund lief ein paarmal vor dem Feuer hin und her und begann dann zu winseln. Offenbar konnte er sich vor Schmerz nicht hinlegen.

Megan kam mit den Dingen, die Johanna verlangt hatte, nach unten geeilt und wurde von ihrer Herrin mit der Anweisung zurückgeschickt, die Decke ihres Bettes zu holen.

»Ich hole eine frische aus der Truhe, M'lady«, rief Megan.

»Nein«, widersprach Johanna. »Nimm die vom Bett, Megan. Der Geruch meines Mannes wird Dumfries beruhigen.«

Ein paar Minuten später warf Megan ihrer Herrin die Decke zu. Johanna kniete sich auf den Boden und machte dem Hund einen Schlafplatz zurecht. Als sie fertig war, schlug sie leicht auf die Decke und wies den Hund darauf.

Dumfries torkelte noch einmal vor dem Feuer hin und her, dann brach er auf der Decke zusammen.

»Ihr habt den Hund hineinbekommen, M'lady«, flüsterte Keith. »Das war eine großartige Leistung.«

Sie schüttelte den Kopf. »Das war leicht«, antwortete sie. »Was jetzt kommt, wird etwas schwieriger. Ich werde ihm die Wunde nähen. Und ich habe große Angst, denn Dumfries wird wohl kaum verstehen, daß ich ihm helfen will.«

Sie streichelte Dumfries' Hals, bevor sie sich über die tiefe Wunde an seiner Flanke beugte.

»Das könnt Ihr nicht ernst meinen, M'lady. Der Hund wird Euch umbringen, wenn Ihr die Wunde berührt.«

»Das hoffe ich inbrünstig nicht«, erwiderte Johanna.

»Aber Ihr habt Angst vor ihm«, erinnerte sie der Soldat.

»Ja«, gab sie zu. »Und wie. Aber das ändert nichts daran, oder? Dumfries ist dennoch schwer verletzt, und ich werde ihn dennoch nähen müssen. Leila? Hast du die Fläschchen mit Kräutern und Medizin gefunden?«

»Aye, M'lady.«

Johanna wandte sich um und entdeckte Leila und Megan Seite an Seite auf der obersten Stufe. Megan hielt die Nadel und das Knäuel weißen Garns hoch, während Leila den grauen Beutel ihrer Herrin umklammert hielt.

»Bring sie bitte her und leg sie auf die Decke.«

Weder Leila noch Megan bewegten sich. Als Johanna ihnen ungeduldig winkte, setzten sie sich langsam in

Bewegung, blieben dann aber abrupt stehen. Dumfries war wieder bei Bewußtsein und stieß erneut ein tiefes, kehliges Knurren aus. Es war ein Geräusch, das Johanna ohne Schwierigkeiten einem entflohenen Höllendämon zugeordnet hätte. Es jagte einem eine Gänsehaut über den Körper.

Die Frauen hatten Angst, sich näher heranzuwagen, und diese Erkenntnis überraschte Johanna. Sie hatte gedacht, sie wäre die einzige, die den Hund beängstigend fand. Sie hatte Mitleid mit den Frauen und stand auf, um die gewünschten Dinge von ihnen zu holen.

»Bitte seid vorsichtig, M'lady«, flüsterte Leila.

Johanna nickte. Einige Minuten später war sie bereit, ihre Arbeit zu beginnen. Keith wollte keinesfalls das Risiko eingehen, daß sie gebissen wurde, während sie arbeitete, also kniete er sich hinter Dumfries und hielt sich bereit, seinen Hals zu packen und ihn niederzudrücken, sobald er Anstalten machte, nach seiner Herrin zu schnappen.

Der Hund überraschte sie beide. Er gab keinen Laut von sich, während sie die Nadel in ihn hineinstach. Johanna gab allerdings genug Laute für beide von sich. Sie murmelte unablässig Entschuldigungen und stöhnte jedesmal auf, wenn sie das Leintuch, das mit einer reinigenden Tinktur getränkt war, auf die Wunde drückte. Sie wußte, daß die Medizin brannte, und so blies sie auf jeden Fleck, auf den sie die dicke Flüssigkeit aufgetragen hatte.

Mitten in das Chaos platzte Gabriel herein. Johanna hatte gerade die Nadel durchgezogen, als sie die Stimme ihres Mannes hinter sich hörte.

»Was zum Teufel geht hier vor?«

Johanna stieß einen kleinen Seufzer der Erleichterung aus. Noch auf den Knien drehte sie sich um und sah zu ihrem Mann auf. Herr im Himmel, sie war noch nie so erleichtert gewesen, ihn zu sehen. Sie sah zu, wie er durch die Halle kam und vor ihr stehenblieb. Er hatte die Hände in die Hüften gestemmt und hielt seinen Blick auf seinen Hund gerichtet.

Augenblicklich kam Keith auf die Füße. Die anderen Soldaten, die ihm in die Halle gefolgt waren, traten zurück, um Keith Platz zu machen.

»Ich vermute, Dumfries hat einen Zusammenstoß mit ein oder zwei Wölfen gehabt«, spekulierte Keith.

»Glaubt Ihr, er ist auf unseren Liebling gestoßen?« fragte Gabriel, der sich nun an Keiths Seite stellte.

Johanna konzentrierte sich wieder auf ihre Arbeit. Sie machte einen Knoten in das Garn, legte die Nadel ab und griff nach dem zweiten Fläschchen Medizin.

»Hast du noch ein anderes Haustier, M'lord?« fragte sie, während sie die gelbe Tinktur auf den Schnitt tupfte. Für die Heilsalbe, die sie auf die Wundränder strich, benutzte sie ein anderes Leintuch.

»Die Maclaurins nennen einen bestimmten Wolf ›Liebling‹. Deine Hände zittern.«

»Das merkte ich.«

»Warum?«

»Dein Hund macht mir angst.«

Johanna hatte genug Medizin auf die Wunde getupft. Die Salbe würde nicht nur den Riß vor Entzündung schützen, sie hatte auch den segensreichen Nebeneffekt, die Stelle zu betäuben. Dumfries würde das Pieksen der Nadeln nun kaum noch spüren.

»Und trotzdem kümmert sie sich um ihn, Clansherr.«

»Das sehe ich selbst, Keith«, schnappte Gabriel.

»Der schwierige Teil ist geschafft«, sagte Johanna. »Dumfries wird nicht mehr viel von dem Nähen spüren. Außerdem ...«

»Außerdem was?«

Sie flüsterte ihre Erklärung, aber Gabriel verstand kein Wort. Er kniete sich neben seine Frau und legte eine Hand auf den Hals des Hundes. Sofort versuchte Dumfries, seine Hand zu lecken.

»Was hast du gesagt?« fragte er Johanna, während er seinen Hund streichelte.

»Ich sagte, außerdem bist du jetzt da«, flüsterte sie. Sie warf ihm einen Seitenblick zu, sah seine arrogante Miene und setzte schnell hinzu: »Das wird Dumfries trösten. Er hat dich so gern, M'lord. Er weiß bestimmt, daß du ihn vor allem schützen wirst.«

»Das weißt du auch, Johanna.«

Sie wußte, daß er ihre Zustimmung erwartete. Wahrscheinlich würde sich seine Arroganz ins Unermeßliche steigern, wenn sie zugäbe, daß sie sich in seiner Nähe tatsächlich sicher fühlte, und hielt deswegen den Mund.

Sie brauchte nicht lange, um die Wunde vollends zu nähen. Gabriel half ihr, breite Baumwollstreifen um die Flanke zu wickeln und band die Enden zusammen.

»Er wird den Verband nicht lange unberührt lassen«, prophezeite Gabriel.

Sie nickte. Plötzlich fühlte sie sich unglaublich müde. Wahrscheinlich hatte die Angst all ihre Kräfte aufgezehrt.

Sie suchte ihre Sachen zusammen und stand auf. Hinter ihr hatte sich eine Menge von neugierigen Männern und Frauen versammelt. Johanna entdeckte auch Glynis und wandte augenblicklich ihren Blick ab.

»Sie hat Euren Hund reingeschleppt, MacBain. Aye, sie hat es getan!«

Während Keith seine etwas übertriebene Version erzählte, drängte Johanna sich durch die Menge. Sie eilte die Treppe hinauf, den Flur entlang und betrat ihre Kammer. Dort streifte sie die Schuhe ab und streckte sich auf dem Bett aus. Sie wollte nur ein paar Minuten ausruhen und dann zum Essen in die Halle zurückkehren.

Kurz darauf war sie eingeschlafen. Zweimal an diesem Abend kam Gabriel hinein, um nach ihr zu sehen, und ging schließlich gegen Mitternacht zu Bett, nachdem er sichergestellt hatte, daß Dumfries bequem und warm schlafen konnte.

Johanna bewegte sich kaum, als ihr Mann ihr die Kleider auszog. Sie öffnete einmal kurz die Augen, sah ihn finster an und schlief dann schnell wieder ein. Gabriel holte eine saubere Decke aus der Truhe und breitete sie über seine Frau, bevor er seine eigenen Kleider ablegte. Dann schlüpfte er neben sie ins Bett.

Er mußte nicht nach ihr greifen. Kaum hatte er sich ausgestreckt, rollte sie sich in seine Arme. Er zog sie fest an sich, und sie kuschelte ihren Kopf unter sein Kinn.

Gabriel rekapitulierte im Kopf die Geschichte, die Keith ihm erzählt hatte. Er versuchte sich vorzustellen, wie seine Frau die Arme um den schweren Hund schlang und ihn die Stufen hinaufzerrte.

Der Mut, den sie bewiesen hatte, gefiel ihm. Dennoch würde er nicht zulassen, daß sie noch einmal ein solches Risiko auf sich nahm. Dumfries hatte große Schmerzen gehabt, und egal, wie treu er auch sonst sein mochte, einem verwundeten Tier durfte man nicht trauen.

Morgen würde er ihr befehlen, sich nie wieder in solche Gefahr zu bringen. Es dauerte lange, ehe Gabriel über den Sorgen um seine zarte, kleine Frau endlich einschlief.

KAPITEL 9

Noch bevor er am folgenden Morgen die Augen öffnete, wußte Gabriel, daß seine Frau nicht mehr neben ihm im Bett lag.

Verflucht, es dämmerte gerade erst, und als Clansherr und Ehemann mußte er doch zuerst das Bett verlassen! Seine Verärgerung milderte sich allerdings etwas ab, als er daran dachte, daß sie vermutlich unten in der großen Halle auf ihn wartete. Er erinnerte sich, wie besorgt sie am Abend zuvor um Dumfries gewesen war, und nahm an, daß sie sich wahrscheinlich bereits um das Tier kümmerte.

Das Maclaurin-Plaid hing über einem Stuhl. Offenbar hatte Johanna die Tage verwechselt, denn sie trug nun schon zum zweiten Mal hintereinander die MacBain-Farben. Ganz bestimmt würden die Maclaurins furchtbar pikiert darüber sein, und verdammt noch mal, er hatte keine Zeit, sich mit solchem Unsinn zu beschäftigen.

Sowohl Keith als auch Calum warteten unten auf ihn. Sie verbeugten sich, als er im Eingang erschien.

»Wo ist meine Frau?«

Die beiden Männer tauschten beunruhigte Blicke aus, dann trat Calum vor, um zu antworten. »Wir dachten, sie sei oben bei Euch, MacBain.«

»Ist sie aber nicht.«

»Wo ist sie dann?« fragte Calum.

Gabriel funkelte den Soldaten an. »Das habe ich ja euch gerade gefragt!« fauchte er.

Dumfries hob den Kopf, als er die Stimme seines Herrn hörte. Seine Rute klopfte auf die Binsen. Gabriel ging zu ihm, hockte sich neben den Hund und streichelte ihm den Hals.

»Muß ich dich nach draußen tragen, Dumfries?«

»Lady Johanna hat Euren Hund schon rausgebracht, Clansherr.«

Leila stand im Türrahmen, als sie es ihm mitteilte. Sie eilte die Treppen hinunter, lächelte Calum und Keith zu und wandte sich dann an MacBain. »Sie hat ihm auch Futter und Wasser gegeben. Sie läßt Euch sagen, Eurem Hund gehe es heute schon viel besser.«

»Wie kann sie das schon so früh behaupten?« fragte Keith.

Leila lächelte. »Das habe ich sie auch gefragt, und sie hat mir gesagt, daß sich sein Knurren schon viel kräftiger anhört. Also meinte sie, es müßte ihm besser gehen.«

»Wo ist sie?« verlangte Gabriel zu wissen.

»Sie ist reiten gegangen«, antwortete Leila. »Sie meinte, der Tag wäre zu schön, um drinnen zu hocken.«

»Meine Frau ist allein reiten gegangen?«

Gabriel wartete nicht erst auf eine Antwort. Er murmelte einen finsteren Fluch und stürmte aus der Halle. Keith und Calum beeilten sich, ihm zu folgen.

»Ich übernehme die volle Verantwortung, sollte unserer Herrin etwas zustoßen«, verkündete Keith. »Ich hätte sie aufhalten müssen. Heute bin ich mit Aufpassen dran«, setzte er hinzu. »Verdammt, ich wünschte, sie würde bleiben, wo sie hingehört!«

»Aber sie hat das MacBain-Plaid getragen«, rief Leila.

»Das war nicht richtig«, sagte Keith.

»Hat sie aber trotzdem, Sir.«

Calum kratzte sich am Kinn. »Dann hat sie die Tage verwechselt«, überlegte er laut. Er zwinkerte Leila zu, als er an ihr vorbeiging, dann beschleunigte er seinen Schritt, um Keith einzuholen.

Gabriel unterdrückte seine Sorge, indem er in Wut geriet. Er hatte seiner Frau in den letzten Wochen exakte Anweisungen gegeben. Sie sollte sich ausruhen, verdammt! Allein durch die Wälder zu reiten, in denen es von Wölfen wimmelte, entsprach nicht gerade seiner Vorstellung vom Ausruhen. Mußte er sie erst einsperren? Und bei Gott, damit würde er ihr drohen, sobald er sie gefunden hatte.

Sean, der Stallmeister, sah seinen Clansherrn herankommen und bereitete sofort Gabriels Hengst für die tägliche Jagd vor. Er führte soeben die schwarze Schönheit aus dem Stall, als Gabriel ihn erreichte. Er riß dem Stallmeister die Zügel aus der Hand, erwiderte knurrend Seans Gruß und saß mit einer flüssigen Bewegung auf. Als er die Wiese erreichte, hatte er sein Pferd schon in vollen Galopp getrieben.

Auggie hörte das Trommeln der Hufe und hob den Kopf. Er lag auf den Knien und war gerade dabei, die Entfernung von einem Loch zu einem anderen zu messen, das er gerade gegraben hatte. Hastig kam er auf die Füße und verbeugte sich, als sein Clansherr sein Tier nur wenige Zentimeter vor ihm zum Stehen brachte.

»Einen guten Tag, Clansherr MacBain.«

»Dasselbe für dich, Auggie«, erwiderte Gabriel. Er blickte rasch über die Wiese, dann wandte er sich wieder an den alten Krieger. »Hast du meine Frau gesehen?«

»Ich sehe sie immer noch, MacBain.«

Auggie machte eine Geste mit der Hand, und Gabriel wandte sich im Sattel um. Er entdeckte Johanna sofort hoch zu Pferd auf dem nördlichen Hügelkamm.

»Was zum Teufel macht sie da?« murmelte er vor sich hin.

»Sie denkt über ihre Lebensumstände nach«, antwortete Auggie.

»Was in Gottes Namen soll denn das bedeuten?«

»Ich habe keine Ahnung, MacBain. Ich wiederhole nur, was sie mir gesagt hat. Sie ist seit über einer Stunde dort oben, und ich nehme an, inzwischen hat sie genug nachgedacht.«

Gabriel nickte. Er trieb sein Pferd heftig an und galoppierte davon. »Es ist ein schöner Tag zum Reiten«, rief Auggie hinter ihm her.

»Und noch besser zum Drinbleiben«, murmelte Gabriel eine Antwort.

Johanna wollte gerade zur Wiese zurückreiten, als sie entdeckte, daß ihr Mann den Kamm heraufgeritten kam. Sie winkte ihm einen Gruß zu, dann faltete sie die Hände über den Zügeln und wartete, daß er zu ihr kam.

Sie war mehr als bereit, es mit ihm aufzunehmen. Erwartungsvoll atmete sie tief ein. Es war nun an der Zeit, ihren Plan in die Tat umzusetzen. Sie war ein wenig nervös, aber das war ja zu erwarten. Sie war es nicht gewohnt, Verantwortung zu übernehmen, aber das würde sie dennoch nicht davon abhalten. Bei Gott, sie war selbst verantwortlich für ihr Schicksal, und das mußte sie ihrem Mann unbedingt verständlich machen.

Johanna war eine volle Stunde vor Tagesanbruch aufgewacht und hatte über all die Veränderungen nachgedacht, die sie für dringend erforderlich hielt. Das meiste betraf ihr eigenes Benehmen, aber es gab ein paar Dinge, für die sie die Hilfe ihres Mannes brauchte.

Gabriels Wolfshund war der Auslöser für ihre Grübeleien gewesen. Johanna hatte etwas sehr Wichtiges gelernt, während sie sich um die schreckliche Wunde gekümmert hatte. Zuerst war da die Erkenntnis, daß sein Knurren nichts als Getue war, ja praktisch ein Zeichen der Zuneigung. Als zweites hatte sie begriffen, daß sie das Tier nicht zu fürchten brauchte. Ein ordentliches Tätscheln und ein paar freundliche Worte hatten ihr seine Treue gesichert. Als sie Dumfries am Morgen gefüttert hatte, war sie liebevoll angeknurrt worden, während er ihre Hand leckte.

Und ihr Mann war nicht viel anders.

Seine finsteren Blicke schüchterten sie nicht mehr ein. Nun rief sich Johanna konzentriert diese Tatsache in Erinnerung, als Gabriel an ihre Seite aufschloß.

»Ich habe dir befohlen, dich auszuruhen«, fauchte er mit vor Zorn harter Stimme.

Sie ignorierte seine unfreundliche Begrüßung. »Guten Morgen, lieber Mann. Hast du gut geschlafen?«

Gabriel war so nah, daß sein rechtes Bein sich gegen ihren linken Schenkel drückte. Johanna konnte seine finstere Miene nicht lange ertragen und senkte ihren Blick. Sie wollte nicht, daß sein Starren ihre Konzentration störte. Sie hatte ihrem Mann einiges zu sagen, und es war wichtig, daß sie keinen ihrer Gedanken ausließ.

Gabriel bemerkte, daß seine Frau Pfeile und einen Bogen in einem ledernen Köcher auf ihrem Rücken trug. Daß sie die Waffen mitgenommen hatte, bewies einen gesunden Menschenverstand, vorausgesetzt, sie konnte sie vernünftig benutzen, wenn sie angegriffen wurde. Auf eine Zielscheibe zu schießen, war eine Sache – wirklich aber konnte sie ihre Fähigkeiten nur unter Beweis stellen, wenn sie ein bewegliches Ziel anpeilte … etwa einen hungrigen Wolf oder einen wütenden Keiler. Diese Vorstellung erinnerte ihn wieder an die Gefahren, die in den Hügeln lauerten, und die Falten auf seiner Stirn wurden tiefer.

»Du hast dich über meine strikten Befehle hinweggesetzt. Du kannst nicht einfach …«

Sie lehnte sich seitlich aus dem Sattel, streckte den Arm aus und strich zart mit ihren Fingerspitzen über seinen Hals. Die Berührung war wie die eines Schmetterlings gewesen und vorbei, bevor er reagieren konnte. Dennoch hatte sie ihn gewaltig aus dem Konzept gebracht.

Ihre Liebkosung verblüffte ihn. Johanna setzte sich zurück, faltete brav die Hände und lächelte ihn an.

Er mußte den Kopf schütteln, um ihn wieder klar zu bekommen. Dann versuchte er es erneut.

»Du hast keine Ahnung, welche Gefahren …«

Sie tat es wieder. Verdammt wollte er sein, wenn sie damit nicht absichtlich versuchte, seine Konzentration zu stören. Diesmal hielt er ihre Hand fest, bevor sie sie fortziehen konnte.

»Was zum Teufel machst du?«

»Ich streichle dich.«

Er wollte etwas sagen, besann sich dann aber. So starrte er sie nur eine lange Weile an und versuchte zu verstehen, was über sie gekommen war.

»Warum?« fragte er schließlich und sehr behutsam.

»Ich wollte dir nur meine Zuneigung zeigen, M'lord. Mißfällt dir meine Berührung?«

»Nein«, knurrte er.

Er packte ihr Kinn mit einer Hand und beugte sich vor. Seine Lippen preßten sich in einem langen, harten Kuß auf ihren Mund.

Sie ließ sich an seine Seite sinken, legte ihren Arm um seinen Hals und hielt sich an ihm fest, als der Kuß tiefer wurde.

Johanna hatte keine Ahnung, wie es geschehen konnte, aber als ihr Mann sich endlich von ihr löste, saß sie auf seinem Schoß.

Er zog sie fest an sich und drückte sie an seine Brust, seufzte ein wenig und lächelte zufrieden.

Am liebsten hätte sie laut aufgelacht. Lieber Gott, es funktionierte. Sie hatte eben eine höchst bedeutende Theorie beweisen können: Gabriel und sein Wolfshund waren sich wirklich recht ähnlich. Ihr Mann zog genauso gern eine Schau ab wie sein Haustier.

»Es ist einer Frau erlaubt, ihrem Mann ihre Zuneigung zu zeigen.«

Sie vermutete, er wollte damit seine Billigung ausdrücken. Und Himmel, er hörte sich entsetzlich arrogant an. Sie rückte ein Stück von ihm ab, so daß sie ihn ansehen konnte.

»Ist es einem Mann erlaubt, seine Frau zum Reiten mitzunehmen?«

»Natürlich. Ein Mann kann alles tun, was er will.«

Eine Frau auch, dachte sie bei sich. »Warum machst du immer so ein ernstes Gesicht? Du könntest wirklich ein bißchen öfter lächeln, um mir zu gefallen.«

»Ich bin ein Krieger, Johanna.«

Nach seinem Gesichtsausdruck zu schließen, schien er anzunehmen, er habe ihr eine erschöpfende und vernünftige Erklärung gegeben.

Er hob sie zurück auf den Rücken ihres Pferdes. »Du lachst auch selten«, bemerkte er. »Warum ist das bei dir so?«

»Ich bin die Frau eines Kriegers, M'lord.«

Sie lächelte, als sie ihm die kesse Antwort gab. Er konnte nicht anders, er mußte auch grinsen.

»Du siehst sehr gut aus, wenn du lächelst, M'lord.«

»Aber du magst doch keine gutaussehenden Männer, weißt du noch?«

»Ja. Ich wollte dir bloß ein Kompliment machen.«

»Warum?«

Sie gab ihm keine Antwort. »Was hast du hier oben ganz allein gemacht?«

Sie stellte ihm eine Gegenfrage. »Hast du eine Stunde Zeit, um mit mir auszureiten? Ich bin auf der Suche nach einer Höhle, von der Auggie mir erzählt hat. Dort drin lagert ein Schatz.«

»Und was soll das für ein Schatz sein?«

Sie schüttelte den Kopf. »Du wirst mir helfen müssen, die Höhle zu finden, dann sage ich dir, was drin ist. Ich weiß, wie beschäftigt du bist, aber eine Stunde wird doch nicht so schlimm sein, oder?«

Er runzelte die Stirn, während er über ihre Bitte nachdachte. Er hatte sich für diesen Tag ein paar wichtige Dinge vorgenommen, und die sollten natürlich an erster Stelle kommen. Nur aus Vergnügen zu reiten, ergab für ihn keinen Sinn. Es war so ... unproduktiv.

Und doch fand er die Idee, ein paar Minuten – denn mehr konnte er gewiß nicht entbehren – mit seiner schönen Frau zu verbringen, ausgesprochen attraktiv.

»Reite voraus, Johanna. Ich folge dichtauf.«

»Danke, M'lord.«

Sie sah ihn voller Dankbarkeit an. Seine kleine, sanfte Frau zog soviel Freude aus kleinen Dingen. Gabriel fühlte sich plötzlich wie ein Barbar, daß er erst noch über ihre Bitte nachgedacht hatte.

Johanna wollte ihm keine Zeit lassen, seinen Entschluß zu ändern. Sie wollte ihn von der Burg weglocken ... und weg von seinen Aufgaben und Pflichten, so daß sie wirklich unter vier Augen mit ihm reden konnte. Sie nahm die Zügel auf und trieb ihr Pferd in einen wilden Galopp den Hügel hinunter an.

Sie war eine sehr gute Reiterin. Die Erkenntnis überraschte ihn. Dabei schien sie viel zu zerbrechlich für irgendwelche Fähigkeiten, die außerhalb des Hauses erledigt werden mußten.

Gabriel hielt sich hinter ihr, bis sie den Wald erreicht hatten. Dann übernahm er die Führung.

Sie ritten im Zickzack, während sie nach dem Eingang

der Höhle suchten. Nach einer Stunde war Johanna bereit, aufzugeben. »Demnächst müssen wir Auggie bitten, mit uns zu reiten. Er wird uns den Weg zeigen.«

Sie brachen durch die Bäume und hielten auf einer kleinen Lichtung am Fluß an, von der sie das Tal überblicken konnten.

»Können wir zurückreiten?« fragte Gabriel.

»Ich möchte zuerst mit dir reden, M'lord, und wenn ich nicht so hungrig wäre, dann würde ich am liebsten den ganzen Tag hierblieben. Es ist herrlich hier. Hast du bemerkt, wie grün und saftig dein Tal ist?« Ihre Augen funkelten koboldhaft, als sie hinzufügte: »Und wenn man bedenkt, daß ihr das ganze Jahr über so ein mildes Klima habt. Ich kann mich wirklich jeden Tag aufs neue glücklich schätzen. Aye, bestimmt.«

Gabriel fand ihre Begeisterung erfrischend. Er hatte sie noch nie in einer derartigen Hochstimmung erlebt, und es wärmte sein Herz. O ja, auch er hatte keine Lust, zurückzukehren.

»Gegen deinen Hunger kann ich etwas tun, Frau.«

Sie drehte sich zu ihm um. »Willst du etwas jagen?«

»Nay. Ich habe alles, was wir brauchen, dabei.«

Gabriel stieg ab und half Johanna dann zu Boden. »Du bist zu dünn, Johanna. Du wiegst ja fast gar nichts.«

Sie ignorierte seine Kritik. »Und wo ist nun das Essen, mit dem du prahlst? Meinst du, es fällt wie Manna vom Himmel?«

Er schüttelte den Kopf, hob die Sattelklappe an und entfernte eine flache Metallschüssel. Hinter dem Sattel war ein Sack mit einer Kordel befestigt.

Er deutete ihr an, auf die Lichtung zu gehen, band beide Pferde an einen Ast, dann folgte er ihr.

»Nimm dein Plaid ab, Johanna. Wir können es als Decke nehmen. Breite es unter den Pinien auf dem Boden aus.«

»Das ist aber nicht sehr schicklich.«

Der Klang ihrer Stimme verriet ihm, daß es sie nicht besonders kümmerte, ob es schicklich war oder nicht. Ihre gelöste Stimmung verwirrte ihn. Er war entschlossen, herauszufinden, was diese Veränderung bewirkt hatte, denn Johanna war gewöhnlich recht reserviert.

Ein paar Minuten später saß sie auf ihrem Plaid und sah zu, wie Gabriel ihre Mahlzeit bereitete. Er hatte aus kleinen Ästen ein Feuer angezündet und stellte den Teller nun in die Mitte der Flammen. Dann streute er Hafermehl aus dem Beutel in seine hohle Hand, mischte Wasser vom Fluß dazu und knetete rasch einen dicken Kuchen. Er ließ den Teig auf den Teller fallen, und während er garte, formte er den nächsten.

Der Hafermehlkuchen schmeckte wie gebackenes Holz mit Staub, aber da sich ihr Mann die Mühe gemacht hatte, ihr das Essen zu bereiten, wollte sie es ihm lieber nicht sagen.

Gabriel fand ihren Gesichtsausdruck, während sie an dem Kuchen nagte, absolut komisch. Sie ging einige Male zum Fluß hinunter, um das Essen mit Wasser hinunterzuspülen und schaffte nur knapp die Hälfte ihres Fladens, bis sie erklärte, sie wäre schon vollkommen satt.

»Es war sehr umsichtig von dir, etwas zu essen mitzubringen«, bemerkte sie dann.

»Ein Krieger hat immer Proviant dabei, Johanna.« Er setzte sich neben sie, lehnte sich an einen Baumstamm und fügte dann hinzu: »Im Krieg oder für die Jagd nehmen wir stets alles mit, was wir brauchen. Wir Highlander sind sehr genugsam. Wir brauchen kein Brot oder Wein oder Karren voller Töpfe und Kessel wie die verwöhnten englischen Soldaten. Unsere Plaids dienen als Zelte oder Decken, und was wir an Nahrung noch brauchen, nehmen wir vom Land.«

»Oder stehlen es von den anderen Clans?«

»Ja.«

»Man darf sich nicht einfach ohne Erlaubnis etwas nehmen.«

»Bei uns geht das so«, erklärte er noch einmal.

»Bestehlen andere Clans euch auch?«

»Wir haben nichts, das sie sich wünschen könnten.«

»Stehlen sie alle voneinander?«

»Natürlich.«

»Das ist absolut barbarisch«, verkündete sie laut. »Handelt denn keiner der Clans überhaupt einmal um das, was er haben will?«

»Doch, einige schon«, antwortete Gabriel. »Zweimal im Jahr wird in der Nähe der Moray-Mündung ein Rat abgehalten. Nicht verfehdete Clans nehmen daran teil. Ich habe gehört, daß dort anständig gehandelt wird.«

»Du hast das gehört? Dann bist du niemals bei diesen Treffen dabei gewesen?«

»Nein.«

Sie wartete auf eine nähere Erklärung, aber er sagte nichts. »Bist du nicht eingeladen worden?«

Sie klang empört über die Möglichkeit einer derartigen Beleidigung.

»Jeder Clansherr ist eingeladen, Frau.«

»Aber warum in Gottes Namen bist du dann noch nie hingegangen?«

»Ich hatte bisher weder die Zcit noch die Lust dazu. Im übrigen haben wir, wie ich dir schon mehrmals gesagt habe, nichts, was wir tauschen könnten.«

»Aber wenn du etwas hättest?« fragte sie. »Würdest du dann an dem Treffen teilnehmen?«

Er zuckte als Antwort die Schultern.

Sie stieß cinen Seufzer aus. »Was sagt Vater MacKechnie denn zu diesen Diebstählen?«

Seine Frau schien besessen in ihrer Sorge um die Meinung des Priesters. »Er kritisiert uns nicht, wenn es das ist, was du meinst. Er weiß, daß es keinen Sinn hätte. Überleben steht höher als solche belanglosen Dinge wie Todsünden.«

Johanna war verblüfft von den Ansichten ihres Mannes.

Und auch verflucht neidisch. Wie schön wäre es doch, wenn man sich nicht ständig über Sünden sorgen müßte.

»Vater MacKechnie ist ein außergewöhnlicher Priester.«

»Wie kommst du auf die Idee?«

»Er ist so nett. Das macht ihn außergewöhnlich.«

Gabriel runzelte die Stirn. »Wie sind denn die Priester in England?«

»Grausam.« Sie hatte sofort ein schlechtes Gewissen, weil sie alle Männer Gottes mit den paar bösartigen, die sie kannte, in einen Topf geworfen hatte. »Wahrscheinlich sind einige auch freundlich«, fügte sie also hinzu. »Ich bin sicher, einige sind gute Menschen, die nicht glauben, daß Frauen in der Gunst Gottes an letzter Stelle stehen.«

»Frauen tun was?«

»Sie stehen in Gottes Gunst an letzter Stelle«, erklärte sie. Sie straffte ihren Körper, hielt den Kopf aber gesenkt. »Du kannst ebensogut erfahren, daß ich mit der Kirche nicht auf gutem Fuß stehe, Gabriel.«

Sie benahm sich, als hätte sie eine düstere Beichte abgelegt. »Und wieso nicht, Johanna?«

»Ich bin eine Rebellin«, flüsterte sie.

Er lächelte. Glaubte er, sie wolle scherzen? »Ich *bin* eine Rebellin«, sagte sie. »Ich glaube an nichts von dem, was die Kirche lehrt.«

»Zum Beispiel?« fragte er.

»Ich glaube nicht, daß Gott Frauen weniger liebt als Ochsen.«

Von solchem Blödsinn hatte Gabriel noch nie etwas gehört. »Wer hat dir gesagt ...«

Sie unterbrach ihn. »Bischof Hallwick listete immer gerne Gottes Hierarchie auf, um mich an meine Minderwertigkeit zu erinnern. Er sagte, daß ich niemals bei den Engeln schlafen dürfte, wenn ich nicht wahre Demut und Unterwerfung lernen würde.«

»War der Bischof dein Beichtvater?«

»Eine Zeitlang, ja«, antwortete sie. »Da Raulf eine wichtige Stellung innehatte, war der Bischof sein Berater und sein Beichtvater. Er hat immer große Bußen auferlegt.«

Gabriel konnte ihre Angst förmlich schmecken. Er beugte sich vor und legte ihr eine Hand auf die Schulter. Sie zuckte zusammen.

»Was für Bußen?« wollte er wissen.

Sie schüttelte den Kopf. Es tat ihr bereits leid, daß sie davon gesprochen hatte. »Wann wird Alex nach Hause kommen?«

Er wußte, daß sie ablenken wollte, und beschloß, sie in Ruhe zu lassen. Seine Frau war voller seltsamer Ängste, und aus der Art, wie sie nun die Hände rang, nahm er an, daß Bischof Hallwick auf der Liste ihrer Alpträume an oberster Stelle stand.

»Alex kommt zurück, wenn die Mauer fertig ist«, antwortete er. »Du hast mich gestern dasselbe gefragt. Hast du meine Antwort schon vergessen?«

»Vermutlich frage ich dich morgen wieder.«

»Und warum?«

»Ein Junge sollte bei seinem Vater leben. Findet er sich damit ab, zu warten? Ist er glücklich bei der Familie seiner Mutter? Traust du den Leuten zu, sich richtig um sein Wohlbefinden zu kümmern? Ein Kind, das so jung ist wie Alex, braucht die Zuwendung seines Vaters«, schloß sie.

Mit ihren Fragen beleidigte sie ihn tatsächlich. Glaubte sie denn, er würde sein Kind den Händen Untreuer überlassen?

»Alex würde mir sagen, wenn er unglücklich wäre und ungerecht behandelt würde.«

Sie schüttelte heftig den Kopf. »Nay, das würde er wahrscheinlich nicht. Er würde lieber still vor sich hin leiden.«

»Warum sollte er das tun?«

»Weil er sich schämen würde, natürlich. Er würde bloß glauben, er hätte etwas Falsches getan, so daß er die schlechte Behandlung verdiente. Hol ihn heim, Gabriel. Sein Platz ist bei uns.«

Gabriel zog sie auf seinen Schoß und hob ihr Kinn und starrte sie eine lange Weile an, während er herauszufinden versuchte, was in ihrem Kopf vor sich ging.

»Ich hole ihn zu einem Besuch heim.«

»Wann?«

»Nächste Woche«, versprach er. »Dann frage ich ihn, ob er unglücklich ist oder mißhandelt wird.«

Seine Hand wanderte zu ihrem Mund, um sie davon abzuhalten, ihn zu unterbrechen. »Und«, fügte er in bestimmtem Tonfall hinzu, als sie es wagte, dennoch ihren Kopf zu schütteln, »er wird mir die Wahrheit sagen. Und jetzt möchte ich dir eine Frage stellen, Johanna.«

Er nahm seine Hand von ihrem Mund, wartete auf ihr Nicken und fragte dann: »Wie lange hast *du* still vor dich hin gelitten?«

»Das hast du falsch verstanden«, sagte sie. »Ich habe eine wundervolle Kindheit verbracht. Meine Eltern waren so liebe, wunderbare Menschen. Vater starb vor drei Jahren. Ich vermisse ihn immer noch sehr.«

»Und deine Mutter?«

»Sie ist jetzt ganz allein. Weißt du, ich hätte niemals zugestimmt, hierher zu kommen, wenn Nicholas nicht versprochen hätte, auf sie aufzupassen. Er ist ein sehr ergebener Sohn.«

»Wahrscheinlich konntest du deine Eltern oft sehen, als du mit dem Baron verheiratet warst, aber die Entfernung von meinem Land zur Heimat deiner Mutter ist einfach zu groß, um mehr als einen Besuch pro Jahr zu gestatten, Frau.«

»Du würdest mich zu meiner Mutter reisen lassen?«

Sie wirkte absolut verblüfft. »Ich bringe dich hin«, antwortete er. »Aber nur einmal im Jahr. Du wirst bestimmt nicht erwarten, daß du sie so oft sehen kannst wie in der Zeit, als du mit einem Engländer verheiratet warst.«

»In der Zeit habe ich sie gar nicht besucht.«

Nun war es an ihm, verblüfft auszusehen. »Hat dir dein Mann keine Besuche erlaubt?«

Sie schüttelte den Kopf. »Ich wollte sie nicht sehen ... damals nicht! Sollten wir jetzt nicht zurückreiten? Es wird spät, und ich habe dich lange genug von deinen wichtigen Aufgaben abgehalten.«

Er runzelte verwirrt die Stirn. Johanna gab ihm immer mehr Rätsel auf. Sie hatte so glücklich gewirkt, als er ihr gesagt hatte, sie könnte einmal im Jahr ihre Mutter besuchen, doch widersprach sich mit der Bemerkung, sie habe ihre Verwandten in den Jahren ihrer ersten Ehe gar nicht sehen wollen.

Gabriel konnte halbe Antworten nicht ausstehen. Er würde eine vollständige Erklärung von ihr verlangen.

»Johanna«, begann er, wobei seine Stimme wie ein lautes Knurren klang. »Du widersprichst dir doch selbst. Ich mag keine Rätsel ...«

Sie löste ihre Hände aus ihrem Schoß und streckte den Arm aus, um seinen Hals zu streicheln. Das brachte ihn kurzfristig aus dem Konzept, aber er war nicht bereit, sich ablenken zu lassen. Er hielt ihre Hand fest und fuhr fort: »Wie ich schon sagte, ich mag keine ...«

Sie tätschelte die andere Seite seines Halses mit der anderen Hand.

Gabriel war abgelenkt. Er stieß einen lauten Seufzer über seinen eigenen Mangel an Disziplin aus, griff nach ihrer anderen Hand, zog sie fest an sich und küßte sie.

Er wollte nur ein wenig kosten, doch ihre begeisterte Reaktion machte ihn hungrig auf mehr. Sein Kuß wurde drängender, und seine Zunge schlang sich um ihre in einem neckenden Liebesspiel.

Sie wollte mehr. Sie löste ihre Hände aus seinem Griff und schlang die Arme um seinen Hals. Ihre Finger fuhren durch sein Haar, und sie bewegte sich rastlos an ihm, um so nah wie möglich an ihn heranzukommen.

Ihre süße Reaktion auf seine Berührung ließ ihn wünschen, er könnte alles um sich herum vergessen. Es kostete ihn extreme Anstrengung, sich von ihr zu lösen. Er schloß die Augen, um nicht durch ihren sinnlichen Mund in Versuchung zu geraten, und knurrte frustriert.

»Dazu ist jetzt keine Zeit, Frau.« Seine Stimme klang hart.

»Nein, natürlich nicht«, flüsterte sie weich.

»Die Gefahren hier draußen ...«

»Ja, die Gefahren ...«

»Ich habe Pflichten.«

»Du mußt mich für sehr schamlos halten, daß ich versuche, dich von deinen wichtigen Aufgaben abzuhalten.«

»Aye, genauso ist es«, bestätigte er ihr mit einem Grinsen.

Der Mann brachte sie vollkommen durcheinander. Er streichelte ihren Schenkel, während er ihr all die Gründe aufzählte, warum er auf der Stelle zur Burg zurückkehren sollte.

Sie hatte Mühe, seinen Worten zu folgen. Immer kamen störende Kleinigkeiten dazwischen. Zum Beispiel sein sauberer, männlicher Duft. Gabriel roch nach frischer Luft, und das war höchst anziehend.

Ebenso seine Stimme. Sie war tief und vibrierend, und sein rauher Tonfall schüchterte sie längst nicht mehr ein. Im Gegenteil, sie fand den Klang erregend.

»Gabriel?«

Seine Hand schob sich höher ihren Oberschenkel herauf. »Was gibt's?«

»Ich wollte mit dir über eine wichtige Entscheidung reden, die ich getroffen habe.«

»Sag's mir später, Johanna.«

Sie nickte. »Gibt es hier Wölfe?« fragte sie.

»Manchmal«, antwortete er.

»Du scheinst dir darüber keine Sorgen zu machen.«

»Die Pferde werden uns schon früh genug warnen. Deine Haut fühlt sich wie Seide an.«

Sie lehnte sich ein wenig zurück, damit sie sein Kinn küssen konnte. Seine Hände bewegten sich auf die Stelle zu, wo sich die Schenkel trafen. Instinktiv spreizte sie die Beine. Er bedeckte ihre Weiblichkeit mit seiner Hand und begann sie zu liebkosen, während sein Kuß heiß und naß wurde.

Das Entkleiden war schwierig und enervierend, weil es so lange dauerte, und die Bänder, die ihre Kleider zusammenhielten, verknoteten sich in ihrer Hast. Gabriel übernahm die Aufgabe. Er machte es zwar genauso ungeschickt, aber er war stärker. Er riß die Bänder einfach auf.

Plötzlich wurde Gabriel ungeduldig. Er konnte keine Minute länger warten. Er drängte sie, ihre Schenkel um seine Hüften zu schlingen, hob sie hoch und stoppte sie dann selbst.

»Nimm mich in dir auf«, befahl er heiser. Er wollte hinzubrüllen *Sofort!*, sagte statt dessen aber: »Wenn du soweit bist, Frau.«

Sie packte die Schultern ihres Mannes und ließ sich langsam auf ihn hinunter. Sie schauten sich gegenseitig tief in die Augen, bis Gabriel tief in ihr steckte.

Die Lust war fast unerträglich. Sie kniff die Augen zusammen und wimmerte laut. Als sie sich vorwärts beugte, um ihn zu küssen, empfand sie einen wilden Schauder der Ekstase. Also bewegte sie sich erneut.

Gott, ihre langsame, neckende Bewegung machte ihn wild. Er packte sie fest um die Hüfte und zeigte ihr, wie er es haben wollte. Das Liebesspiel wurde wild und ungezügelt, und beide verloren die Kontrolle. Gabriel kam vor ihr, half ihr jedoch, indem er seine Hand nach unten zwischen ihre vereinten Körper schob und sie dort streichelte. Sie klammerte sich mit allen Gliedern an ihn und vergrub den Kopf in seiner Halsbeuge. Schluchzend flüsterte sie seinen Namen, als ihr Orgasmus sie heiß überflutete.

Gabriel hielt sie noch einige Minuten fest, dann hob er

ihr Kinn und küßte sie hart. Seine Zunge schlang sich lasziv um ihre. Dann löste er sich von ihr.

Er ließ ihr kaum Zeit, sich zu erholen. Er küßte sie noch einmal und befahl ihr, sich anzuziehen. Der Tag, so erklärte er, verstrich ungenutzt.

Johanna versuchte, nicht allzu verletzt über sein Verhalten zu sein. Sie hätte am liebsten herumgebummelt, wußte aber, daß viele Aufgaben immer noch auf ihn warteten.

Sie badeten im Fluß, zogen sich an und gingen Seite an Seite zu ihren Pferden.

»Ab jetzt reitest du nicht mehr allein aus, Johanna. Ich verbiete es dir.«

Sie sagte weder ja, noch protestierte sie dagegen. Gabriel warf ihr einen prüfenden Blick zu, bevor er sie auf ihr Pferd hob. Johanna richtete den Riemen ihres Köchers über der Schulter, schob sich den Bogen über einen Arm und nahm die Zügel aus seiner Hand.

»Wenn wir zur Burg zurückgekehrt sind, wirst du dich ausruhen.«

»Warum denn?«

»Weil ich es dir sage«, entgegnete er.

Sie war nicht dazu aufgelegt, sich mit ihm zu streiten, wollte ihn allerdings auch nicht in so reizbarer Stimmung lassen. »Gabriel?«

»Ja?«

»Hat es dir Spaß gemacht, mit mir zusammenzusein?«

»Wieso stellst du mir solche Fragen? Es ist doch wohl offensichtlich, daß es mir Spaß macht, dich anzufassen.«

Nachdem er sich dieses Lob hatte abringen lassen, ging er zu seinem Pferd hinüber und schwang sich in den Sattel.

»Ist es nicht«, sagte sie.

»Sollte es aber«, konterte er.

Sie will offenbar Komplimente hören, überlegte er. Sein Kopf wurde augenblicklich leer. Er war nicht besonders gut in der Kunst der Plauderei oder Schmeichelei. Dennoch: Der traurige Ausdruck in ihrem Gesicht sagte ihm, daß sie mehr Lob hören mußte. Er wollte nicht, daß ihr kleines Zwischenspiel mit einer Zurückweisung endete.

»Wegen dir vergesse ich meine Aufgaben.«

Da. Das war doch nun eine Bemerkung, die ihr wirklich zeigen mußte, wie verführerisch sie auf ihn wirkte.

Für Johanna klang es wie eine Anklage. »Das tut mir leid, Gabriel. Bestimmt kommt es nicht wieder vor.«

»Ich habe dir ein Kompliment gemacht, du dummes Weib.«

Sie riß erstaunt die Augen auf. »Wirklich?«

Offensichtlich glaubte sie ihm nicht. »Natürlich war es ein Kompliment. Ein Clansherr vergißt seine Pflichten nicht oft. Eine derartige Disziplinlosigkeit würde einen Aufstand heraufbeschwören, daher ist es, wie du siehst, durchaus ein Kompliment gewesen.«

»Meistens werden Komplimente nicht geknurrt, M'lord. Das mag der Grund sein, warum ich nicht gleich verstanden habe.«

Er grunzte. Sie wußte nicht, was dieser Laut nun wieder zu bedeuten hatte. Jedenfalls war ihre Unterhaltung beendet, und Gabriel klopfte ihrem Pferd auf die Flanke, um es anzutreiben.

Er sprach erst wieder mit ihr, als sie die Stallungen erreichten. Und dort erinnerte er sie daran, daß sie sich ausruhen sollte.

»Warum muß ich mich ausruhen? Ich bin doch nicht gebrechlich, M'lord.«

»Ich will nicht, daß du krank wirst.«

Seine zusammengepreßten Kiefer verrieten ihr, daß es keinen Zweck hatte. Dennoch war sie viel zu verärgert, um es einfach so hinzunehmen. »Das ist doch unsinnig. Ich will nicht den ganzen Tag im Bett bleiben. Wie soll ich denn dann nachts noch schlafen können?«

Gabriel hob sie vom Pferd, griff ihre Hand und zerrte sie zum Haupthaus hinauf. »Ich erlaube dir, in der Halle am Feuer zu sitzen. Du kannst ja nähen, wenn du Lust dazu hast.«

Das Bild, das er in seinem Kopf zeichnete, gefiel ihm. Er lächelte nur bei dem Gedanken, Johanna bei solchen weiblichen Aufgaben sehen zu können.

Sie starrte ihn düster an. Diese Reaktion auf seinen Vorschlag überraschte ihn so, daß er lachen mußte.

»Du hast ja sehr klare Vorstellungen von meinem Tagesablauf, M'lord. Ich frage mich nur, wie du darauf gekommen bist. Hat deine Mutter oft nähend am Feuer gesessen?«

»Nein.«

»Wie hat sie denn ihre Tage verbracht?«

»Mit schwerer Arbeit. Sie starb sehr jung.«

Seine Miene und sein Tonfall verrieten ihr, daß er das Thema nicht vertiefen wollte. Er war anscheinend etwas empfindlich, was seine Kindheit betraf. Allerdings hatte seine knappe Antwort ihr einiges über seine Gedanken verraten. Schwere Arbeit hatte seine Mutter umgebracht... wahrscheinlich wollte er deswegen, daß seine Frau ihre Zeit mit Ausruhen vertrödelte.

Sie wußte, sie sollte nicht weiter nachhaken, aber die Neugier war stärker als ihre Vorsicht. »Hast du deine Mutter geliebt?«

Er gab ihr keine Antwort, also versuchte sie es mit einer anderen Frage. »Wer hat dich aufgezogen, nachdem sie gestorben war?«

»Niemand und alle.«

»Das verstehe ich nicht.«

Er hatte seinen Schritt beschleunigt, als versuchte er, ihrem Verhör damit zu entgehen. Dann plötzlich hielt er an und wandte sich ihr zu.

»Du brauchst nicht zu verstehen. Geh jetzt rein, Johanna.«

Ihr Mann konnte sehr grob sein, wenn es ihm gefiel. Er entließ sie aus seinen Gedanken und wandte nicht mal einen Blick zurück, ob sie seinem Befehl nachkam.

Johanna stand einige Minuten lang auf der Treppe und

dachte über ihren Mann nach. Sie wollte ihn so gerne verstehen. Sie war nun seine Frau, und es war wichtig zu wissen, was ihn glücklich machte und was seinen Zorn herausforderte. Wenn sie das erst einmal herausgefunden hatte, würde sie auch wissen, was sie in den jeweiligen Situationen zu tun hätte.

»Warum blickt Ihr so finster, M'lady?«

Johanna machte vor Schreck einen Satz zur Seite, dann wandte sie sich lächelnd an Keith. »Ihr habt mich erschreckt«, gab sie unnötigerweise zu.

»Das war nicht meine Absicht«, erwiderte der Maclaurin-Soldat. »Ich habe nur gesehen, daß Ihr nicht besonders glücklich aussaht und fragte mich, ob ich Euch irgendwie aufheitern kann.«

»Ich habe über unseren Clansherrn nachgedacht«, antwortete sie. »Er ist nicht leicht zu verstehen.«

»Aye, das ist wahr«, bestätigte Keith.

»Ich würde so gerne verstehen, wie er denkt.«

»Warum?«

Sie hob die Schultern. »Direkte Fragen bringen keine Antwort«, bemerkte sie. »Nun, schließlich führen immer mehrere Wege in eine Burg.«

Keith verstand nicht richtig. »Aye, es gibt zwei Eingänge, drei, wenn Ihr den Pfad zum Keller mitzählt.«

»Ich meinte nicht diese Burg«, erklärte sie. »Ich wollte sagen, daß es immer mehrere Möglichkeiten gibt, zu bekommen, was man möchte. Versteht Ihr?«

»Es gibt aber trotzdem zwei Eingängen zum Haus«, beharrte Keith stur auf der Tatsache.

Sie stieß einen Seufzer aus. »Vergeßt es, Keith.«

Der Soldat wechselte das Thema. »Wollt Ihr heute nachmittag mit Auggie spazierengehen?«

»Vielleicht«, antwortete sie. Dann eilte sie die Stufen hinauf. Keith überholte sie, um ihr die Tür aufzuhalten.

»Heute ist Donnerstag, M'lady.«

Sie lächelte ihn an. »Ja, stimmt«, sagte sie. »Bitte entschuldigt mich jetzt. Ich will nach Dumfries sehen«, fügte sie hinzu, als der Soldat hartnäckig an ihrer Seite blieb. Wahrscheinlich wollte er herausfinden, was sie plante. Sie mußte Gabriel wirklich davon überzeugen, daß sie nicht ständig eine Eskorte brauchte. Keith und Calum machten sie langsam wahnsinnig damit, ihr überall hinterherzulaufen. Sie hatte sich heute morgen heimlich hinausschleichen müssen, um ausreiten zu können, aber sie wußte, es würde kein zweites Mal funktionieren. Nun paßten sie doppelt auf. Im übrigen war es nicht besonders ehrenhaft, durch Täuschung zu bekommen, was sie wollte.

Johanna streifte den Riemen von der Schulter und stellte den Köcher mit den Pfeilen und den Bogen in die Ecke bei den Stufen.

»Ihr wußtet also die ganze Zeit, daß es Donnerstag ist?« fragte Keith.

»Ich habe nicht darüber nachgedacht, Sir. Ist es denn wichtig?«

Er nickte. »Ihr solltet heute die Maclaurin-Farben tragen.«

»Sollte ich wohl. Aber gestern …«

»Gestern trugt ihr das MacBain-Plaid. Daran kann ich mich sehr gut erinnern.«

Es war nicht zu übersehen, daß den Soldat ihr Irrtum schmerzte. »Es ist wichtig, daß ich das behalte, stimmt's?«

»Ja.«

»Warum?«

»Ihr wollt doch nicht einen der Clans beleidigen, oder?«

»Natürlich nicht. Ich werde in Zukunft versuchen, mich daran zu erinnern, und ich danke Euch, daß Ihr mich auf meinen Fehler hingewiesen habt. Ich werde sofort nach oben gehen und mich umziehen.«

»Aber der halbe Tag ist um, M'lady. Nun könnt Ihr das MacBain-Plaid auch anbehalten. Ihr tragt am besten morgen und übermorgen die Maclaurin-Farben, dann ist die Beleidigung aufgehoben.«

»Sie sollte die MacBain-Farben jeden Tag tragen, Keith. Es ist unakzeptabel für MacBains Frau, die Maclaurin-Farben zwei Tage hintereinander zu tragen.«

Calums Stimme tönte von der Tür herüber. Johanna wollte schon zustimmen, doch Keiths Miene änderte ihre Meinung. Da er verärgerter wirkte als Calum, gedachte sie, lieber ihm zuzustimmen.

Keiner der beiden Männer schien jedoch an ihrer Meinung oder Zustimmung besonders interessiert zu sein.

»Calum, ich glaube, Keith hat recht, wenn er …«

»Sie wird Eure Farben keine zwei Tage hintereinander tragen.«

»Wird sie doch«, konterte Keith mit finsterem Blick. »Sie will mit uns zurechtkommen. Und du tätest gut daran, ihrem Beispiel zu folgen.«

»Na, sieh mal einer an. Vor nur wenigen Stunden hast du noch gewettert, du würdest dir wünschen, sie würde bleiben, wo sie hingehört.«

»Es war ja nicht als Beleidigung gedacht. Ich meinte, es würde meine Arbeit sehr erleichtern, wenn sie mir sagen würde, wo sie …«

»Seit wann ist es eine schwierige Aufgabe, eine Frau, und dann auch noch so eine winzige, zu beobachten? Und wenn ich so darüber nachdenke … seit wann kannst du dich darüber auslassen, wo sie hingehört oder nicht? Ich denke, da sie ja heute eine MacBain ist, ist es meine Pflicht, sie hinzubringen, wo sie …«

»Niemand bringt mich irgendwo hin.«

Die Soldaten ignorierten ihren Protest. Sie waren völlig in ihre hitzige Diskussion verwickelt. Sie gab den Gedanken auf, es den beiden Männern irgendwie recht zu machen. Nun hatte sie nur noch den Wunsch, sie zu erwürgen.

Johanna mußte sich daran erinnern, daß sie geschworen hatte, mit jedem im Clan auszukommen, und das schloß auch sturköpfige Befehlshaber ein. Aber da sie von ihnen nicht weiter beachtet wurde, trat sie langsam Schritt für Schritt zurück. Sie bemerkten nichts. Schließlich drehte sie sich um, eilte die Treppe hinunter und ging zur Feuerstelle, wo Dumfries lag.

»Die Highlander haben seltsame Meinungen zu allen Dingen, Dumfries«, flüsterte sie. Sie bückte sich und streichelte den Hund. »Warum kümmern sich erwachsene Männer darum, was Frauen anziehen? Aber ich merke schon, du kannst mir auch keine Antwort geben. Jetzt hör auf zu knurren. Ich schaue jetzt unter deinen Verband, ob auch alles richtig verheilt. Ich tu dir nicht weh, versprochen.«

Die Wunde heilte sehr gut. Dumfries wedelte mit dem Schwanz, als sie den Verband wieder umlegte und ihn heftig lobte.

Keith und Calum hatten ihre Streiterei draußen beendet. Johanna ging nach oben, zog sich das Maclaurin-Plaid an und kehrte dann wieder in die große Halle zurück, um bei den Vorbereitungen für das Essen zu helfen. Zum Glück waren Leila und Megan heute für diese Aufgabe verantwortlich. Die anderen Frauen würden nicht auf sie hören. Janice, eine hübsche Frau mit rötlichen Haaren, war ihre ärgste Feindin. Sie brachte es fertig, Johanna den Rücken zuzukehren, bevor sie noch ausgeredet hatte, um wegzugehen. Kathleen war ebenfalls eine Maclaurin-Frau, die ihr nicht freundlich gesinnt war. Johanna hatte noch keine Ahnung, wie sie die Einstellung der Frauen ihr gegenüber ändern konnte, aber sie war entschlossen, es zu versuchen.

Leila und Megan waren die Ausnahmen in der vereinten Maclaurin-Front, sie zu ignorieren. Sie schienen sie gerne zu unterstützen und erkannten Johanna als Herrin an. Das machte sie endlich zu etwas wie eine der ihren.

»Was hättet Ihr gerne erledigt, M'lady?« fragte Leila.

»Ich möchte, daß du eine Schürze voll Wildblumen für die Tische holst«, sagte Johanna. »Megan, du und ich werden weißes Leinen auf die Tische legen und die Schneidebretter rauswerfen.«

»Die Halle sieht sehr ordentlich aus, nicht wahr?« bemerkte Megan.

Johanna bejahte. Und sie roch auch sauber. Der Duft von Pinien mischte sich mit dem Geruch der sauberen Binsen auf dem Boden. Die Halle war groß genug, um mindestens fünfzig Krieger vertragen zu können, doch sie war nur spärlich möbliert. Das fiel ihr erst jetzt auf, als zwei Soldaten zwei Stühle mit hoher Lehne herunterschleppten.

»Wo wollt Ihr die Dinger hinstellen?« verlangte Megan zu wissen.

»Vor die Feuerstelle«, antwortete einer der Männer. »Wir befolgen nur die Befehle unseres Clansherrn.«

Megan runzelte die Stirn. Sie breitete das Leintuch auf einem der Tische aus und beugte sich darüber, um es glattzustreichen. »Ich würde zu gerne wissen ...«

Johanna unterbrach sie. Sie nahm das andere Ende des Tischtuchs und zog es über die andere Tischkante. »Er will, daß ich am Feuer sitze«, erklärte sie. Dann stieß sie einen Seufzer aus. Die beiden Männer trugen inzwischen die Stühle durch den Raum, und Dumfries begann zu knurren. Die Männer waren jung, und beide hatten offensichtlich Angst vor dem Hund. Sie änderten ihre Richtung, um einen großen Bogen um ihn zu machen.

Johanna konnte ihre Furcht nur zu gut nachempfinden. Sie überlegte einen Moment, ob sie den beiden erzählen sollte, Dumfries würde ihnen nichts tun, besann sich dann aber. Es wäre ihnen bestimmt peinlich, wenn jemand ihr Unbehagen bemerkte. Also tat sie, als sei sie mit dem Tischtuch zu beschäftigt, um irgend etwas bemerkt zu haben.

Die Stühle wurden im rechten Winkel zueinander vor das Feuer gestellt. Die Männer verbeugten sich vor ihrer Herrin, und nachdem sie ihren Dank ausgesprochen hatte, eilten sie aus der Halle.

Die schwarzgepolsterten Stühle wirkten plump. Johanna entdeckte jetzt, daß einer mit dem Maclaurin-Plaid, der andere mit dem der MacBains bedeckt war.

»Herr im Himmel, soll ich jetzt täglich die Stühle wechseln, wie ich es mit den Plaids mache?«

»Wie beliebt, Herrin?« Megan hielt in ihrer Aufgabe inne, den Stapel Schneidebretter auf den Tisch zu stellen. »Ich habe nicht ganz verstanden, was Ihr gesagt habt.«

»Ich habe nur in mich hineingemurmelt«, erklärte Johanna, nahm Megan die Hälfte des Stapels ab und ging zum anderen Tisch hinüber.

»War es nicht sehr rücksichtsvoll von Eurem Mann, an Eure Bequemlichkeit zu denken? So vielbeschäftigt wie er ist, hat er dennoch daran gedacht, Stühle für Euch hereinbringen zu lassen.«

»Ja, wirklich«, stimmte Johanna hastig zu, denn daß Megan dachte, sie wüßte die Fürsorge ihres Mannes nicht zu schätzen, war das letzte, was sie wollte. »Ich denke, ich werde heute abend an meinem Wandteppich arbeiten. Das wird ihm sicher gefallen.«

»Ihr seid eine gute Frau. Ihr wollt Eurem Mann gefallen.«

»Nay, Megan, ich bin keine sehr gute Frau.«

»Aber natürlich seid ihr das«, widersprach Megan.

Gabriel trat gerade rechtzeitig ein, um die Bemerkung der Maclaurin-Frau zu hören. Er zögerte auf der obersten Stufe und wartete darauf, daß seine Frau ihn bemerkte. Die jedoch war damit beschäftigt, die Bretter auf die einzelnen Plätze am Tisch zu verteilen.

»Eine gute Frau ist unterwürfig.«

»Und ist das etwa schlecht?« fragte Megan.

»Es scheint nicht recht zu mir zu passen«, sagte Johanna, wobei sie versuchte, das schmerzvolle Thema als möglichst unbedeutend darzustellen.

»Für mich wirkt Ihr aber höchst ergeben«, bemerkte Megan. »Ich habe noch nie gesehen, daß Ihr irgend jemandem widersprecht, am wenigsten Eurem Gatten.«

Johanna nickte. »Ich habe versucht, seine Befehle zu befolgen, weil sich herausgestellt hat, daß er auf meine

Gefühle Rücksicht nimmt. Es wird ihm gefallen, daß ich am Feuer sitze und Handarbeiten mache, und da mir die Arbeit Spaß macht, werde ich seinem Wunsch entsprechen.«

»Das ist nett von dir, Frau.«

Bei Gabriels ironisch klingender Bemerkung schoß Johanna herum und errötete heftig vor Verlegenheit. Sie fühlte sich, als hätte man sie gerade beim Begehen einer Sünde erwischt.

»Ich meinte es nicht respektlos, M'lord.«

»Das habe ich auch nicht so aufgefaßt.«

Sie starrte ihn eine Weile an, während sie seine Gedanken zu erraten versuchte. Aber sein Gesichtsausdruck verriet ihr nicht, ob er amüsiert oder verärgert war.

Mit ihren feuerroten Wangen bot seine Frau einen schönen Anblick. Er lächelte dennoch nicht, denn sie sah absolut beschämt aus. Plötzlich stellte er fest, daß Johanna schon sehr viel geschafft hatte, seit sie mit ihm verheiratet war. In nur knapp drei Monaten hatte sie ihre Angst vor ihm besiegt, sie zitterte nicht mehr, wenn sie ihn sah. Für seinen Geschmack war sie immer noch viel zu schüchtern, aber er hoffte, mit Zeit und Geduld würde sie auch diese Schwäche überwinden.

»Wolltest du etwas Bestimmtes, lieber Mann?«

Er nickte. »Wir haben keinen Heiler hier, Johanna. Da du bereits gezeigt hast, daß du mit Nadel und Faden umgehen kannst, will ich, daß du Calum nähst. Ein unerfahrener Soldat, mit dem er übte, hat ihm den Arm verletzt.«

Johanna eilte schon die Treppen hinauf. »Ich bin froh, helfen zu können. Ich hole nur schnell die Sachen, die ich brauche, und bin gleich wieder unten. Armer Calum. Er hat sicher starke Schmerzen.«

Ihre Annahme war falsch. Als sie wieder in die große Halle hinunterkam, wartete Calum schon auf sie. Er saß auf einem der Stühle und badete in der Aufmerksamkeit der Frauen um ihn herum.

Johanna bemerkte, daß Leila über Calums Zustand sehr besorgt schien. Sie stand auf der anderen Seite des Tisches und tat so, als würde sie die Blumen arrangieren, die sie gepflückt hatte. Ihre Augen jedoch waren verschleiert, und immer wieder blickte sie zu dem Soldaten hinüber. Calum dagegen ignorierte sie.

Die Maclaurin-Frau hatte offensichtlich einiges für den MacBain-Krieger übrig, und gab sich die größte Mühe, ihre Gefühle zu verbergen. Johanna fragte sich, ob es daran lag, daß Calum kein Interesse an ihr zeigte, oder daß sie eine Maclaurin war und er ein MacBain. Eine Sache jedoch stand fest: Leila fühlte sich elend. Johanna wußte, daß es nicht an ihr sein sollte, sich einzumischen, aber Leila war eine so liebe Person, daß sie ihr unbedingt helfen wollte.

Plötzlich stürzte eine anderen Maclaurin-Frau an Johanna vorbei.

»Ich nähe Euch gerne, Calum«, rief Glynis laut. Die Frau, die Johanna den Spitznamen »die Mutige« gegeben hatte, lächelte Calum an. »Es macht mir nichts aus, daß Ihr ein MacBain seid. Ich werde meine Arbeit genauso gut machen.«

Johanna straffte sich und eilte durch die Halle. »Bitte tritt zur Seite«, befahl sie. »Ich kümmere mich um Calum. Leila? Bring mir einen Stuhl.«

Nun kam auch Gabriel in die Halle zurück, sah die Menge, die sich angesammelt hatte, und schickte die Leute augenblicklich fort.

Johanna musterte die Verletzung. Es war ein langer, schmaler Schnitt, der sich von der Schulter bis zum Ellenbogen zog und tief genug war, um ein paar Stiche für eine vernünftige Heilung zu erfordern.

»Tut es weh?« fragte sie voller Mitgefühl.

»Nay, M'lady, überhaupt nicht.«

Sie glaubte ihm kein Wort. Johanna legte ihre Sachen auf den Tisch und setzte sich auf den Stuhl neben dem Soldaten. »Warum schneidet Ihr dann solche Grimassen, Sir?«

»Weil ich meinem Clansherr Schande gemacht habe«, erklärte Calum mit rauhem Flüstern. »Die läppische Wunde beweist ihm, daß ich nicht aufgepaßt habe.«

Nach diesen Worten warf er einen Blick über die Schulter zu Leila, die augenblicklich ihre Augen senkte. Konnte es sein, daß der Soldat die Maclaurin-Frau für seine Unachtsamkeit verantwortlich machte?

Calum zuckte nicht einmal mit der Wimper, während sie an seiner Verletzung arbeitete. Sie brauchte lange, die Wunde zu säubern, das Nähen selbst ging sehr schnell. Leila half ihr, aus Baumwolle lange Streifen zu reißen, die sie als Verband benutzten.

»So«, sagte Johanna, als sie fertig war. »Ihr seid so gut wie neu, Calum. Seht zu, daß der Verband nicht naß wird, und bitte, belastet die Nähte nicht damit, daß Ihr etwas Schweres hebt. Ich werde den Verband jeden Morgen wechseln«, fügte sie abschließend hinzu.

»Das kann ich machen.«

Gabriel ging zur Feuerstelle hinüber und bückte sich, um seinen Hund zu begrüßen.

»Mir wäre es lieber, wenn ich es tue, M'lord«, rief Johanna. Sie trat zurück, damit Calum aufstehen konnte, und ging dann um den Tisch herum. Leila hatte die Blumen in einem Bündel auf dem Tisch liegengelassen. Johanna wollte sie in Vasen stellen, bevor sie zu welken begannen.

»Widersetze dich nicht meinen Befehlen, Frau.«

Gabriel stand auf und wandte sich an seinen Soldaten. Seine Stimme klang wütend, als er ihm befahl, die Halle zu verlassen. »Geh zurück an die Arbeit, Calum. Du hast genug Zeit vertrödelt. Leila, du bleibst hier. Ich will mit dir reden, bevor du gehst.«

Die Grobheit in der Stimme ihres Mannes erstaunte Johanna. Offensichtlich war er wütend auf Calum, und etwas davon bezog sich auch auf Leila. Die Maclaurin-Frau machte ein unglückliches Gesicht. Johannas Herz flog ihr zu. Sie wollte sie beschützen. Sie beschloß, daß sie zuerst herausfinden mußte, was Leila getan hatte, um den Clansherrn zu verärgern.

»Ich habe Calum eben gesagt, er dürfte nichts Schweres heben, M'lord.«

»Er wird an der Mauer arbeiten.«

»Du meinst... er soll Steine schleppen?« fragte sie entsetzt.

»Genau.«

»Das kann er nicht.«

»Er wird es können.«

Sie nahm eine Blume und stopfte sie in die Vase, ohne darauf zu achten, was sie tat. Sie war vollends damit beschäftigt, ihren Ehemann anzublitzen.

Aber vielleicht bin ich ungerecht, dachte sie. Ihr Mann wußte einfach nicht, wie schwer Calums Wunde war. »Der Schnitt ist sehr tief, M'lord. Er sollte gar nicht arbeiten.«

»Es kümmert mich nicht, wenn er seinen Arm verliert, Weib. Er wird arbeiten.«

»Dann reißen die Nähte auf.«

»Meinetwegen soll er die Steine mit einer Hand oder einem Fuß bewegen. Leila?«

»Ja, Clansherr MacBain?«

»Du wirst meine Soldaten nicht ablenken, wenn sie zu tun haben, ist das klar?«

Tränen schimmerten in ihren Augen. »Ja, Clansherr MacBain. Es wird nicht wieder vorkommen.«

»Das hoffe ich. Du kannst jetzt gehen.«

Leila knickste hastig und wandte sich zum Gehen. »Soll ich morgen zurückkommen und Euch helfen, Herrin?«

Johanna wollte gerade ja sagen, doch Gabriel kam ihr zuvor. »Das ist nicht nötig. Eine der MacBain-Frauen wird deine Aufgaben übernehmen.«

Leila rannte aus der Halle. Johanna war wütend. Sie rammte eine weitere Blume in die Vase und sah Gabriel kopfschüttelnd an.

»Du hast ihr sehr wehgetan, Gabriel.«

»Ihre Gefühle werden sie nicht umbringen«, fauchte er.

»Was soll denn das heißen?«

»Komm, Dumfries. Wir gehen raus.«

Johanna stopfte die restlichen Blumen in die Vase und hastete auf die andere Seite, um ihrem Mann den Weg zu versperren. Sie stand nur einen Fuß entfernt von ihm.

MacBain betrachtete sie. Sie hatte die Hände in die Hüften gestemmt und den Kopf zurückgeworfen, um ihm in die Augen sehen zu können. Im Augenblick benahm sich seine Frau nicht gerade schüchtern. Ein Feuer glomm in ihren Augen, und Gabriel gefiel das aufmüpfige Gehabe seiner Frau so gut, daß er am liebsten gegrinst hätte.

Statt dessen runzelte er die Stirn. »Stellst du etwa meine Beweggründe in Frage?«

»Ich glaube, genau das tue ich.«

»Das ist dir nicht erlaubt.«

Sie änderte die Strategie. »Meine Meinung zu sagen, ist mir aber erlaubt. Und meine Meinung ist, daß du Leila mit deiner Kritik ziemlich verletzt hast.«

»Sie wird's überleben«, schnappte er.

Es war nicht leicht, aber sie wich nicht vor seinem zornigen Blick zurück. »Eine gute Frau würde das Thema wahrscheinlich fallenlassen«, flüsterte sie.

»Wahrscheinlich.«

Sie stieß einen Seufzer aus. »Dann bin ich vermutlich keine sehr gute Frau, Gabriel. Ich möchte nämlich trotzdem wissen, was Leila getan hat, daß du so wütend auf sie bist.

»Sie hat verdammt noch mal fast einen meiner Soldaten getötet.«

»Tatsächlich?«

»Aye, tatsächlich.«

»Aber doch bestimmt nicht absichtlich«, warf sie ein.

Er beugte sich zu ihr, bis sein Gesicht nur noch Zentimeter von ihrem entfernt war. »Calum ist selbst schuld. Er scheint sich deine Krankheit eingefangen zu haben. Er hat nicht aufgepaßt, was er tat.«

Sie straffte ihre Schultern. »Spielst du auf die kleine Begebenheit an, als ich versehentlich in eure Übungsstunde geplatzt bin?«

»Exakt.«

»Es zeugt von schlechten Manieren, mich daran zu erinnern«, verkündete sie.

Er wirkte nicht so, als würde ihn das kümmern. »Am Leben zu bleiben ist wichtiger, als auf verletzte Gefühle Rücksicht zu nehmen«, murmelte er.

»Das ist wahr«, lenkte sie ein.

Dumfries unterbrach sie durch ein lautes Bellen. Gabriel drehte sich um, rief seinen Hund und ging, ohne seine Frau noch eines Blickes zu würdigen.

Johanna dachte den Rest des Nachmittags über das Gespräch nach. Sie wußte, sie hätte sich vermutlich nicht in die Entscheidungen ihres Mannes, die seine Clansmitglieder betrafen, einmischen dürfen. Aber sie hatte sich einfach nicht beherrschen können. In den wenigen Monaten, die sie verheiratet war, hatte sie sowohl Leila als auch Calum liebgewonnen.

Tatsächlich war sie aber von ihrem eigenen Verhalten überrascht. In der Vergangenheit hatte sie gelernt, keine Zuneigung zu jemandem zu fassen, denn das brachte nur Sorgen mit sich, und ihr erster Ehemann hatte noch ein Druckmittel in der Hand, das er gegen sie verwenden konnte. Ihre Sympathien für Personen aus der Dienerschaft hatten diese in Gefahr gebracht.

Chelsea war Johannas erste Lektion gewesen. Sie war die Küchenmagd gewesen, im selben Alter wie Johanna, und hatte ein ausgesprochen freundliches Wesen. Raulf wußte, daß Johanna gerne in der Küche half, und sie hatte ihm gegenüber einmal erwähnt, wie sehr sie Chelsea mochte, weil sie so einen agilen Verstand hatte und Spaß an allem finden konnte.

Eines Tages hatte Chelsea ein Ei zerbrochen. Der Koch berichtete Raulf von dem Verlust, und Raulf brach Chelsea am Nachmittag ein Bein. Bischof Hallwick hatte die Strafe angeordnet, denn er fand sie für solch eine Unachtsamkeit angemessen.

Doch hier war natürlich alles anders. Sie durfte Freunde haben, ohne sich über deren Sicherheit Sorgen machen zu müssen.

Vater MacKechnie gesellte sich zum Essen zu ihnen. Er wirkte von seiner Reise in das Tiefland und wieder zurück erschöpft, hatte jedoch Massen von Neuigkeiten über die Ereignisse in England zu berichten.

Die Soldaten sprachen alle auf einmal, und so war es schwierig, die Worte des Priesters zu verstehen.

»Papst Innozenz wird König John ganz sicher exkommunizieren«, berichtete Vater MacKechnie lautstark, damit man ihn auch bestimmt hörte. »Dann wird das Land unter dcn Kirchenbann gelegt.«

»Was hat er denn getan, um so eine harte Bestrafung zu verdienen?« fragte Johanna.

»John war entschlossen, einen Mann aus seinen Reihen als Erzbischof von Canterbury einzusetzen. Unser Papst wollte diese Insubordination nicht zulassen. Er ernannte, soweit ich gehört habe, jemanden, der in England unbekannt ist. John war wütend über diese Ernennung und gab Befehl, diesen Mann nicht nach England hineinzulassen.«

Einer der Maclaurin-Soldaten machte eine kurze Bemerkung, die die anderen urkomisch fanden. Johanna mußte warten, daß das Gejohle, das vom anderen Tisch herüberschwappte, abebbte, ehe sie fragen konnte.

»Was wird denn geschehen, wenn das Land mit einem Interdikt belegt wird?«

»Natürlich werden die Untertanen darunter zu leiden haben. Die meisten Priester werden aus England fliehen müssen. Es wird keine Messen geben, keine Beichten angehört, keine Ehe geschlossen werden. Die einzigen

Sakramente, die Papst Innozenz erlauben wird, sind Taufen für unschuldige Neugeborene und Letzte Ölungen für Sterbende, vorausgesetzt, die Familie kann rechtzeitig einen Priester finden, der diese Dinge vornimmt. Das ist eine schreckliche Sache, Lady Johanna, aber der König scheint sich darüber keine großen Sorgen zu machen.«

»Wahrscheinlich wird er die Kirchen plündern, damit er einen Ausgleich findet«, spekulierte Gabriel. Johanna stimmte zu.

Vater MacKechnie war von dieser Möglichkeit entsetzt. »Dann wird er in der Hölle brennen«, murmelte er.

»Seine Seele ist bereits verloren, Vater.«

»Das könnt Ihr nicht sicher wissen, Kind.«

Johanna senkte ihren Blick. »Nein, das kann ich nicht.«

Vater MacKechnie wandte sich einem anderen Thema zu. »Prinz Arthur ist tot«, verkündete er. »Manche glauben sogar, daß er vor vier Jahren zu Ostern gestorben ist.«

Vater MacKechnie hielt einen Moment inne. »Es geht das Gerücht um, daß er ermordet wurde.«

Gabriel beobachtete Johanna genau. Und er bemerkte sofort, daß ihre Gesichtsfarbe so weiß wie Milch geworden war.

»Das ist wahrscheinlich«, sagte Calum.

»Ja, aber die Frage, die die Barone quält, ist…«

»Wer es getan hat«, half Calum aus.

»Genau«, stimmte der Priester zu.

»Was wird denn allgemein vermutet?« fragte Gabriel.

»Die meisten glauben, daß König John ihn hat ermorden lassen. Natürlich streitet er jegliches Wissen über das Schicksal seines Neffen ab.«

»Der König ist jedenfalls der einzige, der ein starkes Motiv hat«, bemerkte Calum.

»Vielleicht«, sagte der Priester.

»Einen Toast auf die Arbeit des Tages.«

Der Ruf kam von Keith. Die Maclaurin-Soldaten standen alle auf und erhoben ihre Kelche. Die MacBains taten es ihnen nach. Sie trafen sich zwischen den Tischen, stießen ihre Kelche gegeneinander und kippten hinunter, was noch übrig war. Das meiste des Inhalts war auf dem Boden gelandet.

Johanna entschuldigte sich. Sie ging hinauf, holte ihren halbfertigen Wandteppich, Nadel und Faden und kehrte in die große Halle zurück. Dort setzte sie sich auf einen der beiden Stühle am Feuer und begann zu arbeiten.

Sie hatte gerade den ersten Nadelstich ausgeführt, als sie auch schon gestört wurde.

»Ihr sitzt auf dem MacBain-Stuhl, M'lady«, bemerkte Keith. Er hatte die Hände hinter dem Rücken verschränkt und stand dicht vor Johanna. Drei andere Maclaurin-Soldaten standen hinter ihrem Befehlshaber und nahmen ihr das Licht. Alle wirkten ausgesprochen irritiert über ihr neuerliches Fehlverhalten.

Sie stieß einen Seufzer aus. »Es ist also wichtig, wo ich sitze, stimmt's, Keith?«

»Aye, M'lady. Ihr tragt heute das Maclaurin-Plaid, also solltet ihr auch auf dem Maclaurin-Polster sitzen.«

Die drei Soldaten, die hinter ihrem Anführer standen, nickten zustimmend.

Sie wußte nicht, ob sie die mürrisch dreinblickenden Soldaten auslachen oder anbrüllen sollte. Ein Raunen lief durch das Grüppchen, während sie darauf warteten, daß Johanna sich umsetzte.

»Laßt sie doch sitzen, wo sie will«, dröhnte die Stimme eines MacBain-Soldaten herüber.

Johanna fand die ganze Szene ausgesprochen albern. Sie schielte um die Soldaten herum zu ihrem Mann, von dem sie sich einen kleinen Wink erwartete. Gabriel beobachtete sie zwar, zeigte aber keinerlei erkennbare Reaktion auf das, was sich abspielte. Er wollte ihr offenbar die Entscheidung allein überlassen.

Sie beschloß, es den Maclaurins recht zu machen. Schließlich war es immer noch Donnerstag. »Vielen Dank für den Hinweis, Keith. Und für Eure Geduld mit mir.«

Sie versuchte, ihre Stimme ernst klingen zu lassen. Dennoch schaffte sie es nicht ganz, ihre innerliche Belustigung zu verbergen. Die Männer traten zurück, als sie aufstand. Einer beugte sich sogar vor, um ihren Nähbeutel für sie aufzunehmen.

Johanna wanderte zur anderen Seite der Feuerstelle und setzte sich auf den Maclaurin-Stuhl. Sie sortierte ihre Röcke, nahm dann wieder ihre Stickerei auf und arbeitete weiter.

Sie hielt den Kopf über den Stickrahmen gebeugt und tat so, als würde sie sich in ihre Arbeit vertiefen, denn die Maclaurins beobachteten sie immer noch. Endlich vernahm sie verschiedentliches Grunzen, von dem sie annahm, daß es einfache Laute der Anerkennung waren, und mußte sich auf die Unterlippe beißen, um nicht zu lachen.

Vater MacKechnie blieb den ganzen Abend an Gabriels Seite. Er informierte den Clansherrn über die neuesten Ereignisse in den anderen Clans. Johanna fand das Gespräch faszinierend, ging es doch um Fehden. Ihr kam es vor, als wäre jeder Clan in den Highlands in irgendeine Art Streit verwickelt. Die Gründe, die der Priester für die verschiedenen Antipathien angab, erschienen ihr noch erstaunlicher. Unfaßbar, aber die leichteste Andeutung einer Beleidigung konnte die Temperamente schon zum Brodeln bringen. Ein Nieser schien auszureichen, um eine Schlacht zu entfesseln.

»Die Highlander kämpfen gerne, nicht war, Vater?« Johanna sah nicht einmal von ihrer Arbeit auf, als sie die Frage hinüberrief.

Vater MacKechnie wartete, bis die Maclaurin-Soldaten nacheinander die Halle verlassen hatten, ehe er ihr antwortete. Johanna war froh, daß die Männer gingen. Sie benahmen sich so laut und polternd, daß es schwierig war, eine Unterhaltung zu führen, wenn man nicht jedes Wort brüllen wollte.

Und so war es auch plötzlich herrlich ruhig, als sie fort

waren. Keiner von ihnen hatte sich vor seiner Herrin verbeugt. Johanna versuchte, sich nicht verletzt zu fühlen, da sie wenigstens ihrem Mann das Wenige an Respekt erwiesen hatten.

Sie wiederholte ihre Frage an den Priester. »Aye, sie kämpfen gerne«, antwortete Vater MacKechnie.

»Wie kommt das? Was denkt Ihr?«

»Es wird als ehrenvoll angesehen«, erklärte er.

Johanna verpatzte den Stich, runzelte die Stirn und machte sich daran, den Fehler zu korrigieren. Sie heftete ihre Augen auf die Arbeit, während sie ihren Mann fragte, ob er dem Geistlichen zustimmen würde.

»Aye, es ist ehrenhaft«, sagte Gabriel.

Sie fand die Ansicht der Männer albern. »Sich die Köpfe einzuhauen wird als ehrenvoll betrachtet? Ich kann mir wirklich nicht vorstellen, wieso, M'lord.«

Gabriel grinste. Johannas Wortwahl in Verbindung mit dem aufgebrachten Tonfall ihrer Stimme amüsierte ihn.

»Der Kampf erlaubt es dem Highlander, die Talente unter Beweis zu stellen, auf die er am meisten stolz ist, Kind«, erklärte der Priester. »Mut, die Treue zu seinem Anführer und Ausdauer.«

»Kein Krieger möchte im Bett sterben«, warf Gabriel ein.

»Das würde als Sünde betrachtet werden«, sagte der Priester.

Sie ließ die Nadel fallen und sah die Männer an. Sie war sicher, daß sie sich über sie lustig machten. Beide sahen jedoch so aus, als ob sie es ernst meinten. Trotzdem war sie noch nicht überzeugt. »Was für eine Sünde soll das denn sein?« fragte sie mit deutlichem Mißtrauen.

»Faulheit«, sagte Gabriel.

Sie hätte fast geschnaubt, konnte sich jedoch noch rechtzeitig beherrschen. »Ihr müßt mich für sehr naiv halten, wenn ihr glaubt, ich nehme euch die Geschichte ab«, schnappte sie.

»Aye, du bist naiv, Johanna, aber wir machen uns nicht über dich lustig. Wir halten es wirklich für eine Sünde, in unserem Bett zu sterben.«

Sie schüttelte den Kopf, um ihm zu zeigen, daß sie nichts von diesem Unsinn glaubte, und machte sich wieder an ihre Stickerei. Der Priester fuhr mit seiner Berichterstattung fort, doch Gabriel hatte Schwierigkeiten, ihm zuzuhören. Sein Blick schweifte immer wieder zu seiner Frau.

Sie verzauberte ihn. Zufriedenheit, wie er sie noch nie zuvor empfunden hatte, erfüllte sein Herz. Als er noch sehr jung, unerfahren und ganz allein gewesen war, hatte er sich vor dem Einschlafen immer seine Zukunft ausgemalt. Er hatte von der Familie geträumt, die er einmal haben würde. Seine Frau und seine Kinder würden nur ihm gehören und natürlich in seiner Burg wohnen. Oft hatte er sich vorgestellt, wie seine Frau am Feuer saß und eine Frauenarbeit ausführte ... so wie Nähen und Sticken zum Beispiel.

Die Bilder, die er als Kind heraufbeschworen hatte, hielten die rauhe Wirklichkeit seines kargen Lebens davon ab, ihn zu zerbrechen. Die Träume ließen ihn überleben.

Ja, er war damals schrecklich jung und zart gewesen. Die Zeit und die Erfahrung hatten ihn jedoch abgehärtet, und er war aus dem Bedürfnis nach solch dummen Träumen herausgewachsen. Er empfand nicht mehr den Wunsch, zu jemandem zu gehören. Er hatte gelernt, sich allein auf sich selbst zu verlassen. Träume waren etwas für Schwächlinge. Aye, er war nun stark und unerreichbar, und die Träume waren so gut wie vergessen. Dachte er.

Bis jetzt. Die Erinnerungen kamen zurückgeflutet, während er seine Frau beobachtete.

Die Wirklichkeit war tausendmal schöner, als seine Jungenträume es jemals waren. Er hatte sich nie vorgestellt, eine so schöne Frau, wie Johanna es war, zu haben. Er hatte nicht gewußt, was Zufriedenheit war, wie er für sie empfinden würde oder wie stark sein Bedürfnis war, sie vor allem zu beschützen.

Johanna sah zufällig auf und ertappte ihren Mann dabei, wie er sie anstarrte. Seine Miene verwirrte sie. Er schien durch sie hindurchzusehen, als hinge er wichtigen Gedanken nach. Aye, er mußte an etwas Unangenehmes denken, denn sein Gesicht hatte einen wilden, harten Ausdruck angenommen.

»Ich könnte ein Schlückchen *uisgebreatha* vertragen«, verkündete Vater MacKechnie. »Und dann werde ich schlafen gehen. Herr im Himmel, bin ich müde heute.«

Johanna sprang auf, um den Wunsch des Priesters zu erfüllen. In dem Regal an der Wand hinter Gabriel stand ein Krug mit dem Highland-Brand, und Johanna holte ihn und goß etwas davon in den Kelch des Priesters.

Sie wollte als nächstes ihrem Mann einschenken, doch er lehnte mit einer Geste ab.

Vater MacKechnie nahm einen tiefen Schluck und zog prompt eine Grimasse. »Ich wette, der ist höchstens eine Woche alt«, beklagte er sich. »Er schmeckt wie Waschwasser.«

Gabriel lächelte. »Ihr müßt Euch bei Auggie beschweren. Das Getränke kommt aus seinem Kessel.«

Bei der Bemerkung des Priesters über das Alter war Johanna neugierig geworden. »Ist es denn wichtig, wie lange das Gebräu reift?«

»Es altert, Kind«, berichtigte der Priester sie. »Es reift nicht. Und ja, es ist wichtig. Je länger, desto besser sagen einige, die es wissen müssen.«

»Wie lange?« wollte sie wissen.

»Nun, am besten zehn oder zwölf Jahre und dann in Eichenfässern«, gab Vater MacKechnie an. »Ein Mann braucht schon viel Geduld, um so lange auf einen Schluck zu warten.«

»Ist das Getränk dann wertvoller?«

Johanna stellte den Krug auf den Tisch. Sie stand neben ihrem Mann und wartete darauf, daß der Priester austrank und ihr antwortete.

Plötzlich legte sie ihre Hand auf seine Schulter. Ihre Augen waren konzentriert auf den Priester gerichtet, und Gabriel bezweifelte, ob sie überhaupt merkte, daß sie ihn berührte. Diese unbewußte Zurschaustellung ihrer Zuneigung zu ihm gefiel ihm außerordentlich, denn es bewies, daß sie ihre Angst vor ihm vollkommen überwunden hatte. Und das war, wie er fand, ein wichtiger erster Schritt. Er war auf dem Weg, ihr Vertrauen zu gewinnen. Oh, er konnte sich natürlich daran erinnern, daß er ihr befohlen hatte, ihm zu vertrauen. Aber selbst ihm war bereits kurz, nachdem er diesen Befehl ausgesprochen hatte, klar geworden, daß Vertrauen tatsächlich wachsen und verdient sein muß. Gabriel hielt sich für einen geduldigen Mann. Er konnte warten. Mit der Zeit würde sie ihr Glück erkennen und seinen Schutz schätzenlernen. Sie würde lernen, ihm zu vertrauen, und damit käme die wahre Treue.

Ein Mann konnte nicht mehr von seiner Frau verlangen.

Der Priester riß ihn aus seinen Gedanken, als er sagte: »Das Getränk ist sehr wertvoll, wenn man es altern läßt. Manche Männer würden für reinen *uisgebreatha* töten. Ihr müßt wissen, daß die Highlander das Trinken sehr ernst nehmen. Das ist der Grund, warum sie es *Wasser des Lebens* nennen.«

»Würden sie es auch für Waren eintauschen, wenn jemand dieses alte Gebräu anbieten würde?«

»Johanna, warum interessiert dich das Thema eigentlich so?« wollte Gabriel wissen.

Sie zuckte die Schultern. Sie wollte ihm noch nichts von den Fässern mit flüssigem Gold erzählen, die Auggie ihr gegenüber erwähnt hatte. Sie mußte zunächst ihren Freund um Erlaubnis fragen. Und sie wollte sich vor allem erst einmal selbst davon vergewissern, daß die Fässer überhaupt noch in der Höhle waren. Außerdem gäbe es eine hübsche Überraschung für ihren Ehemann. Wenn das Getränk so wertvoll war, wie Johanna hoffte, dann hätte er endlich etwas, mit dem er handeln konnte.

»Vater, würdet Ihr uns die Ehre machen, heute abend die leere Kammer oben zu beziehen?« fragte Johanna.

Der Priester sah den Clansherrn an. Er wartete darauf, daß auch Gabriel diese Einladung aussprach.

»Das Bett ist sehr bequem, Vater«, bemerkte Gabriel.

Vater MacKechnie lächelte. »Ich nehme es sehr gerne«, sagte er. »Es ist sehr freundlich von Euch, Euer Haus für mich zu öffnen.«

Vater MacKechnie stand auf, verbeugte sich vor dem Clansherrn und machte sich dann daran, seine Sachen einzusammeln. Johanna ging zu ihrem Stuhl zurück, nahm Nähzeug und Stickerei auf und steckte sie zurück in den Beutel. Gabriel wartete am Eingang auf sie.

»Du kannst deine Nähsachen auch auf dem Stuhl lassen, Frau. Niemand wird etwas dagegen haben.«

Dumfries kam zurück in die Halle, trabte an Johanna vorbei und knurrte sie kurz an. Sie tätschelte den Hund, bevor sie ihn weiterlaufen ließ.

Gabriel folgte Johanna die Treppe hinauf. Sie schien ihm in Gedanken versunken, während sie sich für das Bett zurechtmachte. Er warf noch ein Scheit ins Feuer, lehnte sich dann an den Kamin und musterte sie.

»Worüber denkst du nach?«

»Über dies und das.«

»Das ist keine Antwort, Johanna.«

»Ich habe über mein Leben hier nachgedacht.«

»Du hast dich ohne große Schwierigkeiten eingelebt«, bemerkte er. »Du solltest eigentlich glücklich sein.«

Johanna band den Gürtel um ihre Robe und drehte sich zu Gabriel um. »Ich habe mich überhaupt nicht eingelebt, Gabriel. In Wirklichkeit habe ich bis jetzt in der Luft gehangen. Ich war wie gefangen zwischen zwei Welten«, schloß sie mit einem Nicken.

Ihr Mann setzte sich auf die Bettkante und zog sich die Stiefel aus.

»Ich wollte schon früher mit dir über dieses Thema sprechen«, sagte sie, »aber irgendwie war nie genug Zeit dafür.«

»Was genau möchtest du mir damit jetzt sagen?«

»Du und die andern haben mich wie einen Gast, eine Besucherin behandelt, Gabriel. Schlimmer noch – ich habe mich wie eine benommen.«

»Johanna, du redest dummes Zeug. Ich nehme keine Fremden mit ins Bett. Du bist meine Frau, nicht jemand auf Besuch.«

Sie wandte ihren Blick dem Feuer zu. Sie fand sich durch und durch jämmerlich. »Weißt du, was ich erkannt habe? In meinem Bestreben, mich selbst zu beschützen, bin ich vollkommen selbstbezogen geworden. Ich werde morgen zur Beichte gehen und Gott um Vergebung bitten.«

»Du brauchst dir über deinen Schutz keine Sorgen zu machen. Es ist meine Pflicht, dich vor Gefahren zu bewahren.«

Sie lächelte trotz ihrer Verärgerung. Gabriel klang ausgesprochen beleidigt. »Nein. Ich muß mich um mich selbst kümmern.«

Er mochte ihre Ansichten jetzt gar nicht hören. Sein Stirnrunzeln ließ ihn finster und bösartig aussehen. »Willst du mich absichtlich reizen, indem du andeutest, ich wäre nicht in der Lage, dich zu beschützen?«

Sie beruhigte ihn hastig. »Nein, natürlich nicht«, antwortete sie. »Ich bin froh, daß ich unter deinem Schutz stehe.«

»Dann widersprichst du dir, Frau.«

»Glaub bitte nicht, daß ich dich zu verwirren versuche, Gabriel. Ich versuche nur, die Dinge für mich selbst zu ordnen. Schau, wenn jemand hungrig ist, aber nichts zu essen hat, nun, dann wird dieser Jemand sich nur noch mit dem Gedanken beschäftigen, wie er an Nahrung herankommt. Ist es nicht so, mein lieber Mann?«

Gabriel zuckte die Schulter. »Das nehme ich an.«

»Eine lange Zeit habe ich mich von Angst verzehren lassen. Ich habe so lange damit gelebt, daß sie die Kontrolle über mich übernommen zu haben schien, doch nun bin ich sicher. Nun habe ich Zeit, über andere Dinge nachzudenken. Verstehst du, was ich sagen will?«

Er verstand nicht. Und er mochte ihre ernsthafte, grüblerische Miene überhaupt nicht. »Ich habe dir schon gesagt, daß du mir Freude machst. Du mußt dir keine Sorgen machen.«

Sie konnte es nicht fassen. Da sie sich von ihrem Mann abgewandt hatte, gestattete sie sich ein Lächeln. »Gabriel, so überraschend es für dich auch erscheinen mag, ich mache mir nicht allzu große Sorgen darüber, ob ich dir gefalle oder nicht.«

Er war allerdings überrascht. Und leicht gereizt. »Du bist meine Frau«, rief er ihr in Erinnerung. »Und daher ist es deine Pflicht, mir Vergnügen bereiten zu wollen.«

Johanna stieß einen tiefen Seufzer aus. Sie wußte, ihr Mann verstand nichts von dem, was sie ihm zu erklären versuchte. Sie konnte es ihm nicht verübeln. Schließlich verstand sie sich ja selbst kaum.

»Ich wollte dich nicht verletzen, Gabriel.«

Sie klang, als ob sie es so meinte. Gabriel war besänftigt. Er trat hinter sie und schlang die Arme um ihre Taille. Dann beugte er sich vor, um die Seite ihres Halses zu küssen.

»Komm ins Bett, Johanna. Ich will dich.«

»Ich will dich auch, Gabriel.«

Sie wandte sich um und lächelte. Er hob sie in seine Arme und trug sie ins Bett.

Ihr Liebesspiel war langsam und süß, und als sie beide ihre Erfüllung gefunden hatten, hielten sie sich fest in den Armen.

»Du machst mir wirklich Vergnügen, Frau.« Seine Stimme war rauh vor Zuneigung.

»Denk an dieses Lob, M'lord, denn ich bin sicher, daß es in Zukunft Zeiten geben wird, da ich dir ziemlich mißfallen werde.«

»Ist das eine Befürchtung oder eine Prophezeiung?«

Sie stützte sich auf einen Ellenbogen und streichelte zärtlich seinen Hals. »Weder noch. Ich spreche nur eine Tatsache aus.«

Sie lenkte ihn von diesem Thema ab, indem sie ihn über seine Pläne für den kommenden Tag ausfragte. Er war es nicht gewohnt, seine Vorhaben mit jemandem zu besprechen, aber er wollte sie in dieser Nacht glücklich sehen, und so vertiefte er sich in Einzelheiten über die morgige Jagd und die Dinge, die er und seine Männer zu stehlen gedachten.

Sie schwor sich, ihn nicht zu kritisieren. Doch leider konnte sie nur ein paar Minuten den Mund halten und fand sich unversehens in einem Diskurs über die Vorzüge der Redlichkeit wieder. Sie erwähnte Gottes Zorn am Tag des Jüngsten Gerichts, aber Gabriel ließ sich nicht von ihren Schilderungen des Höllenfeuers beeindrucken. Er gähnte mitten in ihren Ausführungen.

»M'lord, es ist meine Pflicht, dir zu einem guten und ehrbaren Leben zu verhelfen.«

»Warum das?«

»Natürlich damit du in den Himmel kommst.«

Er lachte. Sie gab auf. Sich über das Seelenheil ihres Mannes sorgend, schlief sie endlich ein.

KAPITEL 10

Das erste, was Johanna bemerkte, als sie am folgenden Morgen hinunterkam, war das Fehlen des Wandteppichs. Die halbfertige Stickerei war in Fetzen gerissen, und auch ihr Beutel war nicht mehr ganz. Der Missetäter war damit beschäftigt, genüßlich auf einem der Stoffstreifen herumzukauen. Den anderen hatte er bereits verschlungen.

Dumfries erkannte sogleich, daß er in Ungnade gefallen war. Er versuchte, unter einen Stuhl zu kriechen, als sie seinen Namen brüllte und auf ihn zukam. Der Stuhl fiel polternd um, Dumfries begann zu heulen, und Megan kam aus der Speisekammer gehastet.

Der Hund gab Laute wie ein Höllendämon von sich. Das entsetzliche Geräusch war laut genug, um die Dachsparren erbeben zu lassen. Der Lärm verschreckte Megan. Und obwohl der Hund sie nicht einmal beachtete, war sie sehr vorsichtig, als sie sich bückte, um die Reste des Wandteppichs aufzuheben.

Keith und Calum hatten den Aufruhr mitbekommen und kamen angerannt. Auf der obersten Stufe hielten sie wie erstarrt inne. Gabriel, der direkt hinter ihnen herbeigeeilt war, schob die Soldaten zur Seite und stieg eilig die Treppe hinunter.

Johanna veranstaltete ein Tauziehen mit Dumfries. Der Hund winselte, während sie versuchte, ihren Beutel aus seiner Schnauze zu zerren. Sie befürchtete, der Hund könnte an dem Stück Stoff ersticken, das er gerade als Mahlzeit zu nehmen gedachte.

»Guter Gott, Megan! Was hast du mit dem Wandteppich unserer Lady angestellt?« fragte Keith, der endlich erkannt hatte, was sie in ihrer Hand hielt. Er blickte die Maclaurin-Frau finster an und schüttelte den Kopf.

Johanna wandte ihre Augen nicht einmal von dem großen Hund, während sie Keith zurief: »Sir, Ihr glaubt doch nicht ernsthaft, daß Megan das Ding verspeist hat?«

Calum brach in Gelächter aus. Johanna verlor ihren Halt und fiel hintenüber, aber Gabriel fing sie rechtzeitig auf. Dann hob er sie aus dem Weg und wandte sich an seinen Hund. Johanna rannte um ihren Ehemann herum, um sich vor Dumfries zu stellen.

»Gabriel, du schlägst den Hund nicht!«

Sie hatte den Satz gebrüllt, um Calums Gelächter zu übertönen. Gabriel sah sie an, als wollte er zurückbrüllen.

»Ich habe nicht die Absicht, ihn zu schlagen. Jetzt geh mir aus dem Weg, Frau, und hör auf, die Hände zu ringen. Ich tu ihm ja nichts. Dumfries, hör verdammt noch mal mit dem Geheule auf!«

Johanna bewegte sich keinen Schritt. Gabriel hob sie erneut zur Seite, ließ sich dann auf ein Knie nieder und zwang den Hund, die Schnauze zu öffnen, um den Stoffstreifen aus den Zähnen zu lösen. Dumfries dachte nicht daran, loszulassen. Er japste protestierend, bevor er notgedrungen nachgab.

Gabriel ließ nicht zu, daß Johanna das Tier tröstete. Er stand auf, packte sie an den Schultern und befahl ihr, ihm einen Abschiedskuß zu geben.

»Vor deinen Männern?« flüsterte sie.

Er nickte. Sie errötete. Sein Mund hielt ihren in einem langen, schwelgenden Kuß fest. Johanna seufzte und war etwas aus dem Konzept gebracht, als er sich von ihr löste.

»Du siehst müde aus, Frau. Du solltest dich ausruhen.«

Gabriel bemerkte dies beiläufig auf dem Weg zur Tür. Johanna jagte ihm augenblicklich nach.

»Das kann nicht dein Ernst sein.«

»Ich meine es immer ernst.«

»Aber ich bin doch gerade erst aufgestanden. Du erwartest doch sicher nicht, daß ich jetzt ein Nickerchen mache.«

»Ich erwarte, daß du dich ausruhst«, rief er über die Schulter. »Und zieh dir das andere Plaid über, Johanna. Du trägst das falsche.«

»Es ist Freitag, M'lady«, rief Calum ihr hilfreich in Erinnerung.

Sie stieß ein lautes, undamenhaftes Stöhnen aus. Megan wartete, bis die Männer draußen waren, dann eilte sie zu ihrer Herrin. »Bitte, geht und setzt Euch, Lady Johanna. Ich möchte nicht, daß Ihr Euch überarbeitet.«

Johanna hätte am liebsten geschrien, aber sie konnte sich noch beherrschen. »Bei allen … Megan, sehe ich etwa krank aus?«

Die Maclaurin-Frau musterte sie sorgfältig, bevor sie den Kopf schüttelte. »Im Gegenteil. Ihr wirkt sehr gesund und munter auf mich.«

»Wirst du dich setzen und dich ausruhen?« fragte Johanna.

»Ich habe noch Arbeit zu erledigen«, antwortete Megan. »Ich habe keine Zeit, mich auszuruhen.«

»Ich auch nicht«, murmelte Johanna. »Es wird höchste Zeit, daß ich mich um den Haushalt kümmere. Ich habe mich einfach viel zu sehr auf mich selbst konzentriert. Aber all das wird sich jetzt ändern. Und zwar sofort.«

Megan hatte ihre Herrin noch nie so resolut gesehen. »Aber, M'lady! Euer Gatte hat Euch Ruhe befohlen.«

Johanna schüttelte den Kopf. Sie ratterte die Liste der Arbeiten herunter, die sie bei Abendeinbruch erledigt haben wollte, gab Megan die Erlaubnis, zwei weitere Diener als Hilfe auszusuchen und verkündete dann, sie würde jetzt mit der Köchin über das Abendessen sprechen.

»Bitte hol doch meinen Bogen und die Pfeile aus der Schlafkammer«, bat Johanna, während sie sich zur hinteren Tür wandte. »Wenn die Köchin gut gelaunt ist, bekommen wir vielleicht Kaninchenragout zum Abendessen. Bestimmt kann ich Auggie dazu bringen, mit mir ein bißchen jagen zu gehen. Vor der Mittagsstunde bin ich zurück, Megan.«

»Ihr könnt nicht einfach jagen gehen, M'lady. Euer Gatte hat verboten, daß Ihr ausgeht.«

»Nein, hat er nicht«, entgegnete Johanna. »Er hat mir nur vorgeschlagen, daß ich mich ausruhen soll. Vom Jagen hat er überhaupt nichts gesagt, oder?«

»Aber er meinte …«

»Versuch nicht, deinem Clansherr Gedanken zu unterstellen. Und nun mach dir keine Sorgen. Ich bin wieder hier, bevor jemand etwas gemerkt hat.«

Megan schüttelte den Kopf. »Ihr werdet keine zehn Schritte weit kommen, bis Keith Euch entdeckt … oder ist Calum heute als Euer Wachposten abgestellt?«

»Ich bete dafür, daß jeder glaubt, dem anderen stehe heute diese Aufgabe zu.«

Sie hastete aus der Hintertür, wandte sich nach links, überquerte dann den Vorplatz und ging auf das Gebäude zu, das die Küche beherbergte. Sie stellte sich der Köchin vor und hängte eine Entschuldigung an, daß sie so lange damit gewartet hatte, ihre Aufwartung zu machen. Der Name der Köchin war Hilda, eine ältere Frau mit grauen Strähnen in ihrem roten Haar. Sie trug das MacBain-Plaid und schien sich über Johannas Interesse an ihren Aufgaben zu freuen. Kurzerhand führte sie sie in der Küche herum.

»Wenn ich Jagdglück habe und ein paar Kaninchen erwische, würdest du sie dann für das Abendessen verwenden?«

Hilda nickte. »Das gibt ein feines Kaninchenragout. Aber ich bräuchte mindestens zehn. Es sei denn, sie sind fett. Dann reichen auch neun.«

»Dann wünsche mir eine gute Jagd«, rief Johanna. Sie eilte zurück in die große Halle, nahm Pfeile und Bogen und verließ das Haus erneut durch die Hintertür.

Sie nahm einen Umweg zu den Stallungen. Dort wollte Sean ihr Pferd nicht satteln, doch sie schaffte es mit einem Lächeln und dem Versprechen, die Wiese nicht zu verlassen, es doch zu tun.

Sie gab vor, Gabriels Erlaubnis zu haben. Es war keine direkte Lüge, nur ein Zurechtbiegen der Wahrheit, aber sie hatte trotzdem ein schlechtes Gewissen.

Johanna führte ein anderes Pferd für Auggie mit. Sie fand es ziemlich vermessen von sich, anzunehmen, er würde gerne mit ihr ausreiten, aber sie wollte keine Zeit verschwenden. Wenn Auggie ja sagte, wollte sie nicht erst zum Stall zurückkehren müssen. Bestimmt würden Keith oder Calum versuchen, sie aufzuhalten.

Auggie bereitete gerade mitten auf der Wiese alles für seinen nächsten Schlag vor, als Johanna ihn unterbrach.

»Ich habe keine Lust, Kaninchen jagen zu gehen«, nörgelte er.

»Ich hatte gehofft, du wärest zugänglicher«, entgegnete Johanna. »Während wir nach Kaninchen Ausschau halten, dachte ich, könntest du mir genau zeigen, wo die Höhle versteckt ist. Ich konnte sie gestern nicht finden.«

Auggie schüttelte den Kopf. »Ich reite bis zum Kamm mit dir und zeige dir meinetwegen den Weg, Kind, aber länger will ich nicht von meinem Spiel wegbleiben.«

Auggie erklomm den Pferderücken, nahm die Zügel und ritt voran.

»Ich wollte dich fragen, ob ich meinem Mann von den Fässern mit flüssigem Gold erzählen darf«, sagte sie dann.

»Es ist kein Geheimnis, das ich hüten muß, Mädchen.«

»Würdest du denn den Schatz mit meinem Mann teilen? Er könnte damit Lebensmittel eintauschen.«

»Das Zeug gehört ihm. Ich schulde MacBain mein Leben, aber das kannst du nicht wissen. Die meisten MacBain haben ihm aus gutem Grund ihre Treue geschworen. Er gab ihnen ihren Stolz zurück. Ich würde ihm nichts verweigern … am wenigsten den Hochland-Brand. Ja, ich würde sogar mein Spiel aufgeben, wenn er mich darum bittet«, setzte er mit einem dramatischen Nicken hinzu.

Auggie hielt auf den Kamm zu und zeigte auf eine Reihe von Bäumen, die an der Nordseite bis nach unten wuchsen. Er wies sie an, am Fuß des Hügels, mit der verkrüppelten Pinie beginnend, aufwärts zu zählen. Als sie bei Nummer zwölf angelangt war, stoppte er sie.

»Dort ist der Pfad, nach dem du suchst, dort zwischen den Bäumen«, wies er sie an. »Du hast den breiteren weiter oben genommen, als du gestern gesucht hast, richtig?«

»Richtig«, gab sie zu. »Willst du es dir nicht noch einmal überlegen und doch mit mir kommen?«

Doch Auggie wies ihre Einladung ein zweites Mal

zurück. »Nimm dir einen jüngeren Soldaten mit, Johanna. Und sag den Maclaurins nichts von dem flüssigen Gold. Unser Clansherr soll entscheiden, was er mit dem Schatz machen will.«

»Aber die Maclaurins sind Teil unseres Clans, Auggie«, argumentierte sie.

Der alte Krieger schnaubte. »Sie halten sich für soviel besser als wir«, sagte er. »Ja, sie behandeln uns herablassend und hochnäsig. Keiner von ihnen ist ein Ausgestoßener, mußt du wissen.«

»Das weiß ich aber nicht«, entgegnete Johanna. »Man hat mir gesagt, sie hätten meinen Mann um Hilfe gegen die Engländer gebeten und …«

»Das stimmt«, sagte Auggie. »Sein Vater war der Clansherr Maclaurin. Nur hat er seinen Bastard nicht einmal anerkannt, als der Tod schon auf seinen letzten Atemzug wartete. Die Maclaurins haben also freundlicherweise vergessen, daß er ein Bastard ist. Ihnen reicht es, daß er Maclaurin-Blut in seinen Adern hat, nehme ich an. Mit uns anderen können sie aber dennoch nichts anfangen.«

Johanna schüttelte den Kopf. »Ich wette, die MacBain-Soldaten haben während der Schlacht zur Rettung der Maclaurins an der Seite meines Mannes gekämpft.«

»Da hättest du schon gewonnen, denn natürlich taten wir das.«

»Und die Maclaurins haben das vergessen?«

Es machte sie langsam wütend, zu hören, wie sich die Maclaurins verhielten, aber sie gab sich Mühe, es nicht so deutlich zu zeigen. Auggie lächelte. »Du ärgerst dich für die MacBains, stimmt es, Mädchen? Du bist wirklich eine von uns.«

Das Funkeln in Auggies schönen Augen brachte sie zum Lächeln. Sein Lob und seine Meinung von ihr waren ihr sehr wichtig. In der kurzen Zeit, die sie ihn kannte, hatte sie gelernt, seine Freundschaft zu schätzen … und seine Hilfe. Auggie nahm sich Zeit, ihr zuzuhören. Und das tat niemand sonst. Und außerdem hat er mir niemals befohlen, mich auszuruhen, setzte sie in Gedanken hinzu.

»Warum nun dieser finstere Blick?«

Sie schüttelte den Kopf. »Ich denke nur über mein Leben nach«, bemerkte sie.

»Schon wieder? Du wirst starke Kopfschmerzen bekommen, wenn du ständig über dein Leben nachdenkst. Eine erfolgreiche Jagd, Johanna«, schloß er, wendete sein Pferd und machte sich an den Abstieg.

Johanna ritt in die entgegengesetzte Richtung davon. Sie hatte schon fast den Pfad erreicht, den Auggie ihr gezeigt hatte, als ein weißes Kaninchen auf die Lichtung geschossen kam. Sie klemmte die Zügel unter ihr linkes Knie, legte einen Pfeil in den Bogen und zielte. Das Kaninchen ging zu Boden, als schon das nächste heranhoppelte.

Irgend etwas mußte die Tiere aus ihren Verstecken gescheucht haben, denn in weniger als zwanzig Minuten hatte Johanna acht fette und ein ziemlich hageres Tier erlegt. Sie hielt am Fluß an, wusch ihre Pfeile und steckte sie zurück in den Köcher. Dann band sie die Kaninchen an einen Strick und hängte sie an ihren Sattel.

Drei Maclaurin-Soldaten schlossen zu ihr auf, als sie sich gerade auf den Rückweg machen wollte. Sie waren noch jung und wahrscheinlich noch nicht kampferprobt, denn keiner von ihnen hatte Narben im Gesicht oder auf den Armen. Zwei der Männer waren blond, der dritte dunkelhaarig mit klaren grünen Augen.

»Unser Clansherr wird nicht glücklich darüber sein, daß ihr hier allein ausreitet, M'lady«, sagte einer der beiden Blonden. Johanna tat, als hätte sie nichts gehört. Sie band die Kaninchen von ihrem Sattel und reichte sie dem Soldaten.

»Würdet Ihr die bitte zur Köchin bringen? Sie wartet sicher schon darauf.«

»Natürlich, M'lady.«

»Wie heißt Ihr, Sir?«

»Niall«, antwortete der Soldat. Er wies auf den anderen Blonden und sagte: »Er heißt Lindsay. Michael ist der dritte.«

»Ich freue mich, Euch kennenzulernen«, sagte Johanna. »Aber jetzt entschuldigt mich bitte. Ich nehme diesen Pfad hier.«

»Warum?« fragte Michael.

»Ich suche etwas«, antwortete Johanna, womit sie absichtlich unvollständig antwortete. »Ich werde nicht lange fort sein.«

»Weiß Euer Clansherr, was Ihr vorhabt?« mischte sich nun Michael ein.

»Ich kann mich nicht erinnern, ob ich mein Vorhaben erwähnt habe oder nicht«, log sie unverfroren.

Niall wandte sich an seine Kumpanen. »Bleibt bei unserer Herrin, während ich ihre Jagdbeute zur Burg zurückbringe.«

Johanna war froh über ihre Eskorte. Sie wandte sich wieder ihrer Aufgabe zu und ritt durch den Wald voran. Der Pfad wurde enger und war schließlich mit all den Büschen und Sträuchern, die in den Weg wuchsen, kaum noch zu erkennen. Das Sonnenlicht drang durch die dicken Äste und Zweige, die über ihnen einen dichten, herrlichen Baldachin formten. Die jungen Soldaten mußte über ihre geflüsterte Lobpreisung der Naturschönheit lächeln.

»Wir sind nicht in der Kirche, M'lady«, rief Michael, »Ihr braucht Eure Stimme nicht zu senken.«

»Wonach genau sucht ihr denn?« fragte Lindsay.

»Nach einer Höhle«, antwortete Johanna.

Der Pfad teilte sich, und Johanna lenkte ihr Pferd nach links, befahl dann den Soldaten, in die andere Richtung zu reiten. Keiner der beiden dachte daran, sie allein zu lassen.

»Dann markiert bitte die Stelle, damit wir später wissen, welche Richtung wir bereits abgesucht haben, wenn wir zurückkommen.«

Sie knotete das Band auf, das ihren Zopf zusammenhielt, und reichte es Michael. Der Soldat bemühte sich gerade, das blaue Band an einen der niedrigen Zweige zu befestigen, als Johannas Stute plötzlich unruhig wurde. Rachel legte die Ohren an, schnaubte laut und verließ tänzelnd den Pfad. Johanna packte die Zügel fester und befahl ihrer Stute, sich zu benehmen.

»Irgendwas hat sie erschreckt«, bemerkte sie. Sie blickte über die Schulter, um herauszufinden, was Rachel verängstigte, als Michaels Pferd plötzlich ebenfalls stieg.

»Wir sollten besser zur Lichtung zurückreiten«, schlug Lindsay vor. Auch er hatte damit zu kämpfen, sein Pferd unter Kontrolle zu behalten.

Johanna fand den Vorschlag vernünftig. Sie drückte ihre Schenkel in Rachels Seiten und wollte sie wenden.

Plötzlich bockte das Pferd. Johanna hatte gerade noch genug Zeit, den Kopf über den Pferdehals zu ducken, als die Stute bereits durch das Unterholz brach. Johanna hatte alle Hände voll zu tun, das Pferd wieder unter Kontrolle zu bekommen und gleichzeitig die niedrigen Äste abzuwehren.

Sie konnte sich nicht vorstellen, was den plötzlichen Aufruhr verursacht hatte. Einer der Männer rief ihr etwas hinterher, aber sie konnte die Worte nicht verstehen. Rachel drehte nach links ab und fiel nun in vollen Galopp. Sie hörte wieder einen Ruf, wandte den Kopf, sah die Soldaten aber nicht mehr. Als sie sich wieder umdrehte, konnte sie gerade noch den Arm hochreißen, um sich vor einem tiefhängenden Ast zu schützen. Das Hindernis war jedoch zu stabil: Plötzlich wurde Johanna buchstäblich aus dem Sattel gepflückt, rollte auf die Seite und fand sich unter einem Busch wieder. Sie stöhnte und setzte sich auf. Ein paar blättrige Zweige sprangen unter ihrem Bein hervor und peitschten ihr ins Gesicht. Johanna murmelte einen undamenhaften Fluch und rappelte sich endgültig auf. Grummelnd rieb sie ihren schmerzenden Rücken.

Sie erwartete, daß Lindsay und Michael sie suchen würden. Ihr Pferd war nicht mehr zu sehen, und über dem Wald lag Schweigen, ja, eine fast unheimliche Stille, und sie nahm an, die Soldaten hätten eine andere Richtung eingeschlagen. Wahrscheinlich jagten sie noch hinter ihrem Pferd her. Also würde sie wohl oder übel warten müssen, bis sie Rachel eingeholt hatten und feststellten, daß ihre Herrin nicht mehr darauf saß. Dann würden sie sicherlich zurückreiten und nach ihr suchen.

Johanna sammelte die verstreuten Pfeile und ihren Bogen ein und setzte sich auf einen dicken Stein, um auf die Männer zu warten. Der moosige Duft von Torf und frischen Piniennadeln erfüllte die Luft. Johanna wartete eine lange Weile, bis sie beschloß, daß sie besser zu Fuß zurück zur Lichtung gehen sollte. Über die Richtung war sie sich allerdings nicht mehr im klaren – Rachel hatte mehrere Haken geschlagen, während sie in Panik davongerannt war.

»Vermutlich laufe ich den Rest des Tages im Kreis herum«, murmelte Johanna.

Gabriel würde ziemlich wütend auf sie sein. Das konnte sie ihm wahrscheinlich nicht einmal übelnehmen. Es war nicht gerade ungefährlich, durch den Wald mit seinen wilden Tieren zu strolchen.

Sie legte vorsichtshalber einen Pfeil in ihren Bogen und machte sich auf den Weg. Eine gute Viertelstunde später glaubte sie, sich dort zu befinden, wo sie losmarschiert war, verwarf den Gedanken aber wieder. Der Felsen vor ihr war größer als der, auf dem sie gesessen hatte. Sie ging weiter.

Eher zufällig entdeckte sie die Höhle. Sie hatte vor einem weiteren großen Stein angehalten, der ihr den Weg versperrte, und versuchte zu entscheiden, ob sie links oder rechts gehen sollte. Die Öffnung war zu ihrer Linken und etwa so groß wie sie selbst. Flankiert wurde sie an beiden Seiten von hohen, dünnen Bäumen.

Johanna war so aufgeregt, daß sie alle Vorsicht vergaß. Sie rannte buchstäblich hinein. Ein kleiner Tunnel war erhellt durch das Sonnenlicht, das durch Risse im Stein hereindrang, und als sie das Ende des Pfads erreicht hatte, breitete sich vor ihr eine Höhle aus, die mindestens so ausgedehnt war wie die große Halle in der Burg. Zu ihrer Linken ragten kleine Felsstücke aus der Wand, die an zerborstene Stufen erinnerten. Zu ihrer Rechten befanden sich mindestens zwanzig Fässer, vielleicht mehr. Die Häuptlinge hatte sie auf der Seite gelagert und in Form einer Pyramide übereinandergestapelt.

Die Zeit hatte das Eichenholz nicht in Mitleidenschaft gezogen. Es war sehr trocken im Inneren der Höhle.

Johanna war so aufgeregt über ihren Fund, daß sie am liebsten die ganze Strecke zur Burg zurückgelaufen wäre und Gabriel hierhergezerrt hätte.

Aber sie würde warten müssen, bis ihr Mann von der täglichen Jagd zurückgekehrt war. Johanna seufzte tief. »Nenn das Kind beim Namen, Gabriel«, murmelte sie. Er war nicht auf der Jagd. Er war auf Raubzug. Aye, er war zum Stehlen ausgezogen, aber ganz sicher zum letzten Mal, denn konnte kommen, was da wollte, sie würde ihm die hohe Kunst des Tauschhandels beibringen.

Aye, sie würde seine sündige Seele retten, ob er es nun wollte oder nicht.

Johanna verließ die Höhle wieder, um die Soldaten nicht zu verpassen. Sie ging zu dem Felsen und kletterte hinauf. Dann lehnte sie sich gegen den Stamm eines gewaltigen Baums, verschränkte die Arme vor der Brust und wartete.

Die Soldaten ließen sich wirklich eine Menge Zeit. Eine gute Stunde verstrich, bis ihre Ungeduld siegte. Sie mußte wohl oder übel selbst nach Hause finden.

Johanna stieß sich vom Baum ab, richtete den Bogen über ihrer Schulter und wollte gerade vom Felsen springen, als sie Knurren vernahm, daß aus dem Unterholz direkt vor ihr kam. Sie erstarrte. Das Geräusch wurde lauter, und es erinnerte sie an Dumfries Laute, doch sie wußte, daß es nicht Gabriels Hund war. Vielmehr mußte es sich um einen Wolf handeln.

Dann sah sie die Augen, die sie anstarrten. Sie waren gelb. Johanna schrie nicht. Lieber Gott, sie hätte es gerne getan, sie hätte auch gerne die Beine in die Hand genommen. Aber sie wagte es nicht.

Plötzlich raschelte es auch von einer anderen Richtung der winzigen Lichtung her … und ein weiteres Paar Augen funkelte ihr entgegen. Das Knurren hallte jetzt von überall wider. Sie hörte ein Knacken hinter sich und wußte, daß sie umzingelt war. Sie hatte keine Ahnung, wieviel Wölfe es sein mochten, aber sie geriet nicht in Panik. Für solchen Luxus war jetzt einfach keine Zeit.

Zudem stellte sie noch etwas Wichtiges über sich fest: Sie konnte fliegen! Ja, bestimmt, sie mußte die Äste einfach hinaufgeflogen sein. Sie konnte sich jedenfalls nicht daran erinnern, daß sie geklettert war. Sie hatte es auch fast geschafft, sich in Sicherheit zu bringen, als ein Wolf nach dem Saum ihres Plaids schnappte. Seine Fänge schlugen sich in den Stoff, und er schüttelte heftig den Kopf in seiner Bemühung, sie um jeden Preis zurückzuzerren. Johanna saß auf einem Ast, hielt die Hand über den Köcher, damit die Pfeile nicht herausfielen, und klammerte sich mit der anderen an den Baum. Ihre Füße befanden sich nur wenige Zentimeter über den Reißzähnen des Wolfes.

Sie wagte nicht, hinunterzuschauen. Statt dessen schlang sie die Beine fest um einen dicken Ast und nestelte an dem Gürtel, der das Plaid hielt. Sie schien eine Ewigkeit zu brauchen, und als sie es geschafft hatte, ließ sie das Plaid auf die Wölfe hinunterplumpsen.

Endlich war sie frei. Nun vor sich hinwimmernd, kletterte sie weiter hinauf, und als sie sich endlich davon überzeugen konnte, daß sie in dieser Höhe sicher war, setzte sie sich auf einen dicken Ast und lehnte sich an den Stamm.

Schließlich hatte sie genug Mut zusammengerafft, um nach unten zu schauen. Ihr Herz blieb beinahe stehen. Lieber Gott, da unten waren mindestens sechs Wölfe! Sie umkreisten grollend den Baum und schnappten in die Luft und nach ihren Kumpanen. Einer von ihnen, wahrscheinlich der Leitwolf, ließ Dumfries wie einen Welpen aussehen. Johanna schüttelte den Kopf und weigerte sich, ihren Augen zu trauen. Wölfe wurden nicht so groß ... oder doch?

Außerdem konnten sie nicht auf Bäume klettern ... oder doch?

Der große Wolf begann, seinen Kopf gegen den Baumstamm zu rammen, und Johanna fand das ziemlich dumm. Zwei andere zerfetzten wie verrückt ihr Plaid.

Die Wölfe sahen nicht so aus, als wollten sie sie in Frieden lassen. Johanna grübelte lange über ihre Situation nach. Als sie endlich akzeptieren konnte, daß sie dort oben wirklich sicher war, begann sie, sich über Michael und Lindsay Sorgen zu machen. Sie wollte nicht, daß die beiden Männer mitten in das Wolfsrudel hineinritten, und sie bezweifelte, daß die Ungeheuer sich davonmachen würden, wenn sie Pferde hören würden. Aye, Ungeheuer war das richtige Wort, und sie sahen wirklich nicht so aus, als würden sie vor *irgend etwas* die Flucht ergreifen.

Johanna wurde durch eine Bewegung zu ihrer Linken abgelenkt. Ein Wolf war auf den felsigen Eingang zur Höhle geklettert und schien Anstalten machen zu wollen, sie anzuspringen. Johanna wußte nicht, ob er einen solchen Satz machen konnte, aber sie dachte nicht daran, es herauszufinden. Sie ließ den Bogen von ihrer Schulter gleiten, legte einen Pfeil ein, verlagerte ihre Position sehr vorsichtig und zielte.

Sie erwischte den Wolf mitten im Flug. Der Pfeil traf ihn mitten ins Auge und tötete ihn. Das Tier krachte zu Boden und landete unter den anderen Wölfen, die sich augenblicklich über ihren toten Kumpanen hermachten.

In den nächsten zwanzig Minuten erlegte Johanna drei weitere Wölfe. Sie hatte gehört, daß Wölfe kluge Tiere waren. Auf diese dort schien das nicht zuzutreffen. Sie waren sicher, solange sie auf dem Waldboden blieben, denn die dichten Zweige lenkten ihre Pfeile ab, aber einer nach dem anderen kletterte auf den Felsen, um sie anzuspringen. Sie müssen sehr langsam begreifen, dachte Johanna, als der vierte Wolf auf den Felsen kletterte, um dem Schicksal seiner drei Brüder zu folgen.

Ihre Finger schmerzten vom Spannen der Bogensehne. Sie wollte den riesigen Leitwolf in ihr Gesichtsfeld bekommen. Irgendwie war sie sich sicher, daß der es war, der Dumfries angegriffen hatte. Sie wußte nicht, wie sie auf die Idee kam, aber vielleicht war es das getrocknete Blut an seinen Fängen, als er die Zähne in ihre Richtung bleckte. Er kam ihr eher wie ein Dämon, als ein Tier vor. Seine Augen ließen nicht einmal von ihr ab. Der Wolf sah ausgesprochen bösartig aus, und Johanna schauderte vor Angst und Ekel.

»Du bist der, den sie ›Liebling‹ nennen, nicht wahr?«

Sie erwartete natürlich keine Antwort, aber sie fragte sich, ob die verzwickte Situation ihren Geist verwirrt hatte. Schließlich sprach sie gerade mit Dämonen. Johanna seufzte über ihr merkwürdiges Benehmen.

Warum verschwanden die Biester nur nicht? Und wo in Gottes Namen blieben Michael und Lindsay? Sie konnten sie doch nicht vergessen haben? Oder?

Johanna glaubte nicht, daß es noch schlimmer kommen konnte.

Sie irrte sich. Mit dem Regen hatte sie nicht gerechnet. Sie war zu beschäftigt gewesen, um zu bemerken, wie der Himmel sich verdunkelte, und Gott allein wußte, daß sie ganz gewiß keine Zeit gehabt hatte, in den Himmel zu schauen, um die dicken Regenwolken zu entdecken, die sich über ihr zusammenzogen. Was hätte es aber auch ändern sollen? Sie wurde in jedem Fall klatschnaß.

Blitze zuckten durch die Bäume, und eine Sintflut rauschte herab. Die Äste wurden glitschig wie Schmierfett, und Johanna traute sich kaum noch, ihre Haltung zu verändern, aus Angst, sie könnte sofort hinunterrutschen.

Die Ungeheuer warteten immer noch auf sie. Johannas Hände zitterten von der Anstrengung, den Bogen zu spannen. Ihre Finger krampften sich zusammen.

Plötzlich hörte sie ihren Namen. Sie flüsterte ein Dankesgebet an ihren Schöpfer, dann erwiderte sie den Ruf. Seltsam, aber sie glaubte, die Stimme ihres Mannes zu hören, aber das war doch nicht möglich! Er war auf der Jagd.

Das Trommeln der näherkommenden Pferde veranlaßte den Wolf nun doch, zu verschwinden. Johanna war bereit. Sie zielte und schoß. Daneben. Sie hatte seine Mitte anvisiert, doch der Pfeil blieb in seiner Hinterhand stecken. Der Wolf heulte zornig auf und wandte sich wieder zu ihr um. Johanna beeilte sich, ihn von seinen Qualen zu erlösen. Sie nahm einen weiteren Pfeil, legte ihn an und zielte erneut.

Johanna tötete nicht gern. Auch wenn das Tier den Gestalten ähnelte, die der Teufel vermutlich aus seiner Hölle warf, war der Wolf dennoch eine Schöpfung Gottes. Sein Lebenszweck war bedeutender als ihrer, so hatte man es ihr jedenfalls eingebleut, und obwohl sie auch nicht wußte, was für ein Zweck das sein sollte, fühlte sie sich dennoch schuldig.

Die MacBain-Soldaten kamen um die Biegung des Pfades geritten, als Johannas Pfeil durch die Luft sirrte und den Wolf tötete. Das Tier wurde durch die Kraft des Pfeiles zurückgeschleudert und brach dann in einer Mulde zu Füßen der Krieger zusammen.

Johanna sank gegen den Baumstamm und ließ den Bogen los. Sie öffnete und schloß die Hände, um die Verkrampfung ihrer Finger zu lösen. Plötzlich wurde ihr übel. Sie atmete tief und langsam ein und blickte dann durch die Zweige auf die Soldaten unter sich.

Sobald sie ein wenig Kraft gesammelt hatte, würde sie den Männern die Hölle heißmachen, daß sie so lange auf sich hatten warten lassen. Nachdem sie dann um Vergebung gebeten hatten, würde sie sie schwören lassen, ihrem Mann nichts von dieser peinlichen Begebenheit zu erzählen. Bei Gott, sie würde den Männern dieses Versprechen schon abringen.

»Ist alles in Ordnung, M'lady?«

Sie konnte das Gesicht des Soldaten nicht sehen, erkannte aber sehr wohl Calums Stimme.

»Ja, Calum«, rief sie. »Mir geht es gut.«

»So hört es sich aber nicht an«, sagte Keith. Dann rief er: »Sie hat unseren ›Liebling‹ getötet.«

Der Maclaurin-Soldat klang verblüfft. Johanna hatte das Gefühl, als müßte sie eine Erklärung abgeben. Sie wollte nicht, daß einer der Männer vielleicht glaubte, sie hätte das aus Vergnügen oder einer Art übler Befriedigung getan.

»Es ist nicht so, wie es aussieht«, rief sie zu ihnen hinunter.

»Ihr habt ihn nicht getötet?«

»Die Pfeile sehen aber wie Ihre aus«, bemerkte Keith.

»Sie wollten mich nicht in Ruhe lassen, da mußte ich sie töten. Bitte sagt es niemanden, am wenigsten Eurem Clansherrn. Er hat zuviel zu tun, um mit so einem unbedeutenden Ereignis belästigt zu werden.«

»Aber M'lady ...«

»Calum, fangt nicht an, mit mir zu streiten. Ich bin nicht in der Stimmung, höflich zu sein. Ich hatte einen anstrengenden Morgen. Gebt mir einfach nur Euer Wort, daß Ihr nichts sagt!«

Johannas Rock hatte sich in einem Ast verfangen. Während sie sich bemühte, ihn freizubekommen, wartete sie darauf, daß die Soldaten ihr das Versprechen gaben. Sie würde nicht eher hinunterklettern, bis sie es getan hatten.

Die Männer ließen sich Zeit. »Das ist ja wohl nicht viel verlangt«, murmelte Johanna.

Calum begann plötzlich zu lachen, und Johanna begriff sofort. Gabriel wußte es bereits.

»Komm runter! Sofort!«

Die Wut in der Stimme ihres Mannes hätte sie fast vom Baum gerissen. Johanna zog ein Gesicht. Sie duckte sich in ihre Astgabel in der Hoffnung, sich vor Gabriel verbergen zu können … und vor seinem Zorn. Als sie erkannte, was sie tat, fluchte sie unschicklich und beugte sich vor. Sie schob das Laub zur Seite und sah hinunter. Sofort wünschte sie sich, sie hätte es nicht getan. Gabriel saß auf seinem Pferd, hatte die Hände locker auf den Sattelknauf gelegt und schaute zu ihr hinauf. Er wirkte bloß leicht verärgert. Aber sie wußte es besser. Sie hatte seine Stimme gehört!

Johanna ließ den Zweig los und lehnte sich zurück. Ihre Wangen wurden feuerrot vor Verlegenheit. Er war offensichtlich schon dagewesen, als sie den Soldaten ihr Versprechen abringen wollte.

Wahrscheinlich sollte sie nun eine Art Erklärung abgeben, und wenn sie genug Zeit hätte, würde ihr gewiß schon etwas Plausibles einfallen. Johanna beschloß, ihren Baum nicht eher zu verlassen, bis sie eine Idee hatte.

Es kostete Gabriel alle Kraft, seine Wut unter Kontrolle zu halten. Er senkte den Blick zu Boden und zählte erneut die toten Wölfe, nur um sicherzugehen, daß seine Augen ihn nicht täuschten. Dann sah er wieder zu ihr.

Sie hatte sich nicht gerührt. Gott allein wußte, daß sie es nicht konnte. Die Bedrohung durch die Wölfe war noch nicht vorüber.

Dort unten wartete immer noch einer darauf, sich auf sie zu stürzen.

»Johanna, komm jetzt runter!«

Sie mochte seinen selbstgefälligen Tonfall nicht. Das hätte sie ihm auch gerne gesagt, aber sicher würde er sich jetzt nicht für ihre Meinung interessieren. Wahrscheinlich war es besser, ihrem Mann zu gehorchen.

Unglücklicherweise wollten ihr die Beine aber nicht gehorchen. Sie hatte den Ast so lange mit den Schenkeln umschlungen gehalten, daß sie butterweich wurden, als sie versuchte, sie auf den nächsten Ast zu stellen.

Schließlich mußte Gabriel heraufkommen. Und er mußte ihre Hände halb gewaltsam vom Stamm lösen. Sie schien nie wieder loslassen zu können.

Er legte ihr die Arme um seinen Nacken und zog sie an sich. Ein Arm lag fest um ihrer Taille, sein anderer über dem Ast, um sie beide festzuhalten.

Eine lange Minute verharrte er so, und erst durch die Wärme, die sein Körper ausstrahlte, bemerkte Johanna, wie sehr sie fror. Sie zitterte sogar.

Er übrigens auch, wie sie plötzlich feststellte. War er so wütend auf sie? Bebte er vor Zorn?

»Gabriel?«

Die Furcht, die er in ihrer Stimme hörte, erstickte seine. »Du wirst sofort aufhören, vor mir Angst zu haben, verdammt noch mal«, flüsterte er drohend. »O ja, ich würde dir gerne ein bißchen Verstand einprügeln, aber ich werde dir niemals ein Haar krümmen.«

Das verletzte sie. Sie hatte nichts Böses getan. Außer vielleicht seinen lächerlichen Befehl, sich auszuruhen, mißachtet. Aye, dachte sie, sie hatte nur seinen Vorschlag verworfen.

»Ich habe bereits aufgehört, vor dir Angst zu haben, verdammt noch mal«, murmelte sie. Dann seufzte sie. Gabriel legte viel Wert auf Ehrlichkeit, und sie würde ihn vermutlich nur noch mehr reizen, wenn sie ihm nur die halbe Wahrheit sagte.

Er sah so aus, als würde er sie am liebsten erwürgen. »Wenigstens habe ich meistens keine Angst vor dir«, setzte sie schnell hinzu. »Warum bist du so wütend auf mich?«

Er konnte ihr nicht antworten, denn es bestand immer noch die Gefahr, daß er sie anbrüllen würde. Er mußte warten, bis er sich beruhigt hatte. Dann erst konnte er ihr erklären, daß sie ihm einen Schrecken eingejagt hatte, der ihn gut zwanzig Jahre seines Lebens kosten würde.

Er packte sie fester. Johanna vermutete, daß ihre Frage ihn irgendwie betroffen gemacht hatte. Aber warum? Sie konnte ja schließlich keine Gedanken lesen. Sie überlegte, ob sie diese Tatsache erwähnen sollte, entschied sich dann aber dagegen. Es würde ihn nur noch mehr aufbringen. Sie war seine Frau und sollte sich daher darum bemühen, ihn wieder zu beruhigen.

Sie beschloß, das Thema zu wechseln. Sie begann mit etwas, daß ihm sicher gefallen würde: »Du hattest recht, Gabriel. Die Wälder sind verpestet mit Wölfen.«

Offensichtlich war das genau das falsche gewesen. Zu diesem Schluß kam sie, als sein Griff noch fester wurde und er geräuschvoll und schaudernd den Atem ausstieß.

»Ich mache dich ganz naß, M'lord«, platzte sie heraus, um ihn von dem unglücklichen Thema Wölfe abzulenken.

»Du bist vollkommen durchweicht«, fauchte er. »Du wirst Fieber kriegen und in einer Woche tot sein!«

»Unsinn!« sagte sie. »Ich ziehe mir trockene Kleidung an und werde gar nichts kriegen. Du drückst mir den Atem ab, lieber Ehemann. Laß etwas lockerer.«

Gabriel ignorierte ihre Bitte. Er fluchte und setzte sich dann plötzlich in Bewegung. Johanna hielt sich fest und schloß die Augen. So kamen sie unten an.

Er ließ sie keinen Schritt laufen, sondern trug sie zu seinem Pferd, hob sie hoch und ließ sie in den Sattel fallen. Besonders zart war er dabei nicht.

Sofort versuchte sie, ihre Unterröcke glattzustreichen, aber der Stoff klebte an ihrer Haut. Sie wußte, daß sie im Moment kaum wie eine sittsame Lady aussah, blickte an sich hinunter und keuchte entsetzt auf, als sie sah, wie der Stoff sich an ihre Brüste schmiegte. Hastig fuhr sie sich mit den Fingern durchs Haar und zog die Strähnen nach vorne, um ihren Busen zu verdecken.

Gott sei Dank achteten die Soldaten nicht auf sie. Gabriel stand mit dem Rücken zu ihr und befahl ihnen, die Wölfe zu entfernen. Calum und Keith sprangen von ihren Pferden, um Stricke um die toten Tiere zu binden.

»Schleift sie aus dem Wald und verbrennt sie dort«,

befahl Gabriel. Er drückte Lindsay die Zügel von Johannas Stute in die Hand und wies ihn und die anderen Männer an, zur Burg zurückzureiten.

Er wollte einen Moment mit seiner Frau allein sein. Calum warf ihr einen mitleidigen Blick zu, bevor er sein Pferd wendete. Offensichtlich glaubte er, sie würde nun ein Donnerwetter erleben. Keith schien seiner Miene nach dasselbe zu denken.

Johanna hielt den Kopf hoch, faltete die Hände und gab vor, gefaßt zu sein.

Gabriel wartete, bis seine Soldaten fort waren, dann wandte er sich ihr zu. Er legte eine Hand auf ihren Schenkel, damit sie ihn ansah.

»Hast du mir nichts zu sagen, Frau?«

Sie nickte.

»Nun?« fragte er schließlich.

»Ich wünschte, du wärest nicht mehr wütend.«

»Das ist es nicht, was ich hören will.«

Sie legte ihre Hand auf seine. »Du erwartest eine Entschuldigung, nicht wahr? Nun gut. Es tut mir leid, daß ich deinen Vorschlag, mich auszuruhen, ignoriert habe.«

»Vorschlag?«

»Du brauchst mich nicht anzubrüllen, Gabriel. Das ist unhöflich.«

»Unhöflich?«

Sie verstand nicht, warum er alles wiederholen mußte, was sie sagte. Er verstand nicht, warum die Begegnung mit den Wölfen sie nicht im mindesten hysterisch gemacht hatte. Begriff sie denn nicht, was alles hätte geschehen können? Lieber Gott, er konnte nicht aufhören, daran zu denken. Sie hätte von den wilden Bestien in Stücke gerissen werden können.

»Johanna, ich möchte, daß du mir versprichst, daß du das Haus nie wieder ohne eine anständige Eskorte verläßt.«

Seine Stimme war heiser. Sie vermutete, daß es durch sein Bemühen, sie nicht anzuschreien, dazu kam. Wenn es so war, dann mußte sie eingestehen, daß ihr Mann wirklich auf ihre Gefühle Rücksicht nahm.

»M'lord, ich möchte nicht im Haus gefangen sein«, erklärte sie. »Ich mußte schon hinausschleichen, um ein bißchen jagen zu gehen. Ich sollte kommen und gehen können, wie es mir gefällt.«

»Solltest du nicht.«

»Also dann mit Eskorte?«

»Verdammt, Frau, das habe ich doch gerade …«

»Vorgeschlagen?«

»Ich habe nicht *vorgeschlagen.* Ich will dein Wort!«

Sie tätschelte ihm beruhigend die Hand. Doch er schien sich nicht besänftigen lassen zu wollen. Er wies mit der Hand zu dem zerfetzten Plaid, das unter dem Baum lag. »Weißt du eigentlich, daß du genauso leicht wie dein Plaid hättest in Stücke gerissen werden können?«

Nun dämmerte es ihr langsam. Sie riß die Augen überrascht auf. Gabriel dachte, daß sie endlich verstand, in welcher Gefahr sie gewesen war, und bekräftigte: »Aye, du hättest getötet werden können, Frau.«

Sie lächelte, und das war nicht die Reaktion, die er sich erhofft hatte. Wie konnte er sie nur zur Vorsicht erziehen, wenn sie die Gefahren um sie herum nicht ernst nahm?

Er runzelte verzweifelt die Stirn. »Ich habe mir Mühe gegeben, mich daran zu gewöhnen, eine Frau zu haben, Johanna. Du machst mir die Anpassung aber sehr schwer. Warum in Gottes Namen grinst du?«

»Ich habe eben erst erkannt, daß deine Wut aus der Angst um mich heraus kommt. Ich dachte, du wärest zornig, weil ich deinem Vorschlag, mich auszuruhen, nicht entsprochen habe. Jetzt verstehe ich«, setzte sie mit einem Nicken hinzu. »Du beginnst tatsächlich, dich um mich zu sorgen. Dein Herz wird weicher, ist es nicht so?«

Er dachte nicht daran, sie solche albernen Schlüsse ziehen zu lassen, und schüttelte den Kopf. »Du bist meine Frau, und ich werde dich immer beschützen. Das ist meine

Pflicht, Johanna. Aber zuerst und vor allem bin ich ein Krieger! Diese bedeutsame Tatsache scheinst du vergessen zu haben!«

Sie hatte keine Ahnung, wovon um Himmels willen er redete. »Was hat das mit deinem Verhalten mir gegenüber zu tun?«

»Dinge des Herzens betreffen mich nicht«, erklärte er.

Sie straffte ihre Schultern. »Mich auch nicht«, gab sie zurück, damit er bloß nicht glaubte, sie sei durch seine rüde Antwort verletzt. »Auch ich wollte mich bloß daran gewöhnen, dich um mich herum zu haben.«

Am Ausdruck ihrer Augen konnte er erkennen, daß er irgendwie ihre Gefühle verletzt hatte. Er legte eine Hand in ihren Nacken, zog sie an sich und küßte sie lange und hart. Sie schlang ihre Arme um seinen Hals und erwiderte den Kuß. Als er sie losließ, wäre sie fast vom Pferd gerutscht, und er hielt sie schnell an der Taille fest.

»Gib mir dein Wort, bevor wir losreiten.«

»Ich verspreche es.«

Ihre sofortige Zustimmung verbesserte seine Laune beträchtlich. Der Zustand hielt jedoch nicht lange an. Er wollte verdammt sein, wenn sie ihn nicht absichtlich aufs neue reizen wollte.

»Was genau habe ich jetzt versprochen, M'lord?«

»Du hast mir versprochen, das Haus nicht ohne eine vernünftige Eskorte zu verlassen!«

Er hatte sie ja wirklich nicht anbrüllen wollen, aber Herrgott, sie brachte ihn an den Rand des Wahnsinns. Worüber hatten sie denn die letzten zehn Minuten geredet?

Johanna ließ ihre Finger über die Seite seines Halses gleiten. Sie wollte ihn nur besänftigen, denn seine Miene war ausgesprochen finster. Vielleicht konnte ein bißchen Lob nicht schaden.

»Du läßt mich einfach alles vergessen, wenn du mich küßt, das ist der Grund, warum ich nicht mehr wußte, was ich versprochen habe, M'lord.«

Er konnte es ihr nicht verübeln. Selbst er ließ sich gelegentlich von ihren Küssen aus dem Konzept bringen. Natürlich nicht so oft wie meine Frau, versicherte er sich.

Johanna schwang ein Bein über den Sattel und versuchte, abzusteigen. Gabriel packte sie fester um die Taille und hielt sie dort.

»Ich will dir etwas zeigen«, verkündete sie. »Eigentlich wollte ich bis morgen warten, weil ich dachte, du bräuchtest so lange, um das kleine Ereignis heute zu vergessen. Aber ich habe meine Ansicht geändert. Komm, Gabriel, ich will es dir jetzt zeigen. Eine Überraschung. Laß mich runter.«

»Ich werde das Ereignis von heute niemals vergessen«, murmelte er. Mit immer noch gerunzelter Stirn half er ihr beim Absteigen und packte dann ihre Hand, als sie versuchte, wegzugehen.

Er nahm ihren Bogen mit, der am Sattel hing, und ließ sich dann von ihr in die Höhle führen. Es war nicht leicht für ihn, durch den Eingang zu kommen: Er mußte sich durch die Öffnung quetschen und den Kopf einziehen. Aber als er erst einmal in der Höhle stand und die Fässer sah, verstummten seine gemurmelten Flüche schnell.

Ihre Begeisterung über ihren Fund gefiel ihm noch besser als der Schatz selbst.

»Nun hast du etwas Wertvolles, mit dem du handeln kannst«, verkündete sie. »Du wirst nicht mehr stehlen müssen. Was sagst du dazu, M'lord?«

»Ach, Johanna, du nimmst mir ja das Vergnügen an meiner Jagd«, antwortete er.

Dieser Ausspruch gefiel ihr überhaupt nicht. »Es ist meine Pflicht, deine Seele zu retten, und das werde ich tun, ob du dich dazu bereit erklärst oder nicht.«

Er lachte auf. Das Geräusch drang durch die Höhle und hallte von den Felsen wider.

Gabriel schaffte es, seine gute Laune zu behalten, bis ihm dämmerte, daß sie ganz allein hier hineingegangen war.

»Du hättest mitten in den Wolfsbau marschieren können«, bellte er sie an.

Johanna hatte nicht mit einem so raschen Stimmungswechsel gerechnet. Überrascht wich sie instinktiv einen Schritt zurück. Sofort wurde seine Stimme freundlicher. »Was hättest du denn getan, wenn die Wölfe dir hier hinein gefolgt wären?«

Es war nicht zu übersehen, daß er um seine Beherrschung kämpfte. Ja, Gabriel war wirklich ein gutherziger Mensch. Er wußte, daß sie sein Gebrüll nicht mochte und versuchte daher, sich zusammenzunehmen.

Sie traute sich nicht, zu lächeln, sonst würde er noch denken, sie nähme das Thema nicht ernst.

»Daran habe ich ehrlich gesagt nicht gedacht, M'lord. Ich war so aufgeregt, als ich die Höhle entdeckte, daß ich alle Vorsicht vergessen habe. Aber«, setzte sie hastig hinzu, als er Anstalten machte, sie zu unterbrechen, »ich bin sicher, mir wäre nichts passiert.« Sie nickte und fuhr dann fort: »Ja, ich wäre wahrscheinlich auf die Fässer geflogen. Tatsächlich bin ich nämlich auch den Baum hinaufgeflogen, als ich vor den Wölfen fliehen wollte. Dabei hätte ich es fast nicht geschafft. Einer verbiß sich in den Saum des Plaids ...«

Sie wußte augenblicklich, daß sie sich nicht in Einzelheiten hätte verlieren dürfen. Nun regte Gabriel sich wieder schrecklich auf.

Sie wußte sehr wohl, daß er begann, mehr für sie zu empfinden, ob er es nun zugeben wollte oder nicht. Ansonsten würde er sich doch nicht so aufregen, oder?

Johanna freute sich über diesen Beweis seiner Zuneigung, bis sie plötzlich feststellte, wieviel es ihr bedeutete. Was kümmerte es sie, was er für sie empfand? Empfand *sie* etwa auch mehr für *ihn*? Gütiger Gott, begann sie etwa, sich in diesen Barbaren zu verlieben?

Die Möglichkeit entsetzte sie. Sie schüttelte den Kopf. Sie durfte sich keinesfalls gestatten, so verletzlich zu werden.

Erleichtert bemerkte Gabriel ihre finstere Miene, und er nickte zufrieden. Offenbar hatte die Frau endlich begriffen, was ihr hätte zustoßen können.

»Ich habe langsam schon bezweifelt, daß du einen gesunden Menschenverstand besitzt«, murmelte er.

»Davon habe ich jede Menge«, gab sie zurück.

Er hatte keine Lust, mit ihr zu streiten. Statt dessen zog er sie mit sich nach draußen. Sie wartete, während er die Öffnung mit Steinen versperrte, damit keine Tiere hineinkonnten.

Sie ritt auf seinem Schoß zurück zur Burg. Als sie den Hügelkamm erreichten, strahlte die Sonne wieder hell vom Himmel.

Johanna zwang sich, ihre Sorgen beiseite zu schieben. Sie würde ihre eigenen Gefühle ja wohl noch unter Kontrolle halten können. Wenn sie Gabriel nicht lieben wollte, dann würde sie ihn eben nicht lieben.

»Du bist so angespannt wie deine Bogensehne, Frau. Natürlich kann ich das verstehen. Endlich hast du erkannt, wie nahe du dem Tod gewesen bist. Lehn dich zurück und schließ deine Augen. Du solltest dich ausruhen.«

Sie tat, wie er vorgeschlagen hatte. Dennoch konnte sie sich das letzte Wort nicht verkneifen. »Ich habe nicht einmal geglaubt, daß ich sterben würde, M'lord. Ich wußte doch, daß schließlich du oder deine Soldaten mich finden würden. Auf dem Baum war ich sicher.«

»Aber besorgt warst du dennoch«, sagte er.

»Natürlich war ich das. Hungrige Wölfe kreisten um den Baum.«

Wieder verspannte sich ihr Körper. Er drückte sie sanft. »Und du warst auch besorgt, weil du Angst hattest, mich enttäuscht zu haben«, bemerkte er.

Sie verdrehte die Augen. Ihr Mann hatte wirklich ein starkes Ego. »Du glaubst, ich habe geglaubt, ich hätte dich enttäuscht?«

Er runzelte die Stirn. Wieso war da das Lachen in ihrer Stimme. »Ja, natürlich«, antwortete er.

»Warum?«

»Warum was?«

»Warum soll ich geglaubt haben, ich hätte dich enttäuscht?«

Er stieß einen langen Seufzer aus. »Du hast begriffen, daß du mir Sorgen gemacht hast«, gab er zurück.

»Also gibst du zu, daß du dir Sorgen um mich gemacht hast?«

»Verdammt noch mal, Frau, das habe ich gerade gesagt!«

Sie lächelte. Ohne sich umzudrehen, wußte sie, daß er wieder seine finstere Miene aufgesetzt hatte. Sie tätschelte seinen Arm, um ihn zu besänftigen.

»Ich bin froh, daß du dir Sorgen gemacht hast, auch wenn du dachtest, es wäre nur eine unnötige Störung.«

»Genau das war es ja wohl.«

Sie ignorierte seine Worte. »Dennoch solltest du mir vertrauen, M'lord. Ich kann auf mich selbst aufpassen.«

»Ich bin nicht in Stimmung für Scherze, Johanna.«

»Ich scherze nicht.«

»Tust du doch.«

Sie gab es auf. Nachdem sie eine Weile darüber nachgedacht hatte, entschied sie, daß sie ihrem Mann kaum verübeln konnte, daß er meinte, sie könne nicht selbst auf sich aufpassen. Seit sie sich zum ersten Mal gesehen hatten, hatte sie sich wie ein Feigling benommen und war stets sehr schüchtern gewesen. Allerdings hoffte sie, daß sie ihn mit der Zeit vom Gegenteil überzeugen konnte. Er sollte nicht glauben, sie wäre ein Schwächling.

»Johanna, ich will nicht, daß du irgend jemanden von den Fässern erzählst.«

»Wie du wünschst. Weißt du schon, was du mit ihnen machen wirst?«

»Darüber reden wir nach dem Mittagessen«, versprach er.

Sie nickte. Dann fiel ihr etwas ein: »Wie hast du mich

eigentlich gefunden? Ich dachte, du wolltest auf die Jagd gehen.«

»Wir haben unsere Pläne geändert«, erklärte er. »Der Clansherr der MacInnes und zehn seiner Männer wurden gesehen, wie sie unsere Grenze überschritten haben.«

»Und glaubst du, sie kommen zu uns?«

»Ja.«

»Was wollen sie denn?«

»Das werde ich wissen, wenn sie hier sind«, antwortete er.

»Und wann wird das sein?«

»Am späten Nachmittag.«

»Bleiben sie zum Abendessen?«

»Nein.«

»Es wäre aber unhöflich, sie nicht einzuladen.«

Er zuckte die Schultern. Sie ließ sich durch sein mangelndes Interesse nicht zurückhalten. Als seine Frau fühlte sie sich verpflichtet, ihm wenigstens ein paar Manieren beizubringen.

»Ich werde die Dienerschaft anweisen, Plätze für die Gäste an deinem Tisch herzurichten«, kündigte sie an. Sie wartete auf seinen Widerspruch und war angenehm überrascht, als der ausblieb.

Johanna dachte wieder über das Essen nach. Plötzlich durchschoß sie ein Gedanke. »Guter Gott, Gabriel, du hast die MacInnes doch nicht bestohlen, oder?«

»Nein«, antwortete er und mußte über ihre Empörung grinsen.

Sie entspannte sich wieder. »Dann müssen wir auch nicht befürchten, daß sie kämpfen wollen.«

»Mit zehn Soldaten? Nein, das ist keine Frage«, sagte er.

Ihr Mann machte den Eindruck, als hätte er schon viel bessere Laune. Vielleicht liegt es daran, daß er bald andere Gesellschaft haben wird, dachte sie.

Sie würde sicherstellen, daß der Abend reibungslos

verlief. Allerdings würden sie nicht genug Kaninchenragout haben, es sei denn, sie würde noch einmal losziehen. Diese Idee verwarf sie allerdings schnell. Die Kaninchen mußten ohnehin mehrere Stunden schmoren, damit sie zart genug waren, also war dazu gar keine Zeit. Johanna beschloß, sich zu Hause schnell umzuziehen und dann der Köchin das Problem zu schildern. Hilda würde schon wissen, wie man Gerichte streckte, und Johanna würde ihr natürlich anbieten, bei den Vorbereitungen zu helfen.

Sie wünschte, sie könnte die Maclaurin-Soldaten für den Abend loswerden. Sie waren immer so schrecklich barbarisch und laut und störten oft. Ja, die Art, wie sie versuchten, sich mit Rülpsern zu übertreffen, war sogar ausgesprochen ekelerregend. Natürlich wollte sie die Männer nicht beleidigen. Schließlich waren sie ein Teil des Clans und konnten deswegen nicht ausgeschlossen werden.

Inzwischen hatten sie den Vorplatz erreicht. Gabriel stieg zuerst ab und half ihr dann vom Pferd. Dabei hielt er sie länger als nötig fest. Sie lächelte ihn an und wartete darauf, daß er sie losließ.

»Johanna, du wirst jetzt nichts mehr anstellen. Ich will, daß du reingehst und...«

»Laß mich raten, M'lord«, unterbrach sie ihn. »Du willst, daß ich mich ausruhe, richtig?«

Er lächelte. Himmel, war sie niedlich, wenn sie verstimmt war. »Aye, das will ich.«

Er küßte sie noch einmal, dann machte er kehrt, um sein Pferd zu den Stallungen zu führen.

Johanna schüttelte den Kopf über seine albernen Anweisungen. Wie sollte sie die Zeit mit Ausruhen vergeuden, wenn sie doch Gäste zum Essen hatten?

Sie eilte hinein, lehnte Köcher und Bogen gegen die Wand am Fuß der Treppe und lief hinauf in ihre Kammer. Schnell war sie umgezogen. Ihr Haar war noch zu feucht, um es zu flechten, also faßte sie es mit einem Band im Nacken zusammen und eilte dann wieder hinunter.

Megan stand an der Tür und spähte nach draußen.

»Was machst du denn da, Megan?«

»Die MacInnes-Soldaten sind da.«

»So schnell?« fragte Johanna. Sie ging zu Megan und stellte sich an ihre Seite. »Sollten wir nicht die Tür aufmachen und sie hereinbitten?«

Megan schüttelte den Kopf. Sie trat zur Seite, damit ihre Herrin einen Blick nach draußen werfen konnte, und flüsterte: »Irgendwas stimmt nicht, M'lady. Seht nur, wie sie dreinblicken. Dabei scheinen sie unserem Clansherrn eine Gabe mitgebracht zu haben. Seht Ihr den Rupfensack über dem Schoß von MacInnes?«

»Laßt mich mal sehen.« Johanna wirbelte herum und stieß mit dem Priester zusammen. Sie bat ihn um Verzeihung und erklärte ihm dann, warum er sie dabei ertappt hatte, heimlich die Männer draußen zu beobachten.

»Ihr Benehmen ist höchst widersprüchlich. Sie schauen ziemlich wütend aus, haben aber unserem Clansherr etwas mitgebracht. Vielleicht geben sie sich bloß so grantig.«

»Nay, das kann nicht sein«, erwiderte Vater MacKechnie. »Die Highlander sind nicht wie die Engländer.«

»Was soll das heißen, Vater? Männer sind Männer, egal wie sie sich kleiden.«

Der Priester machte die Tür zu, bevor er antwortete. »Meine Erfahrungen mit Engländern haben mir einen besonderen Charakterzug offenbart, Kind: Sie scheinen immer ein verstecktes Motiv für jede ihrer Taten zu haben.«

»Und die Highlander?« fragte sie.

Vater MacKechnie lächelte. »Wir sind ein simpler Menschenschlag. Was man sieht, das hat man, versteht Ihr? Wir haben keine Zeit für Hintergedanken.«

»Die Maclaurins gucken böse, weil sie wegen irgendwas böse sind«, warf Megan ein. »Sie sind nicht klug genug, um jemanden zu täuschen.«

Der Priester nickte zustimmend. »Wir haben keine Verwendung für List und Betrug. MacInnes sieht aus wie eine Hornisse, die man gereizt hat. Er macht uns nichts vor.«

»Dann müssen wir unser Bestes geben, um sie zu besänftigen. Schließlich sind es Gäste«, sagte sie. »Megan, geh bitte und sag der Köchin, wir werden elf Leute mehr zum Essen haben. Biete ihr unsere Hilfe an. Ich komme in einer Minute nach.«

Megan beeilte sich, der Bitte zu entsprechen. »Der Köchin wird es nichts ausmachen«, rief sie über die Schulter zurück, während sie durch den Flur auf die Hintertür zuging. »Schließlich ist sie eine MacBain. Sie wird sich bestimmt nicht beschweren.«

Johanna verwirrte die Bemerkung. Was machte es für einen Unterschied, ob die Köchin eine MacBain oder eine Maclaurin war? Aber Megan war schon verschwunden, und Johanna würde bis später warten müssen, um sie danach zu fragen.

Der Priester lenkte ihre Aufmerksamkeit auf sich, als er die Tür öffnete. Sie stand hinter ihm und flüsterte: »Welcher von ihnen ist der Clansherr?«

»Der alte Mann mit den hervortretenden Augen auf dem gefleckten Pferd«, antwortete Vater MacKechnie. »Ihr bleibt besser hier, bis Euer Gatte entschieden hat, ob er sie eintreten läßt oder nicht. Ich gehe raus und spreche mit ihnen.«

Johanna nickte und versteckte sich hinter der Tür, lugte aber hinaus, um dem Priester nachzusehen. Vater MacKechnie trat die Treppe hinunter und rief einen Gruß.

Die MacInnes-Leute ignorierten den Priester. Ihre Gesichter schienen aus Stein gemeißelt. Johanna fand ihr Benehmen unmöglich. Auch machte keiner von ihnen Anstalten, abzusteigen. Wußten sie nicht, wie unhöflich sie sich verhielten?

Johanna musterte den Clansherrn. Er hatte wirklich hervorquellende Augen. Der alte Mann hatte ein zerfurchtes

Gesicht mit dicken Augenbrauen. Sein Blick war auf Gabriel geheftet, der gerade über die Lichtung heraufkam. Als er nur noch ein paar Fuß von den MacInnes-Männern entfernt war, blieb er stehen.

Der Clansherr sagte etwas, das Gabriel offensichtlich sehr wütend machte. Seine Miene wurde finsterer denn je – furchteinflößend. Diesen Gesichtsausdruck hatte Johanna noch nie zuvor gesehen, und sie schauderte. Gabriel sah aus, als wäre er zum Kampf bereit.

Die MacBain-Soldaten sammelten sich hinter ihrem Anführer. Die Maclaurins schlossen sich an.

MacInnes machte eine Geste, und ein Soldat stieg rasch von seinem Pferd und kam an seine Seite. Der Mann sah MacInnes ähnlich, er konnte durchaus sein Sohn sein. Sie beobachtete, wie er den großen Rupfensack vom Schoß des Alten zog, das Gewicht in seinen Armen ausbalancierte und um das gefleckte Pferd herumging. Er hielt ein paar Schritte vor Gabriel an und warf den Sack auf den Boden.

Der Stoff riß. Staub wirbelte auf, und als er sich wieder legte, konnte Johanna sehen, was das Geschenk des Clansherrn war: Eine Frau, so zerschlagen und blutig, daß ihr Gesicht kaum noch zu erkennen war, tauchte daraus hervor und rollte auf die Seite. Sie war nackt, und es gab keine Stelle an ihrem Körper, die unverletzt war.

Johanna taumelte von der Tür weg. Aus der Tiefe ihrer Kehle rang sich ein Wimmern. Sie glaubte, sich übergeben zu müssen. Ihr wurde so übel vom Anblick der zerschlagenen Frau, daß sie am liebsten vor Scham geweint hätte … und vor Zorn aufgeschrien.

Sie tat nichts von beiden. Statt dessen griff sie nach Pfeil und Bogen.

KAPITEL 11

Johannas Hände bebten. Sie hatte nur einen Gedanken: Sie wollte perfekt zielen, wenn sie die Bastarde tötete, die diese abscheuliche Tat begangen hatten.

Auch Gabriel zitterte vor Wut. Seine Hand glitt zum Griff seines Schwertes. Er konnte nicht glauben, daß ein Highlander sich mit einer solch feigen Schandtat entehrte. Und dennoch lag der Beweis vor ihm auf dem Boden.

Clansherr MacInnes sah ihn selbstgefällig an. Gabriel beschloß, ihn als erstes zu töten.

»Habt Ihr diese Frau zu Tode prügeln lassen?« Er hatte die Frage nicht ausgesprochen, er hatte sie geknurrt.

Der MacInnes-Anführer runzelte die Stirn. »Sie ist nicht tot. Sie atmet noch.«

»Seid Ihr dafür verantwortlich?« grollte Gabriel wieder.

»Das bin ich«, brüllte der Clansherr zurück. »Ganz gewiß.«

Für Gabriel hörte es sich wie Prahlerei an, und er schickte sich an, sein Schwert zu ziehen. MacInnes bemerkte es und erkannte plötzlich seine gefährliche Lage. Schnell setzte er zu einer Erklärung an.

»Clare MacKay ist durch ihren Vater in den Haushalt gebracht worden«, rief er. »Sie sollte meinen ältesten Sohn Robert heiraten.« Er hielt inne und nickte dem Soldaten zu, der neben seinem Pferd stand. Dann fuhr er fort: »Ich wollte unsere zwei Clans einen und damit soviel Macht bekommen, daß man mit uns zu rechnen hat, doch die Hure wurde vor drei Monaten befleckt, und zwar durch einen von Euch, MacBain. Es hat keinen Zweck, es abzustreiten, denn Euer Plaid wurde von dreien meiner Männer gesehen. Clare MacKay verbrachte eine ganze Nacht mit dem Kerl. Zuerst log sie und erzählte, sie hätte die Nacht mit ihren Cousinen verbracht. Ich war dumm genug, ihr zu glauben.

Als sie schließlich entdeckte, daß sie schwanger war, hatte sie auch noch die Frechheit, mit ihrer Sünde zu prahlen. War es nicht so, Robert?«

»Aye, so war es«, antwortete sein Sohn. »Ich will keine Hure heiraten«, bellte er. »Ein MacBain hat sie entehrt, ein MacBain soll sie auch haben.«

Nach diesen Worten wandte er seinen Blick zu der Frau auf dem Boden. Er spuckte aus, dann stellte er sich mit boshaftem Gesichtsausdruck über die Bewußtlose.

Langsam zog er seinen gestiefelten Fuß zurück und setzte zu einem Tritt an.

Ein Pfeil hielt ihn auf. Robert kreischte vor Schmerz und taumelte zurück. Der Pfeil steckte in seinem Oberschenkel, und seine Hände fuhren über sein Bein, als er sich immer noch schreiend umdrehte, um seinem Angreifer ins Auge zu blicken. Johanna stand auf der obersten Stufe. Ihr Blick war starr auf den Soldaten gerichtet. Sie legte einen weiteren Pfeil an den Bogen, ohne den Mann aus den Augen zu lassen.

Beim geringsten Anlaß würde sie ihn töten.

Alle Augen waren nun auf sie gerichtet. Gabriel hatte den Mann daran hindern wollen, die Frau zu treten, doch der Pfeil war ihm zuvorgekommen. Er drehte sich um, sah den Ausdruck auf dem Gesicht seiner Frau und ging augenblicklich auf sie zu.

Keiner der anderen Männer rührte sich. Die Maclaurins waren wie erstarrt von dem, was sie soeben gesehen hatten. Die MacBains waren mindestens genauso überrascht. Und genauso beeindruckt.

Der Soldat, den sie angeschossen hatte, taumelte näher an die Frau heran. Johanna befürchtete, er könnte ihr noch mehr wehtun wollen.

Aber das würde sie nicht zulassen. »Versucht noch mal, sie zu treten, und bei Gott, ich schieße Euch einen Pfeil mitten durch Euer schwarzes Herz!«

Der wilde Zorn in ihrer Stimme schwappte über die

Menge der Soldaten. Robert wich instinktiv zurück. Der Priester eilte nach vorn und kniete sich neben die Frau. Er schlug das Zeichen des Kreuzes und sprach leise einen Segen.

»Sie ist wahnsinnig«, flüsterte Robert.

Gabriels Gefolgsleute hörten diese Bemerkung. Drei MacBains bewegten sich auf ihn zu. Calum winkte sie mit einer Handbewegung zurück.

»Unser Clansherr entscheidet, was zu tun ist«, sagte er knapp.

Keith stand neben Calum. Er konnte sich nicht mehr beherrschen. »Sie ist nicht wahnsinnig!« brüllte er. »Aber wir werden ganz sicher unserem Clansherr mitteilen, was Ihr von seiner Frau haltet!«

»Mein Sohn hat sie nicht beleidigt«, verteidigte MacInnes ihn. »Er sagt nur die Wahrheit. Seht doch nur in ihre Augen. Sie ist absolut durchgedreht. Und weswegen, frage ich Euch? Nur wegen einer wertlosen Hure!«

Gabriel achtete auf niemanden mehr. Er sah nur noch seine Frau. Er hatte die oberste Stufe erreicht, faßte sie aber nicht an. Schweigend stellte er sich an ihre Seite.

Johanna ignorierte ihren Mann. Langsam drehte sie sich ein wenig, bis sie Clansherr MacInnes im Blick hatte.

Befriedigt stellte sie fest, daß sein häßliches Gesicht kalkweiß wurde. Seine wulstigen Lippen schürzten sich vor Angst.

»Wer hat sie geschlagen?«

Der Clansherr gab keine Antwort. Er blickte erst nach links, dann nach rechts, als wollte er einen Fluchtweg suchen.

»Du solltest ihn nicht töten.«

Gabriel hatte die Worte geflüstert, so daß nur sie es hören konnte. Sie zeigte keinerlei Reaktion.

Er wiederholte den Satz. Sie schüttelte den Kopf und antwortete ihm, ohne den Clansherrn aus den Augen zu lassen.

»Glaubst du, die Frau hat eine solche Behandlung verdient? Glaubst du, sie ist weniger wichtig als ein dummer Ochse?«

»Du weißt genau, daß ich das nicht glaube«, entgegnete er. »Gib mir den Bogen!«

»Nein.«

»Johanna ...«

»Sieh doch, was sie getan haben!« schrie sie.

Die Qual in ihrer Stimme tat ihm im Herzen weh. Seine Frau war kurz davor, ihre Beherrschung ganz zu verlieren. Das durfte nicht geschehen.

»Zeig ihnen nicht, wie betroffen du bist«, sagte er. »Sie würden es als eine Art Triumph betrachten.«

»Ja«, flüsterte sie. Ihre Hände begannen zu zittern, und sie stieß ein leises Wimmern aus.

»Je länger wir hier stehen, desto länger muß die Frau auf Hilfe warten. Gib mir die Waffe.«

Sie konnte es nicht. »Ich darf nicht zulassen, daß sie ihr noch mehr wehtun. Siehst du es denn nicht? Ich muß ihr helfen. Ich habe immer gebetet, daß mir jemand hilft, aber niemand hat es je getan. Aber ich kann es jetzt. Ich muß, ich muß ...«

»Ich erlaube nicht, daß sie ihr etwas antun«, versprach er.

Wieder schüttelte sie nur den Kopf. Gabriel beschloß, es anders anzugehen. Es kam ihm vor, als wären Stunden vergangen, seit er an ihre Seite getreten war, aber er wußte, daß es nur ein paar Minuten gewesen sein konnten. Es kümmerte ihn allerdings nicht, wie lange sie brauchte, um sich wieder in den Griff zu bekommen. Diese MacInnes-Bastarde mußten eben warten. Natürlich hätte Gabriel ihr den Bogen einfach abnehmen können, aber das wollte er nicht. Er wollte, daß sie ihn ihm gab.

»Also gut«, sagte er. »Ich befehle meinen Männern, jeden einzelnen umzubringen. Wäre dir das recht?«

»Ja.«

Er konnte seine Überraschung nicht verbergen. Dann stieß er einen Seufzer aus und wandte sich ab, um seine Befehle zu geben. Er war kein Mensch, der bluffte. Wenn sie wollte, daß er die Schufte töten ließ, dann würde er ihrer Bitte nachkommen. Zur Hölle, er hatte sowieso nur noch einen Anlaß gesucht. Seiner Frau einen Gefallen zu tun, war allemal Grund genug.

»Calum!« brüllte er.

»Aye, MacBain?«

»Nein«, platzte Johanna heraus.

Gabriel drehte sich zu ihr um. »Nein?«

Tränen verschleierten ihre Augen. »Wir können sie nicht töten.«

»Oh, doch, das können wir.«

Sie schüttelte den Kopf. »Wenn wir uns erlauben, daß Zorn unsere Taten beherrscht, dann sind wir nicht besser als sie. Schick sie fort. Mir wird schlecht bei ihrem Anblick.«

Ihre Stimme war wieder voller Kraft. Gabriel nickte zufrieden. »Gib mir zuerst deinen Bogen und die Pfeile.«

Langsam senkte sie ihre Arme. Was dann geschah, überraschte sie so sehr, daß sie keine Zeit hatte, zu reagieren. Gabriel riß ihr den Bogen aus der Hand, drehte sich ein Stück, zielte und schoß den Pfeil mit unglaublicher Geschwindigkeit und Treffsicherheit ab.

Ein Schmerzgeheul folgte. Der Pfeil steckte in der Schulter des Soldaten, den sie angeschossen hatte. Robert, der Sohn des Clansherrn, hatte den Dolch aus seinem Gürtel gezogen und wollte ihn gerade werfen, als Gabriel die Bewegung bemerkt hatte. Weder Calum noch Keith hatten die Zeit gehabt, eine Warnung zu brüllen.

Clansherr MacInnes geriet nun in furchtbaren Zorn über das Benehmen seines Sohnes, aber Gabriels Wut war weitaus größer. Er schob Johanna hinter seinen Rücken, ließ den Bogen fallen und packte sein Schwert.

»Verschwindet von meinem Land, MacInnes, oder ich bringe Euch um.«

Die MacInnes-Soldaten zögerten nicht, der Aufforderung nachzukommen. Gabriel hielt Johanna fest, bis der Vorplatz wieder leer war.

»Keith, schick zehn Soldaten hinterher. Sie sollen ihnen bis zur Grenze folgen«, befahl er.

»Zu Befehl«, rief Keith.

Im gleichem Moment, als Gabriel sich regte, schoß Johanna um ihn herum und rannte die Treppe hinunter, wobei sie ihren Gürtel aufband. Ihr Plaid war gelöst, noch bevor sie sich neben die mißhandelte Frau kniete und sie damit bedeckte. Sie legte ihr die Hand an den Hals, fühlte den Puls schlagen und wäre fast vor Erleichterung in Tränen ausgebrochen.

Vater MacKechnie legte ihr die Hand auf die Schulter. »Wir sollten reingehen«, flüsterte er.

Calum ließ sich auf ein Knie nieder und beugte sich vor, um die Frau aufzuheben. Johanna begann sofort zu schreien: »Faßt sie nicht an!«

»Sie kann hier nicht bleiben, M'lady«, versuchte Calum, seiner aufgebrachten Herrin zu erklären. »Ich will sie hineintragen.«

»Gabriel soll das tun«, entschied Johanna. Sie holte tief Atem und versuchte, sich zu beruhigen. »Ich wollte Euch nicht anschreien, Calum. Bitte vergebt mir. Ihr dürft sie sowieso nicht heben. Ihr reißt Eure Wunde wieder auf.«

Calum nickte. Er war angenehm überrascht, daß sie sich bei ihm entschuldigt hatte.

»Ist sie tot?« fragte Keith.

Johanna schüttelte den Kopf. Gabriel zog sie auf die Füße und ging dann selbst in die Knie, um die MacKay-Frau auf seine Arme zu heben.

»Bitte sei vorsichtig«, flüsterte Johanna.

»Wo soll ich sie hinbringen?« fragte Gabriel.

»Gebt ihr meine Kammer«, schlug MacKechnie vor. »Ich kann heute nacht woanders schlafen.«

»Glaubt ihr, sie wird es überleben?« fragte Calum, als er seinem Anführer über den Platz folgte.

»Wie zum Teufel soll ich das wissen?« schnappte Gabriel zurück.

»Sie wird überleben«, verkündete Johanna und betete dafür, daß sie recht hatte.

Calum rannte vor, um die Tür zu öffnen, und Johanna folgte ihrem Mann durch den Eingang. Hilda war gerade durch die Hintertür gekommen und ging nun den Korridor entlang auf sie zu. Sie rief nach Johanna.

»Kann ich mit Euch über das Abendessen für die Gäste sprechen, M'lady?«

»Wir haben keine Gäste«, sagte Johanna. »Lieber esse ich mit dem Teufel oder König John zu Abend, als die MacInnes ertragen zu müssen.«

Hilda riß erstaunt die Augen auf. Johanna wollte ihrem Mann gerade die Treppe hinauf folgen, als sie plötzlich stehenblieb. »Ich scheine jeden anzufauchen, Hilda. Bitte verzeih mir. Ich bin heute nicht ganz ich selbst.«

Dann eilte sie endlich die Treppe hinauf. Ein paar Minuten später lag die Frau auf dem Bett, und Gabriel stand neben Johanna, während sie sie nach gebrochenen Knochen abtastete.

»Da scheint alles in Ordnung zu sein«, flüsterte Johanna. »Aber die Schläge am Kopf machen mir Sorgen. Sieh nur die Schwellung an ihrer Schläfe. Ich habe keine Ahnung, wie schlimm der Treffer war. Vielleicht wacht sie nie mehr auf, Gabriel.«

Johanna hatte nicht bemerkt, daß sie weinte, bis ihr Mann ihr befahl, damit aufzuhören. »Es wird ihr nicht helfen, wenn du zusammenbrichst. Sie braucht deine Hilfe, nicht deine Tränen.«

Natürlich hatte er recht. Johanna wischte sich die Tränen aus dem Gesicht. »Warum haben sie ihr das Haar abgeschnitten?«

Sie berührte den Kopf der Frau. Clare MacKay hatte

dickes, dunkelbraunes, glattes Haar, das nun kaum noch ihre Ohren bedeckte. Die MacInnes-Männer hatten keine Schere benutzt, dazu sahen die Strähnen zu ausgefranst aus. Sie hatten dazu ein Messer genommen.

Eine Demütigung, dachte Johanna. Aye, deswegen hatten sie es getan.

»Es ist ein Wunder, daß sie noch atmet«, bemerkte Gabriel. »Tu, was du kannst, Johanna. Ich werde jetzt Vater MacKechnie hereinbitten. Er wird ihr die Letzte Ölung geben wollen.«

Johanna hätte am liebsten geschrien. Die Vernunft sagte Johanna, daß es das beste wäre, doch die Frau atmete verdammt noch mal immer noch, und Johanna wollte sich einfach nicht eingestehen, daß sie es nicht schaffen würde.

»Nur als Vorsorge«, beruhigte Gabriel sie.

»Ja«, flüsterte sie. »Nur als Vorsorge.« Sie richtete sich auf. »Ich werde es ihr bequemer machen«, verkündete sie dann. Sie holte die Schüssel und den Wasserkrug von der Truhe. Sie wollte sie neben dem Bett auf den Boden stellen, doch Gabriel zog ihr die Truhe näher heran. Er ging auf die Tür zu, als Johanna durch den Raum eilte und Leintücher zusammensuchte.

Gabriel griff nach dem Riegel, hielt dann plötzlich inne. Er drehte sich um und sah seine Frau an, die nicht mehr auf ihn achtete. Sie setzte sich aufs Bett und tunkte eines der Tücher in die Wasserschüssel.

»Beantworte mir eine Frage«, befahl er.

»Ja?«

»Bist du auch so geschlagen worden?«

Johanna sah ihren Mann nicht an, als sie antwortete.

»Nein.«

Er bemerkte erst jetzt, daß er den Atem angehalten hatte. Nun stieß er ihn erleichtert aus.

Bis sie ihre Antwort korrigierte. »Er hat mich selten ins Gesicht oder auf den Kopf geschlagen. Nur einmal war er nicht so vorsichtig.«

»Und dein restlicher Körper?«

»Die Kleidung versteckte die Prellungen«, antwortete sie.

Sie konnte nicht ahnen, was ihre Erklärung bei ihm anrichtete. Gabriel war entsetzt. Es kam ihm wie ein Wunder vor, daß sie überhaupt in eine zweite Ehe eingewilligt hatte. Hölle, und er hatte verlangt, daß sie ihm vertraute. Nun kam er sich wie ein Vollidiot vor. Wenn er an ihrer Stelle wäre, hätte er ganz sicher niemals mehr überhaupt jemandem vertraut.

»Sie wird keine Narben zurückbehalten«, flüsterte Johanna. »Das meiste Blut in ihrem Gesicht ist aus der Nase gekommen. Ein Wunder, daß sie sie nicht gebrochen haben. Sie ist eine hübsche Frau, findest du nicht, Gabriel?«

»Ihr Gesicht ist zu geschwollen, um das zu beurteilen«, antwortete er.

»Sie hätten ihr das Haar nicht abschneiden dürfen.«

Diese geringe Bestrafung schien sie furchtbar aufzuregen. »Johanna, das war doch wohl nicht das schlimmste. Sie hätten sie nicht schlagen dürfen. Hunde werden ja besser behandelt.«

Johanna nickte. *Und Ochsen*, dachte sie.

»Gabriel?«

»Ja?«

»Ich bin froh, daß ich dich geheiratet habe.«

Sie war zu verlegen, um ihn bei diesen Worten anzusehen, und so tat sie so, als erfordere die Aufgabe, das Tuch auszuwringen, jedes bißchen ihrer Konzentration.

Er lächelte. »Das weiß ich.«

Seine Arroganz geriet wirklich außer Kontrolle. Dennoch wärmte sie ihr das Herz. Sie schüttelte den Kopf und begann wieder, der jungen Frau das Blut aus dem Gesicht zu tupfen. Dabei murmelte sie tröstende Worte. Sie bezweifelte zwar, daß Clare MacKay etwas davon hörte, aber Johanna beruhigte es selbst, ihr immer wieder zu versichern, sie wäre nun in Sicherheit. Und sie fügte das Versprechen hinzu, daß niemand ihr je wieder etwas tun würde.

Gabriel zog die Tür auf und fand den ganzen Flur voller Frauen vor. Alle trugen das MacBain-Plaid.

Hilda führte die Gruppe an. »Wir möchten unsere Hilfe anbieten«, sagte sie.

»Vater MacKechnie soll ihr die Letzte Ölung geben, bevor ihr hineinkönnt«, befahl Gabriel.

Der Priester wartete bereits. Er hörte die Worte des Clansherrn und drängelte sich augenblicklich vor, wobei er dauernd Entschuldigungen murmelte. Er trat in die Kammer, stellte sich ans Bettende, wo er seinen Beutel zurückgelassen hatte, und zog eine schmale, purpurne Stola heraus. Er küßte die Fransenenden, murmelte seine Gebete und legte sie sich dann um die Schultern.

Gabriel zog die Tür zu und ging hinunter. Calum und Keith warteten schon auf ihn, um ihm in die große Halle zu folgen. Gabriel sah das Plaid auf dem Boden vor dem Herd, seinen Hund aber nicht. »Wo ist Dumfries?«

»Stromert draußen herum«, vermutete Calum.

»Er ist früh heute morgen verschwunden«, setzte Keith hinzu.

Gabriel schüttelte den Kopf. Johanna würde sich Sorgen machen, wenn sie bemerkte, daß der Hund fort war. Sie würde an die Naht denken.

Dann zwang er seine Gedanken auf wichtigere Dinge. »Calum, ruf die MacBain-Soldaten zusammen«, befahl er. »Ich will von jedem Mann die Bestätigung, daß er Clare MacKay nicht angefaßt hat.«

»Und Ihr glaubt, daß …«

Keith brach ab, als er den zornigen Blick seines Clansherrn sah. »Keiner meiner Krieger wird mich anlügen, Keith«, knurrte er.

»Aber wenn einer von ihnen zugibt, daß er mit der Frau die Nacht verbracht hat? Was werdet Ihr dann tun?«

»Das braucht dich nicht zu kümmern, Keith. Du wirst zu Clansherr MacKay reiten und ihm berichten, was geschehen ist.«

»Soll ich ihm sagen, daß seine Tochter stirbt, oder soll ich die Wahrheit beschönigen?«

»Sag ihm, sie hat die Letzte Ölung bekommen.«

»Und soll ich ihm sagen, daß ein MacBain …«

»Sag ihm genau das, was MacInnes uns vorwirft«, unterbrach Gabriel ihn ungeduldig. »Verdammt, ich wünschte, ich hätte die Schufte umgebracht.«

»Dann hättet Ihr einen Krieg entfacht«, sagte Keith.

»Der Krieg ist bereits erklärt worden«, fauchte Gabriel. »Glaubst du, ich vergesse einfach, daß der MacInnes-Sohn meine Frau töten wollte?«

Die letzten Worte hatte er gebrüllt, und der Maclaurin-Soldat schüttelte den Kopf. »Nay, Clansherr«, beeilte er sich zu sagen. »Das werdet Ihr nicht vergessen. Und meine Unterstützung habt Ihr.«

»Das hoffe ich, verdammt noch mal«, entgegnete Gabriel. Calum trat nun einen Schritt vor. »Die MacKays könnten ebenfalls einen Krieg erwägen, wenn sie glauben, daß ein MacBain ihre Tochter verdorben hat.«

»Keiner meiner Leute würde so etwas Unehrenhaftes tun«, knurrte Gabriel.

Calum nickte zustimmend. Keith war noch nich überzeugt. »MacInnes sagte, Euer Plaid sei erkannt worden.«

»Dann hat er gelogen«, sagte Calum.

»MacInnes hat auch gesagt, Clare MacKay hat gestanden, sie habe eine Nacht mit einem MacBain verbracht«, warf Keith ein.

»Dann hat sie gelogen«, antwortete Calum.

Gabriel wandte den Männern den Rücken zu. »Ihr habt meine Befehle gehört. Führt sie nun aus.«

Die Soldaten verließen die Halle. Gabriel stand eine lange Weile vor der Feuerstelle.

Er hatte eine Menge Probleme am Hals. Er wußte ganz

sicher, daß keiner seiner Männer Clare MacKay entehrt hatte.

Und doch war das MacBain-Plaid gesehen worden…vor drei Monaten.

»Hölle«, murmelte er zu sich selbst. Wenn Clansherr MacInnes die Wahrheit gesagt hatte, dann konnte es nur eine Antwort geben. Dann konnte es nur einen Mann geben, der dafür verantwortlich war.

Nicholas.

KAPITEL 12

Clare MacKay wachte erst am folgenden Morgen auf. Johanna hatte den größten Teil der Nacht bei der Frau verbracht, bis Gabriel hereinkam und sie buchstäblich fortgezerrt hatte. Hilda übernahm gerne die Wache für ihre Herrin.

Johanna war gerade erst in die Kammer zurückgekehrt und hatte sich auf einen Stuhl neben dem Bett niedergelassen, als die Frau die Augen öffnete und sie ansprach.

»Ich habe gehört, wie Ihr mir zugeflüstert habt.«

Johanna zuckte heftig zusammen. Sie sprang auf und trat ans Bett.

»Ihr seid wach«, flüsterte sie und empfand eine fast überwältigende Erleichterung.

Clare nickte. »Wie fühlt Ihr Euch?« fragte Johanna.

»Von Kopf bis Fuß tut mir alles weh.«

Johanna nickte ihrerseits. »Ihr seid auch von Kopf bis Fuß mit Prellungen übersät«, antwortete sie. »Tut Euch der Hals weh? Eure Stimme klingt heiser.«

»Ich habe wohl ziemlich viel geschrien«, sagte Clare. »Kann ich bitte einen Schluck Wasser haben?«

Johanna beeilte sich, ihr einen Kelch holen. Sie half

Clare, sich aufzusetzen, und versuchte dabei so sanft wie möglich zu sein, aber die Frau verzog dennoch schmerzerfüllt ihr Gesicht. Ihre Hand zitterte, als sie nach dem Kelch griff.

»War ein Priester hier? Ich habe Gebete gehört.«

»Vater MacKechnie hat Euch die Letzte Ölung gegeben«, erklärte Johanna. Sie stellte den Kelch auf die Truhe und setzte sich wieder. »Wir wußten nicht, ob Ihr überleben würdet. Es war nur eine Vorsorge«, sagte sie hastig.

Clare lächelte. Sie hatte wunderschöne weiße Zähne und dunkelbraune Augen. Ihr Gesicht war immer noch schrecklich verquollen, und sie versuchte, sich wegen der Schmerzen so wenig wie möglich zu bewegen.

»Wer hat Euch das angetan?«

Clare schloß die Augen. Um einer Antwort auszuweichen, stellte sie selbst eine Frage. »In dieser Nacht... Ihr sagtet, ich wäre hier sicher. Ich kann mich an Eure geflüsterten Worte erinnern. Habt Ihr mir die Wahrheit gesagt? Bin ich hier wirklich in Sicherheit?«

»Wo ist ›hier‹?«

Johanna sagte es ihr und erklärte dann, was geschehen war, sparte jedoch die Sache mit den Pfeilen in Roberts Schenkel und Schulter aus.

»Wir können später noch reden«, sagte Johanna. »Ihr müßt jetzt schlafen. Bleibt, solange ihr wollt, bei uns. Hilda wird Euch gleich etwas zu essen bringen, und ihr...«

Sie brach ab, als sie bemerkte, daß Clare bereits wieder eingeschlafen war. Sie steckte die Laken um ihren Körper fest und verließ dann das Zimmer.

Gabriel zog sich gerade die Stiefel an, als sie in ihre Schlafkammer kam.

»Guten Morgen, M'lord«, grüßte sie. »Hast du gut geschlafen?«

Er sah sie nur verärgert an. Johanna ging zum Fenster und zog die Felle zur Seite. Der Himmel war gelblich, und es konnte erst kurz nach der Dämmerung sein.

»Ich hatte dir befohlen, im Bett zu bleiben«, sagte er.

»Hast du darauf gewartet, daß ich einschlafe, um dann wieder zu gehen?«

»Ja.«

Sein Blick wurde noch düsterer. Sie beschloß, ihn etwas aufzumuntern. »Ich dachte, ich ruhe mich noch ein paar Minuten aus, bevor ich hinuntergehe. Ich bin etwas erschöpft.«

»Du siehst halbtot aus.«

»Mein Aussehen bedeutet nichts«, sagte sie, obwohl ihre Hände hastig zu den Haaren fuhren und sie versuchte, entwischte Locken wieder in den Zopf zu stopfen.

»Komm her, Johanna.«

Sie ging zu ihm und blieb vor ihm stehen. Er griff nach ihrem Gürtel, um ihr Plaid zu lösen.

»Du wirst bleiben, wo du hingehörst«, kündigte er an.

Sie versuchte, seine Hand wegzuschieben. »Ich bin kein Schmuckstück oder ein Spielzeug, das man nach Belieben aus seinem Kästchen holen kann, M'lord.«

Gabriel faßte sie am Kinn und küßte sie. Er wollte sie bloß ein bißchen milder stimmen, doch ihre Lippen waren so verdammt weich und aufregend, daß er den Grund bald vergaß. Er legte die Arme um seine Frau und zog sie an sich.

Seine Küsse ließen ihre Knie weich werden. Sie schlang ihre Arme um seine Taille und klammerte sich an ihn. Sie befand, daß es schon in Ordnung war, wenn er ihr jetzt jeden anderen Gedanken aus dem Kopf spülte. Schließlich war er ja ihr Mann. Und außerdem: Wenn er sie küßte, dann konnte er nicht die Stirn runzeln… oder sie belehren.

Sie konnte sich später nicht daran erinnern, daß sie sich ausgezogen hatte und ins Bett gekrochen war. Wahrscheinlich hatte Gabriel sie hingetragen. Auch er hatte seine Kleider abgelegt. Er nahm ihr Gesicht in beide Hände und küßte sie leidenschaftlich.

Sie liebte es, ihn zu berühren, seine heiße Haut unter ihren Fingern zu spüren, die harten Muskeln an seinen Armen und Schultern zu liebkosen. Wenn sie ihren Mann in den Armen hielt, hatte sie stets das Gefühl, seine Kraft und Stärke gingen auf sie über.

Für sie war er ein Wunder, eine Offenbarung. Gabriel war so stark, ein so harter Krieger und doch so unglaublich sanft, wann immer er sie berührte.

Sie liebte die Tatsache, daß sie ihn um seine Beherrschung bringen konnte. Sie brauchte sich das nicht einmal einzureden – er hatte es ihr oft genug gesagt. Mit ihm fühlte sie sich… frei. Frei und vollkommen hemmungslos, denn ihr Mann schien zu mögen, was immer sie probierte.

Auch er brachte sie um ihre Beherrschung. Sie gehörte nicht zu denen, die ihr Begehren hinausschrien, aber als er seine Liebkosungen einstellte und sich über sie schob, wand sie sich wild, um der süßen Qual ein Ende zu machen.

Sie schrie auf, als er in sie eindrang, und er hörte augenblicklich auf. »Lieber Gott, Johanna, ich wollte nicht…«

»O lieber Gott, ich hoffe, du wolltest doch«, flüsterte sie und grub ihre Nägel in seine Schulterblätter. Dann schlang sie die Beine um seine Schenkel und spannte die Beckenmuskeln fest an. »Gabriel, ich will nicht, daß du jetzt aufhörst. Du sollst dich bewegen.«

Er glaubte sich im siebten Himmel. Ihren Befehl ignorierend, stützte er sich auf die Ellenbogen und sah sie an. Er sah die Leidenschaft in ihren Augen und verlor beinahe den letzten Rest seiner Beherrschung. Himmel, sie war so schön… und sie gab ihm alles.

»Du bist eine lüsterne Dirne.« Er hatte sie eigentlich necken wollen, aber es klang grob. »Das gefällt mir«, setzte er also mit einem Stöhnen hinzu, als sie sich unruhig unter ihm bewegte.

Gabriel war schuld, daß sie innerlich brannte, und nun verweigerte er ihr die Erfüllung.

»Lieber Ehemann, die Sache verlangt deine Mitarbeit«, schrie sie entnervt auf.

»Ich dachte, ich mache dich erst mal verrückt«, sagte er mit einem rauhen Flüstern.

Das war eine leere Drohung, wie sich herausstellte, denn Gabriel dachte, er müßte den Verstand verlieren, als sie ihn zu sich herunterzog, ihn leidenschaftlich küßte und sich höllisch provozierend an ihm bewegte. Seine Disziplin verließ ihn. Seine Stöße wurden kräftig und drängend, doch seine Frau stand ihm in nichts nach.

Sie kamen gemeinsam zum Höhepunkt. Johanna klammerte sich an ihren Mann, als eine Woge der Ekstase nach der anderen sie überschwemmte. Sie fühlte sich so sicher, so gesättigt und fast geliebt. Das war mehr, als sie je zuvor gehabt hatte, und mehr, als sie sich je erträumen konnte.

Seufzend schlief sie ein.

Gabriel befürchtete im ersten Moment, er hätte sie zu Tode gequetscht, denn sie wurde vollkommen schlapp in seinen Armen. Er rollte sich zur Seite und flüsterte ihren Namen. Sie antwortete nicht, aber immerhin atmete sie. War sie vielleicht in ihrer Leidenschaft ohnmächtig geworden? Gabriel lächelte, denn diese Möglichkeit gefiel ihm. Natürlich wußte er den wahren Grund. Johanna war vollkommen erschöpft. Sie hatte fast die ganze Nacht am Bett Clare MacKays gesessen.

Er beugte sich über sie, küßte ihr die Stirn und stand auf. »Du ruhst dich aus«, flüsterte er und mußte grinsen. Seine kleine Frau gehorchte ihm! Natürlich wußte er, daß sie nichts gehört hatte, weil sie bereits schlief. Dennoch war er ziemlich glücklich, endlich mal einen Befehl zu erteilen, von dem er wußte, daß er befolgt werden würde.

Er deckte seine Frau zu, zog sich an und verließ leise die Kammer.

Der Tag wurde so schnell bitter, wie er süß begonnen hatte. Calum wartete unten in der großen Halle auf seinen Clansherrn mit der Nachricht, daß Baron Goode seine Bitte wiederholt hatte, mit Lady Johanna sprechen zu können. Der Bote kam auch diesmal wieder von Clansherr Gillevrey und wartete neben Calum auf Gabriels Antwort.

»Befindet sich der Baron an der Grenze zu Eurem Land?« fragte er den Soldaten.

»Nay, Clansherr. Er hat einen Vertreter geschickt. Er möchte Lady Johanna überreden, sich mit Baron Goode an der Grenze zu England zu treffen.«

Gabriel schüttelte den Kopf. »Meine Frau wird nirgendwo hingehen. Sie will nicht mit dem Baron reden, und England ist nun ein Teil ihrer Vergangenheit. Johanna blickt nur noch in die Zukunft. Sag deinem Clansherrn, ich danke ihm, daß er als Mittelsmann fungiert hat, und ich bedaure, daß er durch den Engländer Unannehmlichkeiten hatte. Irgendwann werde ich es wieder gutmachen, daß er den Baron und seine Vasallen von meinem Land ferngehalten hat.«

»Was genau soll ich dem Vertreter denn nun ausrichten?« fragte der Soldat. »Ich kann ihm jedes einzelne Wort getreu wiedergeben, wenn Ihr es wünscht.«

»Sag ihm einfach, daß meine Frau mit keinem Baron reden will, und daß es dumm wäre, sie noch weiter zu belästigen.«

Der Bote verbeugte sich und verließ die Halle. Gabriel wandte sich an Calum. »Du wirst meiner Frau nichts davon erzählen. Sie braucht nicht zu wissen, daß der Baron es noch einmal versucht hat.«

»Wie Ihr wünscht, Clansherr.«

Gabriel nickte. Er versuchte, seine Verärgerung über den Baron zu vergessen, aber der Tag wurde dennoch nicht besser. Die Maclaurins taten sich mit ihren Aufgaben schwer, und bis Mittag hatten sich drei Unfälle ereignet. Die Soldaten schienen besorgt – sie verhielten sich, als wären sie ernsthaft beleidigt worden und könnten den Gedanken nicht ertragen, Seite an Seite mit den MacBains zu arbeiten. Es war deutlich, daß sie den MacBains die

Schuld für die Misere gaben, in der sie sich zu befinden glaubten.

Seltsam genug, aber die Maclaurins bekriegten sich nicht gern. Gabriel fand das erstaunlich. Vermutlich hatten die ihren Biß wegen der schrecklichen Verluste im Kampf gegen die Engländer verloren, aber Gabriel hielt ihr Verhalten immer noch für einen schändlichen Zug des Charakters. Highlander sollten den Krieg begrüßen, nicht ihm ausweichen.

Die Vermischung der beiden Clans dauerte länger, als er erwartet hatte. Er hatte jedem einzelnen Mitglied genug Zeit geben wollen, sich anzupassen, aber langsam stellte er fest, daß er viel zu nachsichtig gewesen war. All das mußte jetzt aufhören. Seine Gefolgsleute würden jetzt entweder ihre Einstellung ändern oder sein Mißfallen zu spüren bekommen.

Die Arbeiten an der Mauer gingen nur im Schneckentempo voran. An einem normalen Tag erledigte ein MacBain-Soldat gut dreimal soviel wie ein Maclaurin. Heute war allerdings kein normaler Tag. Die Maclaurins murmelten wie alte Männer vor sich hin. Ihre Konzentration galt bestimmt nicht ihrer Arbeit, und nichts wurde wirklich geschafft.

Gabriels Geduld war am Ende. Er war gerade drauf und dran, ein paar besonders Aufmüpfigen eine Lektion zu erteilen, als Calum ihn unterbrach. Er meldete, ein zweiter Bote sei angekommen.

Gabriel ärgerte sich über die Störung. Viel attraktiver schien ihm die Idee, ein paar Maclaurin-Köpfe zusammenzustoßen. Zudem betraf die Nachricht weniger ihn selbst, aber er nahm an, daß Johanna sich freuen würde.

Gabriel wollte, daß Johanna glücklich war. Er war nicht sicher, warum ihn das kümmerte, aber er war ehrlich genug, sich einzugestehen, daß ihr Glück ihm wichtig war.

Teufel, er wurde immer weicher. Er mußte den Boten

die Nachricht, die er nach England zurückgebracht wissen wollte, mehrmals wiederholen lassen, denn der Mann wurde von Dumfries abgelenkt, der plötzlich in die Halle gestürmt kam. Der Hund knurrte, und der Mann fing an zu zittern, was Gabriel das erste Lächeln seit dem frühen Morgen entlockte.

Johannas Reaktion auf die Neuigkeit war ganz und gar nicht so, wie erwartet. Er wollte eigentlich bis zum Abendessen warten, um es ihr zu sagen, aber sie kam gerade herunter, als der Bote versuchte, zu flüchten.

Dumfries schnappte nach den Fersen des Mannes. Johanna war entsetzt über die Behandlung, die man dem Fremden angedeihen ließ. Sie schob den Hund beiseite und öffnete dem Mann dann die Tür. Dann verabschiedete sie ihn höflich, aber er hörte sie wahrscheinlich nicht. Wie ein Verrückter raste er über den Platz, und Gabriels Gelächter übertönte ihre freundlichen Worte.

Sie schloß die Tür und ging zur Treppe. Ihr Mann stand an der Feuerstelle und grinste wie ein Reichbeschenkter am Weihnachtsmorgen. Sie schüttelte den Kopf.

»Es ist nicht sehr höflich, seine Gäste zu erschrecken, M'lord.«

»Er ist ein Engländer, Johanna«, erklärte er und fand, daß das eine ausreichende Erklärung für sein schlechtes Benehmen war.

Sie sah ihn besorgt an, während sie auf ihn zuging. »Es war ein Bote, nicht wahr? Woher kam seine Nachricht? Von König John? Oder hat Baron Goode wieder um einen Besuch gebeten?« In weniger als einer Minute hatte ihre Miene von Besorgnis zu Entsetzen gewechselt.

Gabriel schüttelte den Kopf. »Er hat keine schlechten Nachrichten gebracht, Frau. Die Botschaft kam von deiner Mutter.«

Sie packte Gabriels Hand. »Ist sie krank?«

Gabriel beeilte sich, sie zu beruhigen. Er konnte es nicht ertragen, sie so verängstigt zu sehen. »Nein«, sagte er. »Zumindest glaube ich das nicht«, setzte er hinzu. »Sie würde kaum herkommen, wenn sie krank wäre, oder?«

»Mama kommt her?«

Johanna hatte die Frage geschrien, und Gabriel war erstaunt. Sie sah aus, als würde sie gleich in Ohnmacht fallen. So hatte er sich ihre Reaktion bestimmt nicht vorgestellt.

»Freut dich das denn nicht?«

»Ich muß mich setzen.«

Johanna sank auf einen Stuhl, und Gabriel baute sich vor ihr auf. »Antworte mir, Frau. Wenn du dich nicht darüber freust, dann sage ich Calum, er soll den Boten einholen und ihm sagen, der Besuch sei nicht erwünscht.«

Sie sprang wieder auf die Füße. »Das wirst du nicht tun! Ich will meine Mutter sehen.«

»Was ist in Gottes Namen dann mit dir los? Warum benimmst du dich, als hättest du gerade eine Hiobsbotschaft bekommen?« Johanna hörte ihrem Mann nicht zu. Ihre Gedanken rasten. Sie würde ihr Haus auf Hochglanz bringen müssen. Aye, das stand an erster Stelle. Und Dumfries brauchte ein Bad. Hatte sie Zeit, ihm ein paar Manieren beizubringen? Sie wollte nicht, daß der Hund ihre Mama anknurrte.

Gabriel packte seine Frau an den Schultern und verlangte erneut eine Antwort. Sie bat ihn, seine Frage zu wiederholen.

»Warum freut dich die Nachricht nicht, Frau?«

»Aber sie freut mich ja. Und wie«, entgegnete sie. Sie garnierte das mit einem Blick, der ihn fragte, ob er seinen Verstand verloren hatte. »Ich habe Mama seit vier Jahren nicht gesehen, Gabriel. Es wird ein wundervolles Treffen werden.«

»Und warum zum Teufel siehst du dann so krank aus?«

Sie schüttelte seine Hände ab und begann, vor der Feuerstelle auf und ab zu gehen. »Es gibt so viel zu tun, bevor ich sie empfangen kann«, erklärte sie. »Dumfries muß gebadet werden. Das Haus muß vom Boden bis zum Dach geschrubbt werden. Ich muß deinen Hund erziehen, Gabriel, ich will nicht, daß er Mama angrollt. O Gott, Erziehung!« Sie wirbelte herum. »Die Maclaurins besitzen überhaupt keine.«

Sie klang so verzweifelt, daß Gabriel nicht wußte, ob er über ihren chaotischen Seelenzustand lachen oder weinen sollte.

Schließlich lächelte er. Sie reagierte mit einem finsteren Blick. »Ich lasse nicht zu, daß man meine Mama beleidigt«, fauchte sie.

»Niemand wird deine Mutter beleidigen, Frau.«

Sie schnaubte ungläubig. »Ich will auch nicht, daß sie in irgendeiner Hinsicht enttäuscht ist. Sie hat mir beigebracht, eine gute Frau zu sein.« Sie stemmte die Hände in die Hüften und wartete. Ihr Mann schien nichts zu sagen zu haben. »Nun?« fragte sie, als er beharrlich schwieg.

Er stieß einen Seufzer aus. »Nun was?«

»Du sollst mir natürlich sagen, daß ich eine gute Frau bin«, schrie sie ihn entnervt an.

»Also gut«, besänftigte er sie. »Du bist eine gute Frau.«

Sie schüttelte den Kopf. »Nein, bin ich nicht.«

Er verdrehte die Augen zum Himmel. Er hatte keine Ahnung, was sie von ihm erwartete. Aber er nahm an, sie würde es ihm mitteilen, sobald sie sich wieder unter Kontrolle hatte, und so wartete er geduldig.

»Ich war nachlässig in meinen Pflichten. Aber all das ist jetzt Vergangenheit. Ich werde schon heute abend deinen Männern beim Essen Manieren beibringen.«

»Hör mal, Johanna«, begann er warnend. »Die Männer sind…«

»Misch dich da ja nicht ein, Gabriel. Du brauchst dir keine Sorgen zu machen. Deine Soldaten werden mir schon zuhören. Glaubst du, du bist zum Abendessen zu Hause?«

Die Frage verwirrte ihn. Er war jetzt zu Hause, verdammt, und das Essen würde in wenigen Minuten aufgetragen werden. Aber schließlich war sie im Moment durcheinander. Vielleicht hatte sie nicht bemerkt, wie spät es bereits war.

»Ich bin doch da«, erinnerte er sie. »Und das Abendessen …«

Sie ließ ihn nicht ausreden. »Du mußt gehen.«

»Was?«

»Geh und hol Alex, Gabriel. Ich war sehr geduldig mit dir«, setzte sie hinzu, als er die Stirn zu runzeln begann. »Aber dein Sohn soll hier sein, wenn Mama kommt. Alex wird wahrscheinlich auch ein Bad brauchen. Ich stecke ihn mit Dumfries in den Fluß. Gott weiß, was für eine Erziehung dein Sohn genossen hat. Wahrscheinlich keine.« Sie seufzte. »Geh schon und hol ihn.«

Sie wollte die Halle verlassen, nachdem sie ihm den Befehl erteilt hatte, aber er fing sie ein und zwang sie, ihn anzusehen.

»Du gibst mir hier keine Befehle, Frau.«

»Ich glaube einfach nicht, daß du diese Situation ausnutzt, um Streit anzufangen, lieber Ehemann. Ich habe jetzt keine Zeit, schönzutun. Ich habe wichtige Dinge zu erledigen.« Dann setzte sie hinzu: »Ich will Alex hier haben. oder willst du mich vor Mama beschämen?«

Die Möglichkeit schien sie zu entsetzen. Gabriel stieß einen lauten Seufzer aus. Er selbst erinnerte sich kaum an seine Mutter und konnte daher auch nicht begreifen, warum Johanna sich über den Besuch so erregte. Dennoch war es offenbar sehr wichtig, daß alles in Ordnung war.

Und er wollte wirklich, daß seine Frau glücklich war. Also beschloß er, ihr die Wahrheit zu sagen.

»Alex bleibt bei seinen Verwandten, bis …«

»Die Mauer braucht aber ewig!« unterbrach sie ihn.

»Es gibt noch einen anderen Grund, Frau.«

»Und welchen?«

»Ich will ihn nicht hier haben, solange die MacBains

und die Maclaurins ihre Meinungsverschiedenheiten austragen. Ich möchte nicht, daß Alex ... etwas abbekommt.«

Sie hatte in seinem eisernen Griff gekämpft, bis er ihr die Sache erklärt hatte. Nun wurde sie plötzlich vollkommen reglos. Ihre Miene drückte schieren Unglauben aus.

»Warum sollte jemand Alex etwas tun wollen? Er ist doch dein Sohn, oder nicht?«

»Wahrscheinlich.«

»Du hast ihn anerkannt. Du kannst deine Meinung doch nicht wieder ändern. Alex hält dich für seinen Vater, Gabriel.« Er legte ihr die Hand auf den Mund, und sein Lächeln war voller Zärtlichkeit, als ihm bewußt wurde, daß seine süße Frau nicht ein einziges Mal in Betracht gezogen hatte, Alex seinen rechtmäßigen Platz im Haus zu verweigern. Zum Teufel, sie sollte fair behandelt werden.

Sie verdiente eine vollständige Erklärung, warum er den Jungen von hier fernhielt. Gabriel zog sie zum Stuhl hinüber, setzte sich und zog sie auf seinen Schoß.

Augenblicklich wurde sie wieder schüchtern. Sie war es nicht gewöhnt, auf dem Schoß ihres Ehemannes zu sitzen. Jemand könnte doch hineinspazieren und sie so zusammen sehen. Doch dann schob sie die Bedenken beiseite. Was kümmerte es sie schon, was andere dachten? Gabriel war schließlich ihr Mann. Es war in Ordnung. Und außerdem saß sie gerne auf seinem Schoß.

Ja, sie mußte zugeben, sie fing an, ihn mehr zu mögen, als sie jemals für möglich gehalten hatte.

»Hör auf zu träumen«, befahl Gabriel. »Ich will dir etwas erklären.«

»Ja, Lieber?«

Sie legte einen Arm um seinen Hals und begann ihn zu streicheln. Er verbat sich das, doch sie ignorierte seinen Befehl. Er blickte sie finster an.

»Als die Maclaurins verzweifelt einen Anführer für die Schlacht mit den Engländern brauchten, sandten sie eine Abteilung Soldaten zu mir.«

Sie nickte und fragte sich, warum Gabriel ihr erzählte, was sie bereits wußte. Sie unterbrach ihn jedoch nicht, weil es unhöflich gewesen wäre. Außerdem hatte Nicholas ihr bereits erzählt, warum Gabriel Clansherr war, und Vater MacKechnie hatte ihr weitere Einzelheiten mitgeteilt.

Sie hatte noch einen anderen Grund, ihm aufmerksam zuzuhören. Es war das erste Mal, daß Gabriel ihr seine Gedanken mitteilte. Ob er es nun wußte oder nicht, er gab ihr das Gefühl, an seinem Leben beteiligt und wichtig zu sein.

»Bitte erzähl weiter«, forderte sie ihn auf.

»Nachdem die Schlacht gewonnen war und die Engländer keine Bedrohung mehr bedeuteten, waren die Maclaurins damit zufrieden, mich als Anführer zu behalten. Natürlich hatten sie auch keine große Wahl.« Er nickte zufrieden. »Bei meinen Gefolgsleuten waren sie allerdings nicht so gastfreundlich.«

»Haben die MacBains nicht mit den Maclaurins gegen die Engländer gekämpft?«

»O doch.«

»Dann müßten die Maclaurins doch dankbar sein. Haben sie es denn vergessen?«

Gabriel schüttelte den Kopf. »Nicht alle MacBains konnten kämpfen. Auggie zum Beispiel. Er ist zu alt für die Schlacht. Ich dachte, mit der Zeit würden sich die Maclaurins und MacBains aneinander gewöhnen, aber nun muß ich erkennen, daß dies nicht geschehen wird. Meine Geduld ist am Ende, Frau. Die Männer werden jetzt entweder lernen, miteinander auszukommen, oder ich werde wütend.«

Er grollte inzwischen wie Dumfries, und sie streichelte wieder seinen Hals. »Und was bedeutet es, wenn du wütend wirst?«

Er zuckte die Schultern. »Gewöhnlich bringe ich jemanden um.«

Er mußte sich über sie lustig machen! Sie lächelte also.

»In meinem Haus gestatte ich keine Kämpfe, Ehemann. Du wirst woanders töten müssen.«

Er war zu verblüfft über ihre Worte, um sich zu ärgern. Johanna hatte die Burg gerade ihr Zuhause genannt. Es war das erste Mal, daß sie so etwas sagte. Bisher hatte sie alles immer als sein Eigentum bezeichnet. Gabriel erkannte plötzlich, wie sehr ihm diese Trennung, ob beabsichtigt oder nicht, zu schaffen gemacht hatte.

»Ist dies dein Zuhause?«

»Ja«, antwortete sie. »Oder nicht?«

»Doch«, erwiderte er verwirrt. »Johanna, ich möchte, daß du hier glücklich bist.«

Er schien verwirrt über sein Zugeständnis. Sie konnte nicht anders, als darauf etwas beleidigt zu reagieren.

»Du hörst dich überrascht an«, bemerkte sie. Aber Himmel, sah er gut aus. Sie hätte ihren Mann den ganzen Tag ansehen können, ohne sich dabei zu langweilen.

»Ich bin auch überrascht«, gab er zu.

Plötzlich wollte er sie unbedingt küssen. Ihr Mund kam ihm so verdammt attraktiv vor. Und ihre Augen! Sie hatten das klarste Blau, das er je gesehen hatte. Verflucht, er mochte sogar ihre finstere Miene, mit der sie ihn jetzt ansah. Er schüttelte den Kopf, um diesen albernen Gedanken loszuwerden. Frauen durften ihren Männern niemals ihr Mißfallen zeigen … oder?

»Es gibt durchaus einige Männer, die ihre Frauen gerne glücklich sehen«, murrte Johanna laut. »Mein Vater wollte es ganz bestimmt.«

»Und was wollte deine Mutter?«

»Meinen Vater lieben«, antwortete sie.

»Und du?«

Sie schüttelte den Kopf. Es kam gar nicht in Frage, daß sie ihm sagte, sie wolle ihn auch lieben. Solch ein Eingeständnis würde sie nur verletzlich machen … oder vielleicht nicht?

»Ich weiß, was *du* willst«, versuchte sie ihn von ihren

Gefühlen abzulenken. »Du willst, daß ich am Abend am Feuer sitze und nähe und meine Tage mit Ausruhen vergeude. Das ist es, was du willst.«

Sie versteifte sich in seinen Armen und streichelte auch nicht mehr seinen Hals. Statt dessen zog sie ihn am Haar. Er fing ihre Hand ein und legte sie in ihren Schoß.

»Oh, und was ich noch vergessen habe«, schimpfte sie. »Du willst, daß ich bleibe, wo ich hingehöre, richtig?«

»Spar dir deine Scherze, Frau. Dazu bin ich nicht in Stimmung.«

Sie scherzte keinesfalls, aber sie nahm an, es wäre keine gute Idee, ihm das zu sagen. Sie mußte ihn ja nicht noch reizen. Lieber sollte er seine gute Laune behalten, damit er sie tun ließ, was sie wollte.

»Es gibt mehr als eine Möglichkeit, einen Fisch zu häuten«, verkündete sie.

Gabriel hatte keinen Schimmer, wovon sie sprach. Und er vermutete, sie auch nicht. Deswegen bat er sie auch nicht um eine Erklärung.

»Ich habe geglaubt, wir würden uns mit der Zeit aneinander gewöhnen«, sagte er.

»Du sagst das so, als wären wir die Maclaurins und MacBains«, entgegnete sie. »Gewöhnst du dich denn an mich?«

»Es dauert länger, als ich erwartet habe.«

Diesmal wollte er sie reizen. Johanna war bemüht, ihm ihren Ärger nicht zu zeigen, aber der Beweis lag in ihren Augen. Sie hatten nun die Farbe blauen Feuers. O ja, sie war wütend.

»Ich habe noch nicht viel Erfahrung mit der Ehe«, rief er ihr in Erinnerung.

»Ich schon«, platzte sie heraus.

Er schüttelte den Kopf. »Du warst nicht verheiratet. Du warst gefesselt. Das ist ein Unterschied.«

Sie konnte ihm seine Argumentation nicht verübeln. Er hatte recht, aber sie hatte keine Lust, über ihre Vergangenheit zu reden. »Was hat meine erste Ehe mit dem Gegenstand unserer Unterhaltung zu tun?«

»Was genau ist denn der Gegenstand?«

»Alex«, stammelte sie. »Ich habe dir doch gerade gesagt, daß es mehr Möglichkeiten gibt, einen Fisch zu häuten. Verstehst du denn nicht?«

»Wie in Gottes Namen soll ich das denn? Hier häutet keiner einen Fisch!«

Konnte es wahr sein? Er mochte offenbar keine klugen Redensarten. »Ich meine damit, daß es immer mehrere Wege gibt, ein Ziel zu erreichen«, erklärte sie. »Ich würde keine Gewalt anwenden, damit sich die Maclaurins benehmen. Ich habe andere Methoden.«

Endlich schien er ernsthaft über die Sache nachzudenken. Sie mußte die Lage ausnutzen. »Du hast mir gesagt, ich soll dir vertrauen. Nun, du hast es mir sogar befohlen«, rief sie ihm in Erinnerung. »Nun erteile ich dir denselben Befehl. Vertrau mir, daß ich auf Alex aufpasse. Nur bring ihn bitte nach Hause.«

Er konnte es ihr nicht versagen. »Also gut«, willigte er seufzend ein. »Ich geh' ihn morgen holen. Aber zuerst nur für einen kurzen Besuch. Wenn alles gut läuft, kann er bleiben. Wenn nicht...«

»Es wird gutgehen.«

»Ich will ihn auf keinen Fall gefährden.«

»Nein, natürlich nicht.«

Sie versuchte, von seinem Schoß zu kommen, aber er hielt sie fest.

»Johanna?«

»Ja?«

»Vertraust du mir denn?«

Sie starrte eine lange Zeit in seine Augen. Er glaubte, sie würde die Antwort zuerst erwägen, und diese Möglichkeit ärgerte ihn. Sie waren nun fast drei Monate verheiratet, und diese Zeit sollte eigentlich ausreichen, um Vertrauen zu fassen.

»Dein Zögern stört mich«, fauchte er.

Sie schien dadurch nicht besonders betroffen zu sein, sondern berührte nur seine Wange. »Ja, ich weiß«, flüsterte sie. »Und ja, Gabriel, ich vertraue dir.«

Sie beugte sich vor und küßte ihn. Ihre verwunderte Stimme und der Beweis ihrer Zuneigung entlockten ihm ein Lächeln.

»Und du? Vertraust du mir?«

Er hätte fast gelacht, bis er bemerkte, daß sie es ernst meinte. »Ein Krieger vertraut niemanden, Johanna, natürlich mit Ausnahme seines Clansherrn.«

»Männern sollten ihren Frauen aber vertrauen, oder etwa nicht?«

Er hatte keine Ahnung. »Ich glaube nicht, daß es notwendig ist.« Er rieb sich das Kinn und fügte dann hinzu: »Nay, er müßte sogar ein Narr sein.«

»Gabriel?«

»Ja?«

»Manchmal könnte ich mir wegen dir die Haare raufen!«

»Ich bitte um Vergebung, Herrin!« rief Hilda von der Tür aus. »Kann ich Euch einen Moment sprechen?«

Johanna schoß vom Schoß ihres Mannes hoch und errötete, als sie sich umdrehte und die Köchin in die Halle bat.

»Wer ist bei Clare?« fragte sie.

»Vater MacKechnie«, antwortete Hilda. »Sie wollte mit ihm sprechen.«

Johanna nickte. Gabriel stand auf. »Warum hast du mir nicht gesagt, daß sie wach ist?«

Er wartete nicht erst eine Antwort ab, sondern lief zur Treppe. Johanna rannte hinter ihm her. »Ich habe ihr versprochen, daß sie hierbleiben kann«, rief sie.

Gabriel gab keine Antwort. Sie schob Dumfries aus dem Weg und jagte hinter ihrem Mann die Treppe hinauf.

»Was hast du vor?« wollte sie wissen.

»Ich will nur mit ihr reden, Johanna. Du brauchst dir keine Sorgen zu machen.«

»Sie ist noch zu schwach für eine lange Unterhaltung. Und vielleicht nimmt Vater MacKechnie ihr gerade die Beichte ab. Du solltest nicht stören.«

Der Priester öffnete gerade von innen die Tür, als Gabriel die Kammer erreichte. Er nickte Vater MacKechnie zu und ging an ihm vorbei. Johanna folgte ihm auf dem Fuß.

»Du wirst hier warten«, befahl Gabriel.

»Aber vielleicht hat sie Angst vor dir, Gabriel.«

»Dann muß sie eben Angst haben.«

Er schloß die Tür vor ihrer Nase. Johanna hatte keine Zeit, sich über das Verhalten ihres Mannes zu empören. Sie machte sich zuviel Sorgen um Clare.

Sie legte das Ohr an die Tür. Vater MacKechnie schüttelte den Kopf und zog sie fort.

»Laßt Euren Mann unter vier Augen mit ihr sprechen. Ihr solltet inzwischen wissen, daß unser Clansherr niemals einer Frau wehtun würde.«

»Oh, das weiß ich ja«, sagte Johanna hastig. »Aber Clare MacKay kann das doch nicht wissen!«

Darauf hatte der Priester keine Antwort. Johanna wechselte das Thema. »Habt Ihr Clare die Beichte abgenommen?«

»Ja.«

Johanna ließ die Schultern hängen. Vater MacKechnie fand diese Reaktion seltsam. »Die Beichte ist ein Sakrament«, erinnerte er seine Herrin. »Sie wollte Absolution.«

»Zu welchem Preis?« flüsterte Johanna.

»Ich verstehe Eure Frage nicht, Kind.«

»Die Buße«, brachte sie hervor. »Sie war sehr hart, nicht wahr?«

»Ihr wißt sehr gut, daß ich nichts über die Buße sagen kann«, antwortete er.

»Bischof Hallwick hat immer gern damit geprahlt!« sagte sie.

Der Priester wollte Beispiele hören. Das, was sie am meisten entsetzte, sparte sie sich für den Schluß auf. »Ein Bein für ein Ei«, sagte sie. »Als er meinem Mann die Strafe für ein Mädchen, das am Tisch bedient, erklärte, lachte der Bischof.«

Vater MacKechnie bombardierte sie mit Fragen, und als er genug Antworten hatte, schüttelte er den Kopf. »Ich schäme mich«, sagte er, »denn ich denke immer gerne, daß alle Priester gute Männer sind, die Gottes Werk auf Erden tun. Bischof Hallwick wird jedoch gewiß seine Taten bezahlen, wenn er eines Tages vor seinem Schöpfer steht.«

»Aber Vater, die Kirche steht doch hinter dem Bischof. Er holt seine Bußen aus dem guten Buch. Ja, es steht sogar drin, wie lang der Stock sein soll.«

»Wovon sprecht Ihr? Welcher Stock?« fragte der Priester nun durch und durch verwirrt.

Sie verstand nicht, wieso er so unwissend war. »Die Kirche diktiert, wie ein Mann seine Ehefrau zu behandeln hat«, erklärte sie ihm. »Eine unterwürfige Frau ist eine gute und heilige Ehefrau. Die Kirche billigt es, wenn Frauen geschlagen werden, ja, sie ermuntert die Männer sogar dazu, weil Frauen sonst versuchen würden, ihre Männer herumzukommandieren.«

Sie hielt inne, um tief einzuatmen. Dieses Thema brachte sie stets schrecklich auf, aber sie wollte dem Priester gegenüber ihre Empörung nicht zeigen. Er könnte sie fragen, was sie so wütend machte, und dann müßte sie eine düstere und schwarze Sünde gestehen.

»Natürlich billigt die Kirche keinen Mord. Ein Mann darf seine Frau nicht zu Tode prügeln. Ein Stock ist besser als die Faust. Er sollte aus Holz sein, kein Metall, und nicht länger als so.« Sie hielt die Hände als Maß auseinander.

»Wo habt Ihr denn solche Regeln gelernt?«

»Von Bischof Hallwick.«

»Nicht jeder in der Kirche glaubt ...«

»Aber sie sollen es doch!« unterbrach sie, während sie

heftig die Hände rang. Der Priester konnte nicht mehr übersehen, wie erregt sie war.

»Warum, meint Ihr?«

Warum verstand er es denn nicht? Immerhin war er ein Priester und sollte sich mit den Gesetzen, die Frauen unterdrückten, bestens auskennen.

»Weil Frauen in Gottes Gunst an letzter Stelle stehen«, flüsterte sie.

Vater MacKechnie versuchte, unbewegt auszusehen. Er nahm Johannas Arm und führte sie durch den Flur. Er wollte nicht, daß der Clansherr herauskam und seine Frau in solch einem aufgelösten Zustand sah.

Neben der Treppe befand sich eine Bank an der Wand. Der Priester setzte sich und klopfte einladend auf den Platz neben sich. Sie setzte sich schnell, hielt den Kopf gesenkt und gab vor, eifrig die Falten ihres Plaids zu glätten.

Vater MacKechnie wartete eine Weile, damit sie ihre Beherrschung wiedererlangte. Dann fragte er: »Woher wißt Ihr, daß Frauen in Gottes Liebe zuletzt stehen?«

»Die Hierarchie«, sagte sie und zählte auf, was man ihr beigebracht hatte. Die ganze Zeit hielt sie den Kopf gesenkt und wagte nicht, den Priester anzusehen.

Er lehnte sich an die Mauer. »Nun«, begann er, »Ihr habt mir eine lange Liste zum Nachdenken gegeben. Sagt mir eins, Johanna: Glaubt Ihr wirklich, daß dämliche Ochsen …«

»Es sind dumme, Vater«, unterbrach sie.

Er nickte. »Also gut. Glaubt Ihr wirklich, daß dumme Ochsen im Himmel einen höheren Platz einnehmen als Frauen?«

Vater MacKechnie war so ein guter Mann. Sie wollte ihn nicht enttäuschen. Sie würde ihn aber dennoch nicht belügen, egal was für Folgen es haben mochte.

»Nein«, flüsterte sie. Sie warf ihm einen kurzen Blick zu, um zu sehen, wie er darauf reagierte. Er sah nicht entsetzt aus. Sie holte tief Atem, dann brach es aus ihr heraus:

»Ich glaube überhaupt nichts davon, Vater. Ich weiß, das ist Häresie, und bestimmt werde ich in der Hölle brennen.«

Der Priester schüttelte den Kopf. »Ich glaube auch nicht daran«, sagte er. »Das ist Unsinn, den ein ängstlicher Mann erfunden hat!«

Erstaunt lehnte sie sich nun ihrerseits zurück. »Aber die Kirche lehrt doch …«

»Die Lehren werden von Männern ausgelegt, Johanna. Diese wichtige Tatsache dürft Ihr nicht vergessen.«

Er nahm ihre Hand. »Ihr seid keine Ketzerin«, beruhigte er sie. »Und jetzt hört zu, was ich zu sagen habe. Es gibt nur einen Gott, Johanna, aber zwei Arten, zu ihm aufzuschauen. Es gibt die der Engländer und die der Highlander.«

»Wo ist der Unterschied?«

»Einige Engländer beten zu einem rachsüchtigen Gott«, erklärte der Priester. »Den Kindern wird die Furcht vor ihm eingetrichtert. Ihnen wird beigebracht, nicht zu sündigen, weil es im nächsten Leben schreckliche Vergeltung geben wird, versteht Ihr? Die Highlander sind anders, werden jedoch bestimmt nicht weniger von Gott geliebt. Wißt Ihr, was das Wort ›Clan‹ bedeutet?«

»Kinder«, antwortete sie.

Der Priester nickte. »Wir lehren unsere Kinder, Gott zu lieben, nicht zu fürchten. Hier vergleicht man ihn mit einem freundlichen, gutherzigen Vater.«

»Und wenn ein Highlander sündigt?«

»Wenn er bereut, wird ihm vergeben.«

Sie dachte eine ganze Weile über seine Worte nach, bevor sie wieder sprach. »Dann bin ich nicht verdammt, nur weil ich nicht glauben kann, daß Gott die Frauen am wenigsten liebt?«

Der Priester lächelte. »Nein, das seid Ihr nicht. Ihr seid genausoviel wert wie jeder Mann. Um ehrlich zu sein, Kind, glaube ich nicht, daß Gott eine Liste der Werte bei sich trägt.«

Sie war so erleichtert, daß sie mit ihrer Meinung nicht allein und ebensowenig verdammt war, daß sie am liebsten geweint hätte. »Gott will bestimmt auch nicht, daß Frauen in die Unterwerfung geprügelt werden«, sagte sie leise. »Dennoch verstehe ich immer noch nicht, warum die Kirche so viele grausame Regeln gegen die Frauen aufgestellt hat.«

Vater MacKechnie seufzte. »Es waren ängstliche Männer, die sie erfunden haben.«

»Wovor haben sie denn Angst gehabt?«

»Vor Frauen natürlich. Jetzt erzählt das bloß keinem weiter, Johanna, aber es gibt tatsächlich Männer Gottes, die Frauen für höhere Wesen halten. Sie wollen nicht, daß sie die Oberhand bekommen. Zudem glauben diese Männer, daß die Frauen ihren Körper einsetzen, um zu bekommen, was sie wollen.«

»Das tun manche Frauen wahrscheinlich auch«, stimmte Johanna zu. »Aber nicht alle.«

»Richtig«, stimmte der Priester zu. »Frauen sind gewiß die stärkeren Charaktere. Das kann wohl keiner bestreiten.«

Johanna dachte, daß er einen Scherz machen wollte. »Wir sind nicht stärker«, protestierte sie lächelnd.

»Doch«, entgegnete Vater MacKechnie. Ihr Lächeln war ansteckend, und er mußte grinsen. »Glaubt Ihr, Männer hätten mehr als ein Kind, wenn sie es gebären müßten?«

Johanna lachte auf. Der Priester hatte ein unerhörtes Bild beschworen.

»Frauen haben in dieser Welt ein hartes Schicksal«, fuhr der Priester fort. »Dennoch überleben sie und finden sogar noch Mittel und Wege, um in kärglichsten Verhältnissen zu erblühen. Und sie müssen viel klüger sein als Männer, um gehört zu werden.«

Die Tür zu Clare MacKays Kammer öffnete sich, und Gabriel kam heraus. Er wandte sich um, um die Tür zuzuziehen. Johanna und Vater MacKechnie standen gleichzeitig auf. »Danke, Vater«, flüsterte sie. »Ihr habt mir geholfen, ein großes Problem zu beseitigen.«

»So wie Euer Gatte aussieht, könnte er auch ein wenig Hilfe bei der Beseitigung einiger Probleme gebrauchen«, flüsterte er, dann hob er seine Stimme und wandte sich an den Clansherrn. »Ist Euer Gespräch gut verlaufen?«

Gabriels düsterer Gesichtsausdruck hätte ihm eigentlich schon sagen müssen, daß von *gut* keine Rede sein konnte. Johanna entschied, daß Vater MacKechnie nur diplomatisch sein wollte. Gabriel schüttelte denn auch den Kopf. »Sie weigert sich, mir den Namen des verantwortlichen Mannes zu nennen.«

»Vielleicht weiß sie seinen Namen nicht«, schlug Johanna vor, die Clare automatisch verteidigen wollte.

»Sie hat gesagt, sie hat die ganze Nacht mit dem Soldaten verbracht, Johanna. Denkst du ernsthaft, sie hätte ihn nicht mal gefragt, wie er heißt?

»Gabriel, du brauchst nicht so laut zu werden!«

Sie warf ihm einen bösen Blick zu und versuchte, um ihn herum zur Tür zu gelangen. Doch Gabriel packte sie am Arm. »Laß sie sich ausruhen«, befahl er. »Sie ist während meiner Befragung immer wieder eingeschlafen.« Er wandte sich an den Priester und sagte: »Wenn ihr Gesicht nicht so verquollen wäre, würde ich jeden meiner Männer einzeln hier heraufschicken, um sie sich anzusehen. Vielleicht würde das ihre Erinnerung lösen.«

»Dann glaubt Ihr, daß ein MacBain …«

»Nein, ich glaube nicht, daß einer von meinen Männern verantwortlich ist«, sagte Gabriel. »Meine Männer besitzen Ehrgefühl.«

»Hat Clare gesagt, daß es ein MacBain war?« fragte Johanna.

Er verneinte. »Auch diese Frage will sie nicht beantworten.«

»MacBain! Keith ist von der MacKay-Burg zurück!«

brüllte Calum von unten herauf. Gabriel nickte dem Priester zu, ließ den Arm seiner Frau los und ging hinunter. Er riß praktisch die Türen aus den Angeln, als er hinaustrat. Calum folgte hastig. Die Türen fielen krachend hinter den beiden Kriegern zu.

*

Johanna verbrachte die nächste Stunde damit, mit Dumfries zu ringen, während sie versuchte, seine Fäden zu ziehen. Er benahm sich wie ein Kleinkind, und als sie endlich aufhören konnte, an ihm herumzuwerkeln, brauchte sie lange, um ihn zu trösten. Dabei saß sie auf dem Boden, und Dumfries, der offenbar nicht wußte, wie riesig er war, versuchte ständig, auf ihren Schoß zu klettern.

Sie war sicher, daß der Hund und sie gleichermaßen furchtbar rochen, und sie beschloß, daß es höchste Zeit für ein Bad war. Megan besorgte ihr ein Seil. Johanna schlang ein Ende um Dumfries Hals, schnappte sich ihre Rosenseife, dann zerrte sie den Hund durch die Hintertür und den Hügel hinunter.

Am Brunnen stieß sie auf Glynis. Johanna war bereits ziemlich gereizt. Die Sorge um Clare MacKay zerrte an ihren Nerven, und Dumfries' schändliches Benehmen zerrte an ihren Kräften. Ihre Arme schmerzten davon, ihn hinter sich herzuschleifen. Wahrscheinlich hätte sie sich beherrschen können, wenn sie weniger erschlagen gewesen wäre.

Glynis war höflich genug, ihrer Herrin einen ordentlichen Gruß zukommen zu lassen, bevor sie sich nach Clare MacKay erkundigte. »Ihr denkt doch nicht wirklich daran, die Hure unter dem gleichen Dach mit Euch schlafen zu lassen, nicht wahr?«

Johanna blieb wie angenagelt stehen. Langsam drehte sie sich um und sah die Maclaurin-Frau an. »Clare MacKay ist keine Hure!« brüllte sie. Sie wollte zuerst noch ein paar kräftige Kommentare über die Belohnung im nächsten

Leben für angewandtes Mitgefühl hinzufügen, besann sich dann aber. Glynis hatte einen ordentlichen Tritt in den Hintern verdient. Johanna konnte dem Drang nur knapp widerstehen, und beschloß, Glynis statt dessen einen Tritt in ihre Arroganz zu versetzen.

»Ich wollte dich nicht anbrüllen, Glynis, denn es ist nicht deine Schuld, daß man dich glauben machte, Clare MacKay sei eine Hure. Dennoch: Ich dachte, deinem Spitznamen zufolge müßtest ausgerechnet du – vor allen anderen – doch zuerst alle Fakten sammeln wollen, bevor du urteilst. Die Maclaurins hätten dir doch nicht einen solchen Namen gegeben, wenn du ihn nicht verdient hättest, stimmt's?« fragte sie. Sie nickte den anderen Frauen zu, die an der Mauer wie aufgereiht standen.

Glynis schüttelte den Kopf und wirkte verwirrt und verärgert. Johanna lächelte sie süßlich an. »Wir haben nur die Aussage von Clansherr MacInnes, daß Clare sich unehrenhaft verhalten hat, und wir können ja wohl kaum irgend etwas glauben, was dieser Mann sagt, ist es nicht so? Ich erwarte, daß Clare mit Würde und Respekt behandelt wird. Bitte entschuldige mich jetzt. Dumfries und ich gehen zum Rush Creek. Einen schönen Tag, Glynis.«

Johanna packte den Strick fester und ging weiter, wobei sie zu zählen begann. Sie konnte die Frauen hinter sich flüstern hören. Sie hatte starke Zweifel, daß Glynis ihre Neugier für mehr als ein oder zwei Minuten beherrschen konnte.

Sie irrte sich. Die Maclaurin-Frau rief ihr hinterher, als sie gerade bei zehn war.

»Welchen Spitznamen habt Ihr denn gehört, M'lady?«

Johanna drehte sich langsam um. »Nanu, Glynis? Ich dachte, du wüßtest es: Sie nennen dich *die Gerechte*!«

Glynis schnappte nach Luft und wurde sichtlich weißer. Johanna hätte wegen ihrer Lüge ein schlechtes Gewissen haben sollen, konnte sich aber nicht dazu durchringen. Diese Frau hielt sich für so unheimlich klug mit ihren versteckten Beleidigungen.

»Dumfries«, flüsterte sie, »wir lassen sie bis morgen auf kleiner Flamme köcheln. Bis dahin wird sie begriffen haben, wie grausam ihr Spiel ist. Dann kann ich ja zugeben, daß ich ihren Spitznamen bloß erfunden habe.«

Ihr schlechtes Gewissen ließ es natürlich nicht zu, daß sie so lange wartete. Ihr Unbehagen wuchs, und als sie den Hund schließlich gebadet hatte, fühlte sie sich elend. Sie war sicher, daß sie jeden Augenblick vom Blitz getroffen werden und direkt zur Hölle fahren würde.

Sie beschloß, zu Glynis' Hütte zu gehen und ihre Sünde zu gestehen. Dank Dumfries' Getobe im Fluß war sie von Kopf bis Fuß durchnäßt und bekam auf ihrem Rückweg zum Brunnen einige seltsame Blicke zugeworfen.

»M'lady, was ist denn mit Euch passiert?« fragte Leila, die vor dem Hund zurückwich, ohne ihn aus den Augen zu lassen, während sie auf die Antwort ihrer Herrin wartete.

»Ich habe Dumfries gebadet. Er hat mich in den Fluß geschubst«, erklärte Johanna. »Zweimal, um es genau zu sagen. Wo wohnt Glynis? Ich muß mit ihr sprechen.«

Leila zeigte auf eine Hütte. Johanna schleifte den Hund neben sich her, wobei sie unablässig murmelnd auf seine Widerspenstigkeit schimpfte. Sie erreichte die Hütte, zögerte nur kurz, während sie sich das Haar aus dem Gesicht strich und hämmerte dann an die Tür.

Glynis öffnete und riß die Augen bei Johannas Anblick auf. Ihre Augen wirkten tränenverschleiert. Himmel, hatte ihre Bemerkung das etwa verursacht? Johannas schlechtes Gewissen wurde nur noch stärker. Und sie war etwas überrascht, denn da Glynis so eine große, stämmige Frau war, wirkte sie nicht wie jemand, der auch weinen konnte.

Dann entdeckte sie Glynis' Mann, der am Tisch saß. Sie wollte nicht, daß er hörte, was sie zu sagen hatte.

»Kannst du einen Augenblick deiner Zeit erübrigen? Ich würde gerne unter vier Augen mit dir sprechen!«

»Ja, natürlich«, antwortete Glynis, warf einen Blick über die Schulter und wandte sich dann mit betroffener

Miene wieder zu ihrer Herrin um. Auch sie schien nicht zu wollen, daß ihr Mann etwas mitbekam.

Man stellte einander vor. Glynis' Mann war gut einen Kopf kleiner als seine Frau. Er hatte rotes Haar, Sommersprossen auf Gesicht und Armen und schöne weiße Zähne. Sein Lächeln schien ehrlich.

Johanna wurde hereingebeten. Sie lehnte so anmutig wie möglich ab und benutzte ihren jämmerlichen Zustand als Ausrede. Sie bat Glynis, statt dessen nach draußen zu kommen. Als die Maclaurin-Frau die Tür hinter sich zugezogen hatte, winkte Johanna sie näher heran.

Glynis trat einen Schritt vor und blieb dann stehen. Dumfries Knurren verunsicherte sie sichtlich.

Johanna befahl dem Hund, keine Schau abzuziehen. Dann faßte sie sich ein Herz.

»Ich wollte dir sagen, daß ich mir den Spitznamen nur ausgedacht habe. Niemand nennt dich *die Gerechte*«, verkündete sie. »Ich habe das aus Wut gesagt, Glynis, und es tut mir leid. Ich habe dir unnötigen Kummer bereitet, aber zu meiner Verteidigung muß ich sagen, daß ich dir eine Lektion erteilen wollte. Es tut weh, wenn man einmal die andere Seite erlebt, nicht wahr?«

Glynis antwortete nicht, aber sie wurde blaß. Johanna nickte. »Ich weiß, daß du diejenige warst, die mir meinen Namen verpaßt hat. Ich weiß auch, daß du genau das Gegenteil von mutig meinst.«

»Das war davor, M'lady«, stammelte Glynis.

»Wovor?«

»Bevor wir Euch anders erlebten und feststellen mußten, daß Ihr alles andere als feige seid.«

Johanna dachte nicht daran, sich durch ein kleines Lob schmeicheln zu lassen. Glynis wollte sie bestimmt nur einlullen, um aus dieser Situation ungestraft herauszukommen.

»Mich kümmern eure dummen Spiele nicht«, sagte sie. »Vater MacKechnie prahlt damit, daß Highlander ihre Gefühle niemals verschleiern. Sie benutzen keine List.«

Sie zögerte kurz, dann fuhr sie fort: »Ich finde diesen Charakterzug bewundernswert, Glynis. Wenn du mich für einen Feigling hältst, dann hab den Mut und sag es mir ins Gesicht. Laß die dummen Spiele sein. So etwas tut weh ... und sieht ganz dem ähnlich, was ein Engländer tun würde.«

Wenn Glynis noch heftiger genickt hätte, wäre ihr Kopf heruntergekullert.

»Habt Ihr unserem Clansherrn davon erzählt?« fragte sie.

Johanna verneinte. »Das geht ihn nichts an.«

»Ich werde Euch bestimmt keine Spitznamen mehr geben, M'lady«, sagte Glynis schließlich. »Und ich bitte um Verzeihung, wenn Ihr durch meine Grausamkeit verletzt wart.«

»Warst du es durch meine?«

Glynis antwortete eine lange Weile nicht. Dann nickte sie. »Ja«, flüsterte sie.

»Dann sind wir quitt. Auggie ist übrigens überhaupt nicht dumm«, fügte sie hinzu. »Er ist sogar sehr klug. Wenn du dir einmal Zeit für ihn nehmen würdest, würdest du das erkennen.«

»Ja, M'lady.«

»So«, schloß Johanna. »Dann haben wir das Problem ja bereinigt. Einen schönen Tag noch, Glynis.«

Sie machte einen Knicks und wandte sich zum Gehen. Glynis folgte ihr aber noch. »Wir nannten Euch nur *die Mutige*, bis Ihr Dumfries zusammengeflickt habt, M'lady. Danach haben wir Euren Namen geändert.«

Johanna war wild entschlossen, nicht zu fragen, aber ihre Neugier siegte. »Und welchen Namen habt ihr mir dann gegeben?« Sie wappnete sich innerlich für die folgende Beleidigung.

»*Die Schüchterne.*«

»Die Schüchterne?«

»Aye, M'lady.«

Johanna hatte plötzlich ausgesprochen gute Laune. Den ganzen Weg zurück lächelte sie.

Sie nannten sie *die Schüchterne*. Das war doch ein Anfang!

KAPITEL 13

Als Johanna zum Abendessen hinunterkam, saßen die Männer bereits an den beiden Tischen, und natürlich stand niemand auf. Gabriel war noch nicht da, Keith und Vater MacKechnie fehlten ebenfalls. Die Diener waren damit beschäftigt, die fleischbeladenen Platten auf die Tische zu verteilen, und der Geruch von gebratenem Hammel erfüllte die Luft. Johanna überkam plötzlich ein Gefühl der Übelkeit. Sie nahm an, daß das Verhalten der Soldaten daran schuld war. Sie grapschten sich Händevoll Essen, bevor die Holzbretter noch vor sie hingestellt waren. Weder warteten sie auf ihren Clansherrn noch auf den Priester, der den Segen hätte sprechen können.

Genug war genug! Mama würde eine Herzattacke erleiden, wenn sie bei Tisch solch schändliches Benehmen erleben müßte. Johanna würde sich bestimmt nicht vor ihrer Mutter derart beschämen lassen. Lieber würde sie sterben. *Oder ein paar Maclaurins umbringen*, setzte sie in Gedanken hinzu. Die Männer dieses Clans waren die übelsten Missetäter, obwohl die MacBains sich kräftig Mühe gaben, mit ihnen Schritt zu halten.

Megan entdeckte ihre Herrin am Eingang. Sie rief sie an, erkannte, daß sie sie über das Getöse der Männer nicht hören konnte, und kam zu ihr herüber.

»Wollt Ihr nichts essen?« fragte sie.

»Doch, natürlich.«

»M'lady, Ihr seht gar nicht gut aus. Fühlt Ihr Euch krank? Ihr seid so bleich wie Mehl.«

»Mir geht es gut«, log Johanna. Sie holte tief Atem, um ihren Magen zu beruhigen. »Bitte hol mir eine Schüssel. Möglichst eine, die einen Sprung hat.«

»Wozu denn das, M'lady?«

»Ich werde sie wahrscheinlich zertrümmern müssen.«

Megan dachte, sie müsse ihre Herrin falsch verstanden haben, und bat sie, ihre Antwort zu wiederholen. Johanna schüttelte den Kopf. »Du wirst schon früh genug verstehen«, versprach sie.

Megan rannte in die Speisekammer, holte eine schwere Porzellanschüssel und kehrte zu Johanna zurück.

»Die hier hat einen Riß«, sagte sie. »Ist sie richtig?«

Johanna nickte. »Und jetzt tritt zurück. Hier fliegen gleich Scherben herum.«

»Im Ernst?«

Johanna rief die Soldaten zunächst an. Sie wußte genau, daß die Männer sie bei all dem Lärm nicht hören konnten, aber sie dachte, daß sie es zuerst wenigstens formell mit damenhaftem Benehmen versuchen müßte. Als nächstes klatschte sie ein paarmal in die Hände. Schließlich stieß sie einen Pfiff aus. Nicht ein einziger schaute auf.

Sie war ausreichend diplomatisch gewesen. Also hob sie die Schüssel hoch und schleuderte sie durch die Halle. Megan keuchte erschreckt auf. Die Schüssel krachte gegen die steinerne Feuerstelle und zersprang in tausend Scherben.

Der Effekt war, wie sie es erhofft hatte. Jeder Mann in der Halle sah nun zu ihr. Alle waren still und blickten sie ungläubig an. Johanna war ausgesprochen zufrieden.

»Nun, da ich Eure Aufmerksamkeit besitze, möchte ich Euch einige Anweisungen geben.«

Unterkiefer klappten herab. Calum machte Anstalten aufzustehen, aber sie bedeutete ihm, sitzenzubleiben.

»Habt Ihr die Schüssel absichtlich geworfen?« fragte Lindsay.

»Ja«, antwortete sie. »Hört mir bitte zu. Dies ist mein Haus, und ich würde es wirklich zu schätzen wissen, wenn Ihr Euch nach meinen Regeln richtet. Erstens und am wichtigsten: Niemand wird mit dem Essen anfangen, bevor der Clansherr sitzt und bedient worden ist. Habe ich mich klar ausgedrückt?«

Die meisten Soldaten nickten. Ein paar Maclaurins wirkten verärgert, aber Johanna ignorierte ihre finsteren Blicke. Calum grinste, aber auch das ignorierte sie.

»Und was, wenn unser Clansherr nicht zum Essen erscheint?« fragte Niall.

»Dann wartet Ihr, bis Eure Herrin sitzt und bedient worden ist«, erwiderte sie.

Ein beträchtliches Geraune folgte ihrer Ankündigung. Johanna wartete geduldig.

Dann wandten sich die Männer wieder ihren Hackbrettern zu. »Ich bin noch nicht fertig«, rief Johanna laut.

Doch schon ertrank ihre Stimme wieder im neu einsetzenden Gebrabbel. »Megan, hol mir noch eine Schüssel.«

»Aber M'lady …«

»Bitte.«

»Wie Ihr wünscht.«

In weniger als einer Minute reichte Megan ihrer Herrin die nächste Schüssel, die Johanna augenblicklich gegen den Kamin schleuderte. Das laute Klirren brachte ihr wieder die volle Aufmerksamkeit der Männer. Einige Maclaurins warfen ihr jetzt mehr als verärgerte Blicke zu. Sie beschloß, daß eine kleine Drohung ihr die verdiente Genugtuung verschaffen würde.

»Die nächste Schüssel fliegt nicht mehr in den Kamin«, versprach sie. »Sie trifft einen von Euren Köpfen, wenn Ihr mir nicht zuhört!«

»Wir würden gerne essen, M'lady«, brüllte ein Soldat.

»Zuerst werdet Ihr mir Euer Ohr leihen«, erwiderte sie. »Hört genau zu. Wenn eine Lady eintritt, stehen die Männer auf.«

»Ihr habt unsere Mahlzeit unterbrochen, um uns *das* mitzuteilen?« rief Lindsay. Er lachte nervös auf und stieß seinen Nachbarn mit dem Ellenbogen an.

Johanna stemmte die Hände in die Hüften und wiederholte ihre Anweisung. Zufrieden beobachtete sie, wie schließlich alle Männer zögernd aufstanden.

Sie lächelte. »Ihr könnt Euch setzen.«

»Ihr habt uns gerade befohlen, aufzustehen«, murmelte ein Maclaurin.

Himmel, waren sie schwer von Begriff. Sie versuchte, sich ihre Verzweiflung nicht anmerken zu lassen. »Ihr steht auf, wenn eine Lady eintritt, und Ihr setzt Euch, wenn sie Euch die Erlaubnis gibt.«

»Und was sollen wir tun, wenn sie reinkommt und gleich wieder geht?«

»Ihr steht auf und setzt Euch wieder.«

»Hört sich albern an«, bemerkte einer.

»Ich werde Euch Manieren beibringen, und wenn es Euch umbringt!« sagte Johanna fest.

Calum begann zu lachen, aber sie brachte ihn mit einem wütenden Funkeln ihrer Augen zum Schweigen.

»Warum?« fragte Niall. »Wozu brauchen wir Manieren?«

»Weil ich es so will«, fauchte sie. »Ab jetzt wird am Tisch nicht mehr gerülpst!«

»Wir können nicht mehr rülpsen?« fragte Calum erstaunt.

»Nein, könnt ihr nicht mehr«, bestätigte sie ihm fast brüllend. »Und andere grobe Geräusche werden auch nicht mehr gemacht!«

»Aber das ist doch ein Kompliment, M'lady«, erklärte Niall. »Wenn Speis und Trank gut waren, ist ein Rülpsen ein angemessenes Lob.«

»Wenn es Euch geschmeckt hat, werdet Ihr Eurem Gastgeber einfach sagen, wie gut das Essen gewesen ist«, belehrte sie ihn. »Und wo wir schon beim Thema Mahlzeit sind: Ich finde es unmöglich, wenn einer von Euch vom Brett des Nachbarn einfach Fleisch abrupft. Das hört jetzt auf.«

»Aber M'lady …«, begann Lindsay.

Sie schnitt ihm das Wort ab. »Ihr werdet Eure Kelche auch nicht mehr gegeneinander rammen, wenn Ihr einen Trinkspruch ausbringt. Das Ale kleckert überall herum.«

»Das machen wir absichtlich«, erklärte Calum.

Sie riß die Augen entsetzt auf. Niall beeilte sich, es ihr zu erklären. »Wenn wir anstoßen, soll ein bißchen Ale in den Kelch des anderen schwappen. Sollte in einem Kelch Gift sein, wird der andere auf diese Art auch sterben. Versteht Ihr, M'lady? So verhindern wir Verrat.«

Sie konnte es nicht glauben. Trauten die Maclaurins und die MacBains sich so wenig?

Die Maclaurins wagten es, ihr wieder den Rücken zuzukehren. Johanna wurde nun langsam ernsthaft wütend. Zudem waren sie so unhöflich, sie mit absichtlich lauten Stimmen zu übertönen.

»Megan?«

»Ich geh schon eine holen, M'lady.«

Johanna hob den Krug hoch, drehte sich zum Maclaurin-Tisch und wollte gerade werfen, als ihr das Porzellan aus der Hand gerissen wurde. Sie drehte sich um und sah Gabriel direkt hinter sich. Keith und Vater MacKechnie befanden sich an seiner Seite.

Sie hatte keine Ahnung, wie lange die drei schon hinter ihr waren, aber der verblüffte Ausdruck auf Vater MacKechnies Gesicht verriet ihr, daß es lange genug gewesen sein mußte.

Sie spürte, wie sie rot wurde. Welche Frau ließ sich schon gern als keifende Furie, die mit Geschirr schmeißt, von ihrem Mann erwischen? Dennoch dachte Johanna nicht daran, sich von ihrer Verlegenheit behindern zu lassen. Sie hatte diese Sache angefangen, und bei Gott, sie würde sie zu Ende bringen.

»Was in Gottes Namen tust du hier, Frau?«

Seine tiefe, drohende Stimme und sein finsterer Blick verursachten ihr Bauchschmerzen. Sie holte tief Atem und sagte: »Du hältst dich da raus. Ich bin gerade dabei, den Männer Anweisungen zu erteilen.«

»Es scheint keiner zuzuhören, M'lady«, bemerkte Keith.

»Hast du mir gerade gesagt, ich solle mich da raushalten …?« Gabriel war viel zu sehr vor den Kopf geschlagen, um fortfahren zu können.

Sie begriff, was ihn so empörte. »Ja, genau das will ich«, sagte sie, bevor sie sich wieder an Keith wandte. »Sie werden mir zuhören, oder ich werde wütend«, versprach sie.

»Was geschieht denn, wenn Ihr wütend werdet?« wollte der Soldat wissen.

Johanna fiel zuerst keine passende Antwort ein, doch dann erinnerte sie sich an Gabriels Worte.

»Ich bringe wahrscheinlich jemanden um«, sagte sie.

Sie war sicher, daß sie den Maclaurin-Soldaten beeindruckt hatte. Sie nickte zur Bekräftigung, damit er ja nicht dachte, sie machte nur Witze.

Seine Reaktion war nicht die erwartete. »Ihr tragt das falsche Plaid, M'lady. Heute ist Samstag.«

Plötzlich verspürte sie das Bedürfnis, Keith zu würgen. Ein lautes Rülpsen erklang hinter ihr. Sie zuckte zusammen, als hätte man ihr ein Messer in den Rücken gestoßen. Sie sog scharf den Atem ein, riß ihrem Mann den Krug aus der Hand und wandte sich zu den Soldaten um.

Gabriel packte sie, bevor sie Schaden anrichten konnte. Er drückte Keith den Krug in die Hand und drehte Johanna zu sich um.

»Ich habe gesagt, du sollst dich nicht einmischen«, flüsterte sie.

»Johanna …«

»Das ist mein Zuhause, richtig?«

»Richtig.«

»Danke.«

»Warum bedankst du dich?« fragte er, nun verärgert. Sie hatte irgend etwas vor. Das Funkeln in ihren Augen sagte genug.

»Du hast gerade eingewilligt, mir zu helfen«, erklärte sie.

»Nein, hab' ich nicht.«

»Das solltest du aber.«

»Warum das?«

»Weil es mein Zuhause ist, richtig?«

»Hatten wir das eben nicht schon?«

»Gabriel, ich möchte bei der Führung meines Haushaltes freie Hand haben. Bitte!« flüsterte sie.

Er stieß einen Seufzer aus. Verdammt, aber es war ihm unmöglich, ihr irgend etwas zu versagen. Er hatte keine Ahnung, wozu er seine Einwilligung gab, aber er nickte dennoch.

»Wie viele Schüsseln und Krüge gedenkst du zu zertrümmern?«

»So viele, wie nötig sind.«

Sie drehte sich um und ging zum Tisch der Maclaurins, an dessen Kopfende sie sich aufstellte.

»Keith, wenn Ihr das eine Ende anheben würdet, und Vater MacKechnie so gut ist, das andere zu nehmen, halte ich Euch die Türen auf. Meine Herren«, sagte sie zu den Maclaurin-Soldaten gewandt, »bitte tragt Eure Stühle selbst. Dann sind wir ganz schnell fertig.«

»Was habt Ihr denn vor?« fragte Keith.

»Den Tisch nach draußen zu tragen natürlich.«

»Warum?«

»Ich möchte, daß die Maclaurins zufrieden sind«, erklärte sie. »Sie sind ein Teil meines Clans, und sie sollen hier glücklich sein.«

»Wir wollen aber nicht nach draußen«, widersetzte sich Lindsay. »Wie kommt Ihr denn auf die Idee? Ich habe erst seit kurzem die Ehre, mit meinem Clansherrn zu speisen. Ich will hierbleiben.«

»Nein, wollt Ihr nicht«, entgegnete Johanna. Sie lächelte, um den Soldaten zu verwirren.

»Nicht?«

»Ihr alle werdet draußen sehr viel glücklicher sein, denn dort braucht Ihr Euch nicht nach meinen Anweisungen zu richten. Ihr eßt wie wilde Tiere, also könnt ihr auch meinetwegen in ihrer Gesellschaft essen. Dumfries freut sich bestimmt darüber.«

Jeder der Maclaurins sah nun Keith an. Keith blickte zu seinem Clansherrn, erhielt sein Nicken und räusperte sich. Also war es an ihm, seiner Herrin das auszureden.

»Ich fürchte, Ihr versteht die Situation hier nicht, M'lady. Die Burg gehört dem Maclaurin-Clan, solange sich hier jemand zurückerinnern kann.«

»Jetzt gehört sie mir.«

»Aber M'lady ...«, begann Keith.

»Was meint sie damit? Sagt sie, ihr gehört unser Land und alles?« fragte Niall.

Johanna faltete geduldig ihre Hände zusammen. Gabriel kam herüber und stellte sich an ihre Seite.

»Ich erkläre es Euch gerne, aber nur ein einziges Mal, also bitte versucht, mir genau zuzuhören«, sagte sie. »Euer König hat das Land hier verschachert. Kann mir jeder diese Tatsache bestätigen?«

Sie wartete, bis alle genickt hatten. »König John hat das Land mir gegeben. Könnt Ihr diese Tatsache auch bestätigen?«

»Ja, natürlich«, unterbrach Keith. »Aber seht doch ...«

Sie ließ ihn nicht ausreden. »Bitte verzeiht, daß ich Euch unterbreche, aber ich möchte diese Erklärung eben zu Ende bringen, ja?«

Sie wandte sich wieder zu den Soldaten. »Also weiter ... und bitte paßt genau auf, denn ich wiederhole mich nur sehr ungern. Als ich Euren Clansherrn heiratete, wurde das Land das seine. Seht Ihr, wie einfach es ist?«

Sie sah immer noch Lindsay an. Er nickte, nur um sie zufriedenzustellen, und sie lächelte. Plötzlich begann der

Raum sich zu drehen. Sie blinzelte, um ihre Umgebung wieder zu stabilisieren, und packte die Tischkante, um ihr Gleichgewicht zu halten. Eine Welle von Übelkeit überflutete sie, verschwand aber genauso schnell wieder. Es muß am Fleisch liegen, dachte sie sich. Dieser schreckliche Geruch ließ sie sich elend fühlen.

»Wie sagtet Ihr so richtig, Kind?« hakte Vater MacKechnie nach, der stolz darauf war, wieviel Mumm seine Herrin vor den Soldaten zeigte.

»Warum ist sie nur so aufgebracht?«

Johanna wußte nicht, wer diese Frage gestellt hatte, aber sie kam vom Tisch der MacBains. Also drehte sie sich zu ihnen um.

»Megan sagte neulich etwas, was mich überrascht hat«, begann sie. »Ich habe lange darüber nachgedacht, aber trotzdem nicht verstanden, was sie damit meinte.«

»Was habe ich denn gesagt?« fragte Megan.

»Du meintest, die Köchin täte gerne alles, was man ihr sagt, denn sie wäre eine MacBain und würde sich bestimmt nicht beschweren. Zuerst grübelte ich lange darüber nach, aber jetzt, denke ich, habe ich endlich begriffen, was du damit meinst. Du glaubst tatsächlich, Hilda sollte dankbar sein, daß sie hier leben darf, richtig?«

Megan nickte. »Allerdings sollte sie dankbar sein.«

Johanna schüttelte den Kopf. »Ich denke, Ihr verdreht alle die Tatsachen. Die Maclaurins haben überhaupt keinen Anspruch auf diese Burg oder das Land, und das, meine Herren, ist ebenfalls eine Tatsache. Mein Ehemann ist zufällig ein MacBain. Oder habt Ihr das alle vergessen?«

»Sein Vater war Clansherr der Maclaurins«, warf Keith ein.

»Dennoch ist er ein MacBain«, wiederholte sie. »Und bisher war er sehr gutmütig, auf jeden Fall geduldiger als ich.« Sie hielt kurz inne, dann fuhr sie fort: »Wie auch immer, ich finde, die MacBains waren sehr großzügig, Euch Maclaurins das Bleiben zu gestatten. Ich hasse es, dieses heikle Thema anzuschneiden, aber ich habe eine wichtige Nachricht erhalten, und ich muß meinen Haushalt jetzt wirklich in Ordnung bringen. Es tut mir leid, daß Ihr ausziehen müßt, aber wenn Euch die einfachen Regeln zu schwierig sind und Ihr nicht mit den MacBains auskommen könnt, dann, fürchte ich, haben wir wohl keine andere Wahl.«

»Aber die MacBains sind doch die Ausgestoßenen«, stammelte Lindsay.

»Ja, genau«, stimmte Keith zu.

»Das waren sie«, korrigierte Johanna. »Jetzt sind sie es nicht mehr. Versteht Ihr?«

Niemand verstand. Johanna überlegte, ob sie lediglich unglaublich sturköpfig oder einfach nur entsetzlich begriffsstutzig waren.

Sie beschloß, es noch ein letztes Mal zu versuchen.

Gabriel verhinderte es. Er zog sie zurück und trat selbst einen Schritt vor.

»Ich bin Clansherr«, rief er seinen Soldaten in Erinnerung. »Ich entscheide, wer geht und wer bleibt.«

Keith stimmte ihm sofort eifrig nickend zu. »Dürfen wir offen sprechen?«

»Natürlich«, erwiderte Gabriel.

»Jeder hier hat Euch Treue geschworen«, begann er. »Aber wir sind Euren Gefolgsleuten gegenüber nicht besonders loyal. Wir waren des Krieges müde und wollten aufbauen, bevor wir wieder in den Kampf ziehen mußten. Und nun hat einer der MacBains Streit mit den MacInnes angefangen und weigert sich, vorzutreten und sein Vergehen zu gestehen. So etwas nenne ich Feigheit.«

Calum sprang auf die Füße. »Du wagst es, uns feige zu nennen?«

Lieber Gott, was hatte sie da ausgelöst? Wieder wurde es Johanna schlecht. Es tat ihr leid, daß sie das Thema zur Sprache gebracht hatte. Zwei der Maclaurins standen auf. Eine handfeste Auseinandersetzung drohte, und es war ganz allein ihre Schuld. Gabriel schien sich nicht verpflichtet zu fühlen, Ordnung zu schaffen. Er wirkte absolut unbeteiligt, ja fast schon gelangweilt.

Endlich gab es eine Konfrontation, und Gabriel war verdammt froh darüber. Sollte jeder Krieger seinen Zorn loswerden, dann konnte er erklären, wie es weitergehen würde. Wer mit seiner Entscheidung nicht einverstanden war, mußte eben gehen.

Dummerweise wirkte Johanna ziemlich unglücklich über die Entwicklung der Ereignisse. Ihr Gesicht war nun leichenblaß, und sie rang die Hände. Gabriel beschloß, den Streit draußen austragen zu lassen. Er wollte gerade den Befehl dazu geben, als Johanna einen Schritt vortrat.

»Calum, Keith hat nicht Euch Feigling genannt!« schrie sie. Dann wandte sie sich an Keith. »Ihr könnt es nicht wissen, Sir, da Ihr unterwegs zum MacKay-Clansherrn wart. Aber mein Mann hat jeden einzelnen seiner Männer gefragt, ob er derjenige war, der sich mit Clare MacKay ... eingelassen hat. Und jeder einzelne hat es abgestritten, die Frau zu kennen.«

»Hat denn jeder einzelne die Wahrheit gesagt?« fragte Keith herausfordernd.

»Ich möchte Euch eine Frage stellen«, entgegnete sie. »Wenn Clansherr MacInnes einen Maclaurin beschuldigt hätte, und jeder Eurer Männer hätte seine Schuld bestritten, würdet Ihr dann von Clansherr MacBain erwarten, daß er Euch glaubt?«

Keith war intelligent genug, um zu begreifen, wo sie ihn hinhaben wollte. Widerwillig nickte er.

»Mein Mann und ich haben beide absolutes Vertrauen in die MacBains. Wenn die Männer behaupten, sie haben Clare MacKay nicht angerührt, dann haben sie es auch nicht getan. Ich kann Euch nicht verstehen, Sir. Wie könnt Ihr das Wort dieses widerwärtigen MacInnes über das Eurer eigenen Clansmitglieder stellen?«

Niemand fiel darauf eine schnelle Antwort ein. Johanna

schüttelte wieder den Kopf. Ihr war jetzt schrecklich übel. Ihr Gesicht schien in Flammen zu stehen, und doch überzog eine Gänsehaut ihre Arme. Sie hätte sich gerne an Gabriel angelehnt, beherrschte sich aber, denn er sollte nicht wissen, wie elend sie sich fühlte. Sie wollte ihm keine Sorgen bereiten. Allerdings wollte sie auch nicht das nächste Jahr im Bett verbringen, und im Wissen um Gabriels Besessenheit, was ihr Befinden anging, würde das ganz sicher passieren.

Johanna beschloß, in ihre Kammer zu gehen und ihr Gesicht zu waschen. Kaltes Wasser würde ihr bestimmt guttun.

»Ich würde mich wirklich freuen, wenn Ihr alle hier über meine Worte nachdenkt«, sagte sie. »Ich dulde kein Gezänk in meinem Haus. Bitte entschuldigt mich jetzt. Ich gehe hinauf.«

Sie wandte sich zum Gehen, hielt dann allerdings noch einmal inne und drehte sich um. »Wenn eine Lady den Raum verläßt, stehen die Männer auf.«

»Geht das schon wieder los«, flüsterte ein Maclaurin laut genug, daß sie es hören mußte.

»Nun?« sagte sie.

Die Männer standen auf. Johanna lächelte zufrieden. Dann wandte sie sich endgültig zum Gehen, aber die Halle begann sich zu drehen. Sie fand nichts, woran sie sich festhalten konnte, und nichts schien mehr dort zu stehen, wo es hingehörte.

»Du hast mich wohl Feigling genannt«, murmelte Calum.

»Wenn du das unbedingt glauben willst... bitte«, antwortete Keith.

»Was war denn die wichtige Nachricht, die sie bekommen hat?«

»Gabriel?« Johannas Stimme klang schwach, aber er hörte sie trotzdem. Er wandte sich um. »Ja?«

»Fang mich auf.«

KAPITEL 14

Er konnte sie gerade noch erwischen, bevor sie zu Boden ging. Alle begannen, gleichzeitig zu brüllen. Vater MacKechnie schien in Ohnmacht fallen zu wollen, als er feststellte, wie elend Johanna aussah.

»Räumt den Tisch ab«, rief er. »Wir legen sie darauf.«

Niall und Lindsay wischten mit ihren Armen über die Leinendecken, und Bretter und Fleisch flogen auf den Boden. Megan riß das Tuch herunter.

»Hol doch jemand einen Heiler, um Gottes willen«, bellte Niall. »M'lady braucht Hilfe!«

»Sie ist unser Heiler«, fauchte Calum.

»Warum ist sie denn umgekippt?«

»Wahrscheinlich sind wir schuld«, vermutete Lindsay. »Sie hat sich so über uns aufgeregt, daß es zuviel für sie war.«

Gabriel war der einzige, der nicht sonderlich beunruhigt schien. Sie war wirklich sehr blaß, aber er glaubte nicht, daß sie ernsthaft krank war.

Es war nicht zu übersehen gewesen, wie sehr es sie aufregte, als die Männer begonnen hatten, sich anzubrüllen. Wie er wußte, haßte sie Kämpfe, und so vermutete er, ihre Ohnmacht sei nur ein gerissener Schachzug gewesen, die Männer abzulenken.

Allerdings hatte sie es etwas übertrieben, fand er, und genau das würde er ihr auch sagen, wenn sie allein waren.

»Ja, es ist wirklich unsere Schuld, daß sie mit Schüsseln wirft und all das«, sagte Niall zerknirscht. »Sie will uns Manieren beibringen, und obwohl ich keine Ahnung habe, wozu, könnten wir ihr doch ein bißchen entgegenkommen.«

»Aye«, sagte ein Maclaurin namens Michael. »Es geht ja nicht an, daß sie dauernd in Ohnmacht fällt. Vielleicht ist unser Clansherr beim nächsten Mal nicht so schnell zur Stelle, um sie aufzufangen.«

»Tretet zurück, Männer«, befahl Vater MacKechnie. »Gebt dem Kind doch die Chance, zu atmen.«

»Sie atmet doch noch, oder?«

»Ja, Calum, sie atmet noch«, antwortete der Priester. »Eure Sorge um Eure Herrin ist sehr lobenswert.«

»Heute ist sie unsere Herrin«, bemerkte Lindsay. »Sie trägt unser Plaid.«

»Heute ist Samstag«, warf Keith ein. »Sie trägt das falsche Plaid.«

»Sie scheint es einfach nicht hinzukriegen, nicht wahr?« sagte Calum.

»Warum zögert Ihr, Clansherr? Legt das Mädchen auf den Tisch«, sagte der Priester. »Männer, geht aus dem Weg.«

Die Soldaten traten zurück. Sobald MacBain Johanna auf den Tisch gelegt hatte, kamen sie wieder heran. Mindestens zwanzig Gesichter beugten sich über sie, sämtliche mit besorgter Miene.

Gabriel konnte sich das Lächeln kaum verkneifen. Die Soldaten waren bestimmt sehr unterschiedlich, aber in Sorge um Ihre Herrin waren sie plötzlich vereint. Johanna war weder als eine Maclaurin noch ein MacBain geboren. Sie war eine Engländerin. Wenn die Männer ihr Loyalität bewiesen, dann sollten sie, verdammt noch mal, auch miteinander auskommen können.

»Warum öffnet sie denn ihre Augen nicht?« fragte Niall.

»Sie scheint noch nicht fertig mit ihrer Ohnmacht zu sein«, antwortete der Priester.

»Werdet Ihr ihr die Letzte Ölung geben, Vater?«

»Ich glaube, das ist nicht nötig.«

»Sollten wir nicht irgendwas tun?« fragte Calum und warf seinem Clansherrn einen düsteren Blick zu. Es war deutlich, daß er von Gabriel eine Entscheidung verlangte, wie seine Frau wieder auf die Beine gebracht werden konnte.

Gabriel schüttelte den Kopf. »Sie wacht gleich wieder auf.«

»Was hat sie denn nur so plötzlich in den Ar… Arm gepiekst?« Lindsay ersetzte schnell das Wort, daß er ursprünglich benutzen wollte, als der Priester ihn grimmig anfunkelte.

»Unser Benehmen hat sie fertiggemacht«, rief Bryan der Gruppe in Erinnerung.

»Aber wieso denn ausgerechnet jetzt?« fragte Lindsay verständnislos. »M'lady schien sich doch sonst nicht daran zu stören.«

»Ihre Mutter kommt zu Besuch«, verkündete der Clansherr, und ein kollektives »Aaah« ertönte.

»Kein Wunder, daß sie uns Manieren beibringen will«, meinte Michael mit einem Nicken.

»Armes Mädchen«, flüsterte Keith. »Sie muß befürchtet haben, wir könnten sie vor ihrer Mutter beschämen.«

»Ja, das ergibt einen Sinn«, stimmte Calum zu.

»Na, dann sollten wir uns ein paar Manieren zulegen«, schlug Lindsay vor. Er stieß einen lauten Seufzer aus. »Immerhin hat sie ›Liebling‹ umgebracht.«

»Und drei andere«, setzte Keith hinzu.

Gabriel begann sich gerade zu fragen, wie lange Johanna ihre Ohnmacht wohl noch hinauszögern wollte, als sie plötzlich die Augen öffnete.

Fast hätte sie aufgeschrien. Sie faßte sich noch rechtzeitig, stieß statt dessen aber ein lautes Keuchen aus. Sie blickte in die Gesichter der Soldaten, die sie anstarrten, während sie mit ihrem Schock kämpfte.

Sie brauchte gut eine Minute, um zu begreifen, daß sie ausgestreckt auf dem Tisch lag. Wie sie dort hingekommen war, konnte sie sich nicht vorstellen.

»Warum liege ich auf dem Tisch?«

»Der war näher als Euer Bett, M'lady«, erklärte Calum.

»Ihr seid ohnmächtig geworden«, fügte Keith hinzu, falls sie es vergessen haben sollte.

»Warum habt Ihr uns denn nicht gesagt, daß Eure Mutter zu Besuch kommt?« fragte Niall.

Johanna versuchte, sich aufzusetzen. Vater MacKechnie drückte ihr die Hand auf die Schulter, damit sie liegenblieb. »Bleibt besser, wo Ihr seid, Kind. Euer Gatte wird Euch gerne nach oben tragen. Fühlt Ihr Euch besser?«

»Ja, danke«, sagte sie. »Ich bin wirklich ohnmächtig geworden? Das ist mir noch nie passiert. Ich begreife gar nicht, wieso ...«

Lindsay beschloß, ihr eine Erklärung zu geben, bevor sie danach fragte. »Es waren unsere schlechten Manieren, die Euch umgehauen haben, M'lady.«

»Tatsächlich?«

Der Soldat nickte. »Sie sollte mindestens eine Woche im Bett bleiben«, empfahl Keith.

»Ich kann mich nicht ins Bett legen«, protestierte Johanna.

Niemand kümmerte sich um ihren Einwand. »Ich sage, mindestens zwei Wochen«, verkündete Calum. »Nur so kann man sicher sein, daß sie ihre Kräfte zurückerhält. Sie ist sehr zerbrechlich, wenn ihr euch erinnert.«

Die Männer nickten. Johanna war empört. »Ich bin nicht zerbrechlich!« brüllte sie förmlich. »Vater, laßt mich aufstehen. Ich kann nicht ins Bett gehen. Ich muß jetzt wieder zu Clare MacKay.«

»Ich mache das gerne«, erbot sich Megan. »Es ist nicht fair, wenn nur MacBain-Frauen sie pflegen. Ihr wollt bestimmt nicht, daß die Maclaurin-Frauen sich über diese Herabsetzung aufregen, nicht wahr, M'lady?«

»Megan, jetzt ist der falsche Moment, diese Sache anzusprechen«, murmelte Keith.

»Die MacBain-Frauen waren die einzigen, die ihre Hilfe angeboten haben«, erklärte Johanna.

»Aber ich biete sie doch jetzt an«, sagte Megan beharrlich.

»Dann vielen Dank. Ich weiß deine Hilfe bestimmt zu schätzen.« Megan lächelte zufrieden.

Johanna ließ das Thema fallen und wandte sich ihrem Mann zu. Sie hatte die ganze Zeit vermieden, ihn anzusehen, denn er würde sie gewiß düster anblicken und nur darauf warten, ihr mit seiner »Ich-hab-dir-ja-gesagt-du-sollst-dich-ausruhen«-Masche zu kommen. Sie wappnete sich innerlich schon mal dagegen und sah zu ihm auf.

Ihr Mann, der links von ihr hinter Calum stand, lächelte, was Johanna ehrlich überraschte. Sie war sicher gewesen, daß er wütend, zumindest aber besorgt wäre. Eigentlich hätte sie sich über seine offensichtlich gute Laune freuen müssen, aber sie konnte es nicht. Immerhin war sie ohnmächtig geworden, und Gabriel hatte sich bisher stets sehr um ihr Wohlergehen gekümmert. Und nun sah er... fröhlich aus. Fand er ihre Ohnmacht etwa komisch?

Sie warf ihm einen wütenden Blick zu, und er zwinkerte ihr zu, was sie gründlich verwirrte.

»Wann kommt Eure Mutter denn?« fragte Keith nun.

Ohne den Blick von ihrem Mann zu lassen, sagte sie: »In zwei oder drei Monaten.« Dann schenkte sie Vater MacKechnie ein Lächeln und streifte sanft seine Hand von ihrer Schulter, damit sie sich aufsetzen konnte.

Calum versuchte, sie aufzuheben, während Keith von der anderen Seite des Tisches versuchte, ihr behilflich zu sein. Plötzlich wurde Johanna hin und her gezogen.

Gabriel kam ihr schließlich zu Hilfe. Er schob Calum aus dem Weg und nahm seine Frau in die Arme.

»Leg deinen Kopf auf meine Schulter«, befahl er.

Sie war nicht schnell genug, also schob er ihren Kopf dorthin, trug sie aus der Halle und die Treppe hinauf. Sie protestierte fast die ganze Zeit. »Es geht mir sehr gut«, schimpfte sie. »Ich kann durchaus alleine gehen, Mann. Laß mich runter.«

»Ich will dich aber tragen«, entgegnete er. »Das ist das

mindeste, was ich dazu beitragen kann, nachdem du soviel auf dich genommen hast, um die Männer zu überreden.«

»Das mindeste, was du tun kannst?«

»Aye.«

Sie hatte keine Ahnung, wovon er sprach. Sein Lächeln trug kaum zur Aufklärung bei. »Du tust gerade so, als ob du meine Ohnmacht amüsant fandest«, sagte sie empört.

Gabriel öffnete die Tür zur Schlafkammer und trug sie hinein. »Stimmt«, gab er zu.

Sie riß erstaunt die Augen auf. »Aber du bist doch normalerweise übermäßig besorgt um mich und nörgelst dauernd, wenn ich nicht den ganzen Tag rumliege und mich ausruhe. Wie kommt es auf einmal zu dieser Veränderung?«

»Ich nörgele nicht. Das tun alte Frauen, nicht Krieger.«

»Du hast aber genörgelt«, sagte sie. Sie konnte nicht verhindern, daß sie verärgert klang. Das sorglose Verhalten ihres Mannes störte sie. Schließlich durfte ein Ehemann durchaus besorgt sein, wenn seine Frau in Ohnmacht fiel, nicht wahr?

»Deine List hat gut funktioniert«, sagte er nun. »Meine Männer haben glatt ihren Streit vergessen. Das war doch der Grund, weswegen du die Ohnmacht vorgetäuscht hast, oder nicht?« Er warf sie praktisch auf das Bett, und sie federte zweimal, bevor sie ruhig liegen blieb.

Jetzt hätte Johanna am liebsten laut gelacht. Ganz sicher aber war sie erleichtert. Gabriel war also doch kein gefühlloser Klotz. Er glaubte tatsächlich, sie hätte allen nur etwas vorgemacht.

Johanna wollte ihn nicht belügen, aber sie verspürte auch keinen starken Wunsch, ihn zu berichtigen. Wenn er begriff, daß sie die Ohnmacht keinesfalls gespielt hatte, würde er sie wahrscheinlich bis zum nächsten Frühling ans Bett ketten.

Also bestätigte sie weder seine Bemerkung, noch stritt sie sie ab. Wenn er ihr Schweigen als Zustimmung deutete, dann mochte es so sein.

Er lenkte sie ohnehin schnell von ihren Gedanken ab. Er zog nämlich seine Stiefel aus.

»Willst du denn gar nicht mit deinem gerissenen Trick prahlen?« fragte er. Ohne seinen Blick von ihr zu lassen, ließ er die Stiefel zu Boden plumpsen und knotete seinen Gürtel auf.

»Alte Männer prahlen, M'lord«, antwortete sie, während ihr Blick von seinen Hüften angezogen wurde. »Nicht Frauen von Kriegern.«

Himmel, wieviel Spaß sie ihm machte! Es gefiel ihm, wie sie ihm seine eigenen Worte zurückwarf. Johanna wurde langsam durch und durch keß. Und dieses Verhalten war Beweis genug, daß sie die Furcht vor ihm wirklich besiegt hatte.

Immer noch errötete sie leicht. Jetzt zum Beispiel. Offenbar konnte sie sich denken, was er vorhatte. Er beschloß, es ihr trotzdem zu sagen, nur um sie zusätzlich verlegen zu machen. Dann geriet sie immer ganz durcheinander, und Herr im Himmel, er liebte diesen weiblichen Zug an ihr.

Er stellte sich neben das Bett und erzählte ihr in allen Einzelheiten, was er mit ihr zu tun gedachte. Die Bilder, die er mit seinem erotischen Vokabular zeichnete, färbten ihre Wangen feuerrot. Sie glaubte, bei der Vorstellung des nun folgenden Liebesspiels müßte sie wieder in Ohnmacht fallen.

Der ausgesprochen erregte Ausdruck auf seinem Gesicht brachte sie zu dem Schluß, daß er keine Witze machte. Aber sie wollte sicher sein. »Lieben Männer und Frauen sich wirklich auf diese Weise?«

Sie klang atemlos, aber sie konnte es nicht verhindern. Ihr Herz schlug wild, und sie versuchte, gegen ihre wachsende Lust anzukämpfen, während sie darüber nachdachte, ob so etwas wirklich machbar war. Der Gedanke, den Gabriel ihr absichtlich in den Kopf gesetzt hatte, stieß sie ab und erregte sie gleichzeitig.

Er zog sie auf die Füße und begann, ihr die Kleider abzustreifen.

»Du machst dich über mich lustig, oder?«

Er lachte. »Nein.«

»Dann machen Männer und Frauen wirklich ...«

»Wir werden es tun«, antwortete er mit rauher, leiser Stimme.

Sie schauderte. »Ich habe noch nie gehört, daß ...«

»Ich sorge dafür, daß es dir gefällt«, versprach er.

»Wird es dir denn ...?«

»O ja.«

»Was muß ich ...?«

Seine Frau hatte offenbar Probleme, ihre Sätze zu beenden. Sie war sichtlich erschüttert. Er übrigens auch, wie er feststellen mußte. Er war verdammt aufgeregt. Seine Finger kämpften ungeschickt mit den dünnen Bändchen, die ihre Unterwäsche zusammenhielten.

Er seufzte zufrieden, als er sie endlich vom restlichen Stoff befreit hatte. Dann zog er sie grob hoch und drückte sie fest gegen sich, so daß seine harte Erektion sich gegen ihr weiches Dreieck preßte.

Instinktiv bewegte sie sich an ihm, und er grunzte vor Vergnügen.

Zusammen ließen sie sich aufs Bett fallen, und Gabriel rollte sich auf sie. Er stützte sein Gewicht mit den Ellenbogen ab und beugte sich hinunter, um ihren Mund in einem langen, betäubenden Kuß zu nehmen. Ihre Zungen schlangen sich umeinander und duellierten sich, und als er mit seinen Lippen schließlich die Linie ihres Halses nachzeichnete, spürte er sie vor Verlangen zittern.

Sie war mit ihren Fragen allerdings noch nicht zu Ende. Sie war nun einmal ein Mensch, der alles genau wissen mußte.

»Gabriel, hast du wirklich vor, mich... dort unten zu küssen?«

»O ja«, flüsterte er dicht an ihrem Ohr. Sein heißer, süßer Atem ließ sie erschaudern.

»Dann will ich dich auch ... na, du weißt schon ... da küssen.«

Er erstarrte. Sie begann, sich Vorwürfe zu machen. Dann hob er langsam seinen Kopf, um sie anzusehen.

»Du mußt überhaupt nichts tun«, sagte er.

»Aber du würdest es wollen?«

»Aye.«

Er sprach das Wort so gedehnt und erotisch aus, und, lieber Gott, er war ein so aufregender Mann. Sie hatte den Eindruck, als hätte sie ihm schon Vergnügen bereitet. Sie streckte die Hand aus, um ihm über die Wange zu streicheln, und er legte sein Gesicht in ihre Hand.

Er liebte es, wenn sie ihn anfaßte. Und er brauchte es, wie sie feststellte ... genauso wie sie es brauchte, daß er sie berührte.

Sie seufzte und schlang ihre Arme um seinen Nacken. Sie wollte ihn zu sich herabziehen, doch er ließ sie nicht.

»Johanna, du mußt nicht ...«

Sie lächelte ihn an. »Ich sorge dafür, daß es dir gefällt«, flüsterte sie.

Er ließ den Kopf in ihre Halsbeuge fallen, biß ihr zärtlich ins Ohrläppchen und sagte dann: »Ich weiß, daß es mir gefällt, aber ich weiß nicht, ob du ...«

Nun schien er Probleme zu haben, seine Sätze zu Ende zu bringen. Und das war nur die Schuld seiner Frau. Sie streckte den Arm aus und liebkoste sanft sein hartes Glied. Er war zu sehr damit beschäftigt, zu erschaudern, um noch einen zusammenhängenden Gedanken fassen zu können.

Er hatte sich Sorgen gemacht, ob sie den Geschmack mögen würde. Sie begann sehr zurückhaltend und schüchtern, begeisterte sich aber sehr bald für diese Aufgabe.

Sie machte ihn schlichtweg wahnsinnig. Sein Herz schien aussetzen zu wollen, als sie seine Erektion in den

Mund nahm. Sie war so ungezähmt und absolut ungehemmt, als sie ihn nun mit ihren Lippen, ihrer Zunge liebkoste, und lieber Himmel, er war genauso begierig darauf, ihr dasselbe Gefühl zu verschaffen.

Er konnte es nicht lange aushalten. Er kam vor ihr, aber als er sich von den herrlichen Zuckungen des Orgasmus erholt hatte, konzentrierte er sich voll und ganz darauf, ihr die Erfüllung zu geben.

Ihr Wimmern verwandelte sich schnell in kleine Schreie. Die Intensität ihres Orgasmus verschlug ihr den Atem, und sie flehte ihn an, die süße Folter zu beenden, während sie sich an ihn klammerte und ihre Bewegungen genau das Gegenteil verlangten.

Ihr Geschmack machte ihn in Minuten erneut hart und pulsierend. Plötzlich wünschte er sich nur noch, in sie einzudringen. Er kam hoch, kniete sich zwischen ihre Schenkel und schob seine Hände unter ihre Hinterbacken. Dann hob er sie hoch und stieß gleichzeitig in sie hinein.

Er fühlte sich im siebten Himmel. Sie war so verdammt eng, so unglaublich süß und verlangend, daß er wußte, er konnte von ihr niemals genug bekommen.

Das Bett knarrte unter ihren heftigen Bewegungen. Ihr Atem kam rauh und stoßweise, und als sie erneut kam, ließ ihr Schrei seine Ohren klingeln.

Er war durch und durch befriedigt, als er über seiner Frau zusammenbrach und ein lautes Stöhnen ausstieß. Das heftige Hämmern ihres Herzens machte ihn ausgesprochen zufrieden und vergnügt, denn es zeigte ihm, daß sie alles vergaß, wenn er bei ihr war.

Bei ihm war es nicht anders. Diese Erkenntnis ernüchterte ihn ein wenig, und er erkannte, daß es ihm unmöglich geworden war, sich von seiner Frau gefühlsmäßig zu distanzieren. Er konnte nicht mit ihr schlafen, danach einfach zu seinen Aufgaben zurückkehren und sie aus seinen Gedanken ausschließen. Sie war ihm inzwischen mehr als eine Frau geworden, mit der man in der Nacht Liebe machte.

Sie war *seine* Frau, und verdammt noch mal, sie war mehr als das.

Sie war die Liebe seines Lebens.

»Verdammt.«

Nach diesem gemurmelten Fluch erhob er sich, um sie anzusehen. Sie schlief tief und fest, was ihn erleichterte, da er nun wenigstens nicht die entsetzte Miene erklären mußte, die er ziemlich sicher zur Schau trug.

Er konnte sich nicht dazu durchringen, sie jetzt alleinzulassen, sondern starrte sie eine lange Weile an. Gott, sie war so schön. Aber es war nicht ihre äußere Erscheinung, die ihn dazu gebracht hatte, seinen Kopf zu verlieren und sich hoffnungslos in sie zu verlieben, Gott mochte ihm helfen. Nay, es war ihr Wesen, das ihn bezaubert hatte. Schönheit schwand mit dem Alter, aber die Schönheit in Johannas Herzen schien jeden Tag mehr und mehr zu erstrahlen.

Sie hatte ihn eingefangen und geblendet, und nun war es zu spät, um sich vor diesem Gefühl zu schützen. Jetzt gab es nur noch eine wichtige Sache, die dringend erledigt werden mußte. Er mußte Johanna dazu bringen, ihn ebenfalls zu lieben. Bei Gott, er würde sich diese Verletzlichkeit keinesfalls zugestehen, wenn sie ihm nicht dasselbe bot.

Gabriel fühlte sich sofort viel besser. Ein Plan war immer gut. Er hatte noch keine Ahnung, wie er es bewerkstelligen sollte, daß sie sich in ihn verliebte, aber er war schließlich ein intelligenter Mann. Ihm würde schon etwas einfallen. Er beugte sich hinunter, küßte ihre Stirn und stieg dann aus dem Bett. Ihr Liebesspiel mußte sie heftig erschöpft haben, überlegte er, als er nach seinem Plaid griff. Zufrieden grinste er, bis er sich beim Gähnen ertappte. Auch er war erschöpft.

Während er sich anzog, beobachtete er sie die ganze Zeit, und als er fertig war, deckte er sie sorgfältig zu. Dann mußte er sie einfach noch einmal küssen.

Wieder war er entsetzt über seine schändliche Schwäche. Die Liebe war eine tückische Angelegenheit, entschied er. Vielleicht würde er sie irgendwann begreifen. Er wollte gerade heftig die Tür hinter sich zuziehen, als er sich noch rechtzeitig beherrschen konnte und sie so leise wie möglich schloß.

Teufel, was wurde er rücksichtsvoll! Ein abscheulicher Zug, dachte er und schüttelte den Kopf. Er fragte sich, was für Überraschungen wohl noch auf ihn warteten, nun da er sich selbst eingestanden hatte, daß er seine Frau tatsächlich liebte. Die Zukunft machte ihm Sorgen. Wenn er sich in einen devoten Ehemann verwandelte, dann, das schwor er sich, würde er jemanden umbringen müssen.

Aye, die Liebe war eine verzwickte Angelegenheit.

*

Johanna schlief die ganze Nacht durch, und Gabriel verließ die Kammer, noch bevor sie aufwachte. Sie war dankbar dafür, denn ihr war so schlecht, daß sie bei jedem Atemzug glaubte, sich übergeben zu müssen. Zweimal versuchte sie, aus dem Bett zu kommen, aber jedesmal begann die Kammer sich zu drehen, und ihr Magen krampfte sich protestierend zusammen. Sie versuchte, durch tiefes, regelmäßiges Luftholen den Brechreiz zu bekämpfen, aber es half nichts. Sie schaffte es sogar zum Waschtisch, um sich dort einen nassen Lappen ins Gesicht zu klatschen, aber auch das half nichts. Johanna gab es schließlich auf, dagegen anzugehen und endete auf den Knien über dem Nachttopf, wo sie so lange und so heftig erbrach, daß sie befürchtete, wieder das Bewußtsein zu verlieren.

Währenddessen war sie sich sicher, daß sie sterben mußte. Doch als es vorbei war, fühlte sie sich überraschend frisch und gesund. Was immer das für eine Übelkeit war – sie war entweder von einer Sekunde zur anderen verschwunden oder äußerte sich in höchst seltsamen Symptomen. Aber solange sie nicht wußte, worum es sich handelte, konnte sie auch nichts dagegen tun.

Johanna war kein Mensch, der sich übermäßig um seine

Gesundheit ängstigte, aber nun machte sie sich doch ein paar Gedanken. Am Abend zuvor hatte sie geglaubt, die Ohnmacht hätte etwas mit ihrem leeren Magen und dem unangenehmen Geruch des Hammelfleisches zu tun gehabt. Doch nun war sie beinahe wieder ohnmächtig geworden, und der Duft, der in der Kammer hing, war der von frischer Luft, die durch die Fenster drang.

Sie versuchte, den Gedanken an Übelkeit zu verdrängen. Sie hatte die Messe verpaßt und würde später Vater MacKechnie erklären müssen, daß sie unpäßlich gewesen war. Als sie sich angezogen hatte, war die Farbe in ihre Wangen zurückgekehrt, und sie flocht ihr Haar, räumte die Kammer auf und ging dann hinaus, um nach Clare MacKay zu sehen.

Hilda öffnete ihr die Tür. Johanna lächelte, als sie sah, daß Clare im Bett saß. Ihr Gesicht war zwar immer noch schrecklich verquollen und die linke Seite war eine einzige schwarzblaue Prellung, aber ihre Augen blickten klar, so daß Johanna annehmen konnte, daß der Schlag gegen den Kopf keinen ernsthaften Schaden angerichtet hatte.

»Wie fühlt Ihr Euch heute morgen, Clare?«

»Besser, vielen Dank«, antwortete die MacKay-Frau mit schwacher, kläglicher Stimme.

»Sie hat kaum etwas von dem gegessen, was ich ihr gebracht habe«, beklagte sich Hilda. »Sie sagt, ihre Kehle tue zu weh. Ich werde ihr in der Küche einen Heiltrank machen.«

Johanna nickte. »Ihr müßt essen, um wieder zu Kräften zu kommen.«

Clare zuckte die Schultern. Johanna schloß die Tür hinter Hilda und setzte sich dann auf die Bettkante neben ihre Patientin.

»Ihr wollt doch wieder gesund werden, oder?«

Clare starrte Johanna eine ganze Weile an, bevor sie antwortete. »Ich nehme an, ich werde es wohl müssen«, flüsterte sie. Dann versuchte sie, das Thema zu wechseln.

»Ihr wart sehr großherzig, mich aufzunehmen, Lady Johanna. Ich habe Euch noch gar nicht richtig gedankt. Dabei bin ich so froh darüber.«

»Ihr braucht mir nicht zu danken«, protestierte Johanna. »Warum klingt Ihr so traurig, wenn Ihr sagt, daß Ihr wohl wieder gesund werden *müßt*?«

Die Frau gab ihr keine Antwort. Statt dessen verknotete sie nervös die Enden des Lakens miteinander.

»Wird mein Vater herkommen?«

»Ich weiß nicht«, sagte Johanna und legte ihre Hand auf die Clares. »Würdet Ihr Euch denn freuen, wenn er Euch besuchen käme?«

»Ja, natürlich«, antwortete Clare hastig.

Sie hörte sich nicht sehr ehrlich an. Johanna war entschlossen, Antworten auf ihre Fragen zu erhalten, aber ganz sicher würde sie von der geschundenen Frau nichts erzwingen. Sie mußte es mit Geduld und Verständnis versuchen.

Zuerst mußte die Frau beruhigt werden. »Ihr braucht keine Angst zu haben. Hier seid Ihr sicher, niemand wird Euch etwas antun. Wenn Euer Baby auf der Welt ist und Ihr wieder bei Kräften seid, werden mein Mann und ich Euch helfen, eine Entscheidung zu treffen. Ihr könnt so lange bei uns bleiben, wie Ihr möchtet. Ich gebe Euch mein Wort darauf.«

Clares Augen standen voller Tränen. »Ich bin so müde. Bitte, laßt mich etwas schlafen.«

Johanna stand sofort auf. Wie eine besorgte Mutter steckte sie die Laken um den Körper der Frau fest und legte Clare die Hand auf die Stirn, um die Temperatur zu prüfen. Dann sah sie nach, ob im Krug noch genug Wasser war. Clare schien fest zu schlafen, als Johanna die Kammer verließ. Hilda übernahm die Wache wieder.

Später am Morgen versuchte Johanna noch einmal, mit Clare zu reden, aber sobald sie anfing, Fragen zu stellen, wurde Clare wieder schrecklich müde und schlief ein.

Megan löste am Nachmittag Hilda ab, so daß die Köchin sich um das Abendessen kümmern konnte. Johanna wollte ursprünglich noch einmal zu ihrer Patientin, wurde aber aufgehalten, als ihr Mann mit seinem Sohn an der Seite in die große Halle trat.

Johanna hatte gerade den letzten Faden von Calums Wunde entfernt und versuchte nun, ihm Anweisungen zu geben, auf die er kaum hörte. Er war wie ein zappeliges Kind, das es nicht erwarten konnte, wieder nach draußen zu kommen.

»Ihr geht erst, wenn Ihr mir versprecht, diese Salbe eine Woche lang jeden Morgen und jeden Abend aufzutragen, Calum.«

»Versprochen«, antwortete der Soldat. Er sprang auf die Füße und eilte durch die große Halle, wobei er den Salbentopf auf dem Tisch zurückließ.

»Ich bin da!«

Alex brüllte die wichtige Ankündigung laut heraus und breitete die Arme in einer so dramatischen Geste aus, daß Gabriel unwillkürlich lächelte. Der Junge hatte bestimmt keinerlei Minderwertigkeitskomplexe. Natürlich hatte ihm Gabriel auch mehrmals während des Rittes zur Burg versichert, wie sehr Johanna sich darauf freute, ihn zu sehen.

Die Reaktion seiner Frau war ebenso nett anzusehen. Sie stieß einen kleinen Freudenschrei aus, raffte ihre Röcke und rannte durch die Halle, um Alex zu begrüßen.

Der kleine Junge warf sich ihr in die Arme, und sie zog ihn fest an sich. Sein Scheitel erreichte gerade mal ihre Taille. Er war so ein liebreizender Junge, und sie war so glücklich, daß er zu Hause war, daß ihre Augen sich mit Tränen füllten.

Gabriel ließ die beiden allein und ging hinauf, um noch einmal mit Clare MacKay zu reden. Er war entschlossen, endlich den Namen des Soldaten herauszufinden, der die Frau entehrt hatte. Zudem wollte er ihr sagen, daß ihr Vater sie morgen abholen würde, natürlich nur gesetzt den Fall, sie war kräftig genug, um zu reiten.

Gabriel kam wenige Minuten später wieder herunter. Clare war noch zu krank, um seine Fragen zu beantworten. Ja, sie war noch so erschöpft, daß sie in tiefen Schlaf gefallen war, kaum daß er die Gründe für sein Kommen erklärt hatte.

Johanna und Alex warteten am Fuß der Treppe auf ihn.

»Stimmt etwas nicht?« fragte Johanna, als sie seine düstere Miene sah.

»Jedesmal, wenn ich mit der MacKay-Frau reden will, schläft sie ein. Wie lange, glaubst du, wird es noch dauern, bis sie mir wenigstens meine Fragen beantworten kann?«

»Ich weiß nicht, Gabriel«, gab sie zurück. »Du weißt, wie sie ausgesehen hat, als sie herkam. Es braucht Zeit, sich von so etwas zu erholen. Hab' Geduld mit ihr. Es ist ein Wunder, daß sie es überlebt hat.«

»Das ist es wohl«, stimmte er zu. »Johanna, ihr Vater kommt morgen. Er will sie holen.«

Das gefiel Johanna gar nicht. Sie schüttelte den Kopf.

»Clare ist nicht in der Verfassung, irgendwo hinzugehen. Ihr Vater wird das verstehen müssen.«

Gabriel hatte keine Lust, mit seiner Frau zu streiten. Die Freude in ihrem Gesicht, als sie Alex in die Arme geschlossen hatte, machte ihn glücklich und zufrieden. Er wollte das Wiedersehen nicht mit einer ernsthaften Unterhaltung verderben. Heute abend konnten sie immer noch über Clares Zukunft reden.

»Warum gehst du mit Alex nicht ein bißchen raus, Frau? Der Tag ist zu schön, um drinnen zu hocken.«

Er blickte seinen Sohn an, der Johannas Hand hielt und sie anstarrte, als wäre sie ein wahres Wunder. Plötzlich schoß es Gabriel durch den Kopf, daß sein Sohn dringend eine Mutter brauchte. Gleichzeitig kam ihm die Erkenntnis, daß Johanna Alex ebenso brauchte.

»Ja, es ist so ein schöner Tag«, sagte Johanna. Ein Ausdruck von Zärtlichkeit hatte sich in Gabriels Augen gestohlen. Die Liebe, die er für seinen Sohn empfand, war eindeutig.

Himmel, sie war heute so gefühlsbetont. Sie spürte, daß sie gleich in Tränen ausbrechen würde und wandte sich ab, damit ihr Mann diese Regung nicht entdeckte. Er würde es sicher nicht verstehen. Männer dachten, Frauen weinten nur vor Trauer oder vor Schmerz – so glaubte Johanna zumindest –, ihre Tränen waren jedoch bloß eine emotionale Reaktion auf das wundervolle Gefühl der Zufriedenheit, das sie überschwemmte. Gott hatte ihr soviel Gutes getan. Sie war unfruchtbar, und doch hatte sie nun einen Sohn, den sie lieben konnte. Aye, sie würde Alex lieben, weil es ihr schlichtweg unmöglich war, gegen ein solch unschuldiges Kind hart zu bleiben.

»Können wir uns die Pferde ansehen, Mama?«

Sie brach in Tränen aus. Gabriel und sein Sohn blickten sie beide entsetzt an. »Johanna, was ist mit dir?« Seine Sorge machte seine Stimme zu einem scharfen Bellen.

»Wir müssen nicht unbedingt zu den Pferden«, beeilte sich Alex zu versichern, der dachte, er wäre schuld.

Johanna versuchte, ihre Beherrschung zurückzuerlangen. Sie tupfte sich mit einer Ecke ihres Plaids die Tränen aus den Augenwinkeln, bevor sie zu einer Erklärung ansetzte.

»Nichts ist los«, sagte sie zu Gabriel. »Alex hat mich Mama genannt, damit habe ich nicht gerechnet. Ich bin heute wohl ein bißchen gefühlsbetont.«

»Papa hat gesagt, ich soll Mama zu dir sagen«, tönte Alex vorwurfsvoll. »Er hat gesagt, das gefällt dir.«

Der Junge hatte sein Gesicht in Falten gelegt und sah sehr unglücklich aus. Johanna beeilte sich, ihn zu besänftigen. »Dein Vater hat recht gehabt. Du sollst mich Mama nennen!«

»Warum heulst du dann wie ein Baby?«

Sie lächelte. »Weil du mich so froh gemacht hast«, antwortete sie. »Alex, es ist zu schön, um drinnen zu bleiben. Komm, gehen wir nach den Pferden sehen.«

Sie wollte gehen, aber Gabriel hielt sie fest. »Zuerst bedankst du dich bei mir, daß ich deinen Sohn nach Hause gebracht habe«, sagte er.

»Ich bedanke mich später, M'lord.«

Sie stellte sich auf die Zehenspitzen und küßte ihn. Sie hörte, wie Alex ein würgendes Geräusch von sich gab und brach in Gelächter aus. Gabriel grinste. Er sah ihnen eine Weile hinterher, dann folgte er ihnen nach draußen, wo er oben auf der Treppe stehenblieb. Von dort aus beobachtete er die beiden, bis sie außer Sicht waren.

»Was lächelt Ihr so, Clansherr?«

Vater MacKechnie war die Stufen heraufgekommen und stellte sich neben Gabriel.

»Ich habe meine Familie betrachtet«, sagte Gabriel.

Vater MacKechnie nickte. »Und eine hübsche Familie habt Ihr da. Gott hat Euch drei gesegnet.«

Gabriel hielt sich nicht für besonders religiös, aber diesmal mußte er dem Priester zustimmen. Als er noch jung und dumm war, hatte er um eine Familie gebetet. Nun gehörten Johanna und Alex zu ihm. Gerecht ist gerecht, dachte er, und beschloß, seinem Schöpfer zu danken. Immerhin hatte dieser seine Gebete erhört.

Johannas Lachen hallte über den Vorplatz und riß ihn aus seinen Gedanken. Unwillkürlich mußte er lächeln. Verdammt, aber er liebte es, wenn sie glücklich war.

Johanna hatte keine Ahnung, daß ihr Mann ihr zuhörte. Alex steckte so voller Begeisterung und Aufregung, draußen herumzulaufen, daß er nicht langsam gehen konnte. Er rannte so schnell den Hügel hinab, daß seine Fersen gegen sein Hinterteil schlugen. Sie konnte kaum Schritt mit ihm halten.

Den ganzen Nachmittag verbrachten sie gemeinsam. Zuerst besuchten sie die Pferde, dann suchten sie Auggie auf der Wiese. Der alte Krieger war gerade vom Berg hinuntergekommen und sah ziemlich schlecht gelaunt aus.

»Warum guckst du denn so böse?« rief Johanna.

Alex sah die finstere Miene des Alten und schob sich augenblicklich hinter Johannas Röcke.

»Schon gut, Alex«, flüsterte sie. »Auggie gibt sich gerne knurrig, aber er hat ein gutes Herz.«

»Wie Papa?«

Johanna lächelte. »Ja«, antwortete sie und dachte, daß Alex doch ein kluges Kind war.

Auggie wartete, bis die beiden bei ihm waren, dann antwortete er: »Ich bin kurz davor, mein Spiel aufzugeben«, verkündete er mit einem dramatischen Nicken. »Es bringt nichts, die Steine weit zu schlagen. Die meisten halten den Schlag nicht aus und zerspringen. Was soll das Ganze dann noch? Und wer versteckt sich da hinter dir und starrt mich mit riesigen blauen Augen an?«

»Das ist Alex«, stellte Johanna vor. »Kannst du dich noch an Gabriels Sohn erinnern?«

»Natürlich«, antwortete Auggie. »Aber ich bin verflixt schlecht gelaunt, Johanna. Ich habe keine Lust auf Gesellschaft. Geht und laßt mich in Ruhe schmollen.«

Johanna versuchte, nicht zu lachen. »Kannst du uns nicht ein paar Minuten Zeit widmen, um Alex zu zeigen, wie man die Steine schlägt?«

»Nein, kann ich nicht«, grummelte Auggie, obwohl er den Jungen zu sich heranwinkte. »Das ist kein Spiel für Kinder. Wie alt bist du, Bursche?«

Alex klammerte sich an Johannas Hand. Er dachte nicht daran, von ihrer Seite zu weichen. Also trat sie mit ihm näher.

»Er weiß es nicht«, erklärte sie. »Ich denke, er müßte vier oder fünf Sommer alt sein.«

Auggie rieb sich nachdenklich das Kinn. »Mach den Mund auf, Junge, ich will deine Zähne sehen. Dann sage ich dir, wie alt du bist.«

Johanna brach in Lachen aus. »Er ist doch kein Pferd«, protestierte sie.

»Wenn es um Zähne geht, gibt es da kaum einen Unterschied. Wenigstens in ihrer Jugend.«

Alex hob den Kopf und machte den Mund auf. Auggie nickte wohlwollend. »Du hast deine Zähne gut gepflegt, nicht wahr?«

»Papa hat mir gezeigt, wie man sie mit grünen Haselzweigen putzt und mit Wolle sauberreibt«, sagte Alex. »Ich vergesse es nur manchmal.«

»Er ist fast fünf, vermute ich. Viel älter kann er nicht sein, denn die Zähne sind noch hübsch und fest«, erklärte Auggie, nachdem er versucht hatte, an den Schneidezähnen zu rütteln. »Zu klein für sechs, zu groß für drei. Aye, er wird fünf sein. Darauf könnte ich mein Spiel verwetten.«

Alex durfte schließlich seinen Mund wieder schließen. Er sah zu Johanna hoch. »Fünf bin ich?«

»Fast«, sagte sie. »Wir suchen uns einen Tag aus und feiern deinen Geburtstag einmal ordentlich. Dann bist du offiziell fünf Jahre.«

Alex hatte seine Furcht vor dem knurrig wirkenden Krieger überwunden und bettelte nun darum, das Spiel lernen zu dürfen. Auggie kümmerte sich fast zwei Stunden darum. Alex begriff nicht, was das Wort *konzentrieren* bedeuten sollte und plapperte unablässig. Auggie benahm sich ausgesprochen geduldig, warf aber Johanna von Zeit zu Zeit funkelnde Blicke zu. Alex schien sich einfach nicht merken zu können, daß er still sein sollte, wenn Auggie seinen Schlag ansetzte.

Johanna setzte sich an den Hang und beobachtete die beiden. Auggie erzählte Geschichten aus seiner Vergangenheit, und Alex schloß den alten Krieger immer fester in sein Herz. Er schien ihn zu bewundern und bettelte um immer mehr Geschichten. Die Sonne ging schon unter, und Alex fing an zu gähnen, als Johanna schließlich die beiden unterbrach. Sie stand auf, richtete die Falten ihres Plaids und wollte Auggie gerade danken.

Was dann geschah, wußte sie später nicht mehr. Als sie die Augen öffnete, sah sie Auggie und Alex über sich gebeugt. Alex weinte, während Auggie ihr sanft die Wange tätschelte und gleichzeitig versuchte, den Jungen zu beruhigen.

Johanna begriff rasch, was geschehen war.

»Oh, Himmel. Ich bin schon wieder ohnmächtig geworden, richtig?«

»Wieder?« fragte Auggie und runzelte besorgt die Stirn. Er half ihr, sich aufzusetzen, und Alex krabbelte augenblicklich auf ihren Schoß. Er schien dringend ihren Trost zu brauchen. Sie legte einen Arm um das Kind und drückte es kurz an sich.

»Mir geht es schon wieder gut, Alex.«

»Du bist schon einmal in Ohnmacht gefallen?« bohrte Auggie nach.

Johanna nickte, und sofort drehte sich wieder alles. »Gestern abend«, antwortete sie. »Gabriel hat mich noch aufgefangen. Es passierte so schnell, daß ich ihn nicht warnen konnte.«

»Schnell ging es allerdings.« Auggie ließ sich auf dem Boden nieder und stützte sie mit einem Arm. »In einer Sekunde standest du auf, in der nächsten lagst du schon wie mausetot flach auf dem Boden.«

Auggie behandelte die Sache wegen des Kindes absichtlich ganz locker. Er versteckte seine Sorge, so gut er konnte.

»Ich weiß auch nicht, was mit mir los ist«, flüsterte sie.

»Du solltest zu Glynis gehen. Sie weiß ein bißchen über das Heilen«, schlug Auggie vor.

»Ja, sie wollte Calums Arm nähen, also muß sie ein bißchen davon verstehen«, bemerkte Johanna. »Ich werde sie morgen besuchen.«

»Nein«, wandte Auggie ein. »Du gehst jetzt. Ich bringe Alex zurück.«

Seine sture Entschlossenheit war aus seinen zusammengepreßten Kiefern zu ersehen, und Johanna wußte, daß es sinnlos war, mit ihm zu streiten. »Also gut«, willigte sie ein. Dann wandte sie sich an ihren Sohn.

»Alex, du darfst deinem Vater nichts davon sagen. Wir wollen ihm doch keine unnötigen Sorgen machen, nicht wahr?«

»Schäm dich, den Jungen dazu anzuhalten ...«

»Auggie, ich denke jetzt nur an .Gabriel«, unterbrach Johanna ihn. »Ich will nicht, daß er sich Sorgen macht.«

Auggie nickte resigniert, aber zustimmend. Er würde seinem Clansherrn ganz bestimmt alles brühwarm erzählen, und wenn die Lady sich darüber beschwerte, würde er ihr sagen, daß sie *ihm* schließlich kein Versprechen abgerungen hatte, zu schweigen.

Alex und er begleiteten Johanna bis zu Glynis' Tür. Sie verließen sie erst, als Johanna auch wirklich an die Tür geklopft und die Maclaurin-Frau geöffnet hatte.

»Lady Johanna hat dir eine Frage zu stellen«, kündigte Auggie an. »Komm, Alex, Zeit zum Abendessen.«

»Habe ich irgendwas getan, was Euch verärgert hat, M'lady?« fragte Glynis.

Johanna schüttelte den Kopf und winkte sie ein Stück von der Tür fort, damit ihr Mann nichts von ihrem Gespräch hörte.

»Bitte setz dich, Glynis«, bat sie und deutete auf einen großen Stein. »Eine Freundin von mir ist krank, und ich hätte gern deinen Rat, wie ich ihr helfen kann.«

Glynis sah sehr erleichtert aus. Sie setzte sich auf den Stein, faltete die Hände im Schoß und wartete, daß Johanna fortfuhr.

»Zweimal ist die Frau nun schon ohne Grund ohnmächtig geworden«, sagte Johanna. Sie stand vor der Maclaurin-Frau und wartete auf eine Reaktion.

Glynis nickte nur. Johanna fragte sich, was sie damit anfangen sollte.

»Stirbt sie vielleicht an einer furchtbaren Krankheit?« Johanna rang die Hände, während sie versuchte, vor Glynis keine Panik zu zeigen.

»Möglich«, erwiderte Glynis. »Ich muß mehr darüber wissen, bevor ich eine Vermutung ausspreche, M'lady. Ist Eure Freundin jung oder alt?«

»Jung.«

»Ist sie verheiratet?«

»Ja.«

Glynis nickte. »Gibt es irgendwelche anderen auffälligen Symptome?«

»Mir … das heißt *Ihr* ist entsetzlich übel geworden, und tatsächlich hat sie sich übergeben. Ihr ist den ganzen Morgen flau gewesen. Aber wenn es vorbei ist, dann fühlt sie sich sehr gesund und munter.«

»Ich muß noch ein paar persönliche Fragen stellen, M'lady«, flüsterte Glynis vertraulich.

»Ich beantworte sie, sofern ich eine Antwort weiß«, erwiderte Johanna.

»Hat die monatliche Unpäßlichkeit bei Eurer Freundin ausgesetzt?«

Johanna nickte. »Ja, schon zweimal, aber das ist nicht ungewöhnlich, weil es bei ihr sehr unregelmäßig kommt.«

Glynis versuchte, ihr Lächeln zu unterdrücken. »Wißt Ihr zufällig auch, ob Ihre Brüste überempfindlich sind?«

Johanna hätte sich fast vergewissert, konnte sich aber noch rechtzeitig beherrschen. »Vielleicht ein bißchen, aber nicht übermäßig.«

»Ist sie frisch verheiratet?«

Johanna fand, daß das eine merkwürdige Frage war. Sie nickte. »Glaubst du, die Belastung der neuen Ehe könnte so etwas bewirken? Ich denke das nämlich nicht, Glynis, weil die Frau schon einmal verheiratet war.«

»Hat sie daraus Kinder –«

Johanna ließ sie nicht ausreden. »Sie ist unfruchtbar«, unterbrach sie.

»Vielleicht bei dem einen Mann«, bemerkte Glynis.

Johanna wußte nicht, wie sie das verstehen sollte. Glynis lenkte sie mit einer weiteren Frage davon ab. »Schlaft Ihr … ich meine, schläft sie mehr als gewöhnlich?«

»Ja, genau«, rief Johanna aus. Sie war erstaunt, wie exakt jetzt Glynis die richtige Fragen traf. »Also hast du von dieser Krankheit schon gehört?«

»Ja, das habe ich allerdings«, antwortete Glynis.

»Wird sie sterben?«

»Nay, M'lady, sie wird nicht sterben.«

»Was kann sie denn tun?«

Johanna war nun den Tränen nah, und Glynis beeilte sich, sie zu beruhigen. Sie lächelte breit, als sie der jungen Frau antwortete: »Sie sollte ihrem Mann sagen, daß sie sein Kind bekommt.«

KAPITEL 15

Es war ein Segen, daß Glynis so eine stämmige, kräftige Frau war. Zudem war sie auch noch flink, wie sich herausstellte. So konnte sie ihre Herrin gerade noch auffangen, bevor sie mit dem Kopf gegen den Stein schlug.

Die frohe Neuigkeit hatte Lady Johanna in tiefe Ohnmacht versetzt. Erst ein paar Minuten später wachte sie in Glynis Bett auf. Die ersten Worte, die sie sprach, schrie sie fast.

»Ich bin unfruchtbar!«

Glynis tätschelte ihre Hand. »Bei dem ersten Mann wart Ihr es, bei unserem Clansherrn jedoch nicht. Ihr weist alle Symptome auf, M'lady. Ihr seid ganz sicher schwanger.«

Johanna schüttelte den Kopf. Sie konnte die Tatsache einfach nicht begreifen. »Frauen sind unfruchtbar, Männer nicht.«

Glynis schnaubte. »Das sagen Männer«, brummelte sie. »Ihr und ich hatten ein paar Schwierigkeiten miteinander, aber ich denke doch, daß wir sie bereinigt haben. Ich möchte Euch als eine Freundin betrachten, besonders immer dann, wenn Ihr unser schönes Maclaurin-Plaid tragt«, fügte sie mit einem Grinsen hinzu.

»Ich möchte dich gerne zur Freundin haben, Glynis«, antwortete Johanna und fragte sich dabei, was in Gottes Namen Glynis mit diesen Worten einleiten wollte.

Glynis ließ sie nicht lange im unklaren. »Freundinnen vertrauen einander«, sagte sie. »Und daher möchte ich Euch fragen, ob Euer erster Mann jemals eine andere Frau mit ins Bett genommen hat. Ich will Euch nicht beschämen, M'lady, ich will nur die Wahrheit herausfinden.«

Johanna setzte sich auf. »Ja, er hat sich andere Frauen genommen«, gab sie zu. »Und nicht gerade wenige. Es war fast so, als wollte er so viele haben, wie er kriegen konnte. Er prahlte gerne damit.« Als sie Glynis mitleidigen Blick bemerkte, setzte sie hastig hinzu: »Es kümmerte mich allerdings nicht. Ich mochte meinen Mann nicht. Er war gemein.«

»Was ich aber eigentlich fragen wollte, M'lady, war, ob Ihr von irgendwelchen illegitimen Kinder wißt, die aus seiner Untreue hervorgegangen sind.«

»Nein, es gab keine unehelichen Kinder«, antwortete Johanna. »Raulf hat mir erzählt, die Frauen würden eine Medizin trinken, die sie vor Schwangerschaft schützte. Übrigens glaubte er, ich würde auch davon trinken, und wurde jeden Monat entsetzlich wütend, weil er meinte, ich würde ihn absichtlich um einen Erben betrügen.«

»Es gibt solche Mixturen«, antwortete Glynis. »Aber Ihr seid jetzt ziemlich sicher schwanger, M'lady, also könnt Ihr schlecht unfruchtbar sein. Ich halte meinen Mund, denn es ist Eure Sache, Eurem Mann die freudige Nachricht zur richtigen Zeit mitzuteilen. Unser Clansherr wird sich bestimmt sehr freuen.«

Johanna verließ ein paar Minuten später die Hütte. Glynis begleitete sie bis zur Mauer. Plötzlich drehte sich Johanna noch einmal um.

»Mein Mann will mir nicht erlauben, auf den Feldern zu arbeiten«, sagte sie.

»Natürlich nicht«, gab Glynis zurück. »Ihr seid unsere Herrin. Ihr sollt keine gewöhnliche Arbeit verrichten.«

»Ich kann nähen«, sagte Johanna. Dann setzte sie mit einem bekräftigenden Nicken hinzu: »Jeden Abend sitze ich am Feuer und arbeite entweder an meinem Teppich oder sticke. Ich kann zum Beispiel Blumen auf... Stoffe sticken.«

»Was wollt Ihr mir sagen, M'lady? Spuckt es doch einfach aus.«

»Ich habe gesehen, daß du safranfarbene Blusen unter deinem Plaid trägst. Na ja, und ich habe mich gefragt, ob du vielleicht eine Blumenstickerei den Kragen entlang haben möchtest.«

Glynis riß die Augen auf. »Aber wieso würdet Ihr ...«

»Du schuftest den ganzen Tag auf den Feldern, Glynis, und ich möchte etwas tun, um dir meinen Dank zu zeigen. Wenn du mir eine der Blusen heraufbringst, kann ich schon heute abend damit anfangen.«

Johanna war zu verlegen, um eine Antwort abzuwarten. Plötzlich fühlte sie sich so schüchtern und unsicher, daß sie hastig winkte und den Pfad zum Vorplatz hinaufeilte.

Erst als sie den Hügel erreichte, verlangsamte sie ihren Schritt. Dann traf sie wieder die volle Bedeutung ihres Zustands, und wie in Trance ging sie den Rest des Weges bis nach Hause.

Auggie fing sie mitten auf dem Platz ab. »Ich werde heute abend zum Essen da sein«, sagte er. »Dann werde ich deinem Mann erzählen ...«

Er verstummte, als er ihr Gesicht sah. »Warum grinst du denn, als hättest du gerade einen Topf voller Gold gefunden, Kind?«

Sie schüttelte den Kopf. »Ich sag's dir heute abend«, versprach sie. »Es ist ein großartiger Tag, nicht wahr, Auggie? Obwohl das Wetter ja ein bißchen kühler als gewöhnlich ist.«

Auggie wollte ihr gerne sagen, daß das Wetter tatsächlich ungewöhnlich mild für den frühen Herbst war, denn Keith hatte ihm erzählt, daß seine Herrin glaubte, in den Highlands wäre es das ganze Jahr warm. Auggie wollte nicht, daß sich die Soldaten hinter ihrem Rücken über ihre Naivität lustig machten, aber Johanna rauschte schon mit glücklichem Gesicht an ihm vorbei. Er würde ihr die Wahrheit also später erklären müssen.

Johanna setzte sich zu Alex an den Tisch, als er seine Mahlzeit einnahm. Er war zu jung, um auf die Männer zu warten. Dann schickte sie ihn in die Küche um Hände und Gesicht zu waschen.

Als sie sich an den Kamin setzte, kam Dumfries in die große Halle gestromert. Sie klopfte ihm freundlich das Fell, und er ließ sich geräuschvoll neben ihren Stuhl fallen und legte den Kopf auf ihre Schuhe.

Alex kam kurz darauf zurück. Er hatte immer noch Soße im Gesicht, und Johanna säuberte ihn mit einem feuchten Tuch. Dann wollte er unbedingt auch auf ihrem Stuhl sitzen, und sie rückte zur Seite, damit er Platz hatte.

»Möchtest du hier bei deinem Vater und mir bleiben, oder würdest du deine Verwandten vermissen, Alex?«

»Ich will hierbleiben«, antwortete er. Er gähnte herzhaft und kuschelte sich an sie.

»Das möchte ich auch«, flüsterte Johanna.

»Papa sagt, ich fehle dir.«

»Das stimmt, du fehlst mir.«

Alex' Brust schwoll. »Hast du auch wie ein Baby geheult, weil ich dir gefehlt hab'?«

Sie mußte über seine Wortwahl lächeln. »Das habe ich«, schwindelte sie. »Soll ich dir noch eine Geschichte erzählen, bevor du schlafen gehst?«

Der Junge nickte. »Was ist das für eine Geschichte? Von Auggie?«

»Nein«, sagte sie. »Meine Mutter hat sie mir erzählt, als ich ein kleines Mädchen war. Und als ich heranwuchs, lernte ich lesen und …«

»Wieso?«

»Wieso was?«

»Wieso hast du lesen gelernt?«

Sie sah aufmerksam in Alex' Gesicht, das er ihr zugewandt hatte, und bemerkte daher nicht, daß ihr Mann in die Halle gekommen war. Er stand oben auf der Treppe und wartete darauf, daß einer von beiden seine Anwesenheit zur Kenntnis nahm.

»Weil es verboten war«, antwortete sie. »Man hat mir gesagt, daß ich zu dumm zum Lesen wäre, und eine ganze Zeit habe ich den Unsinn geglaubt. Dann kam meine Selbstachtung zurück, und ich fand, daß ich mindestens genauso klug wie jeder andere war. Da habe ich nämlich lesen gelernt, Alex, und wenn du älter bist, bringe ich es dir bei.«

Alex fummelte an ihrem Plaid herum, während er ihr zuhörte. Plötzlich gähnte er so sehr, daß sie sein Zäpfchen sehen konnte. Sie wies ihn an, die Hand vor den Mund zu halten und begann dann, ihm ihre Lieblingsgeschichte aus der Kindheit zu erzählen.

Alex schließ knapp eine Minute später tief und fest. Sein Kopf plumpste auf ihre Brust. Johanna war so glücklich, den Kleinen im Arm zu halten, daß sie die Augen schloß, um ein Dankgebet zu sprechen. Dann schlief sie genauso schnell ein wie Alex.

Gabriel konnte sich nicht entscheiden, wen er zuerst hinauftragen sollte. Calum kam ihm zu Hilfe und nahm Alex. »Wo soll ich ihn denn hinlegen, MacBain?« flüsterte er, um den Jungen nicht aufzuwecken.

Gabriel hatte keine Ahnung. Clare lag in der zweiten Kammer, also hatte sein Sohn keinen Platz dort.

Aber er wollte auch nicht, daß Alex bei den Soldaten schlief. Das Kind brauchte die Nähe seiner Mutter und seines Vaters, falls er im Laufe der Nacht Angst bekam oder nicht mehr wußte, wo er war.

»Bring ihn erst mal in mein Bett«, sagte Gabriel. »Ich überlege mir vor heute nacht noch etwas.«

Er wartete, bis Calum mit dem Jungen oben war. Als er gerade seine Frau auf die Arme nehmen wollte, öffnete sie die Augen.

»Gabriel«, sagte sie fast verwundert. Es klang wie eine Liebkosung.

»Hast du vielleicht von mir geträumt?« Eigentlich wollte er sie aufziehen, aber seine Stimme war rauh vor Gefühl. Verdammt, er liebte diese Frau einfach. Und er wollte mit ihr schlafen. Er wußte, daß er warten mußte, und so beschloß er, sie statt dessen anzuknurren. »Du solltest jetzt raufgehen, Frau. Du mußt ja erschöpft sein. Du arbeitest zuviel. Ich sage dir ja immer wieder, daß du dich ausruhen sollst, aber du …«

Sie streckte die Hand aus und strich ihm zärtlich über die Wange. Natürlich konnte er sich da nicht mehr konzentrieren. Langsam fragte er sich, ob sie das eben darum tat.

»Ich tue nicht zuviel«, antwortete sie. »Und ich habe eben auch nicht geschlafen. Ich habe nur vor mich hingeträumt und über etwas Wundervolles nachgedacht. Ich kann es selbst noch nicht glauben, Gabriel, denn es schien doch unmöglich, aber wenn ich dir erst mal sage …«

Plötzlich hielt sie inne und sah sich um. Sie wollte nicht, daß jemand dabei war, wenn sie ihm dieses besondere Geschenk machte.

Keith und drei weitere Maclaurin-Soldaten kamen gerade herein, als sie feststellte, daß Alex nicht mehr da war.

»Siehst du? Du hast doch geschlafen«, sagte Gabriel. »Du hast ja nicht einmal bemerkt, daß Calum meinen Sohn hochgetragen hat.«

»*Unseren* Sohn«, berichtigte sie ihn.

Das gefiel ihm. Johanna wurde langsam besitzergreifend, und er hielt das für ein gutes Zeichen. Er hoffte, daß sie das auch auf ihn ausdehnen würde.

»Ja, er ist unser Sohn«, stimmte er zu. »Jetzt erzähl mir deine wundervollen Neuigkeiten.«

»Ich warte lieber bis später.«

»Sag's mir jetzt.«

»Nay.«

Er riß die Augen auf. Dann stand er auf und zog sie auf die Füße. »Du wagst es, dich mir zu widersetzen?«

Sie lächelte. »Ich wage seit kurzem alles, und das dank dir, lieber Mann.«

Wovon redete sie nur? Er beschloß, bis später zu warten, um sie dazu zu bringen, ihm eine vernünftige Erklärung zu geben. Jetzt jedoch war er fest entschlossen, die Neuigkeit zu erfahren.

»Ich will wissen, was dir Sorgen macht, und du wirst es mir jetzt sagen«, befahl er.

Wieder hörte er sich so arrogant an. Der Himmel mochte ihr helfen, aber sie begann, diese Schwäche zu mögen. »Ich mache mir keine Sorgen«, widersprach sie. »Und ich sage es dir, wenn ich bereit dazu bin, M'lord, und keinen Moment früher. Ich lasse mich nicht drängen.«

»Willst du unserem Clansherrn erzählen, was unten auf der Wiese passiert ist?« brüllte Auggie vom Eingang her. Johanna drehte sich um. Der alte Krieger kam die Treppe herunter und durch die Halle, als Dumfries ihn anknurrte. Auggie gab ihm ein kurzes Knurren zurück.

»Ja«, rief Johanna. »Ich sage es ihm nach dem Essen.«

»Wenn nicht, dann erledige ich das, Kind. Du wirst schon sehen!«

»Was zum Teufel ...«

Sie fand eine Gelegenheit, ihren Mann zu unterbrechen, indem sie dem Priester einen Gruß zurief. »Guten Abend, Vater.« Dann flüsterte sie Gabriel zu: »Hab' bitte einmal Geduld. Ich verspreche dir, daß du reich belohnt wirst.«

Er grunzte. An seiner Miene konnte sie nicht erkennen, ob er ihr den Gefallen tun wollte oder nicht. »Ich möchte dir diese wichtige Sache unter vier Augen mitteilen.«

Endlich nickte er und verbiß sich ein Lächeln. Er glaubte zu wissen, was sie ihm sagen wollte. Gott, wie gut er sich plötzlich fühlte. Und nur weil diese dumme Frau endlich erkannt hatte, daß sie ihn liebte.

Er beschloß, ihr ihren Willen zu lassen. Wenn sie ihm ihre Liebeserklärung in der Stille ihrer Schlafkammer machen wollte, dann sollte es so sein. Verdammt, wie er sich wünschte, daß das Essen schon vorbei wäre. Er wollte viel lieber mit ihr allein sein. Bis zu diesem Augenblick hatte er gar nicht gewußt, wie wichtig ihm ihre Liebe war. Frauen brauchten ihre Ehemänner nicht zu lieben, seine aber sollte es schon tun, fand er. Wenn er schon in diesem Dilemma steckte, dann sollte sie es ebenso treffen.

»Herzensdinge sind verflucht kompliziert«, murmelte er.

»Wie bitte?« fragte sie.

»Schon gut«, fauchte er gereizt.

»Deine Launen, M'lord, sind wie das hiesige Wetter«, stellte sie fest. »Absolut unvorhersehbar.«

Er zuckte die Schultern, und Johanna wurde abgelenkt, weil die Soldaten nun in die Halle kamen.

Sofort bemerkte sie das Fehlverhalten. »Man senkt den Kopf vor dem Clansherrn und seiner Frau, wenn man eintritt!« rief sie.

Sie wartete ab, ob die Männer in der Stimmung waren, Höflichkeit zu zeigen. Falls sie nicht dazu bereit waren, war sie darauf vorbereitet, Megan zu bitten, ihr ein paar Schüsseln zu holen.

Die Männer senkten die Köpfe. Johanna war zufrieden. Sie ließ ihren Mann beim Kamin stehen und ging zum MacBain-Tisch hinüber, wo sich zwei junge Krieger, die heute das Privileg hatten, am Tisch ihres Clansherrn essen zu dürfen, bereits gesetzt hatten. Sie bat sie, wieder aufzustehen.

»Man setzt sich erst, nachdem der Clansherr und seine Frau Platz genommen haben«, erklärte sie geduldig.

Es gab ein bißchen Gegrummel, aber schließlich befolgte doch jeder ihre Anweisung.

Johanna wollte den Männern nicht zuviel abverlangen. Aus diesem Grund schimpfte sie auch nicht darüber, daß sie jedes Wort ihrer Unterhaltung während der folgenden Mahlzeit brüllten. Immerhin hatte sie schon einen Fortschritt gemacht. Die Männer versuchten, höflich zu sein. Nicht ein einziges Rülpsen war zu hören.

Irgendwann fragte Auggie Gabriel, was er mit dem flüssigen Gold zu tun gedachte, das in der Höhle lagerte. Da er mit dem Clansherrn geflüstert hatte, spitzte jedermann sofort die Ohren. Es konnte sich ja um ein Geheimnis handeln.

Johanna war baß erstaunt. Ihr Gebrüll am Abend zuvor hatten die Männer so gut wie ignoriert – doch Auggies Gewisper verlangte ihre ganze Aufmerksamkeit. Sie speicherte diese interessante Information für einen späteren Gebrauch.

»Was hat Auggie eben gesagt?« fragte Keith seinen Clansherrn.

Gabriel lehnte sich in seinem Stuhl zurück und erzählte den Männern von dem Schatz in der Höhle. Ein beträchtliches Gejohle und Gejubel folgte seiner Erklärung, und als die Aufregung sich gelegt hatte, wies Gabriel darauf hin, daß sie Auggie dafür danken mußten.

»Los, holen wir uns ein oder zwei Fässer für heute abend«, schlug Bryan begeistert vor.

Johanna ließ ihrem Mann keine Zeit, dem Vorschlag zuzustimmen oder ihn abzulehnen. Sie stand auf und schüttelte heftig den Kopf.

Sofort standen alle Männer auf. Es wirkte sehr beeindruckend.

»Geht Ihr oder bleibt Ihr?« fragte Niall.

»Ich bleibe«, antwortete sie. »Ihr dürft Euch setzen, Gentlemen.«

»Aber Ihr steht doch noch«, warf Lindsay ein. »Das ist ein Trick, nicht wahr, M'lady? Wenn wir uns jetzt wieder setzen, schmeißt ihr wieder mit Schüsseln.«

Johanna mahnte sich zu Geduld. »Keine Sorge«, versprach sie. »Ich bin nur aufgestanden, um Eure Aufmerksamkeit zu bekommen.«

»Warum das?«

Sie warf dem MacBain-Soldaten, der die Frage gestellt hatte, einen düsteren Blick zu. »Wenn Ihr Euch ein wenig geduldet, erkläre ich es Euch. Die Fässer werden nicht hier geöffnet. Wir werden damit handeln. Der Brand ist zu wertvoll. Wir bekommen dafür die Waren, die wir brauchen.«

Sie hatte Einspruch erwartet und wurde nicht enttäuscht. Plötzlich riefen alle durcheinander. Nur Vater MacKechnie und Gabriel schwiegen, während sie Johanna lächelnd beobachteten, die versuchte, die Männer zur Ruhe zu bringen.

»Wenn Ihr erst einmal darüber nachgedacht habt, werdet Ihr erkennen, daß wir nicht anders können.«

»Aber warum in Gottes Namen sollen wir das gute Zeug denn verschachern?« rief Keith.

Johanna hörte die Frage und wandte sich ihm zu. »Es ist eine Sünde zu stehlen, und wenn wir den Schatz nutzen, um zu …«

Sie gab auf, denn sie stellte fest, daß ihr niemand zuhörte. Sie drehte sich zu Gabriel um und sah aus seiner Miene, daß er das alles ausgesprochen lustig fand. Sie rückte nah an ihn heran, damit er sie über dem Gebrüll hören konnte und verlangte, daß er die Sache übernehmen sollte.

Er nickte ihr zu. Sie dankte ihm und nahm wieder ihren Platz ein.

»Ruhe!« Zwar fand Johanna, daß sich das Grollen ihres Mannes am Eßtisch nicht gehörte, aber es stellte sich als effektiv heraus. Die Männer hörten sofort auf, sich zu streiten. Er nickte zufrieden und wandte sich an sie. »Jetzt kannst du erklären, was deine Meinung zu dem Getränk ist.«

»Aber du sollst es machen.«

Er schüttelte den Kopf. »Du mußt versuchen, es ihnen verständlich zu machen«, befahl er. »Und wenn du schon dabei bist, dann mach es auch mir verständlich.«

Sie sprang auf die Füße. »Soll das heißen, du bist nicht der gleichen Meinung wie ich?«

»Nay, bin ich nicht.«

Er ließ sie entsetzt aufkeuchen und fuhr dann fort: »Für uns war Stehlen bisher äußerst nutzbringend, Johanna. Und sieh mich nicht so an. Ich habe dich nicht übers Ohr gehauen.«

»Stehlen ist falsch, nicht wahr, Vater MacKechnie?«

Der Priester nickte. »Sie hat recht, Clansherr.«

Es war nicht leicht, die Worte des Priesters zu verstehen, da die Männer gerade mit lautem Stühlescharren wieder aufstanden.

»Würdet Ihr Euch bitte entscheiden, M'lady?« sagte Keith.

»Geht sie denn diesmal?« flüsterte Niall so laut, daß es auch bestimmt jeder hörte.

»Sieht nicht so aus, als wollte sie irgendwo hingehen«, sagte Calum gedehnt.

»Ach, setzt Euch endlich«, murmelte Johanna. Aber sie gehorchten nicht, bis sie sich schließlich selbst wieder setzte. Sie hielt ihren finsteren Blick auf ihren Mann gerichtet. »Es würde mich froh machen – und Gott auch, wie ich hinzufügen sollte –,wenn Ihr das Stehlen aufgebt und das, was Ihr braucht, durch Handeln erwerbt.«

»Aye, es würde Gott froh machen«, stimmte Vater MacKechnie zu. »Ich bitte um Vergebung, daß ich unterbreche, aber ich hätte da einen Vorschlag.«

»Und welchen, Vater?« fragte Gabriel.

»Nehmt doch nur ein paar Fässer zum Tauschen und behaltet den Rest für den Clan.«

Der Vorschlag des Priesters löste augenblicklich noch mehr Tumult aus. Die meisten Maclaurins waren dafür, die MacBains dagegen vertraten einhellig und stur die Ansicht, die Fässer wären für sie ganz allein. Sie benahmen sich wie Kinder, die ihr Spielzeug nicht teilen wollten. Gabriel reihte sich dummerweise in diese Gruppe ein.

Johanna starrte ihren Mann nun unverhüllt wütend an. Er mußte sich das Lachen mühsam verbeißen. Aber die Sache schien seiner Frau unendlich wichtig zu sein, und er entschied schließlich, daß er das Vergnügen des Diebstahls durchaus aufgeben konnte, um ihr einen Gefallen zu tun.

»Wir werden den Vorschlag des Priesters annehmen«, ordnete er an.

Johanna stieß einen Seufzer der Erleichterung aus. Gabriel blinzelte ihr zu. »Du bekommst aber nicht immer deinen Willen«, mahnte er.

»Nein, natürlich nicht«, versicherte sie ihm hastig. Sie war so zufrieden mit ihm, daß sie nach seiner Hand griff und sie festhielt.

»Ihr werdet eine Nase brauchen«, sagte Auggie.

Alle drehten sich zu ihm um. Die meisten hatten keine Ahnung, wovon er redete, und Lindsay sprach aus, was die anderen dachten.

»Was zum Teufel meinst du mit *eine Nase*, Auggie?«

»Einen Experten«, antwortete dieser. »Er kann uns sagen, welche Fässer wir behalten. Ihr wollt doch nicht die allerbesten weggeben, nicht wahr?«

»Natürlich nicht«, platzte Niall heraus.

»Wird die Nase denn nicht alles wegtrinken?« fragte Bryan.

»Ich habe einen sehr guten Geschmack für Lebenswasser«, prahlte Lindsay. »Ich würde gerne die Rolle der Nase übernehmen.«

Die Männer lachten herzhaft über Lindsay. Als der Lärm sich wieder gelegt hatte, erklärte Auggie: »Eine Nase trinkt nicht«, begann er. »Ein solcher Experte schnuppert nur daran und kann allein vom Aroma her Gutes vom Schlechten unterscheiden.«

»Dann holen wir am besten Spencer. Er hat den größten Riecher von uns allen.«

Auggie lächelte. »Es ist keine Frage der Größe, sondern der Erfahrung, Sohn«, sagte er. »Dazu braucht man Talent. Man kann das Schnuppern zwar lernen, aber die besten Nasen sind die, die eine natürliche Befähigung dafür haben. Es gibt einen guten Mann in der Nähe der Isle of Islay, den wir holen können, sofern er noch lebt, und ich habe von einem im Süden gehört, der nah genug an der Grenze lebt, so daß ich vermute, er könnte ein MacDonnell sein.«

»Wir können keinen Fremden herkommen lassen«, protestierte Calum. »Wenn er unseren Schatz sieht, kehrt er um und sagt seinem Clansherrn Bescheid. Dann stürmen diese MacDonnells unser Land.«

Johanna achtete nicht mehr besonders auf die Unterhaltung. Sie war in Gedanken bei ihren freudigen Umständen. Sie würde es Gabriel später erzählen, wenn sie im Bett lagen, und sie würde darauf achten, daß die Kerzen noch brannten, damit sie seine Überraschung sehen konnte. Ihre Hand wanderte zu ihrem Bauch. Lieber Gott, sie bekam tatsächlich ein Baby!

»Dann ist es abgemacht?«

Gabriel hatte die Frage gestellt, auf die die Männer einhellig Aye riefen, und Johanna fing zufällig Vater MacKechnies entsetzten Blick auf. Er starrte sie an, und als er ihre Aufmerksamkeit auf sich gelenkt hatte, wies er kurz mit dem Kopf auf ihren Mann.

Johanna begriff, daß die Männer etwas beschlossen hatten, was dem Priester überhaupt nicht gefiel.

»Was habt ihr abgemacht?«

»Hast du denn nicht zugehört?«

»Nein.«

»MacBain«, rief Calum. »Wir können nicht einfach

einen Boten schicken. Der Clan würde sofort mißtrauisch werden.«

»Aye. Sie werden sich fragen, wozu wir eine Nase brauchen und würden dem Mann folgen«, warf Keith dazwischen.

»Dann müssen wir ihn uns schnappen«, schlug Auggie vor.

»Woher wissen wir, welchen wir uns greifen müssen?« fragte Lindsay.

»Wenn wir uns für Nevers entscheiden, kann ich mitkommen und ihn euch zeigen.«

»Nevers? Was ist das denn für ein Name?« fragte ein Maclaurin.

»Gabriel, würdest du mir bitte erklären, was ihr eben abgemacht habt?« wiederholte Johanna beharrlich.

»Wir haben uns darüber geeinigt, was wir mit der Nase machen«, antwortete Calum an MacBains Stelle, »nachdem er die besten Fässer für uns herausgefunden hat.«

»Genau«, bestätigte Keith.

»Dann sind wir uns also alle einig?« fragte Auggie. »Wir entführen Nevers?«

Die Männer bejahten lautstark, während Johanna ungeduldig mit den Fingerkuppen auf die Tischplatte trommelte.

»Würdest du mir bitte erklären ...«, begann sie erneut.

»Sollten wir die Fässer nicht in die Halle holen?« schlug Bryan gleichzeitig vor.

»Wo ist die Höhle?« wollte Keith wissen.

Johanna dachte nicht daran, noch länger auf eine Antwort zu warten. Vater MacKechnie sah noch immer entsetzt aus. Sie mußte herausfinden, warum.

»Einen Augenblick, bitte«, rief sie. »Keith, Ihr sagt, Ihr habt entschieden, was Ihr mit der Nase macht ...«

»Wir haben gemeinsam entschieden«, stellte er richtig.

»Und?« hakte sie nach.

»Was und, M'lady?«

»Was werdet Ihr denn nun mit diesem Fachmann machen? Er wird schließlich wieder nach Hause zurückkehren, nicht wahr?«

»Guter Gott, nein, Kind«, sagte Auggie und verzog nur bei dem Gedanken das Gesicht.

»Er kann nicht nach Hause zurückkehren, M'lady.«

»Und warum nicht?« wollte sie wissen.

»Er würde seinem Clansherrn von den Fässern erzählen«, erklärte Keith.

»Wir können nicht zulassen, daß er redet«, rief Bryan.

»Und reden wird er ganz sicher«, stimmte Niall zu. »Ich würde es unserem Clansherrn auch sagen.«

Keith versuchte, auf ein anderes Thema abzulenken, aber Johanna ließ es nicht zu. »Ihr habt meine Frage noch nicht beantwortet«, sagte sie. »Was genau habt Ihr mit dem Mann vor?«

»Also, Johanna, damit brauchst du dich nicht zu beschäftigen«, warf Gabriel ein. »Warum setzt du dich nicht an den Kamin und nähst ein bißchen?«

Gabriels Ablenkungsmanöver machte sie nur noch mißtrauischer. »Ich habe keine Lust zu nähen, M'lord, und ich gehe nirgendwo hin, bis nicht irgend jemand hier meine Frage beantwortet.«

Gabriel seufzte. »Du bist ein stures Weib«, bemerkte er.

Die Soldaten nickten. Sie waren offenbar alle derselben Meinung wie ihr Clansherr.

Der Priester sah ein, daß es wohl seine Aufgabe war, die Herrin zu informieren, niemand sonst schien dazu bereit zu sein.

»Sie wollen ihn umbringen, Kind.«

Sie traute ihren Ohren nicht und bat den Priester, es noch einmal zu wiederholen. Dann zog sie scharf die Luft ein, sprang mit einem Satz auf die Füße und schüttelte heftig den Kopf.

»Hast du dieser Lösung etwa zugestimmt?« fragte sie ihren Mann.

»Er ist der Clansherr, M'lady«, sagte Calum. »Er stimmt nicht ab.«

»Der Clansherr wartet, versteht Ihr, bis wir alle unsere Stimmen abgegeben haben, und entscheidet dann dafür oder dagegen.«

»Dann wird er sich gegen diese Sünde aussprechen.«

»Warum soll er das denn tun, M'lady? Das ist ein vernünftiger Plan«, argumentierte Michael.

Gabriel hatte ohnehin die Absicht, sein Veto einzulegen, denn er fand es nicht sehr ehrenhaft und höflich, die Hilfe des Mannes zu beanspruchen und ihn dafür auf solche üble Art zu entlohnen. Doch er mochte es nicht, daß seine Frau ihm seine Pflichten vorschrieb. Er mußte also versuchen, eine brauchbare Alternative zu finden.

»Niemand wird die Nase töten.«

Einige Soldaten stöhnten protestierend. «Aber, M'lady. Zum erstenmal sind sich die Maclaurins und die MacBains in einer Sache einig«, bemerkte Keith.

Johanna war nicht beeindruckt. Sie hielt ihren Blick auf ihren Mann geheftet. »Verstehe ich also richtig? Ihr plant, das Talent der Nase zu benutzen, und wenn er euch geholfen hat, dann bringt ihr ihn einfach um?«

»So sieht es aus«, antwortete Calum an Gabriels Stelle.

Der MacBain-Soldat hatte die Frechheit, nach dieser Bestätigung zu grinsen.

»So bezahlt ihr also andere für einen Gefallen?«

Niemand gab eine Antwort. Sie blickte die Männer eine Weile stumm an, dann wandte sie sich wieder zu ihrem Mann. Er nickte. Offenbar war er mit dem gemeinen Plan einverstanden.

Johanna beschloß, es mit Logik zu versuchen. »Gabriel. Wenn Stehlen eine Sünde ist, was, glaubst du, ist dann Töten?«

»Notwendig«, antwortete er.

»Das ist nicht wahr.«

Sie begann sich schrecklich aufzuregen, und er mußte

sie unbedingt beruhigen, daß der Nase kein Leid zugefügt werden würde, aber, Himmel, sie war so süß, wenn sie wütend war. Hatte er sie wirklich für schüchtern gehalten? Er dachte daran, wie er sie am ersten Tag gesehen hatte. Sie war schüchtern gewesen, ja, und verschreckt. Seine sanfte, kleine Frau hatte in kurzer Zeit große Fortschritte gemacht, und es gefiel ihm, zu denken, daß er zum Teil dafür verantwortlich war. Sie hatte sich nicht sicher gefühlt, als sie herkam, nun tat sie es aber gewiß. Außerdem vertraute sie ihm. Sie würde mit ihm jetzt nicht so respektlos umgehen, wenn sie immer noch Angst vor ihm hätte.

»Ich kann nicht glauben, daß du tatsächlich grinst, Gabriel. Hast du den Verstand verloren?«

»Du bist schuld, Johanna. Du hast dich ziemlich verändert, seit wir geheiratet haben. Natürlich war das Potential vorhanden, aber du hast diese Züge gut hinter deiner Gleichgültigkeit versteckt. Bei Gott, du machst mich so stolz, wie du gegen mich angehst.«

Sie konnte nicht fassen, daß er ihr inmitten einer hitzigen Auseinandersetzung, die sie unbedingt gewinnen wollte, Komplimente machte. Er wollte sie übers Ohr hauen, überlegte sie. Ja, das mußte es sein. Er versuchte, sie mit seinem Lob abzulenken.

Aber sie dachte nicht daran, sich ablenken zu lassen. »Du machst mich auch stolz«, fauchte sie. »Deswegen wirst du die Nase aber trotzdem nicht umbringen. Ich bestehe darauf, und du solltest wirklich tun, was ich sage. Ich gebe nicht eher auf, bist du es mir versprichst.«

Sie sah aus, als wollte sie jemanden umbringen, und er befürchtete, ihr Opfer könnte durchaus er sein. Gabriel konnte einfach nicht widerstehen, sie noch ein bißchen mehr zu reizen. »Ich habe mich entschieden, dir den Gefallen zu tun, um die nötigen Waren zu handeln, aber ich werde garantiert keinen Schritt von der Sache mit der Nase abgehen.«

Einige Grunzer der Zustimmung ertönten.

»Wir können den Mann nicht nach Hause zurückkehren lassen. Er wird mit einer Armee zurückkommen, um sich die Fässer zu stehlen«, erklärte Keith, als ihr wütender Blick ihn traf.

»Eben, das geht doch nicht«, brüllte ein anderer Maclaurin.

»Sie steht ja schon wieder«, platzte Bryan dazwischen.

»Bei allen …«

Murrend standen die Männer auf. Johanna ignorierte sie. »Gabriel, wenn die Nase nicht weiß, wo die Höhle ist und wenn er den Weg dorthin nicht sehen kann, dann wird er wohl auch niemanden dorthin führen können, richtig? Also …«

Sie ließ ihren Mann selbst seine Schlüsse ziehen. Sicher, er war ein Barbar, aber wenigstens ein intelligenter. Er würde ja wohl begreifen können, was sie ihm vorschlug.

Calum schlug mit der flachen Hand auf die Tischplatte. »Bei Gott, sie hat einen vernünftigen Plan, Clansherr.«

»Ein bißchen gemein vielleicht«, bemerkte Keith. »Ich würde mich wahrscheinlich lieber umbringen lassen. Aber wenn unsere Herrin darauf besteht, ihn am Leben zu lassen, ist das eine gute Alternative.«

»Ja, sie ist schon ziemlich klug«, verkündete Auggie voller Stolz.

Johanna begriff nicht, worüber die Männer jetzt wieder sprachen. Ihr Blick war auf ihren Mann gerichtet. Er starrte sie eine lange Weile an und sagte dann: »Du wirst ihn mich unter keinen Umständen umbringen lassen, nicht wahr, Frau?«

Er klang richtig enttäuscht. Johanna war entnervt.

»Ganz richtig, das werde ich nicht!«

Sein Seufzer war lang und dramatisch. »Verdammt.«

Sie interpretierte seine Blasphemie dahin, daß sie gewonnen hatte. »Danke«, flüsterte sie. »Ich wußte, daß du vernünftig sein kannst.«

Dann ließ sie sich erleichtert in den Stuhl sinken. Die Männer setzten sich wieder.

»Wir werden deinen Vorschlag annehmen«, verkündete Gabriel.

»Er ist zwar gemein, aber fair«, sagte Keith in einem Ton, daß es sich wie ein großes Lob anhörte.

»Gemein?« Sie verstand überhaupt nichts. Und das Funkeln in Gabriels Augen verstand sie noch weniger. Freute er sich etwa darüber, daß er in dem Streit unterlegen war?

Sie warf Vater MacKechnie einen Blick zu und fand, daß er sich über den Sieg wenigstens ein Lächeln abringen konnte. Statt dessen blickte er schon wieder besorgt.

Augenblicklich war ihr Mißtrauen wieder erwacht. »Keith, was genau haltet Ihr denn für gemein?«

»Der Plan ist klug, ob gemein oder nicht«, sagte Calum.

»Welcher Plan?«

»Der, den Ihr uns gerade dargelegt habt«, antwortete er. »Erinnert Ihr Euch nicht?«

»Sie hat wirklich ein paar Schwierigkeiten mit ihrer Erinnerung«, bemerkte Keith. »Sie kann nicht einmal die Wochentage behalten. Ja, sie trägt schon wieder das falsche Plaid.«

»Würde mir bitte einer meinen Plan erklären?«

»Wir werden ihn blenden.«

Auf Keiths abscheuliche Erklärung erklang allgemeines zustimmendes Grunzen.

Johanna sprang wieder auf die Füße. Die Männer taten es ihr augenblicklich nach.

»Ich würde vorschlagen, M'lady an den Stuhl zu binden«, murrte Auggie. »Ich bin es leid, dauernd aufzustehen.«

Johannas Schädel begann zu hämmern. Ihre Geduld war nun erschöpft. Fast brüllend befahl sie den Soldaten, sich zu setzen.

Als sie erkannte, wie laut sie gewesen war, versuchte

sie, sich zu beruhigen. Vernunft war das Zauberwort. Aye, sie würde vernünftig mit diesen Wilden reden.

»Männer, es gibt immer mehr Wege in die Burg«, begann sie, indem sie ihre gesamte Selbstbeherrschung aufwandte.

»M'lady«, ließ sich Keith vernehmen. »Das hatten wir doch schon geklärt. Könnt Ihr denn gar nichts im Kopf behalten? Wir haben die Hintertür und vorne ...«

»Ruhe jetzt!« brüllte Johanna. Sie fuhr sich mit den Fingern durchs Haar und senkte die Stimme wieder etwas. »Ihr bringt mich noch zum Schreien, bei Gott, wirklich!«

»Ihr schreit bereits, M'lady«, bemerkte Lindsay.

Sie holte tief Atem. Bei Gott, sie würde es ihnen schon verständlich machen oder bei dem Versuch umkommen. Wenigstens ein paar der Männer erkannten bestimmt, wie sündig ihre Idee war. Den Rest mußte sie eben überzeugen. Schließlich gehörten sie alle zu ihrem Clan und standen daher in ihrer Verantwortung.

»Der Himmel möge mir helfen«, flüsterte sie.

»Was hat sie gesagt?« fragte Lindsay.

»Ich kann einfach nicht fassen, daß ihr den Mann tatsächlich blenden wollt!« schrie sie los.

»Ihr habt uns doch auf die Idee gebracht.«

»Keith, wenn ich eine Schüssel zur Hand hätte, ich schwöre, ich würde ...«

»Ihr regt unsere Herrin zu sehr auf«, warnte Auggie.

Sie wandte sich wieder zu Gabriel. »Niemand wird den Mann blenden. Ich will nichts mehr davon hören. Als ich eben sagte, daß es mehr Wege in die Burg gibt, wollte ich den Männern nur etwas verdeutlichen, und ich – bei Gott, Keith, wenn Ihr jetzt wieder anfangt, mir die Türen in diesem Haus aufzuzählen, dann schmeiße ich Euch etwas an den Kopf –, aber was ich sagen wollte, war ... O Himmel, ich hab' den Faden verloren.«

»Ihr versuchtet Euch daran zu erinnern, wie man in die Burg kommt«, sagte Bryan hilfreich.

»Das ist nicht wahr«, fauchte sie. »Ich wollte euch etwas erklären, ihr dämlichen Kerle. Es gibt mehr Möglichkeiten, einen Fisch zu häuten, begreift ihr, und wenn der Mann den Weg zur Höhle nicht sehen soll, dann *verbindet* ihr ihm einfach die Augen, wenn ihr ihn hinführt!«

»Wir häuten hier keine Fische«, sagte Lindsay. »Wir essen sie so.«

Sie hatte plötzlich das Bedürfnis, ihn umzubringen, brachte ihn statt dessen aber nur mit einem brennenden Blick zum Schweigen.

»Ihr regt sie immer mehr auf«, brüllte Auggie. »Bei ihrer Krankheit ist das nicht gut. Junge, entschuldige dich!«

»Gabriel, du gibst mir dein Wort, daß der Nase nichts passiert«, befahl Johanna.

Ihr Mann sah sie finster an. Lindsay stammelte eine Entschuldigung, Keith hielt es für nötig, die Türen im Haus ein letztes Mal aufzuzählen, und Calum fragte sich laut, ob die Engländer tatsächlich ihren Fisch häuteten, bevor sie ihn aßen. Er kam zu dem Schluß, daß sie vermutlich ignorant genug dafür waren.

»Sollte M'lady heute nicht eigentlich unsere Farben tragen?« fragte Michael, der jüngste der Maclaurin-Soldaten, dem der Fehltritt gerade erst aufgefallen war.

Keith nickte. Resigniert sagte er: »Das sollte sie.«

»Auggie, was zum Teufel meintest du eben mit *bei ihrer Krankheit*?«

»Sie ist heute nachmittag ohnmächtig geworden, Clansherr«, erklärte Auggie. »Ist wie eine Tote umgekippt.«

Gabriels Brüllen ließ die Halle erbeben. Augenblicklich war Ruhe.

Noch vor zwei Monaten wäre sie entsetzt davongelaufen. Ja, sie hatte sich gut entwickelt, denn inzwischen verärgerte sie Gabriels Zorn nur noch.

Dennoch klingelte ihr sein Gebrüll in den Ohren, und sie preßte vorwurfsvoll die Hände darauf. »Mußt du das tun?« fragte sie.

Er ignorierte ihren Tadel. »Du bist wirklich ohnmächtig geworden? Diesmal hast du nicht nur so getan?«

Sie gab ihm keine Antwort. »Warum muß jeder dauernd brüllen? Ich warne euch, Männer.« Sie hielt inne und musterte ihre Zuhörer. »Wenn meine Mama herkommt, wird niemand mehr als ein respektvolles Flüstern hören lassen.«

Die Männer stimmten für ihren Geschmack nicht schnell genug zu. »Habt ihr mich verstanden?« brüllte sie mit beachtlicher Lautstärke.

Die Soldaten nickten einhellig. Sie stieß ein undamenhaftes Grunzen der Befriedigung aus. Dann fing sie Vater MacKechnies Lächeln auf, was sie sofort ablenkte, denn sie konnte sich nicht vorstellen, was er so amüsant fand. Sie mußte erst darüber nachdenken.

Gabriel ließ sich allerdings nicht ignorieren. »Antworte mir, verdammt noch mal.«

Er war entschlossen, eine Antwort von ihr zu bekommen. Johannas Schultern fielen herab. Sie sah sich schon für die nächsten fünf oder sechs Monate im Bett liegen und zog bei dem Gedanken ein Gesicht.

Nun, sie sollte ihn wohl besser beruhigen. Immerhin war er ihr Mann, und er schien sich wirklich Sorgen über ihr vermeintliches Leiden zu machen.

»Es ist nicht so, wie es aussieht«, antwortete sie. »Ich bin nicht krank.«

»Bist du ohnmächtig geworden oder nicht?«

Der Stuhl polterte auf den Boden, als er aufstand und über ihr aufragte wie der Erzengel Gabriel, als den sie ihn in ihrer Phantasie gesehen hatte. Ach, er war wirklich wundervoll. Er beugte sich vor und näherte sein Gesicht dem ihren auf wenige Millimeter. Vermutlich wollte er sie einschüchtern.

Sie streckte die Hand aus und legte sie ihm auf die Wange. »Versprich mir, daß der Nase nichts passiert, dann erkläre ich dir, was gewesen ist.«

Er hielt ihre Hand fest. »Ich habe jetzt keine Lust zu verhandeln, Frau. Welchen Grund hast du denn, vor Auggie eine Ohnmacht zu spielen?«

»Sie hat nicht gespielt, Clansherr. Das hätte ich erkannt.«

»Ich möchte dir die Sache gerne unter vier Augen erklären«, flüsterte sie.

»Ich habe sie zu Glynis geschickt«, verkündetet Auggie.

»Glaubt unser Clansherr, daß sie gestern abend gespielt hat?« fragte Bryan.

»Sie ist gemein genug, um uns übers Ohr zu hauen«, kommentierte Lindsay.

Calum konnte dem nur zustimmen: »Aye, gemein genug ist sie.«

Johanna war angewidert von den Beleidigungen, die die Männer ihr an den Kopf warfen. Sie riß ihre Hand von ihrem Mann fort und wandte sich an die Soldaten.

»Wie könnt Ihr behaupten, ich bin gemein?« schrie sie.

»Na, weil Ihr es seid«, erklärte Bryan fröhlich.

Sie drehte sich wieder zu ihrem Mann um. Sie erwartete seine volle Unterstützung.

Er erwartete ihre volle Erklärung, was zum Teufel mit ihr los war.

»Gabriel, wie kannst du deinen Männer erlauben, mich zu beleidigen?«

»Sie machen dir ein Kompliment, verdammt noch mal. Und jetzt hör mir genau zu: Wenn ich dir eine Frage stelle, erwarte ich eine Antwort!«

»Ja, das ist natürlich«, versuchte sie ihn zu besänftigen. »Es ist nur so, daß jetzt nicht die richtige Zeit dafür ist …« Ihre Gedanken waren immer noch bei der Meinung, die die Soldaten von ihr hatten. »Ich kann einfach nicht fassen, daß Ihr mich für gemein haltet!« schrie sie wieder.

»Ihr habt Liebling und drei andere umgebracht.«

»Das war nötig, nicht gemein.«

»Ihr habt Euch den Plan ausgedacht, die Nase zu blenden«, sagte Keith.

»Ihm die Augen zu verbinden«, korrigierte sie.

»Ihr habt den MacInnes-Soldaten angeschossen. Das war verdammt gemein, M'lady.«

»Ich würde es wieder tun«, verkündete sie trotzig. Sie sah überhaupt nicht ein, daß ihr das leid tun sollte. Der Schuft hatte Clare MacKay treten wollen, und das hatte sie nicht zulassen dürfen.

»Eben, Ihr würdet es wieder tun«, sagte Keith. »Und das ist der Grund, warum wir alle denken, Ihr seid eine ganz schön Gemeine, M'lady. Es ist uns eine Ehre, Euch als Herrin zu haben.«

Beipflichtende Grunzer folgten Keiths Kompliment. Johanna wurde verlegen und strich sich, Desinteresse mimend, das Haar über die Schulter zurück. Sie sollten nicht glauben, Keiths Bemerkung würde sie übermäßig freuen. »Also gut, dann ist es wohl in Ordnung. Aber wehe, Ihr sagt so etwas in Anwesenheit meiner Mutter, Männer! Sie würde es nicht verstehen!«

»Johanna!«

Gabriel verlor offenbar die Geduld. Sie wandte sich zu ihm um und schenkte ihm ein Lächeln.

»Wolltest du etwas von mir, M'lord?«

Sein Augenlid zuckte. O ja, seine Geduld war wirklich am Ende. Johanna wappnete sich dagegen und sagte: »Ich habe das erste Mal nicht gespielt, und heute nachmittag bin ich ebenfalls in Ohnmacht gefallen.« Bevor er wieder zu brüllen anfangen konnte, setzte sie hastig hinzu: »Trotzdem bin ich nicht krank. Glynis hat mir gesagt, was mit mir los ist.«

»Du gehst ins Bett!«

»Ich wußte ja, daß du überreagieren würdest!« schrie sie.

Er packte ihre Hand und wollte sie durch die Halle hinauszerren. Johanna zog dagegen in die andere Richtung. »Wie lange muß ich denn im Bett bleiben?«

»Bist du dich von dem erholt hast, was auch immer du hast«, befahl er. »Verdammt noch mal, ich wußte ja, daß du nicht kräftig genug bist, um ein Jahr zu überstehen.«

Ihr empörtes Aufkeuchen tönte durch die Halle. Die Männer hatten alle zugesehen und zugehört, und als sie nun sahen, wie wütend Johanna über die Bemerkung ihres Mannes wurde, mußten alle grinsen.

»Wenn du glaubst, daß ich so schwächlich bin, dann hättest du mich nicht heiraten dürfen!«

Nun grinste Gabriel. Sie riß sich los und wich ein paar Schritte zurück, damit er sie nicht wieder packen konnte.

»Ich schätze, gleich wird sie wieder gemein«, sagte Lindsay.

Vater MacKechnie schüttelte den Kopf. »Nicht unserem Clansherrn gegenüber. Sie hat eine Schwäche für MacBain.«

»Für mich sieht sie im Moment überhaupt nicht so aus, als hätte sie eine Schwäche für ihn«, sagte Bryan. »Im Gegenteil.«

Johanna achtete nicht auf das Gemurmel der Männer. Sie konzentrierte sich ganz auf ihren starrsinnigen Ehemann. »Es tut dir leid, daß du mich geheiratet hast, nicht wahr?«

Er antwortete ihr nicht schnell genug. »Du hast mich nur genommen, um das Land zu bekommen, und wenn ich tot und begraben bin, dann vergiß nicht, möglichst eine Riesin von Frau zu nehmen, vorzugsweise eine, die genauso laut rülpsen kann wie deine Männer.«

Seine Miene ließ sie verstummen.

»Du stirbst *nicht*!«

Er hatte seinen Befehl geflüstert, und es klang rauh und voller Angst. Johanna war verblüfft.

»Ich werde dich nicht verlieren!«

»Nein, du wirst mich nicht verlieren!«

Sie ging zu ihm und nahm seine Hand. Tränen standen in ihren Augen, als sie zu diesem wunderbaren Mann aufschaute, der ihr mit seinem finsteren Blick Vernunft beibringen wollte.

Er liebte sie. Er hatte es ihr noch nicht gesagt, aber der Beweis lag in seinen Augen. Johanna war überwältigt.

Sie gingen gemeinsam zur Treppe, und sie konnte spüren, wie er zitterte. Sie wollte nicht, daß er sich noch länger sorgte, und so hielt sie am Fuß der Treppe an und drehte sich ihm zu.

Die Männer verrenkten sich ihre Hälse, um zu sehen, was geschah, aber sie konnten von der Unterhaltung nichts hören.

»Gabriel, weißt du noch, was mir vor unserer Hochzeit Sorgen gemacht hat?«

»Dir hat zuviel Sorgen gemacht, als daß ich mir alles hätte merken können, Frau. Und schieb meine Hände nicht weg, ich will dich nach oben tragen. Siehst du nicht ein, daß du dir den Hals brechen kannst, wenn du auf der Treppe ohnmächtig wirst? Vielleicht machst *du* dir um deine Gesundheit keine Sorgen, *ich* aber, verdammt noch mal, schon!«

Er wußte, daß er seinen Seelenzustand offenbarte. Er haßte es, sich so verletzlich zu zeigen. »Was soll denn deine Mutter sagen, wenn sie kommt und ihre Tochter tot vorfindet?« brummelte er.

Sie lächelte. »Mama wird dich mögen, Gabriel.«

Ihr Mann wirkte plötzlich entnervt. Er hob sie auf die Arme, und sie küßte ihn sofort.

»Du gehst trotzdem ins Bett«, befahl er.

»In unserer Hochzeitsnacht habe ich dir erzählt, daß ich unfruchtbar bin.«

»Nein, hast du nicht. Nicholas hat es mir gesagt!«

Sie nickte. »Das stimmt«, sagte er. »Einige Male, um es genau zu sagen.«

Er machte sich an den Aufstieg. Sie legte ihren Kopf an seinen Schulter und streichelte unablässig seinen Nacken.

Ob ihr Baby wohl die Haarfarbe ihres Mannes bekommen würde? Sie überlegte, ob sie lieber ein Mädchen haben wollte, entschied sich aber dann, daß sie mit einem kleinen Jungen genauso glücklich werden würde.

»Ich bin es nicht«, flüsterte sie seufzend.

Sie wartete auf seine Reaktion, aber Gabriel sagte nichts, bis sie die Schlafkammer erreicht hatten.

»Hast du gehört, was ich gesagt habe? Ich bin es nicht«, wiederholte sie.

»Was bist du nicht?«

»Ich bin nicht unfruchtbar.«

Er öffnete die Tür, zögerte an der Schwelle aber. Sein Blick war ganz auf Johanna konzentriert. Langsam stellte er sie auf die Füße. »Glaubst du ernsthaft, daß mir das etwas ausmacht? Ich brauche kein zweites Kind. Verdammt, Weib, hast du denn noch nicht begriffen, wie sehr ich … du bedeutest mir mehr als …«

Hölle, er sülzte herum wie eine alte Frau. Ungeduldig wies er sie durch die Tür. »Krieger kümmern sich nicht um Herzensdinge«, murmelte er.

Er wirkte elend, und sie lächelte nicht. Sie wußte, daß es ihm keinen Spaß machte, seine Gefühle auszubreiten.

Und das war ein Charakterzug, den sie beide gemein hatten, wie sie plötzlich erkannte.

»Gabriel …«

»Ich will dich nie wieder die Tatsache erwähnen hören, daß du unfruchtbar bist, Johanna. Und nun hör auf, mir auf die Nerven zu gehen.«

Sie trat in die Kammer. »Vielleicht brauchst du kein zweites Kind, M'lord, aber ich bin sicher, daß du in sechs oder sieben Monaten eins hast.«

Er begriff nicht und schüttelte den Kopf. Sie nickte. »Wir bekommen ein Baby.«

Zum ersten Mal in seinem Leben war Gabriel MacBain sprachlos. Seine Frau hielt das für durchaus angemessen.

Schließlich war ein Wunder geschehen.

KAPITEL 16

»Bist du sicher?«

Er flüsterte, um seinen Sohn nicht aufzuwecken, der auf einer Matte lag. Nur sein Kopf lugte unter dem Berg von Decken hervor, die Johanna für nötig gehalten hatte, um ihn warmzuhalten.

Sie und ihr Mann lagen im Bett, Gabriel hielt seine Frau in den Armen. Sie war so erleichtert, daß sie einen kleinen Seufzer ausstieß. Endlich reagierte er. Sie hatte ihm die freudige Nachricht vor über einer Stunde mitgeteilt und dann darauf gewartet, daß er ihr endlich sagte, wie glücklich sie ihn damit machte. Doch bis zu diesem Augenblick hatte er kein Wort gesagt.

»Die Anzeichen sind alle da«, flüsterte sie zurück. »Natürlich habe ich es zuerst nicht geglaubt, weil ich ja dachte, ich sei unfruchtbar. Freust du dich auf das Baby, Gabriel?«

»Ja.«

Sie seufzte wieder. Es war zu dunkel, um seine Miene zu erkennen, aber sie nahm an, daß er lächelte.

»Glynis meinte, Frauen können bei einem Mann unfruchtbar sein, beim anderen fruchtbar. Weißt du, was das heißt?«

»Was?«

»Männer können auch unfruchtbar sein.«

Er lachte. »Dein erster Mann war es offenbar!«

»Warum freut dich das?«

»Er war ein Bastard!«

Sie konnte ihm seine Meinung kaum verübeln. »Warum können Männer nicht einmal zugeben, daß sie in einer Ehe vielleicht die Unfruchtbaren sind?«

»So ein Zugeständnis würde ihren Stolz verletzen, nehme ich an. Da ist es leichter, den Frauen die Schuld zu geben. Nicht richtig, aber leichter.«

Sie gähnte laut und herzhaft. Gabriel streichelte ihr den Rücken, und die Liebkosung machte sie schläfrig. Er fragte sie noch etwas, aber sie war zu müde zum Antworten. Sie schloß die Augen und war eine Minute später schon eingeschlafen.

Gabriel lag noch eine Stunde wach, während der er Johanna im Arm hielt und an das Baby dachte. Er hätte sich einen Jungen wünschen sollen, da ein Mann nicht genug Söhne haben konnte, um ein Imperium aufzubauen, in Wirklichkeit hoffte er aber auf ein Mädchen. Sie würde blaue Augen und gelbes Haar wie ihre Mutter haben, und wenn Gott gewillt war, Perfektion zu duplizieren, würde sie mindestens genauso keß werden.

Er fiel mit einem Lächeln auf den Lippen in Schlaf.

*

Am folgenden Morgen erzählte Clansherr MacBain seinem Clan von dem Baby. Johanna stand mit Alex neben ihrem Mann auf der obersten Stufe der Außentreppe. Sowohl die MacBains als auch die Maclaurins jubelten. Johanna und Gabriel hatten es Alex bereits erzählt, aber der kleine Junge schien nicht übermäßig daran interessiert zu sein, was ihnen bewies, daß er sich keine Sorgen über seine Zukunft machte.

Während Gabriel die Neuigkeit verkündete, konnte der Junge kaum stillstehen. Sein Vater hatte ihm versprochen, mit ihm auszureiten, und für einen Vierjährigen konnte sich jede Minute wie eine Stunde ausdehnen.

Nachdem Gabriel die Gratulanten entlassen hatte, wandte sich Johanna an Calum und Keith.

»Ich habe mir einige Namen ausgedacht, die ich …«

»Gütiger Gott, Frau, Ihr dürft uns den Namen nicht sagen«, meinte Keith entsetzt.

Der Maclaurin-Soldat war bestürzt über ihre Unwissenheit. Wußte sie denn nicht, daß man den Namen für ein Neugeborenes niemals vor der Taufe verraten sollte? Nachdem er sich wieder gefaßt hatte, fühlte er sich in der Lage, sie danach zu fragen.

»Ich hatte mich nie viel um Traditionen kümmern müssen, was Babys betraf«, erklärte sie.

»Wie kommt denn das, M'lady?« fragte Calum.

»Ich dachte eben, ich wäre unfruchtbar.«

»Aber das seid Ihr nicht«, bemerkte Keith.

Sie lächelte. »Nein, das bin ich nicht.«

»Wir werden also unser Bestes geben, Euch über die Wichtigkeit der Namensgebung aufzuklären.«

»Der Name eines Mannes ist weit mehr als nur ein Name«, verkündete Calum.

Bevor sie fragen konnte, was zum Teufel er damit meinte, ließ sich Keith vernehmen: »Wenn jemand vor der Taufe den Namen des Kindes kennt, dann kann er das Baby mit einem Zauber belegen.«

Calum nickte zustimmend.

Aus ihren ernsten Mienen konnte Johanna ersehen, daß sie sich keinesfalls über sie lustig machten. Sie glaubten tatsächlich an diesen Unsinn. »Ist das jetzt Tradition oder Aberglaube?« fragte sie.

Glynis kam hinzu und mischte sich in die Unterhaltung ein. Auch sie wußte ein paar wichtige Dinge, die zu bedenken waren.

»Wenn das Baby während der Taufe schreit, dann ist das ein ausreichender Beweis dafür, daß der Teufel ausgetrieben wird, M'lady. Wußtet Ihr das?«

Johanna schüttelte den Kopf. So etwas Albernes hatte sie noch nie gehört. Sie wollte aber Glynis nicht verletzen, also verbiß sie sich ein Lächeln.

»Dann hoffe ich nur, daß das Baby schreit«, sagte sie.

»Ihr dürft das Baby aber auch leicht zwicken, damit es den Mund aufmacht«, beruhigte Glynis sie.

»Einige Mütter tun das wahrscheinlich«, spekulierte Keith.

»Wenn Euer Kind um Mitternacht oder in der Dämmerung geboren wird, besitzt es natürlich die Gabe des Zweiten Gesichts. Gott möge dem Kleinen helfen, wenn es während des Glockenläutens auf die Welt kommt, denn dann kann es Geister und Gespenster sehen, die uns anderen verborgen sind.«

»Papa, bist du jetzt fertig?« fragte Alex.

Gabriel nickte. Er bückte sich, befahl Johanna, sich zu schonen, hob seinen Sohn auf die Schultern und spazierte mit ihm zu den Ställen.

Leila kam über den Platz, verbeugte sich kurz vor ihrem Clansherrn und eilte dann zu Johanna, um ihr zu gratulieren.

»Was für schöne Neuigkeiten«, sagte sie.

»Aye«, sagte Glynis. »Ich gebe M'lady gerade ein paar Ratschläge.«

»Und ich werde mir alles gut merken«, versprach Johanna.

Keith schüttelte den Kopf. »Das bezweifle ich«, sagte er. »Ihr habt ja schon wieder vergessen, welchen Tag wir heute haben. Ihr tragt mal wieder das falsche Plaid.«

»Ich frage mich langsam, ob sie das absichtlich macht«, überlegte Calum mit einem Hauch Belustigung in der Stimme. Als der MacBain-Soldat sprach, wandte Leila ihm plötzlich den Rücken zu und hielt den Blick auf den Boden geheftet. Johanna bemerkte es und wurde neugierig.

»Glynis, Megan sagte mir, du könntest gut Haareschneiden«, sagte Johanna.

»Das stimmt, Ich habe ein Talent dafür.«

»Clare MacKay könnte deine Hilfe brauchen«, fuhr Johanna fort. »Die MacInnes-Männer haben ihr Haar gräßlich verhunzt.«

»Ich weiß. Das haben sie ja auch absichtlich gemacht. Sie wollten, daß jeder ihre Schande offen erkennt.«

Johanna hatte keine Lust, eine Diskussion über Clare anzufangen. »Mag sein«, stimmte sie zu. »Aber ihr Vater kommt morgen, und ich habe überlegt, ob du nicht …«

»Ihr braucht nicht weiter zu reden. Ich hole meine Schere und versuche, das Kind präsentabel zu machen.«

»Danke«, sagte Johanna. »Leila, bitte warte einen Moment«, setzte sie hinzu, als die Maclaurin-Frau sich ebenfalls zum Gehen wandte.

»Da Lady Johanna heute die MacBain-Farben trägt, nehme ich an, du bist für sie zuständig«, wandte sich Keith an Calum.

»Ich kann auf mich selbst aufpassen, Gentlemen. Ihr vergeudet Eure Zeit damit, mir hinterherzulaufen.«

Die beiden Männer ignorierten ihren Protest mal wieder. »Aye, sie untersteht meiner Verantwortlichkeit«, bestätigte Calum.

Johanna beschloß, ihren Mann noch einmal auf den albernen Befehl anzusprechen. Die beiden würden sie verfolgen, bis ihr Clansherr sie offiziell aus dieser Aufgabe entließ.

Keith verbeugte sich vor seiner Herrin und ging. Calum machte Anstalten, wieder hineinzugehen, aber Johanna legte ihm eine Hand auf den Arm.

»Calum, habt Ihr einen Moment Zeit? Ich möchte Euch mit Leila bekannt machen.«

Er sah sie an, als hätte sie den Verstand verloren. »Ich kenne Leila schon etwas länger, M'lady.«

Er würdigte die Maclaurin-Frau keines Blickes, als er ihren Namen aussprach. Johanna drehte sich zu Leila. Sie starrte immer noch interessiert auf den Boden. »Leila, kennst du Calum schon?«

»Das wißt Ihr«, flüsterte Leila.

»Dann erzählt mir doch bitte beide, warum ihr so tut, als hättet ihr euch noch nie gesehen? Ich bin sehr neugierig, und vielleicht mische ich mich auch unverschämterweise ein, aber bitte glaubt mir, daß ich die besten Absichten habe. Ich dachte nämlich, nach den Blicken, die ihr euch beide *nicht* zuwerft, daß ihr euch einander einiges bedeutet.«

»Er ist ein MacBain.«

»Sie ist eine Maclaurin.«

»Bitte entschuldigt mich, M'lady«, sagte Calum mit knapper, harter Stimme. »Ich habe noch einiges zu tun. Ich habe keine Zeit für albernes Gerede.«

Er nickte nicht einmal in Leilas Richtung, als er ging, und Leila sah woanders hin. Johanna berührte sanft ihren Arm. »Es tut mir leid. Ich wollte keinen von euch ärgern. Du empfindest aber etwas für Calum, nicht wahr?«

Die Antwort war ein abruptes Nicken. »Ich habe versucht, solche Gefühle zu unterdrücken«, flüsterte sie. »Aber ich schaffe es einfach nicht.«

»Ich glaube, daß auch Calum etwas für dich empfindet, Leila.«

»Nay«, bestritt sie. »Er würde sich niemals erlauben, an einer Maclaurin interessiert zu sein.«

»Ich hatte keine Ahnung, daß die Kluft zwischen den beiden Clans so tief ist«, bemerkte Johanna.

»Das müßtet Ihr aber. Die Art, wie die Männer sich aufregen, wenn Ihr ständig das falsche Plaid tragt, sollte Euch das zur Genüge beweisen. Wir versuchen alle, miteinander auszukommen und uns gleichzeitig voneinander fernzuhalten.«

»Aber warum muß das so sein?«

Leila gab zu, daß sie es nicht wußte. »Wir sind alle sehr dankbar, daß der Clansherr soviel Geduld mit uns hat«, sagte sie. »Ich habe gehört, was Ihr am Tisch neulich gesagt habt. Daß das Land nun den MacBains gehört. Jedermann hat darüber geredet, M'lady. Ein paar von uns sehen es ein. Dennoch mögen die Maclaurin-Soldaten die Wahrheit natürlich nicht hören.«

»Weißt du, was ich glaube? Wir haben ein Plaid zuviel.«

»Das stimmt«, sagte Leila. »Doch kein Clan wird seine Farben aufgeben, egal wie sehr Ihr Euch dafür einsetzt.«

»Ich denke nicht daran, mich mit jemanden zu streiten«,

sagte Johanna. »Würdest du mir bitte noch eine Frage beantworten? Wenn Calum ein Maclaurin wäre, würde er dir dann den Hof machen?«

»Ich würde es hoffen«, antwortete sie. »Aber er ist kein Maclaurin und empfindet sowieso nichts für mich.«

Johanna beschloß, das Thema zu wechseln. »Würdest du wieder ab und zu in die große Halle kommen und bei den anfallenden Arbeiten helfen?«

»O ja, M'lady, gerne. Dann kann ich ...« Sie unterbrach sich, bevor sie sich verriet.

Johanna ließ sich nicht beirren. »Ja, dann kannst du Calum öfter sehen.«

Leila errötete. »Unser Clansherr will nicht, daß ich ...«

»Aber natürlich will er«, warf Johanna ein. »Komm heute abend zum Essen, Leila. Du setzt dich neben mich, und wir besprechen deine Aufgaben nach der Mahlzeit.«

»Es wäre mir eine Ehre, an Eurem Tisch zu sitzen, M'lady«, flüsterte Leila mit vor Emotionen bebender Stimme.

»Ich muß jetzt rauf und zu Clare. Wir sehen uns heute abend, Leila.«

Johanna eilte hinauf und ging direkt zu Clares Kammer. Sie entließ Megan und setzte sich an ihrer Stelle auf den Stuhl neben das Bett.

»Seid Ihr etwa die Treppe ohne Hilfe heraufgekommen?« verlangte Megan zu wissen.

»Natürlich«, sagte Johanna, die der scharfe Tonfall überraschte.

»Ihr könntet stürzen«, tadelte Megan. »Ihr dürft Euch solchen Gefahren nicht aussetzen.«

»Megan, ich habe es satt, daß dauernd einer auf mich aufpaßt. Ich werde langsam wahnsinnig, wenn mir Tag und Nacht einer hinterherläuft.« Megan wollte protestieren, aber sie setzte schnell hinzu: »Ich habe mich gut am Geländer festgehalten.«

»Seid Ihr krank, Lady Johanna?« fragte Clare.

»Sie ist schwanger wie Ihr«, antwortete Megan, nickte dann den beiden zu und schloß die Tür.

»Herzlichen Glückwunsch, M'lady. Ich hoffe, Ihr schenkt Eurem Mann einen gesunden Jungen.«

Clare kämpfte, um sich aufzurichten. Johanna steckte die Laken um die Frau fest, bevor sie sich wieder setzte.

»Ein Mädchen wäre genauso schön«, bemerkte sie.

Clare schüttelte den Kopf. »Ich will kein Mädchen. Jungs dürfen viel mehr, und Mädchen werden doch sowieso nur zum Tauschen benutzt, ist es nicht so?«

»Ja«, stimmte Johanna. Sie faltete die Hände im Schoß und lächelte die Frau an.

Clare dagegen runzelte die Stirn. »Wieso wollt Ihr dann ein Mädchen? Ihr müßtet Angst haben, daß Euer Mann sie irgendeinem gemeinen Kerl gibt und sie den Rest des Lebens …«

»Angst hat?«

Clare nickte. »Und verletzt wird«, flüsterte sie.

»Mein Mann würde seine Tochter keinem Ungeheuer geben«, sagte sie. »Wußte Euer Vater, daß MacInnes so grausam ist?«

Clare zuckte die Schultern. »Er war nur daran interessiert, die beiden Clans zu vereinen.«

Johanna war entmutigt. »Liebt Euer Vater Euch?«

»So sehr wie jeder Vater eine Tochter liebt«, antwortete sie.

»Mädchen sind viel schlauer«, warf Johanna ein. »Sogar Vater MacKechnie glaubt das.«

»Trotzdem kann man sie schlagen und demütigen. Ihr wißt nicht, wieviel Glück Ihr habt, Lady Johanna. Euer Mann behandelt Euch gut.«

Johanna lehnte sich im Stuhl zurück. »Ich würde nicht bleiben, wenn er es nicht täte.«

Clare sah nicht so aus, als würde sie Johanna glauben. »Wie würdet Ihr denn gehen wollen?«

»Irgendwie findet man immer einen Weg«, sagte Johanna. »Clare, als ich in meiner ersten Ehe mit einem Engländer verheiratet war, habe ich jede Nacht gebetet, daß ich nicht schwanger werde. Ich wollte ihm kein Mädchen schenken, weil ich wußte, er würde es mißhandeln, wann immer er sich abreagieren mußte, und einen Jungen auch nicht, weil er ihn mir weggenommen und auf seine Art erzogen hätte. Ich wollte nicht, daß seine üble Einstellung zu Frauen auch noch vererbt würde, versteht Ihr?«

»Hat er Euch geschlagen?«

»Ja.«

»Wie ist der Engländer denn gestorben? Habt Ihr ihn getötet?«

Johanna war überrascht. Sie schüttelte den Kopf. »Es gab Zeiten, da ich ihn umbringen wollte, und wahrscheinlich muß ich in der Hölle brennen, weil ich es in Erwägung gezogen habe. Aber ich habe meiner Wut nicht nachgegeben. Ich wollte nicht werden wie er, Clare. Ich fühlte mich gefangen, ja, und dann erkannte ich, daß ich intelligent genug war, um zu gehen.«

»Wie ist er gestorben?«

»König John hat mir gesagt, er ist in der Nähe der Stadt auf dem Wasser von einer Klippe gestürzt. Ich wußte nicht einmal, daß er England verlassen hatte.«

Clare nickte nur, und Johanna beschloß, das Thema zu wechseln. »Glynis kommt in ein paar Minuten her, um Euer Haar einigermaßen in Ordnung zu bringen.«

»Wann kommt mein Vater?«

»Wir erwarten ihn heute nachmittag.«

»Ich will, daß mein Haar so bleibt. Es war so lang wie das Eure, bis sie es mir abgeschnitten haben. Mein Vater soll sehen, was die MacInnes-Leute mir angetan haben.«

»Was ist mit Eurer Mutter?«

»Sie ist tot«, antwortete Clare. »Nun schon seit vier Jahren. Ich bin froh, daß sie mich nicht mehr sehen kann. Es würde ihr das Herz brechen.«

»Das Baby, das Ihr in Euch tragt … wird Euer Vater …«

»Ich bin sehr müde, M'lady. Ich würde gerne etwas schlafen.«

Johanna sah Clare eine lange Weile an. Die MacKay-Frau schloß die Augen und tat so, als wäre sie eingenickt.

»Clare, du kannst es nicht länger für dich behalten«, sagte Johanna. »Du mußt über das reden, was geschehen ist.«

»Ich habe Schmerzen, Johanna. Habt Ihr ... hast du kein Herz?«

»Ich weiß, daß du Schmerzen hast.«

»Dann bitte ...«

»Clare«, unterbrach Johanna. »Mein Mann will unbedingt den Namen des MacBain-Soldaten wissen.«

»Ich werde ihn nicht verraten!«

Clare brach in Tränen aus. Johanna nahm ihre Hand. »Alles wird gut«, flüsterte sie. »Du brauchst keine Angst zu haben.«

»Du hast mir erzählt, du fühltest dich gefangen. Mir ging es genauso. Ich konnte diesen Bastard nicht heiraten. Es ging nicht. Dann habe ich etwas getan, von dem ich jetzt wünschte ...«

»Ja?«

Clare schüttelte den Kopf. »Es spielt keine Rolle«, flüsterte sie. »Es wird sowieso noch früh genug rauskommen. Bitte laß mich jetzt in Ruhe. Ich bin noch nicht kräftig genug, um darüber zu reden.«

Johanna gab nach. Glynis klopfte von außen an die Tür und trat dann ein. Sie hatte eine Bürste und ihre Schere dabei.

»Laßt mich sehen, was ich tun kann«, sagte sie.

Johanna stand auf. »Clare möchte nicht, daß ihr Haar in Form geschnitten wird.«

»Wollt Ihr damit sagen, ich habe mir umsonst die Mühe gemacht, nach der Schere zu suchen?«

»Eigentlich nicht, Glynis. Ich könnte deine Dienste auch gebrauchen. Ich will mir schon lange das Haar schneiden lassen. Komm mit in mein Zimmer.«

Glynis freute sich. Trotzdem hatten sie und ihre Herrin einen Streit über die zukünftige Länge des Haars. Glynis wollte nicht soviel abschneiden, aber Johanna bestand darauf.

Als Glynis fertig war, reichten Johannas Haare nur noch bis auf die Schulter.

»Ich muß zugeben, daß Ihr ganz reizend ausseht, M'lady.«

»Ich hätte nicht gedacht, daß sie so lockig werden.«

»Das Gewicht der Haare hat die Locken herausgezogen«, erklärte Glynis.

»Das Gewicht hat mir jeden Tag ziemliche Kopfschmerzen verschafft«, fügte Johanna hinzu. »Vielen, vielen Dank, Glynis.« Sie fuhr sich mit den Fingern durchs Haar und lachte. »Ich weiß nicht, wie es aussieht, aber es fühlt sich herrlich an.«

»Wird MacBain einen Anfall kriegen, wenn er sieht, was ich getan habe?« sagte Glynis grinsend.

»Ich bezweifle, daß er es überhaupt bemerkt.«

»Das wird er schon. Er bemerkt alles, was Euch betrifft. Wir müssen immer darüber lächeln, wie er Euch anstarrt. Er hat Euch sehr gern, M'lady.«

»Ich hoffe, er denkt daran, wenn ich heute abend am Tisch erscheine. Er wird nämlich garantiert wütend. Ich denke, alle werden sie etwas verstört wegen der Überraschung sein, die ich mir ausgedacht habe.«

Glynis' Neugier war natürlich sofort geweckt. »Was habt Ihr denn vor?«

»Das kann ich dir nicht sagen«, gab Johanna zurück. »Du wirst abwarten müssen.«

Glynis bedrängte ihre Herrin noch ein paar Minuten, bevor sie aufgab. »Wollt Ihr jetzt runtergehen? Ich nehme Euren Arm und passe auf, daß Ihr nicht stürzt.«

»Ich bleibe hier oben. Könnte ich vielleicht deine Schere ausleihen? Ich gebe sie dir am Abend zurück.«

»Behaltet sie hier«, sagte Glynis. »Wenn Clare sich

doch entschließt, sich die Haare schneiden zu lassen, weiß ich, wo ich suchen muß. Einen schönen Tag, M'lady.«

Glynis griff nach dem Türriegel, als Johanna sie zurückhielt.

»Haben alle Frauen die gleichen Anzeichen, wenn sie schwanger sind?«

»Die meisten. Warum fragt Ihr?«

»Nur so«, antwortete Johanna. »Wann sieht man denn etwas?«

»Kommt drauf an«, überlegte Glynis. »Bei einigen im vierten Monat, andere werden erst im fünften Monat dicker. In der Taille macht es sich zuerst bemerkbar. Geht Eure auseinander?«

»Ja«, gab Johanna zurück.

Sie dankte Glynis noch einmal, und sobald die Tür zu war, machte Johanna sich an die Vorbereitung ihrer Überraschung. Sie breitete das MacBain-Plaid der Länge nach auf dem Bett aus und schnitt es in der Mitte durch. Dasselbe machte sie mit dem Maclaurin-Plaid. Dann setzte sie sich aufs Bett und nähte die beiden Hälften zusammen. Als sie fertig war, konnte man unmöglich sagen, wo das Maclaurin-Plaid endete und die MacBains-Farben begannen.

Keith würde vermutlich eine Woche das Bett hüten müssen, wenn er sah, was sie getan hatte. Johanna wußte, daß sie einen Aufruhr erzeugen würde, aber es kümmerte sie nicht. Es war höchste Zeit, daß beide Clans ihre Differenzen beilegten und unter Gabriels Führung ein für allemal zu einem Clan wurden.

Johanna faltete die übrigen Stoffstreifen zusammen und packte sie unter das Bett. Auch das neue Plaid versteckte sie dort. Sie würde es erst zum Abendessen tragen.

Als sie alles erledigt hatte, gähnte sie. Sie konnte ein wenig Schlaf gebrauchen. Sie zog ihr Plaid aus, legte es mit dem Gürtel über den Hocker und streckte sich auf dem Bett aus. Sie wollte sich nur wenige Minuten ausruhen.

Johanna dachte an Clare MacKay. Die Frau hatte ihr sagen wollen, daß sie etwas getan hatte, doch schließlich ihre Absicht geändert. Und sie hatte schrecklich verängstigt ausgesehen.

Sie war wirklich ein Rätsel. Was hatte sie damit sagen wollen, daß mit der Zeit sowieso alles rauskommen würde?

Johanna schlief drei Stunden lang. Als sie die Augen öffnete, fand sie Alex tief schlafend neben ihr. Er lag auf ihrem Arm und ließ sich nicht stören.

Trotzdem setzte sie sich vorsichtig auf, um ihn nicht zu wecken, und wäre fast in lautes Lachen ausgebrochen: Am Fuß des Bettes lag Dumfries und schlief genauso fest.

Sie konnte den Hund nicht vom Bett werfen, ohne Alex zu wecken. Sie schlüpfte aus dem Bett und wusch sich. Die Wellen der Übelkeit, die sie immer wieder überschwemmten, zogen die simple Handlung ins Unendliche, denn sie mußte sich mehrmals setzen und warten, bis sie sich wieder besser fühlte.

Gabriel öffnete die Tür, als sie ihren Gürtel festband. Er sah seinen schlafenden Sohn und winkte Johanna mit dem gekrümmten Finger, in die Halle zu kommen. Er starrte sie düster an und runzelte mißfallend die Stirn. Johanna glaubte, daß er ihr Haar ansah.

»Du bist verdammt blaß«, murmelte er.

»Und deswegen guckst du so böse, M'lord?«

Er nickte. Sie kniff sich in die Wangen, um Farbe hineinzubekommen, und fragte: »Hast du sonst noch etwas bemerkt?«

»Clares Vater ist auf dem Hügelkamm ausgemacht worden.«

Sie vergaß sofort, daß sie ihm ein Kompliment über ihre neue Frisur abringen wollte.

»Ich will, daß du mit Alex im Zimmer bleibst, bis der Clansherr und seine Männer wieder weg sind.«

»Wie viele Soldaten hat er denn dabei?«

Er zuckte die Schultern. »Genug.«

Gabriel wandte sich schon ab, als sie den Kopf schüttelte. »Ich will mit Clares Vater reden«, verkündete sie.

»Er wird kaum in der Stimmung sein, sich höflich zu geben, Johanna. Tu, was ich dir sage.«

»Der Clansherr ist wütend auf die MacInnes, nicht auf uns«, rief sie ihm in Erinnerung.

»Nay«, entgegnete er. »Sein Zorn richtet sich direkt auf alle MacBains. Er gibt uns die Schuld für die Schande seiner Tochter.«

Die Farbe von Johannas Gesicht wechselte abrupt von Blaß zu Zornesrot. Sie fragte Gabriel nicht erst, woher er das wissen konnte. Wenn er sagte, MacKay gab ihnen die Schuld, dann mußte es wahr sein. Gabriel war kein Mensch, der ins Blaue hinein Schlüsse zog.

»Wer ist gerade bei Clare?«

»Hilda«, antwortete er. »Geh wieder rein. Ich will nicht, daß irgendein MacKay in deine Nähe kommt.«

Sie schwieg, so daß er annehmen konnte, sie würde seinem Befehl befolgen. Sie ging zurück in die Kammer und wartete, bis sie sicher war, daß Gabriel in der großen Halle auf Clares Vater wartete. Dann eilte sie durch den Flur zu Clares Kammer. Sie schickte Hilda zu Alex.

»Dein Vater wird in wenigen Augenblicken hier sein, Clare. Willst du allein mit ihm sprechen oder soll ich hierbleiben?«

Clare setzte sich mühsam im Bett auf, wobei sie ein leises Wimmern ausstieß. Johanna fragte sich, ob es an den Schmerzen lag oder an der Ankündigung, ihr Vater würde gleich hier sein. Es tat ihr im Herzen weh, die Angst in den Augen der Frau zu sehen.

»Bitte bleib«, sagte sie.

Johanna glättete die Decken, aber mehr, um ihre eigene Nervosität zu überbrücken, als um es Clare besonders bequem zu machen.

»Ich weiß nicht, was ich ihm sagen soll.«

»Erzähl ihm einfach, was geschehen ist«, riet Johanna.

Tränen füllten Clares Augen. »Das kann ich nicht«, rief sie.

Auf einmal traf Johanna die Wahrheit wie ein Schlag. Es war ein Segen, daß sie direkt neben dem Stuhl stand, so konnte sie sich setzen, bevor sie umfiel.

»Du verstehst nicht, Johanna.«

»O Gott, doch, ich glaube, ich verstehe. Du hast dir das alles ausgedacht, nicht wahr? Es gab keinen MacBain … du bist gar nicht schwanger …«

Clare begann zu weinen. Sie schüttelte den Kopf in dem Versuch, Johannas Anschuldigung abzustreiten. Aber die Furcht in ihren Augen strafte ihre Anstrengung, an ihrer Version festzuhalten, Lügen.

»Das ist nicht wahr«, protestierte sie.

»Nicht?« fragte Johanna. »Jedesmal, wenn dir einer von uns Fragen stellen wollte, hast du vorgegeben, erschöpft zu sein.«

»Das war ich doch auch«, verteidigte sie sich.

Johanna konnte Clares Panik spüren. Sie wollte sie trösten, tat es aber nicht. Statt dessen versuchte sie, die Qual der Frau zu ignorieren, denn sie mußte die Wahrheit herausfinden. Nur so konnte sie ihr helfen.

»Du hast dich ohnehin verraten.«

»Nein.«

»Du hast mir gesagt, daß du dich gefangen fühltest und dann etwas getan hast, was ohnehin rauskommen würde. Vorzugeben, daß man schwanger ist, kommt ganz sicher raus, nicht wahr? Hast du nicht darüber nachgedacht, daß es den Leuten auffällt, wenn du nicht dicker wirst?«

Clare schluchzte nun laut. »Ich habe überhaupt nicht nachgedacht«, gestand sie.

Johanna lehnte sich langsam im Stuhl zurück. »Was in Gottes Namen sollen wir jetzt tun?«

»Wir? Ich bin die einzige, die die Folgen tragen muß, wenn mein Vater die Wahrheit erfährt.«

»Warum hast du dir nur so ein Märchen ausgedacht?«

»Ich war verzweifelt«, sagte Clare. »Kannst du das denn nicht verstehen? Das Leben dort war so schrecklich. Jeden Tag wurde es schlimmer.«

»Ich verstehe sehr gut«, sagte Johanna. »Aber ...«

Clare unterbrach sie. Sie wollte Johanna unbedingt ihre Gründe begreiflich machen, damit diese sie nicht verurteilte.

»Vater hat mich versuchsweise zu den MacInnes geschickt. Ich sollte den Sohn des Clansherrn sechs Monate später heiraten. Es dauerte nicht lange, bis ich feststellte, wie furchtbar sie alle sind. Wußtest du, daß MacInnes zwei ältere Töchter hat? Sie sind vor seinem kostbaren Sohn zur Welt gekommen.« Sie hielt kurz inne, fuhr dann aber fort: »Eine der Dienerinnen hat mir erzählt, daß MacInnes beide Male, als er erfuhr, er habe eine Tochter, seine arme Frau noch im Wochenbett verprügelt hat. Sie starb, nachdem sie ihm einen Sohn geschenkt hat. Wahrscheinlich freute sie sich über den Tod. Ich jedenfalls täte es, wenn ich mit so einem Ungeheuer verheiratet wäre.«

»Und der Sohn ist genau wie sein Vater, richtig?« Johanna kannte die Antwort schon. Sie hatte noch lebhaft in Erinnerung, wie der junge Mann mit geballten Fäusten über Clare stand.

»Er ist schlimmer«, sagte Clare. Ihre Stimme triefte vor Ekel. »Ich konnte den Gedanken nicht ertragen, ihn zu heiraten. Ich habe versucht, mit meinem Vater zu sprechen, aber er hat mich nicht angehört. Ich bin nach Hause gelaufen, aber ...«

Clare konnte eine ganze Weile nicht weiterreden. Ihre Schluchzer kamen krampfartig, und Johanna fiel es unglaublich schwer, ihre eigene Fassung zu bewahren. Clare war nicht nur einem Ungeheuer ausgeliefert gewesen, sie war auch noch von ihrem Vater betrogen worden. Für Johanna war das unvorstellbar, denn ihr eigener Vater hätte Raulf umgebracht, wenn er gewußt hätte, wie er sie mißhandelte.

»Dein Vater hat dich wieder zum MacInnes-Clan zurückgebracht, nicht wahr, Clare?«

»Ja«, flüsterte sie. »Ich glaube, ich habe mich noch nie so verlassen gefühlt... oder so verzweifelt. Ein paar Tage später hörte ich ein paar Soldaten zu. Sie hatten Krieger die Grenze passieren sehen, die MacBain-Plaids trugen.«

»Und da hast du dir die Geschichte ausgedacht?«

Clare schüttelte den Kopf. »Die Soldaten wußten nicht, daß ich zuhörte. Als sie den Namen deines Mannes flüsterten, hörte ich die Angst in ihren Stimmen. Da beschloß ich, daß ich diese Krieger suchen mußte. Ich hatte keine Ahnung, was geschehen würde, wenn ich sie traf. Ich hatte keinen Plan, Johanna, ich wollte nur, daß mir jemand half.«

»Ja«, flüsterte Johanna tröstend und reichte Clare ein Leintuch, damit sie sich die Wangen trocknen konnte. »Ich hätte dasselbe getan.«

»Wirklich?«

»Ja.«

Die Überzeugung in Johannas Stimme ermutigte Clare. Johanna spürte das starke Band, das sich zwischen ihnen gefestigt hatte. Sie waren nun verbunden, denn die Erinnerungen an vergangene Alpträume einte sie gegen die Abscheulichkeiten, die ein paar gemeine, brutale Männer Frauen aufzwangen.

»Ich war schon einmal wegen Ungehorsam geschlagen worden«, fuhr Clare fort. »Und ich wußte, es würde wieder und wieder geschehen. Ich konnte die MacBain-Männer nicht finden, und als ich die Suche aufgab, wurde es bereits dunkel. Ich verbrachte die Nacht in einer verlassenen Hütte. Lieber Gott, ich hatte solche Angst. Ich fürchtete mich schrecklich, zum Clan zurückzukehren, aber auch, es nicht zu tun. Am nächsten Morgen fanden sie mich.« Clare klammerte sich so fest an Johannas Hand, daß es weh tat.

»Du fühltest dich so hilflos, richtig?«

»O ja«, antwortete Clare. »Dennoch war mir noch

nichts eingefallen. Drei Monate waren verstrichen, als der Clansherr eines Morgens verkündete, er habe den Hochzeitstermin vorgezogen. Robert und ich sollten am folgenden Sonntag heiraten.«

Clares Stimme war vom Weinen und der Anstrengung heiser geworden. Johanna wollte aufstehen, um ihr Wasser zu holen, aber Clare ließ ihre Hand nicht los.

»Meine Lüge war nicht großartig geplant«, fuhr sie fort. »Ich sammelte allen Mut zusammen und sagte Robert, ich würde ihn niemals heiraten. Er fing an zu toben. Er ist sehr besitzergreifend und eifersüchtig. Ich wußte, er würde mich nicht mehr wollen, wenn er hörte, daß ich mich einem anderen Mann hingegeben habe. Mir fielen wieder die MacBain-Soldaten ein, die über die Grenze gezogen waren, und auch das furchtsame Flüstern der MacInnes-Männer. So belog ich ihn. Ich weiß, daß es falsch war, und es tut mir leid, daß ich dich belogen habe. Du bist so lieb zu mir gewesen, Johanna. Hilda hat mir erzählt, was du mit Robert gemacht hast, und ich wünschte, dein Pfeil hätte sein Herz durchbohrt. Himmel, ich hasse ihn so sehr. Ich hasse alle Männer, auch meinen Vater.«

»Du hast guten Grund, Robert zu hassen«, sagte Johanna, »aber mit der Zeit wirst du darüber hinwegkommen. Vielleicht gelingt es dir sogar, mit solchen Männern Mitleid zu haben.«

»So leicht kann ich nicht vergeben.«

»Clare, ich weiß, daß du nicht in der Stimmung bist, auf mich zu hören, aber ich möchte dich trotzdem bitten, nicht alle Männer wegen der Sünden eines Teils von Ihnen zu verdammen.«

»Hast du deinen ersten Mann nicht gehaßt?«

Johanna seufzte. »Doch«, gab sie zu. »Aber ich habe nicht alle gehaßt. Mein Vater hätte mich vor Raulf beschützt, wenn er noch am Leben gewesen wäre. Ich hätte bei ihm Unterschlupf gefunden. Mein Bruder Nicholas kam mir zu Hilfe, als er bemerkte, was sich abspielte.«

»Als er bemerkte? Hast du ihm es denn nicht gesagt, nachdem du zum ersten Mal verprügelt worden bist?«

»Es ist schwer zu erklären, Clare«, antwortete Johanna. »Raulf war nicht wie Robert, und ich war viel jünger damals. Er hat mich nicht sofort nach unserer Hochzeit geschlagen. Zuerst hat er angefangen, mein Selbstvertrauen zu zerstören. Ich war naiv und auch sehr verängstigt, und wenn du immer wieder als dumm und nutzlos bezeichnet wirst von jemanden, der dich eigentlich lieben und beschützen soll, nun, dann beginnst du mit der Zeit selbst an diesen Unsinn zu glauben. Ich sagte meinem Bruder nichts, weil ich mich zu sehr schämte. Ich dachte immer, mit der Zeit würde die Lage sich bessern. Zum Glück glaubte ich nie daran, daß ich die Mißhandlungen verdiente, und schließlich begriff ich, daß Raulf sich bestimmt nicht ändern würde. In diesem Moment wußte ich, daß ich einen Weg finden mußte, um wegzulaufen. Ich wäre zu Nicholas gegangen, aber dann war es schon nicht mehr nötig. Mein Mann starb.«

Johanna hielt inne, um sich zu beruhigen. »Du würdest Nicholas nicht hassen, wenn du ihn kennen würdest. Er ist der Grund, warum ich Gabriel geheiratet habe. Und meinen Mann kannst du bestimmt nicht hassen. Ich glaube, das kann niemand.«

»Das tue ich auch nicht«, antwortete Clare. »Er hat mir geholfen, und dafür bin ich ihm dankbar. Allerdings macht er mir angst. Du hast offenbar noch nicht bemerkt, wie riesig dein Mann ist. Und sein Benehmen ist … sehr rauh.«

»Er kann recht überwältigend sein, aber nur, wenn man ihn läßt«, gab Johanna lächelnd zurück. »Clare, du hast unglaublichen Mut bewiesen, als du dich gegen Robert zur Wehr gesetzt hast. Du mußt doch gewußt haben, was passiert. Du bist fast umgebracht worden.«

»Das Spiel ist vorbei, nicht wahr? Ich werde meinem Vater also die Wahrheit sagen. Versprochen.«

»Wird er dich zu den MacInnes zurückschicken?«

»Ich weiß es nicht. Er will diese Allianz besiegeln.«

Johanna wurde es übel. Der Gedanke daran, daß Clare wieder in Roberts Fänge gezwungen würde, war zu abstoßend. Und eines wurde ihr klar: Sie würde es auf keinen Fall zulassen.

»Sag deinem Vater noch nicht die Wahrheit«, wandte Johanna ein. »Ich muß erst nachdenken. Ich lasse dich nicht zurückgehen. Unter keinen Umständen. Wir müssen uns eine Lösung einfallen lassen.«

»Was kümmert es dich, Johanna? Du bringst dich doch selbst in Gefahr. Mein Vater ...«

Johanna ließ sie nicht ausreden. »Clare, ich glaube, du hast bereits einen großen Sieg errungen.«

»Was meinst du damit?«

»Du warst in einer furchtbaren Lage und hast den ersten und wichtigsten Schritt unternommen. Ich hätte nicht unbedingt *diesen* Weg der Freiheit beschritten, aber das zählt jetzt nicht. Du bist entkommen, verstehst du? Du kannst dich jetzt nicht mehr rückwärts bewegen.«

»Und was soll passieren, wenn die Männer meines Vaters gegen die MacBains vorgehen, weil ich gelogen habe?«

Johanna schüttelte den Kopf. »Wir finden einen Weg, das zu vermeiden.«

»Wie denn?«

»Ich weiß nicht... noch nicht. Aber du und ich sind nicht dumm. Wir werden uns schon aus diesem Dilemma befreien.«

»Aber wieso willst du deinen Clan dieser Gefahr aussetzen?«

»Ich glaube nicht daran, daß man einen für den anderen opfern soll«, sagte Johanna fest. »Ich glaube daran, daß jede Frau die Verpflichtung hat, sich um andere zu kümmern. Wenn eine leiden muß, tun wir das dann nicht alle?«

Johanna wußte, daß sie sich sehr konfus anhören mußte. Es war so schwer, diese Gefühle auszudrücken. »Einige Männer blicken verächtlich auf uns Frauen herab. Es gibt

Kirchenmänner, die uns für minderwertig halten. Gott aber tut das nicht, das darfst du nie vergessen, Clare. Ich habe lange gebraucht, um es zu verstehen. Es sind Männer, die die Gesetze und Regeln machen, nicht Frauen. Sie erzählen uns, sie würden nur Gottes Gebote interpretieren und erwarten, daß wir naiv genug sind, ihnen zu glauben. Wir sind aber nicht minderwertig.« Ihre Stimme klang jetzt sicher und voller Überzeugung. »Wir Frauen müssen zusammenhalten … wie Schwestern. Und wenn wir Unrecht sehen, sollten wir verdammt noch mal versuchen, etwas dagegen zu tun. Gemeinsam … Wenn wir uns nur zusammentun, dann können wir helfen. Denkweisen können verändert werden.«

»Und wo sollen wir anfangen? Mit unseren Söhnen?«

»Wir beginnen jetzt damit, einander zu helfen«, erklärte Johanna. »Wenn wir später Söhne und Töchter haben, bringen wir ihnen bei, einander zu lieben und zu ehren. Wir sind alle von Gott gemacht, Frauen wie Männer.«

Das Geräusch von herankommenden Männern im Flur unterbrach ihre Unterhaltung. Clare überraschte Johanna, indem sie gar nicht mehr so verängstigt wirkte. Sie ließ Johannas Hand los, straffte die Schultern und strich die Decken glatt.

Gerade als die Tür von außen geöffnet wurde, flüsterte Clare: »Gemeinsam.«

Johanna nickte und wiederholte das Versprechen. »Gemeinsam.«

KAPITEL 17

Gabriel trat als erster ein. Er wirkte nicht sehr glücklich, als er seine Frau vorfand, und schüttelte den Kopf. Johanna tat, als würde sie es nicht bemerken.

Vater MacKechnie führte Clansherr MacKay in die

Kammer. Der Priester nickte Johanna zu, bevor er Clare seine Aufmerksamkeit widmete.

»Ihr seht schon viel besser heute aus«, sagte er.

Clansherr MacKay trat neben den Priester, damit er seine Tochter sehen konnte. Er begann auf sie zuzugehen und blieb plötzlich wie angenagelt stehen. »Lieber Gott«, flüsterte er laut genug, daß alle es hören konnten.

Der Anblick seiner Tochter ließ den Clansherr blaß werden. Johanna war wild entschlossen gewesen, den Mann nicht zu mögen. Schließlich hatte er sich geweigert, das Flehen seiner Tochter zu erhören und sie gezwungen, zu den MacInnes zurückzukehren. Aber seine Reaktion veranlaßte Johanna, ihre Meinung zu überdenken. Vielleicht hatte er einfach nicht gewußt, wie entsetzlich es Clare gegangen war.

Nein, dachte sie dann. Sie würde ihm nicht die Freundlichkeit eines Zweifels zugestehen. Mochte sie gnadenlos oder noch schlimmer erscheinen – für sie war MacKay genauso schuld an Clares furchtbarer Mißhandlung wie Robert MacInnes.

Vom Aussehen war er kein besonders attraktiver Mann. Er war mittelgroß, Gabriel überragte ihn um einiges. Dicke graue Strähnen in seinem braunen Haar zeugten davon, daß er mindestens doppelt so alt wie ihr Mann sein mußte. Um die Augen und die Mundwinkel waren tiefe Falten eingegraben, seine Augen waren braun wie die seiner Tochter. Das Auffälligste an ihm aber war seine Nase, die groß und gebogen war. Clare konnte von Glück sagen, daß sie die Gesichtszüge ihres Vaters nicht geerbt hatte.

Gabriel stellte sich an Johannas Seite. Das Fenster befand sich direkt hinter ihnen. Das Fell war zur Seite gezogen worden, und eine frische Brise strich über ihre Rücken.

»Guten Tag, Vater.«

Clansherr MacKay erholte sich endlich von seiner anfänglichen Überraschung. Er trat ans Bett und ergriff die Hand seiner Tochter.

»Clare, was hast du dir da angetan?«

Es lag Sorge in seiner Stimme, aber Johanna hielt die Frage für unmöglich. Sie sah rot. Entschlossen trat sie vor und stellte sich zwischen Vater und Tochter. MacKay ließ die Hand seiner Tochter los und wich einen Schritt zurück. Als er den Zorn auf ihrem Gesicht sah, wich er noch weiter zurück.

»Was Clare getan hat, fragt Ihr? Glaubt Ihr denn ernsthaft, daß sie sich die Prellungen selbst zugefügt hat?«

Der Clansherr riß die Augen auf. Wieder trat er einen Schritt zurück, um Johannas Wut zu entkommen. Sie überschwemmte ihn wie kochendes Wasser.

»Nay, natürlich nicht«, antwortete er.

»Robert MacInnes und sein Vater sind schuld daran ... und Ihr auch, Clansherr MacKay«, verkündete sie. »O ja, auch Ihr.«

Clares Vater wandte sich zu Gabriel um. »Wer ist diese Frau?« brüllte er.

Gabriel ging zu Johanna. »Sie ist meine Frau«, sagte er drohend, »und Ihr werdet sie nicht anschreien!«

»Sie kommt nicht von hier«, bemerkte MacKay mit weitaus ruhigerer Stimme.

»Sie stammt aus England.«

»Dürfen englische Töchter so respektlos zu Älteren sprechen?«

Gabriel wandte sich an Johanna und erkannte, daß sie darauf brannte, die Frage des Clansherrn zu beantworten.

»Sie kann für sich selbst sprechen«, sagte er.

Johanna hielt ihren Blick auf MacKay geheftet. »Englische Töchter werden ermutigt, ihre Meinung zu sagen«, begann sie. »Ihre Väter lieben und schätzen sie nämlich. Sie beschützen sie auch, statt wie manche Clansherrn Bündnisse über die Sicherheit und das Glück ihrer Tochter zu stellen.«

MacKays Gesicht lief rot an. Johanna wußte, wie sehr sie ihn reizen mußte. Aber irgendwie kümmerte es sie überhaupt nicht. »Liebt Ihr Eure Tochter?« fragte sie.

»Natürlich«, antwortete der Clansherr. »Und ich schätze sie auch.«

Johanna nickte. »Wußtet Ihr, Clansherr, daß Eure Tochter fast umgebracht wurde?«

Er schüttelte den Kopf. »Nein, das wußte ich nicht«, gab er zu.

Vater MacKechnie räusperte sich, um die Aufmerksamkeit auf sich zu lenken. »Vielleicht sollte ich erklären, wie Clare hierherkam.«

Er wartete auf das zustimmende Nicken seines Clansherrn und begann dann zu erzählen, wie Clare hergebracht wurde, wie sie nackt in einem Rupfensack steckte und ließ auch nicht aus, daß Robert MacInnes auf das Mädchen gespuckt hatte.

»Er wollte sie gerade noch einmal treten«, fügte Vater MacKechnie hinzu, »als Lady Johannas Pfeil ihn davon abhielt.«

Clansherr MacKay stand schweigend da, die Hände hinter dem Rücken verschränkt, während er dem schlimmen Bericht lauschte. Seine Miene zeigte keinerlei Reaktion auf das Gehörte, während seine Augen jedoch das Gegenteil bewiesen. Sie schwammen in Tränen.

»Der MacInnes-Clan wird für das bezahlen, was er meiner Tochter angetan hat. Ich rede von Krieg, nicht von Bündnissen. Euer erster Befehlshaber sagte mir, auch Ihr wolltet Rache. Was ist Euer Grund?«

»Robert MacInnes hat es gewagt, zu versuchen, ein Messer gegen meine Frau zu schleudern. Ich konnte ihn gerade noch aufhalten.«

Johanna hatte nicht gewußt, daß ihr Mann plante, sich mit dem MacInnes-Clan zu bekriegen. Die Wut, die sie nun aus seiner Stimme heraushören konnte, verursachte ihr ein flaues Gefühl im Magen.

»Aber er hat Eure Frau nicht angefaßt«, fauchte MacKay.

»Worauf wollt Ihr hinaus, MacKay?«

»Robert gehört mir«, erwiderte der Clansherr. »Es ist mein Recht, meine Tochter zu rächen.«

Gabriel mußte wohl oder übel zustimmen. »Darüber muß ich nachdenken«, murmelte er.

Clansherr MacKay nickte. Er wandte sich wieder seiner Tochter zu, aber Johanna versperrte ihm die Sicht, so daß er zur Seite treten mußte.

»Ich habe geglaubt, du hättest deine Lage übertrieben. Ich wußte, daß du Robert nicht heiraten wolltest, und ich habe dummerweise gedacht, du würdest schon lernen, mit ihm auszukommen. Es ist mir nie in den Sinn gekommen, daß die MacInnes dich mit solcher Brutalität mißhandeln könnten. Ihre Beleidigung ist unverzeihlich ... und meine auch, Kind. Ich hätte dir zuhören müssen. MacBains Frau hat recht ... auch ich bin verantwortlich dafür.«

»O Papa«, flüsterte Clare. »Es tut mir so leid. Ich habe dir Schande gemacht, indem ich ...« Ihr Schluchzen erstickte den Satz. Johanna beeilte sich, ihr ein Tuch zu reichen.

»Hör auf damit«, befahl ihr Vater. »Ich will keine Tränen sehen.«

»Es tut mir leid«, sagte Clare wieder. »Ich kann nicht aufhören.«

Der Clansherr schüttelte den Kopf. »Du hättest mich zum Zuhören zwingen sollen, als du nach Hause gelaufen kamst, Tochter, anstatt dich mit einem MacBain zu entehren. Dir ein Kind machen zu lassen, war keine Lösung. Und jetzt nenn mir den Namen des Bastards, und ich mache es mit ihm aus.«

»Ich bitte um Vergebung, daß ich unterbreche«, meldete sich Johanna zu Wort, »aber ich dachte, Clare wäre nach Hause gekommen, nachdem sie zum ersten Mal verprügelt wurde. War es nicht so?«

»Ich habe keine blauen Flecken gesehen«, antwortete der Clansherr. »Ich dachte, sie hätte sich das ausgedacht, um mein Mitgefühl zu bekommen. Ich bin ein Mann, der Fehler einsieht, wenn er sie erkennt.«

Vater MacKechnie freute sich über das Bekenntnis des Clansherrn. »Das ist doch ein Anfang«, sagte er.

»Sag mir den Namen des Mannes, Clare.«

»Vater, es tut mir leid, wenn ich dich enttäusche. Du kannst den MacBains keine Schuld geben, denn es war ganz allein meine Sünde.«

»Ich will den Namen, Tochter.«

Johanna kümmerte sich nicht um den scharfen Ton. Sie schob sich wieder zwischen Vater und Tochter.

Gabriel sah ihren Gesichtsausdruck und griff augenblicklich nach ihr, um sie am Arm festzuhalten. Clansherr MacKay bemerkte nun auch, was sie tat.

»Wollt Ihr meine Tochter etwa vor mir beschützen?« fragte er verblüfft.

Johanna gab ihm darauf keine Antwort, sondern versuchte, ihn abzulenken.

»Ich habe Euch falsch beurteilt, Sir, denn ich sehe, daß Ihr Eure Tochter liebt. Aber Clare braucht jetzt Ruhe. Sie hat einige Schläge auf den Kopf bekommen und ist noch sehr schwach. Ja, seht nur, sie hat sogar jetzt Mühe, die Augen offenzuhalten.«

Sie betete, daß Clare begriff, was sie zu tun hatte, und trat zur Seite, damit der Clansherr seine Tochter sehen konnte. Clare hatte den Wink verstanden. Ihre Augen waren geschlossen, und sie sah aus, als wäre sie schon eingeschlafen. Johanna senkte ihre Stimme: »Seht Ihr, Clansherr? Sie braucht Ruhe, wenn sie sich jemals wieder richtig erholen soll. Tatsächlich ist sie immer noch in Lebensgefahr.«

»Ich wollte sie eigentlich mit nach Hause nehmen«, flüsterte der Clansherr zurück.

»Sie wird hier exzellent gepflegt«, warf Vater MacKechnie ein. »Eure Tochter scheint mir noch nicht kräftig genug, um irgendwo hinzugehen. Laßt sie besser hier. Sie steht unter dem Schutz des Clansherrn MacBain. Besser kann sie es nicht haben.«

»Sie hat es besser«, setzte Gabriel hinzu. »Sie steht außerdem unter dem Schutz meiner Frau.«

Nun zeigte MacKay zum ersten Mal ein Lächeln. »Das kann man wohl sagen.«

»Wir sollten nach unten gehen, um diese unangenehme Sache zu besprechen«, schlug der Priester vor. »Die Frage, wer der Vater des Kindes ist, kann warten, oder nicht?«

»Der Mann wird meine Tochter heiraten. Und dafür will ich Euer Versprechen, Clansherr MacBain.«

Gabriel runzelte düster die Stirn. »Ich habe jeden einzelnen ...«

Johanna unterbrach. »Er hat einen Teil seiner Soldaten befragt«, sagte sie hastig. »Aber natürlich noch nicht alle. Es sind so viele, und einige sind noch nicht zurück von ihren ... Missionen. Stimmt es nicht, lieber Mann?«

Gabriel zuckte nicht einmal mit der Wimper. »Das ist richtig«, erwiderte er.

»Aber ich will wissen, MacBain, ob Ihr wegen dieser Heirat auf meiner Seite steht«, brummte MacKay. »Werdet Ihr dem verantwortlichen Krieger befehlen, Clare zu heiraten?«

»Ja.«

MacKay wirkte zufrieden. Der Priester eilte zur Tür und zog sie auf. MacKay klopfte seiner Tochter vorsichtig auf die Schulter und wandte sich zum Gehen. Gabriel warf seiner Frau einen harten »Warte-bis-wir-allein-sind«-Blick zu und folgte dann Clares Vater und dem Priester hinaus.

»Ihr habt meine Tochter aufgenommen, MacBain, Ihr habt sie beschützt, und Eure Frau hat sie gepflegt. Ich werde nicht gegen Euch vorgehen, wenn die Ehe geschlossen wird. Wir könnten ein faires Bündnis schließen ...«

Vater MacKechnie schloß die Tür und schnitt die Worte des Clansherrn ab.

Mit einem Seufzer ließ sich Johanna auf den Stuhl fallen.

»Du kannst die Augen wieder aufmachen, Clare.«

»Was sollen wir nun tun, Johanna? Ich muß meinem Vater doch die Wahrheit sagen.«

Johanna nagte nachdenklich an ihrer Unterlippe.

»Zumindest wissen wir jetzt, daß du nicht zu den MacInnes zurückgeschickt wirst. Dein Vater mag ja blind gewesen sein, weil es um eine wichtige Allianz ging, aber jetzt sind ihm die Augen auf jeden Fall geöffnet worden. Er liebt dich, Clare.«

»Ich liebe ihn auch«, flüsterte Clare. »Ich meinte es nicht wirklich, als ich sagte, daß ich ihn hasse. Ich war nur so... wütend. Oh, was habe ich bloß angestellt. Ich weiß nicht, was mein Vater tut, wenn er herausfindet, daß ich gar nicht schwanger bin.«

Eine lange Zeit verstrich in Schweigen. Dann setzte sich Johanna gerade in ihrem Stuhl auf. »Es gibt nur eine Lösung.«

»Ich weiß«, sagte Clare. »Ich muß ...«

Johanna grinste. »Heiraten.«

»Ich muß was?«

»Guck nicht so erstaunt, Clare. Das ist eine hervorragende Lösung.«

»Aber wer soll mich denn nehmen? Jeder glaubt doch, ich bin schwanger.«

»Uns wird schon was einfallen«, sagte Johanna beharrlich. »Wir suchen uns erst mal einen geeigneten Kandidaten.«

»Ich will aber nicht heiraten.«

»Bist du jetzt stur oder ehrlich?«

»Beides, glaube ich«, gab sie zu. »Der Gedanke, jemanden wie Robert MacInnes zu heiraten, dreht mir den Magen um.«

»Natürlich, aber wenn wir jemanden finden, der dich schätzt und respektvoll behandelt, wärest du dann nicht glücklich, ihn zu heiraten?«

»So einen Mann gibt es nicht.«

»Ich bin mit einem verheiratet.«

Clare lächelte. »Eben. Er ist schon verheiratet.«

»Also gut«, sagte Johanna. »Aber es gibt noch andere Männer, die fast so perfekt sind.«

»Du kannst dich so glücklich schätzen, Johanna.«

»Warum?«

»Du liebst deinen Mann.«

Johanna reagierte eine volle Minute gar nicht. Dann lehnte sie sich zurück und ließ alle Zweifel und nagenden Gedanken fahren.

»Ja, ich liebe ihn.«

Das Erstaunen in ihrer Stimme brachte Clare zum Lächeln. »Hast du es gerade erst bemerkt?«

Johanna schüttelte den Kopf. »Ich liebe ihn«, sagte sie noch einmal, »aber ich bemerke erst jetzt, daß ich ihn schon lange liebe. Ist es nicht seltsam, daß ich mir selbst gegenüber meine Gefühle nicht eingestehen konnte? Ich habe albernerweise versucht, mich auf diese Art selbst zu schützen.« Sie nickte zur Bekräftigung ihrer Erkenntnis. »Niemand möchte gerne so verletzlich sein. Herr im Himmel, ich liebe ihn von ganzem Herzen.«

Der Klang ihres Lachens erfüllte die Kammer. Und es hörte sich so glücklich an, daß Clare einfach einstimmen mußte.

»Ich nehme an, du hast es ihm noch nie gesagt«, vermutete Clare.

»Nein«, gab Johanna zu.

»Was sagst du denn, wenn er dir seine Liebe gesteht?«

»Oh, Gabriel hat noch nie gesagt, daß er mich liebt«, erklärte sie. »Er hat es nicht erkannt, weißt du? Jedenfalls noch nicht. Wahrscheinlich wird er es irgendwann begreifen, aber sagen garantiert nicht.«

Sie hielt inne und lachte wieder. »Mein Mann ist so ganz anders als die englischen Barone, und ich kann Gott dafür nur danken. Die Männer, die ich von dort kenne, würden den Ladies, die sie ach so schätzen, süße Balladen vorträllern. Ich kannte welche, die sich von anderen schöne

Liebesreime haben dichten lassen, die sie dann rezitierten. Hübsche kleine Reden mit blumigen Worten. Das meiste davon ist natürlich absoluter Unsinn und bestimmt nicht ehrlich, aber die Barone halten sich immer für enorm ritterlich. Sie legen viel Wert auf die Kunst der höfischen Liebe.«

Clare war neugierig geworden und stellte Johanna noch mehr Fragen über die Männer in England. Eine gute Stunde unterhielten die beiden sich angeregt, bis Johanna schließlich darauf bestand, daß Clare sich etwas ausruhte.

»Nun, da dein Vater dich gesehen hat, kannst du Glynis doch dein Haar schneiden lassen.«

Clare willigte ein. Johanna stand auf und wandte sich zum Gehen.

»Wirst du deinem Mann die Wahrheit über mich sagen?« fragte Clare.

»Ja«, sagte Johanna. »Vielleicht«, setzte sie hastig hinzu. »Wenn ich den richtigen Moment erwische.«

»Was wird er wohl tun?«

Johanna öffnete die Tür, bevor sie antwortete: »Er wird drohend knurren, nehme ich an, und mir dann helfen, eine Lösung zu finden.«

Hilda kam mit einem Tablett voller Essen den Flur entlang. »Clansherr MacKay ist fort«, sagte sie zu Clare. »Er will Euch hierlassen, bis ihr wieder kräftig genug seid, um mit nach Hause zu kommen, Kind. Lady Johanna, man wartet mit dem Essen auf Euch. Die Männer sind schon halb verhungert. Ihr solltet jetzt besser nach unten gehen.«

Hilda stellte das Tablett auf Clares Schoß. »Und Ihr, Kind, Ihr werdet jetzt jeden Krumen essen, und ich bleibe so lange hier stehen. Ihr müßt endlich wieder zu Kräften kommen.«

Johanna wandte sich um, hielt dann aber noch einmal inne. »Wenn einer von euch beiden aus der Halle Lärm und Aufruhr hört, dann macht euch keine Sorgen. Ich habe eine kleine Überraschung vor, und einige Soldaten könnten etwas ungehalten reagieren.«

Hilda und Clare wollten natürlich sofort wissen, worum

es sich handelte. »Ihr werdet es noch früh genug herausfinden«, versprach Johanna.

Dann ging sie zu ihrer Kammer und zog das Plaid an, das sie unter dem Bett versteckt hatte. Alex stürmte in die Kammer, als sie gerade die Falten unter dem Gürtel zurechtlegte.

»Komm schnell rein, und mach die Tür zu«, befahl sie.

»Wieso denn?« fragte Alex.

Er schien gar keine Antwort zu wollen und bemerkte auch nicht, daß sie ein anderes Plaid trug. Der Junge stürmte zum Bett, hob die Matte an und zog ein langes Holzschwert hervor.

»Auggie zeigt mir, wie man kämpft«, verkündete er stolz.

»Hast du zu Abend gegessen?«

»Mit Auggie«, sagte Alex, während er zur Tür stürmte.

»Moment bitte.«

Er blieb schlitternd stehen. »Komm und gib mir einen Abschiedskuß«, sagte sie.

»Ich will nicht, daß du weggehst!« brüllte der Junge sofort.

Johanna beeilte sich, ihn zu beruhigen. »Ich gehe doch gar nicht weg«, versicherte sie ihm.

Alex war nicht überzeugt. Er ließ das Schwert fallen, rannte zu ihr und warf sich in ihre Arme.

»Ich will nicht, daß du weggehst!« wiederholte er.

Lieber Himmel, was hatte sie nur angerichtet? »Alex, nun, da ich deine Mutter bin, möchte ich bloß ab und zu einen Kuß von dir, bevor du irgendwo hingehst. Nur deswegen habe ich das eben gesagt.«

Sie brauchte noch gute zehn Minuten, bis sie ihn wirklich überzeugt hatte. Sie streichelte seinen Kopf und seinen Rücken so lange, bis er endlich bereit war, sie loszulassen.

»Ich gehe ja nicht weg«, sagte er dann. »Nur raus.«

»Deswegen gehst du trotzdem«, versuchte sie, ihm zu erklären. »Und deswegen möchte ich einen Kuß.«

Sie beugte sich zu ihm hinunter, und er stellte sich auf

die Zehenspitzen und gab ihr einen feuchten Schmatz auf die Wange.

Dann nahm er sein Schwert und rannte wieder zur Tür. »Du sollst am Feuer sitzen und nähen, Mama. Hat Papa gesagt.«

»Ach, tatsächlich?«

Alex öffnete die Tür. »Ja«, antwortete er. »Hat Papa gesagt.«

»Was hat er denn noch gesagt?«

Alex drehte sich um und zeigte auf sie. »Du sollst bleiben, wo du hingehörst. Weißt du nicht mehr?«

Sie würde ein ernsthaftes Gespräch mit Gabriel führen müssen. »Doch, ich kann mich erinnern«, antwortete sie. »Nun lauf schon. Laß Auggie nicht warten.«

Alex vergaß, die Tür zu schließen. Johanna richtete das Plaid, holte tief Atem und ging nach unten.

Megan wollte gerade die Treppe hinaufkommen, um ihre Herrin zu holen. Als sie erkannte, was Johanna trug, wäre sie fast gestolpert.

»Es ist nicht so kalt, daß Ihr zwei Plaids tragen müßt, M'lady. Unten lodert das Feuer.«

»Ich trage keine zwei«, erklärte Johanna. »Ich habe nur eins.«

Megan kam ein paar Stufen näher, damit sie besser sehen konnte. »Guter Gott, Ihr habt ein neues Plaid genäht. Weiß unser Clansherr, was Ihr getan habt?«

»Noch nicht«, antwortete Johanna.

Megan schlug das Zeichen des Kreuzes.

»Ich bin sicher, mein Mann wird mich voll unterstützen. Meine Meinung und Ansichten sind ihm sehr wichtig. Ja, ich bin überzeugt, daß er in dieser Sache hinter mir steht.«

Megan schlug wieder ein Kreuz. Sie war offensichtlich nicht überzeugt.

Johanna verlor die Geduld. »Es wird alles gut«, versprach sie. »Und jetzt hör auf damit«, setzte sie hinzu, als Megans Hand schon wieder zu ihrer Stirn flog.

»Noch hat Euch niemand gesehen«, flehte Megan. »Ihr habt noch Zeit, das richtige Plaid anzuziehen.«

»Unsinn«, erwiderte Johanna und versuchte, ihre fröhliche Miene beizubehalten. In Wirklichkeit hatte Megans Reaktion sie ein bißchen nervös gemacht. Sie straffte sich und ging die letzten Stufen hinunter. Megan raffte ihre Röcke und eilte hinter ihr her.

»Wohin gehst du?« fragte Johanna, als sich Megan auf den Flur zur Hintertür zubewegte.

»Ich hole noch ein paar Schüsseln, M'lady. Ich fürchte, Ihr braucht mindestens fünf, um die Männer zu überzeugen.«

Megan verschwand um die Ecke, bevor Johanna ihr versichern konnte, daß sie nicht beabsichtigte, mit Geschirr zu werfen. Dann wurde sie von Vater MacKechnie ablenkt, der gerade in die Halle trat. Sie schenkte ihm ein Lächeln. Er starrte sie mit offenem Mund an.

Johanna blieb auf der untersten Stufe stehen und wartete, daß sich der Priester von seiner Überraschung erholt hatte.

»Also so was«, flüsterte er. »So was.«

»Guten Abend, Vater.«

Er reagierte nicht auf ihren Gruß, sondern schien in einer Art Trance zu sein. Johanna wurde nun doch etwas nervöser.

»Glaubt Ihr, mein Mann und die Soldaten werden sehr aufgebracht sein?«

Auf dem Gesicht des Priesters erschien ein breites Grinsen. »Ich bin an Eurer Seite, wenn wir es rausfinden«, sagte er. »Es wäre mir eine Ehre, Euch zu Eurem Gatten begleiten zu dürfen.«

Der Priester nahm ihren Arm, sie registrierte es aber kaum. »Ich erwarte durchaus, daß sie anfangs wütend werden«, erklärte sie. »Aber nur ein bißchen.«

»Ja«, stimmte er zu. »Sagt mir, Kind, wann habt Ihr zuletzt gebeichtet?«

»Warum fragt Ihr?«

»Man sollte die Absolution bekommen haben, bevor man seinem Schöpfer gegenübertritt.«

Johannas Lächeln war gezwungen. »Ihr übertreibt die Reaktion der Männer. Niemand würde es wagen, mir ein Haar zu krümmen.«

»Ich hatte nicht an die Männer gedacht«, antwortete er. »Ich habe die Reaktion Eures Gatten erwogen. Kommt, Kind, ich bin begierig darauf, die Schlacht zu sehen, die Ihr unbedingt beginnen wollt!«

»Sie werden schon über ihren Zorn hinwegkommen.«

»Vielleicht«, mahnte der Priester. »Für die Highlander sind die Farben heilig, Johanna.«

»O Himmel, dann hätte ich nicht …«

»Natürlich hättet Ihr«, entgegnete der Priester, während er versuchte, ihre Hand vom Geländer zu lösen.

»Vater, seid Ihr für oder gegen die Änderung des Plaids?«

»Ich bin dafür«, antwortete er. Plötzlich brach er in Lachen aus. »Eigentlich wollte ich heute fasten. Wie gut, daß ich es nicht getan habe. Sonst hätte ich glatt verpaßt, was …«

Er sprach den Satz nicht zu Ende. Johanna stöhnte auf. »Ihr macht mich entsetzlich nervös«, gestand sie ein.

»Verzeiht mir, Kindchen. Ich wollte Euch nicht necken. Hört mal, irgendwann müßt Ihr das Geländer loslassen.«

»Ich tue einfach so, als wäre alles wie sonst. Was haltet Ihr von dem Plan?«

»Ziemlich ignorant!«

»Ja, genau das werde ich tun.« Sie ließ das Geländer los und nahm Vater MacKechnies Arm. »Ich gebe Ignoranz vor. Vielen Dank. Das war ein wunderbarer Vorschlag.«

»Wenn ich an Eurer Stelle wäre, würde ich Wahnsinn vorgeben.«

Vater MacKechnie bereute seine Worte im gleichen Moment, in dem er sie aussprach. Aber er zahlte für seinen

Scherz auch sofort, denn er mußte seine Herrin förmlich hinter sich herschleifen.

»Ich bin an Eurer Seite«, versprach er. »Macht Euch keine Sorgen. Das wird schon.«

Die Soldaten standen um ihre Tische herum. Gabriel unterhielt sich mit Calum und Keith etwas abseits und entdeckte sie vor allen anderen.

Er blinzelte, schloß die Augen und sah wieder zu ihr hin. Johanna lächelte, während sie zu ihrem Platz ging.

Keith und Calum drehten sich gleichzeitig zu ihr um.

»Mein Gott, was hat sie mit unserem Plaid angestellt?« bellte Calum.

»Sehe ich, was ich zu sehen glaube?« brüllte Keith im gleichen Augenblick.

Sämtliche Männer wandten sich nun Johanna zu. Ein kollektives Luftholen klang durch die Halle.

Johanna tat so, als würde sie die entsetzten Gesichter der Männer gar nicht bemerken.

»Ich hab' Euch ja gesagt, es würde alles gutgehen«, flüsterte sie dem Priester zu.

Gabriel lehnte sich an die Wand und starrte seine Frau an. »MacBain, Ihr tut besser irgendwas, bevor hier die Hölle losbricht«, sagte Calum.

Gabriel schüttelte den Kopf. »Dazu ist es zu spät«, bemerkte er. »Und es war ohnehin höchste Zeit, daß einer von uns etwas unternimmt.«

Keiths Gesicht wurde leuchtend rot. »Lady Johanna, was habt Ihr getan?«

»Ich versuche, Euch einen Gefallen zu tun, Keith«, antwortete sie.

Er brauchte einige Zeit, um sich zu fassen. »Ihr glaubt, mir einen Gefallen zu tun, indem Ihr das MacBain-Plaid mit dem meinem zusammentut? Wie könnt Ihr nur denken ... wie könnt Ihr ernsthaft meinen, Ihr könntet ...«

Er stammelte und stotterte jetzt. Sie hoffte innig, daß es nur an seiner Überraschung, nicht an seiner Entrüstung lag.

»Wißt Ihr, ich kann mir einfach die Tage nicht merken. Ist Euch diese Schwäche schon mal aufgefallen?«

»Schwäche?«

»Mein schlechtes Gedächtnis«, erklärte sie. »Kommt und setzt Euch an meine Seite, Keith, dann erkläre ich Euch genau, warum ich das getan habe. Calum, setzt Euch solange auf Keiths Platz am anderen Tisch.«

Immer wieder warf Johanna verstohlene Blicke zu ihrem Mann. Er hatte noch keine Reaktion gezeigt … noch nicht.

»Gabriel, kommst du auch an den Tisch?« rief sie ihm zu. Sie hielt Vater MacKechnies Arm fest umklammert, und er tätschelte ihre Hand, damit sie ein wenig lockerer ließ. »Wo möchtet Ihr, daß ich mich setze, Kindchen?«

»An Gabriels Linke«, sagte sie, »und mir gegenüber. Dann könnt Ihr mir leichter die Letzte Ölung geben, falls es nötig sein sollte«, fügte sie flüsternd hinzu.

»Habt Ihr mal wieder vergessen, welcher Tag heute ist, und deswegen beide Plaids angelegt?« wollte Lindsay wissen.

»Es ist nur ein Plaid«, erklärte Johanna. »Ich habe sie beide in der Mitte durchgeschnitten und jeweils eine Hälfte an die andere genäht. Die Farben passen doch recht nett zusammen.«

Johanna hatte ihren Platz erreicht und drehte sich nach Gabriel um. Er lehnte immer noch an der Wand und starrte sie an. Sein Schweigen machte sie nur noch nervöser. »Gabriel?«

Er antwortete nicht. Sie konnte nicht länger geduldig warten, bis er eine Reaktion auf ihre Dreistigkeit zeigte. »Bitte sag mir, was du davon hältst.«

Er stieß sich plötzlich von der Wand ab. Seine Stimme klang hart und zornig, als er sprach.

»Ich bin ausgesprochen wütend.«

Sie senkte die Augen auf die Tischplatte und versuchte, ihre Enttäuschung und die Demütigung zu verbergen.

Natürlich hatte sie auf seine Unterstützung gehofft, ja, sie hatte sie erwartet. Seine Reaktion warf sie förmlich um.

Sie hörte zustimmendes Grunzen um sich herum, doch sie sah nicht auf, um herauszufinden, von wem es kam.

Gabriel kam zu ihr herüber und hob sanft ihr Kinn, dann legte er ihr die Hände auf die Schultern.

»Ich hätte selbst darauf kommen sollen, Johanna.«

Sie brauchte eine volle Minute, um zu begreifen, daß er ihr gerade das gab, was sie erhofft hatte.

»Du bist weitaus klüger als ich«, sagte er.

Sie wollte ihm so gerne für dieses Kompliment danken, aber sie konnte nicht. Statt dessen brach sie in Tränen aus.

Die Soldaten begannen alle gleichzeitig zu reden und zu brüllen. Keith gab Calums grober Reaktion die Schuld für die Tränen der Herrin. Calum behauptete genauso stur, daß es Keiths ständiges Geschimpfe war, das nun schließlich Lady Johanna zum Weinen gebracht hatte.

Gabriel schien der einzige, der von Johannas Tränen nicht betroffen war. Er befahl ihr, sich zu setzen. Dann stellte er sich hinter sie, legte ihr die Hände auf die Schultern und wandte sich seinen Soldaten zu.

»Als ich eben meine Frau mit dem neuen Plaid gesehen habe, sind mir die Augen geöffnet worden. Ich habe gerade erst erkannt, welchen Mühen Johanna unterworfen war, um es Euch allen recht zu machen. Ihr wurde gesagt, welches Plaid sie tragen, in welchem Stuhl sie sitzen, mit wem sie ausgehen sollte und so weiter, und sie war immer ausgesprochen bemüht, niemanden vor den Kopf zu stoßen. Seit dem Tag, an dem sie hierhergekommen ist, hat sie euch alle akzeptiert, Maclaurins und MacBains gleichermaßen. Sie hat Calum und Keith mit gleicher Freundlichkeit behandelt. Sie hat euch allen gegenüber Loyalität gezeigt. Dafür hat sie von euch nichts als Kritik und Mißfallen bekommen. Ein paar haben sie sogar als feige bezeichnet, und dennoch hat sie sich nicht einmal beschwert. Sie hat unter der Demütigung schweigend gelitten und damit bewiesen, daß sie weit verständnisvoller und gutherziger ist, als ich es jemals sein könnte.«

Die ganze große Halle war in Schweigen getaucht. Gabriel drückte Johannas Schultern und fuhr dann fort: »Aye, sie war immer höchst rücksichtsvoll«, wiederholte er. »Und ich war es auch.« Nun klang seine Stimme hart und wütend. »Ich habe versucht, Geduld mit euch zu haben, aber für mich ist es höllisch anstrengend, da ich normalerweise überhaupt kein geduldiger Mensch bin. Jetzt habe ich genug von eurer Streiterei, und meiner Frau geht es offenbar genauso. Von jetzt an sind wir wirklich ein Clan. Ihr habt mich als euren Anführer akzeptiert. Nun müßt ihr euch gegenseitig akzeptieren. Diejenigen, die meinen, das nicht zu können, haben meine Erlaubnis, bei Tagesanbruch zu verschwinden.«

Das Schweigen dauerte noch ein oder zwei weitere Minuten. Dann trat Lindsay einen Schritt vor. »Clansherr MacBain, welches Plaid sollen wir tragen?«

»Du hast mir Treue geschworen, und ich bin ein MacBain. Also trägst du meine Farben.«

»Aber Euer Vater war Maclaurins«, rief ihm Keith in Erinnerung.

Gabriel sah seinen ersten Befehlshaber finster an. »Weder hat er mich akzeptiert, noch hat er mir seinen Namen gegeben«, antwortete er. »Und ich akzeptiere auch ihn nicht. Ich bin ein MacBain. Wenn du mir folgst, trägst du meine Farben.«

Keith nickte. »Ich folge Euch, Clansherr.«

»Ich auch«, rief Lindsay. »Aber was tun wir denn nun mit den Maclaurin-Plaids?«

Gabriel wollte gerade vorschlagen, sie zu verbrennen, besann sich dann aber. »Die Plaids gehören nun zu eurer Vergangenheit«, verkündete er. »Ihr könnt sie euren Kindern mit den Geschichten des Clans weitergeben. Die MacBain-Plaids, die ihr morgen tragen werdet, sind der Anfang eurer Zukunft. Gemeinsam werden wir unschlagbar sein.«

Die Spannung in der Halle war gebrochen. Ein lauter Jubel brauste auf.

»Das ist ein Grund zum Feiern«, rief Vater MacKechnie.

»Für einen Trinkspruch auf jeden Fall«, stimmte Gabriel zu.

»Aber ohne zu kleckern«, platzte Johanna heraus.

Aus irgendeinem Grund erzeugte ihre Bemerkung große Belustigung bei den Männern. Wahrscheinlich lachten sie aus Erleichterung, dachte Johanna. Während Gabriels Rede hatte es einige beunruhigende Momente gegeben. Zumindest sie war beunruhigt gewesen.

Sie tupfte sich die Augenwinkel mit einem Tuch ab, wobei es ihr peinlich war, daß sie einfach nicht aufhören konnte zu weinen.

Lieber Gott, was war sie glücklich, daß sie Gabriel geheiratet hatte. Ihr Leben war so leer und verzweifelt gewesen. Erst jetzt wußte sie, was Glück bedeutete.

Aber diese Gedanken ließen sie nur noch mehr weinen. Die Männer achteten allerdings nicht mehr auf sie. Sie hörte Keith flüstern, daß ihre Umstände Grund für die unwürdigen Gefühlsausbrüche verantwortlich waren, und Calum nickte beflissen.

Als Johanna aufsah, entdeckte sie Leila am Eingang. Sie stand auf und winkte die Frau zu sich heran. Leila zögerte. Die Männer hatten ihre Kelche in der Hand, und der Krug wurde weitergereicht, damit jeder den seinen füllen konnte. Johanna ging an ihnen vorbei und traf Leila in der Mitte der Halle.

»Hast du gehört…?«

»O ja, M'lady. Euer Gatte hat eine kraftvolle Rede gehalten.«

»Komm und setz dich zu mir, Leila.«

»Aber ich bin eine Maclaurin«, flüsterte sie. »Zumindest war ich das bis vor ein paar Minuten noch.«

Sie errötete, doch Johanna lächelte. »Du bist immer

noch eine Maclaurin, aber gleichzeitig auch eine MacBain. Jetzt hat Calum keine Ausrede mehr, nicht um dich zu werben.«

Das Rot in Leilas Gesicht wurde dunkler. Johanna nahm ihre Hand und zog sie mit sich.

Die Soldaten waren mit ihren Trinksprüchen auf den Clansherrn und ihre Zukunft am Ende. Sie wollten gerade wieder ihre Plätze einnehmen, als Johanna sie aufhielt.

»Ich würde gerne die Sitzordnung ändern«, begann sie.

»Uns gefällt es aber, wie wir sitzen, M'lady«, sagte Michael.

Sie ignorierte seinen Protest. »Es ist nur richtig, daß die beiden Befehlshaber bei ihrem Clansherrn sitzen. Keith wird zu seiner Linken sitzen, Calum rechts.«

Gabriel schüttelte den Kopf. »Warum nicht?« fragte sie.

»Du bleibst neben mir sitzen.«

Er klang nicht so, als wollte er mit sich handeln lassen. »Also gut. Calum, Ihr sitzt neben mir. Leila, komm her. Du kannst neben Calum Platz nehmen.«

Johanna hatte noch ein paar weitere Veränderungen zu machen. Als sie fertig war, saß an jedem Tisch abwechselnd ein Maclaurin neben einem MacBain.

Vater MacKechnies Platz war am Kopf des Tisches, wo zuvor Keith gesessen hatte. Er war ganz gerührt über die Ehre, die man ihm antat. Und wenn man nach Keiths Grinsen ging, schien er genauso zufrieden zu sein, denn er saß nun neben seinem Clansherrn.

»Warum ist es denn wichtig, wo wir anderen sitzen?« fragte Lindsay seine Herrin.

Sie wollte ihm nicht unbedingt sagen, daß sie gedachte, die Trennung der beiden Clans vollkommen aufzuheben. Allerdings fiel ihr auch keine vernünftige andere Antwort ein, die sie dem wißbegierigen Mann geben konnte. Also entschloß sie sich zu einer unvernünftigen: »Weil meine Mama kommt. Deswegen.«

Lindsay nickte und wandte sich um, um dem MacBain-

Soldaten, der neben ihm saß, ihre Worte zu wiederholen. »Ihre Mama kommt. M'lady wünscht sich das eben so.«

Der MacBain nickte ernst. »Ja, so ist es.«

Johanna wandte sich hastig ab, damit die Männer ihr Lächeln nicht sahen. Am liebsten hätte sie laut herausgelacht, aber sie traute sich nicht.

Nach ihrem Ermessen war die Mahlzeit ein voller Erfolg. Calum und Leila begannen wie steife Holzdielen, flüsterten aber bereits gegen Ende des Essens eifrig miteinander. Johanna versuchte, etwas von dem Gespräch mitzubekommen, doch Gabriel bemerkte es und zog sie näher an sich.

»Das gibt wohl bald eine Hochzeit«, sagte er mit einer Kopfbewegung in Calums Richtung.

Johanna lächelte. »Ja«, flüsterte sie.

Die Erwähnung der Heirat lenkte Johannas Gedanken auf Clare. Die MacKay-Frau brauchte einen Mann, und Johanna fand, daß einige stattliche Möglichkeiten am Tisch saßen.

»Keith, habt Ihr –«, begann Johanna, die ihn fragen wollte, was er sich für die Zukunft vorstellte.

Keith ließ sie nicht ausreden.

»Ich habe schon darauf gewartet, daß Ihr mich darauf ansprecht«, sagte er.

Ihre Augen weiteten sich überrascht. »Tatsächlich?«

»Es war meine Pflicht, es unserem Clansherrn zu berichten. Ich habe versucht, das Versprechen zu halten, und war sogar etwas erleichtert, denn ich fühlte mich für die Maclaurin-Frau verantwortlich, und ihre Beleidigung traf mich ebenso schlimm. Doch schon am gleichen Tag erkannte ich, daß meine oberste Loyalität MacBain gehörte.«

»Wovon sprecht Ihr?«

Johanna hatte noch nie einen ausgewachsenen Mann erröten sehen. Keiths Gesicht bekam nun eine leuchtende Farbe.

»Schon gut, M'lady.«

Sie dachte nicht daran, die Sache zu vergessen. »Was genau habt Ihr meinem Mann erzählt?«

Gabriel gab ihr die Antwort. »Er hat mir das von den Spitznamen erzählt, Johanna, und wie Glynis auf Euren gekommen ist...«

»Sie war absolut zerknirscht und einsichtig. Du brauchst sie nicht zur Rechenschaft zu ziehen. Versprich mir, daß du sie nicht darauf ansprichst.«

Da Gabriel bereits ein Wörtchen mit Glynis gesprochen hatte, fand er nichts daran, ihr das Versprechen zu geben.

Sie war zufrieden. »Und ich habe mich schon gefragt, woher du wußtest, daß man mich einen Feigling nennt«, sagte sie. Dann zog sie die Brauen zusammen und wandte sich an Keith. »Allerdings hätte ich nicht geglaubt, daß Ihr es ihm erzählt habt. Ich dachte, jemand hätte Glynis den Namen sagen gehört und dann seinem Clansherrn alles gepetzt.«

»Es war seine Pflicht, Frau«, sagte Gabriel. »Du sollst ihm danken, nicht ihn tadeln.«

»Bei der Wäsche kommt alles raus«, verkündete Johanna.

»Was zum Donner soll denn das bedeuten?« fragte Gabriel.

»Sie erteilt uns mal wieder eine Lektion«, erklärte Keith grinsend.

»Ich verstehe.«

»Nay, Clansherr, Ihr versteht nicht. Keine ihrer Lektionen ist verständlich.«

Johanna hätte den beiden zu gerne erklärt, was sie sagen wollte, doch in diesem Augenblick wurde sie von Alex abgelenkt, der in die große Halle stürmte. Als sie seine verängstigte Miene sah, stand sie sofort auf.

Alex rannte um den Tisch herum, warf sich in ihre Arme und vergrub sein Gesicht in ihrem Plaid.

»Alex, was ist passiert?« fragte sie besorgt. »Hast du schlecht geträumt?«

»Da ist etwas unter dem Bett. Ich hab's gehört.«

Gabriel rollte entnervt die Augen. Er griff nach seinem Jungen, der allerdings nicht loslassen wollte, bis er es ihm befahl.

»Du schläfst auf einer Matte auf dem Boden. Da kann überhaupt nichts drunter sein.«

»Nein, Papa«, widersprach Alex. »Ich bin in euer Bett gekrochen. Und da drunter ist was. Es holt mich vielleicht, wenn ich die Augen zumache.«

»Alex ...«, begann sein Vater.

»Geh besser mit ihm hinauf und schau nach. Nur so kannst du ihn überzeugen. Und es könnte ja wirklich etwas sein.«

»Da *ist* was!« behauptete Alex beharrlich.

Gabriel seufzte laut und beugte sich den Wünschen seiner Familie. Er stand auf, hob seinen Jungen in die Arme und verließ die große Halle.

Johanna setzte sich wieder und lächelte Keith an. Nun, ohne Gabriel, war die Gelegenheit günstig. Ihr Mann hätte sich sicher in das Gespräch eingemischt.

»Kinder«, sagte Johanna lässig, »sind so eine Freude. Wenn Ihr erst einmal verheiratet seid und selbst welche habt, versteht Ihr, was ich meine. Ihr wollt doch eines Tages heiraten ... oder, Keith?«

»Aye, M'lady«, antwortete er. »Nächsten Sommer übrigens. Bridgid MacCoy will meine Frau werden.«

»Oh.«

Sie konnte ihre Enttäuschung kaum verbergen und richtete ihren Blick auf Michael als nächster Kandidat.

Er spürte ihren Blick und lächelte. Sie nickte. »Kinder«, begann sie erneut. »Sie sind wundervoll, nicht wahr, Michael?«

»Wenn Ihr es sagt«, antwortete er.

»O ja«, erwiderte sie. »Wenn Ihr verheiratet seid, werdet Ihr es merken. Wollt Ihr denn eines Tages heiraten, Michael?«

»Wahrscheinlich«, sagte er schulterzuckend.

»Habt Ihr schon jemanden im Sinn?«

»Wollt Ihr kuppeln, M'lady?« fragte Keith.

»Wie kommt Ihr denn darauf?«

»Ich heirate Helen, wenn ich soweit bin«, warf Michael ein. »Sie hat gesagt, sie wartet auf mich.«

Johanna zog die Stirn in Falten. Die Möglichkeiten waren nun ein wenig beschränkter. Sie wandte sich an Niall.

»Kinder ...«, begann sie.

»Sie *will* kuppeln«, bemerkte Keith.

Es war, als hätte er Alarm gegeben, daß sie umzingelt waren. Die Soldaten sprangen buchstäblich auf ihre Füße. Sie verbeugten sich vor Johanna und hatten in knapp einer Minute die Halle verlassen. Sie hatte nicht einmal genug Zeit, sie wieder auf ihre Plätze zu befehlen.

Nur die Männer, die bereits feste Absichten hatten, blieben. Und natürlich Vater MacKechnie, aber er war natürlich kein Kandidat.

Gabriel kam in eine fast leere Halle zurück. Er sah sich verwirrt um, zuckte dann die Schultern und setzte sich wieder, um zu Ende zu essen.

Er lächelte seine Frau an.

»Und?« fragte sie.

Er sah sie verlegen an. »Da war wirklich was unter dem Bett. Dumfries hatte sich dort versteckt.«

Nun standen Leila und Calum gleichzeitig auf. Leila verbeugte sich vor ihrem Clansherrn. »Vielen Dank für die Ehre, mit Euch essen zu dürfen«, sagte sie.

Gabriel nickte, und Leila errötete. »Und Euch auch, M'lady.«

»Es ist dunkel«, verkündete Calum.

Weiter sagte er nichts, und Johanna verbiß sich ein Grinsen. »Vielleicht solltet Ihr Leila nach Hause begleiten«, schlug sie vor. »Da es ja dunkel ist.«

Der Soldat nickte. »Wie Ihr wünscht, M'lady.«

Calum bedeutete Leila, voranzugehen, und Johanna wandte sich wieder ihrem Mann zu. Dabei sah sie den überraschten Ausdruck auf Keiths Gesicht, der offenbar gerade erst bemerkt hatte, daß sich zwischen Leila und Calum eine Romanze anbahnte.

Plötzlich grinste er. Er stand auf, verbeugte sich vor seinem Clansherrn. Dann rief er: »Warte, Calum. Ich geh' mit dir!«

Johanna hörte das Lachen in seiner Stimme, aber Calum fand das gar nicht komisch. »Du brauchst nicht ...«

»Oh, aber es ist doch selbstverständlich«, antwortete Keith und holte ihn ein. »Es ist dunkel draußen.«

Leila ging weiter, und Calum versuchte, Keith beiseite zu schieben. Der ließ sich allerdings nicht schieben, und so verließen die beide kabbelnd und tänzelnd die Halle.

»Ob die beiden jemals miteinander auskommen werden?« fragte Johanna nachdenklich.

Vater MacKechnie fühlte sich vereinsamt und kam mit seinem Kelch, um sich auf Keiths Platz zu setzen.

»Das ist nur die gutmütige Zankerei zwischen zwei Anführern«, sagte der Priester. »Clansherr, Eure Rede von heute abend war eine gute Sache.«

»Ja, das war sie«, stimmte Johanna ein. »Aber trotzdem möchte ich wissen, warum du so lange damit gewartet hast. Warum konntest du ihnen das nicht schon vor ein oder zwei Monaten sagen? Du hättest mir eine Menge Ärger ersparen können, lieber Mann.«

Gabriel lehnte sich im Stuhl zurück. »Sie waren vorher noch nicht soweit, Johanna.«

»Aber heute abend schon«, warf der Priester nickend ein.

Sie war immer noch verwirrt. »Und was hat sie nun soweit gebracht?«

»Nicht was, Kind«, sagte der Priester, »sondern wer.«

Sie verstand nicht. Gabriel nickte. Ein warmes Funkeln war in seinen Augen erschienen. »Du hast es geschafft.«

»Ich? Wie habe ich es denn gemacht?«

»Sie bettelt nach Komplimenten«, erklärte Gabriel dem Priester.

»Sieht ganz so aus«, flachste der Priester zurück.

»Ich bettele um Aufklärung«, erwiderte Johanna.

»Es war dein stiller Widerstand«, erklärte Gabriel ihr schließlich.

Sie begriff immer noch nicht, der Priester offenbar schon, denn er nickte mehrmals zustimmend.

»Erklär mir doch bitte mal meinen stillen Widerstand.«

Gabriel lachte. »Du wirst mich niemals glauben machen, daß du dir tatsächlich nicht merken konntest, welches Plaid du wann tragen solltest«, sagte er. »Du hast es absichtlich vergessen, nicht wahr?«

»Gabriel, man kann nichts absichtlich vergessen«, widersprach sie.

»Ihr habt Euch einfach nicht darum gekümmert, es Euch zu merken«, sagte der Priester.

Sie seufzte. »Das stimmt. Ich fand es höchst albern, aber ich ...«

»Stiller Widerstand«, wiederholte Gabriel. »Das war doch auch der Grund, warum du Lesen gelernt hast, nicht wahr?«

»Ja, aber das war etwas anderes«, erklärte sie.

»Nein, war es nicht.«

Johanna stieß einen Seufzer aus. Sie konnte ihren Mann nicht glauben lassen, daß sie alles absichtlich gemacht hatte, damit die Männer erkennen sollten, wie albern ihr Beharren auf die eigenen Farben war. Es wäre nicht sehr ehrenvoll, Lob für etwas anzunehmen, das sie nicht getan hatte.

»So klug bin ich nicht«, bemerkte sie.

»Doch«, sagte ihr Mann. »Du hast MacKay überredet, seine Tochter noch ein paar Wochen hierzulassen.«

»Clare kann noch keine Reise unternehmen.«

»Und du hast mich davon abgehalten, ihrem Vater zu

sagen, daß keiner meiner Männer seine Tochter angefaßt hat. Ich habe geschwiegen, weil ich wußte, daß du etwas vorhast.« Dann fügte er hinzu: »Aber wenn MacKay zurückkommt, werde ich ihm die Wahrheit sagen müssen.«

»Und sie auch«, sagte Johanna. »Dann ist sie auch kräftig genug.« Und hoffentlich verheiratet, setzte Johanna in Gedanken hinzu. Wenn es ihr gelang, den passenden Mann zu finden.

Gabriel konnte ihr dabei helfen. »Gabriel? Es ehrt dich ja wirklich, daß du soviel Vertrauen in deine Männer hast. Sicher zu wissen, daß keiner von ihnen jemals Clare angefaßt hätte …«

»Wer hat dir denn das in den Kopf gesetzt?«

»Na, du«, antwortete sie etwas verwirrt.

»Also, Johanna, du kannst doch nicht im Ernst annehmen, meine Männer würden nicht zugreifen, wenn man es ihnen anbietet.«

»Aber du hast sie doch verteidigt und mich glauben gemacht, daß keiner von ihnen Clare angefaßt hat«, argumentierte sie.

Er wirkte verzweifelt. »Wir reden über zwei ganz verschiedene Dinge«, erklärte er. »Ich denke, daß keiner meiner Männer sich weigern würde, mit einer willigen Frau zu schlafen. Aber dann hätte er sie sicher mit hierher gebracht. Er hätte sie nicht dort zurückgelassen.«

»Und der betreffende Soldat würde es vor allem zugeben. Er würde seinen Clansherrn nicht anlügen«, warf Vater MacKechnie ein.

Gabriel nickte. »Und das, verstehst du, ist das, worüber wir reden.«

Sie verstand nicht, wollte aber nicht mit ihrem Mann streiten. Ihrer Meinung nach machte er das Thema viel komplizierter als nötig.

Vater MacKechnie stand auf, um sich zu verabschieden. Er lobte Gabriel noch einmal für seine Klugheit und seine kraftvolle Rede, dann verbeugte er sich vor Johanna.

»Seid Ihr Euch eigentlich im klaren, daß Ihr die Maclaurins vor dem sicheren Exil bewahrt habt? Ihr wart sehr geschickt«, erklärte er. »Und Ihr habt ihre Sympathie gewonnen.«

Johanna war beschämt und dankte ihm flüsternd für seine freundlichen Worte, obwohl sie ihn morgen wirklich aufklären mußte. Gabriel war der Grund, warum die Maclaurins sich friedlich gaben. Und das würde der Priester schließlich auch erkennen.

Vater MacKechnie verließ die große Halle. Johanna und Gabriel waren endlich allein. Johanna fühlte sich plötzlich ziemlich verlegen und schüchtern, denn das ganze Lob dieses Abends drohte sie zu überwältigen.

»Ich muß Vater MacKechnie morgen die Wahrheit begreiflich machen«, flüsterte sie.

»Was für eine Wahrheit?«

»Daß du die Maclaurins dazu gebracht hast, sich mit den MacBains zu einigen.«

Gabriel stand auf und zog Johanna auf die Füße. »Du kannst ruhig ein Lob annehmen, wenn man es dir macht.«

»Aber in Wahrheit...« Er ließ sie nicht ausreden, sondern hob ihr Kinn, damit sie ihn ansah, und sagte: »Die Wahrheit ist ganz einfach zu verstehen, Frau. Für die Maclaurins bist du diejenige, die sie gerettet hat.«

Das war das Wunderbarste, was Gabriel je zu ihr gesagt hatte. Tränen füllten ihre Augen. Dennoch würde sie nicht weinen, denn schließlich war sie nicht so undiszipliniert.

Doch dann ließ Gabriel sie alles über Würde und Haltung vergessen.

»Und mich, Johanna. Du hast auch mich gerettet.«

KAPITEL 18

Gabriel verließ die Burg am frühen Morgen. Er wich ihren Fragen aus, und ihr kam der Verdacht, daß er vielleicht wieder auf Raubzug gehen wollte. Als sie ihn darauf ansprach, war er natürlich beleidigt, was zu einem Streit führte.

»Ich hab' dir mein Wort gegeben«, murmelte er. »Du solltest mich wirklich nicht mit solchen Anschuldigungen beleidigen.«

»Es geht mir nur um deine Sicherheit«, verteidigte sie sich. »Ich wäre sehr unglücklich, wenn dir etwas auf deiner ... deiner Jagd zustoßen würde.«

»Jetzt hast du mich gerade wieder beleidigt«, sagte er, obwohl seine Stimme den harten Unterton verloren hatte. »Hast du denn so wenig Vertrauen in mich? Meine Männer und ich nehmen uns so lautlos, was wir brauchen, daß uns niemand hört. Wir schleichen in die Lager und wieder hinaus, bevor noch cin Tier unsere Witterung aufgenommen hat.«

Sie war überhaupt nicht beeindruckt und schnaubte reichlich undamenhaft. »Ich habe zufällig vollstes Vertrauen zu dir«, brummte sie. »Ich wollte bloß wissen, wohin du willst, das war's schon. Aber wenn du mir es nicht sagen willst, dann läßt du es eben.«

Er ließ es. Als sie herausfand, daß er mindestens zwei, wenn nicht sogar drei Wochen fort sein wollte, wurde sie nur noch neugieriger.

Sie bohrte nicht weiter, was allerdings nicht daran lag, daß sie von solchen Taktiken nichts hielt, aber Gabriel ließ ihr einfach keine Möglichkeit. Er sagte ihr, daß er gehen würde, stritt ein oder zwei Minuten mit ihr, dann küßte er sie herzhaft und verschwand.

Er vertraute sich ihr nicht an, weil er sie nicht ängstigen wollte. Er und ein volles Kontingent von Soldaten würden mit Clansherr MacKay in den Krieg gegen den MacInnes-Clan ziehen, und wenn sie mit diesen Hunden einmal fertig waren, wollte Gabriel zu Clansherr Gillevrey reiten. Baron Goode hatte noch einmal um eine Audienz bei Lady Johanna gebeten. Der Engländer begriff offenbar nicht, was das Wort »Nein« bedeutete. Gabriel hatte vor, den Baron persönlich und nachdrücklich zu überzeugen, daß es keinen Zweck hatte. Er wollte sichergehen, daß der aufdringliche Mann wußte, was passierte, wenn er es noch einmal wagen sollte, Johanna zu belästigen. Und er betete, daß der Baron nicht einen seiner Vasallen geschickt hatte.

Seine Frau war mit Alex, Clare und den mannigfachen Aufgaben im Haus vollauf beschäftigt. Glynis schnitt Clares Haar in Form, und nach weiteren zwei Wochen war die MacKay-Frau endlich kräftig genug, um Johanna beim Essen Gesellschaft zu leisten.

Clare wurde mit jedem Tag hübscher. Als die blauen Flecken verschwanden und die Schwellungen zurückgingen, zeigte sich, was für eine schöne Frau sie war. Sie hatte viel Sinn für Humor und einen anziehenden Akzent, der in Johannas Ohren sehr melodiös klang, so daß sie sich bemühte, ihn zu Clares großer Belustigung nachzuahmen.

Johanna versuchte sich auf die Vorbereitungen für die Ankunft ihrer Mutter zu konzentrieren. Sie freute sich sehr auf sie, hoffte allerdings, sie würde erst in ein oder zwei Monaten eintreffen. Mit ein bißchen Überzeugungskraft konnte Johanna sie bestimmt dazu überreden, bis nach der Geburt des Babys zu bleiben.

Johannas Taille schwand immer mehr, aber sonst sah man noch nicht viel. Dafür schlief sie nun sehr viel. Sie machte stets ein Nachmittagsschläfchen und ging trotzdem am Abend früh, meistens zur gleichen Stunde wie Alex, ins Bett. Es entstand eine Art Ritual daraus, ihn ins Bett zu bringen. Nachdem er sich gewaschen und seine Zähne gereinigt hatte, knieten sie Seite an Seite am Fuß des Bettes und sprachen zusammen ihre Nachtgebete.

Gewöhnlich nickte sie dabei schon fast ein. Alex wollte das Schlafengehen immer hinauszögern und schloß daher jeden, den er jemals kennengelernt hatte, in seine Gebete mit ein. Gabriel stand natürlich immer oben auf seiner Liste. Dann beteten sie für seine Verwandten und die Johannas, und danach bestand Johanna stets darauf, König Johns Neffen, Arthur, zu erwähnen. Alex wollte wissen, warum, und sie erklärte ihm, daß er hätte König werden sollen, man es ihm aber verweigert hatte, und daher beteten sie nun dafür, daß er in den Himmel gekommen war.

Gabriel kehrte nach Hause zurück, als Johanna mit Alex gerade ein paar Minuten zuvor nach oben gegangen war, aber bis er Keiths Bericht gehört und seine Mahlzeit gegessen hatte, schliefen die beiden bereits tief und fest.

Es war höllisch heiß in der Kammer. Der Herbst hatte mit einer kühlen Brise in den Highlands Einzug gehalten, der Johanna kaum etwas entgegenzusetzen hatte. Dicke Felle hingen vor dem Fenster, und seine Frau war unter einem riesigen Berg Decken verborgen. Da Alex nicht auf der Matte schlief, nahm Gabriel an, daß auch er irgendwo unter diesen Massen zu finden sein würde.

Er entdeckte seinen Sohn am Fuß des Bettes und trug ihn auf seine Matte. Alex mußte einen aufregenden Tag verbracht haben, denn er öffnete nicht einmal ein Auge dabei.

Gabriel zog sich fast lautlos aus, wusch sich und begann dann, die Decken abzuschälen, um seine Frau zu finden.

Johanna lag in der Mitte des Bettes, und er streckte sich neben ihr aus und zog sie sanft in seine Arme.

Er brauchte sie heute nacht. Während er von ihr getrennt gewesen war, hatte es keine Stunde gegeben, in der er nicht an sie gedacht hatte. Er fand das ziemlich schändlich, denn er benahm sich wie ein liebeskranker Ehemann, der nichts weiter wollte, als zu Hause bei seiner Frau zu sein.

Das gemütliche Leben innerhalb seiner Familie hatte ihm tatsächlich den Spaß am Kampf verdorben.

Johanna trug ein langes, weißes Nachtkleid. Er haßte das Ding. Er wollte ihren weichen, glatten Körper an seinem spüren, also schob er den Stoff über ihre Schenkel und begann sie zu streicheln, während er ihren Hals küßte.

Sie wachte nur langsam auf, was ihn nicht abhielt, und als sie endlich erkannte, wo sie war und was ihr Mann tat, reagierte sie bereits ausgesprochen begeistert auf seine Berührungen.

Es stellte sich als schwierige Aufgabe heraus, sie von den erregenden Lauten abzuhalten, die er eigentlich so liebte, aber er wollte Alex nicht wecken, und so erstickte er ihre Lustschreie mit langen, heißen Küssen. Als sie kam, klammerte sie sich mit ihrem ganzen Körper an ihn und stieß ein leises Wimmern aus.

Er dagegen brüllte auf.

»Papa?«

Johanna versteifte sich in den Armen ihres Mannes. Ihre Hand flog an ihre Lippe, um das Lachen zurückzuhalten.

»Schon gut, Alex. Schlaf wieder ein.«

»Gute Nacht, Papa.«

»Gute Nacht, Sohn.«

Gabriel ließ seinen Kopf an Johannas Schulter fallen, und sie drehte den Kopf, um an seinem Ohrläppchen zu knabbern. »Willkommen zu Hause, lieber Mann.«

Sein Grunzen entlockte ihr ein Lächeln. Sie schlief, an ihn gekuschelt, ein, während er den Wunsch hatte, genug Kraft zu besitzen, um sie noch einmal zu lieben.

Es war eine vollkommen befriedigende Heimkehr.

*

Nicholas kam spät am folgenden Nachmittag an. Gabriel stand auf der Außentreppe, während sein Schwager sich näherte. Calum war an der Seite seines Clansherrn und entdeckte den Ausdruck des Mißfallens auf Gabriels Gesicht.

»Werdet Ihr ihn dieses Mal töten?« fragte er.

Gabriel schüttelte den Kopf. »Das geht nicht«, sagte er mit einer Stimme, die sich ein wenig hilflos anhörte. »Meine Frau wäre darüber sehr unglücklich, aber bei Gott, das ist der einzige Grund, warum ihr Bruder noch atmet.«

Calum verbarg sein Grinsen. Er wußte sehr gut, daß die Wut des Clansherrn nur gespielt war. Er wandte sich wieder um und musterte den Gast.

»Irgendwas stimmt da nicht, MacBain. Der Baron trägt nicht wie gewöhnlich sein dämliches Grinsen zur Schau.«

Johannas Bruder war allein gekommen. Zudem schien es er mächtig eilig zu haben, denn er schwang sein Bein über den Pferderücken und sprang ab, noch bevor das Tier richtig zum Stehen gekommen war. Schaumflocken auf der Decke des Pferdes deuteten darauf hin, wie schnell es gelaufcn war.

»Kümmere dich um das Pferd«, befahl Gabriel Calum. Er ging die Treppe hinab und auf seinen Schwager zu.

Keiner der beiden Krieger kümmerte sich um eine vernünftige Begrüßung. Nicolas war der erste, der etwas sagte.

»Es ist schlimm, MacBain.«

Gabriel fragte nicht nach. Er wartete einfach darauf, daß Nicholas erklärte.

»Wo ist Johanna?«

»Sie ist oben und bringt Alex ins Bett.«

»Ich könnte etwas zu trinken gebrauchen.«

Gabriel versuchte, seine Ungeduld zu zügeln. Er folgte Nicholas hinein, entließ Megan, die die Tische für das Abendessen deckte, und wartete, während sein Schwager sich etwas zu trinken eingoß.

»Ihr setzt Euch besser, bevor ich Euch erzähle, weshalb ich hier bin«, sagte Nicholas. »Es ist eine höllische Katastrophe, und Johanna steckt mittendrin.«

Johanna kam gerade die Treppe hinunter, als sie die Stimme ihres Bruders hörte. Sie wollte schon ihre Röcke raffen und auf ihn zustürzen, als der Zorn in seiner Stimme sie wie angenagelt erstarren ließ. Sie mußte zuerst hören, von welcher Katastrophe er sprach.

Sie wußte, daß es nicht besonders höflich war, jemanden zu belauschen, doch Sorge und Neugier waren stärker als ihre gute Erziehung. Wenn sie die Männer nun unterbräche, würden sie schnell das Thema wechseln. Schließlich waren sowohl ihr Bruder als auch ihr Mann eifrig bemüht, sie zu schützen und alle Sorgen von ihr fernzuhalten. Mochte es auch nicht besonders anständig sein, ihnen heimlich zuzuhören, so war es sicherlich effektiv. Außerdem hatte sie ihren Namen gehört, so daß sie irgendwie in die Sache verwickelt war. Also schlich sie sich etwas näher heran und sperrte die Ohren auf.

»Rückt schon raus damit, Nicholas«, befahl Gabriel.

Johanna nickte zustimmend. Sie war genauso ungeduldig wie er.

»Baron Raulf ist von den Toten auferstanden. Er will seine Frau zurück.«

Johanna war wie vom Donner gerührt. Fast hätte sich ein Schrei aus ihrer Kehle gelöst. Sie wich zurück, bis sie gegen das Geländer stieß. Das konnte doch nicht wahr sein! Raulf war von einer Klippe gestürzt, und es gab einen Zeugen. Er war tot. Dämonen mußten in der Hölle bleiben, oder?

Und dann rannte sie los. Sie wußte nicht wohin, sie wollte einfach nur irgendwo allein sein, wollte ihre Fassung wiedererringen und die Angst und das Entsetzen in den Griff bekommen.

Sie hatte die Hintertür schon erreicht, als sie erkannte, was sie tat. Die Angst hatte sie überflutet wie ein finsteres Überbleibsel ihrer Vergangenheit, in der die Furcht sie ständig geleitet und getrieben hatte. Das sollte nun nicht mehr so sein. Sie würde nicht zulassen, daß Furcht erneut ihre Taten lenkte.

Johanna ließ sich auf eine Bank nieder und lehnte sich

an die Wand. Nachdem sie eine Weile tief und kontrolliert geatmet hatte, begann sich die Panik zu legen, und sie konnte wieder etwas klarer denken.

Sie war inzwischen eine andere Frau, rief sie sich in Erinnerung. Sie hatte Mut und Stärke erlangt, und niemand würde ihr das wieder abnehmen. Nicht einmal ein Dämon.

Schützend legte sie ihre Hand auf den Bauch. Tränen quollen in ihre Augen, aber es waren Freudentränen über das Wunder, das in ihrem Bauch heranwuchs.

Sie sprach ein Dankgebet für all die schönen Dinge, die Gott ihr gewährt hatte. Sie dankte Ihm für Alex und Gabriel und das Kind, das in ihr schlief, und sie dankte Ihm, daß Er sie in diesen sicheren Hafen geführt hatte, wo sie ihre Angst vergessen und lieben lernen konnte, und zuletzt dankte sie Ihm, daß Er sie stark und klug erschaffen hatte.

Und dann benutzte sie ihre Klugheit, um einen Ausweg zu finden.

Fast eine Stunde lang saß Johanna in der Dunkelheit, und als sie schließlich aufstand, hatte sich in ihrem Kopf ein Plan gefestigt. Nun fühlte sie sich friedlich, ja sogar heiter. Und noch wichtiger: Sie hatte sich wieder vollkommen unter Kontrolle.

Ja, sie hatte es weit gebracht. Sie lächelte über ihr Eigenlob, schüttelte dann aber den Kopf, weil sie sich so albern benahm. Alles würde gut werden. Wenn es zu einem Wettstreit der Klugheit kommen sollte, dann hatte Raulf nicht den Hauch einer Chance gegen sie. Sie hielt Männer, die Frauen schlugen, für ausgesprochen dumm. Sie mußten im Grunde Schwächlinge voller Komplexe sein, und Raulf besaß solche Charaktermängel zuhauf. Ja, sie würde siegen, wenn die Schlacht am Londoner Hof mit Beschuldigungen und Drohungen stattfand. Sie konnte das Wissen über seine Schandtaten gegen ihn verwenden. Wenn Raulf jedoch entschlossen war, Gewalt anzuwenden, konnte sie natürlich nicht genug körperliche Kraft gegen ihn aufbringen. Aber das war auch nicht wichtig. Raulf konnte mit einer Armee gegen sie aufmarschieren, und dennoch würde sie letztendlich siegen. Denn es gab Gabriel. Er war ihr Liebster, ihr Beschützer, ihr ein und alles. Sie hatte vollstes Vertrauen in seine Fähigkeit, seine Familie zu schützen. Raulf war kein Gegner für ihn.

Schließlich konnte ein Dämon nur zu leicht von einem Erzengel zerschmettert werden.

Johanna seufzte. Nun konnte sie den Trost ihres Mannes gebrauchen. Also raffte sie ihre Röcke und rannte in die Halle zurück.

Nicholas fing sie mitten im Saal ab und riß sie von den Füßen.

»O Nicholas, ich bin so froh, dich zu sehen!« rief sie.

»Laßt sie runter, verdammt!« grollte Gabriel. »Und nehmt die Hände weg von ihr. Meine Frau ist nicht in der Verfassung, wie ein Ball herumgestoßen zu werden.«

Johanna und Nicholas kümmerten sich beide nicht um Gabriels barsche Befehle. Sie küßte ihren Bruder und drückte ihn fest an sich. Schließlich setzte er sie doch ab und legte ihr einen Arm um die Schultern.

»Meine Schwester sieht vielleicht zerbrechlich aus, MacBain, aber selbst ihr müßtet inzwischen festgestellt haben, daß sie stark wie ein Ochse ist.«

»Ich stelle fest, daß Ihr sie immer noch anfaßt«, fauchte Gabriel. »Johanna, komm her. Du sollst an der Seite deines Mannes stehen.«

Er hörte sich zornig an, aber das Funkeln in seinen Augen sagte ihr, daß er sich freute, sie so glücklich zu sehen. Wahrscheinlich mochte er Nicholas sogar, aber er würde es nur über seine Leiche zugeben, dachte sie. Männer waren wirklich ein umständlicher Haufen.

Sie löste sich von ihrem Bruder und ging zu ihrem Mann. Er schlang augenblicklich einen Arm um sie und zerrte sie an sich.

»Warum hast du Mama denn nicht gleich mitgebracht, Nicholas? Sie wollte uns besuchen kommen und hätte sich sicher sehr über deine Begleitung gefreut. Stimmt's, Gabriel?«

Dieser nickte. »Ja, Nicholas«, sagte er. »Warum habt Ihr sie nicht mitgebracht?«

»Sie war noch nicht soweit«, entgegnete er. »Außerdem hat sich eine Unannehmlichkeit ergeben, Johanna ...«

Gabriel unterbrach ihn. »Deine Mutter kommt nächsten Monat.«

»Bitte, sag mir doch, was du mit Unannehmlichkeit meintest«, bat Johanna. Beide Männer sahen aus, als fühlten sie sich unbehaglich. Wahrscheinlich wußten sie nicht, wie sie ihr die schlechte Nachricht beibringen sollten. Doch als sie eine Weile gebohrt und nachgehakt hatte, kam sie zu dem Schluß, daß beide keinerlei Absicht hegten, ihr überhaupt etwas davon zu sagen.

Gabriel konnte sich kaum dazu durchringen, Johanna loszulassen. Als sie sich schließlich an den Tisch setzten, um zu essen, griff er immer wieder nach ihrer Hand.

Nicholas saß seiner Schwester gegenüber und an Gabriels Seite. Keith fand neben ihm Platz. Clare kam ein paar Minuten später dazu und setzte sich neben Johanna.

Sowohl Nicholas als auch Gabriel standen auf, als Clare in die große Halle kam. Johanna mußte den anderen Männern erst wild signalisieren, damit sie es ihnen nachtaten.

Während die schöne Frau auf den Tisch zukam, betrachtete Nicholas sie aufmerksam. Gabriel dagegen starrte seinen Schwager an. Er wartete auf ein Zeichen des Erkennens.

»Habt Ihr die Frau schon mal gesehen, Nicholas?« fragte er ihn schließlich.

Sein Schwager war beleidigt über Gabriels Tonfall. »Wo zum Teufel hätte ich sie denn kennenlernen sollen?«

Johanna beeilte sich, die beiden einander vorzustellen. Clare knickste, aber weil Nicholas so finster blickte, lächelte sie nicht.

Gabriel war noch nicht willens, sich geschlagen zu

geben. Er hatte lange genug darüber nachgedacht und war immer nur zu dieser einen logischen Schlußfolgerung gekommen: Das MacBain-Plaid war an der Grenze des MacInnes-Clans gesehen worden. Nicholas hatte das Plaid bei seiner letzten Heimkehr getragen, und kein anderer seiner Soldaten war in der Nähe der Burg gewesen. Also mußte er Clare MacKay geschwängert haben.

»Ihr wollt mir also sagen, Ihr habt Clare MacKay noch nie zuvor gesehen?« fragte er.

»Das will ich Euch sagen, ja«, sagte Nicholas gedehnt.

»Verdammt.«

»Gabriel, was ist los mit dir?« fragte Johanna. »Clare, komm und setz dich neben mich.«

»Ich dachte, dein Bruder wäre für Clares Zustand verantwortlich.«

»Wie konntest du so etwas glauben?« rief Johanna entrüstet. »Er würde niemals eine Frau zurücklassen ...«

»Es war ein logischer Schluß«, verteidigte sich Gabriel.

»Es war ein unerhörter Schluß«, fauchte Johanna.

Nicholas versuchte derweil, der heftigen Diskussion zu folgen. Er begriff sehr wohl, daß sein Schwager ihm die Schuld für irgend etwas in die Schuhe schieben wollte und Johanna ihn tapfer zu verteidigen versuchte. Aber er hatte nicht die geringste Ahnung, was er angestellt haben sollte.

»Für was genau bin ich denn verantwortlich?« fragte er Gabriel.

»Nicholas, diese Sache geht dich nichts an«, fuhr Johanna dazwischen.

»Natürlich geht es ihn etwas an«, schnappte Gabriel. »Wenn er der Vater ist ...«

Sie ließ ihn nicht ausreden. »Das ist er nicht!«

Gabriels Blick war eisig. »Aha«, bemerkte er. Er setzte sich, bedeutete Nicholas, dasselbe zu tun und wandte sich wieder seiner Frau zu.

»Du weißt, wer dieser Mann ist, nicht wahr, Johanna?«

Johanna nickte. Sie hatte wirklich vor, ihrem Mann die

ganze Sache zu erklären, aber sie wollte lieber warten, bis sie allein waren.

»Wir haben Gäste«, flüsterte sie und hoffte, Gabriel würde begreifen, daß sie diese delikate Angelegenheit nicht jetzt besprechen wollte.

Er weigerte sich, ihren Wink zu verstehen. »Du sagst mir jetzt sofort den Namen«, befahl er.

Sie seufzte. Clare hatte die ganze Zeit den Kopf gesenkt gehalten und die Fäuste im Schoß geballt. Als Gabriel nun von Johanna den Namen wissen wollte, schaute sie auf und holte tief Atem. »Es gibt keinen Mann, Clansherr MacBain.«

Auf diese Antwort war Gabriel nicht vorbereitet. Er lehnte sich im Stuhl zurück und starrte Clare eine lange Zeit an, bevor er sich wieder seiner Frau zuwandte.

Sie nickte zur Bekräftigung. »Es gibt keinen«, sagte sie,

Ohne ihren Mann aus den Augen zu lassen, griff Johanna nach Clares Hand. »Mach dich bereit«, flüsterte sie.

»Bereit wofür, M'lady?« flüsterte Clare zurück.

»Für das Knurren.«

Gabriel ignorierte ihre Witzelei. Er hatte die Neuigkeit immer noch nicht verarbeitet. Die Konsequenzen waren nicht abzusehen, und so sehr er es auch versuchte, er konnte nicht begreifen, warum sich die Frau mit einer Lüge in solche Gefahr gebracht hatte.

Er schüttelte den Kopf. Johanna nickte. »Das ist doch eine herrliche Neuigkeit, Gabriel«, fand sie.

Sein Gesicht lief rot an. Offenbar fand er die Neuigkeit alles andere als herrlich. Clare quetschte Johannas Hand nun in deutlicher Angst. Johanna wandte sich zu ihr.

»Du brauchst keine Angst zu haben«, verkündete sie. »Mein Mann würde dir nie etwas tun. Er ist nur ein bißchen überrascht, das ist alles. In ein, zwei Minuten hat er es verkraftet.«

»Würde mir bitte mal jemand erklären, was zum Donner hier los ist?« fragte Nicholas.

»Nein!« brüllten Gabriel, Johanna und Clare einstimmig.

Johanna erkannte als erste, wie unmöglich sie sich ihrem Bruder gegenüber benahm.

»Gabriel, diese Sache kann bis später warten«, sagte sie. »Bitte!« fügte sie noch hinzu, als sie seine streitlustige Miene sah.

Schließlich nickte ihr Mann. »Bei Tisch sollte man angenehmere Gespräche führen«, sagte sie dann. »Oder findest du nicht, Clare?«

»Doch«, antwortete diese. Sie ließ Johannas Hand los und straffte sich auf ihrem Stuhl. »Hast du deinem Bruder schon die gute Nachricht erzählt?«

»Mein Mann hat es getan«, erwiderte Johanna.

»Nein, hab' ich nicht«, sagte Gabriel.

Er hörte sich immer noch verärgert an, aber sie ließ sich nicht beirren. »Warum denn nicht?«

»Ich dachte, du wolltest es tun?«

Sie lächelte. Natürlich war Nicholas inzwischen äußerst neugierig. »Um was geht es?«

»Sag du es ihm«, meinte Johanna beharrlich.

»Was sagen?« fragte Nicholas.

»Dein Bruder ist ein ziemlicher ungeduldiger Mann«, bemerkte Clare. »Aber das sind ja alle Engländer.«

»Nein, sind sie nicht«, fauchte Nicholas. »Johanna, erzähl mir, was für eine Nachricht es gibt.«

Nicholas' grober Tonfall empörte Clare. Sie straffte die Schultern ein bißchen mehr und warf dem ungezogenen Engländer einen bösen Blick zu.

»Sie ist nicht unfruchtbar«, verkündete Gabriel und grinste. Seine Soldaten nickten zustimmend.

»Genau, ist sie nicht«, wiederholte Keith, und die Soldaten nickten wieder. In diesem Augenblick traten Calum und Leila in die Halle. Sie hielten sich an den Händen, ließen sich aber los, als sie die Treppe herunterkamen. Johanna mußte bei dem Anblick des glücklichen Paares lächeln, dann wandte sie sich wieder ihrem Bruder zu.

Er sah nicht so aus, als hätte er verstanden. »Ich bekomme ein Kind, Nicholas.«

»Wie ist denn das möglich?«

Johanna wurde rot, und Gabriel mußte darüber lachen.

»Sie ist mit einem Highlander verheiratet«, antwortete er an Johannas Stelle. »Und so ist es passiert!«

Nicholas stimmte in sein Lachen ein und klopfte ihm auf die Schulter, während er ihm seinen Glückwunsch aussprach. Dann wandte er sich wieder an seine Schwester.

»Das ist ja wundervoll«, sagte er, und seine Stimme bebte vor Emotionen. »Mutter wird sehr glücklich sein.«

Johannas Augen füllten sich mit Tränen, und sie griff nach dem Leintuch, das im Ärmel ihrer Bluse steckte. »Ja, bestimmt«, sagte sie, während sie sich die Augenwinkel tupfte. »Du mußt es ihr sofort sagen, wenn du wieder in England bist. Sie will bestimmt für das Baby nähen.«

»Versteht Ihr nun, warum meine Frau nicht durch irgendwelche schlechten Nachrichten aufgeregt werden soll?« fragte Gabriel.

»Ja«, gab Nicholas zurück.

Sie wollten ihr also wirklich nichts über Raulf erzählen, dachte sie. Sie wollten sie unbedingt vor Ärger schützen, aber natürlich würde sie es irgendwann erfahren müssen. Blieb nur noch die Frage, wie lange die beiden das Geheimnis für sich behalten konnten.

Sicher, ihre Motive waren ehrenvoll, aber Johanna hatte keine Lust, wie ein Kind behandelt zu werden. Außerdem mußte über die Sache gesprochen werden. Sie hatte schließlich bereits einen fertigen Plan, wie Raulf in seine Schranken gewiesen werden konnte, und sie wollte mit ihrem Mann darüber sprechen.

Ihr Mann brütete nun vor sich hin, und auch Nicholas schien in seine Gedanken versunken. Beide Männer blickten finster drein, keiner von beiden aß etwas.

Johanna wollte bis nach dem Essen warten. Sie beschloß, das Gespräch auf alltägliche Dinge zu lenken.

»Hast du bemerkt, daß die Mauer fast fertig ist, Nicholas? Die Männer haben seit deinem letzten Besuch einen anständigen Teil Arbeit geleistet.«

Nicholas nickte.

»Keith, habe ich schon erwähnt, wie gut Ihr in dem MacBain-Plaid ausseht?« bemerkte sie.

Der Soldat grinste. »Aye, M'lady. Heute mindestens schon zehnmal.«

»Mir hat sie gesagt, in dem MacBain-Plaid sehen meine Schultern breiter und stärker aus«, rief Michael aus.

»Bei mir meinte sie, ich sehe größer aus«, warf Lindsay aus.

»Und ich habe auch jedes Kompliment so gemeint«, sagte Johanna hastig. »Jeder von Euch sieht in diesen Farben besser aus.«

Die Soldaten lachten. »Wir haben das Plaid unseres Clansherrn akzeptiert, M'lady. Ihr müßt Euch keine Sorgen mehr darüber machen.«

»Das habe ich auch gar nicht«, verteidigte sie sich.

»Warum schmeichelt Ihr uns dann plötzlich so sehr?« wollte Keith wissen.

Sie zuckte die Schultern, was die Männer wieder ausgesprochen lustig fanden. Sie sah also zu, daß sie die Unterhaltung auf ein weniger verfängliches Thema lenkte. Die Soldaten hatten bisher Nicholas kaum für Kenntnis genommen. Aber als einer den Vorfall mit den Wölfen erwähnte, riefen sie alle laut durcheinander, um ihm die Geschichte über die Klugheit ihrer Herrin zu erzählen.

Johanna fand nicht, daß ihr Bruder das hören sollte, doch niemand beachtete ihren Protest. Gabriel griff nach ihrer Hand. Die Soldaten lachten übermütig und tönten laut, und mitten in dem Chaos beugte sich Gabriel näher zu ihr.

»Du weißt, daß ich dich immer beschützen werde, nicht wahr?«

Sie lehnte sich an seine Schulter und küßte ihn. »Ja, ich weiß.«

Nicholas sah die zärtliche Vertrautheit zwischen Gabriel und seiner Schwester und nickte zufrieden. Er hatte also das Richtige getan, als er Johanna mit dem Clansherrn zusammenbrachte.

Calum wandte sich nun mit einer Frage an den Clansherrn. Johanna rückte zurück und drehte sich zu Clare um.

»Geht es dir gut?« flüsterte sie.

»Ja, M'lady«, antwortete Clare.

Johanna war allerdings nicht davon überzeugt. Clare hatte das Essen kaum angerührt und war bisher bemerkenswert still gewesen. Sie machte Nicholas Anwesenheit für Clares schüchternes Verhalten verantwortlich. Die beiden schienen sich auf Anhieb nicht zu mögen. Beide starrten sich immer wieder heimlich an, und wenn einer den anderen dabei ertappte, wurde der Blick augenblicklich düster.

Ihr Verhalten war ebenso merkwürdig wie belastend, denn Johanna hatte die MacKay-Frau liebgewonnen und wünschte sich, daß diese ihre Familie mochte.

Sie schob ihre Grübelei beiseite, als die Männer baten, entlassen zu werden. »Wo ist denn Vater MacKechnie heute abend?« fragte sie.

Keith stand auf, bevor er antwortete. »Auggie wollte, daß er einen Schluck von seinem frischen Brand probierte.«

»Wenn Ihr auf ihn stoßt, könntet Ihr ihm bitte sagen, daß ich mit ihm sprechen will?«

»Worüber willst du denn mit ihm reden?« fragte Gabriel.

»Über eine wichtige Sache.«

»Du wirst deine wichtigen Sachen mit mir besprechen«, verlangte er.

»Natürlich«, besänftigte sie ihn. »Aber ich möchte auch Vater MacKechnies Meinung dazu hören.«

Sie drehte sich zu Clare um, bevor ihr Mann weitere Fragen stellen konnte. »Was hältst du von meinem Bruder? Er sieht gut aus, nicht wahr?«

»Gut? Johanna, er ist Engländer!« flüsterte Clare.

Johanna mußte lachen. Sie wandte sich an ihren Bruder. »Clare scheint Engländer nicht zu mögen, Nicholas.«

»Es ist dumm, ein ganzes Volk von Männern nicht zu mögen«, bemerkte er.

»Ich bin keine dumme Frau«, verteidigte sich Clare. »Wenn ich Engländerin wäre, würde ich deinen Bruder wahrscheinlich auch gutaussehend finden.«

Zu mehr wollte sie sich nicht hinreißen lassen, und Nicholas schien es nicht zu kümmern, welche Meinung sie vertrat. Doch Johanna ließ sich nicht durch sein gleichgültiges Verhalten täuschen. Er war sehr wohl an Clare interessiert und bemühte sich nur, es nicht zu zeigen.

Clare benahm sich ein bißchen zu ablehnend. Johanna richtete sich plötzlich auf ihrem Stuhl auf. Gabriel bemerkte ihre überraschte Miene und wollte sofort wissen, was zum Teufel mit ihr los war.

Sie tätschelte seine Hand und sagte ihm sanft, daß sein rauher Tonfall sie nicht beeindruckte. Seine Frage beantwortete sie nicht.

»Nicholas?«

»Ja, Johanna?«

»Wann wirst du endlich heiraten?«

Auf diese direkte Frage war ihr Bruder nicht vorbereitet. Er lachte los. »Ich schiebe es so lange wie möglich vor mir her«, gab er zu.

»Warum?«

»Es gibt wichtigere Dinge, über die ich nachdenken muß«, sagte er.

»Hast du denn wenigstens schon eine Vorstellung, wen du heiraten möchtest?«

Nicholas schüttelte den Kopf. »Ich habe wirklich noch nicht darüber nachgedacht. Wenn ich soweit bin, heirate ich. Und nun genug von diesem Gerede.«

Johanna war aber noch nicht fertig. »Beeinflußt eine große Mitgift deine Wahl?«

Nicholas seufzte. »Nein«, antwortete er. »Die brauche ich nicht.«

Sie lächelte. Dann wandte sie sich wieder an Clare. »Er will gar keine große Mitgift«, wiederholte sie.

Clare zog verwirrt die Stirn in Falten, doch nur für einen kurzen Augenblick. Dann begriff sie, was Johanna sich in den Kopf gesetzt hatte.

Ihre Augen weiteten sich, und sie schüttelte heftig den Kopf. »Glaub nicht, daß ich auch nur daran denken würde, einen Engländer zu heiraten«, flüsterte sie.

Johanna versuchte, sie zu beschwichtigen. »Du sollst ja gar nicht daran denken«, sagte sie. Es war natürlich eine glatte Lüge, aber ihre Motive waren durchaus ehrbar, daher würde sie wohl damit keine Sünde begehen. Zumindest hatte sie ihr Ziel erreicht, denn sie hatte Clare nur den Gedanken eingeben wollen.

»Mein Vater würde sterben.«

»Und sich wieder erholen.«

»Wie kann sich jemand vom Tod erholen?« wollte Gabriel wissen.

Johanna ignorierte ihn. »Niemand zwingt dich dazu, etwas zu tun, was du nicht willst«, sagte sie zu Clare. »Stimmt das etwa nicht, Gabriel?« fragte sie zu ihrem Mann gewandt.

»Was soll nicht stimmen? Johanna, ich habe nicht die leiseste Ahnung, wovon du sprichst.«

Johanna ließ sich durch Gabriels Verärgerung nicht beeindrucken. »Wann kommt Clares Vater wieder?«

»Morgen oder übermorgen.«

Nicholas starrte Clare nun an. Ihr Gesichtsausdruck beunruhigte ihn sehr. Bei der Nachricht, daß ihr Vater kommen würde, füllten sich ihre Augen mit Tränen, und er wollte verdammt sein, wenn sie nicht plötzlich verschreckt wirkte. Nicholas wunderte sich über seine eigene Reaktion. Er kannte diese Frau kaum und hatte schon beschlossen, sie nicht besonders zu mögen, und nun spürte er das heftige Bedürfnis, ihr bei ihren Problemen zu helfen.

»Ihr möchtet Euren Vater nicht sehen?« fragte er.

»Natürlich will ich ihn sehen«, gab Clare zurück.

»Clare kann morgen oder übermorgen noch nicht zurückkehren«, sagte Johanna zu Gabriel. »Sie ist noch nicht wieder vollständig gesund.«

»Johanna«, begann Gabriel mit einem warnenden Unterton.

»Für meinen Begriff sieht sie gesund genug aus«, bemerkte Nicholas, der sich fragte, worüber zum Teufel geredet wurde. »Wart Ihr denn krank?« wandte er sich an Clare.

Sie schüttelte den Kopf, doch Johanna nickte. Nun hatte Nicholas es langsam satt.

»Clare war sogar sehr krank«, erklärte Johanna. »Sie braucht viel Zeit, sich auszukurieren.«

»Das ist also der Grund, warum Euer Haar wie das eines Jungen geschnitten ist«, bemerkte Nicholas. »Sie hatte Fieber, stimmt's?«

»Nein«, antwortete Johanna. »Gabriel, ich muß darauf bestehen, daß du Clansherr MacKay sagst, seine Tochter muß noch hierbleiben.«

»Ich glaube nicht, daß ich ihn noch vertrösten kann«, meinte Gabriel. Dann wandte er sich mit finsterem Blick zu Nicholas. »Es ist wirklich schade, daß Ihr das Kind nicht gezeugt habt. Das würde eine Menge Probleme lösen.«

Nicholas öffnete den Mund, um etwas zu sagen, war aber zu verblüfft, um sich etwas Passendes einfallen zu lassen.

»Ich kann immer noch nicht fassen, daß du meinen Bruder für so ehrlos halten konntest«, schimpfte Johanna.

»Es war nur logisch, verdammt«, entgegnete ihr Mann.

»Und wie hätte das Probleme lösen können?« wollte Johanna trotzig wissen.

»Er ist hier«, antwortete Gabriel. »Der Priester würde die beiden verheiraten. Du hast doch gehört, daß ich MacKay versprochen habe, dafür zu sorgen.«

»Ich kann ihn unmöglich heiraten.«

Da Clare bei diesen heftigen Worten auf Nicholas zeigte, nahm er an, sie sprach von einer Ehe mit *ihm*.

»Verdammt richtig«, fauchte er. »Ich darf nebenbei erwähnen, daß ich auch nicht um Eure Hand angehalten habe.«

Clare sprang auf die Füße. »Bitte entschuldigt mich«, stieß sie hervor. »Ich brauche plötzlich frische Luft.«

Gabriel nickte, und Clare verließ augenblicklich die Halle. Nicholas sah ihr nach und wandte sich dann wieder an seine Schwester.

»Würde mir bitte mal einer erklären, was zum Teufel hier eigentlich vor sich geht?«

»Du hast sie beleidigt, Nicholas. Du solltest ihr nachgehen und dich entschuldigen.«

»Wieso habe ich sie beleidigt?«

»Du hast dich geweigert, sie zu heiraten«, antwortete sie. »Hat er doch, nicht wahr, Gabriel?«

Ihr Mann genoß Nicholas Verwirrung in vollen Zügen. »Aye, das hat er«, stimmte er zu, nur um seinen Schwager weiter zu reizen.

»Erklär es mir bitte endlich«, verlangte Nicholas.

»Es wäre nicht fein, über Clares Probleme zu reden«, sagte Johanna. »Sie wird es dir sagen, wenn sie dazu bereit ist. Nicholas, weshalb bist du eigentlich gekommen?«

Auf den abrupten Themenwechsel war er nicht vorbereitet. Ihm fiel einfach so schnell keine Ausrede ein, und er wandte sich hilfesuchend an Gabriel.

Vater MacKechnie kam den beiden unabsichtlich zur Hilfe, als er in diesem Augenblick in die Halle stürzte.

»Keith sagte mir, Ihr wollt mich sprechen, M'lady«, rief er. »Paßt es jetzt, oder soll ich später wiederkommen?«

Nicholas und Gabriel sprangen buchstäblich auf, so dankbar waren sie für die Unterbrechung.

»Kommt und setzt Euch zu uns«, brüllte Gabriel.

»Schön, Euch wiederzusehen«, rief Nicholas im gleichen Moment.

Wenn der Priester überrascht von der begeisterten Begrüßung durch die beiden Krieger war, so ließ er sich nichts anmerken.

»Ich habe schon gehört, daß Ihr wieder hier seid, Nicholas«, sagte Vater MacKechnie. »Wolltet Ihr nach Eurer Schwester sehen? Wie Ihr bemerken werdet, ist sie sehr glücklich.«

»Bist du nur deswegen den ganzen Weg gekommen?« fragte Johanna.

Sie fand es zwar selbst gemein, aber sie genoß das Unbehagen ihres Bruders. Wie man aus seiner Miene schließen durfte, fiel es ihm schwer, sie zu belügen.

Gabriel rettete ihn. »Habt Ihr schon gegessen, Vater? Johanna, wo sind denn deine Manieren geblieben? Bitte die Diener, dem Mann etwas zu geben.«

»Danke, ich hatte schon«, wehrte der Priester ab. Er setzte sich neben Johanna, lehnte auch die Getränke ab und ließ sich statt dessen über Auggies neueste Brauerfolge aus.

»Es hat wirklich Feuer«, verkündete er. »Ein Kelch davon, und man könnte über den Platz fliegen.«

Johanna mußte über die Übertreibung lachen. »Nun, es wird uns wärmen, wenn die langen …« Der Priester unterbrach sich hastig, denn er hatte über die langen, kalten Winternächte sprechen wollen. »Wenn dann noch etwas da ist«, wich er aus.

»Lange was?« fragte Johanna.

»Lange, warme Winternächte«, brummelte der Priester mit einem biestigen Blick in Nicholas' Richtung. Er war Johannas Bruder immer noch böse, daß dieser ihr die Lüge über das warme Klima der Highlands erzählt hatte.

Nicholas war verblüfft, daß niemand Johanna bisher aufgeklärt hatte, und hätte fast laut losgelacht, fing sich aber noch rechtzeitig.

»Nicholas, weißt du, daß sich das Wetter ganz merkwürdig verhält, seit ich hier angekommen bin? In einigen Nächten ist es richtig kalt.«

»Nay, Frau, es ist nicht kalt«, bestritt Gabriel.

»Hör mal, Johanna …«, begann Nicholas.

»Sagst du mir jetzt, warum du hergekommen bist, Nicholas? Es muß ja offenbar irgendein Problem geben, sonst hättest du gewartet, bis du Mutter hättest begleiten können, Nicholas.«

»Ja, warum seid Ihr hier, Sohn?« wollte nun auch der Priester wissen.

Nicholas hatte echte Mühe, sich eine Antwort auszudenken. »Es ist das Wetter«, verkündete er nach einer Weile Schweigen. »Ich konnte nicht mehr mit dieser Lüge leben, Johanna. Ich bin gekommen, um dir die Wahrheit zu sagen.«

Johannas lautes Gelächter deutete an, daß sie ihm nicht glaubte. Doch nun hatte er sein Märchen einmal begonnen und wollte verdammt sein, wenn er sich ablenken ließ.

»Ich habe dich belogen. Da, jetzt ist es raus. Deswegen bin ich gekommen.«

»Du meinst, du hast mich, was das Wetter betrifft, belogen?«

Nicholas grinste. Ihr Lachen war ansteckend, ihre Klugheit nicht minder erfreulich. Langsam dämmerte es ihm, daß sie die Lüge schon etwas länger durchschaut hatte.

Er beugte sich vor und zeigte mit dem Finger auf sie. »Du hast es gewußt … die ganze Zeit schon, nicht wahr?«

Sie nickte. »Ich trage ein Wollplaid, Nicholas. Natürlich weiß ich es.«

»Dann wußtet Ihr jedesmal, wie es wirklich war, als Ihr uns weismachtet, Ihr fändet das Klima ungewöhnlich kalt?«

Der Priester hörte sich richtig entsetzt an. Johanna nickte wieder. »Es war so nett, daß Ihr die Lüge aufrechterhalten habt. Ich weiß, Ihr hattet nur mein Wohlbehagen im Sinn, Vater.«

»Du hast einen merkwürdigen Sinn für Humor, Frau«, bemerkte Gabriel.

»Er ist so verbogen wie ein Schild, der zu lange benutzt worden ist«, stimmte Nicholas zu.

Sie mußte wieder lachen, und die Männer schlossen daraus, daß sie nicht beleidigt war.

Dann gähnte sie und entschuldigte sich sofort. Gabriel befahl ihr, ins Bett zu gehen.

»Zuerst muß ich noch mit euch allen reden«, sagte sie. »Dann geh' ich ins Bett.«

»Und worum geht es?« fragte Nicholas.

»Ich helfe gerne, wenn ich kann«, versprach der Priester.

»Ich habe ein Problem«, begann Johanna.

»Nun sagt uns doch schon, um was es sich handelt«, hakte der Priester nach.

Johanna starrte Gabriel an, als sie antwortete. »Es sieht so aus, als hätte ich zwei Ehemänner.«

KAPITEL 19

»Du hast nur einen Mann, Johanna.«

Gabriels Tonfall ließ keine Widerrede zu. Sie griff seine Hand und nickte.

»Du hast gelauscht, als ich deinem Mann von Raulf erzählte, stimmt's?« fragte Nicholas.

»Ja«, gab Johanna zu.

»Das war aber nicht sehr anständig, Frau«, tadelte ihr Mann.

Sie schüttelte den Kopf. »Vor allem ist es nicht sehr anständig, mir diese wichtige Nachricht vorzuenthalten.«

»Ich versuche noch, zu begreifen«, warf der Priester ein. »Wollt Ihr sagen, daß Baron Raulf lebt?«

»Das wollen wir, ja«, antwortete Nicholas.

»Grundgütiger«, murmelte der Priester. »Wo ist er denn die ganze Zeit gewesen?«

»In einem Kerker jenseits des Ozeans«, antwortete Nicholas. »Er ist um die halbe Welt geschickt worden, um als König Johns Vertreter ein Handelsabkommen zu treffen. Raulf verließ England, bevor John sich mit der Kirche überwarf. Der König gibt nun keinen Deut mehr darauf, dem Papst zu schmeicheln.«

Nach diesen Worten wandte er sich an seine Schwester. »Wieviel hast du gehört?«

»Alles«, log sie.

»Verflucht.«

Sie ignorierte die Blasphemie. »Bitte erkläre dem Vater, in welchem Dilemma ich nun stecke.«

Nicholas nahm seinen Kelch und leerte ihn in einem Zug. Johanna empfand plötzlich das Bedürfnis, näher bei Gabriel zu sein, stand auf und ging zu ihm. Er legte den Arm um ihre Taille und zog sie zu sich, und sie schlang ihren Arm um seinen Hals und lehnte sich an ihn.

»Baron Raulf stürzte von einer Klippe, und alle hielten ihn für tot.«

»Ich war in England, als die Nachricht kam«, rief der Priester Nicholas in Erinnerung.

»Ja. Nun, er starb dann doch nicht«, murmelte dieser. »Er ist wieder zurück und wütend wie eine Hornisse, weil seine Frau und sein Land fort sind. Der König möchte diesen Schuft besänftigen, obwohl Gott allein wissen mag, wieso. John hat Johanna befohlen, zu Raulf zurückzukehren, aber um MacBain nicht zu verärgern und Krieg zu vermeiden, will er ihm das Land lassen.«

Vater MacKechnie murmelte etwas Unverständliches.

»Es interessiert nicht, was Euer König will, Sohn. Johannas Ehe wurde annulliert, und das ist Tatsache. Der Papst hat das Dekret eigenhändig unterzeichnet. Das habt Ihr mir doch gesagt, nicht wahr, Kind?«

Johanna nickte. »Ja«, sagte sie. »Dabei dachte ich nicht einmal daran, daß ich eine Annullierung wirklich brauchen würde. Ich wollte nur den König davon abhalten, mich schnell wieder zu verheiraten.«

»John hat beschlossen, sich selbst zum Papst zu ernennen. Da er mit der Kirche im Streit liegt, sind so gut wie alle Verbindungen zum Heiligen Vater unterbrochen. Es sind schon Priester wegen des Interdikts ins Tiefland geflüchtet. Johns Exkommunizierung ist sicher.«

»Euer König glaubt also, er kann Ehemänner mit einem Fingerschnippen austauschen?« fragte Gabriel.

»Allerdings«, erwiderte Nicholas. »Er läßt sich nicht zur Vernunft bringen. Ich wollte mit ihm reden, aber er ist wild entschlossen, Raulf friedlich zu stimmen. Ich wünschte, ich wüßte, warum.«

»Und was geschieht, wenn unser Clansherr sich weigert, Johanna aufzugeben?« wollte der Priester wissen.

»Dann wird John Baron Raulf einige Truppen überlassen.«

»Zu welchem Zweck?«

»Krieg«, sagten Gabriel und Nicholas einstimmig.

»Das können wir nicht zulassen«, flüsterte Johanna. »Wir haben doch gerade erst wieder alles aufgebaut, Gabriel. Ich erlaube nicht, daß es wieder zerstört wird.«

»Ich glaube nicht, daß du irgendwas daran ändern kannst, Johanna«, sagte ihr Bruder.

»Hast du Raulf gesehen?« fragte Johanna. »Wenn ich ihn gesehen hätte, hätte ich ihn für das umgebracht, was er dir angetan hat, Johanna. Nein, leider nicht.«

»Du kannst ihn nicht umbringen. Dann richtet sich Johns Zorn gegen dich.«

»Hört auf sie, Sohn«, riet der Priester. Er seufzte müde. »Da haben wir aber wirklich ein Problem.«

»Wieviel Zeit hat Gabriel, bevor er seine Entscheidung bekanntgeben muß?«

»Johanna, du glaubst doch nicht ernsthaft, daß ich mit dem Gedanken spiele, dich aufzugeben«, murmelte ihr Mann.

»Zwei Boten und vier Soldaten als Eskorte werden morgen oder übermorgen hier eintreffen, um Gabriel den Befehl des Königs zu überbringen.«

»Und wo ist Raulf?«

»Ich habe dem König das Versprechen abgerungen, Raulf am Hof festzuhalten, bis diese Sache erledigt ist.«

Johanna sank gegen ihren Mann, und Gabriel schob augenblicklich seinen Stuhl zurück, damit er sie auf den Schoß ziehen konnte.

»Dann haben wir nicht viel Zeit, uns einen Plan auszudenken«, stellte der Priester fest.

»O doch«, widersprach Gabriel. »Die Boten werden nach England zurückkehren und melden, daß wir uns weigern, dem Befehl zu folgen. Dann haben wir genug Zeit.«

»Zeit wofür?« fragte Johanna.

»Uns vorzubereiten«, antwortete Nicholas.

Johanna wechselte das Thema. »Gibt es etwas Neues über Arthur? Man hat uns gesagt, der Neffe des Königs sei umgebracht worden. Weißt du mehr?«

Nicholas gefiel es nicht, daß sie abzulenken versuchte, doch Johanna wirkte so erschöpft, daß er beschloß, ihr den Willen zu lassen.

»Es gab verschiedene widersprüchliche Berichte«, sagte er. »Baron Goode hat geschworen, die Wahrheit über Arthur herauszufinden, und dreht dabei jeden Stein einzeln um. Immer mehr glauben nun, daß Arthur ermordet wurde. Er war Anwärter auf den Thron«, setzte er zur Erklärung des Priesters hinzu, »und eine echte Bedrohung für Johns Position. Aber Goode war nicht der einzige, der für Arthur eintrat. Er hatte praktisch eine ganze Armee hinter sich.«

»Was sagt denn der König zu diesem Rätsel?« fragte Johanna.

»Er schwört, daß er nicht weiß, wie sein Neffe gestorben ist«, antwortete Nicholas. »Die geläufigste Theorie ist die, daß übereifrige Anhänger König Johns Arthur gefangengenommen und gedroht haben, ihn zu kastrieren, so daß er vor Angst gestorben ist.«

»Keine schlechte Lösung«, murmelte Gabriel.

»Die Gerüchte kursieren heftig«, fuhr Nicholas fort. »Und ich sage Euch, wenn einer von den Baronen einen Beweis hätte, daß John in die Ermordung seines Neffen verwickelt ist, dann würde England in eine Rebellion gestürzt werden. Aufhängen würden sie John bei den…« Nicholas konnte sich gerade noch beherrschen, das Wort zu sagen, was Johanna sicherlich ungehörig gefunden hätte, und ersetzte es hastig durch ein unverfänglicheres, »bei den… Füßen.«

Johanna gähnte wieder. Sie bat die Männer um Verzeihung und sagte dann: »Und das ist der Grund, warum König John will, daß Raulf ihm wohlgesonnen bleibt.«

Gabriel ahnte, was Johanna sagen wollte, bevor sie es aussprach. Plötzlich paßte alles zusammen. Johanna wußte nicht nur, daß Arthur ermordet worden war, sie wußte auch, wer es getan hatte.

»Johanna, würdest du mir das bitte erklären?« fragte Nicholas. »Du weißt, warum John Raulf hofiert?«

Sie setzte zu einer Antwort an, als Gabriel sie an sich drückte. »Nun, er ist einer seiner bevorzugten Barone«, sagte sie. Gabriel lockerte seinen Griff. Sie nahm an, daß ihm die Antwort gefallen hatte. Sie mußte warten, bis sie allein waren, um ihn zu fragen, warum sie Nicholas nicht mehr erzählen sollte.

»John will Raulf nicht hofieren«, sagte Gabriel plötzlich. »Er will ihn tot sehen. Und das ist der Grund, warum er ihn schließlich herschicken wird.«

Das Gespräch wurde hitzig, aber Johanna war zu erledigt, um noch länger zuzuhören.

Vater MacKechnie erbot sich, sie zu ihrer Kammer zu

begleiten, doch natürlich wollte er sie in Wirklichkeit nur allein sprechen. Sobald sie die Halle verlassen hatten, nahm er ihre Hand zwischen die seinen und fragte sie, ob sie über diese böse kleine Neuigkeit nachgrübeln würde oder die Sache in Gottes Hände legen wollte, wie es ein intelligentes Mädchen tun sollte.

Auch Gabriel sorgte sich darum, daß seine Frau sich zuviel Gedanken machte. Sie konnte sogar krank werden! Doch er brauchte sie nicht zu beruhigen. Sie war nicht einmal lange genug wach, um ihm einen Gutenachtkuß zu geben.

Mitten in der Nacht wachte Johanna auf. Etwas rollte auf ihre Füße und erschreckte sie. Sobald sie sich bewegte, setzte sich auch Gabriel auf. Er entdeckte seinen Sohn und befahl ihm augenblicklich, in sein eigenes Bett zurückzugehen.

»Weck ihn nicht auf«, flüsterte Johanna. »Er liegt schon seit über einer Stunde da. Zieh ihn bitte nur von meinen Füßen.«

Ihr Mann stieß einen Seufzer aus, der Tote geweckt hätte. Alex rührte sich jedoch nicht und schlief auch weiter, als Gabriel ihn zu seiner Matte trug.

»Hat er auch genug Decken?« flüsterte Johanna. »Es ist so kalt hier drin.«

Gabriel kam zurück ins Bett und zog seine Frau in die Arme. »Er ist mein Sohn«, sagte er. »Die Kälte macht ihm nichts.«

Sie fand diese Bemerkung reichlich dumm und wollte es ihm gerade sagen, als er ihr ruppig befahl, ihn zu küssen.

Er wollte ihr nur einen kleinen Kuß geben, aber sie schmeckte so gut und reagierte so wundervoll auf ihn, daß er feststellte, doch ein bißchen mehr zu wollen. Er küßte sie noch einmal, länger und härter. Und dann stellte er fest, daß er alles wollte.

Bevor sie ihn dazu brachte, seine Selbstbeherrschung ganz zu verlieren, konnte er gerade noch eines denken: Es war eine Qual, miteinander zu schlafen, ohne ein Geräusch machen zu dürfen, und er würde verdammt froh sein, wenn sein Sohn in die andere Kammer umziehen konnte.

Danach kuschelte sich seine Frau an ihn, was ihm besonders gut gefiel. Teufel, mir gefällt alles an meiner Frau besonders gut, dachte er mit einem Lächeln.

»Gabriel?«

»Was ist?«

»Ich muß dir etwas sagen«, flüsterte sie in die Dunkelheit. »Ich weiß, warum König John Raulf loswerden will.«

»Schlaf jetzt, Johanna. Wir können morgen darüber reden.«

»Ich will jetzt.«

Er gab nach. »Also gut«, willigte er ein. »Aber wenn du anfängst, dich aufzuregen, verschieben wir es auf morgen.«

Sie ignorierte seine Einschränkung. »Ich wollte es dir schon früher sagen«, begann sie.

»Du wolltest es Nicholas erzählen, richtig?«

»Ja. Warum hast du mich daran gehindert?«

»Weil Nicholas nicht nur dein Bruder, sondern auch ein englischer Baron ist. Wenn er beunruhigende Neuigkeiten über seinen Lehnsherrn hört, könnte er sich gezwungen sehen, etwas zu unternehmen. Niemand wird John im Moment entthronen. Und wenn Nicholas es versucht, wird er wahrscheinlich getötet werden.«

Sie hatte darüber noch gar nicht nachgedacht. Nun war sie froh, daß Gabriel sie nicht hatte erzählen lassen, was sie zu sagen hatte.

»Wie bist du darauf gekommen, daß –«

Er ließ sie nicht ausreden. »Ich muß dich eine Sache fragen, Johanna. Die Antwort wird dieses Zimmer nicht verlassen.«

»Ich sage dir alles, was du wissen willst.«

»Hat der König Arthur getötet, oder war es Raulf?«

Sie zögerte keine Sekunde. »Ich glaube Raulf, aber der Befehl kam von John.«

»Bist du sicher?«

»O ja«, flüsterte sie. »Ich bin sicher.«

Sie war so erleichtert, die Last, die sie jahrelang mitgeschleppt hatte, teilen zu können, daß Tränen in ihre Augen schossen.

»Und wie bist du zu diesem Wissen gekommen?«

»Ich habe es gehört, als der Bote des Königs den Befehl verlas«, erklärte sie. »Raulf wußte nicht, daß ich zuhörte, aber der Bote entdeckte mich in der Tür. Ich habe keine Ahnung, ob er es Raulf gesagt hatte oder nicht, ganz gewiß aber dem König. Raulf verließ die Burg kurz vor Ostern. Er kam erst in der Mitte des Sommers zurück. Einen knappen Monat später hörte ich das Gerücht, daß Arthur verschwunden war. Jahre später, nachdem man mir gesagt hatte, daß Raulf tot war, wurde ich nach London gerufen, wo man mich hinter Schloß und Riegel hielt. John kam mich ab und zu besuchen, und jedesmal sprach er das Thema Arthur an.«

»Er wollte herausfinden, was du wußtest«, spekulierte Gabriel.

Johanna nickte. »Natürlich tat ich so, als wüßte ich gar nichts.«

»Wer war der Bote, den der König damals zu Raulf geschickt hatte?«

»Baron Williams«, antwortete Johanna. »John hätte nie jemanden von seinem Hof betraut. William und Raulf waren seine engsten Vertrauten. Doch die beiden mißtrauten sich gegenseitig.«

»Du hattest verdammtes Glück, daß der König dich nicht umgebracht hat. Wieso hat er dich bloß mit diesem Wissen leben lassen?«

»Weil er nicht sicher war, ob ich überhaupt etwas mitbekommen hatte«, erklärte sie. »Im übrigen wußte er, daß ich nicht gegen ihn aussagen konnte. Frauen dürfen keine Anklage erheben, höchstens ihre Männer an ihrer Stelle, und das auch nur bei wenigen Dingen.«

»Baron Goode glaubt, daß du etwas weißt, nicht wahr? Deswegen versuchte er, mit dir zu reden.«

»Ja«, gab sie zurück. »Jeder Baron weiß von der Beziehung zwischen John und seinen beiden Vertrauten, Raulf und Williams. Wie wir inzwischen erfahren haben, hat Raulf England verlassen, kurz bevor Arthur verschwand. Goode vermutet, daß es zwischen den beiden eine Verbindung gibt. Wahrscheinlich will er mich zu den Zeiten und Daten befragen. Er kann nicht wissen, daß ich den Boten damals belauscht habe.«

»Du mußt mir jetzt genau zuhören«, sagte Gabriel eindringlich. »Du wirst niemanden erzählen, was du gehört hast, versprichst du? Nicht einmal deinem Bruder. Gib mir dein Wort, Johanna.«

»Aber mit einer Person muß ich unbedingt sprechen«, flüsterte sie.

»Mit wem?«

»König John.«

Er konnte sich gerade noch beherrschen, sonst hätte er gebrüllt. »Kommt überhaupt nicht in Frage.«

»Ich glaube, ich kann ihn zur Vernunft bringen. Das ist die einzige Möglichkeit, Gabriel. Ich will keinen Krieg.«

Gabriel versuchte es mit logischer Argumentation, um ihr die Gefahr zu verdeutlichen. »Du hast mir gesagt, daß du nicht gegen den König aussagen kannst. Wenn du ihm damit drohst, den Baronen zu erzählen, was du weißt, wird er dich einfach zum Schweigen bringen, bevor du dein Vorhaben ausführen kannst.«

Lange Minuten verstrichen schweigend, und Gabriel hoffte schon, Johanna hätte verstanden, wie wahnsinnig ihr Wunsch, den König zu sprechen, war.

»Diese Möglichkeit habe ich gar nicht bedacht«, flüsterte sie.

»Was war dann in Gottes Namen dein Vorhaben? Hast du gedacht, du könntest dich bei John einschmeicheln?«

Sie schüttelte den Kopf. »Nein«, sagte sie. »Ich dachte

nur, ich würde die Nachricht erwähnen, die er Raulf geschickt hat.«

»Und wie hätte das noch helfen sollen?«

»Er hat eine eigenhändig *geschriebene* Botschaft geschickt, Gabriel. Raulf glaubt, er hat sie verbrannt.«

Gabriels Körper spannte sich an. »Und das hat er nicht?«

»Nachdem Williams den Befehl verlesen hat, legte er das Schreiben auf den Tisch und ging. In diesem Moment hat er mich gesehen. Ich nickte ihm zu und ging dann einfach durch den Eingang weiter in den hinteren Flur. Williams sollte glauben, ich wäre nur zufällig dagewesen.«

»Und weiter?« drängte Gabriel, der nun immer ungeduldiger wurde.

»Raulf begleitete Williams nach draußen. Als er zurückkam, nahm er die Schriftrolle und warf sie ins Feuer. Dann wartete er dort, bis sie vollständig verbrannt war.«

Der Hauch eines Lächeln umspielte Gabriels Mund. Himmel, er hatte wirklich eine kluge Frau.

»Was hat er verbrannt?«

»Eine von Bischof Hallwicks wichtigen Predigten zur Minderwertigkeit der Frauen.«

»Raulf wußte nicht, daß du lesen kannst, nicht wahr?«

»O nein, bestimmt nicht«, sagte sie hastig. »Er hätte mich verprügelt, wenn ich ihm bewiesen hätte, daß er im Unrecht war. Er hat mir ja immer wieder gesagt, daß ich zu dumm wäre, um Lesen zu lernen. Natürlich hat er mich auch verprügelt, weil ich nach seinem Dafürhalten zu dumm war, also nehme ich an …«

Es war das erste Mal, daß sie so offen über die Prügel sprach, und obwohl er es schon lange wußte, erschütterten ihn ihre Worte doch.

»Was nimmst du an?« fragte er mit heiserer, gefühlsbeladener Stimme.

Sie drückte sich näher an ihn. »Ich nehme an, er hat eigentlich keinen Grund gebraucht, um mich zu schlagen«, flüsterte sie.

»Er wird dich nie wieder anfassen«, versprach Gabriel.

Der Zorn in seiner Stimme jagte ihr eine Gänsehaut über den Rücken. »Ich weiß, daß du mich beschützen wirst.«

»Verdammt richtig«, entgegnete er.

Seine harten Worte erschreckten sie nicht, sondern trösteten sie. Schließlich empörte er sich um ihretwillen.

»Es war unglaublich riskant, die Schriftrollen zu vertauschen«, sagte er nun. »Was wäre passiert, wenn Raulf sich entschlossen hätte, den Befehl noch einmal nachzulesen?«

»Ich dachte, daß es das Risiko wert sei«, antwortete sie. »Das Papier war einfach zu wichtig. Es trug die Unterschrift des Königs, und sein Siegel war darauf.«

»Was für ein Narr, seinen Namen darunter zu setzen …«

»Er hält sich für unbesiegbar«, sagte sie. »Und ich denke, er hatte Angst, daß Raulf Baron Williams nicht ohne einen geschriebenen Befehl glauben würde. Die Zeit war ein wichtiger Faktor, obwohl ich nicht genau weiß warum. Jedenfalls denke ich, das war der Grund, warum John Raulf nicht nach London beordert hat, um es ihm zu sagen.«

»Wo befindet sich die Schriftrolle?«

»Ich habe sie in Kleidungsstücke eingewickelt und im Altar der Kapelle versteckt, die Raulf vor kurzem für den Bischof errichtet hat. Sie steckt zwischen zwei Marmorblöcken.«

Gabriel fühlte sie schaudern und zog sie fester an sich.

»Weißt du, daß ich sie fast vernichtet hätte, kurz bevor man mir sagte, daß Raulf tot sei? Doch dann änderte ich meine Absicht.«

»Und warum?«

»Ich wollte, daß jemand sie irgendwann fand und die Wahrheit erfuhr.«

»Mir ist deine Sicherheit wichtiger, Johanna. Ich erlaube nicht, daß du mit König John sprichst.«

»Ich will aber keinen Krieg«, flüsterte sie.

Sie schien den Tränen nahe. Er küßte sie auf die Stirn und befahl ihr, damit aufzuhören, sich Sorgen zu machen.

»Ich werde Englands König schon da von überzeugen, uns in Ruhe zu lassen.«

»Du willst doch nicht nach England gehen?« fragte sie.

Er antwortete ihr nicht. »Es ist schon spät, Johanna. Du mußt schlafen.«

Die Erschöpfung siegte. Sie beschloß, bis zum nächsten Tag zu warten, um ihrem Mann Vernunft einzureden. Aber einer Sache war sie sich ganz sicher: Sie würde ihren Mann nicht Raulf und König John gegenübertreten lassen, ohne einen narrensicheren Plan zu haben. Sie würde verlangen, daß er mindestens eine Armee Highlander mitnahm.

Der Morgen erwies sich als zu spät, um ihren Mann zur Vernunft zu bringen. Als Johanna sich angezogen hatte und die große Halle betrat, berichtete Nicholas, daß Gabriel bereits die Burg verlassen hatte.

Es kostete Johanna jedes bißchen Kraft, das sie besaß, um sich zusammenzureißen und nicht hysterisch zu schreien. Sie verbrachte den Tag mit verzehrenden Sorgen, und gegen Abend war sie mit ihren Nerven am Ende.

Vater MacKechnie saß auf Johannas Drängen am Kopf des Tisches, sie zu seiner Rechten, Clare neben ihr, und Nicholas hatte gegenüber Platz genommen.

Beim Gedanken an das Essen drehte sich Johanna der Magen um. Sie konnte es kaum ertragen, andere zugreifen zu sehen. Sie sprach kein Wort, bis die Schneidebretter vom Tisch geräumt waren.

»Nicholas, wie hast du ihn gehen lassen können?« schrie sie plötzlich.

»Gehen *lassen*? Johanna, ich habe auf ihn eingeredet, aber dein starrsinniger Mann hörte einfach nicht zu.«

Sie versuchte, sich zu beruhigen. »Dann siehst du also auch die Gefahr …«

Er schüttelte den Kopf. »Ich habe nicht versucht, ihn

davon abzuhalten. Ich wollte ihn überreden, mich mitzunehmen.«

»Er hat nicht genug Soldaten bei sich.«

»Er weiß, was er tut«, verteidigte Nicholas ihn und sich.

»Er hat nicht einmal genug Zeit, um sich einen Plan auszudenken. Er kann doch nicht einfach bei Hof hereinplatzen und verlangen, daß man ihm zuhört!«

Nicholas grinste. »Doch«, gab er zurück. »Dein Mann kann sehr überzeugend auftreten, wenn er will. Er wird schon angehört werden, glaub mir.«

»Ihr hättet gehen müssen«, platzte Clare heraus. »Ihr seid ein englischer Baron. Auf Euch hätte der König gehört.«

Nicholas wandte sich an die schöne Frau, die ihn mit solch einer Empörung ansah.

»Das war ja mein stärkstes Argument«, antwortete er.

Johanna schüttelte den Kopf. »Wenn, dann wird nur Gabriel es schaffen, den König zur Vernunft zu bringen.«

Nicholas lehnte sich im Stuhl zurück. »Wie kommst du darauf?«

Augenblicklich taten ihr diese Worte leid. »Weil er mein Mann ist«, antwortete sie. »Außerdem hast du gestern abend gesagt, du hättest schon versucht, mit John zu reden, ohne daß er auf dich gehört hätte.«

»Dennoch hätte ich mitgehen sollen.«

»Und warum habt Ihr es dann nicht getan?« fragte Clare.

»Er bat mich, hierzubleiben«, antwortete er. »Gabriel hat mir die Verantwortung für dich übertragen, Johanna, und er wird verdammt unzufrieden sein, wenn er wiederkommt und dich krank vor Sorge vorfindet.«

»Wenn er zurückkommt«, flüsterte Johanna.

»Du beleidigst Gabriel, das in Zweifel zu ziehen«, sagte Nicholas. »Du solltest mehr Vertrauen in seine Fähigkeiten haben.«

Johanna brach in Tränen aus. Vater MacKechnie ließ

das Stück Brot fallen, das er in der Hand hielt, und tätschelte ihr beruhigend die Schulter.

»Na, na, Kindchen. Alles wird gut.«

Während der Priester versuchte, seine Herrin zu trösten, attackierte Clare Nicholas.

»Sie liebt ihren Mann«, schrie sie. »Wie könnt Ihr es wagen, sie zu kritisieren? Sie fürchtet um sein Leben, und was tut Ihr? Ihr redet ihr noch ein schlechtes Gewissen ein!«

Während ihrer Worte sprang sie auf die Füße, kreuzte die Arme vor der Brust und funkelte Nicholas zornig an.

Er reagierte weder auf ihre Worte noch auf ihr Verhalten. Aber er war auch nicht beleidigt. Statt dessen empfand er Bewunderung, daß Clare seine Schwester so heftig verteidigte.

»Wie konntet Ihr in kurzer Zeit eine solche Loyalität zu meiner Schwester entwickeln?« Seine Stimme klang sanft und freundlich, und ihr Zorn schien augenblicklich in sich zusammenzufallen. Sie ließ sich zurück auf ihren Stuhl sinken, richtete das Plaid über ihrer Schulter, strich sich eine Strähne aus der Stirn und sah dann wieder zu Nicholas.

Er lächelte sie an. Er sieht wirklich gut aus, dachte sie, und die Zärtlichkeit in seinen Augen erwärmte sie. Sie versuchte, diese Gedanken abzuschütteln und sich auf seine Frage zu konzentrieren.

»Eure Schwester hat mir das Leben gerettet.«

Johanna tupfte sich die Augen trocken, dankte dem Priester und wandte sich an Clare.

»Du hast dich selbst gerettet, Clare.«

»Ihr habt einiges dazu beigetragen«, warf der Priester ein.

Alex erschien am Eingang und sprang von einem Fuß auf den anderen, um die Aufmerksamkeit auf sich zu lenken.

Johanna entschuldigte sich sofort. »Ich muß ihn ins Bett bringen«, sagte sie.

»Kommst du wieder herunter?« fragte Clare.

»Ich bin sehr müde«, antwortete Johanna. »Ich denke, ich gehe auch ins Bett.«

»Ich komme mit dir«, verkündete Clare. Sie stand auf, verbeugte sich vor dem Priester und wandte sich dann an Nicholas. »Ich wollte Euch nicht anschreien.«

Nicholas stand auf. Clare ging um den Tisch herum, blieb aber stehen, als sie zu seinem Platz kam.

Er war so groß, daß sie den Kopf in den Nacken legen mußte, um in seine Augen zu sehen. Sie sind wunderschön, dachte sie ... für einen Engländer!

»Ich habe mich entschuldigt, Baron. Habt Ihr dazu nichts zu sagen?«

»Um dann wieder die Hölle heißgemacht zu bekommen? Ihr scheint an jedem meiner Worte Anstoß zu nehmen, Clare MacKay.«

»Das ist nicht wahr«, verteidigte sie sich trotzig.

Er grinste, und Vater MacKechnie stieß ein schnaubendes Lachen aus. »Jetzt hat er Euch, Kind.«

Clare wußte nicht, ob Nicholas sich über sie lustig machte oder nicht. Sie spürte, wie sie errötete und hatte keine Ahnung, weshalb. Sie hatte schließlich keinen Grund, verlegen zu sein.

Dann beschloß sie, daß sie einfach zuviel Zeit damit verschwendete, diesen seltsamen Engländer zu begreifen. Sie sagte dem Priester gute Nacht und murmelte einen Gruß für Nicholas.

»Schlaft gut, Clare.«

Die Zärtlichkeit in seiner Stimme berührte sie. Wieder sah sie zu ihm auf.

Er zwinkerte ihr zu.

Sie rannte nicht aus der Halle, sondern ging in damenhaftem Schritt. Sie lächelte auch nicht. Bis sie die Tür erreicht hatte. Die ganzen Stufen hinauf jedoch grinste und seufzte sie. Baron Nicholas war absolut untragbar, und der Himmel mochte ihr helfen, aber sie begann, ihn zu mögen.

Nicholas sah ihr nach, als sie die Halle verließ. Vater MacKechnie bat ihn, sich wieder zu setzen. »Bitte geht noch nicht. Trinkt etwas mit mir. Wahrscheinlich bekommt keiner von uns heute viel Schlaf.«

Nicholas griff nach dem Krug und schenkte dem Priester ein.

»Clare fasziniert mich«, bemerkte er.

»Natürlich«, sagte Vater MacKechnie. »Sie ist ein hübsches Kind, nicht wahr?«

Nicholas nickte. »Wart Ihr hier, als sie ankam?«

»Ja.«

Nicholas wartete, ob der Priester ihm mehr erzählte, doch er schien nicht die Absicht zu haben.

»Solange sie hier ist, bin ich auch für Clares Sicherheit verantwortlich, Vater.«

»Aye, das seid Ihr wohl.«

»MacBain sagte mir, ihr Vater will sie morgen oder übermorgen holen.«

»Das habe ich nicht mitbekommen«, antwortete der Priester. »Was werdet Ihr tun? Werdet Ihr sie gehen lassen?«

»Ihr werdet mir wohl sagen müssen, was der Frau passiert ist. Ich kann keine Entscheidung treffen, wenn ich ihre Geschichte nicht kenne. Clare schien nicht sehr glücklich über die Mitteilung zu sein.«

»Ihr meint, darüber, daß ihr Vater kommt?«

Nicholas nickte. Der Priester seufzte laut. »Ja, Ihr solltet wirklich hören, was dem armen Kind passiert ist. Clare wurde so zerschlagen und blutig hier hergebracht, daß es aussah, als hätten die Wölfe sie erwischt. Es ist ein Wunder, daß ihr Gesicht nicht entstellt geblieben ist. Und es ist ein Wunder, daß sie überhaupt überlebt hat!« Dann fügte er, damit Nicholas nicht meinte, er würde übertreiben, hinzu: »Ich hatte ihr bereits die Letzte Ölung gegeben.«

Er nahm einen tiefen Zug aus seinem Kelch und erzählte Nicholas die ganze Geschichte. Die Reaktion des Barons gefiel ihm. Nicholas war empört.

»Also ist sie von einem MacBain schwanger?« fragte Nicholas schließlich.

»Nay, Sohn, sie ist überhaupt nicht schwanger. Sie hat alles nur erfunden. Allerdings hat sie erst gestern abend unserem Clansherrn die volle Wahrheit gestanden.« Dann setzte er hastig hinzu: »Mir hat sie es heute morgen weder im Vertrauen noch als Beichte gesagt, weswegen ich es Euch mit gutem Gewissen weitertragen kann. Sie sagte, sie würde sich nun erleichert fühlen. Sie ist eine stolze Frau, die keine Lügen mag.«

»Warum hat sie dann eine erzählt?«

»Es war die einzige Möglichkeit, die ihr einfiel, um den MacInnes' zu entkommen. Sie hat das Extrem gewählt. Ebensogut hätte es sie umbringen können.«

»Nach den Verletzungen, von denen Ihr mir berichtet habt, war es allerdings verdammt nah dran«, bemerkte Nicholas.

Vater MacKechnie nickte. »Ihr Vater ist der einzige, der die Wahrheit noch nicht kennt. Er ist wild entschlossen, den Täter herauszufinden und den Hochzeitstag festzulegen.«

Plötzlich ergab die seltsame Unterhaltung vom Abend zuvor einen Sinn für Nicholas. »Ja, und MacBain dachte, ich sei der Verantwortliche.«

»Nun beschuldigt Euch niemand mehr, Sohn. Dabei hätte unser Clansherr es sicher für sehr passend gehalten.«

Nicholas schüttelte den Kopf. »Dieser verfl ...« Er konnte sich gerade noch beherrschen, vor dem Priester zu fluchen. Statt dessen fuhr er fort: »Was wird wohl ihr Vater unternehmen, wenn er herausfindet, daß sie gelogen hat?«

»Keine Ahnung«, erwiderte der Priester. »Natürlich werde ich versuchen zu vermitteln, sollte er einen Wutanfall bekommen. Eigentlich habe ich ein wenig Angst um sie. Clansherr MacKay ist kein sanfter Mann. Er liebt seine Tochter, aber wenn er von der Lüge erfährt, könnte er sie mit dem ersten ungebundenen Clansmann verheiraten, der ihm über den Weg läuft. Sie hat keine leichte Zukunft vor sich.«

Nicholas dachte einige Minuten über die Dinge nach, die der Priester ihm erzählt hatte.

»Ich konnte Johanna nicht retten«, flüsterte er plötzlich, als wäre er in der Beichte. Der Priester stellte den Kelch ab und wandte sich verdutzt zu ihm. »Ihr könnt Euch nicht die Schuld dafür geben, was Johanna zugestoßen ist. Sie hat mir gesagt, sie hätte ihre Lage für sich behalten, weil sie sich schämte.«

»Ich hätte erkennen müssen, was geschah«, murmelte Nicholas. »Raulf versteckte sie immer, und ich hätte klug genug sein müssen, um seine Gründe zu erraten. Natürlich wollte er nicht, daß jemand die Flecken und Striemen sah. Lieber Himmel, wie gerne würde ich ihn umbringen.«

Der Priester beschloß, Nicholas' Gedanken in eine andere Richtung zu lenken. »Ihr solltet besser einen Entschluß fassen, was Ihr wegen Clansherr MacKay unternehmen wollt. Johanna will Clare nicht gehen lassen. Und ich warne Euch, Sohn. Ihr müßtet Euch nicht nur mit Clares Vater, sondern auch mit Eurer Schwester auseinandersetzen. Zudem wird bald der Bote des Königs auftauchen, der Johanna nach England zurückbefehlen wird.«

»John versicherte mir, er würde nur den Boten und vier Soldaten als Eskorte schicken«, antwortete Nicholas. »Es wird nur wenige Minuten dauern, ihnen Gabriels Antwort zu übermitteln und sie wieder nach Hause zu schicken.«

»Mein Clansherr glaubt, er könnte die Absicht des Königs ändern, nicht wahr?«

»Ja.«

»Ich würde gerne wissen, wie er das zu schaffen gedenkt.«

Nicholas schüttelte den Kopf. »Er gab sich verdammt zuversichtlich, aber er wollte mir nicht verraten, wie er es anstellen wollte.«

»Und Ihr sitzt nun zwischen zwei Stühlen, nicht wahr? Da Ihr in den Highlands seid, könnt Ihr Eure Vasallen nicht zum Kampf zusammenrufen. Zudem könnte die Schlacht sich sehr schnell gegen Euren eigenen König richten.«

»Wir leben in einer schwierigen Zeit«, antwortete Nicholas. »Für einen Vasallen ist es undenkbar, sein Vertrauen und seinen Glauben an den höchsten Lehnsherrn zu verlieren. Aber die meisten Barone in England haben Johns Gebaren satt. Ständig wird von Rebellion gesprochen.«

»Das wundert mich nicht«, bemerkte der Priester. »Euer König hat mehr Feinde als Verbündete.«

»Allerdings«, stimmte Nicholas zu. »Nun hat er auch den Papst gegen sich. Ein Wandel liegt in der Luft, Vater, und wenn John sich nicht bald besinnt, wird er die Macht aus der Hand geben müssen, nur um König zu bleiben.«

»Ein König ohne Macht? Wie soll das gehen?«

»John wird gezwungen sein, seinen Baronen besondere Rechte zu übertragen«, erklärte Nicholas.

Der Priester hatte noch nie etwas Derartiges gehört. Doch in all den vielen Jahren seines Lebens hatte er auch noch nie einen so unfähigen Regenten wie John gesehen. Die Geschichten, die er inzwischen über John gehört hatte, konnten nicht alle Übertreibungen sein, und wenn nur ein paar davon wahr waren, dann hatte Englands Herrscher eine Menge zu erklären, wenn er vor seinem Schöpfer stehen würde.

»Habt Ihr Vertrauen in Euren König?«

»Ich werde ihm so lange dienen, bis er den Bund löst. Ich bin sein Vasall.«

»Aber vertraut Ihr ihm?«

Nicholas sagte kein Wort. Er schob seinen Stuhl zurück, wünschte Vater MacKechnie gute Nacht und ging.

Sein Schweigen war Antwort genug.

KAPITEL 20

Am nächsten Tag brach die Hölle los.

Das Wetter war das Vorspiel für die Katastrophe. Kurz vor Tagesanbruch brach ein Gewitter aus, und Blitze fällten zwei riesige Pinien. Eine krachte auf die Gerberhütte, die andere zerschmetterte fast das Küchendach. Donnerschläge ließen die Burgmauern erzittern. Der Sturm schien allmächtig.

Alex klammerte sich an Johanna. Das Donnern erschreckte das Kind, und es versuchte bei jedem Schlag, sich zu verstecken.

Als das Gewitter endlich nachließ, waren Johanna und Alex erschöpft. Sie schliefen bis spät in den Morgen hinein.

Clare rüttelte Johanna wach.

»Bitte, Johanna, wach auf. Ich muß mit dir reden. Mein Vater kommt gerade den letzten Hügel hinauf. Was soll ich ihm nur sagen? Er wird einen Anfall bekommen. O Alex, bitte nicht weinen. Ich wollte dir keinen Schrecken einjagen.«

Johanna setzte sich gerade noch rechtzeitig im Bett auf, um ihren Sohn aufzufangen, der sich in ihre Arme warf.

Zuerst besänftigte sie den Jungen, und als sie ihn endlich überzeugt hatte, daß weder er noch sie in Gefahr waren, hörte er auf zu weinen. Alex war voller Angst, seit sein Vater fortgeritten war, und Johanna wußte, daß sie sich durchaus einen Teil der Schuld dafür geben mußte, denn das Kind hatte ihre Furcht gespürt. Sie beschloß, von nun an ihre Sorgen besser für sich zu behalten.

»Clare, hilf Alex bitte beim Anziehen. Ich muß mich beeilen, um noch mit Nicholas zu reden, bevor dein Vater eintrifft. Wo habe ich denn mein Plaid hingelegt?«

Johanna zog sich hastig an und war dankbar dafür, daß

die morgendliche Übelkeit endlich vorüber war. Sie hatte nun wirklich keine Zeit, sich durch so etwas aufhalten zu lassen. Sie wusch sich das Gesicht, reinigte ihre Zähne, verzichtete aber auf das Kämmen. Auf dem Weg hinunter in die Halle fuhr sie sich mit den Fingern durchs Haar, um wenigstens die Knoten aus dem wirren Durcheinander zu lösen.

»Mama, warte auf mich«, brüllte Alex hinter ihr her.

Johanna blieb oben an der Treppe stehen. Alex rannte auf sie zu und nahm ihre Hand.

»Hast du Lust, heute morgen zu Auggie zu gehen? Lindsay kann dich zu seiner Hütte bringen. Auggie freut sich bestimmt.«

Alex war begeistert. Auggie war zu einem seiner Lieblingsspielkameraden geworden. Also nickte er aufgeregt, ließ ihre Hand los und rannte, laut nach Lindsay rufend, die Treppe hinunter.

Johanna fand Nicholas nicht in der großen Halle. Clare rief nach ihr und winkte sie zur Tür, die sie halb geöffnet hatte.

»Vater ist hier«, flüsterte sie. »Nicholas wartet auf ihn.«

»Du bleibst drinnen, Clare«, befahl Johanna. »Ich versuche, meinen Bruder …«

»Ich gehe mit dir«, verkündete Clare.

Johanna redete es ihr nicht aus, und so zog Clare die Tür weit auf und folgte Johanna nach draußen.

Es war kalt und feucht. Dicke graue Wolken hingen am Himmel, und ein feiner Nieselregen fiel herab.

Clansherr MacKay entdeckte seine Tochter sofort und nickte ihr kurz zum Gruß zu. Er saß immer noch auf seinem Pferd, und um ihn herum befanden sich mindestens zwanzig Clansleute.

»Wo ist MacBain?« rief der Clansherr.

Nicholas wartete, bis MacKay abgestiegen war. Erst dann antwortete er.

»Er hatte etwas sehr Wichtiges zu erledigen und ist

gestern morgen fortgeritten. Ich schlage vor, Ihr kommt in zwei oder drei Wochen wieder. Bis dahin wird er zurück sein.«

Clansherr MacKays Miene wurde ärgerlich. »Clare MacKay«, rief er.

»Ja, Vater?«

»Bist du verheiratet?«

Clare kam die Stufen herunter und ging über den Platz. In ihrer Stimme lag ein Hauch von Angst, als sie ihm antwortete: »Nein, Vater.«

»Dann gibt es Krieg!« bellte ihr Vater.

Die Adern an seinem Hals traten hervor, aber Nicholas schüttelte nur den Kopf. »MacBain hat keine Zeit, gegen Euch Krieg zu führen«, sagte er laut. »Er hat eine andere, wichtigere Schlacht auszutragen.«

MacKay wußte nicht genau, ob er beleidigt sein sollte. »Und gegen wen will er kämpfen?« verlangte er zu wissen. »Gegen die Gillevreys? Oder die O'Donnells? Sie sind ein hinterhältiger Haufen! Nun, welcher Clan von beiden auch immer, sie sind schlecht ausgebildet und können in wenigen Tagen besiegt werden!«

»Clansherr MacBain ist gegen England in den Krieg gezogen«, rief Clare.

Es hatte die gewünschte Wirkung. »Nun, tja ... das ist natürlich etwas anderes«, fand MacKay.

»Clansherr Mackay, Ihr seid ja vollkommen durchweicht. Wollt Ihr nicht hineinkommen und Euch am Feuer aufwärmen?« Johanna versuchte, die wohlerzogene Gastgeberin zu spielen. Vielleicht konnte sie den Zorn des alten Mannes besänftigen. »Ihr müßt nach dem langen Ritt doch auch hungrig sein«, fügte sie hinzu, als sie die Stufen hinunterstieg.

»Ich habe keinen Hunger, und ich kann mir nicht vorstellen, warum ich mich aufwärmen soll. Es ist so warm wie immer heute.«

»Vater, bitte komm herein.«

Clansherr MacKay schüttelte den Kopf. »Ich werde mich keinen Schritt weiterbewegen, bevor ich nicht den Namen des Mannes weiß, der dich entehrt hat, Clare. Ich will den Namen meines Schwiegersohnes hören, und zwar jetzt. Welcher MacBain hat dir diese Schande angetan, Mädchen?«

»Es war kein MacBain.«

Clares Stimme zitterte, als sie ihrem Vater die Antwort gab. Johanna versuchte sie zum Schweigen zu bringen, bevor sie zuviel sagte, aber Clare schüttelte den Kopf.

»Er muß es erfahren«, flüsterte sie.

»Was hast du gerade gesagt? Es war kein MacBain?« fragte ihr Vater scharf.

»Vater, bitte hör mich an«, flehte Clare. »Ich muß dir erklären, was passiert ist.«

»Alles, was ich hören will, ist der Name des Mannes, den du heiraten wirst.«

Nicholas hatte die ganze Zeit noch kein Wort gesagt. Er schien vollkommen unbeteiligt. Doch als Clare versuchte, an ihm vorbei zu ihrem Vater zu gehen, packte er ihren Arm und hielt sie fest.

»Nicholas?« flüsterte Johanna.

»Teufel«, murmelte er.

Clare war vollkommen verwirrt von Nicholas' Verhalten. »Bitte laßt mich los«, sagte sie. »Das betrifft Euch doch nicht.«

»Oh, aber ganz bestimmt«, gab er zurück.

Sie schüttelte den Kopf, er nickte. »Ich bin auch für Euch verantwortlich, Clare MacKay, das heißt, Ihr habt meinen Befehlen zu folgen. Bisher habe ich Euch keine Erlaubnis gegeben, irgendwohin zu gehen. Stellt Euch hinter mich und bleibt da.« Clare war viel zu erstaunt, um mit ihm zu streiten, und drehte sich hilfesuchend zu seiner Schwester um. Johanna zuckte die Schultern. Sie war genauso verwirrt durch Nicholas' Gebaren.

»Nun macht schon!«

Clare gehorchte, bevor sie Zeit hatte, darüber nachzudenken. Sie stellte sich hinter seinem Rücken auf die Zehenspitzen, um ihm trotzig zuzuflüstern: »Ich muß auf Euch überhaupt nicht hören.«

Nicholas machte sich nicht die Mühe, seine Stimme zu senken. »Aber bald!«

Clare begriff immer noch nicht, was er ihr damit sagen wollte, Johanna dagegen schon. Sie wollte zu ihrem Bruder hinübergehen, aber Keith erschien aus dem Nichts und stellte sich ihr in den Weg. Offenbar wollte er sie nicht in MacKays Nähe lassen.

Sie versuchte, den Soldaten zu ignorieren. »Nicholas? Bist du sicher, daß du das tun willst?«

Ihr Bruder gab keine Antwort. Clansherr MacKay ging unbeirrt vorwärts und ließ keinen Zweifel daran, daß er sich seine Tochter zurückholen wollte.

»MacBain hat mir eine Hochzeit versprochen«, verkündete er. »Er ist wohl kaum der Mann, der sein Wort nicht hält.«

»Nein, das ist richtig«, stimmte Nicholas zu. »Es wird eine Hochzeit geben.«

Der Clansherr schien sofort besänftigt. Er grunzte zufrieden und nickte kurz.

»Papa, es gibt keinen …«

»Sei still, Kind«, befahl MacKay. »Und wer ist mein zukünftiger Schwiegersohn?«

»Ich.«

Clansherr MacKay fiel die Kinnlade herunter. Seine Augen schienen aus den Höhlen zu treten, und er schüttelte ungläubig den Kopf. Dann trat er einen Schritt zurück, um Distanz zu dem Engländer zu schaffen.

»Nein!» brüllte er.

Nicholas ließ dem Clansherrn keine Zeit, sich zurückzuziehen. »Doch!« sagte er nachdrücklich.

Clare packte Nicholas' Tunika und versuchte, ihn zurückzuzerren. »Seid Ihr wahnsinnig?« fragte sie.

Johanna schob Keith beiseite und hastete zu den beiden. »Laß ihn los«, sagte sie zu Clare.

Clare versuchte zu protestieren, aber Johanna hielt sie auf, indem sie ihre Hand nahm und flüsternd befahl, abzuwarten und später zu streiten.

»Dann ist es ein Trick?« fragte Clare, die dachte, daß Nicholas damit vielleicht nur Zeit schinden wollte.

»Möglich«, log Johanna, die sehr gut wußte, daß ihr Bruder niemals etwas sagte, das er nicht auch meinte. Er würde Clare MacKay heiraten, und aus seiner Miene zu schließen, würde er sich von niemanden davon abhalten lassen, nicht einmal von einer sich sträubenden Braut.

»Ihr seid Engländer«, brüllte der Clansherr. »Das geht nicht!«

Nicholas schien sich kaum an der Wut des alten Mannes zu stören. Er lächelte sogar, als er sagte: »Ich verlange ja gar keine große Mitgift.«

»Clare MacKay, du hättest ebensogut einen Dolch in deines Vaters Herzen stoßen können«, jammerte MacKay.

»Aber, Vater …«

»Schweig!«

Als Nicholas seinen Befehl fauchte, ließ er nicht einmal die Augen von Clares Vater. Er wartete ab, ob der alte Mann sich auf ihn stürzen oder aber seine Selbstbeherrschung wiedererlangen würde.

Johanna versuchte, Clare zu beruhigen, aber es war nicht leicht, sich darauf zu konzentrieren und sich gleichzeitig zu bemühen, den Clansherrn zu beobachten. Natürlich weinten Clansherrn eigentlich nicht, aber dieser dort sah aus, als wollte er jeden Moment in die Knie gehen und in Tränen ausbrechen. Er hatte sichtlich Schwierigkeiten, Nicholas Ankündigung zu verdauen.

»Ein englischer Baron, der meine Tochter heiratet? Lieber sterbe ich!«

Johanna hörte auf, Clares Schulter abwesend zu reiben

und tat einen Schritt auf ihn zu. »Ein sehr reicher Baron«, sagte sie.

Der Clansherr blickte sie finster an. »Reichtum ist hier kein Thema«, knurrte er. »Wie reich?«

Eine Stunde später waren sie verheiratet.

Für eine Feier war keine Zeit. Vater MacKechnie hatte gerade die Verbindung gesegnet, als Michael in die Halle gestürmt kam und sich suchend nach Keith oder Nicholas umblickte.

Den Baron sah er zuerst. »Einer unserer Soldaten, die an der Grenze postiert sind, hat es gerade gemeldet«, sagte er. »Englische Soldaten sind in unser Land eingedrungen. Es handelt sich um eine Armee, Baron, und sie ist nur noch eine Stunde von der Burg entfernt.«

»Wie viele sind gesichtet worden?« fragte Keith.

»Zu viele, um sie zu zählen«, antwortete Michael.

Nicholas stieß ein Knurren aus, das man wahrscheinlich bis ins Tiefland hören konnte.

Der König hatte ihn verraten! Das Bündnis zwischen Herr und Vasall war zerstört. John hatte seinen Baron angelogen. Er hatte keinen Boten mit Eskorte geschickt, er hatte gleich eine ganze Armee gesandt.

In weniger als einer Stunde würde die Burg unter Belagerung stehen. Keith machte sich sofort daran, alles für einen Angriff vorzubereiten, indem er Wachen an der Mauer entlang postierte, und Nicholas übernahm die Verantwortung, die Gruppe Soldaten anzuführen, die die Engländer von der Seite angreifen sollte.

Man befahl Clansherrn MacKay, nach Hause zurückzukehren, bevor der Kampf begann, aber er weigerte sich natürlich und stieg auf sein Pferd, um an der Seite seines neuen Schwiegersohns in die Schlacht zu ziehen. Er befahl einem seiner Männer, wie der Blitz nach Hause zu reiten und die beträchtlichen Truppen der MacKays zusammenzuziehen. Nicholas war für die Hilfe des alten Mannes verdammt dankbar. Er wußte, sie würden jeden verfügbaren Soldaten brauchen.

Clare konnte sich nicht entscheiden, ob sie hysterisch werden sollte, weil sie plötzlich mit einem Engländer verheiratet war, oder ob sie lieber helfen sollte, gegen die Eindringlinge zu kämpfen. Als Nicholas sich dann zum Gehen wandte, raffte Clare ihre Röcke und rannte hinter ihm her.

»Wag es ja nicht, mich zur Witwe zu machen, Baron«, fauchte sie. »Ich möchte eine Annullierung, kein Begräbnis!«

Nicholas griff nach den Zügeln seines Pferdes und wandte sich dann an seine Frau. »Du bekommst weder das eine noch das andere«, verkündete er.

Clare fiel nichts ein, was sie darauf hätte sagen sollen. Nicholas starrte sie lange an, entschied dann, schon genug Zeit verschwendet zu haben, und wandte sich ab.

»Warte.«

»Ja?«

Immer noch fehlten ihr die richtigen Worte, und so warf sie sich einfach in seine Arme. Nicholas wußte, was er tun mußte. Er ließ die Zügel los, schlang die Arme um seine bebende Braut und gab ihr einen Kuß, der Versprechen, Zuversicht und eine ordentliche Portion Lust ausdrückte.

»Du siehst aus wie ein Junge mit deinem kurzen Haar, Clare MacKay, aber du küßt verdammt wie eine Frau.«

Sie vergaß zu atmen, und irgendwie gelang es ihr nicht, eine schnippische Antwort zu finden, bis ihr Mann bereits davonritt.

»Paß auf ihn auf, Papa!« rief sie hinterher.

»Mach ich, Kind. Sieh zu, daß du reinkommst, und bleib da!« Clare wollte genau das tun, als sie Johanna über den Platz rennen sah. »Johanna, wo willst du denn hin? Es ist gefährlich, hier draußen zu bleiben.«

Johanna hörte nicht auf sie. Sie stürmte zu Auggies Hütte, und als sie dort ankam, rannen ihr die Tränen über die Wangen.

Alex sah seine Mutter und begann zu wimmern. Sie riß ihn in die Arme und drückte ihn fest an sich.

»Auggie, bring Alex in meine Kammer. Du bist jetzt verantwortlich für ihn. Versprich, daß du auf ihn aufpaßt!«

»Ich verspreche es«, antwortete er. »Und wo wirst du sein, während ich den Jungen im Auge behalte?«

»Ich habe keine Zeit für Erklärungen«, antwortete sie. »König John hat eine Armee geschickt, die viermal so stark ist wie unsere.«

»Wir haben bisher immer überlebt, Kind. Wir werden auch jetzt überleben.«

Johanna war der Preis zu hoch, um sich auf Diskussionen einzulassen. Sie wollte niemanden sterben sehen, nur weil sie mit Englands König Streit hatte. Und sie war überzeugt, daß sie die einzige war, die ein Massaker verhindern konnte.

»Der König hat meinen Bruder betrogen«, sagte sie. »Er hat ihn hinterhältig getäuscht, und deswegen werde ich die Wahrheit dazu benutzen, ihn aufzuhalten, bevor es zu spät ist.«

Johanna küßte Alex und reichte ihn dann Auggie. »Geh«, flüsterte sie. »Ich muß wissen, daß ihr beide sicher seid.«

»Wenn es zu gefährlich wird, verstecke ich mich mit dem Jungen. Ich bringe ihn zurück, wenn alles vorbei ist.«

»Wie willst du denn aus den Mauern hinauskommen?«

»Ich habe meine Mittel«, prahlte Auggie. »Jetzt hör auf zu jammern, Junge. Ein Abenteuer liegt vor uns. Wir holen jetzt unsere Holzschwerter und kämpfen.«

Johanna blieb noch einige Minuten in Auggies Hütte. Sie kniete nieder und betete um Mut.

Als sie fertig war, schlug sie das Kreuz und stand auf. Clare und Keith standen in der Tür und beobachteten sie.

»Sie schwärmen den Hügel herauf. M'lady«, sagte Keith. »Wir müssen einen Weg finden, Euch hinauszubringen. Gegen diese Anzahl Soldaten können wir uns nicht verteidigen.«

Clare versuchte, ihre Tränen zurückzuhalten. »Papa und Nicholas werden bestimmt umgebracht werden. Ich habe noch nie so viele Soldaten gesehen, Johanna. Was sollen wir bloß tun?«

»Ich habe einen Plan«, verkündete Johanna. »Sie sind doch wegen mir hier, nicht wahr? Keith, Ihr werdet mich ihnen einfach ausliefern.«

Er schüttelte den Kopf. »Das kann ich nicht, M'lady.«

»Ihr habt leider keine Wahl«, entgegnete sie. »Hört genau zu. Dies ist ein Überraschungsangriff, richtig?«

Er nickte, und sie fuhr fort. »Wenn wir Zeit gehabt hätten, uns vorzubereiten, was hättet Ihr getan?«

»Unsere Verbündeten herbeigerufen«, antwortete Keith. »Und mit ihnen wären wir dem Feind zahlenmäßig überlegen. Die Kunde geht bestimmt schon um wie ein Lauffeuer, denn eine derart große Armee bleibt im Hochland natürlich nicht unbemerkt. Die meisten unserer Verbündeten sind allerdings im Norden und haben wahrscheinlich gerade erst davon gehört. Dennoch werden sie kommen.«

»Aber dann wird es zu spät sein, richtig?«

»Es gibt immer Hoffnung, M'lady.«

»Es gibt auch einen besseren Plan«, erwiderte sie. »Wenn ich freiwillig den Soldaten entgegentrete, dann werden sie sich zurückziehen.«

»Sie bringen dich nach England zurück«, schrie Clare auf. »Ja, aber nur, wenn Keith nicht rechtzeitig angreifen kann. Wie lange braucht Ihr, um genug Männer zusammenzubekommen?«

»Einen vollen Tag«, antwortete er.

»Gabriel kann noch nicht in England sein. Er wird es gehört haben. Zählt ihn dazu.«

Keith wollte sich trotz Johannas Bemühungen nicht überzeugen lassen. Er beharrte stur darauf, daß er sein Leben für das ihre geben würde.

Und so mußte sie sich unlauterer Mittel bedienen. Sie tat, als würde sie aufgeben, und Keith bat sie, mit Clare zurück in die große Halle zu gehen und dort zu bleiben, bis er jemanden schickte, der sie heimlich hinausschleuste.

Johanna nickte brav. Sie gingen den Hügel hinauf, doch sobald Keith auf sein Pferd gestiegen und fortgeritten war, wandte sie sich an ihre Freundin.

»Du mußt mir helfen«, begann sie. »Du weißt, daß es keine andere Möglichkeit gibt, Clare. Mir wird nichts passieren.«

»Das kannst du nicht wissen, Johanna«, flüsterte Clare voller Angst. »Was ist mit deinem Baby?«

»Uns wird nichts zustoßen. Raulf weiß nicht, daß ich schwanger bin, und die Falten des Plaids verbergen meinen Zustand.« Sie nickte und sagte noch einmal: »Uns wird nichts zustoßen.«

»Und wenn Baron Raulf die Armee anführt? Wie willst du verhindern, daß er dir etwas tut?«

»Ich habe inzwischen vergessen, wie man sich feige versteckt«, sagte Johanna, und in ihrer Stimme lag Trauer. »Außerdem will ich seine Wut nicht entfachen. Clare, ich liebe meinen Bruder und all diese guten Menschen hier. Ich kann doch nicht zulassen, daß sie meinetwegen sterben.«

»Lieber Gott, was soll ich nur tun?«

»Bitte hilf mir.«

Clare gab auf. Sie nickte kurz. »Hast du denn keine Angst, Johanna?«

»O doch«, gab sie zu. »Aber sie beherrscht mich nicht. Tief im Herzen weiß ich, wie vernünftig mein Plan ist. Gabriel wird mich finden.«

Tränen strömten über Clares Wangen, aber sie zwang sich zu einem Lächeln. »Ich wünschte, ich hätte jemanden wie Gabriel, den ich lieben und dem ich vertrauen könnte.«

»O Clare, den hast du. Nicholas ist genauso gut und sanft wie mein Mann.«

Das Lächeln ihrer Freundin wurde plötzlich verschmitzt. »Lieber Himmel, ich hab' ganz vergessen, daß ich verheiratet bin. Komm jetzt, wir müssen dich hier rausbringen, bevor ich auch noch vergesse, daß ich Mut habe.«

Die beiden Frauen machten auf dem Absatz kehrt und

rannten auf die Ställe zu. Zwanzig Minuten später und nach vielen Täuschungsmanövern, ritt Johanna den steilen Hügel hinunter.

Sie begab sich freiwillig in die Hölle zurück. Doch als sie Raulf auf sich zukommen sah, setzte ihr Herz nicht aus, und ihr Magen zog sich auch nicht allzu heftig zusammen.

Johanna war nicht mehr voller Entsetzen, sie war entschlossen. Sie hatte einen guten Plan.

Und sie hatte Gabriel.

KAPITEL 21

Sie brachten sie zur Gillevrey-Burg. Raulf und seine Armee hatten die Grenze des Clansgebiets überquert und waren sofort angegriffen worden. Die Highlander waren mutige Kämpfer, aber Clansherr MacKays Einschätzung bewies sich als richtig. Sie waren eine schlecht trainierte Truppe aus wenigen Männern, und die Engländer brauchten nur einen Tag, um das Land und die Burg zu erobern.

Clansherr Gillevrey und dreißig seiner Männer wurden in den Kellergewölben unter der großen Halle eingesperrt. Die anderen Clansleute wurden in den Soldatenquartieren außerhalb festgehalten.

Johannas Gefangennahme war sehr zügig vonstatten gegangen. Sie ritt den Hügel hinunter und geriet direkt in die Klauen des Feindes.

Obwohl sie nur knapp ein oder zwei Schritte von Raulf entfernt war, sprach sie nicht mit ihm. Sie saß einfach nur mit gefalteten Händen auf ihrem Pferd und wartete ab, was geschehen würde.

Raulf trug seine komplette Ritterrüstung, doch sein Kopf war nur mit dem altmodischen, offenen Helm geschützt. Er zog diesen dem modernen, vollständig geschlossenen Helm vor. Einmal hatte er ihr gesagt, sein Gesichtsfeld würde mit dem neuen zu sehr eingeschränkt, aber sie glaubte eher, daß er ihn aus Eitelkeit trug.

Es fiel ihr schwer, ihn anzusehen. Sein Aussehen hatte sich nicht sehr verändert. Seine Augen waren noch genauso grün, seine Haut noch genauso unvernarbt, und nur wenige neue Falten zogen sich über seine schmalen Wangen. Doch dann nahm er seinen Helm ab, und sie sah, daß es durchaus eine dramatische Veränderung gegeben hatte. Sein früher weizenblondes Haar war nun weiß.

»Wir werden jetzt nach Hause reiten, Johanna, und all das hinter uns lassen.«

»Ja«, stimmte sie ohne zu zögern zu.

Das gefiel ihm. Er trieb sein Pferd an ihre Seite und streckte die Hand aus, um ihr Gesicht zu berühren.

»Du bist hübscher geworden«, bemerkte er. »Du hast mir gefehlt, meine Liebe.«

Johanna konnte ihn nicht ansehen. Sie war sicher, daß er den Abscheu in ihren Augen sehen konnte. Sie senkte den Kopf und betete, daß er es als Demut hinnehmen würde.

Raulf schien sehr zufrieden. Er setzte den Helm wieder auf, wendete sein Pferd und gab den Befehl, aufzubrechen.

Sie hielten erst an, als sie am späten Nachmittag die Gillevrey-Burg erreicht hatten.

Johanna gab vor, erschöpft zu sein, und Raulf geleitete sie hinein. Der Eingang war schmal, und direkt dahinter zog sich die Treppe nach oben. Die große Halle lag zu ihrer Rechten, ein geräumiger, eckiger Saal, der oberhalb rundum von einer Balustrade gesäumt war. Johanna war entmutigt, denn das bedeutete, daß sie sich kaum aus einer Kammer schleichen konnte, ohne gesehen zu werden.

Sie bekam die dritte Kammer, deren Tür sich ausgerechnet in der Mitte der Balustrade befand. Raulf öffnete ihr die Tür, und sie versuchte, mit gesenktem Kopf an ihm vorbeizuhuschen. Er aber packte ihren Arm und wollte sie küssen. Johanna wandte sich ab.

Da zog er sie grob in die Arme und drückte sie an sich. Seine Finger spielten mit ihrem Haar.

»Haben sie dir dein Haar abgeschnitten?«

Sie gab keine Antwort. »Natürlich«, entschied er. »Du hättest es selbst freiwillig nie getan. Schließlich weißt du doch noch, wie sehr ich es immer gemocht habe.«

»Ja, ich weiß noch«, flüsterte sie.

Er seufzte. »Es wird wieder wachsen.«

»Ja.«

Plötzlich verstärkte sich Raulfs Griff. »Warum hast du unsere Ehe annullieren lassen?«

Der Schmerz, den er ihr zufügte, ließ sie zusammenzucken. »Der König wollte mich mit Baron Williams verheiraten. Ich verlangte die Annullierung, um Zeit zu gewinnen. Ich konnte nicht glauben, daß du tot warst.«

Ihre Antwort stellte ihn zufrieden. »John hat mir nichts davon erzählt, daß Williams dich haben wollte. Natürlich war er wild auf dich. Aber du hast ihn ja nie sehr gemocht.«

»Ich bin sehr müde«, sagte sie hastig. »Und ich fühle mich nicht so besonders gut.«

Schließlich ließ Raulf sie los. »Die Aufregung war zuviel für dich. Du warst ja immer schwächlich, Johanna, und nur ich weiß, wie man sich um dich kümmern muß. Geh jetzt ins Bett. Ich werde dich heute nacht in Ruhe lassen. Ich lege dir ein Kleid aufs Bett, das du morgen anziehen wirst. Dann habe ich eine Überraschung für dich.«

Endlich ließ er sie allein. Die Tür hatte ein Schloß, aber es steckte kein Schlüssel darin. Sie mußte etwas finden, um die Tür zu versperren, denn sie traute Raulf nicht. Wenn er in der Nacht in ihr Zimmer schleichen wollte, dann mußte sie vorbereitet sein. Wenn er sie anzufassen versuchte, würde sie ihn umbringen … oder selbst sterben.

Johanna hatte sich die ganze Zeit meisterlich beherrscht, und sie war sehr stolz darauf, daß weder Angst noch Zorn die Kontrolle über sie gewonnen hatte, trotz der

Anstrengungen des Tages. Aber sie wußte, ihre oberste Pflicht war es nun, ihr Baby zu beschützen, bis Gabriel sie holen kam. Ja, das war ihre Aufgabe.

Sobald die Armee gesichtet worden war, hatte man Boten losgeschickt, die den Clansherrn zurückholen sollten. Johanna betete dafür, daß sie nicht ganz bis nach London reiten mußten, um ihn einzuholen.

Außerdem würden die Verbündeten der MacBains sicher auch schon auf dem Weg sein. Ja, morgen, spätestens am Tag darauf würde sie gerettet sein.

Johanna machte sich daran, ihre Kammer vor Eindringlingen zu schützen, indem sie eine leere Truhe vor die Tür schob. Natürlich würde das niemanden daran hindern, hereinzukommen, aber Johanna hoffte, es würde Krach genug machen, um sie aufzuwecken, falls sie doch einschlafen sollte.

Sie eilte zum Fenster, zog die Felle zurück und schaute nach unten. Dann fluchte sie leise. Durch die Fensteröffnung war jedenfalls keine Flucht möglich. Es ging zwei Stockwerke gerade abwärts, und die Steine waren zu glatt, um irgendwo Halt zum Klettern finden zu können.

Die Kammer war kalt und feucht. Sie fühlte sich plötzlich so müde, daß sie sich setzen mußte. Sie löste den Gürtel und wickelte sich in ihr Plaid. Dann ging sie zum Bett.

Dort sah sie das Kleid liegen, und ihre Müdigkeit war wie weggeblasen. Sie wurde von einem unglaublichen Zorn gepackt, und sie wünschte nur noch, so laut wie möglich zu schreien.

Es war ihr Hochzeitskleid. Die Schuhe, die sie damals getragen hatte, standen ebenfalls dort. Und auch die Bänder, die sie in ihrem Haar gehabt hatte, fehlten nicht.

»Er ist vollkommen wahnsinnig«, flüsterte sie.

Und starrsinnig, fügte sie schweigend hinzu. Er hatte ihr gesagt, er hätte am nächsten Morgen eine Überraschung für sie, und nun begriff sie, was er plante. Dieser Idiot glaubte ernsthaft, sie würde ihn noch einmal heiraten.

Johanna bebte buchstäblich vor Wut, als sie nach dem Kleid griff und es quer durchs Zimmer schleuderte. Bänder und Schuhe folgten.

Die Wut zehrte bald den Rest ihrer Kraft auf. Johanna streckte sich auf dem Bett aus, zog das Plaid über den Kopf und holte den Dolch aus der Scheide, die sie an ihrem Oberschenkel befestigt hatte.

Mit der Waffe in beiden Händen fiel sie Minuten später in Schlaf.

Das schnarrende Geräusch der Truhe, die bewegt wurde, weckte sie. Sonnenlicht strömte an den Seiten des Fellvorhangs vorbei ins Zimmer. Johanna hatte den Dolch irgendwann in der Nacht aus den Händen gleiten lassen. Sie fand ihn in einer Falte des Plaids, packte ihn und machte sich bereit, wenn nötig zuzustoßen.

»Darf ich eintreten, M'lady?«

Es war eine ältere Frau mit einem Tablett in der Hand, die nun zögernd am Eingang wartete.

»Ja, bitte«, antwortete Johanna.

Die Frau eilte herein und trat die Tür mit dem Fuß hinter sich zu.

»Baron Raulf hat mir befohlen, Euch zu dienen«, sagte sie, als sie näher kam.

»Du bist eine Gillevrey«, bemerkte Johanna, als sie das farbenfrohe Plaid entdeckte.

»Ja«, antwortete die Frau. »Und ihr seid die Frau des Clansherrn MacBain, nicht wahr?«

»Ja«, gab Johanna zurück. Ihre Stimme klang scharf, denn sie wollte nun möglichst schnell ein paar Informationen bekommen.

»Sind Wachen vor der Tür postiert?«

»Eine«, antwortete die Frau.

»Wieviel sind unten in der Halle?«

»Zu viele, um sie zu zählen.« Die Frau stellte das Tablett ans Fußende des Bettes. »Mein Clansherr ist im Keller eingesperrt. Sie behandeln ihn wie einen gewöhnlichen Dieb,

M'lady. Er hat mir eine Botschaft an Euch gegeben, als ich ihm heute früh etwas zu essen bringen durfte.«

»Was hat er gesagt?«

»MacBain wird diese Unverschämtheit rächen.«

Johanna lächelte, während die Dienerin sie abwartend ansah. »Will dein Clansherr eine Antwort?«

»Ja.«

»Dann sag ihm, ja, MacBain wird diese Unverschämtheit ganz sicher rächen.«

Die Frau nickte kurz. »Und so sei es«, flüsterte sie, und es klang wie ein Gebet.

»Wie heißt du?» fragte Johanna sie.

»Lucy.«

Johanna sprang vom Bett und hielt ihr die Hand hin. »Du bist eine gute und tapfere Frau, Lucy«, flüsterte sie. »Ich möchte dich um einen Gefallen bitten.«

»Ich tue alles, wenn ich helfen kann, M'lady. Ich bin alt und ziemlich gebrechlich, aber ich werde Euch so gut dienen, wie ich es vermag.«

»Ich muß eine Möglichkeit finden, so lange wie möglich in der Kammer zu bleiben. Kannst du gut lügen?«

»Wenn es nötig ist«, antwortete Lucy.

»Dann berichte dem Baron, daß ich noch fest schlafe. Sag ihm, du hast das Tablett gebracht, aber mich nicht wecken wollen.«

»Gut«, gab die Frau zurück. »Der Baron scheint es auch nicht eilig zu haben, Euch unten zu sehen. Er läuft zwar ungeduldig hin und her, aber nur, weil der Mann, nach dem er geschickt hat, noch nicht angekommen ist.«

»Was für ein Mann?«

»Ich habe den Namen nicht mitbekommen«, antwortete Lucy. »Aber ich habe gehört, wer er ist. Ein Bischof, der irgendwo in der Nähe des Tieflands lebt.«

»Bischof Hallwick?«

»M'lady, nicht so laut bitte. Die Wache kann Euch ja hören. Und ich habe den Namen nicht mitbekommen.«

Johannas Herzschlag beschleunigte sich. »Natürlich ist es Bischof Hallwick«, murmelte sie.

»Wird der Bischof Euch helfen?«

»Nein«, sagte Johanna. »Er ist böse. Er würde mit Luzifer verhandeln, wenn Gold im Spiel wäre. Sag mir nur eins bitte: »Woher weißt du, daß Raulf nach jemanden geschickt hat?«

»Keiner achtet auf mich, M'lady. Ich bin alt. Und ich kann mich dummstellen, wenn es sein muß. Ich stand in der Ecke der Halle, als die Soldaten kamen und die Burg einnahmen. Der Baron gab sofort Anweisungen. Er sandte sechs Männer ins Tiefland. Sie sollten den Bischof hierhergeleiten.«

Johanna rieb sich die Arme, um das Frösteln zu mildern, das sie plötzlich überkam. Was mochte Raulf noch für Überraschungen für sie geplant haben?

»Ich gehe jetzt wieder nach unten, sonst wundert sich der Baron noch, daß ich so lange bei Euch war. Ihr legt Euch am besten wieder unter Eure Decken, damit die Wache auch wirklich glaubt, daß Ihr schlaft, wenn ich die Tür öffne.«

Johanna dankte Lucy und schlüpfte wieder ins Bett. Lange Zeit lag sie dort und wartete auf den Befehl, der kommen mußte.

Raulf ließ sie zufrieden, und der segensreiche Aufschub dauerte bis zum Nachmittag. Johanna verbrachte einen großen Teil der Zeit damit, aus dem Fenster zu starren. Der Hügel wimmelte nur so von englischen Soldaten. Sie hatten wahrscheinlich die Burg nach allen Seiten gesichert.

Wie sollte Gabriel sie nur hier rausholen?

Sie straffte die Schultern. Das ist sein Problem, nicht meines, dachte sie. Aber Gott, wie sehr wünschte sie, er würde sich beeilen.

Spät am Nachmittag kam Lucy zurück. Sie brachte wieder ein Tablett mit Essen.

»Den ganzen Tag herrschte ein reges Kommen und

Gehen, M'lady. Im Moment wird ein Zuber mit heißem Wasser für Euch bereitet. Der Baron hat ein Bad für Euch angeordnet. Warum, bei der Liebe Gottes, er ausgerechnet jetzt an so etwas denkt, ist mir schleierhaft.«

»Er glaubt, ich würde ihn heiraten«, erklärte Johanna. »Der Bischof ist eingetroffen, nicht wahr?«

»Ja«, antwortete Lucy. »Übrigens ist noch ein Baron angekommen. Ich habe seinen Namen gehört, er heißt Williams. Ein häßlicher Kerl mit schmutzig-strähnigem Haar und schwarzen Augen. Er und Raulf haben sich den ganzen Nachmittag schon heftig gestritten. Wäre es nicht ein Segen, wenn die beiden sich gegenseitig umbrächten und Eurem Mann diese Sorge abnehmen würden?«

Johanna grinste. »Das wäre allerdings ein Segen. Lucy, bitte bleib an der Tür, während ich bade.«

»Dann wollt Ihr diesem abscheulichen Mann also zu Willen sein?«

»Ich will so hübsch wie möglich für meinen Mann aussehen«, erklärte Johanna. »Er muß jeden Moment hier eintreffen.«

»Zieht Ihr das englische Kleid an?« fragte Lucy und wies in die Ecke, in die Johanna es geworfen hatte.

»Ich werde mein Plaid tragen.«

Lucy nickte. »Ich besorge Euch frische Unterwäsche, wenn ich Seife und Tücher hole.«

Natürlich würde Raulf wütend werden, wenn sie ihr Plaid trug, aber sie wußte, daß er sie nicht vor Zeugen schlagen würde. Sie mußte sicherstellen, daß sie nicht ein einziges Mal mit ihm allein war. Allerdings war sie sich überhaupt nicht im klaren, wie sie so ein Wunder vollbringen sollte, und, verdammt noch mal, wo blieb eigentlich Gabriel?

Sie sträubte sich mit aller Kraft gegen die Möglichkeit, daß ihr Mann sie vielleicht nicht rechtzeitig befreien konnte. Jedesmal, wenn ihr dieser Gedanke in den Sinn kam, schob sie ihn weit von sich.

Johanna ließ sich Zeit mit ihrem Bad. Sie wusch sich sogar die Haare. Dann setzte sie sich auf die Bettkante und versuchte, sich mit den Tüchern zu trocknen. Lucy bestand darauf, ihr Haar zu bürsten, und als sie fertig war und die Locken über ihre Schultern purzelten, erklärte die Dienerin, Johanna sähe aus wie eine Prinzessin.

Eine Stunde später wurde sie gerufen. Lucy rang die Hände, während sie ihrer Herrin den Befehl wiederholte. Johanna dagegen war außergewöhnlich ruhig. Sie wußte, sie konnte die Konfrontation nicht länger hinausschieben.

Sie betete noch einmal schnell, daß Gabriel rechtzeitig kommen würde, stopfte den Dolch in ihren Gürtel, legte eine Falte des Plaids darüber und ging dann schließlich nach unten.

Man ließ sie am Eingang der großen Halle fast zehn Minuten warten, bevor sie hineingebeten wurde. Raulf und Williams standen an einem runden Tisch am entgegengesetzten Ende der Halle und stritten über ein Papier, mit dem Williams herumfuchtelte.

Die Barone unterschieden sich stark in ihrem Äußeren, in ihrem Charakter jedoch nicht besonders. Sie bellten sich gegenseitig an wie zwei tollwütige Hunde, und Johanna fand sie beide abstoßend.

Auch Bischof Hallwick war dort. Er saß auf einem Stuhl mit hoher Rückenlehne mitten im Raum, hielt eine Schriftrolle in der Hand und schien sie immer und immer wieder zu lesen, wobei er gelegentlich wie in absoluter Verwirrung den Kopf schüttelte.

Der Bischof war in den letzten wenigen Jahren beträchtlich gealtert und wirkte mit seinem gelbstichigen Teint krank. Der Teufel führt wahrscheinlich in Vorfreude ein Tänzchen auf, dachte Johanna, denn lange wird es nicht mehr dauern, bis der alte Mann sich zu ihm gesellt.

Johanna wurde durch eine Bewegung abgelenkt. Lucy lief auf der Balustrade von Kammer zu Kammer und stieß die Türen auf. Vermutlich hatte man ihr befohlen, die Räume zu lüften.

»Aber ich werde dafür geradestehen, daß diese Ehe nur eine Formalität ist, eine Erneuerung unseres Eides, wenn Ihr so wollt«, verkündetet Raulf nun so laut und wütend, daß Johanna ihn verstehen konnte.

William nickte. »Ja«, stimmte er zu. »Eine Erneuerung. Wenn der König und der Papst ihre Meinungsverschiedenheiten bereinigt haben, werden wir diese Erklärung nach Rom schicken. Ich bezweifle ohnehin, daß Innozenz sich in diese Angelegenheit einmischen wird.«

Raulf wandte sich um und entdeckte Johanna am Eingang. Als er sah, was sie trug, zog sich seine Stirn zusammen.

Williams befahl ihr, näherzukommen. Johanna gehorchte, blieb aber einige Schritte vor dem Bischof stehen.

Er nickte ihr zu, doch Johanna ignorierte ihn. Williams entging ihr Fehlverhalten nicht.

»Hast du vergessen, daß man vor einem Mann Gottes niederkniet, Lady Johanna?«

Der Hohn in seiner Stimme widerte sie an. »Ich sehe keinen Mann Gottes hier«, antwortete sie. »Ich sehe nur eine erbärmliche Nachahmung im schwarzen Gewand eines Priesters.«

Beide Barone sahen sie entgeistert an. Williams erholte sich als erster und trat einen Schritt auf sie zu. »Wie kannst du es wagen, so respektlos von Bischof Hallwick zu reden?«

Raulf nickte. Die Wut in seinen Augen war beängstigend. »Wenn der heilige Bischof dir die Beichte abnimmt und deine Buße bestimmt, wirst du deine vorschnellen Worte bitter bereuen, Johanna.«

Aus dem Augenwinkel sah sie Bischof Hallwick nicken. Sie weigerte sich aber immer noch, ihn direkt anzusehen, und starrte statt dessen auf Raulf.

»Hallwick ist nicht heilig«, sagte sie mit fester Stimme.

»Und ich werde nicht mehr niederknien und vor ihm die Beichte ablegen. Er lehrt Gotteslästerliches über Frauen. Zudem ist er ein Despot und ein Schuft. Nein, ich werde bestimmt nicht vor ihm knien.«

»Du wirst für deine Sünden zahlen, Frau!«

Die kratzige Stimme des Bischofs triefte vor Boshaftigkeit. Nun wandte sie sich ihm zu. »Und Ihr werdet für die schrecklichen Bußen bezahlen, die ihr all den ehrbaren Frauen auferlegt habt, die den einzigen Fehler begingen, sich um Rat an Euch zu wenden, weil sie Euch für Gottes Stellvertreter hielten. Sie haben leider nicht erkannt, was für ein Ungeheuer Ihr seid. Sagt mal, Hallwick, fürchtet Ihr Euch eigentlich nicht, wenn Ihr zu Bett geht? Ihr solltet es nämlich, denn Ihr seid alt und krank. Bald werdet Ihr sterben, und dann, bei allem, was wirklich heilig ist, werdet Ihr für Eure Missetaten zur Rechenschaft gezogen.«

Der Bischof kam taumelnd auf seine Füße. »Das ist Häresie«, brüllte er

»Das ist die Wahrheit«, gab sie zurück.

»Heute abend wirst du lernen, daß du deine Meinung besser für dich behalten solltest«, verkündete Raulf und trat ein paar Schritte auf sie zu.

Sie wich nicht zurück. »Du bist ein Narr, Raulf. Ich werde dich bestimmt nicht wieder heiraten. Ich habe bereits einen Mann, was du anscheinend nur zu gerne vergessen hast.«

»Sie kann nicht ernsthaft bei diesem Barbaren bleiben wollen«, sagte Williams. »Sie haben ihren Geist gebrochen, Raulf. Und deswegen sprechen die Dämonen durch sie.«

Raulf blieb stehen. »Du bist von einem bösen Geist besessen?«

Der Bischof ließ sich die Gelegenheit natürlich nicht entgehen und nickte heftig. Dann wandte er sich um und ging auf den Seitenflur zu, den Baron Williams versperrte. »Sie muß geläutert werden, bevor sie den Eid noch einmal sprechen kann«, erklärte er. »Ich werde Weihwasser und den Stock holen, Baron. Aber Ihr müßt ihr die Dämonen mit dem Stock austreiben, Baron. Ich habe nicht mehr genug Kraft.«

Bischof Hallwick war außer Atem, als er sein Vorhaben dargelegt hatte. Er mühte sich durch die große Halle, während Johanna keinerlei Reaktion zeigte. Sie versuchte, so heiter und gelassen wie möglich auszusehen.

Raulf betrachtete sie genau. »Du scheinst keine große Angst vor dem zu haben, was dir bevorsteht«, stellte er fest.

Sie drehte sich langsam zu ihm und sah, daß er sowohl wütend als auch verwirrt aussah. Sie lachte auf. »Du bist der Besessene, Raulf, wenn du meinst, ich könnte dich meinem Clansherrn vorziehen.«

»Du kannst diesen Wilden doch nicht ernsthaft lieben«, platzte Williams heraus.

Johanna wandte den Blick nicht von Raulf, als sie antwortete: »O doch. Ich liebe ihn«, sagte sie mit fester, überzeugter Stimme.

»Für diese untreuen und verräterischen Bemerkungen werde ich dich hart bestrafen«, drohte Raulf.

Johanna ließ sich weder beeindrucken noch einschüchtern. Sie warf den Kopf zurück und musterte den Mann, der ihr in der Vergangenheit soviel Angst gemacht hatte. Sie fand ihn plötzlich jämmerlich und empfand einen solchen Abscheu, daß sich ihr der Magen umzudrehen drohte.

Er würde sie niemals zerbrechen. Niemals!

»Glaubst du ernsthaft, du und Williams und Hallwick seid etwas Besseres als die Highlander? Dann bist du wirklich ein Narr«, sagte sie kopfschüttelnd.

»Wir sind die engsten Vertrauten König Johns«, brüllte Williams.

»Ah ja, König John«, schnaubte sie verächtlich. »Ihr seid wirklich ebenbürtige Gesellen.«

Die Verachtung in ihrer Stimme war für Raulf wie eine

Ohrfeige. Er bebte nun sichtlich vor Zorn. »Was ist denn in dich gefahren?« flüsterte er rauh. »Früher hättest du mit mir niemals in solch einem unerhört respektlosen Ton gesprochen. Fühlst du dich sicher, weil du in Schottland bist, Johanna, ist es das? Oder glaubst du, daß ich über unser Wiedersehen so glücklich bin, daß ich dir dieses Verhalten durchgehen lasse? Du solltest dich besser an den Schmerz der notwendigen Prügel erinnern, zu der dein Benehmen mich früher gezwungen hat…«

Sie zuckte nicht einmal zurück, was Raulf gründlich durcheinanderbrachte. Er sah keine Angst, sondern nur Trotz in ihren Augen. »Heute abend zeige ich dir, was einer Frau geschieht, die ihren Platz vergessen hat«, flüsterte er drohend.

Er wollte ihr Angst einjagen, stellte aber fest, daß er es nicht geschafft hatte, als Johanna nur den Kopf schüttelte.

»Was ist in dich gefahren?« fragte er noch einmal.

»Du bist zu dumm, um das jemals begreifen zu können«, gab sie zurück.

»Die Highlander haben ihr das angetan!« schrie Williams.

Raulf nickte. »Es gibt keine Ähnlichkeit zwischen uns und diesem schottischen Abschaum«, murmelte Raulf.

Sie nickte, und ihre rasche Zustimmung ließ Raulf verdutzt innehalten. Aber schnell präzisierte sie ihre Meinung. »Endlich sagst du mal etwas Wahres«, begann sie. »Es gibt keinerlei Ähnlichkeit zwischen dir und meinem Gabriel, und dafür danke ich Gott. Wie oft hast du mir geschworen, mich zu lieben und es mir dann mit deinen Fäusten bewiesen? Gabriel hat mir nicht ein einziges Mal gesagt, daß er mich liebt, und doch weiß ich es. Er würde niemals gegen mich oder gegen eine andere Frau die Hand erheben. Er ist mutig und gut und hat ein Herz und eine Seele, die so rein sind wie die eines Erzengels. O nein, ihr beide seid euch bestimmt nicht ähnlich.«

»Wie kannst du es wagen…!« Raulfs Adern traten nun deutlich hervor, so heftig brüllte er.

Sie wußte, daß sie ihn nur noch mehr reizte, aber sie konnte sich einfach nicht mehr zurückhalten. Er hatte eine derart übersteigerte Meinung von sich selbst, und es wurde Zeit, daß ihn jemand aufklärte.

»Zeige mir deine Freunde, und ich sage dir, wer du bist. Das hat meine Mutter immer gesagt, aber ich bezweifle, daß einer von euch den Sinn begreift. Ich habe zufällig sehr wertvolle Freunde. Mein Clan ist meine Familie, und jeder würde für den anderen sein Leben geben. Es sind alles stolze und ehrbare Männer und Frauen.«

Sie schüttelte angewidert den Kopf. »Nay, ihr könnt es nicht begreifen. Wie auch? Ihr wißt ja nicht einmal, was Ehre bedeutet. Seht doch nur eure Freunde an. Ihr könnt euch nicht einmal den Rücken zukehren, aus Angst, daß ihr ein Messer hineinbekommt. Ihr beide würdet doch eure eigenen Väter umbringen, wenn ihr dadurch mehr Macht bekämt. Du, Raulf, hast jedes der zehn Gebote übertreten, und dein König ebenfalls. Du und Williams habt gemeinsam mit dem König ein scheußliches Verbrechen nach dem anderen begangen. Eines Tages werdet ihr für all eure Sünden büßen, und sehr bald schon dafür, daß ihr mich festgehalten habt. Glaubt ja nicht, daß ihr damit davonkommt. Wenn mein Mann überhaupt eine Schwäche hat, dann die, daß er sehr besitzergreifend ist. Oh, Gabriel wird mich ganz bestimmt holen kommen. Ihr habt es gewagt, ihm die Frau zu nehmen, die er liebt. Er wird kein Erbarmen haben, und ich bezweifle, daß Gott es euch zeigt, wenn ihr dann tot seid. Du bist ein Teufel, Raulf, und Gabriel ist mein ganz eigener Erzengel. Er wird dich vernichten.«

Raulf konnte seine Wut nicht mehr beherrschen. Sein Gebrüll hallte von den Wänden wider. Johanna griff vorsichtshalber nach ihren Dolch.

Dann kam Raulf auch schon auf sie zugestürzt. Noch ein paar Schritte von ihr entfernt hob er bereits die Faust, um ihr den ersten Schlag zu versetzen. Doch ein Pfeil, der glatt durch seine Hand drang, hielt ihn auf. Brüllend vor

Zorn und Schmerz taumelte Raulf herum und suchte nach dem Angreifer.

Sie waren überall.

Die Balustrade quoll von Männern im MacBain-Plaid über. Sie hatten die ganze Halle eingekreist, und jeder außer einem hatte seinen Bogen gespannt. Alle Pfeile zeigten auf Raulf.

Raulf hatte nur ein oder zwei Sekunden Zeit, den Riesen zu erkennen, der direkt über Johanna stand. Gabriels Augen waren auf den Baron geheftet, während er langsam einen zweiten Pfeil an die Sehne legte.

Dieser Pfeil beendete sein Leben. Er drang mitten durch seine Stirn. Ein weiterer Pfeil folgte, dann noch einer und noch einer, und die Kraft der gleichzeitig sirrenden Pfeile schleuderten Raulf zurück und ließen seinen Körper sich aufbäumen, bis er schließlich gespickt mit über fünfzig Pfeilen auf dem Boden zusammenbrach.

Luzifer holte seine Seele.

Johanna drehte sich um und sah nach oben, wo Gabriel stand, neben sich Nicholas. Beide reichten Bogen und Köcher an die Soldaten hinter ihnen und kamen dann herunter. Alle anderen Männer legten vorsichtshalber einen neuen Pfeil an. Ihr Ziel war nun Baron Williams, der sich in einer Ecke der Halle duckte.

Johanna ließ den Dolch fallen und rannte auf ihren Mann zu, doch er sah sie nicht einmal an. Sein Blick war auf Williams geheftet. »Es ist noch nicht vorbei«, sagte er rauh und schob sie sanft hinter sich. »Du kannst mir deine Zuneigung später zeigen, Frau.«

Ihre Antwort rettete Williams das Leben. Gabriel wollte gerade auf ihn losgehen, als er das Flüstern seiner Frau hörte. »Und du kannst mir später erklären, warum du dir soviel Zeit gelassen hast, M'lord.«

Ein kleines Lächeln erschien auf seinem Gesicht. Er ging weiter, zerrte Baron Williams auf die Füße und rammte ihm die Faust ins Gesicht.

»Du wirst für einen einzigen Auftrag am Leben bleiben«, knurrte Gabriel. »Du wirst deinem König eine Nachricht überbringen und mir den Weg dorthin ersparen. Ich war lange genug von meiner Frau getrennt, und der Anblick Johns wird mir ohnehin nur den Magen umdrehen.«

Blut rann aus Williams' gebrochener Nase. »Ja, ja«, stammelte er. »Ich bringe ihm jede Nachricht, die Ihr ihm mitteilen wollt.«

Gabriel zerrte den Baron zum Tisch hinüber und warf ihn auf einen Stuhl.

Seine Stimme war zu leise, als daß Johanna verstehen konnte, was ihr Mann Williams sagte. Sie wollte näher herangehen, fand sich aber plötzlich von Soldaten umringt, die ihr den Weg versperrten.

Nicholas wollte ebenfalls wissen, was gesprochen wurde, aber auch ihn ließen die Soldaten nicht vorbei. Also wandte er sich an seine Schwester, sah, daß sie Raulf anstarrte und stellte sich sofort vor sie.

»Sieh nicht hin«, sagte er. »Er kann dir nichts mehr tun. Er ist tot.«

Diese Bemerkung war überflüssig und albern, wenn man in Betracht zog, daß Raulfs Körper von Kopf bis Fuß mit Pfeilen übersät war. Sie wollte ihren Bruder gerade darauf hinweisen, als er wieder sprach. Es war Angeberei, keine Beichte: »Ich habe ihn getötet.«

Keith trat vor. »Nay, Nicholas. *Ich* habe ihn getötet.«

Calum kam als nächstes einen Schritt näher. »Nicholas, Ihr hattet nicht mal einen Pfeil eingelegt, als ich ihn tötete.«

Plötzlich brüllte jeder Soldat in der Halle, daß er derjenige war, der Baron Raulf den Garaus gemacht hat. Johanna hatte keine Ahnung, warum es für jeden Mann offenbar so wichtig war.

Dann grinste Nicholas. »Dein Gatte versucht, mich vor meinem eigenen König zu schützen, Johanna«, erklärte er. »Natürlich würde Gabriel es niemals zugeben, aber er stellt gerade sicher, daß mir niemand die Schuld dafür geben kann, einen anderen Baron getötet zu haben. Jeder seiner Soldaten wird unablässig damit prahlen, Raulfs Mörder zu sein. Wie auch immer«, fügte er hinzu, als Keith nickte. »Tatsache ist, daß ich es wirklich war.«

»Nay, Junge, ich hab' es getan«, rief Clansherr MacKay von der Balustrade herunter.

Und dann ging es wieder von vorne los. Der Raum hallte von den Rufen wider, als Gabriel endlich mit Williams fertig war. Er riß ihn auf die Füße, sah sich um und nickte zufrieden. Er wartete, bis der Lärm verebbte und sagte dann zu Williams: »Teile deinem König mit, daß mindestens sechzig Männer behaupten, seinen Günstling umgebracht zu haben.«

»Ja«, sagte Williams.

»Und nachdem du ihm die andere Nachricht übermittelt hast, schlage ich vor, daß du mir noch einen Gefallen tust.«

»Alles«, versprach Williams. »Ich tue alles.«

Gabriel starrte den Mann lange an, bevor er weitersprach.

»Versteck dich.«

Er brauchte nichts hinzuzufügen. Williams begriff nur zu gut. Er nickte und stürzte aus der Halle.

Gabriel sah ihm nach und blickte sich dann um. Er befahl zwei Soldaten, die Leiche rauszuschaffen. Lindsay und Michael übernahmen die Aufgabe.

Johanna und Nicholas standen Seite an Seite immer noch bei Calum und Keith.

»Es ist vorbei, kleine Schwester«, flüsterte Nicholas, legte den Arm um sie und zog sie zu sich hoch. »Er kann dir nie wieder etwas tun.«

»Ja«, antwortete sie. »Es ist vorbei, und nun wirst du deine Schuldgefühle vergessen. Du bist nicht verantwortlich für das, was in meiner Vergangenheit passiert ist. Ich hatte mein Schicksal selbst in der Hand, auch in den schlimmsten Zeiten.«

Ihr Bruder schüttelte den Kopf. »Ich hätte etwas merken müssen«, sagte er. »Ich hätte dich beschützen müssen.«

Sie legte den Kopf zurück, um ihn anzusehen. »Und deswegen hast du Clare geheiratet, stimmt's? Du wolltest sie beschützen.«

»Einer mußte es ja tun«, gab er zu.

Johanna lächelte. Plötzlich fand sie die Gründe, warum ihr Bruder Clare zur Frau genommen hatte, nicht mehr wichtig. Was zählte, war ihre gemeinsame Zukunft. Johanna war sicher, daß Clare sich irgendwann in Nicholas verlieben würde. Er war so ein gutherziger, lieber Mann, und Clare würde das schon schnell genug merken. Und Nicholas würde diese schöne, sanfte Frau ebenfalls lieben lernen. Ja, es würde eine wunderbare Verbindung sein.

Erst jetzt bemerkte sie, daß Gabriel sie anstarrte. Clansherr MacKay stand bei ihm und gestikulierte wild, während er auf Johannas Mann einredete. Gelegentlich schüttelte er ablehnend den Kopf.

»Ich frage mich, was MacKay so aufregt«, sagte Johanna.

»Vermutlich möchte er sich erst über das Land hermachen, bevor die Gillevreys aus den Kerkern gelassen werden«, gab Nicholas zurück.

Johanna konnte ihren Blick nicht von ihrem Mann wenden. Er schien ewig reden zu wollen, statt zu ihr zu kommen. Begriff er denn nicht, wie sehr sie ihn brauchte?

»Warum ignoriert Gabriel mich?« fragte sie ihren Bruder.

»Ich bin kein Gedankenleser, aber ich schätze, er will sich erst einmal beruhigen, bevor er mit dir spricht. Du hast ihm mit deinem Verschwinden einen furchtbaren Schrecken eingejagt«, antwortete Nicholas. »Am besten denkst du dir schon mal eine gute Ausrede aus. Und an deiner Stelle würde ich schuldbewußt aussehen.«

»Ich kann mir nicht vorstellen, weshalb ich mich entschuldigen sollte.«

Keith gab ihr die Antwort: »Ihr seid nicht geblieben, wo Ihr hingehört, M'lady.«

Nicholas versuchte, sich das Lachen zu verbeißen. Es war nicht zu übersehen, daß seine Schwester diese Erklärung gar nicht mochte. Wenn Blicke verletzen könnten, würde Keith sich nun vor Schmerzen auf dem Boden wälzen.

Johanna straffte die Schultern. »Ich tat, was nötig war«, verteidigte sie sich.

»Was du für nötig hieltest«, berichtigte Nicholas sie.

In einiger Entfernung nickte Gabriel. Er lauschte also ihrer Unterhaltung.

Mit lauterer Stimme setzte sie hinzu: »Ich habe nur meinen Clan beschützt.«

»Jeder von uns würde sein Leben für den anderen geben«, warf Calum ein. Er grinste Johanna an, während er ihre eigenen Worte wiederholte. Offenbar hatte er in einer der offenen Kammern oben gelauert, während sie sich mit Raulf auseinandergesetzt hatte.

»Wieviel habt Ihr mitbekommen?« fragte sie.

»Alles.«

Keith nickte. »Wir haben gute Freunde«, sagte er. »Und wir haben Eure Lektion verstanden.«

Johanna wurde rot. Wahrscheinlich war die deutliche Bewunderung der beiden Soldaten für ihre Herrin der Grund, sagte sich Nicholas. Kein Wunder: Die zwei wirkten, als wollten sie vor Johanna auf die Knie fallen, um ihr ihre Ehrerbietung zu erweisen.

»Ihr habt uns sehr stolz gemacht, M'lady«, flüsterte Calum mit einer Stimme, die vor Gefühl bebte.

Johannas Gesichtsfarbe wurde noch intensiver. Wenn sie sie noch weiter lobten, würde sie in Tränen ausbrechen, und dann wären die Männer verlegen. Hastig wechselte sie also das Thema, indem sie zur Balustrade hinaufsah und sich dann an Keith wandte: »Die Fenster sind verflixt hoch«, begann sie. »Wie, in Gottes Namen, seid Ihr bloß hineingekommen?«

Keith lachte. »Ich kann nicht glauben, daß ausgerechnet Ihr diese Frage stellt, M'lady.«

»Ich frage Euch aber«, sagte sie trotzig, ohne zu wissen, was er so lustig fand. »Bitte gebt mir eine Antwort. Wie kamt Ihr herein?«

»Lady Johanna, es gibt immer mehrere Wege in die Burg.«

Johanna lachte los. Und es klang so glücklich, daß Gabriels ganzer Körper reagierte. Seine Kehle war plötzlich wie eingeschnürt, sein Herzschlag beschleunigte sich, und er hatte verdammte Schwierigkeiten, ruhig zu atmen. Er wußte, daß er wahrscheinlich verrückt werden würde, wenn er sie nun nicht bald in die Arme schließen konnte. Aber er wollte es tun, wenn sie allein waren, denn wenn er sie einmal anfaßte, konnte er ziemlich sicher nicht mehr aufhören.

Mein Gott, wie sehr er sie liebte.

Mit aller Gewalt hielt er sich zurück. Teufel, sie sollte zuerst wissen, durch welche Hölle sie ihn geschickt hatte. Ja, sie hatte ihn damit gut zwanzig Jahren altern lassen. Als die Männer ihn eingeholt hatten, um ihm mitzuteilen, daß sie Raulf in die Hände gefallen war, packte ihn ein so übermächtiges Entsetzen, wie er es noch nie zuvor empfunden hatte. Er war sicher, daß er auf dem Weg zum Gillevrey-Land mindestens tausendmal gestorben war. Noch so ein Schreck, und er konnte sich ins Grab legen. Er würde sie erst trösten, wenn sie ihm hoch und heilig geschworen hatte, niemals mehr etwas Derartiges zu tun.

Gabriel bat MacKay, den Gillevrey-Clansherrn aus seinem Gefängnis zu lassen, dann endlich wandte er sich zu Johanna um.

»MacBain möchte etwas von dir, Johanna«, flüsterte Nicholas.

Sie sah ihren Mann an, der ihr zunickte und sie mit gekrümmtem Finger zu sich befahl.

Seine Miene sagte ihr, daß er ihr die Hölle heißmachen wollte. Sie hatte aber überhaupt keine Lust, damit noch Zeit zu verschwenden, seinem Gezeter und Geschimpfe über die Gefahren, denen sie sich ausgesetzt hatte, zuzuhören. Es war jetzt vorbei, und sie war in Sicherheit, und das war alles, was zählte. Außerdem wollte sie nun seinen Trost, und sie hatte lange genug gewartet. Ihre Geduld war am Ende. Sie brauchte seine starken Arme.

Die einzige Chance, zu bekommen, was sie wollte, war, ihren Mann auszutricksen, damit er seinen Zorn vergaß.

Sie trat einen Schritt vor, hielt dann aber an und zwang sich zu einem Stirnrunzeln, wobei sie die Arme trotzig vor der Brust verschränkte.

Sie hoffte, sie wirkte indigniert.

Gabriel war erstaunt. »Johanna?«

Die Unsicherheit in seiner Stimme hätte ihr fast ein Lächeln entlockt, aber sie wagte es nicht. Schließlich wollte sie ihn nicht reizen, sondern beruhigen.

»Ja, Gabriel?«

»Komm her.«

»Gleich, M'lord«, antwortete sie mit einer Stimme, die so heiter wie eine Frühlingsbrise war. »Zuerst möchte ich dir eine Frage stellen.«

»Und welche?«

»Sagt dir der Ausdruck ›im allerletzten Moment‹ irgend etwas?«

Er hätte fast gegrinst, sah sie statt dessen aber finster an. Er begriff, was sie vorhatte. Sie wollte ihm ein schlechtes Gewissen einreden, weil er nicht früher gekommen war.

Er würde sie den Spieß aber nicht umkehren lassen. Wenn sich jemand hier zu entschuldigen hatte, dann war es seine starrsinnige, undisziplinierte Frau.

Er schüttelte den Kopf, ging einen Schritt auf sie zu und meinte dann: »Du wirst dein ganzes Leben dazu brauchen, mich zu besänftigen.«

Sie wollte ihm nicht öffentlich widersprechen, war aber dennoch sicher, daß sie ein, höchstens zwei Minuten brauchen würde. Sie ging zu ihm und blieb direkt vor ihm stehen.

Dann faltete sie brav die Hände und lächelte. Mit ihren wunderschönen blauen Augen sah sie ihn an, und Gabriel erkannte, daß es heute abend keinen Streit über Gefahren mehr geben würde.

»Wirst du dein ganzes Leben brauchen, deiner Frau zu sagen, daß du sie liebst?«

Sie streckte die Hand aus und streichelte sanft seine Wange. Ihre Stimme klang unendlich zärtlich, als sie sagte: »Ich liebe dich, Gabriel MacBain.«

Seine Stimme bebte, als er ihr antwortete: »Nicht so sehr, wie ich dich liebe, Johanna MacBain.«

Und dann lag sie in seinen Armen, und er küßte sie und flüsterte ihr mit brechender Stimme zu, wie sehr er sie liebte, und daß er wußte, daß er ihrer überhaupt nicht würdig war, aber daß es nicht zählte, weil er sie nie, nie wieder gehen lassen würde, weil sie der Mittelpunkt seines Lebens geworden war.

Er stammelte Unsinn, aber es kümmerte ihn nicht. Einiges, was er sagte, ergab einen Sinn, aber das meiste nicht. Johanna machte sich nichts draus. Sie weinte und stammelte ebenfalls all die Liebesworte, die sie so lange in ihrem Inneren verschlossen hatte.

Ihre Küsse wurden leidenschaftlich, und als er sich endlich von ihr löste, bebte sie am ganzen Körper. Er ließ sie los, aber nur eine Sekunde lang, dann packte er ihre Hand und zog sie aus der Halle. Sie hielt ihren feuerroten Kopf gesenkt, als sie an ihrem Bruder und den Clansmännern vorbeikamen, und Gabriel verlangsamte seinen Schritt erst, als sie die Treppe erreicht hatten. Sie stiegen hinauf, schlängelten sich durch die Trauben von Männern auf der Balustrade und erreichten die erste Kammer. Er schob seine Frau hinein, schloß die Tür und zog sie wieder in seine Arme.

Das Entkleiden wurde zu einem Ärgernis. Gabriel konnte nicht lange genug auf Küsse verzichten, um sie auszuziehen, also versuchte er, beides gleichzeitig zu tun.

Sie schafften es gerade noch ins Bett und liebten sich mit einer Intensität, die sie beide erschütterte. Er war sehr zärtlich, sie war fordernd, und schließlich waren beide gründlich befriedigt.

Er blieb noch eine lange Zeit danach in ihr. Er bedeckte ihren Körper von Kopf bis Fuß mit dem seinen, wobei er sich auf die Ellenbogen stützte, um sie nicht zu zerquetschen. Er küßte ihre Stirn, den Nasenrücken und schließlich ihr Kinn.

Johanna stieß ein lautes, genüßliches Gähnen aus. Gabriel rollte sich auf die Seite, deckte sie mit seinem Plaid zu und zog sie in seine Arme.

»Du mußt jetzt schlafen«, flüsterte er.

»Ich bin nicht schwach, Gabriel.«

Er lächelte in der Dunkelheit. »Nein, das bist du nicht«, stimmte er zu. »Du bist stark und mutig.« Er beugte sich zu ihr und küßte sie wieder auf die Stirn. »Aber du bist schwanger, meine Geliebte. Du mußt dich um des Babys willen ausruhen. Alex und ich wären ohne dich verloren. Du bist der Mittelpunkt unserer Familie, Johanna. Das weiß ich schon lange, und vielleicht war ich deswegen ein wenig übervorsichtig. Ich wollte dich von allem fernhalten, damit dir nichts zustoßen kann.«

Die Andeutung eines Lachens klang aus ihrer Stimme. »Du hast mich Handarbeiten machen lassen.«

»Sag mir noch einmal, daß du mich liebst. Ich höre es so gern.«

Sie kuschelte sich an ihren Mann. »Ich liebe dich«, flüsterte sie. »Fast direkt von Anfang an. Mein Herz ist dir an dem Tag zugeflogen, an dem wir uns kennenlernten.«

»Das stimmt nicht«, erwiderte er. »Du hattest Angst vor mir.«

»Nur bis du mir dein Versprechen gegeben hast«, berichtigte sie.

»Was für ein Versprechen?«

»Daß du nicht beißen wirst.«

»Du hattest trotzdem noch Angst.«

»Vielleicht ein bißchen«, gab sie zu. »Aber dann hat Gott mir ein Zeichen gegeben, und ich wußte, daß alles gut werden würde.«

Seine Neugier war geweckt. »Und was war das für ein Zeichen?«

»Du lachst mich aus.«

»Nein, tu ich nicht.«

»Es war dein Name«, flüsterte sie. »Ich hatte ihn vor der Hochzeitszeremonie noch nie gehört. Nicholas nannte dich nur MacBain, deine Männer auch. Aber als du dem Priester deinen vollen Namen sagtest, wußte ich, daß ich in Sicherheit war.«

Gabriel lachte laut los. Johanna machte es nichts aus. Sie wartete, bis er sich beruhigt hatte, und fuhr dann fort: »Du bist nach dem höchsten der Engel benannt worden«, erklärte sie. »Mama hat mir immer gesagt, daß ich zum Erzengel Gabriel beten soll. Und weißt du warum?«

»Nein, Geliebte, ich weiß es nicht.«

»Weil er der Beschützer der Unschuldigen und der Rächer der Ungerechtigkeit ist. Er wacht über Frauen und Kinder und ist unser ganz besonderer Schutzengel.«

»Wenn das wahr ist, dann hat er keine gute Arbeit geleistet, um auf dich aufzupassen«, sagte Gabriel. Er dachte an die Jahre, die Johanna unter Raulf gelitten hatte, und wurde sofort wieder wütend.

»Oh, aber er hat mich beschützt.«

»Aha, und wie?«

»Er hat mich zu dir gebracht.«

Sie streckte sich und küßte sein Kinn. »Es ist nicht wichtig, ob du es verstehst oder mich für verrückt hältst. Liebe mich einfach, Gabriel.«

»Das tue ich, Frau. Weißt du eigentlich, wie stolz ich war, als ich heute abend hörte, was du über mich gesagt hast?«

»Meinst du, als ihr auf der Balustrade versteckt wart?«

»Ja.«

»Raulf sollte die Wahrheit wissen«, sagte sie. »Er weiß nicht, was Liebe ist.« Sie lächelte ihren Mann an. »Ich weiß, wann du erkannt hast, daß du mich liebst«, prahlte sie. »Es war, als du mich auf dem Baum über den Wölfen fandest.«

Er schüttelte den Kopf. »Nein. Lange vor diesem verfluchten Zwischenfall.«

Sie drängte ihn zu einer Erklärung. »Du hast Alex sofort akzeptiert, und das war es. Als er dich fragte, was du als Hochzeitsgeschenk bekommen hast, weißt du noch, was du sagtest?« Er redete weiter, bevor sie noch zu einer Antwort ansetzen konnte. »Ich kann mich an jedes Wort erinnern. Du hast gesagt, ›er hat mir einen Sohn gegeben‹. Und da wurde ich weich. Ich brauchte nur eine Weile, um es zu erkennen.«

Der Gedanke an ihren Sohn beunruhigte sie. »Alex macht sich sicher furchtbare Sorgen. Ich will nach Hause … mit dir. Geh nicht nach England.«

»Das ist auch nicht nötig«, antwortete er. »Williams wird dem König meine Nachricht bringen.«

»Und wie lautet sie?«

»Er soll uns in Ruhe lassen.«

»Hast du Williams etwas von der Schriftrolle gesagt, die ich im Altar versteckt habe?«

»Nein.«

Nun war Johanna überrascht. »Aber ich dachte …«

»Raulf ist tot«, erklärte Gabriel. »Der König hat nun keinen Grund mehr, uns zu belästigen. Wenn er beschließt, trotzdem noch Truppen zu uns zu schicken, dann werden wir das Beweisstück allerdings erwähnen.«

Johanna dachte eine lange Weile darüber nach, bevor

sie zu dem Schluß kam, daß ihr Mann recht hatte. Der König brauchte nicht zu wissen, daß sie die Schriftrolle behalten hatte. »Du willst, daß er glaubt, alles ist vorbei.«

»Ja.«

»Wird jemals jemand die Wahrheit über Arthur erfahren?«

»Die meisten Barone glauben doch schon, daß er hinter dem Mord steckt«, sagte Gabriel. »Selbst Nicholas hat seinen Verdacht. Zudem hat er noch einen Grund, sich gegen seinen Lehnsherrn zu wenden.«

»Welchen anderen Grund?«

»John hat sein Vertrauen mißbraucht. Er hatte Nicholas sein Wort gegeben, nur einen Boten mit Eskorte zu schicken und Raulf in England zu behalten.«

»Und er hat gelogen.«

»Ja.«

»Was wird Nicholas jetzt tun?«

»Er wird sich nun Baron Goode und den anderen anschließen.«

»Rebellion?«

Er hörte die Sorge in ihrer Stimme. »Nein«, antwortete er. »Aber ein König ohne loyale Vasallen und eine Armee hat wenig Macht. Nicholas sagte mir, die Barone planen, John zu zwingen, weittragende Zugeständnisse zu machen. Weißt du überhaupt, warum Nicholas dich mir gegeben hat?«

Sie lächelte über seine Wortwahl. »Er hat mächtig intrigiert.«

»Er liebt dich.«

Sie begriff nicht. »Er ist mein Bruder. Natürlich liebt er mich.«

»Er war bei deiner Geburt dabei und sah dich aufwachsen, aber er erzählte mir, daß er fortging, um für den König zu kämpfen, als du neun oder zehn Jahre alt warst. Erst einige Jahre später kam er zurück.«

»Ja«, sagte sie. »Nur wenige Monate, bevor ich mit Raulf verheiratet wurde.«

»Und da warst du zu einer wunderschönen Frau herangewachsen«, sagte Gabriel. »Und Nicholas bekam plötzlich ganz ungeschwisterliche Gedanken.«

Sie schoß hoch. »Ging euer Streit an unserem Hochzeitstag darum? Du warst wütend und hast Nicholas fortgezogen«, rief sie ihm in Erinnerung.

Er nickte. »Als ich seinen vollen Namen hörte, begriff ich, daß er mit dir nicht blutsverwandt war. Und ich hatte bereits bemerkt, daß er sich für einen Bruder ein wenig zu fürsorglich benahm.«

Sie schüttelte den Kopf. »Da irrst du dich aber.«

»Er kam dich nur selten besuchen, als du mit Raulf verheiratet warst. Und er empfindet eine gewaltige Schuld, denn wenn er nicht so bemüht gewesen wäre, seine Gefühle für dich zu verbergen, dann hätte er bemerkt, wie dieser Bastard dich mißhandelt hat.«

Sie schüttelte wieder den Kopf, und er wollte nicht mit ihr streiten. Er zog sie auf seinen Körper und schlang die Arme um sie. »Er scheint aber darüber hinweggekommen zu sein.«

»Es gab nie etwas, worüber er hinwegkommen mußte«, widersprach sie. »Im übrigen ist er nun ein verheirateter Mann.«

»Nicholas?«

Johanna lächelte über sein Erstaunen. »Ja, Nicholas«, bestätigte sie. »Er hat Clare MacKay geheiratet. Hör auf zu lachen, dann erklär' ich es dir«, setzte sie hinzu. »Sie werden bestimmt glücklich miteinander werden, wenn Clare erst mal verdaut hat, daß sie einen Engländer zum Mann hat.«

Gabriels Gelächter hallte in der Kammer wider. Das Dröhnen in seiner Brust ließ Johanna den Kopf von seiner Schulter nehmen.

»Und ich habe mich schon gefragt, warum Clansherr MacKay an unserer Seite kämpfte.«

»Er hat dir nichts gesagt?«

»Er meinte nur, er würde seine Interessen vertreten. Von einer Ehe hat er nichts erwähnt. Aber wahrscheinlich hätte ich auch nicht zugehört, wenn er es mir zu erklären versucht hätte. Ich war mit meinen Gedanken ausschließlich bei deiner Rettung.«

»Du hast ziemlich lange gebraucht.«

»Überhaupt nicht«, erwiderte er. »Ich hatte bereits kehrtgemacht und war auf dem Rückweg, als meine Männer zu mir stießen.«

»Du hattest bereits kehrtgemacht? Dann hattest du schon von der Armee gehört?«

»Ja«, sagte er. »Einer der MacDonald-Soldaten hat es mir gesagt.«

»Ich habe euch auf der Balustrade weder gehört noch gesehen, Gabriel. Du und deine Männer seid so lautlos wie Diebe«, sagte sie.

»Wir *sind* Diebe«, rief er ihr in Erinnerung.

»Ihr *wart* es«, berichtigte sie ihn. »Jetzt nicht mehr. Der Vater meiner Kinder stiehlt nicht. Er handelt für das, was er braucht.«

»Ich habe alles, was ich mir jemals wünschen kann«, flüsterte er. »Johanna … das, was du über mich gesagt hast … dich sagen zu hören … zu wissen, daß du glaubst …«

»Ja?«

»Ich kann meine Gefühle nicht gut in Worten ausdrücken«, murmelte er.

»Doch, kannst du«, flüsterte sie. »Du hast mir gesagt, du liebst mich. Mehr will und brauche ich nicht. Ich mag dich genauso wie du bist.«

Johanna schloß die Augen und stieß einen Seufzer der Zufriedenheit aus.

»Du wirst dich in Zukunft nie wieder in eine so unsinnige Gefahr begeben«, sagte er. »Hast du eigentlich einen Hauch der Ahnung, wieviel Sorgen ich mir um dich gemacht habe?«

Offenbar nicht, denn Gabriel wartete eine volle Minute auf ihre Antwort. Dann stellte er fest, daß sie eingeschlafen war.

Kurze Zeit später verließ er die Kammer, um Clansherr Gillevrey für seine Gastfreundschaft zu danken. Die englische Armee war von Gabriels Verbündeten aus dem Norden den Hügel hinuntergejagt und wie eine Herde Ratten in alle Winde zerstreut worden. Die Highlander waren nun in der Überzahl, und ihre Anwesenheit war spürbar. Baron Williams wäre ein Narr gewesen, einen Angriff auch nur in Erwägung zu ziehen, und obwohl Gabriel sicher war, daß er zu König John zurücklaufen würde, wollte er trotzdem kein Risiko eingehen. Er verdoppelte die Zahl der Wachen um die Burg herum und bestand darauf, daß die Verbündeten blieben, solange Johanna sich im Haus befand.

Johanna schlief zwölf Stunden lang durch. Am nächsten Morgen wachte sie erholt und frisch auf und wollte nur noch nach Hause zurück. Doch als sie sich schon verabschiedeten, bestand sie darauf, noch einmal in die Halle zurückzukehren. Gabriel dachte nicht daran, sie aus den Augen zu lassen. Er folgte ihr hinein und hielt am Eingang Wache.

Seine Frau griff eine der Dienerinnen und schob sie vor den Clansherrn Gillevrey.

»Ich kann nicht gehen, ohne Euch zu sagen, was für eine wunderbare, mutige Frau Lucy ist«, begann Johanna. »Etwas Treueres als diese Frau könnt Ihr kaum finden, Clansherr Gillevrey.«

Gut fünf Minuten verbrachte sie noch mit Lobpreisungen, und schließlich stand der Clansherr auf und lächelte Lucy an. »Du wirst dafür reich belohnt werden«, verkündete er.

Johanna war zufrieden. Sie verbeugte sich vor Gillevrey, dankte Lucy erneut für Hilfe und Trost und wandte sich zum Gehen. Plötzlich blieb sie wie angenagelt stehen.

Sie hatte Bischof Hallwick entdeckt. Er stand in der Tür

auf der anderen Seite der Halle und starrte sie an. Sie blickte nur ein oder zwei Sekunden in sein Gesicht, aber es war lange genug, um seine Miene zu deuten. Sie drückte Abscheu und Haß aus.

Der Bischof trug eine Robe in Kardinalsrot. Johanna fragte sich, ob er seine Position über Nacht selbst aufgewertet hatte. Seine Taschen standen gepackt neben ihm, und zwei Gillevrey-Soldaten befanden sich direkt hinter ihm. Johanna nahm an, daß die beiden den Bischof nach Hause bringen wollten.

Sein Anblick jagte ihr eine Gänsehaut über den Rücken. Sie hätte die Halle verlassen, ohne sich weiter um ihn zu kümmern, doch dann sah sie den langen schmalen Stock, der aus einer der Taschen ragte. Und da wußte sie, daß sie nicht gehen konnte, ohne vorher eine wichtige Sache zu erledigen.

Langsam ging sie zum Bischof hinüber, wobei ihr Blick auf das Objekt ihrer Wut geheftet war. Bevor Hallwick reagieren konnte, hatte Johanna das Ding schon geschnappt und war einen Schritt zurückgetreten, so daß sie nun direkt vor ihm stand.

Hallwick wich zurück. Er wollte fort, aber die Gillevrey-Soldaten versperrten ihm den Rückzug.

Johanna hob langsam den Stock. Der Haß in seinen Augen wandelte sich in Furcht.

Sie stand dort eine lange Weile, ohne ein Wort zu sagen, und blickt auf den Stock in ihrer Hand, während Hallwick sie anstarrte. Erwartungsvolles Schweigen breitete sich in der großen Halle aus. Wahrscheinlich dachten einige, sie wollte Hallwick schlagen, aber Gabriel wußte es besser. Er war ihr zu dem alten Mann gefolgt und stand nun wenige Schritte hinter ihr.

Plötzlich packte Johanna den Stock mit beiden Händen an den zwei Enden. Immer noch hielt sie das Ding dem Bischof vors Gesicht. Ihre Hände schmerzten vor Anstrengung, den Stab zu zerbrechen.

Das Holz war zu dick und zu neu, doch Johanna wollte nicht aufgeben. Wenn sie den ganzen Tag brauchen würde, den Prügel zu zerbrechen, dann würde es eben so lange dauern. Ihre Muskeln zitterten, als sie den letzten Rest ihrer Kraft bemühte.

Und dann hatte sie plötzlich alle Kraft, die sie brauchte. Gabriel griff von hinten über ihre Schultern nach dem Stock und legte seine Hände über ihre. Er wartete auf ihre Erlaubnis. Johanna nickte.

Der Stock zerbarst in zwei Hälften, und das laute Knacken zerriß die Stille in der Halle wie eine Explosion. Gabriel ließ los und trat zurück. Johanna hielt die beiden Hälften noch einige Sekunden in der Hand, dann schleuderte sie sie dem Bischof vor die Füße. Sie wandte sich um, nahm die Hand ihres Mannes und verließ an seiner Seite die Halle.

Sie blickte nicht zurück.

*

Der Abend war Gabriels liebste Tageszeit. Er mochte es, am Tisch zu sitzen, die Ereignisse des Tages zu besprechen und die Pläne für den nächsten Tag zu machen. Allerdings hörte er selten richtig auf die Bemerkungen und Vorschläge der Männer, betrachtete dagegen um so lieber seine Frau.

Nicholas und Clare waren vor drei Monaten nach England abgereist. Clare hatte die Highlands nicht verlassen wollen, und Nicholas hatte seine ganze Überredungsgabe anwenden müssen, um sie trotzdem dazu zu bringen.

So war der eine Verwandte fort, ein anderer aber auf dem Weg. Johannas Mutter wurde für den folgenden oder übernächsten Tag erwartet. Sobald die Nachricht sie erreicht hatte, daß der Besuch kam, hatte Gabriel eine Eskorte losgeschickt, die nun an der Grenze wartete.

In zwei Wochen würde er zum ersten Mal an dem Ratstreffen mit den anderen Clansherren teilnehmen. Er würde allerdings nicht lange fortbleiben, denn Johanna sollte in etwa einem Monat niederkommen.

Auggie und Keith hatten die Nase vom Kirkcaldy-Clan entführt. Clansherr Gillevrey hatte den Mann genannt und erwähnt, daß er der Beste seiner Art in den ganzen Highlands war. Auggie hatte den Mann eine lange Zeit gefangen. gehalten, nachdem er ihnen den besten Brand herausgesucht hatte. Er hieß Giddy und war harmlos genug. Nach ein oder zwei Monaten der Langeweile erbarmte sich Auggie seiner und ließ ihn einen Versuch in seinem Stockspiel machen. Innerhalb einer Woche hatte Giddy sich anstecken lassen. Nun hatten sie zwei Irre, die auf dem Vorplatz, in der Wiese und im Tal Löcher buddelten, und Gabriel hatte den Verdacht, daß Giddy, wenn die Fässer erst einmal eingetauscht und fort waren, gar nicht mehr gehen wollte. Er und Auggie hatten ziemlich schnell Freundschaft geschlossen. Und wenn sie nicht auf Steine einschlugen, schleppten sie Kupferkessel in Auggies Hütte, um die Brauweise zu perfektionieren.

Johanna saß jeden Abend am Feuer und arbeitete an ihrem Wandteppich. Dumfries wartete stets, bis sie sich gesetzt hatte, und ließ sich dann auf ihren Füßen nieder. Für Alex war es zur Gewohnheit geworden, sich neben sie auf den Stuhl zu quetschen und über einer ihrer Geschichten von wilden Kriegern und mutigen Jungfrauen einzuschlafen. Johannas Märchen hatten alle ein ganz besonderes Ende, denn keine ihrer Heldinnen brauchte jemals von dem Ritter in glänzender Rüstung gerettet zu werden. Meistens retteten die edlen Damen ihre Ritter.

Gabriel konnte seiner Frau keinen Strick daraus drehen. Sie erzählte Alex nur die Wahrheit. Es war eine Tatsache, daß Frauen mächtige, arrogante Krieger retten konnten. Johanna hatte ihn sicher vor einer kalten, leeren Zukunft gerettet. Sie hatte ihm ein Zuhause und eine Familie geschenkt. Sie war seine Liebe, sein Glück, seine Freundin.

Sie war sein Leben.

EPILOG

England 1210

Die Luft in der Kammer war schal und abgestanden und roch nach Tod. Priester und Schüler standen um das Bett herum, hielten Kerzen in den Händen und sangen Gebete für ihren verehrten Bischof.

Hallwick lag im Sterben. Sein Atem ging flach und unregelmäßig. Er hatte nicht mehr genug Kraft, um die Augen zu öffnen.

Etwas vom Bett entfernt stand ein runder Tisch, der mit Münzen bedeckt war. Die Priester in der Gemeinde hatten sie gesammelt, um ihrem Bischof Ablaß zu erkaufen. Sie wollten ihm damit seinen Platz im Himmel sichern. Das Geld würde der Kirche zufließen, damit dem Bischof alle möglichen Sünden, die er unbeabsichtigt in der Vergangenheit begangen hatte, vergeben würden.

Hallwick hatte niemals versucht, seinen Haß und seinen Abscheu, die er Frauen gegenüber empfand, zu verbergen. Und die Priester, die er geschult hatte, hielten seine Ansicht nicht für sündig. Sie glaubten jedes einzelne Wort seines Diktats und würden ihren eigenen Schäfchen diesen Glauben predigen, so daß das Wort des heiligen Mannes von Generation zu Generation weitergegeben werden würde.

Doch in seiner Todesstunde widersprach der Bischof seinen eigenen Thesen: Er starb, nach seiner Mutter rufend.

Band 12188

Barbara Cartland

Verloren in Amsterdam

Leila Cavendish, eine begabte junge Malerin, flieht vor ihrem Stiefvater und einem ungeliebten Freier zu ihrer Tante nach Amsterdam. Doch sie kommt vom Regen in die Traufe, denn ihre Tante steckt in großen finanziellen Schwierigkeiten. Aber Leila ist bereit, ihr nach Kräften zu helfen. So hat der Sohn der Tante, ein skrupelloser Kunsthändler, leichtes Spiel, sie für seine dunklen Geschäfte zu mißbrauchen. Und Leila wäre verloren, würde sie nicht als erstes den Marquis von Kyneston kennenlernen, jenen leidenschaftlichen Kunsthändler, dem sie eine Fälschung für ein Original verkaufen soll...